CIEL DE NUIT

CLARE FRANCIS

CIEL DE NUIT

FRANCE LOISIRS
123, boulevard de Grenelle, Paris

titre original :

NIGHT SKY

traduction de Jacques Martinache et M. Gueydon de Dives

Édition du Club France Loisirs, Paris
avec l'autorisation des Presses de la Cité

© 1983 Clare Francis
© Presses de la Cité, 1984 pour l'édition française
ISBN 2-7242-2400-0

Pour mon fils, Thomas

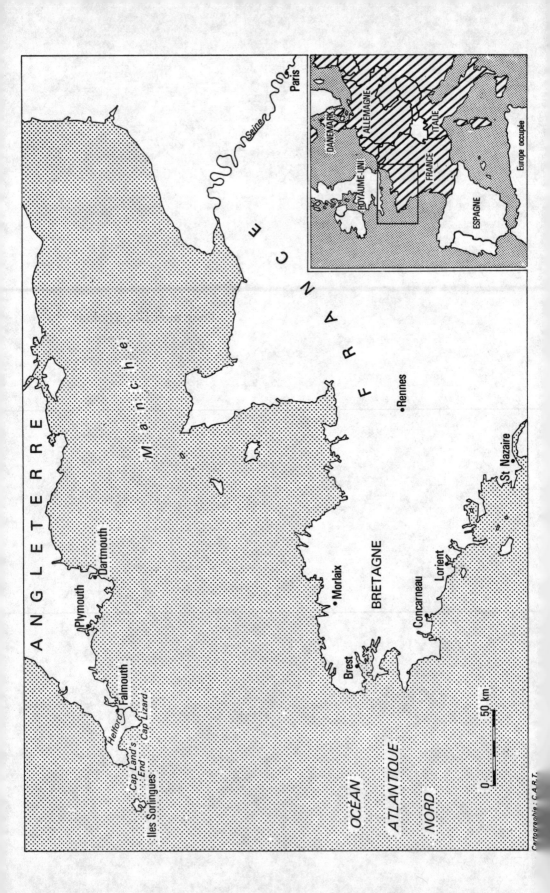

ANGLETERRE

Paris

Seine

M a n c h e

FRANCE

Rennes

OCÉAN
ATLANTIQUE
NORD

Cap Land's
End
Iles Sorlingues
Cap Lizard

Helford
Falmouth

Plymouth

Dartmouth

Morlaix

Brest

BRETAGNE

Concarneau

Lorient

St Nazaire

0   50 km

DANEMARK

ALLEMAGNE

ROYAUME-UNI

FRANCE

ITALIE

ESPAGNE

Europe occupée

Cartographie : C.A.R.T.

Remerciements

Toute ma gratitude à David Birkin, pilote de canonnières chargées de missions clandestines durant la
guerre, qui m'a permis de compulser sa collection
de cartes originales et de livres de bord; à David
Beaty et Tony Spooner, pilotes de Wellington et de
Liberator, qui participèrent à des opérations de
chasse contre des sous-marins allemands et eurent
la gentillesse de me fournir de nombreuses et fort
utiles informations; à Patrick Beesly pour l'aide
qu'il m'a apportée sur les techniques de recherches
des submersibles ennemis employées par l'Amirauté
au cours du conflit; et à Robin Coventry et Sir
Brooks Richards pour leurs longues lettres aux
renseignements si précieux.

PREMIÈRE PARTIE

1935-1939

CHAPITRE PREMIER

Il était enfermé dans un petit placard sombre, chaud et puant. De l'autre côté de la porte il entendait s'élever des voix, tantôt fortes et dures, tantôt basses et chuchotantes. Il essaya d'appeler mais ne parvint pas à émettre le moindre son. Son corps, bien que libre de toute entrave, se refusait à bouger. Il avait dû mouiller son lit car sous lui le drap était humide. Soudainement son cœur se souleva, un épais jet de vomi se répandit sur l'oreiller, souilla ses cheveux. N'ayant ni eau ni serviette, il essaya désespérément de nettoyer avec un coin du drap, torturé par l'idée que là encore il faisait mal.

Il s'allongea de nouveau sur le lit, tremblant malgré la chaleur. Il se sentait misérable, des larmes roulèrent sur ses joues et il cria « Maman! » une fois, puis se rappela qu'il ne fallait pas appeler, qu'il devait rester silencieux. Envahi par un sentiment de solitude, il aurait voulu fermer les yeux et s'endormir pour toujours.

Il entendit à nouveau des voix : celle de sa mère, claire et assurée, et celle d'un homme, basse et furtive. Puis les voix furent un bourdonnement continu, ensuite elles montèrent d'un degré. Il y eut un grand cri, et ce fut le silence. Il se retrouva soudain dans une chambre; sa mère était étendue immobile sur le lit. L'homme lui tenait les bras derrière le dos pour l'empêcher de bouger. Elle leva les yeux vers celui-ci, les lèvres entrouvertes, les dents visibles; mais elle ne criait pas, elle souriait. L'homme et sa mère se mirent à remuer d'une étrange façon, qu'il ne comprenait pas. Puis l'image s'estompa.

Une fois encore il était dans le placard, incapable de respirer, suffoquant de chaleur. Il entendait toujours des voix, mais maintenant plus lointaines. Ecrasé d'un affreux désespoir qui l'oppressait, il ne pleurait pourtant plus : il apprenait à ne pas pleurer. Il avait l'impression d'avoir été seul toute sa vie.

Paul Vasson s'éveilla en sursaut. Un court instant il se demanda où il était, puis il reconnut les contours familiers de la chambre minable et reposa sa tête sur l'oreiller en soupirant. Les voix de son rêve continuant à murmurer, il tendit l'oreille et s'aperçut qu'elles montaient de la rue. L'une d'elles avait un fort accent provençal qu'il reconnut pour celui du vieux concierge de la maison voisine. Il ferma les yeux, essaya de se rendormir mais en vain. Il avait dormi d'un sommeil agité moins d'une demi-heure et était à présent parfaitement éveillé.

Il s'assit, balança ses jambes hors du lit. Il avait la bouche sèche, l'estomac chaviré. C'était la peur, qui se révélait pire encore qu'il n'avait imaginé : glaciale, lancinante, déprimante. En outre le cauchemar n'avait rien arrangé. C'était toujours le même rêve : le petit local, la porte fermée, la chaleur suffocante; et des détails nombreux, précis. Il se rappelait sa honte quand sa mère avait, en ouvrant la porte, vu ce qu'il avait fait; il se souvenait d'avoir éclaté en sanglots avant même qu'elle le frappe. Plus tard elle l'avait lavé, changé, et puis — et puis elle lui avait donné un petit baiser sur le front.

Ou bien n'était-ce pas une autre fois qu'il avait reçu cet étonnant baiser?

Vasson se leva, gagna la fenêtre à tâtons et entrouvrit les volets pour laisser entrer un rayon de soleil. Il ne laissait jamais pénétrer trop de lumière car elle révélait le mobilier misérable et la peinture écaillée.

Quelle heure pouvait-il être? Quatre heures de l'après-midi sans doute — trop tôt encore pour sortir. Il ramassa *la Dépêche du Midi* traînant par terre et se laissa tomber à nouveau sur le lit. Les titres ne l'intéressaient pas : un demi-million de chômeurs, protestation de la France contre le traité naval anglo-allemand, afflux croissant de réfugiés juifs allemands en France.

Il passa à la page des sports, mais ne réussit pas davantage à s'y intéresser et jeta le journal sur le sol. Comme il était nerveux!

Il se leva brusquement et tout nu traversa la chambre. Prenant une serviette propre dans la commode, il l'enroula autour de sa taille, versa un peu d'eau dans la cuvette posée sur l'unique table de la pièce, s'aspergea le visage puis se regarda dans le petit miroir. D'habitude il évitait les glaces, qui le mettaient mal à l'aise, mais ce jour-là il voulait être sûr d'avoir l'air normal, *ordinaire*. Il vit un visage mince, aux petits yeux sombres emplis de frayeur. Surtout, ne pas montrer sa peur, Seigneur!

Paul entreprit de raser les poils qui poussaient de façon inégale sur son menton. Se regardant dans le miroir, il poussa un juron étouffé en constatant que son teint, d'habitude brouillé, avait viré au jaunâtre. Il frissonna, sentit son ventre grouiller et se précipita dehors vers les toilettes situées au bout du couloir. En ouvrant la porte il eut un haut-le-cœur tant la cuvette bouchée exhalait de puanteur. Mais il n'avait plus le temps d'aller à d'autres cabinets se trouvant deux étages au-dessous. Il s'accroupit comme un malheureux sur le siège en murmurant : « Oh! bonne mère de Dieu! »

Quand les spasmes se calmèrent enfin, Vasson se releva, les boyaux vides, et sortit rapidement sur le palier pour respirer. Il demeura un moment immobile, à l'écoute. L'immeuble était silencieux. De faibles bruits montaient de la rue par la cage d'escalier, des ronflements lui parvenaient par le couloir. La plupart des femmes étaient endormies ou sorties, bien que certaines puissent avoir des clients. Personne ne l'avait vu.

Il retourna à sa chambre, sûr d'une chose : il poursuivrait sa mission. Quand il aurait quitté cet horrible endroit, il ne fallait ni recul, ni abandon. Et il devait le quitter.

Ce n'était pas tant la crasse et les filles écœurantes que l'humiliation. Le Patron lui avait confié cette maison dans le seul but de l'humilier, il en était certain. N'importe quel petit mac du quartier aurait fait l'affaire. Les femmes étaient vieilles, usées et pitoyables, elles n'avaient pour clients que des ivrognes ou des pervers. Rien que de les voir le dégoûtait. Ce boulot était une insulte.

Au début Vasson avait cru que le Patron le mettait à l'épreuve, avant de le faire travailler pour de bon. Mais au bout de six mois il avait compris qu'il le maintenait délibérément à l'écart dans ce trou. Il le traitait comme moins que rien. Quel imbécile!

Il s'habilla avec soin — pantalon de coton, usagé mais bien repassé, chemise blanche — et hésita sur le choix des chaussures; les vieilles étaient éculées et les neuves, cachées dans leur boîte, avaient un chic bien tentant. Elles étaient de deux teintes, noir et blanc, faites du maroquin le plus souple et fort chères. Non, trop risqué, décida-t-il finalement. Les petits maquereaux n'avaient pas d'argent pour ce genre de choses.

Il se baissa, ouvrit le dernier tiroir de la commode branlante, en inspecta le contenu : costume neuf en lin bleu clair, chemise en soie, cravate, chaussettes de fil, portefeuille avec carte d'identité, permis de conduire et sept mille francs en grosses coupures. Une vraie affaire, ce costume. Goldrich, le tailleur, lui avait d'abord demandé le prix fort, puis avait rapidement consenti au rabais exigé par Vasson. Appartenir à une organisation avait cet avantage que les gens ne discutaient pas avec vous. De toute façon, Goldrich était juif et les Juifs ont toujours les moyens de baisser leur prix.

Pour les papiers, il avait eu plus de mal, mais cela valait la peine qu'ils lui avaient donnée car il était quasiment impossible d'établir leur provenance. Il était allé à Lyon, s'imposant deux heures de train fastidieuses. Mais plus c'était loin de Marseille, mieux c'était. Et dans le pire des cas, si l'on cherchait à vérifier la provenance des documents, ce serait étonnant que l'on cherche du côté de Lyon. De toute façon, on ne trouverait rien; car Vasson avait évité d'aller chez le fournisseur local — si tant est qu'il en existât un. Au lieu de cela, il avait surveillé l'entrée du Collège des sciences physiques, rue de la Trinité, et, au bout de deux longues journées, avait enfin repéré un étudiant qui lui ressemblait. La taille ainsi que la couleur des cheveux convenaient et le jeune homme devait avoir vingt et un à vingt-deux ans. Vasson en avait vingt-trois, mais il ne s'était jamais considéré comme étant jeune. Il ne s'était jamais senti jeune, même étant enfant.

Il avait suivi l'étudiant jusqu'à un immeuble haut et laid se dressant dans un faubourg de la ville et avait vu une lampe s'allumer au dernier étage à gauche. Vasson avait été malade à la pensée de ce qu'il serait peut-être obligé de faire; il haïssait l'idée même de violence mais, comme il était peu probable que l'étudiant laissât ses papiers chez lui dans la journée, il faudrait les lui prendre pendant qu'il dormirait. Même si le risque d'être découvert — et d'avoir à se défendre — terrifiait Vasson.

En définitive l'opération s'était révélée ridiculement facile. La porte de derrière de l'immeuble était ouverte tout comme — chose surprenante — celle de la chambre de l'étudiant. Le cœur de Vasson battait si fort que le connard devait sûrement l'entendre; mais non, il ne s'était pas réveillé, et quelques minutes avaient suffi pour trouver sur une petite table le portefeuille. Vasson était ressorti, malade de nervosité, et avait vomi dans la ruelle longeant la maison.

Le portefeuille contenait une carte d'identité au nom de Jean-Marie Biolet, âgé de vingt-deux ans, résidant à Saint-Etienne. La photo avait un peu déçu Vasson, car elle montrait moins de ressemblance avec lui qu'il ne l'avait espéré; mais un changement de coiffure et des lunettes atténueraient les différences. En revanche le permis de conduire constituait une bonne surprise, qui faisait plus que compenser la déception causée par la photo.

Il était extrêmement satisfait de sa petite expédition. A Marseille, il aurait pu se procurer aisément une carte d'identité, mais c'eût été une erreur; sous la contrainte quelqu'un, ici ou là, pouvait parler. Tandis que nul ne pourrait jamais relier les papiers de Jean-Marie Biolet à Paul Vasson; et de savoir cela le remplissait de satisfaction. Cette nouvelle identité signifierait une rupture totale avec le passé. Demain Paul Vasson, né dans le vieux quartier de Marseille, aurait cessé d'exister; cette idée suscitait en lui une curieuse excitation.

Il examina le dernier objet se trouvant dans le tiroir : une ceinture porte-monnaie dans laquelle les deux cent mille francs qu'il lui restait à toucher trouveraient probablement à se loger; cependant il n'en serait sûr qu'une fois la chose faite. Il avait demandé de grosses coupures mais la somme prendrait quand même pas mal de place. Inutile de s'en préoccuper trop à l'avance.

Vasson referma le tiroir à clef, parcourut la pièce des yeux, mit ses affaires de toilette dans un sac de voyage, avec son imperméable et son chapeau mou. Le reste, il le laisserait, ce ne serait pas une grande perte. Son regard fut attiré par une coupure de magazine accrochée au mur au-dessus du lit, un dessin publicitaire stylisé d'une voiture : la Delage D8 SS, la perfection même. Il la prit et la contempla comme il l'avait fait une centaine de fois auparavant. Il avait souvent rêvé à ce que ce devait être de conduire un pareil engin, de le sentir contre son corps : les sièges de cuir, la vibration du moteur de 4 litres accélérant jusqu'à 160 kilomètres à l'heure, et la longue et lisse carrosserie toute neuve et brillante, luisante comme la fourrure d'un chat. Il plia la photo et la rangea dans son portefeuille. Bientôt — ce soir — il aurait assez d'argent pour s'offrir une D8 SS. Cette idée l'excitait beaucoup; il eut un rire nerveux.

Le vent frais qui soufflait parfois du port était tombé et il régnait dans la chambre une atmosphère étouffante. Bien qu'il fût encore un peu tôt pour rencontrer Jojo, Vasson éprouva subitement l'envie de sortir, de bouger avant de se mettre à trop réfléchir. Réfléchir, c'était utile lorsqu'on dressait des plans. Il aimait faire des plans. Mais cela ne servait à rien maintenant. Il se mit à penser à ce qui pourrait aller de travers.

De toute façon, il était trop tard maintenant; il ressentait un choc en pensant qu'il était *vraiment* trop tard.

Il descendit rapidement l'escalier, s'avança sur les pavés de la rue, cligna des yeux dans le soleil éclatant de l'après-midi. Le vieux quartier était noir de monde et il dut se frayer un chemin entre les groupes de passants déambulant dans les ruelles étroites. Deux Arabes marchant bras dessus, bras dessous lui barrèrent la route et il les contourna en jurant; un des Arabes rit et embrassa la joue barbue de l'autre. Des enfants jouaient, les pieds nus, devant leur porte tandis que leurs mères suspendaient du linge aux fils tendus entre les maisons vétustes, ou s'interpellaient bruyamment de leurs balcons.

Vasson regardait la scène avec dégoût : rien n'avait changé depuis son enfance, vingt ans plus tôt. Les gens vivaient comme des porcs, collés les uns aux autres, sans désir de changer, d'échapper à leur misère. Ils étaient contents de vivre ainsi leur existence minable.

Un gosse jaillit d'une entrée en riant, se heurta à Vasson, faillit le faire trébucher, se dégagea vivement et détala dans une ruelle. A moitié décidé à le poursuivre, Vasson le suivit d'un regard noir et le vit soudain tomber sur les pavés, les bras en croix.

« Bien fait pour ce petit démon! » se dit Vasson. Il s'approcha de l'enfant immobile, lui chatouilla les côtes de son pied. Le petit garçon leva lentement la tête et tourna vers l'homme un visage ensanglanté, grimaçant de souffrance. Vasson, debout, le regardait; l'enfant baissa la tête et se mit à pleurer. Il y avait quelque chose de poignant dans ses petites épaules secouées de sanglots; Vasson se pencha et avança une main hésitante. Il saisit le corps frêle, le releva en le tenant à bout de bras et ce contact fit naître en lui une étrange sensation. D'un geste un peu brusque, il tapota la joue du garçonnet et lui demanda : « Ça va ? »

Comme le gamin continuait à pleurer, Vasson s'agenouilla et, très lentement, l'attira vers lui, lui passa un bras autour des épaules. Soudain l'enfant se raidit et cria : « Me touche pas, salaud ! » Le petit visage tout près du sien était plein de mépris. Vasson se releva vivement, furieux, tandis que le gosse s'enfuyait en le couvrant de noms obscènes.

Ravalant sa colère, Vasson gagna le port. Ce sacré gosse s'était moqué de lui. « Les enfants sont comme tout le monde, pensa-t-il rageusement ; ils cherchent à vous avoir. » Il marcha le long du quai d'un pas rapide mais ne tourna pas dans la rue où Jojo habitait. Ce ne fut que lorsqu'il fut calmé qu'il fit demi-tour et prit la direction de chez Jojo. Comme il avait encore une demi-heure d'avance, il hésitait entre attendre dans la rue ou monter à l'appartement. Ce qui le faisait hésiter, c'était la femme de Jojo.

C'était une sacrée garce, qui mettait Vasson mal à l'aise. Intelligente, sournoise comme un chat, elle avait le don de rabaisser les gens, en particulier les hommes à qui elle ne plaisait pas et qui n'étaient guère nombreux. Elle était d'une beauté criarde, animale, qui faisait perdre la tête aux hommes et Vasson faisait de son mieux pour l'éviter.

C'était aussi une putain.

Pendant quelques minutes, Vasson s'appuya au mur, indécis, mécontent de ce que cette sale femme puisse le rendre nerveux. Soudain, il prit son parti et entra dans l'immeuble en pensant : « Bon Dieu ! Quelle idiotie de me faire du souci ! » Aujourd'hui, la femme de Jojo allait être le moindre de ses problèmes.

Etendue sur le lit, Solange tirait de longues bouffées de sa cigarette. Elle remarqua que ses mains tremblaient et n'en fut pas étonnée : jamais elle n'avait été aussi furieuse. Elle savait avoir un affreux caractère ; ce n'était pas sa faute, elle était ainsi. Cela venait peut-être du sang mêlé. Elle aimait croire qu'elle avait hérité les douces qualités de sa mère cambodgienne mais elle tenait surtout de son père, un métis martiniquais qui adorait se battre et était mort dans une bagarre de bistrot.

Solange aimait Jojo mais elle avait parfois, comme ce jour-là, positivement envie de l'étrangler. Pourquoi, oui, pourquoi ne pouvait-il aller de l'avant et faire vraiment quelque chose ? Tout ce qu'il savait, c'était parler — et même en paroles il faisait marche arrière.

Des bruits venaient de la petite cuisine ; elle aurait parié que Jojo se confectionnait un de ses épais cafés noirs bien-aimés. Elle pensa aller le chercher à la cuisine, mais cela finirait comme les autres fois, elle lui jetterait quelque chose à la tête. Voici une heure, c'était un cendrier dont les morceaux étaient encore sur le plancher, et Jojo avait traité cela par le mépris. Ils s'étaient à nouveau querellés pour le même motif : leurs projets d'avenir. Ils en avaient discuté d'innombrables fois et Solange avait pris plaisir à broder sur les détails. L'idée était simple : dès qu'ils auraient économisé assez d'argent, ils prendraient un appartement sur la Canebière. Quelque chose de chic avec de grandes pièces et une belle salle de bains, pour y vivre tous les deux seuls. Pendant la journée, Solange recevrait ses clients, uniquement des types bien et sur rendez-vous. Elle aurait une femme de chambre-secrétaire, en robe noire élégante, pour ouvrir la porte et téléphoner. Le soir, Jojo l'emmènerait dans des restaurants chic comme *la Babayette* où les serveurs en faux col flambaient les crêpes à votre table. Ce serait merveilleux ; leur nouvelle vie serait magnifique, elle en était certaine.

A présent qu'elle avait presque gagné la somme nécessaire — souvent en prenant des clients qu'elle aurait dû normalement passer à une autre — Jojo tergiversait et Solange avait l'impression qu'il redoutait simplement la réaction du Patron. Au diable ce vieux! D'autres filles avaient quitté avant elle les établissements du Patron et il ne leur était rien arrivé. Jojo n'était qu'un froussard.

Solange en avait assez de *la Maison Rouge;* c'était une vilaine boîte dont la réputation empêchait ses meilleurs clients de venir la voir plus souvent. Ceux qui l'honoraient régulièrement de leur clientèle n'étaient que des minus, sans classe, sans style. Solange méritait mieux, tout le monde le disait, mais elle ne se faisait pas d'illusions, elle ne s'en tirerait pas seule, elle avait besoin de Jojo pour la protéger.

Lorsqu'il apparut sur le seuil de la cuisine, elle devina qu'il était encore fâché. Il évitait de croiser son regard et traînait les pieds comme un enfant boudeur. Soudain, elle ne se sentit plus d'humeur à crier, sa frustration et sa rage commencèrent à se dissiper. Elle s'approcha de lui, le prit par les épaules et murmura :

— Excuse-moi.

Jojo fit la moue. Il aimait se poser en martyr, et Solange savait qu'elle devrait lui faire des mamours pour qu'il lui pardonne, et que cela prendrait au moins deux jours. Elle pensa : « La vache, avec ses grands airs! » Mais en même temps, elle devait jouer jusqu'au bout son rôle de pécheresse repentante. Elle soupira :

— Tu me pardonnes?

Jojo tourna la tête vers la fenêtre en haussant les épaules, mais elle sentit ses défenses faiblir.

— Allez, on sort boire un verre, dit-elle avec un grand sourire. C'est ma tournée.

Jojo se dégagea, l'air penaud. « Il se sent coupable de quelque chose qu'il me cache », se dit-elle.

— Je vais sortir. Vasson doit passer me prendre. On a... du boulot, murmura-t-il.

Solange se figea. Elle savait ce que le mot boulot signifiait : ils allaient faire une livraison pour le Patron. Sa colère resurgit et elle s'écria :

— Tu es complètement cinglé! Si tu te fais prendre, tu écoperas des années de taule, et c'est toi qui les tireras, pas le Patron! Il n'a qu'à faire lui-même son sale travail.

Jojo fit le tour du petit appartement en ramassant ses vêtements éparpillés, mais Solange le poursuivit de ses récriminations :

— Pourquoi il est si riche, à ton avis? Parce qu'il trouve des crétins comme toi pour trimbaler la came à sa place. Ah, doux Jésus!

Jojo se retourna brusquement.

— Ferme-la! Tu veux que tout le monde soit au courant?

Dans le silence qui suivit, elle entendit un bruit derrière la porte et tourna vers le souteneur un regard effrayé. Jojo, qui avait entendu lui aussi, gagna la porte en deux enjambées, l'ouvrit et dit, l'air soulagé :

— Ah! c'est toi. Entre, bon Dieu.

Une fois que Vasson eut pénétré dans l'appartement, Solange lui lança un regard furibond. Elle se retourna vers Jojo, le saisit par le bras et laissa libre cours à sa colère :

— Vous n'avez rien dans la cervelle, ni l'un ni l'autre! Vous vous croyez malins, hein? — Et se tordant les mains dans un geste de désespoir : —Vous êtes fous!

Jojo se tourna lentement vers elle et lui lança d'une voix glaciale :

— Ferme-la, espèce d'emmerdeuse. Tu dis des conneries. Tu ferais mieux de t'occuper de tes affaires.

Solange le regarda avec stupeur : il ne lui avait jamais parlé de cette façon, il l'avait toujours traitée avec respect. Soudain elle comprit qu'il cherchait à impressionner Vasson. Elle regarda celui-ci avec dégoût; elle l'avait toujours détesté. C'était un vrai casse-pieds, toujours là quand on ne lui demandait rien. Certains se laissaient prendre à ses airs distingués — il avait, disait-on, été éduqué par les jésuites — mais elle, elle le voyait pour ce qu'il était : une sale petite crapule sournoise.

Il y avait aussi en lui quelque chose d'autre, quelque chose d'anormal qu'elle ne parvenait pas à identifier clairement mais qui lui donnait la chair de poule.

L'œil fixé sur lui, elle vit qu'il était mal à l'aise. « C'est bon », pensa-t-elle. Revenant à son problème, elle se demanda quoi faire pour persuader Jojo de renoncer à cette idée stupide. Cela lui déplaisait de discuter avec lui devant Vasson, mais il le fallait.

— *S'il te plaît*, Jojo, murmura-t-elle. N'y va pas. Ne t'embarque pas dans ce genre d'affaire. Tu comprends pas que le Patron se sert de toi?

— Je fais ce qu'on me dit et je suis peinard, répondit le maquereau. De toute façon c'est de l'argent en plus...

Il prit une serviette de toilette, sortit sa chemise de son pantalon et se dirigea vers la cuisine en disant à Vasson :

— J'en ai pour une minute.

— T'es complètement dingue! cria Solange à la porte fermée.

« Impossible de lui faire comprendre, à cet idiot, pensa-t-elle. Il finirait en prison et elle resterait coincée dans ce trou. Quel sacré gâchis! » Elle jeta un coup d'œil à Vasson qui, assis sur une chaise, allumait une cigarette en feignant de ne rien entendre. Solange hésita. Elle répugnait à lui demander quoi que ce soit, surtout un service, mais c'était peut-être la solution. Elle tira une autre chaise près de lui, s'assit.

— Et toi, qu'est-ce que t'en penses? dit-elle. Reconnais que c'est dingue. Si vous êtes pris, c'est vous qui écoperez, pas le Patron.

Vasson gardait la tête baissée et pendant un moment, elle crut qu'il ne lui répondrait pas. Puis ses yeux sombres se portèrent sur la prostituée qui fut surprise par l'intensité de son regard.

— Je fais ce qu'on me dit, comme Jojo, déclara-t-il en souriant. Je suis nouveau dans ce boulot, et je dois marcher avec le Patron si je veux rester dans le coup.

Il continuait à sourire en fixant Solange. « Il me le fait au charme! » pensa-t-elle. Très bien, s'il jouait à ce petit jeu, elle savait y jouer aussi. Elle se rapprocha, posa une main sur sa cuisse.

— T'es intelligent, tu vois bien que c'est trop risqué...

Elle lui adressa un long regard appuyé; c'était son arme favorite, qui faisait d'ordinaire son effet. Mais presque aussitôt, elle s'aperçut qu'elle avait commis une erreur. Une lueur s'était allumée dans les yeux de Vasson, une lueur de peur et presque de... oui, de *répulsion*. Elle fut un instant déconcertée, et puis elle comprit. « Ah, c'est ça, pensa-t-elle, c'est ce que je n'arrivais pas à piger; tu détestes les femmes. » Elle retira sa main. Il ne souriait plus :

— Rien n'est trop risqué si on est prudent, répondit-il enfin en la toisant de ses yeux froids. Jojo a raison, tu ferais mieux de t'occuper de ton gagne-pain.

Il avait prononcé le dernier mot avec un mépris sur lequel elle ne pouvait se méprendre. Elle serra les dents. Il l'avait humiliée, et elle se dit : « Un jeu pour toi, mais attendons la fin. » Solange entendit Jojo sortir de la cuisine, se retourna, et comprit à son expression que la discussion était close. Elle se leva, alla s'installer dans son coin favori, sur une chaise longue rose, et pensa : « Qu'il aille se faire voir! »

Jojo l'embrassa sur la joue et dit :

— A plus tard. Je sais pas à quelle heure.

Solange ne répondit pas. Les yeux fixés sur la fenêtre, elle sentait l'angoisse lui serrer le cœur et savait qu'elle ne cesserait d'être inquiète qu'au retour de Jojo, sain et sauf.

Vasson regardait Jojo marcher devant lui à grandes enjambées et se demandait la raison d'une telle hâte. Pourvu que le rendez-vous n'ait pas été avancé, cela gâcherait tout. Il avait dit dix heures à l'Arbi, et tout avait été arrangé en conséquence.

— Pourquoi se presser? demanda-t-il en se portant à la hauteur de Jojo. On a tout le temps. Il n'est que six heures.

— Hein? fit Jojo en ralentissant et regardant autour de lui, comme s'il ne savait plus où il se trouvait. Excuse-moi, je... pensais à autre chose.

« A Solange, songea Vasson, soulagé, pas au rendez-vous. » Il frissonna en se rappelant la main baladeuse, la grande bouche ouverte, la peau brune, grasse et sale. Elle ne soupçonnait pas à quel point elle le dégoûtait. Mais au moins elle avait mis Jojo dans tous ses états, au point qu'il n'y voyait plus clair, ce qui faciliterait les choses. Il se demanda quoi dire, pour commencer. D'abord s'assurer de l'heure.

— C'est toujours pour dix heures? reprit-il d'un ton désinvolte.

— Quoi?... Ah oui, pas de changement, répondit l'autre, l'air soucieux, les yeux fixés sur le trottoir.

Vasson décida de glisser quelques mots de sympathie avant de poursuivre; un tour intime dans la conversation lui sembla nécessaire.

— Je suis sûr que tout ira bien à ton retour, assura-t-il en touchant le bras de Jojo. Elle aura déjà oublié pourquoi elle était fâchée.

Le visage du souteneur s'éclaira et Vasson se dit qu'il avait bien manœuvré.

— Franchement, il y a des jours, je me demande pourquoi elle se met en rogne comme ça, fit Jojo en hochant la tête. Je ne peux pas comprendre. L'ennui... — il lança un coup d'œil de côté avec une expression impénétrable — c'est que je me suis habitué à elle...

Ils tournèrent le coin d'une rue et Vasson passa derrière son compagnon pour éviter deux femmes en fichu noir bavardant au milieu de la chaussée. Il se demanda s'il devait attaquer maintenant la question importante, ou plus tard. Jojo ne voudrait peut-être pas répondre en pleine rue. Ne vaudrait-il pas mieux attendre qu'ils aient pris quelques pastis, que Jojo soit plus détendu? D'autre part, le temps passant, le bon moment pourrait ne pas revenir. Vasson se flattait de savoir juger du moment opportun.

Soudain il décida que ce moment, c'était maintenant. Seule la peur, comprit-il, l'avait retenu. Il revint à la hauteur de Jojo, le cœur battant. Il avala sa salive, puis :

— Moi aussi j'ai un problème de femme. Je dois voir une fille ce soir, un vrai volcan... mais elle ne quitte pas son travail avant neuf heures et... Même si je ne la vois qu'une demi-heure, c'est très important. Je ne pourrais pas te retrouver *là-bas*?

Comme Jojo le regardait fixement, Vasson prit un air triste et penaud, puis partit d'un rire nerveux.

— Je sais que c'est idiot, mais je suis salement mordu et il y a un autre type qui tourne autour d'elle. Argent, voiture, costumes chic — il a tout, ce gars. Ma seule chance, c'est de la voir ce soir et de lui expliquer...

Il laissa sa phrase en suspens, l'air éperdu d'amour.

Les deux hommes débouchèrent sur les quais, remontèrent une petite allée longeant un entrepôt de poissons. C'est là que la voiture était garée. Jojo ne répondait rien; Vasson lui lança un coup d'œil de côté, essayant de lire sur son visage. Jojo s'arrêta pour ouvrir la porte du garage et répondit en fronçant les sourcils :

— Faudrait que je te dise où est le rancart et tu connais les règles du Patron.

— Je n'avais pas pensé à ça, fit Vasson en se caressant le menton.

Jojo sortit la voiture, Vasson referma la porte du garage et monta dans la traction qui descendit vers le quai en cahotant doucement sur les pavés. Jojo alluma une cigarette d'une main et lança d'un ton jovial :

— Eh bien, où va-t-on? Chez Hamid ou au nouveau bar, rue Caisserie? Il y a un restau à côté où on mange un couscous terrible!

« Merde, il ne marche pas! » pensa Vasson. Il lui faudrait donc prévenir l'Arbi d'organiser une filature et rester avec Jojo jusqu'à la fin, en s'éclipsant au tout dernier moment. Il n'aimait pas cela du tout, c'était terriblement risqué. L'irritation le gagnait. Bon Dieu, il ne demandait pas grand-chose. Simplement un peu de confiance, et Jojo qui était supposé être son ami ne lui donnait même pas cela! Voyant que celui-ci attendait une réponse, Vasson haussa les épaules et marmonna :

— N'importe où, ça m'est égal.

— Bon Dieu! c'est sérieux à ce point, avec cette fille?

— Oui, c'est grave.

Jojo poussa un long soupir.

— Bon, d'accord, t'as gagné. Mais si le Patron apprend un jour que je t'ai dit où l'on va, je te tue. Il est nerveux en ce moment; il y a des problèmes, comme tu sais.

— Ah bon?

— L'Arbi cherche à nouveau à se faire une place. T'as dû en entendre parler.

— Non, pas du tout.

Vasson aimait mentir, avant tout parce que c'était tellement facile. Il aimait broder sur un mensonge, bâtir dessus toute une histoire, rajouter des détails. Il en tirait de grandes satisfactions.

Vasson fit semblant de réfléchir, puis dit :

— Je ne vois pas comment le Patron l'apprendrait, mais si tu penses vraiment qu'il y a un risque...

— Non, non. Vas-y. Va la voir. Mais ne me laisse pas dans le pétrin. Sois à l'heure.

Il s'arrêta à un croisement et poursuivit à voix basse :

— C'est un petit magasin situé derrière *l'Entrepôt du Midi*, dans la même rue que *la Ronde*, la boîte de nuit. Il est marqué « Laborde et Fils » sur la porte.

— Merci. Merci beaucoup. Je me souviendrai de ta gentillesse.

Vasson souriait avec chaleur. Il était *vraiment* content. Jojo lui avait fait la plus grande faveur de sa vie.

— Bon, on va où, maintenant?

— Chez Hamid. Je n'aime pas le nouveau bar.

Vasson ne l'aimait pas parce qu'il n'y avait qu'un téléphone au comptoir.

Il y avait déjà du monde chez Hamid, où l'air sentait la fumée et le tabac à priser. Les deux hommes se faufilèrent au bout du comptoir et commandèrent des Pernod. Vasson ne cherchait pas à cacher sa satisfaction : après tout, il allait voir la fille dont il était amoureux. Il ne lui restait plus qu'à donner le coup de téléphone et ce serait facile. Il attendit que Jojo ait commandé une seconde tournée, regarda ostensiblement sa montre et dit :

— Écoute, je vais essayer de l'avoir maintenant à son travail. Ça m'évitera d'aller la chercher.

— Elle bosse où ? demanda Jojo en allongeant son pastis d'un peu d'eau.

— A *la Belle Epoque*. Une boutique de vêtements sur la Canebière. La classe.

— Comment elle s'appelle ?

— Marie-Hélène. Hé, pourquoi toutes ces questions ? Tu veux me la piquer ? protesta Vasson en décochant une bourrade amicale dans les côtes de Jojo et pensant : « Il faut arrêter cette inquisition. »

— Non, j'ai assez de problèmes avec Solange. Elle ne me laisse pas le temps de voir d'autres femmes. De toute façon, je suis pas instruit comme toi, je peux pas me taper des filles qu'ont la classe et qui travaillent dans la mode.

Vasson sortit son portefeuille, posa un billet sur le bar.

— Tiens, rebois un verre pendant que je téléphone.

« Boire occuperait Jojo. »

— Qu'est-ce que t'as là ? demanda celui-ci en prenant le portefeuille encore ouvert.

Vasson crut que son cœur s'arrêtait de battre et pensa : « Nom de Dieu ! Qu'est-ce qu'il a repéré ? » Mais Jojo se contenta de sortir la coupure de magazine sur laquelle était dessinée la Delage.

— Encore cette bagnole ! Les belles voitures, les filles de la Canebière : t'as des goûts de riche, mon vieux.

Il hochait la tête et son doigt tapotait la photo.

— Il n'y a pas de mal à rêver, non ? répondit Vasson en haussant les épaules.

— Aucun mal... pourvu que ça te fasse pas faire des conneries, répondit Jojo en remettant la coupure dans le portefeuille qu'il lui rendit.

Il sourit, pour atténuer sa remarque, mais Vasson n'en eut pas moins l'impression qu'il lui faisait la leçon, comme à un enfant.

— Ne t'en fais pas, dit-il en rempochant son portefeuille.

Il traversa rapidement le bar, prit la porte du fond et déboucha dans une arrière-salle où se trouvait Hamid.

— Je peux me servir du téléphone ?

Hamid, un Tunisien qui, après avoir passé vingt ans à Marseille, portait encore une djellaba montra l'appareil posé sur le bureau.

— *Salam*, mon ami. Vas-y, je t'en prie.

— En privé, si ça ne te dérange pas...

— Bien sûr !

Le vieil homme sourit, disparut dans le bar et ferma la porte derrière lui. Vasson se rappela qu'il y avait un autre téléphone dans la salle mais se dit qu'il entendrait un déclic si quelqu'un essayait d'écouter sa conversation. Il doutait qu'il y eût un autre appareil à l'étage. Hamid était un homme d'affaires prudent, qui n'irait pas dépenser son argent pour ce genre de luxe. Il décrocha, composa le numéro qu'on lui avait donné. Après une longue attente pendant laquelle il se demanda s'il ne s'était pas trompé de numéro, une voix répondit :

— Oui ?

— C'est moi.

— Quelles nouvelles ?

— Dix heures ce soir, au magasin Laborde et Fils, derrière *l'Entrepôt du Midi*, de l'autre côté du port.

— Compris. Et l'autre adresse ?

— Quand vous m'aurez payé.

Après un silence, la voix acquiesça :

— D'accord. On te remettra une mallette au coin de la rue Caisserie et de la rue Roger, à dix heures trente précises. Tu écriras l'adresse sur un bout de papier que tu donneras au chauffeur. Salut.

Vasson raccrocha, prit sur le bureau un stylo, trouva sous un tas de bons de caisse une feuille de papier et écrivit, en capitales d'imprimerie, l'adresse du laboratoire de fabrication d'héroïne que le Patron avait installé dans un quartier tranquille du sud de la ville, derrière la butte de Notre-Dame-de-la-Garde. Il y avait porté de la marchandise une fois et on lui avait dit que ce n'était qu'une planque, mais il était revenu surveiller l'endroit. Trois jours de suite, deux hommes y entrèrent à huit heures et en sortirent à seize, ponctuels comme des employés de bureau.

Il avait suivi l'un d'eux jusque chez lui et appris d'une voisine cancanière que c'était un chimiste qui travaillait naguère pour une grande société pharmaceutique; actuellement, personne ne savait où il travaillait. Vasson n'avait même pas pris la peine de suivre l'autre homme, il savait qu'il avait trouvé le laboratoire.

Il glissa la feuille dans sa poche revolver et retourna au bar. Jojo attendait manifestement de le voir apparaître et Vasson lui fit de loin un grand sourire. Sentant que c'était insuffisant, il plia le bras en se frappant le creux du coude pour faire le geste obscène traditionnel.

— Veinard! s'esclaffa Jojo.

« Tu ne crois pas si bien dire », pensa Vasson.

Il inspecta à nouveau les deux rues. De temps à autre, une voiture balayait de ses phares la rue Caisserie et continuait sans ralentir. Il devait être plus de dix heures et demie mais Vasson n'avait pas de montre. Il avait quitté le bistrot d'Hamid vers neuf heures, avait passé un moment dans un bar qu'il ne connaissait pas, en était sorti un peu avant 10 heures, puis avait déambulé dans les rues pendant une demi-heure au moins. Une des premières choses qu'il s'achèterait, ce serait une montre, une Rolex métallique, décida-t-il, à la fois élégante et pratique. D'ailleurs, bien qu'il n'ait encore jamais eu d'argent, il savait exactement ce qu'il ferait du sien : un appartement en location dans le XVIIIᵉ arrondissement, une Delage D8 SS — elle ne pourrait sans doute être que d'occasion — et une bonne petite affaire. Une boîte, probablement avec des filles de premier choix et un cadre luxueux. D'ailleurs, quelle que soit l'affaire, il travaillerait dur et il réussirait. Il ne pouvait comprendre les gens qui jettent l'argent par les fenêtres au lieu de penser à l'avenir. Pas question pour lui de tomber dans ce panneau. A part la Delage qu'il faudrait payer comptant, il placerait jusqu'au dernier sou.

La voiture n'arrivait toujours pas et il commençait à devenir nerveux. Pourtant, ils avaient besoin de l'adresse... « Et s'ils l'avaient obtenue de Jojo? » songea-t-il soudain avec terreur. Il poussa un gémissement. *C'était évident*, comment n'y avait-il pas pensé avant? S'ils l'avaient fait parler, ils ne viendraient pas, *ils n'apporteraient pas l'argent.*

« Ah, mon Dieu! faites que ce ne soit pas ça, je vous prie. »

Cette terrible perspective l'affola tellement qu'il dut s'appuyer contre le mur. L'argent, c'était tout. Il ne pouvait accepter l'idée de ne pas l'avoir. Il resta immobile contre le mur, comme si en ne bougeant pas, il pouvait différer l'instant de vérité. Il devait être au moins onze heures moins le quart...

Tout à coup, il fut enveloppé de lumière, une longue voiture descendit la rue dans sa direction et il la regarda approcher; il n'y était plus... Une voiture... *La voiture!*... « Ah, mon Dieu, merci, *merci.* » Il avança moitié pleurant, moitié riant.

La portière arrière s'ouvrit, une voix lui cria :

— Monte!

— J'aime mieux pas, répondit Vasson, que le soulagement ne rendait pas imprudent.

Il restait debout près de la portière ouverte.

— Tu veux pas compter l'argent?

Vasson réfléchit et décida finalement que c'était trop risqué de monter. Un coup d'œil suffirait pour voir s'il y avait à peu près la somme.

— Non, passe-le-moi simplement.

— T'as écrit l'adresse?

Une vieille mallette apparut au bout d'un bras, Vasson la saisit, la posa sur le trottoir pour l'ouvrir. A la faible lueur du réverbère, il vit des liasses de billets flambant neufs.

— Mais j'avais demandé des billets usagés! protesta-t-il.

— Ils sortent de la banque. Propres comme un sou neuf.

— Qu'est-ce qui me dit qu'ils ne sont pas dangereux?

— Ils ont pas été fauchés, si c'est ça que tu veux savoir.

Vasson jura mais capitula. Il jeta la feuille de papier dans la voiture et une main s'avança pour fermer la portière.

— Stop! cria Vasson en la maintenant ouverte. Je veux savoir ce qui s'est passé. C'était convenu comme ça.

Il s'agrippait à la porte. Personne ne la fermerait tant qu'il n'aurait pas de réponse. Après un silence, la voix répondit :

— D'accord. On a prévenu nos amis du commissariat de la livraison.

— Pourquoi *eux?*

— On leur devait une petite faveur. Et puis, il faut bien qu'ils arrêtent quelqu'un de temps en temps; comme ça, tout le monde est content.

Ainsi, c'était la prison pour Jojo. Il s'en tirait bien, finalement, et Vasson préférait cela. Il avait de la sympathie pour lui.

La voix s'étant tue, Vasson insista :

— Et le Patron?

— On s'est occupé de lui. Il a eu... un accident, il y a une demi-heure. Et pour le labo, on prend la relève.

Un temps d'arrêt, puis la voix reprit d'un ton sarcastique :

— Tu es satisfait des renseignements?

Vasson ignora la moquerie.

— Oui, oh oui!

— Tu comptes rester dans le coin? L'Arbi pense que ce serait pas bon pour ta santé. Salut.

— T'inquiète pas, je vais faire un long voyage. En Algérie.

La voiture démarra. Vasson se mit à rire : « En Algérie... » C'était une réponse nette.

Il s'éloigna, la mallette à la main, en songeant que tout s'était déroulé parfaitement. Un coup magistral! Il regrettait seulement de ne pas avoir vu l'expression du Patron lorsqu'il avait compris qu'il s'était fait posséder. Ça lui apprendrait, à ce salaud.

Aux abords de la maison, Vasson s'immobilisa : l'endroit paraissait tranquille. Il n'avait pas envie de rencontrer une des filles en allant à sa chambre. Il s'approcha furtivement de l'entrée, pénétra dans le couloir, grimpa l'escalier à pas de loup et colla l'oreille à la porte de sa chambre. Pas un bruit, rien qui pût l'inquiéter. Tout allait se passer très bien. Mais au moment où il glissait sa clef dans la serrure, il comprit qu'il y avait quelque chose d'anormal : la porte n'était pas fermée à clef. Quand elle s'ouvrit, il découvrit le dernier tiroir de la commode jeté sur le sol et le fixa, d'un œil hébété, jusqu'à ce qu'un léger mouvement attire son regard.

La femme de Jojo était dans la pièce. Elle le fixait avec colère. Pendant un instant, ils s'affrontèrent des yeux, sans bouger. Elle haletait; Vasson comprit pourquoi en faisant, du regard, le tour de la chambre. La pute avait fouillé partout. Tout était sens dessus dessous : le costume neuf roulé en boule dans un coin, la chemise en soie pendant sur un côté du lit, une tache grise de saleté sur la manche. Il vit alors l'argent — les sept mille francs reçus en acompte — posé sur la commode à côté des papiers.

Bon Dieu! Les papiers!

Il ferma doucement la porte derrière lui et lança :

— Pourquoi? Pourquoi es-tu venue ici?

— Ordure! s'écria Solange. T'as balancé Jojo!

« C'est emmerdant », pensa Vasson. Il fallait réfléchir vite, mais il serait incapable de penser clairement tant qu'elle continuerait à brailler.

— Tais-toi! ordonna-t-il. Qu'est-ce qui te fait croire que j'ai balancé Jojo?

— Je le *sais!* Mon ami l'inspecteur me l'a dit.

— Impossible.

— Oh! il n'a pas prononcé ton nom, mais ça ne pouvait être que toi. Alors je suis venue ici et j'ai trouvé *ça!* rétorqua la femme en montrant l'argent.

« Peut-être n'a-t-elle pas vu les papiers, pensa-t-il, peut-être n'est-ce pas une catastrophe. » Et puis il comprit qu'elle les avait sûrement vus lorsqu'elle les sortit du tiroir.

Elle les avait vus.

Elle connaissait son nouveau nom.

Vasson fit un pas en avant et dit, d'une voix calme :

— Donne-moi l'argent.

La prostituée recula en jetant un coup d'œil à la porte. « Quelle idiote! » pensa-t-il en lui barrant le passage. Elle prit alors la liasse de billets et la lui lança en criant :

— Le voilà, ton fric, fumier!

Les billets se répandirent sur le plancher. « Voilà qu'elle recommence, se dit-il. Elle salit tout, elle gâche tout sans nécessité. » Il l'agrippa, et vit la peur dans ses yeux. Il allait devoir faire vite, sinon elle hurlerait. Elle se dégagea et courut vers la porte. Vasson savait que la fille n'y parviendrait pas avant lui et cela lui donnait un sentiment de puissance. Au moment où elle posa la main sur la poignée, il lui saisit le bras droit, le lui tordit derrière le dos, fit de même avec le gauche. Il pensa : « Et maintenant, qu'est-ce que je fais? » Comme elle lui donnait des coups de pied, il la serra contre lui pour l'empêcher de ruer et elle se mit à crier. Il comprit alors qu'il devrait aller jusqu'au bout...

Il mit un bras autour de sa gorge et, tandis que de sa main elle tentait de retirer ce bras, il passa l'autre de même; ensuite ce fut tout simple d'emprisonner le cou de la femme entre ses deux mains. Il commença à serrer. Elle s'arrêta de crier, se mit à respirer en longs halètements rauques. C'était trop bruyant, il fallait serrer plus fort. Le bruit devint un gargouillis. « C'est préférable », se dit-il. Alors elle se mit à gigoter et à lui envoyer des coups de pied dans les jambes. L'idée vint à Vasson que ce serait plus facile si elle était à terre.

Il la fit tourner sur elle-même et chercha à la renverser. Elle lança ses mains vers les yeux de l'homme qui sentit des ongles lui lacérer la peau. Pris de panique, il serra plus fort encore et la femme griffa désespérément les mains qui l'étranglaient. Elle avait les yeux exorbités, d'une grosseur qui le stupéfiait.

Surpris de la résistance qu'elle opposait, Vasson se demanda combien de temps elle tiendrait. Solange était à présent violacée, sa langue pointait entre ses lèvres; écœuré, il ferma les yeux pour ne plus la voir. Quand il les rouvrit, le regard de la femme était vide et sa langue, hideuse, pendait toute gonflée hors de la bouche. Il desserra son étreinte, la tête roula en arrière, le corps demeura immobile.

Il se recula sur les mains et les genoux, et se mit à pleurer silencieusement. Pourquoi ne l'avait-elle pas laissé tranquille, cette garce imbécile? Pris de nausées, il s'approcha en titubant de la cuvette et vomit. Puis il plongea le gant de toilette dans le pot et se passa longuement de l'eau sur le visage.

Se rendant enfin compte qu'il devait se presser s'il voulait prendre le dernier train de nuit, il se changea rapidement. En restant tourné du côté du lavabo, il évitait de regarder le cadavre. Il ramassa les billets éparpillés sur le sol, en en abandonnant un dont une partie émergeait de sous la tête de la femme, et les glissa dans sa ceinture, avec ceux de la mallette. Enfin il fut prêt. Les vêtements étaient assez bien, sauf la chemise complètement fripée. Il la donnerait au blanchisseur une fois arrivé à Paris.

Il se regarda dans la glace; il n'avait pas l'air différent mais il savait qu'il ne serait plus jamais le même. Cette femme l'avait souillé, de sa crasse. Cela ne devrait plus jamais arriver. Il faudrait y prendre garde.

Mais du moins il avait l'argent, le bon, le bel argent. A cette pensée, il se sentit libéré.

CHAPITRE II

C'était une belle matinée de septembre. Dans la rade de Plymouth, des navires de guerre se découpaient sur une mer étincelante et, douze milles plus loin, le phare d'Eddystone, parfaitement visible, se dressait comme une aiguille sombre vers un ciel sans nuages. Une brise fraîche soufflait de la mer et sur le promontoire de Plymouth Hoe, il faisait plutôt froid. Quelques personnes seulement se promenaient dans les allées historiques où, selon la légende populaire, Drake avait joué aux boules.

Assise sur un banc, Julie Lescaux contemplait la Manche, au-delà de la jetée, et songeait qu'elle pourrait toujours se tuer.

Non, elle n'en aurait pas le courage, elle le savait. Elle avait toujours été timorée. A l'école, quand ses camarades s'habillaient pour paraître dix-huit ans et aller danser, elle n'osait les accompagner. Les autres filles la traitaient de petite sainte, et c'était vrai qu'elle cherchait toujours à bien se conduire.

Si elles savaient, maintenant...

Étrange comme sa vie avait changé en si peu de temps! Julie s'était toujours considérée comme une fille banale, destinée à mener une existence banale. Non, banale était un peu trop synonyme de terne. Plutôt une existence moyenne.

« Oui, se dit-elle, c'est bien ce que je suis... moyenne. »

Et voilà que c'est elle qui allait être différente de ses compagnes. Elle, la petite sainte. Cela aurait été moins inattendu chez Maggie Phillips, qui avait commencé à se maquiller les yeux et à porter des talons hauts à seize ans. Maggie sortait avec des tas de garçons, on la disait « écervelée ».

Pourtant, ce n'était pas arrivé à Maggie mais à elle. Julie imaginait ce que raconteraient les gens, les phrases convenues, les clichés qu'ils utiliseraient pour parler de ce qui se ramenait à cet énoncé brutal : elle avait dix-neuf ans, elle était enceinte.

Elle avait joué avec le feu.

Elle avait été une fille « facile ».

Elle avait brisé sa vie.

Tous ces gens qui murmureraient derrière son dos en la montrant du doigt, ce serait terrible, non seulement pour elle mais aussi pour sa mère. Ce serait une chose impossible à supporter pour sa mère, pire que tout ce qui peut arriver. Pour sa mère, il fallait de la respectabilité, que l'on puisse marcher la tête haute. Elle faisait grand cas de ce que pensent les gens.

27

Ce serait comme si on la poignardait.

A moins que Julie se marie; mais de cela il n'y avait aucune chance, absolument aucune.

Comment lui apprendre la nouvelle? De quelque manière qu'elle s'y prenne, sa mère l'accuserait d'avoir été ingrate, déloyale, égoïste, d'avoir gâché leurs deux existences. Julie l'entendait déjà. Et sa mère mourrait de honte, de colère et d'amertume.

Le pire, ce serait encore de revoir le docteur Hargreaves. Quel horrible souvenir! Il l'avait profondément humiliée, plus encore qu'elle ne l'avait craint. Il l'avait traitée de dévergondée et d'ingrate. Il lui avait demandé comment elle avait pu se jeter à la tête du premier homme qui lui avait fait des avances. Elle n'avait rien répondu. Elle avait pensé : « Il a peut-être raison. Peut-être suis-je dévergondée. » Pour finir, il ne s'était engagé à s'occuper d'elle que par amitié pour sa mère. Quand il lui avait dit qu'il prendrait les dispositions nécessaires pour que le bébé soit aussitôt adopté, Julie avait été surprise.

Curieusement, elle n'avait pas pensé à l'enfant. Toute l'histoire était à propos d'un bébé à venir, et elle n'avait pas pensé à ce bébé réel. Un bébé... Elle n'y connaissait rien, n'en avait même jamais tenu un dans ses bras. En désirait-elle un? L'aimerait-elle? Elle n'en avait aucune idée.

Elle rabattit sa jupe soulevée par le vent et sentit un regard sur elle. Elle leva les yeux, vit un marin qui marchait lentement dans sa direction et détourna la tête, attendant avec nervosité qu'il soit passé. Pourvu qu'il ne l'aborde pas... Mais l'homme, après s'être arrêté, s'éloigna d'un pas rapide. Soulagée, Julie se rassit sur le banc. Ç'eût été surprenant qu'il l'aborde, elle avait rarement un ennui de ce genre. Sans doute c'est parce qu'elle ne l'avait pas regardé. Elle portait les gants blancs que sa mère l'obligeait à mettre, et une robe plus longue de cinq centimètres que la mode du moment; ce n'était vraiment pas l'habillement d'une femme de mauvaise vie. Elle ne devait pas avoir l'air d'une femme facile, *même si elle en était une*. Julie ferma les yeux en gémissant.

Elle quitta le banc, descendit lentement l'allée. Facile... Non, elle ne méritait pas cette épithète. Cela n'était arrivé que deux fois, après des jours de discours persuasifs. Même après avoir dit oui, elle avait été pleine de doutes. Pour elle, il aurait dû y avoir bien plus d'amour, de tendresse et de petits soins. Mais Bill avait été habile, il avait balayé ses arguments en lui démontrant qu'elle était trop romantique, que la vie n'était pas ce qu'elle s'imaginait. Elle s'était sentie très gauche et sotte. Il lui répétait qu'elle était « immature ». Selon lui, tous les autres officiers couchaient avec leurs petites amies et personne n'en faisait une affaire. Il lui avait fait sentir qu'elle n'était pas dans le ton. Oui, il avait été très habile.

Julie avait longtemps résisté et il avait menacé d'emmener une autre fille au Grand Bal de l'été, l'événement de la saison. Quand sa mère avait appris qu'elle risquait de ne pas y aller, elle avait forcé Julie à écrire à Bill pour arranger les choses.

Julie était donc allée au bal, elle avait bu du gin pour la deuxième fois de sa vie, puis du vin, ce dont elle n'avait pas non plus l'habitude. Bill l'avait ensuite emmenée en voiture sur la lande, et c'était arrivé.

L'expérience avait été brève, douloureuse, Julie avait pleuré. Bill lui avait promis que ce serait mieux la fois suivante mais cela avait été pire. Il l'avait conduite dans un coin isolé et, sans dire un mot, sans même l'embrasser, il s'était jeté sur elle. Il lui avait fait à nouveau mal mais cela avait duré beaucoup plus longtemps et Julie avait éprouvé une répulsion plus grande encore que la première fois. C'était bestial et laid. Une chose était sûre : elle ne se laisserait plus jamais faire.

28

Pendant des semaines, elle s'était sentie terriblement malheureuse mais sa mère avait cru à une querelle d'amoureux. Pour sa mère, Bill était un homme merveilleux, le prétendant idéal pour Julie : beau parleur, élégant, un vrai gentleman. Sa mère n'aurait jamais laissé Julie sortir avec un homme qu'elle jugeait ordinaire. Elle ne lui permettait pas d'aller au *Golden Dance Hall* où l'on rencontrait des sous-officiers, comme le faisaient ses camarades d'école.

Un gentleman... Julie eut un sourire triste. Quand elle avait allégué sa peur de tomber enceinte, il avait écarté la question, comme il faisait pour tout. Il lui avait promis qu'elle ne risquait absolument rien, il ferait attention. « Un vrai gentleman ! » pensa Julie avec amertume.

Un petit voilier apparut près de l'île de Drake et se dirigea vers le milieu de la rade. Julie le trouva joli avec ses voiles blanches et sa coque d'un rouge pimpant. Il filait sur les vagues, rapide comme le vent. Elle continua à marcher et songea à son père — peut-être à cause du bateau. Elle se rappelait sa chère grosse voix. Il était mort quand elle avait douze ans et lui manquait encore terriblement. Il aurait compris, lui; il l'aurait écoutée, les yeux pleins d'amour, puis l'aurait prise dans ses bras en murmurant : « Juliette, ma Juliette. » Il l'aurait protégée et aurait trouvé pour elle un moyen de survivre à tout cela; peut-être l'aurait-il emmenée ailleurs...

Julie s'arrêta soudain de marcher. Partir, c'était peut-être la solution, mais comment? Elle n'avait que quelques livres qu'elle avait économisées sur son maigre salaire de secrétaire. De toute façon, elle ne pourrait garder son emploi actuel; elle devrait quitter Plymouth et se trouver une nouvelle place, et ce ne serait pas facile. Et ensuite? Elle avait peu de parents chez qui aller. Il n'y avait que la tante Beryl, à Ramsgate, qui réagirait comme sa mère. Par ailleurs, Julie ne connaissait pas sa famille paternelle, qui vivait en Bretagne et avec laquelle sa mère avait toujours découragé tout contact.

En descendant la volée de marches conduisant à Grand Parade, elle se demanda l'heure qu'il pouvait être. D'habitude elle sortait le samedi après-midi pour aller prendre le thé avec une de ses amies ou, naguère, pour une promenade en voiture avec Bill. Elle disait chaque fois à sa mère qu'elle serait de retour à cinq heures et demie. Mais aujourd'hui elle avait seulement annoncé qu'elle allait en ville, sans plus. Sa mère avait paru soupçonneuse; au retour de Julie, il y aurait des questions. Alors il faudrait dire la vérité, et rien ne serait plus comme avant.

Comme elle approchait de Radley Terrace, non loin de sa maison qui se trouvait au numéro 34, elle aperçut deux filles en bas de la colline et voulut faire demi-tour mais l'une d'elles, Maggie Phillips, lui faisait déjà signe.

— Salut, Julie! lança Maggie. On ne te voit plus, tu nous boudes?

Elle arborait un sourire étincelant sur ses lèvres rouge vif.

Maggie prenait en tout modèle sur Joan Crawford, depuis les épaules rembourrées jusqu'aux chaussures d'où s'échappait le gros orteil.

— Je.. euh.. je ne suis pas beaucoup sortie, balbutia Julie en rougissant.

Maggie lui lança un regard inquisiteur et dit aimablement :

— Plus de petit ami, je parie? Bah! il y en aura d'autres. Viens au *Golden* ce soir. Nous y allons, Joan et moi, et peut-être Phyllis. Ce sera amusant; ils ont en ce moment un vraiment bon orchestre de jazz américain.

— Merci, tu es gentille, mais je ne peux pas. Je...

— Oh! viens donc, ce sera épatant! On prendra une table et on restera assises comme des dames, avec un air de sainte-nitouche!

Elle gloussa.

— Non vraiment, ma mère n'y tient pas.

— Tu n'appartiens pas à ta mère, hein? Décroche-toi d'elle, ma petite, c'est tout ce que j'ai à te dire! Tu veux venir au *Rialto* avec nous vendredi prochain? Joan et moi avons rendez-vous avec deux marins très sympas pour voir le dernier Gable-Crawford. Ils amèneront un copain...

— Oui, pourquoi pas? murmura Julie.

— Alors, on se retrouve devant le ciné pour la première séance. Bye-Bye!

Julie s'éloigna rapidement en se demandant pourquoi elle avait accepté alors qu'elle n'avait envie d'aller nulle part, de ne voir personne. Pourquoi acceptait-elle toujours de faire des choses qu'elle regretterait plus tard?

Elle s'arrêta et réfléchit. « Oui, voilà le problème, j'accepte ce dont je n'ai pas vraiment envie. Pourquoi? Pourquoi avoir dit oui à Maggie? Pour éviter un désagrément? » Non, il y avait autre chose. Elle avait voulu *faire plaisir* à Maggie. C'était ça, la clef : elle cherchait à faire plaisir... à sa mère, à son patron. Et aussi à Bill. Elle détestait s'en souvenir maintenant, mais elle avait voulu lui faire plaisir, *à lui aussi*.

« Quelle révélation! pensa-t-elle. Je vis pour faire plaisir aux autres, et voilà où cela me mène! Dans le plus vieux piège du monde. »

En approchant de chez elle, elle se sentit au bord des larmes. Elle s'arrêta le temps de devenir plus calme. Elle se moucha et reprit son chemin afin de ne pas être en retard pour le thé.

Appuyée contre le dossier de sa chaise, Julie se sentait épuisée par la discussion entrecoupée de larmes qu'elle venait d'avoir avec sa mère. Elle ne songeait qu'à monter se coucher : tout avait été dit, il n'y avait plus rien à dire. Elle se frotta la nuque et regarda au-dehors la rue éclairée par la douce lumière d'un réverbère. D'ordinaire, sa mère aurait déjà tiré les rideaux et allumé les lampes mais le rituel avait été oublié et la pièce demeurait dans une semi-pénombre qui rendait l'atmosphère irréelle.

Mrs Lescaux, assise sur un tabouret bas, se balançait d'avant en arrière, le corps secoué de temps à autre par un sanglot, la respiration haletante. Parfois elle gémissait, secouait la tête et portait à ses yeux un grand mouchoir trempé de larmes. Julie soupira sans rien trouver à lui dire. Mrs Lescaux se moucha bruyamment, releva la tête.

— Comment sais-tu qu'il ne t'aime pas?

— Je le sais, maman, répondit Julie, excédée. — Cela avait déjà été répété dix fois — Il m'évite et...

— Et quoi?

— Je l'ai vu avec une autre fille. Beaucoup plus son genre que moi.

Mrs Lescaux quitta son tabouret pour aller s'asseoir près de la fenêtre. Elle avait les yeux rouges et gonflés, le visage marbré de vilaines taches violettes. Julie, qui ne l'avait jamais vue que composée, était bouleversée.

— Que veux-tu dire, plus son genre?

— Plus de son milieu, si tu préfères.

— Je ne vois pas ce que cela vient faire. Tu es aussi bien que n'importe quelle autre. Aussi bien que *n'importe qui*. Non? — Elle secoua la tête avec véhémence. — Cela n'a rien à faire là-dedans!

Julie pensa que son milieu avait probablement beaucoup à faire là-dedans, mais mieux valait n'en pas discuter. Elle acquiesça de la tête et répondit :

— Bien, peut-être je me trompe; peut-être cela ne fait pas de différence. Mais le fait est qu'il ne m'aime pas.

— Comment peux-tu en être aussi sûre? Et puis, l'amour, cela peut venir. Crois-en mon expérience.

Julie se demandait comment lui faire comprendre. Elle dit doucement :

— Crois-moi si je te le dis, maman. Il ne m'aime pas.

Quand Bill était venu prendre le thé, sa mère s'était mise en quatre pour le recevoir et malgré le ton poli de Bill, Julie avait cru sentir une nuance moqueuse quand il l'avait félicitée pour ses gâteaux ou ses tasses en porcelaine. Comme il avait dû trouver ridicules les napperons en dentelle, les manières raffinées et la conversation polie de sa mère!

« Si j'ai raison, pensa Julie, je préférerais mourir que lui laisser connaître mon état. »

— Au moins tu devrais le prévenir, reprit Mrs Lescaux. Il te demandera peut-être en mariage. Peux-tu savoir s'il ne le fera pas?

— Je suis sûre que non.

— J'ai bien envie de l'avertir moi-même ou d'en parler à son commandant. Alors, il sera bien obligé de t'épouser.

— Maman, si tu penses seulement à faire cela, je ne t'adresserai plus la parole!

— Quelle façon de parler à sa mère! répliqua Mrs Lescaux qui se remit à sangloter. Après m'avoir couverte de honte!

— Ne recommence pas, s'il te plaît. Je te l'ai dit, je m'en irai. Personne ne sera au courant.

— T'en aller! Et comment? Et pour aller où? s'écria la mère avec colère.

— Je ne sais pas encore. Mais ce serait la meilleure solution. Tu expliqueras que j'ai trouvé du travail ailleurs...

— Si c'est le seul moyen... murmura Mrs Lescaux en se tamponnant les yeux. Seulement... (Elle renversa la tête en arrière, regarda le plafond en secouant la tête.) Où trouver l'argent? Pas question de t'envoyer chez tante Beryl, et une pension, c'est cher. Et pourras-tu trouver du travail, dans ta situation?

— Je pourrais aller en Bretagne. C'est loin d'ici, n'est-ce pas? La famille de papa me recevrait bien pour quelque temps.

— Non! glapit Mrs Lescaux, horrifiée. Tu ne les connais pas, tu ne peux pas savoir... Ils ne sont pas comme nous. Rien que... des fermiers, des pêcheurs.

Julie se rappela qu'elle aimait tendrement son père et se dit que sa famille ne devait pas être très différente de lui. Venu à Plymouth avant la Grande Guerre à bord d'une frégate française, il avait rencontré la mère de Julie à un thé dansant. Plus tard, il était revenu et l'avait épousée. Il avait trouvé du travail au marché aux poissons et avait fini par devenir contremaître, ce qui le contraignait à porter un costume dans lequel il ne se sentait jamais à l'aise. Pour plaire à sa femme, il ne parlait jamais français et ne disait jamais un mot de sa famille — du moins, quand Mrs Lescaux pouvait l'entendre.

Avec Julie, c'était différent. Le soir, pour l'endormir, il lui racontait en français des légendes bretonnes, lui parlait de son enfance et de la Bretagne. Il avait été un bon père et elle l'avait aimé de tout son cœur.

— Non, répéta Mrs Lescaux avec fermeté. Tu n'iras pas là-bas. Ils ne seraient pas très compréhensifs, tu sais. Tu dois aller ailleurs. De toute façon, tu pourrais être de retour quatre ou cinq semaines après... la chose. Tu retrouveras peut-être même ton travail... Mais quel malheur! quel malheur!

Elle renifla.

— Je ne pourrai pas revenir, dit Julie. Il y aura le bébé.

— De quoi parles-tu? Tu ne le verras même pas, on te le prendra tout de suite après.

— Mais je ne suis pas sûre...

Julie se vit en imagination avec un petit bébé dans les bras; l'enfant semblait désemparé et effrayé; il pleurait et tendait les mains *vers elle*. Elle refusait de penser qu'on puisse le lui enlever pour le mettre dans un endroit perdu, anonyme, où elle ne pourrait pas le voir, un endroit où — à Dieu ne plaise — il ne serait peut-être pas aimé.

— Mais si je le gardais?

— Ne sois pas idiote, c'est hors de question! Toutes les filles qui... qui sont dans ton cas font adopter leur bébé.

Julie hocha la tête.

— Pourtant je crois très fort que je voudrai garder mon bébé. Je ne me pardonnerais pas de l'abandonner.

— J'aurai tout entendu! Quel égoïsme! Alors tu veux gâcher aussi ma vie?

— Ne crie pas, maman, je t'en prie.

— Je ne crie pas!

Mrs Lescaux se moucha à nouveau et ajouta d'un ton radouci :

— Le seul moyen de garder le bébé, c'est de te marier.

Julie en était malade; elles continuaient à tourner en rond; cela ne menait nulle part.

— Essaie de le revoir encore une fois. Fais-le pour moi, au moins.

— Mais je ne lui dirai rien, je ne veux rien lui dire.

— Bon, bon, grogna la mère de Julie, exaspérée. Comme cela, tu sauras s'il tient encore à toi. Je ne te demande pas plus. *S'il te plaît*.

La seule idée de revoir Bill bouleversait Julie. Une rencontre serait humiliante pour elle et ne servirait à rien, elle le savait. En outre, quel prétexte invoquer? Elle ne pouvait simplement demander à le revoir, il s'imaginerait qu'elle l'aimait toujours, qu'elle était prête à repartir avec lui dans sa voiture. Cette pensée la fit frissonner.

— Maman, je ne peux pas aller le trouver comme ça, il penserait que je n'ai aucun amour-propre.

— Tu n'en as pas eu beaucoup, il me semble.

Julie regarda sa mère fixement et se remit à pleurer. Elle avait tant pleuré déjà qu'elle pensait ne plus avoir de larmes; pourtant les larmes coulèrent sur ses joues. Brusquement, elle se dit : « Je ne peux plus supporter cela. » Elle était lasse de discuter. Ses tempes battaient et sa gorge lui faisait mal. Tout ce qu'elle voulait, c'était dormir. Pour dormir, et pour être seule dans sa chambre, elle ferait n'importe quoi.

— D'accord, tu as gagné, fit-elle d'une voix lasse. J'essaierai de le voir demain.

L'autobus escaladait lentement la colline située derrière Millbay Docks, à deux ou trois kilomètres seulement de l'Arsenal. Julie se sentait de plus en plus nerveuse : elle n'avait trouvé qu'un prétexte fort peu convaincant pour rencontrer Bill et avait le pressentiment qu'il n'y croirait pas une seconde. Mais d'autre prétexte, elle n'en avait pas; elle avait dû s'en contenter.

Au début de l'été, Bill l'avait emmenée à une soirée donnée à bord d'un petit voilier amarré dans une crique proche de l'Arsenal. Des invités avaient chanté des ballades de marins sur la cruauté de la mer et la séparation des amants, qui avaient beaucoup ému Julie. Tout, ce soir-là, respirait la paix et, bien que l'eau calme reflétât les lumières de Plymouth, la ville paraissait très lointaine. Julie avait regardé, au-delà de l'île de Drake, la mer sombre et froide et cela lui avait paru tellement romantique. La mer immense et cruelle qui exigeait tant des hommes fiers qui la sillonnaient... Et les chants étaient si beaux, si tristes, parlant des courageux marins qui enduraient tant pour finir noyés dans l'eau glaciale.

Elle avait dit à Bill combien elle aimait ces ballades mélancoliques et deux jours plus tard, il lui avait mis dans la main une édition de poche des *Ballades et Chansons de marins*... Le seul présent qu'il lui eût jamais fait.

Elle allait le lui rendre, c'était la seule explication qu'elle avait trouvée. Il s'étonnerait qu'elle lui rende un cadeau, mais elle prétendrait que c'était seulement un prêt. Elle le remercierait ensuite de lui avoir permis de le garder si longtemps et s'excuserait de ne pas l'avoir rendu plus tôt.

Bien entendu, Bill ne serait certainement pas dupe mais au moins le livre fournirait à Julie un sujet de conversation quand elle le rencontrerait. *Si* elle le rencontrait, car il ne serait peut-être pas là. Avec un peu de chance, il aurait emmené sa nouvelle petite amie passer le dimanche après-midi sur la lande.

Julie n'avait pas fait de frais de toilette. S'il était là, elle ne voulait pas qu'il croie qu'elle avait passé des heures à se faire belle. Elle ne portait ni chapeau, ni gants blancs. Avec sa robe d'été toute simple, ses longs cheveux bruns flottant sur son dos, elle donnait plutôt l'impression d'être en promenade — et c'était exactement ce qu'elle voulait.

L'autobus passa devant la grande porte de l'Arsenal et s'arrêta un peu plus loin. Julie descendit et se dirigea vers le portail de *HMS Drake*, établissement à terre pour le personnel attaché à l'Arsenal. Elle redoutait ce moment : elle allait devoir demander Bill et répondre, quand la sentinelle lui poserait la question, qu'elle n'avait pas rendez-vous. Elle imaginait le sourire entendu que les hommes échangeraient.

En approchant du poste de garde, elle vit qu'il y avait trois sentinelles de service. Comme prévu, ils se tournèrent vers elle pour l'examiner, et deux d'entre eux se regardèrent. « Mon Dieu, pensa-t-elle, ce sera encore pire que je le craignais. »

Julie eut un sursaut de frayeur quand une Austin d'un bleu vif la doubla en rugissant et s'immobilisa près des gardes. Un jeune homme passa la tête par la portière, montra un laissez-passer à l'une des sentinelles puis tourna la tête et regarda Julie, qui semblait encore sous le coup de la peur. Il descendit de voiture, s'approcha en disant :

— Je suis désolé, j'ai pris le tournant trop vite. Mais vous avez l'air toute remuée! Vraiment, quel idiot je suis!

— Ce n'est rien. J'ai été surprise, voilà tout.

— Vous êtes sûre que ça ira? demanda-t-il, plein de sollicitude, et mettant une main sous le coude de Julie.

— Oui, oui.

Il se tourna vers les sentinelles et reprit :

— On s'occupe de vous? Je peux vous aider à trouver quelqu'un?

— Non, non, je...

Julie examina le visage du jeune homme, qui lui parut vaguement familier. Peut-être l'avait-elle déjà rencontré. Vêtu d'un gros pull informe, d'un pantalon fripé, et coiffé d'une vieille casquette noire constellée de taches de peinture, il ressemblait à un pirate et avait un air malicieux.

Il lui souriait; sans aucun doute, il était plein de charme. Mais Bill aussi avait été charmeur, et cela ne signifiait rien, rien du tout.

— Je pensais voir un ami, répondit Julie, mais je crois que je l'ai manqué...

— Oh! le dimanche, on ne trouve jamais personne. Voulez-vous que je demande?

Elle le regarda de nouveau. Il l'examinait avec attention, attendant qu'elle réponde, le regard amical et interrogateur. Peut-être se trompait-elle, peut-être était-il ce qu'il paraissait, et non un genre d'homme à se jouer d'elle. Elle résolut de lui faire confiance; après tout, ce serait moins gênant de s'enquérir de Bill auprès de lui qu'auprès des gardes.

— Eh bien, j'aimerais savoir si Bill Crozier est là...

Julie baissa les yeux, rougit un peu, puis se souvint du livre, plongea précipitamment la main dans son sac et brandit le recueil comme un trophée.

— C'est pour lui rendre quelque chose qu'il m'a prêté.

— Pas de problème. — Il souriait, et elle remarqua de nouveau ses yeux — Écoutez, montez donc dans la voiture, nous irons voir au carré des officiers; quelqu'un nous y renseignera peut-être.

Après que le jeune homme eut dit un mot aux sentinelles, Julie et lui prirent place dans l'Austin qui démarra lentement.

— Ici, on ne peut pas rouler vite, fit-il en riant. Vous ne risquez rien.

Elle sourit poliment et regarda par la vitre les bâtiments semblables à ceux d'une caserne. Elle sentit les yeux de l'inconnu se poser sur elle, puis il demanda :

— Vous n'étiez pas sur mon bateau le soir où nous avons chanté?

Elle le regarda bouche bée :

— C'était votre bateau? Je l'ignorais.

— Oui, il s'appelle *Dancer*... Oh! et moi je m'appelle Richard Ashley. On a sans doute dû nous présenter mais il y avait tant de monde...

— Juliette Lescaux.

— Bien sûr! s'écria Ashley en lâchant le volant. Je me souviens de votre nom français. Au fait, vous êtes française?

Julie se demanda si Bill n'avait pas parlé d'elle, si elle n'avait pas déjà mauvaise réputation. Elle se tourna vers le jeune homme et constata que son expression n'avait pas changé, qu'il paraissait toujours intéressé et amusé.

« Non, je suis sotte, se dit-elle, il s'est vraiment rappelé mon nom parce que c'est un nom français. »

— A moitié, répondit-elle. Mon père était originaire de Bretagne.

— Quelle merveilleuse région! J'y suis allé en bateau l'année dernière et les Bretons furent tellement surpris d'apprendre que j'avais traversé seul à bord de *Dancer* qu'ils m'ont réservé un accueil extraordinaire.

— Vous partez seul en mer?

Elle le regardait avec curiosité.

— Toujours, quand je peux. C'est une sensation incomparable.

Julie resta un instant silencieuse; elle se demandait ce qui se passerait si Bill était au carré. Puis son esprit revint à ce que Richard venait de dire :

— N'est-ce pas risqué? En cas de tempête...

Ils s'arrêtèrent devant le bâtiment. Julie le regarda avec terreur.

— En cas de tempête? Oh! je réduis la voile et je descends faire un somme.

Ashley laissa le moteur tourner, sortit, repassa la tête par la portière.

— A moins que je ne risque de m'échouer, ajouta-t-il. Alors je fais voile à toute allure... J'en ai pour une seconde, acheva-t-il en riant.

Julie le vit disparaître à l'intérieur du bâtiment et se mit à prier le ciel que Bill ne soit pas là. Lors de leur dernière rencontre il lui avait clairement fait sentir, par ses longs silences, par la façon dont il détournait les yeux, qu'il ne tenait pas à la revoir. Elle mit son visage dans ses mains et pensa : « Mon Dieu, faites qu'il ne soit pas là! »

Richard Ashley ressortit un instant plus tard, seul. Elle ferma les yeux de soulagement.

— Pas de chance, déclara-t-il en se glissant au volant. Personne ne sait où il est. Mais il devrait rentrer de bonne heure.

Julie se demandait que faire à présent. Elle ne voulait pas revenir à la maison, pas encore.

— Ecoutez...

Le visage de Richard était plein d'enthousiasme.

— Que diriez-vous de venir sur *Dancer?* J'ai beaucoup à y faire aujourd'hui; cela irait mieux avec quelqu'un pour m'aider. Vous pourriez faire les sandwiches, par exemple. Il y a tout ce qu'il faut à bord. Ensuite, je vous ramènerai ici.

Julie n'avait pas envie de rentrer chez sa mère mais elle hésitait à passer l'après-midi avec un homme qu'elle ne connaissait pas. En outre, elle n'était pas habillée pour monter sur un bateau. La voyant regarder sa robe légère, ses bas nylon, Ashley ajouta :

— Ne vous inquiétez pas pour vos vêtements. Si vous ne voyez pas d'inconvénient à enlever vos chaussures pour ne pas abîmer le pont...

Elle trouva surprenant, et même amusant, qu'on attachât autant d'importance à un pont de bateau et eut un petit sourire. Ashley la regarda, intrigué, puis comprit sa réaction et s'esclaffa :

— Il faut me pardonner. *Dancer*, c'est mon grand amour!

Ashley redémarra, arrêta l'Austin devant un autre bâtiment où il alla prendre quelques affaires dans sa chambre. Il franchit ensuite les grilles de l'Arsenal, prit la direction de la Tamar River et Julie s'aperçut qu'il l'emmenait vers le bateau sans qu'elle eût vraiment accepté sa proposition. Mais elle était contente. « Pourquoi pas, après tout? » songeait-elle. Elle n'avait rien de mieux à faire.

Ils quittèrent la route principale, s'engagèrent lentement dans une allée creusée d'ornières dans lesquelles l'Austin cahotait.

— Elle a vraiment une couleur étonnante, remarqua Julie.

— Comment?

Elle dut élever la voix pour se faire entendre par-dessus le bruit du moteur.

— Votre voiture, pourquoi est-elle d'un bleu aussi vif?

— Ah! de quelle couleur sont *toutes* les autres Austin 7?

— Noir. Ou gris. Ou beige.

— Triste à pleurer! Voilà pourquoi j'ai décidé de peindre la mienne en bleu.

Il éclata de rire à nouveau et Julie se surprit à sourire elle aussi. Finalement, elle était ravie de l'avoir accompagné.

Etendue à l'avant du pont, Julie offrait son visage au chaud soleil de l'après-midi. Elle avait laissé bas et chaussures dans la voiture ainsi que sa veste. Richard lui avait prêté une vareuse imperméable pour mettre sur ses épaules dans le youyou et, une fois à bord de *Dancer*, il lui avait trouvé un pull. Un pull beaucoup trop grand, qui devait lui donner une allure pataude, mais elle ne s'en souciait pas, cela ne semblait pas très important.

Hormis préparer les sandwiches et le thé, elle n'avait pas fait grand-chose. Allongée à l'avant du bateau, elle s'était laissé bercer par le clapotis de l'eau et les faibles mouvements de la coque. Finalement, elle avait glissé dans un sommeil paisible, très différent des longues nuits agitées de la semaine. Seul le bruit d'un marteau ou un chantonnement venant du fond du bateau rompait de temps en temps le silence.

En se réveillant, elle découvrit Richard assis sur le toit de la cabine, une tasse de thé à la main, une lueur amusée dans le regard.

— Bien dormi?

— Je suis désolée, je me suis assoupie. Je ne voulais pas dormir si longtemps.

— C'est l'effet de la mer. Bon, j'ai fini de faire le charpentier, que diriez-vous d'une petite balade? On va jusqu'à la rade et on revient, histoire d'enlever les toiles d'araignées.

Julie fut un peu ennuyée; elle n'avait jamais fait de voile et n'en avait guère envie. Les voiliers lui paraissaient peu sûrs, toujours sur le point de chavirer, et elle craignait en outre d'avoir le mal de mer. Elle était allée un jour jusqu'à Fowey sur un vapeur avec sa mère et s'était sentie toute chose pendant le retour. Et puis elle ne connaissait rien aux voiliers.

— C'est très gentil à vous mais... je n'ai jamais essayé.

— Alors il est grand temps!

— Non, vraiment. J'ai le mal de mer.

— Comme tout le monde — et moi en particulier. Je suis toujours malade comme une bête le premier jour — du moins en haute mer. Dans la rade, pas de problème : il n'y a pas une vaguelette. Franchement, vous pouvez me faire confiance.

Il lui tendit la main avec un sourire et Julie songea, en l'observant, qu'il était impossible de ne pas lui faire confiance. Elle lui prit la main, il l'aida à se lever et la poussa doucement vers le cockpit puis gagna l'avant pour détacher un cordage.

— Je me mets où? lui cria-t-elle. Sur ce siège, là?

Richard rit à nouveau.

— Ça s'appelle le cockpit et c'est placé dans un endroit qu'on appelle la poupe. Ce bout pointu ici se nomme l'étrave. Oui, asseyez-vous là, près de la descente à la cabine.

Julie s'exécuta, agrippa la barre en bois entourant le cockpit et regarda Richard hisser les voiles, tendre les cordages. Il détacha ensuite une chaîne de l'avant du yacht, qui se mit en mouvement. Pendant un moment les voiles claquèrent bruyamment, mais il revint au cockpit, embraqua d'autres cordages. Soudain, les voiles cessèrent de claquer et *Dancer* bondit en avant.

Le bateau glissa sur l'eau, prit une allure régulière, et Julie commença à se détendre. Mais soudain il se mit à vibrer et s'inclina sur le côté, comme s'il allait chavirer. Apeurée, Julie s'agrippa au bordé. Il lui semblait que rien n'empêcherait le bateau de s'incliner de plus en plus et de se retourner. Elle jeta les yeux avec anxiété vers Richard, qui tenait la barre en souriant.

— Formidable, non? lui lança-t-il. Le temps est idéal pour la voile, il y a une bonne petite brise.

Julie se tourna de nouveau vers l'avant; elle avait au contraire l'impression que le vent était beaucoup trop fort. Le bateau était toujours fortement incliné et il paraissait impossible qu'il se relève. Julie ne pouvait croire que tout allait bien, en dépit de l'optimisme de Richard. Elle ne pouvait se défaire de l'idée qu'il allait leur arriver quelque chose d'effrayant. *Dancer* doubla l'île de Drake et s'engagea au milieu de la rade. De petites vagues giflaient la coque et l'avant du yacht projetait en l'air des embruns qui retombaient dans le cockpit. Julie eut un frisson et se demanda jusqu'où ils iraient ainsi. A ce moment, Richard se pencha en avant, donna du mou à certains cordages et le bateau changea de direction, se redressant peu à peu. Aussitôt, *Dancer* avança plus calmement et les vagues, au lieu de frapper la coque, semblèrent accompagner le voilier dans sa course.

— C'est mieux, non? dit Richard. Inutile de se faire tremper.

Il regarda Julie en plissant comiquement le front et elle comprit qu'il avait changé de cap pour elle, pour lui rendre la promenade plus agréable.

— Oui, merci.

— C'est toujours mieux d'aller avec le vent; je voudrais avoir toujours le vent arrière. Eh bien, non. C'est plutôt le contraire.

Il leva les yeux vers le ciel.

— J'ai parfois l'impression que l'on conspire là-haut pour que je l'aie toujours de l'avant.

— Vous avez vraiment le mal de mer?

— Absolument. Dans le mal de mer, il y a deux étapes : d'abord on croit qu'on va mourir, ensuite on le souhaite. Eh bien, je passe par les deux phases. Le seul remède, c'est de s'occuper, de rester le plus possible sur le pont. De toute façon, cela ne dure pas.

— Vous allez souvent aussi loin qu'en Bretagne?

— Chaque fois que je le peux. Cet été, je suis allé aux Sorlingues. Ah! les Sorlingues! Ce sont les plus belles îles du monde. J'y ai passé une quinzaine de jours, en mouillant chaque nuit à un endroit différent. La plupart de ces îles sont inhabitées, vous pouvez marcher une journée entière et ne rencontrer que des oiseaux. Il m'est même arrivé de ne pas croiser un seul être humain pendant quatre jours.

« Quel homme étrange vous êtes, pensa Julie. Charmant, toujours à rire et aimant pourtant la solitude. »

— Les Sorlingues sont couvertes d'épaves, poursuivit Ashley. Des centaines. Ce n'est pas surprenant si l'on considère leur position : à des milles au large, et juste à l'entrée de la Manche. De plus, elles ne sont pas élevées, on ne les voit que lorsqu'on est quasiment dessus. Il ne fait pas bon se trouver dans le coin par mauvais temps.

Il rit comme si le danger était une bonne plaisanterie, et Julie le soupçonna de n'aimer rien autant que naviguer dans les parages des Sorlingues par gros temps.

Il continuait à lui parler de ces îles, de naufrages célèbres, des gens qui vivaient là et des splendides paysages. Elle l'observait pendant ce temps. Il était indiscutablement beau garçon, moins cependant que Bill, et il prendrait sans doute de l'embonpoint en vieillissant; mais ses yeux illuminaient son visage. Il faisait penser à un ours en peluche : doux, rassurant, agréable à — oui, à caresser. Son charme n'était pas affecté mais parfaitement naturel; il provenait de l'enthousiasme qu'il mettait dans tout ce qu'il entreprenait.

« Tu m'aurais bien plu », songea Julie qui avait automatiquement mis le verbe au passé. Plus question de petit ami maintenant, c'était terminé... De toute façon, il ne s'intéressait probablement pas à elle. Elle n'avait rien de particulier, Bill le lui avait clairement fait comprendre à leur dernière rencontre. De plus, il avait sans doute déjà une petite amie — elle était sotte de n'y avoir pas pensé.

Dancer voguait tranquillement en direction du Cattewater, la crique menant à la Barbacane — la partie la plus ancienne de la ville — et au port de pêche. Maintenant qu'il n'y avait plus de vagues et guère de vent, Julie passait un moment très agréable.

— Il vaut mieux ne pas pénétrer dans le port même. Nous rencontrerions probablement un bateau de pêche qui en sort. Je vais virer de bord et nous rentrerons au mouillage.

Julie acquiesça de la tête, bien qu'elle n'eût pas la moindre idée de ce que « virer de bord » voulait dire. Soudain, Richard cria : « Attention à votre tête!» et Julie, entendant un grand craquement, crut que le mât s'était rompu. Elle s'aperçut alors que la voile avait changé de côté et éclata de rire en portant une main à sa poitrine.

— Vous auriez pu me prévenir!

— Navré, j'avais oublié que vous ne connaissez rien à la voile. Ecoutez, je vais vous apprendre quelques rudiments. Il faut juste se rappeler trois choses : premièrement, toujours savoir d'où vient le vent; deuxièmement, tendre la voile juste assez pour l'empêcher de claquer; enfin, toujours éviter d'empanner.

— Mais comment tourne-t-on, alors?

— Ah! On tourne dans le vent. On appelle cela virer vent devant.

— Cela me dépasse, j'en ai peur. A l'avenir, je vous laisserai vous occuper du bateau.

Richard garda le silence et chercha les yeux de Julie qui les détourna, fâchée contre elle-même. Il avait pris sa remarque comme une marque d'intérêt, comme une invite à poursuivre leurs relations, il faudrait lui faire comprendre qu'elle n'avait rien voulu dire de tel. Quel dommage, la journée avait été si agréable!

— La voile apporte une merveilleuse liberté, vous savez, déclara Ashley d'un ton sérieux. On part pour n'importe où, quand on veut. J'ai toujours de l'eau et des vivres à bord de *Dancer*, de façon à pouvoir prendre la mer à la première occasion.

— Être dans la Navy ne vous suffit pas?

— Ce n'est pas du tout la même chose. Naviguer avec trois cents autres marins sur un bateau en fer, c'est... c'est mon métier. Il me plaît, mais cela n'a rien à voir avec être seul à bord d'un voilier. J'aime passionnément relever le défi de faire route vers des lieux nouveaux et les explorer. Rien ne vaut cela.

— Pourquoi seul?

Ashley réfléchit avant de répondre :

— Je ne suis pas toujours seul, je pars souvent avec mon père à qui *Dancer* appartient, en fait. L'ennui, c'est que je ne trouve pas d'équipage prêt à faire de la voile de la même façon que moi. Il faut avoir le courage de faire ce dont on a envie.

Julie admirait l'assurance du jeune homme. Ce devait être merveilleux de savoir avec certitude ce que l'on veut et d'avoir confiance en ses possibilités de l'accomplir. Mais surtout elle admirait sa capacité à prendre une décision. «Pourquoi suis-je incapable d'en faire autant?» pensait-elle. Bien sûr, pour un homme c'est plus facile. Les hommes ont moins à tenir compte de l'opinion des autres. Mais tout de même elle devrait être capable d'en faire autant, de décider au mieux.

Quand ils retraversèrent le milieu de la rade, *Dancer* trouva un vent plus fort et fila sur l'eau, traçant un sillage droit à travers les vagues. La journée s'achevait et Julie sentit le malheur peser à nouveau sur elle. Bientôt elle devrait prendre une décision : retourner à l'Arsenal et risquer l'affreuse humiliation de voir Bill ou rentrer directement chez elle et subir les reproches de sa mère. Quel choix!

Lorsque le yacht s'engagea lentement dans la crique, Ashley courut à l'avant pour amener les voiles puis retourna promptement à la barre et fit décrire un demi-cercle au bateau. Il saisit ensuite une gaffe, bondit à nouveau à l'avant et tira de l'eau une bouée rouge vif.

— Vous voyez, ce n'est rien! fit-il haletant. Vous pourriez apprendre très vite!

Elle sourit. La voile avait encore autant de mystères pour elle qu'au début de la journée. Tout ce qu'elle en pouvait dire, c'est que l'expérience avait été moins pénible qu'elle n'aurait cru. Mais la mer la terrifiait toujours; elle n'avait aucun désir de recommencer.

Il était près de six heures quand ils revinrent à l'Austin bleue. Sur le chemin de l'Arsenal, Julie ne parla guère et Ashley finit par lui demander :

— Que voulez-vous faire? On regarde si Bill est là? Ou préférez-vous que je lui rende le livre?

— Je... je ne sais pas.

Julie se sentait d'autant plus indécise que Richard devait croire que la situation avec Bill était : le garçon envoie promener la fille, la fille ne veut pas comprendre. Il avait sans doute une piètre opinion d'elle, qui venait ainsi relancer un homme.

— Je rentre, résolut-elle soudain. Le livre n'est pas si important. Je prendrai l'autobus à l'Arsenal.

— Pas question, je vous reconduis. Où habitez-vous?

Elle lui donna son adresse et se renversa sur son siège, plus heureuse qu'elle ne l'avait été depuis des semaines. Elle était sûre à présent d'avoir pris la bonne décision. Pourquoi se serait-elle humiliée devant un homme pour qui elle n'avait ni amour, ni respect?

Bill avait bien fait comprendre que c'était fini. Maintenant c'était à elle à tirer *le meilleur* d'une mauvaise situation. Elle s'en irait et prendrait un nouveau départ dans la vie.

Elle jeta un coup d'œil de côté à Richard. Son visage se plissait de concentration tandis qu'il roulait dans les rues étroites de Plymouth. Elle lui avait de la reconnaissance en songeant : « C'est lui qui a raison. » Il faut avoir le courage de faire ce que l'on veut. Sinon elle voyait bien que tout le monde la mènerait par le bout du nez. Avec de bonnes intentions, sa mère l'avait toujours poussée à agir comme elle l'entendait, *elle*. Et avec Bill, cela avait été pareil.

Elle partirait, c'était décidé. Elle irait en France puisqu'en Angleterre, il n'y avait personne pour l'aider. Cette idée lui faisait un peu peur car elle n'avait jamais rencontré aucun membre de sa famille paternelle. Elle savait seulement que ses grands-parents devaient être très âgés — morts peut-être — et qu'elle avait un oncle, une tante, quelques cousins peut-être, elle n'en était pas sûre. Elle leur raconterait qu'elle s'était mariée et que son mariage n'avait pas marché et, même s'ils ne la croyaient pas, les apparences seraient sauves. Elle s'achèterait un anneau de mariage. Cette pensée lui donnait un curieux émoi. Elle s'appellerait Madame quelque chose — pas Crozier, de cela elle était certaine —, il faudrait qu'elle trouve un nom qui lui plaise.

Il lui faudrait un passeport et elle croyait se souvenir que pour une mineure, l'autorisation des parents était obligatoire. Julie soupira en songeant aux problèmes que cela ne manquerait pas de créer avec sa mère.

— Quelque chose qui ne va pas? s'enquit Richard.

Il la regardait, l'air inquiet. Julie se rendit compte qu'elle avait poussé un profond soupir.

— Non, je réfléchissais seulement.

La petite voiture s'arrêta devant le numéro 34 de Radley Terrace, et Julie se dit que sa mère guettait sans doute derrière les rideaux. Elle s'en moquait, à présent.

— Merci pour cette magnifique journée, dit-elle. J'y ai pris un immense plaisir.

— Tout le plaisir était pour moi! dit-il sans la regarder. Qu'est-ce que vous diriez de recommencer? Ce serait épatant. J'ai besoin d'un matelot. Cela vous dirait?

— C'est très gentil de votre part mais... je m'en vais bientôt, très bientôt.

— Ah! fit Ashley.

Elle se rendit compte qu'il était saisi d'étonnement, et, pour atténuer le choc, elle poursuivit :

— Je vais passer quelque temps en France, dans ma famille, pour apprendre la langue. J'ai toujours désiré y aller.

— En Bretagne?

Julie acquiesça de la tête.

— Vous vous plairez certainement là-bas, les Bretons sont des gens épatants, dit Richard.

Il devait penser qu'elle était un peu bizarre de n'avoir pas parlé plus tôt de ce voyage. Il avait l'air à la fois déçu et un peu intrigué, mais Julie ne pouvait se lancer dans des explications sans aller jusqu'au bout. Il valait mieux ne rien ajouter.

— Au revoir, dit-elle en ouvrant la portière. Et merci encore.

Richard lui sourit, le regard à nouveau plein de gentillesse.

— Au revoir. J'espère que tout ira bien.

Elle pensa : « Quel garçon sympathique! »

Elle referma la portière et remonta l'allée menant chez elle. Quand elle se retourna pour faire signe, la petite voiture bleue avait déjà tourné le coin de la rue. Julie demeura un moment devant la porte, la clef à la main. La Bretagne... Oui, elle partirait. Comme maintenant c'était facile à dire, étonnamment facile... mais serait-elle capable d'aller jusqu'au bout?

« Il va le falloir », se dit-elle.

Elle ouvrit et entra vivement dans la maison avant de changer d'avis.

CHAPITRE III

La baie de Lübeck est ouverte au large. Sur sa rive sud se trouve le port de Travemünde, et au-delà est la ville de Lübeck sur la Trave. Dans le petit port de Pelzerhaken situé sur la côte nord-ouest de la baie, à une trentaine de kilomètres de Travemünde, loin des regards curieux, la marine allemande avait construit l'un de ses principaux centres de recherche, un groupe de bâtiments bas et laids entourés de barbelés.

Un vent fort soufflant de l'Arctique annonçait déjà l'hiver et dans la baie, de grosses vagues venues de la Baltique montaient à l'assaut des plages de la côte, désertes en ce mois de septembre. Le long de l'unique quai du port, le navire expérimental *Welle* tirait sur ses amarres quand le vent frappait les antennes et les étranges appareils en forme de cuvettes dépassant de sa superstructure.

David Freymann resserra le col de sa vareuse autour de son cou en frissonnant. Il sentait le pont bouger faiblement sous ses pieds et songeait que ce serait bien pis quand le bateau aurait quitté le port. Lui qui avait déjà le mal de mer en barque... Ellen avait dit qu'il était stupide de sa part d'envisager ce voyage; il allait perdre la face et il l'aurait cherché. Elle prétendait que, s'il avait le mal de mer, c'est parce qu'il était trop gros, qu'il ne prenait pas d'exercice. Pour Ellen, tout était toujours de la faute de David mais il ne lui en tenait pas rigueur. C'était dans l'ensemble une bonne épouse et la vie qu'elle menait en ce moment n'avait rien d'agréable. Elle l'accusait de la négliger et elle avait raison : son travail lui prenait de plus en plus de temps. Il avait bien essayé de lui expliquer combien c'était important et ce que cela représentait pour lui, mais elle ne comprenait pas. C'est le genre de femme qu'il lui fallait, pensait-il avec tendresse.

Freymann calcula que, en octobre, ils auraient quinze ans de mariage et décida de gâter un peu Ellen pour fêter cet anniversaire : un voyage à Berlin, un dîner dans un bon restaurant d'Unter den Linden. Quinze ans! il ne parvenait pas à y croire. Sa petite Cécile allait avoir huit ans et lui-même quarante-cinq, la force de l'âge, alors qu'il se sentait encore si jeune.

Mais l'âge importait peu tant qu'on travaillait à quelque chose de durable et les objets en forme de cuvette placés au-dessus du pont du *Welle* constituaient une réussite dont tout homme aurait été fier. Ceux-là, c'était du durable, c'était vraiment important.

David fit quelques pas pour rejoindre Hans Rathenow, son collègue depuis qu'ils étaient entrés tous deux à la Société Gema, un an plus tôt.

Hans était un type bien; travailleur, franc et aimable. David l'aimait beaucoup. Ils avaient noué des liens d'amitié en s'attaquant ensemble au même projet, en résolvant le problème de mesure de distance. Ce n'avait pas été commode, mais David n'avait jamais douté qu'ils y parviendraient.

— Les pontes sont en retard, remarqua Rathenow en inclinant la tête vers le quai.

— C'est leur privilège.

— Combien seront-ils... tu as une idée?

— Non. Pas trop nombreux, j'espère, sinon nous ne pourrons jamais répondre à toutes leurs questions.

Hans désirait avoir du temps pour réfléchir aux questions posées, afin d'y répondre de manière aussi précise et complète que possible.

Les deux hommes tournèrent la tête quand un camion s'avança sur le quai et s'arrêta devant un entrepôt.

— Sais-tu le bruit qui court? demanda Hans. Le gouvernement chargerait Telefunken de mettre au point un appareil comme le nôtre, mais pour l'aviation.

Freymann ne parvint pas à cacher sa surprise; il fronça les sourcils.

— Je pensais qu'on nous confierait les recherches sur des appareils de petites dimensions. Après tout, c'est moi qui ai établi ce programme.

Hans lui adressa un sourire de sympathie.

— Je le sais. Et ta conception est la bonne, mais je ne crois pas que Schmidt partage ton point de vue.

David soupira, le regard perdu au loin. Schmidt, le directeur du programme, récemment nommé responsable de la Recherche du Troisième Reich, lui posait un problème depuis longtemps. Il posa la main sur le bras de Hans.

— Je vais te dire une chose, Hans. Non seulement je suis sûr qu'il est possible de mettre au point de petits appareils pour l'aviation, mais je suis persuadé qu'ils auraient une puissance extraordinaire. Tu imagines la définition et les détails qu'on pourrait obtenir avec des ondes extrêmement courtes?

— Pour le moment, il n'existe aucun tube capable d'en émettre, objecta Rathenow. D'où tireras-tu la puissance nécessaire?

— J'ai une idée que je crois réalisable; et il me faudrait moins de six mois pour la mettre à l'épreuve avec seulement deux collaborateurs, un peu de place et des fonds. Mais si Telefunken est sur les rangs, Schmidt aura l'excuse idéale pour me les refuser. Et je ne doute pas qu'il refusera.

Hans hocha la tête d'un air grave. Une rafale de vent balaya le pont et Freymann sautilla pour se réchauffer les pieds.

— Je pourrais offrir mes services à Telefunken et les convaincre de suivre mon idée, malgré l'opposition de Schmidt.

— J'en doute, répondit Hans, j'en doute fort.

Il demeura un moment silencieux, perdu dans ses pensées, et reprit à voix si basse que David dut rapprocher sa tête pour l'entendre.

— Tu dois faire très attention à ta position, David. Je m'inquiète pour toi.

— Que veux-tu dire? Schmidt ne peut pas me manger; il est stupide, arrogant, mais il sait ce que je vaux. Il ne me mettra pas à la porte. Pourquoi le ferait-il?

— Ce n'est pas Schmidt lui-même qui m'inquiète. C'est... la politique officielle.

David commençait à comprendre.

— Tu penses qu'on m'écarterait parce que je suis juif? fit-il. (Il secoua la tête en souriant.) D'abord, je ne crois pas que cette campagne idiote durera; ensuite, ils me laisseront tranquille car mes travaux ont trop d'importance. Nos gouvernants ne sont pas stupides, tu sais.

— J'espère que tu as raison. Pourtant je te crois trop optimiste; je crains que les choses ne s'aggravent plutôt.

Freymann haussa les épaules. Certes, l'année précédente avait été marquée par des événements malheureux, voire déplorables. Les décrets de Nuremberg avaient privé la plupart des Juifs de leur citoyenneté et leur avaient interdit d'épouser des Aryens. « Pour Ellen et moi, c'est trop tard, songea David. On ne peut pas nous *démarier* après quinze ans. »

Certes, il y avait autre chose; de nombreux Juifs avaient été arrêtés et on ne les avait pas revus, mais d'autres personnes avaient connu le même sort : hommes de gauche, intellectuels, fauteurs de troubles. Il n'y avait donc pas seulement des Juifs. Il fallait seulement rester tranquille, éviter les ennuis.

— Non, Hans. Franchement. Je ne pense pas que les choses s'aggraveront.

Freymann eut envie d'ajouter : « En tout cas, pas pour moi », mais s'en abstint pour ne pas paraître trop égoïste.

Plusieurs voitures apparurent à l'extrémité du wharf, les marins du *Welle* se mirent au garde-à-vous tandis qu'une grande agitation se manifestait autour du navire. Les deux hommes se dirigèrent lentement vers le groupe qui attendait déjà en haut de la coupée. Voyant que Hans avait toujours le front soucieux, David reprit :

— Les Juifs n'ont pas accès aux professions libérales? Rien de nouveau là-dedans, c'était la même chose avant la Grande Guerre. De toute façon, je suis plus allemand que juif; en fait je suis à moitié juif, cela fait des années que je n'ai pas mis les pieds dans une synagogue; ma femme n'est pas juive et ma fille fréquente une école protestante. Je ne suis pas une menace!

— Là n'est pas la question. Officiellement, tu es juif. Ton statut de savant te protège — *pour le moment* — mais tu n'es pas en sûreté chez Gema. Pourquoi ne pas envisager de travailler ici? suggéra Rathenow en montrant les bâtiments en pierre du centre de recherche.

— Ici? Pourquoi?

David s'arrêta, étonné.

— N'as-tu pas entendu dire que la marine se refuse à expulser les Juifs de ses rangs? Le vieux Raeder défie Hitler, qui n'ose s'attaquer à l'ensemble de la Kriegsmarine; il a trop peur d'elle. Scientifique au service de la marine, tu serais en sécurité.

David secoua la tête. Hans disait des choses sensées, sans aucun doute. Mais au Centre, on menait très peu de recherches originales, il y mourrait d'ennui.

Les deux hommes rejoignirent les autres chercheurs et officiers qui attendaient les visiteurs en silence, rangés le long de la rambarde. Freymann ramena en arrière ses cheveux rebroussés par le vent et regarda le groupe montant la coupée; il reconnut la silhouette célèbre du grand amiral Reader, commandant en chef de la marine allemande. Sur les autres, il n'était pas fixé. Peu versé dans les grades et les uniformes, il estima qu'il y avait au moins cinq autres amiraux. Derrière Raeder venait Schmidt, l'air plus officiel et satisfait de lui que jamais. David soupira intérieurement. La vie aurait été si simple si tous les Schmidt du monde n'étaient pas autorisés à fourrer le nez dans le *vrai* travail. Le problème avec Schmidt, c'est qu'il n'était pas très doué du côté cervelle. Médiocre scientifique... c'est sans doute la raison pour laquelle il avait opté pour une carrière administrative, la seule dont il fût capable.

Freymann demeura en arrière tandis que Schmidt présentait aux amiraux les directeurs de la Société Gema. « Étrange protocole qui fait passer les organisateurs avant ceux qui accomplissent vraiment le travail », songea David. Mais tant qu'on le laissait mener son projet à bien, il abandonnerait volontiers à d'autres le devant de la scène.

Quand vint son tour, il serra une série de mains en tâchant de se rappeler les noms et les grades des gens qu'on lui présentait. Hormis Raeder, il ne réussit à enregistrer que ceux de la moitié d'entre eux, et un seul nom évoqua quelque chose pour lui : Dönitz, qui venait de recevoir le commandement de la nouvelle arme sous-marine allemande.

« Les *U-boote* : voilà un type de bateau qui aurait grand besoin d'un appareil de détection vraiment petit, se dit Freymann. Il serait intéressant d'en discuter avec Dönitz si l'occasion se présentait. » Il examina les galons sur la manche de celui-ci pour s'assurer que son grade n'était pas supérieur à capitaine de vaisseau. Dans ces conditions, David pourrait lui parler sans que Schmidt vienne interférer. Schmidt n'aimait pas que l'on parle à des officiers de très haut grade hors de sa présence. Il disait que c'était pour protéger ses scientifiques des influences extérieures; David savait que ce n'était pas la vraie raison. Simplement Schmidt détestait que quelque chose se fasse sans qu'il le sache, en particulier si un savant avait un point de vue différent du sien.

Le groupe gagna la passerelle où Schmidt montra un des appareils en forme de cuvette et expliqua pourquoi cette forme différait de celle des prototypes précédents. Tandis que ronronnait la voix du bureaucrate, Freymann sentit le pont vibrer sous ses pieds et constata que le *Welle* commençait à s'éloigner du wharf. Le vent soufflait en rafales, la mer devait être agitée.

David se dit qu'il aurait mieux fait de ne pas venir. Il n'avait jamais aimé l'inconfort physique — enfant, il était nul en sport et en jeux un peu rudes — et il était hors de doute que le *Welle* allait rouler et tanguer méchamment.

Après des explications préliminaires, Schmidt conduisit tout le monde dans la grande chambre de veille, sur l'arrière de la timonerie. David suivit et chercha un coin tranquille où s'installer, mais Schmidt lui fit signe d'aller rejoindre les officiers de rang moins élevé se tenant derrière les visiteurs de marque, dont le groupe faisait cercle autour d'un coffret métallique vissé au sol et surmonté d'un écran circulaire qui retenait toute l'attention des amiraux.

Schmidt s'éclaircit la voix et annonça :

— Il nous faut attendre quelques minutes d'être en haute mer, là où les conditions seront les meilleures pour la démonstration. Nous vous demandons un peu de patience, en vous assurant que vous n'aurez pas attendu en vain et ne serez pas déçus!

Freymann était quelque peu gêné par les manières de Schmidt, qui se conduisait comme un bateleur de foire. Les grands chefs étaient des hommes intelligents; ils n'avaient pas besoin que l'on fasse du cinéma. Soudain, le jeune officier qui se tenait à côté de lui murmura, en lui tendant la main :

— Fischer. Karl Fischer.

— David Freymann. — Il lui serra la main et expliqua :

— Je travaille sur ce projet. Mon domaine est le repérage par radio.

Fischer hocha la tête.

— Eh bien, ce sera fort intéressant de voir fonctionner cet appareil. Je ne savais pas qu'on travaillait sur ce genre de chose. C'est vraiment extraordinaire.

— Vous êtes de l'état-major de la marine ? demanda aimablement David.

Freymann remarqua que l'officier avait des traits finement dessinés, des cheveux blonds, des yeux bleu clair : sans doute ce que les Nazis entendaient par « type aryen ». Puis il se dit : « Je me demande vraiment pourquoi je pense à cela. Je deviens comme Hans. »

— Non, j'accompagne le capitaine de vaisseau Dönitz. Je commande l'U-13, de la 1re flottille de sous-marins de Kiel.

— Ah, marmonna David, qui ne connaissait pas grand-chose à la nouvelle arme sous-marine.

— La première flottille opérationnelle, précisa Fischer. C'est un grand honneur d'en faire partie.

— En effet. Formidable que l'Allemagne puisse à nouveau posséder des sous-marins, après tant d'années.

L'officier désigna l'appareil bourdonnant au centre de la chambre de veille et demanda :

— Est-ce que cela pourrait servir aux sous-marins ?

— Actuellement, sous cette forme, non. Comme vous le voyez, ses dimensions sont trop grandes. On ne peut le monter que sur un grand navire ou à terre, bien entendu. Il ne pourrait être utilisé dans un sous-marin ni, pour la même raison, sur un avion.

— Je vois, dit Fischer pensivement. Et, à l'inverse, cet appareil pourrait-il nous détecter facilement ? En particulier quand nous sommes en surface, la nuit ?

Freymann considéra le jeune officier avec un intérêt accru. A la différence de Schmidt, Fischer était capable d'envisager que l'ennemi puisse, lui aussi, posséder un tel appareil.

— Oui, un sous-marin en surface pourrait être repéré, mais difficilement, répondit Freymann. Un sous-marin est si bas sur l'eau — et beaucoup plus petit qu'un bâtiment de surface, évidemment — qu'il faudrait des conditions idéales pour que l'ennemi vous voie : une mer calme, une distance de trois à cinq milles. De toute façon, si un navire parvenait à vous détecter, vous auriez largement le temps de plonger et de vous éloigner, j'imagine ? Avec un avion... là, ce serait un peu plus coton. S'il arrivait à vous repérer, il pourrait arriver sur vous très vite.

— Ne m'avez-vous pas dit qu'il est impossible de construire un appareil assez petit pour être monté sur un avion ?

— Ah non ! J'ai dit que *cet* appareil était de dimensions trop grandes pour un avion, non qu'il est impossible de mettre au point des dispositifs plus petits. Ce n'est pas du tout la même chose.

Fischer hocha la tête lentement.

— Pourrions-nous reprendre cette conversation après la démonstration ? Je suis sûr que le commandant Dönitz serait très intéressé par vos propos.

— Naturellement, répondit Freymann, ravi. (Ce serait un honneur de parler avec Dönitz.)

Le *Welle* commença à tanguer doucement et David pensa qu'il devait être en haute mer. Par l'un des grands hublots de la chambre de veille, il vit rouler de grosses vagues couvertes d'écume et s'efforça de fixer l'horizon — on lui avait dit que cela empêchait d'avoir le mal de mer.

— Comme vous le savez, poursuivait Schmidt, nous avons beaucoup travaillé à la mise au point de cet appareil, le D.T. Je continue à lui donner son nom de code, D.T., parce qu'il importe de garder le secret. A l'origine, on parlait d'appareil à tourelle tournante — appellation que vous avez peut-être entendue —, mais il vaudrait mieux dire appareil de détection et de mesure de distance par ondes radio. Radar, en abrégé, pour les Anglo-Saxons.

Il s'éclaircit la voix et se tut. « Toujours théâtral », pensa David. Après tout, c'était un peu normal en une telle occasion.

— Lors de la première démonstration, nous n'avions pu vous donner une grande exactitude dans la mesure de distance, mais maintenant...

Schmidt mit une main sur le coffret métallique :

— Grâce à un procédé révolutionnaire, nous pouvons estimer la distance de l'ennemi à un quart de mille nautique près.

Pendant un instant, on n'entendit d'autre bruit que le ronronnement de l'appareil et le martèlement des machines du navire. Schmidt poursuivit :

— Nous avons, en effet, mis au point un générateur d'*impulsions* qui émet un signal radio court et puissant et attend son retour avant d'en émettre un autre. En mesurant le temps mis par le signal pour atteindre sa cible et revenir, nous avons une estimation précise de la distance. En outre, messieurs, la portée de l'appareil s'est accrue : on repère la terre à dix milles, un autre bateau à huit milles, un avion à quinze milles.

Le bureaucrate fit un pas de côté et invita les visiteurs à regarder l'écran, afin qu'ils se rendent compte par eux-mêmes. Il indiqua une portion de côte visible à bâbord puis posa l'index sur l'écran. Les amiraux comparèrent, avec beaucoup de hochements de tête; d'évidence ils étaient impressionnés. David était content. Schmidt ordonna alors de tourner l'antenne et l'écho d'un navire à peine visible sur l'horizon apparut sur l'écran. Raeder fit approcher d'autres de ses subordonnés, et Schmidt recommença ses explications.

David ne se sentait pas bien. Le remède consistant à regarder l'horizon était sans effet. Le *Welle* paraissait rouler et tanguer en tous sens et chaque nouveau mouvement lui soulevait l'estomac. Il se rapprocha de la porte, prévoyant le moment où il devrait se précipiter à la rambarde. Il essaierait que la chose se passe discrètement, mais il en arrivait au point où cela n'a plus d'importance.

Soudain, David eut le cœur sur les lèvres; il ouvrit la bouche et courut se pencher au-dessus de la lisse; dès que son estomac se fût vidé, il se sentit mieux. Le vent vif lui fit du bien, il semblait lui rafraîchir les idées. De nouveau il fixa des yeux l'horizon; le truc parut agir cette fois, il n'avait plus de nausées, mais décida néanmoins de ne pas retourner avec les autres, il n'y tiendrait pas cinq minutes. Au bout d'un certain temps, il était comme hypnotisé par le mouvement des vagues. Un moment, il posa son regard plus près, là où elles se brisaient contre le flanc du navire. C'était une erreur, la nausée revint, et il regarda en hâte plus loin. Puis il ferma les yeux; malgré le vent aigre, il commençait à s'endormir debout. C'était une agréable sensation... il avait l'impression de flotter, d'être en suspension dans de l'eau.

— Hum!

Quelqu'un toussota. David espéra que ce n'était pas à son intention, mais l'appel discret se répéta. Il tourna la tête et découvrit Fischer, accompagné d'un homme de haute taille qui se tenait parfaitement droit.

— Herr Freymann, je vous présente le commandant Dönitz qui aimerait vous poser quelques questions, dit Fischer.

David se secoua pour se réveiller. Il eut un faible sourire :

— Bien volontiers, répondit-il.

Dönitz avait un visage aigu, flanqué d'oreilles décollées, des lèvres minces. David remarqua surtout ses yeux qui étaient petits, et vifs comme ceux d'un animal. Il parlait lentement, en choisissant ses mots avec soin.

— J'ai compris le principe du D.T., je vois comment des vaisseaux de surface peuvent l'utiliser contre d'autres vaisseaux de surface ou des avions. Mais je conclus qu'il ne sera jamais utilisable par des sous-marins. Est-ce exact?

Freymann s'efforça d'oublier son mal de mer et répondit :

— Sous sa formule actuelle, l'appareil est trop encombrant.

— Peut-on le réduire?

— Cela impliquerait d'utiliser des longueurs d'onde plus courtes.

— Et c'est possible?

— Je crois que les travaux sur des longueurs d'onde légèrement plus petites commenceront bientôt.

— Légèrement?

David baissa les yeux. Que faire? Dire la vérité et encourir les foudres de Schmidt ou répéter la ligne officielle? Il fixa de nouveau le visage de Dönitz, dont l'expression était attentive et tendue. D'évidence, la réponse était d'importance pour lui.

« Eh bien! se dit David, cet homme mérite de savoir. »

— Oui, seulement un peu plus courtes, répondit-il. On n'envisage pas pour l'instant d'entreprendre des recherches sur des longueurs d'onde ultra-courtes. On pense généralement qu'elles sont impossibles à produire et que, en tout état de cause, elles seraient *moins* efficaces. Mais... c'est une simple hypothèse, qui reste à prouver, ajouta-t-il d'un ton ferme.

— Et si c'était possible, demanda lentement Dönitz, serait-ce utile pour nous?

— Pas seulement utile, ce serait une révolution! s'exclama Freymann, dont le mal de mer s'était envolé. Avec des ondes très courtes, l'appareil ne serait pas plus grand que, disons, une valise. Il serait facile d'en équiper un avion ou un sous-marin. Vous vous rendez compte de ce que cela signifierait! Que la Luftwaffe pourrait repérer les avions ennemis à des kilomètres, même la nuit; et vous, que vous pourriez détecter et attaquer un navire dans l'obscurité la plus totale!

David s'était toujours intéressé aux applications pratiques de ses travaux. Peu de savants le font, ce qui, à son avis, était une grande erreur. Il en résulte qu'ils sont bien plus lents à s'apercevoir des points faibles de leurs inventions, et aussi à voir d'avance les problèmes.

Il s'interrompit. Jusqu'à présent, il n'avait énoncé que des idées généralement reconnues — encore que Schmidt eût eu une attaque en l'entendant. Il n'avait pas abordé la partie la plus importante, sa théorie personnelle. Une théorie qui non seulement restait à prouver, mais à laquelle Schmidt était résolument opposé. Après un moment d'hésitation, il reprit :

— Ce serait révolutionnaire pour une seconde raison. Mais je dois vous dire tout de suite que je suis quasiment seul à défendre cette idée.

Dönitz lui fit signe de poursuivre. Il continua :

— Je crois possible de mettre au point un tube donnant aux ondes courtes une énorme puissance. Ainsi, l'appareil serait petit *et* extrêmement puissant, avec une définition extraordinaire...

Freymann se dit qu'il utilisait des termes que les deux hommes ne comprenaient peut-être pas et chercha à les expliquer de manière plus pratique :

— Il pourrait détecter un objet parmi d'autres, presque comme pour une photographie. L'appareil actuel *voit* seulement des objets se dessinant sur un fond vide : un avion dans le ciel, un bateau à l'horizon. Même s'il pouvait être monté à bord d'un avion, il serait d'une utilité restreinte car, dirigé vers la terre ou la mer, il ne détecterait pas de cibles individuelles. Il y aurait trop d'échos émis par la terre ou la mer pour qu'on puisse distinguer dans le tas un bâtiment, un navire, ou même une ville.

Le savant s'arrêta pour s'assurer qu'il s'était fait comprendre et, sur un hochement de tête de Dönitz, il poursuivit :

— Un appareil à ondes courtes *verrait* comme... comme une paire d'yeux. D'un avion, il regarderait vers le bas et lirait la terre comme une carte, repérant villes, fleuves, lacs et routes, identifiant les objectifs à bombarder. Il détecterait de petits objets flottant à la surface de la mer, un sous-marin en surface, par exemple. Rien ne lui échapperait.

Dönitz eut l'air alarmé.

— Si c'est exact, c'est... très important. Mais vous avez mentionné qu'il y a un doute à ce sujet. Vous avez dit que, d'après certains, un tel appareil serait moins efficace.

— D'après une certaine école de pensée, répondit Freymann en pesant ses mots, il n'est pas possible de développer la puissance voulue. Mais ce n'est pas mon avis. Je pense qu'il est *possible* de mettre au point le tube requis.

— S'il existe la plus petite chance pour que ce soit possible, alors...

Dönitz pinça les lèvres et regarda la mer.

— Naturellement, il faudrait beaucoup de travail. Et un soutien officiel...

— Je n'ai pas mon mot à dire dans la politique scientifique officielle mais... je verrai ce que je peux faire, promit le capitaine de vaisseau.

Freymann acquiesça de la tête. Il se demandait combien de temps il pourrait tenir avant d'être à nouveau malade. Une minute au plus. Posant sur lui son regard pénétrant, Dönitz demanda :

— Un appareil à ondes courtes rendrait les sous-marins très vulnérables, n'est-ce pas ?

— Effectivement.

— Savons-nous si d'autres travaillent dans cette direction ? Les Britanniques, par exemple.

— Je l'ignore. Tout ce que je peux dire, c'est que je n'ai rien lu — ou entendu — indiquant qu'ils ont réussi.

— Si c'est le cas...

— Si c'est le cas, nous pourrions leur opposer un système d'alarme, un détecteur, prévenant nos bâtiments qu'ils se trouvent dans le faisceau d'un radar.

Le regard de Dönitz s'éclaira.

— Il y a donc une défense possible ?

— Oui, mais nous ne pourrons produire un détecteur qu'après avoir mis au point notre *propre* technologie. Pas de technologie, pas de système d'alarme.

David avait été forcé d'abréger ; il n'avait plus que quelques secondes devant lui.

— Je comprends. Merci, dit l'officier en inclinant le buste.

Dès que le commandant se fut éloigné, le chercheur se pencha par-dessus le bastingage. Bien que son estomac fût vide, les convulsions durèrent quelques minutes et quand David finit par se redresser, les deux officiers avaient disparu. Il appuya la tête sur ses bras et ferma les yeux. Le spectacle qu'il donnait, il s'en moquait, même si les gens se gaussaient de lui. Il aurait voulu être mort. Au bout d'un certain temps il leva les yeux. Pas de terre en vue. Il lui sembla que le navire faisait toujours route vers le large.

« *Hilf mir, Gott* ! » C'était une expression favorite de son père. Son père... mort, et Dieu merci pour lui. Il était fier d'être juif.

— Freymann! Freymann!

Sans se donner la peine de regarder, David sut que c'était Schmidt.

— Freymann! Je suis consterné.

La voix était rageuse, sifflante comme un serpent. David agita une main pour accuser réception, mais rien ne lui aurait fait lever la tête.

— Je vous interdis de parler à qui que ce soit d'autre avant que nous soyons rentrés. On ne peut absolument pas vous faire confiance. Comment osez-vous donner aux gens l'impression que nous ne savons pas ce que nous faisons!

Il bredouilla un moment puis poursuivit :

— Vous et vos idées insensées! *dangereuses*! Je m'occuperai de vous plus tard; pour le moment, tenez-vous tranquille! Restez dans votre coin.

L'ordre de Schmidt convenait parfaitement à Freymann. Plus d'exposés à faire, plus de questions auxquelles répondre. Et que personne ne le croie, cela lui était parfaitement égal. Il commençait à penser qu'Ellen avait raison : il n'aurait pas dû venir.

*
* *

Dönitz s'éclipsa de la chambre de veille quand la discussion se porta sur l'utilisation du radar pour les bâtiments de surface et fit quelques pas sur le pont. Il était sorti côté tribord pour éviter le savant qui demeurait collé contre la rambarde à bâbord. En se dirigeant lentement vers la plage arrière, il se demanda s'il y avait quelque chose de vrai dans ce que lui avait raconté ce curieux petit homme. Son enthousiasme l'avait presque convaincu mais il avait ensuite abordé la question avec Schmidt, qui avait été formel : les théories de Freymann n'étaient que des élucubrations. Schmidt avait même mis une telle véhémence dans ses propos que Dönitz soupçonna qu'il existait entre les deux hommes une grande animosité.

Les différends entre personnes ne devraient pas pouvoir influer sur le jugement des gens, et Dönitz n'admettait pas que cela se produise chez ses subordonnés. Pas plus qu'il ne se laissait gouverner par ses sentiments personnels. Le devoir était de servir au mieux des capacités de chacun.

Seulement, ces savants étaient différents. Ils semblaient incapables de travailler en équipe. «Cependant, pensa Dönitz, il faut apprendre à vivre avec eux, aussi pénibles qu'ils soient, afin de bénéficier de leurs étonnantes inventions. »

Dönitz envisagea un moment de soumettre l'idée de Freymann au Grand Amiral, mais décida finalement que c'était inutile : Schmidt avait promis de faire examiner de près la théorie de Freymann, qui se révélerait ainsi fondée ou fausse de façon certaine et définitive.

Par ailleurs, le capitaine de vaisseau avait d'autres préoccupations plus importantes. Pendant des années, l'humiliant Traité de Versailles avait sérieusement limité la puissance allemande, mais après la signature du Traité naval anglo-allemand, l'Allemagne allait enfin pouvoir reconstruire sa marine.

C'était une course contre la montre. Les recherches sur les *U-boote* n'avaient jamais été véritablement interrompues — elles s'étaient poursuivies secrètement en Hollande dès 1922 — mais il faudrait des années à la Kriegsmarine — et en particulier à l'arme sous-marine — pour rivaliser avec la Royal Navy.

Il y avait un énorme travail à entreprendre. Non seulement de construction de navires, mais aussi d'entraînement et d'instruction.

Dönitz s'était arrêté contre la rambarde de l'arrière. Il fit demi-tour et revint vers l'avant. Apercevant Fischer qui attendait patiemment à quelques mètres de lui, il lui fit signe d'approcher. Les *U-boote* avaient besoin de beaucoup d'hommes comme Fischer qui soient compétents, optimistes et enthousiastes. Tous deux arpentèrent le pont d'un même pas.

— Journée intéressante, n'est-ce pas? dit le capitaine de vaisseau.

— Très passionnante. Manifestement, cet appareil nous sera fort utile.

— Nous verrons. Je ne crois pas toujours à ce que ces engins sont supposés faire. Je croirai plus volontiers à son efficacité quand nous l'aurons expérimenté en manœuvres.

— Y aura-t-il bientôt des manœuvres navales?

— Au printemps. Cela nous permettra de faire, pour la première fois, la démonstration de notre tactique de la meute de loups. Il importe de montrer son efficacité et de faire comprendre au Haut Commandement que le succès dépend du nombre.

Fischer opina d'un air pensif.

— Oui, commandant, je vois. Un très grand nombre...

Il leva vers son nouveau chef un regard reconnaissant :

— Je vous remercie de m'en informer, dit-il. Je comprends ainsi à quel point est important notre programme d'entraînement de cet hiver.

Dönitz hocha la tête. Il avait pour politique de confier le plus de choses possible à ses collaborateurs. Il prisait par-dessus tout la confiance et la loyauté, et pensait que cela s'obtient non par une attitude distante, mais par une franchise réciproque et la compréhension des problèmes de l'autre. Il avait l'intention de suivre de près les activités quotidiennes de ses hommes. Chaque fois que possible, il irait à l'arrivée des bâtiments rentrant d'exercices, assisterait à la critique de ceux-ci, s'informerait de première main des problèmes rencontrés. Il n'avait pas l'intention de perdre le contact avec les équipages, jamais.

Il ne pouvait tout leur dire, bien entendu. Ainsi, il ne leur parlait pas de la lutte d'influence opposant la marine et l'aviation, lutte que Goering, le favori de Hitler, était en passe de gagner. Il ne leur disait pas non plus à quel point les conceptions stratégiques du Führer l'inquiétaient. Hitler avait eu un geste d'amitié envers la Grande-Bretagne — et c'était fort sage — mais Dönitz se demandait si le Chancelier se rendait compte que la guerre, si elle éclatait, mettrait inévitablement aux prises l'Allemagne et l'Angleterre. Et la seule façon de battre les Anglais, c'était de leur couper les vivres en coulant leurs navires marchands. Pour cela, il fallait des sous-marins en très grand nombre.

— Oui, nous avons beaucoup à faire cet hiver, dit Dönitz. Dès que la flottille sera complète, nous travaillerons notre tactique. La meute de loups révolutionnera la guerre navale, déclara-t-il en regardant le port de Pelzerhaken, vers lequel le *Welle* avait mis le cap pour rentrer à l'abri du port. En chassant ensemble, un groupe d'*U-boote* coulera trois ou quatre fois plus de navires que si chaque sous-marin attaquait seul. En outre, je crois que notre tactique prendra l'ennemi par surprise.

Fischer fronça les sourcils. Il soutenait totalement son nouveau chef et tenait autant que lui à prouver l'efficacité de la « meute », mais il avait entendu parler, comme tout le monde, de la nouvelle invention britannique utilisant les ondes sonores pour détecter les sous-marins immergés. Les Anglais semblaient estimer que celle-ci pourrait signifier la fin du sous-marin comme arme offensive.

— Et l'asdic? risqua le jeune officier. Les Anglais s'en vantent beaucoup. Ils semblent avoir grande confiance en lui.

— Il n'est efficace que contre un *U-boot en plongée*, répliqua Dönitz. Nous attaquerons de nuit, *en surface*, ce qui les laissera sans défense. Naturellement, ils s'en serviront contre nous après l'attaque, quand nous aurons plongé, mais de toute façon, l'efficacité du système reste à démontrer — comme d'ailleurs celle du radar que nous venons de voir.

Le capitaine de vaisseau se remit à arpenter le pont, et Fischer allongea le pas pour demeurer à sa hauteur.

— En fait, reprit Dönitz, l'asdic nous a rendu service en rendant les Britanniques trop confiants. Vous savez qu'ils ont moins de sous-marins que les Français? Ils sous-estiment leur importance et la guerre, si elle éclate, leur montrera leur erreur.

— Et l'appareil D.T. plus petit dont parlait ce Freymann? En aurons-nous sur nos bâtiments?

— Apparemment, cet homme se fait des illusions. L'appareil très petit auquel il pense n'est sans doute pas réalisable. Avec de la chance, nous aurons quelque chose qui entrera tout juste dans un sous-marin. Encore faut-il que son efficacité soit démontrée.

Dönitz se croisa les mains derrière le dos, souhaitant que le *Welle* arrive vite à son poste d'amarrage. Il voulait être de retour à Kiel dès que possible. Il avait tant à faire et si peu de temps.

— Les Britanniques possèdent-ils un système analogue au D.T.? poursuivit Fischer.

— Non, répondit Dönitz.

Il faillit ajouter : « Du moins, c'est ce qu'on nous assure. »

Il était souhaitable que Schmidt eût raison sur ce point, sinon... eh bien, mieux valait ne pas penser aux conséquences.

— C'est l'essentiel, dit Fischer en souriant. Cela nous laissera la possibilité de lancer des attaques surprises en surface.

« Mais, si cette possibilité nous est enlevée, nous n'aurons plus rien, songea Dönitz. Si par malheur le petit savant a raison, s'il est possible de construire un appareil capable de repérer un sous-marin en surface par n'importe quel temps, par la plus noire des nuits, la tactique de la meute s'écroule. Les sous-marins et les hommes seront aussi vulnérables que des canards sur un étang. »

L'express Hambourg-Berlin pénétra lentement dans la Lehrter Bahnhof avec un grincement de frein et un bruit de vapeur qui réveillèrent Freymann. Il s'étira, donna un coup de coude à Rathenow, qui ronflait encore à ses côtés. « On arrive », dit-il.

Il était près de dix heures du soir, mais le dernier train pour Hennigsdorf ne partait que vers onze heures : David aurait tout le temps de se rendre à la gare de Stettin pour le prendre. Hans regarda sa montre et s'écria :

— Il faut que je me presse, mon train part dans une demi-heure!

— Sauve-toi. Moi, je vais manger un morceau au buffet.

— Quoi, encore? dit Rathenow avant de sortir du compartiment, en agitant la main.

Freymann se rendit au buffet de la gare, commanda une choucroute, des saucisses, du pain noir et de la bière. Il s'étonnait d'avoir encore faim après le repas substantiel qu'il avait fait dans le train. Un avantage du mal de mer — le seul —, c'était qu'on se sentait si bien après. Ellen disait qu'il mangeait trop; elle avait raison. Mais rien de chaud ne l'attendrait quand il arriverait chez lui. Ellen dînait tôt et voulait que la cuisine soit rangée avant d'aller se coucher à dix heures.

C'était une bonne épouse, mais elle aimait son sommeil; elle n'était bien que si elle avait dormi au moins neuf heures. Il la laissait dormir quand il rentrait tard, et la réveillait le matin avec une tasse de thé. Le dimanche, elle dormait souvent jusqu'à dix ou onze heures. Il emmenait alors Cécile faire une promenade, et ils avaient de longues conversations sur la façon dont poussent les arbres, comment la vapeur fait avancer les trains, ou pourquoi la foudre tombe sur les clochers d'églises. C'était une brillante élève dont David était très fier. Ses devoirs de science étaient excellents et il espérait en secret qu'elle deviendrait physicienne ou biologiste. Il n'en disait rien à Ellen pour qui la science était non seulement ennuyeuse, mais ne convenait pas à une fille.

Son repas terminé, il sortit de la gare et attendit l'autobus allant à la gare de Stettin. Comme celui-ci n'était pas arrivé au bout de cinq minutes, il se mit en route à pied. Cela lui ferait du bien, et la gare n'était pas loin, à dix minutes à peine. Il avait tout son temps, il n'avait pas à s'inquiéter.

Ellen disait qu'il ne s'inquiétait pas assez; c'était assez exact. Cependant, il se faisait du souci pour ce qui comptait, par exemple pour l'éducation et le bonheur de Cécile.

Arrivé à la gare de Stettin, il vit qu'il avait encore une dizaine de minutes avant le départ du train pour Hennigsdorf. Il s'assit sur un banc pour attendre. Souvent, il pressentait les choses, et pour son projet d'ondes courtes, il avait un pressentiment. Il savait que d'une façon ou d'une autre, ce projet aboutirait. Il fallait seulement attendre de pouvoir présenter son point de vue aux personnes voulues. Il ne savait si son entretien avec Dönitz aiderait ou non, mais cela avait certainement fait bouger les choses. Schmidt était devenu rouge de colère. « Cela ne lui fera pas de mal », pensa David en souriant.

Le train arriva; il monta dans un compartiment vide et reprit le fil de ses pensées. Tout le monde disait que c'était impossible, qu'aucun tube ne produirait jamais l'énergie nécessaire. Exact, aucun n'existait actuellement. Mais il *pouvait*, il *devait* y en avoir un. Et il le fabriquerait.

Arrivé à destination, il sortit de la gare et prit machinalement le chemin de la maison en songeant à ce tube. Il marchait la tête basse, perdu dans ses pensées. Actuellement, il y avait deux types de tubes, le klystron et le magnétron. S'il parvenait à combiner les qualités de l'un et de l'autre, par exemple en gardant le magnétron mais en utilisant un résonateur clos...

Comme il passait devant une boutique, son attention fut attirée par une grande bande de papier collée en travers de la vitrine et sur laquelle on avait simplement écrit : *Juif!*

C'était l'échoppe du vieux Finstein, le cordonnier, et Freymann demeura un moment à la regarder. Il savait que ce genre de chose arrivait en ville, mais pas à Hennigsdorf! L'endroit était paisible, tout le monde se connaissait, tout le monde connaissait le vieux Finstein.

David reprit lentement sa marche en songeant aux avertissements de Hans. Non, il ne pouvait croire qu'il risquait de perdre son travail. Pour d'autres, peut-être... Mais les Juifs avaient déjà connu de mauvaises passes : avant la Grande Guerre, par exemple, comme il l'avait dit à Hans, et puis les choses s'étaient arrangées, comme toujours. Les nouvelles lois rendaient illégal un mariage comme le sien avec Ellen. Bon, se répétait-il, on ne pourrait démarier deux personnes mariées depuis quinze ans. Quant à Cécile, elle ne risquait rien puisqu'elle était de la seconde génération. En tant que *Mischlinge*, sang-mêlé, elle était considérée allemande. L'exil forcé? C'était bon pour les pauvres ou pour les hommes d'affaires, pas pour lui. Ils avaient *besoin* de lui, point final.

En tournant dans sa rue, David ressentit par avance une chaleur familière. Chaque fois qu'il montait la petite colline bordée de tilleuls, il guettait avec impatience l'apparition de sa petite maison, son coin à lui. Comme il s'y attendait, elle était plongée dans l'obscurité et il ouvrit la porte avec précaution pour ne réveiller personne. Puis il monta au premier étage, s'arrêta sur le palier et s'avança à pas de loup vers la porte ouverte de la chambre de derrière.

Cécile dormait, ses cheveux bruns répandus sur l'oreiller. Il s'agenouilla auprès d'elle et lui caressa la joue en murmurant ce qu'il lui murmurait depuis qu'elle était toute petite :

— Je t'aime, *meine kleine Rosenknospe.*

« Je suis un homme comblé, se dit-il. J'ai un travail passionnant, une bonne épouse, une jolie maison. Et surtout, je t'ai, toi, *meine Liebling*. Je t'aimerai et je te protégerai toujours, ma chérie, toujours. »

CHAPITRE IV

Une cloche solitaire se fit entendre au loin par-dessus la ville et Vasson se rappela que c'était dimanche. *Mea culpa! Mea culpa!* Pardonnez-moi, Seigneur, car j'ai péché... Au diable tout ça! Il haïssait les dimanches.

C'était une journée d'août idéale, claire, ensoleillée et pas trop chaude. Le soleil d'un jaune vif transformait les rues tristes du XVIIIe arrondissement en rubans de lumière. Les yeux plissés, Vasson traversa lentement la place du Tertre où quelques artistes plantés devant leur chevalet peignaient une énième croûte représentant le Sacré-Cœur. Ils étaient probablement anglais ou américains, comme la plupart des prétendus peintres du quartier. Vasson avait entendu dire que beaucoup d'entre eux faisaient leur valise pour rentrer dans leur pays. Apparemment, les riches touristes américains avaient déjà quitté les hôtels de luxe pour s'entasser à bord des paquebots transatlantiques.

« Qu'ils s'en aillent, pensa Vasson. Ce ne sera une perte pour personne, la vie continuera sans eux comme avant à Montmartre. »

Il se dirigea vers Pigalle à pas lents, la tête et les yeux douloureux, en proie à une sacrée gueule de bois. Au coin des rues et devant les cafés, les vendeurs de journaux étaient littéralement dévalisés et on ne trouvait même plus le *Turf*, le seul journal que Vasson achetât désormais. On avait vendu jusqu'au dernier. Vasson était fort ennuyé, car il voulait parier dans une course importante de Longchamp; il ne lui serait pas possible d'étudier la forme des chevaux.

Le monde sombrait dans la folie. Les hommes se conduisaient comme des lapins apeurés. Les Allemands allaient écraser les Polonais? Vasson ne voyait pas en quoi cela concernait la France. La Pologne n'avait rien à voir avec la France; ou du moins ne devrait pas. Il prit le boulevard Rochechouart, déboucha sur la place Pigalle et s'engagea dans la petite rue où se trouvait la boîte de nuit. A la lumière du jour, sa façade était morne et un peu miteuse, mais le soir, quand l'enseigne brillait d'un rouge écarlate et que la porte ouverte révélait une entrée éclairée par une lumière douce, l'effet était assez séduisant.

Vasson descendit l'escalier, trouva la pénombre de la salle reposante pour ses yeux. On avait lavé le sol, retourné les chaises sur les tables. Quand il s'approcha du bar, le garçon lui servit un café sans dire un mot et le poussa vers lui sur le comptoir.

Il prit la chaise posée sur la table la plus proche, s'y laissa tomber et examina la salle d'un œil critique. La recette avait dû être bonne la veille car, dès dix heures, les clients avaient afflué et dépensé gros. Pourtant, la boîte aurait pu rapporter le double si seulement...

Il soupira; tant de choses restaient à améliorer. Pour la musique, c'était le seul point satisfaisant de cette boîte; elle était d'une classe bien supérieure à celle que l'on entend d'habitude dans les petits clubs privés. Au lieu d'un accordéon ou d'un piano solitaire, il y avait trois instruments : piano, violoncelle et batterie. Les musiciens étaient bons; pour les danseurs qui aimaient se dépenser, ils jouaient parfois des airs de swing à la mode, mais la plupart du temps restaient fidèles aux vieux slows romantiques, excellents pour rendre les clients plus tendres envers les filles et prêts à débourser.

Le décor, lui, aurait pu être beaucoup mieux; en peluche rouge et dorures, il datait. On voyait bien que rien n'avait été changé depuis 1910. Vasson aurait voulu des miroirs sur les murs, des meubles chromés, un plancher de linoléum noir, le genre de chic simple qui faisait fureur.

Mais le grand problème était celui des filles; certaines étaient si ordinaires que cela se voyait même dans l'obscurité presque totale de la boîte. Seuls les clients aveugles ou ivres arrivaient à leur trouver du charme. Elles devraient être remplacées, et rapidement. C'était idiot d'économiser sur le salaire des filles; il était préférable de payer plus cher des femmes ayant de la classe et très expertes dans l'art de soutirer l'argent.

Il soupira encore; ce club pourrait être un des mieux à la ronde, sinon le mieux.

Il avala son café et rapporta sa tasse au bar.

— Ça a dû marcher, hier soir, dit-il au garçon qui essuyait des verres. Les rentrées sont bonnes?

— Plutôt, répondit le serveur, impassible.

— On a battu un record, non?

Il y avait dans la façon dont le barman le regardait un rien d'insolence qui l'irritait.

— J'ai besoin de le savoir, poursuivit Vasson avec agacement. Il faut que je sache pour gérer comme il faut cette maison; parce que c'est moi le gérant, sache-le!

C'était mesquin, mais il ne pouvait s'en empêcher; le serveur haussa les épaules. Vasson eut envie de le frapper.

— C'est toi le gérant mais c'est moi qui m'occupe de l'argent, fit une voix derrière lui. Ne l'oublie pas.

C'était Birelli. Petit, gras, d'un sale caractère, il portait un complet voyant et ressemblait à un propriétaire de petite boîte de nuit — ce qu'il était précisément. Il en possédait trois, dont celle-ci.

Vasson ne répondit rien; il savait que Birelli attendait sa réaction, et nom de Dieu, il n'en obtiendrait pas. Birelli alluma une cigarette, toisa Vasson de ses yeux en trou de vrille à travers la fumée, et déclara :

— Tant que cette boîte m'appartiendra, c'est moi qui m'occuperai de la recette, et personne d'autre.

Le bonhomme exhalait une odeur d'ail qui saisit Vasson aux narines. Il se recula instinctivement, mais Birelli s'approcha encore et dit, en martelant les mots :

— Si tu continues à fourrer ton nez dans des trucs qui te regardent pas, tu te retrouveras dehors aussi sec. Tu ferais bien de t'occuper de tes affaires et de t'en tenir à ton boulot.

Vasson eut envie de saisir ce petit porc prétentieux et de lui fracasser le crâne contre le mur, de le réduire en bouillie. Dire qu'il supportait ce minable depuis plus de six mois! Écœurant! Birelli surveillait avec satisfaction la tête que faisait Vasson; celui-ci avait l'impression que l'autre connaissait exactement ses pensées. Birelli reprit :

— Et puisqu'on parle de toi et de ton incompétence, je t'avertis que tes idées grandioses sur la façon de diriger une boîte, j'en ai soupé. Elles ne valent pas un clou. Dépenser le fric, ça, tu sais le faire, mais en gagner... Si t'es tellement malin, pourquoi tu possèdes pas toutes les boîtes du coin? Pourquoi n'es-tu pas ton patron? Dis?

Vasson saisit le rebord du bar et attendit que la bouffée de chaleur de sa colère se dissipe afin d'avoir des idées claires; il avait besoin d'être calme pour décider de ce qu'il allait faire. Lorsqu'il fut de sang-froid, il le sut. Il s'avança lentement vers Birelli, qui parut d'abord surpris puis effrayé. Quand les mains de son gérant se refermèrent sur son cou, il se mit à couiner en reculant. Vasson resserra son étreinte, secoua Birelli, dont la tête se mit à osciller comme celle d'un pantin, puis le poussa en arrière et lui frappa le crâne contre le mur.

Le petit homme cessa de crier; il hoquetait, du sang macula le papier mural rouge. Ses yeux ronds saillaient comme de petits œufs. Vasson continua à secouer la tête de Birelli dont les mouvements d'avant en arrière avaient un effet quasi hypnotique et lui procuraient une intense satisfaction.

Soudain, un bras lui enserra le cou, le contraignant à lâcher prise. Vasson éprouva une vive contrariété aussitôt suivie de soulagement. Déçu que le gros porc s'en tire à si bon compte, il était en même temps content qu'on l'ait arrêté. Il avait perdu le contrôle de lui-même, il n'aimait pas cela. Pris comme dans un étau, il eut un moment de panique. Il aurait dû se souvenir que le barman était grand et fort, et pouvait être méchant.

Ne se jugeant pas de taille à l'affronter, Vasson n'opposa aucune résistance et se laissa mollement aller. Durant une seconde, il crut qu'il ne se passerait rien de plus; mais il reçut un coup douloureux dans un rein et se mit à hurler. Après un temps qui lui parut long, le garçon le libéra; il glissa à terre et se réfugia sous une table, hors d'atteinte. Dieu, qu'il avait mal! Une douleur lancinante dans le côté; il en était malade.

— Eh! je n'ai rien contre toi, plaida-t-il en voyant approcher les jambes du barman. Laisse tomber.

Pas de réponse. Il se releva de l'autre côté de la table, vit le barman s'avancer vers lui, les poings serrés. La voix entrecoupée, il le supplia :

— Allons, sois un brave type et laisse-moi; tu m'as frappé dans le dos et je suis à moitié mort. Tu en as assez fait, pour l'amour du ciel.

— Espèce de lâche! lui jeta le garçon.

Vasson se moquait de l'opinion de ce dernier, pourvu que cesse le combat. Celui-ci avança et Vasson battit précipitamment en retraite vers le mur. Tout à coup, il y eut un grognement et les deux hommes s'arrêtèrent pour regarder Birelli qui gisait sur le sol, livide, la tête ensanglantée. Vasson pensa avec plaisir : « Le bougre a pas mal écopé, il me semble. »

— Tu l'as à moitié tué, murmura le barman avec colère.

— Non! C'est superficiel, ça va aller. Il a l'air plus mal qu'il n'est. Vraiment...

Il exhala un gémissement de souffrance en se tâtant le dos, puis se mit à haleter : « Mon dos! que j'ai mal! » Le barman parut impressionné; c'est ce que voulait Vasson. Le serveur baissa les bras; il était évident que la bataille était terminée. Vasson souriait presque de soulagement.

Comme le serveur se désintéressait de lui pour se pencher vers Birelli,

Vasson remit de l'ordre dans sa tenue et recula vers l'escalier. Le barman le vit faire et cria :

— Où tu vas ?

Vasson s'immobilisa sur la première marche et répliqua :

— Dis à ce salaud que s'il cherche à se venger, je parlerai aux flics de ce qui se passe là-haut. Compris ?

Le barman se redressa, l'air furieux, et avança vers lui. Mais Vasson grimpa précipitamment l'escalier, se précipita dans la rue et ne cessa de courir qu'une fois arrivé à Montmartre.

« Salaud ! » fit-il en décochant un coup de pied à un réverbère. Il aurait voulu que Birelli crève, et en même temps s'en voulait d'avoir perdu son contrôle.

Il se heurta à plusieurs passants, força une passante à descendre du trottoir, s'arrêta à une terrasse et s'assit, tremblant de rage et d'humiliation. Quand sa colère fut tombée, il se remit en route en se demandant pourquoi le sort s'acharnait sur lui. Quatre ans s'étaient écoulés depuis la catastrophe mais il ne supportait toujours pas d'y repenser, de se rappeler l'odeur de ce bel et bon argent.

Paris s'était révélé plus merveilleux qu'il ne l'avait imaginé. Les premiers jours, il avait pris une chambre dans un bon hôtel, mangé dans d'excellents restaurants et observé les élégants Parisiens tandis qu'ils déjeunaient en parlant affaires ; il voulut se constituer une garde-robe, et être certain d'être dans le quartier voulu où louer un appartement. Pour le moment, il lui suffisait de regarder, d'écouter et de se reposer ; de savourer la liberté que lui donnait l'argent. L'argent, c'était comme le soleil d'été sur la peau, chaud, voluptueux et grisant.

Lorsqu'il se sentit prêt, il commença par s'offrir le vestiaire d'un homme arrivé, des habits vraiment bien coupés, des boutons de manchettes en or. Puis il se mit à la recherche d'un appartement ; il le voulait assez près de Pigalle où serait la boîte de nuit, mais pas trop. Montmartre était vulgaire ; ce serait dans le neuvième arrondissement. Après quelques jours de recherche, il trouva ce qu'il voulait dans une rue tranquille donnant sur la rue de Clichy. L'appartement manquait de lustre, mais ferait l'affaire jusqu'à ce que Vasson soit bien établi à Paris ; il irait alors dans un endroit encore mieux, dans le huitième, près des Champs-Élysées.

Il songea alors à la voiture. Depuis si longtemps qu'il la désirait, il ne pouvait plus attendre. De façon irréfléchie, il décida d'en acheter une neuve. Il entra dans une salle d'exposition des Champs-Élysées, et il éprouva une curieuse excitation lorsqu'il déclara vouloir acheter une D8 SS, livrable immédiatement. Le directeur s'occupa personnellement de lui, lui montra un modèle de couleur verte, dont la carrosserie Falaschi lui plut beaucoup : un très long capot, des ailes brillantes se prolongeant en marchepied. Parfait — sauf la couleur. Il voulait un rouge rubis, avec des sièges en cuir noir. Le directeur, navré, l'avertit qu'il y aurait un délai de livraison de plusieurs semaines mais Vasson répondit qu'il attendrait.

Après avoir donné un coup de téléphone, le commerçant informa son client que le délai ne serait finalement que de deux semaines et Vasson versa des arrhes, en liquide, comme toujours.

Jusque-là, il avait relativement peu dépensé ; l'hôtel, le mois d'avance pour l'appartement, les vêtements neufs et les boutons de manchettes avaient à peine écorné son magot ; la voiture, c'était autre chose car, pour payer l'acompte, il avait dû puiser pour la première fois dans les coupures toutes neuves.

Les deux semaines passèrent étonnamment vite : il s'occupa en cherchant un local près de Pigalle. Il lui faudrait pas mal de temps pour monter la boîte de nuit et obtenir les autorisations, licences, et le reste. Il fallait être prudent, sa nouvelle identité ne supporterait pas un examen attentif de la police. Tout devait être en ordre, aucun document ne devait manquer; mais les difficultés le rendaient encore plus déterminé.

Deux semaines plus tard, il téléphona au garage et on lui répondit que la voiture l'attendait. C'était comme un Noël ou un anniversaire, sauf qu'il n'avait, de sa vie, reçu de cadeaux. Son cœur battait d'émotion lorsqu'il arriva aux Champs-Élysées mais, au moment de traverser l'avenue, il regarda le magasin d'exposition qui était de l'autre côté et n'aperçut pas de voiture rouge, ni dans la vitrine, ni sur le large trottoir extérieur. Etait-elle bien arrivée?

Au même moment, il vit une chose qui le glaça; un homme appuyé contre un arbre faisait semblant de lire un journal, mais en réalité surveillait le magasin. Un peu plus loin, un autre homme fumait une cigarette en faisant mine de s'intéresser à la devanture d'une boutique.

Ils l'attendaient.

Il était cloué sur place, le front soudain inondé de sueur. L'homme jeta sa cigarette, inspecta rapidement l'avenue dans les deux sens. Vasson fit demi-tour, se dirigea vers l'Étoile, entra dans un café pour téléphoner. Il appela le magasin, prévint qu'il serait un peu en retard et s'enquit à nouveau de la voiture. Après une légère hésitation, on lui répondit qu'elle était à sa disposition. Il déclara alors vouloir partir immédiatement après avoir réglé et demanda si la voiture était garée dehors ou encore en vitrine. Dehors, assura-t-on, prête à démarrer.

Du café, Vasson surveilla le magasin pendant une dizaine de minutes : il n'y avait pas de Delage rouge garée devant le trottoir et aucune voiture de ce type n'arriva pendant son attente. Par contre, quelqu'un sortit du magasin, dit quelques mots aux deux hommes en faction, puis à un troisième posté de l'autre côté de l'entrée, et que Vasson n'avait pas repéré. Après quoi, ils semblèrent moins aux aguets, comme si on leur avait dit que le moment d'agir était retardé.

Vasson s'éloigna, la mort dans l'âme. Une seule explication : l'argent *brûlait*. Il marcha longtemps, résistant à une envie de pleurer et finit par entrer dans un café. Il était près de la crise de nerfs. Puis il sombra dans une sorte d'hébétement, essayant de réfléchir; il ne quitta le café qu'à la tombée de la nuit pour retourner à l'appartement.

Il ne sortit pas pendant trois jours, demeurant étendu sur le lit ou arpentant sa chambre en réfléchissant. Finalement, il conclut qu'il ne pouvait rien faire de son argent et cette fois, il éclata en sanglots. Comme il avait été naïf et comme l'Arbi avait dû rire! Il n'avait sans doute pas fabriqué les billets lui-même — ce n'était pas sa partie — mais il avait dû les acheter au rabais en prévision d'une occasion comme celle-là...

Vasson songea à se venger, à faire chanter l'Algérien, ou à tenter un arrangement pour la moitié des deux cent mille francs; mais il avait peur. Il savait que l'Arbi le tuerait s'il retournait à Marseille.

Il avait eu de la chance de ne pas se faire prendre. Et il avait encore un peu d'argent propre. Mais ça ne le consolait pas; il avait été volé et trompé, et cela lui faisait mal.

Une semaine plus tard, il essaya d'écouler une partie de l'argent sale chez un agent de change, mais l'homme changea d'expression en voyant les billets et Vasson se hâta de battre en retraite avant qu'il ne décroche le téléphone. Il n'eut pas plus de chance chez un vieux prêteur sur gages qui lui rendit son argent en criant :

— Emmène ces saletés ailleurs!

Vasson comprit que ces billets étaient bien connus; ils avaient dû se promener partout pendant des années.

En désespoir de cause, il vendit le tout pour trois mille francs à un pied-noir qui espérait l'écouler à Tanger. En faisant attention, Vasson tint un an avec les bons billets. Il n'avait ni boîte de nuit, ni voiture... il était revenu à son point de départ.

Vasson gravit les escaliers et les rues en pente qui conduisent au cœur de Montmartre; il était couvert de sueur. Il allait toujours plus vite, ce qui soulageait la souffrance de son rein et l'amertume de sa bouche. Il finit par entrer dans un petit bar obscur et s'assit près de la fenêtre. Les clients qui se tenaient au comptoir lui jetèrent un coup d'œil et reprirent leur conversation. Ils savaient qu'il ne les saluait jamais. Il commanda un café. Il eut envie de demander un pastis, mais il en avait assez bu la veille au soir. Combien... il ne savait plus; peut-être vingt. Il préféra ne pas y penser, à cause de la gueule de bois et aussi parce que la soirée lui avait coûté au moins cent francs.

C'est Raoul qui l'avait entraîné; eh bien, Raoul pourrait lui offrir un pastis. Il ferma les yeux, essayant de se rappeler ce que c'est de se sentir en forme. Depuis longtemps, il ne se sentait pas vraiment bien; il buvait et fumait trop. Et maintenant, ce rein qui lui faisait un mal de chien.

Quelqu'un s'assit à sa table et il ouvrit un œil. C'était Raoul.

— Paie-moi un verre, vieux con, dit Vasson.

— T'as lu les nouvelles? s'écria Raoul en dépliant un journal qu'il lut avidement.

Vasson se pencha en avant, lui saisit le poignet:

— Dis donc, après cette soirée, tu me dois un sacré verre!

— Oh! la ferme! Laisse-moi lire. — Il tapa sur le journal — Ce machin polonais... c'est la guerre, comprends-tu? C'est la guerre avant la fin de la semaine!

Vasson masqua son irritation : Raoul se prenait pour un stratège mais il était à peine capable de tirer de quoi vivre des deux filles qu'il protégeait.

— Et alors? Cela ne nous concerne pas.

Raoul leva les yeux de son journal :

— Écoute, gros malin, voici le dernier mot en ce qui me concerne. Si la guerre éclate, j'irai me battre. Et tu resteras tout seul ici, avec tes grands projets.

Vasson le regarda avec condescendance :

— Tant pis pour toi. C'est moi qui deviendrai riche.

— C'est ce que tu dis depuis trois ans. En attendant, je suis toujours fauché — et toi aussi!

Vasson rougit. Il avait projeté d'ouvrir une boîte avec Raoul mais n'avait pu réaliser ses plans, faute de fonds. Il avait essayé d'emprunter de l'argent et même d'en extorquer, mais cela n'avait abouti à rien.

— En tout cas, moi, j'essaie au moins. Tu n'en fais pas autant.

Raoul était un gros flemmard, satisfait de ne rien faire, ne rien gagner, et boire comme un imbécile. Vasson ajouta :

— Aucune de tes idées ne vaut un jeton.

Raoul haussa les épaules :

— Quand j'ai une idée, tu marches pas.

Vasson les connaissait les idées de Raoul : attaque de banque et hold-up — le meilleur moyen de se retrouver en prison.

Raoul commanda deux pastis :

— De toute façon, poursuivit-il, ton idée de monter une boîte était stupide; on n'aurait jamais pu y arriver. D'abord on n'a pas les relations nécessaires avec les flics, ensuite tu crois que les autres nous auraient laissé gentiment de la place? Non, c'était foutu d'avance...

Vasson le considéra d'un œil froid; il le jugea tout simplement un imbécile. Raoul continua patiemment:

— T'as de l'instruction, toi, tu lis des bouquins et tout. Pourquoi tu t'en sers pas? Tu pourrais trouver un bon boulot ayant de l'avenir. Ça se voit que tu es bourré de connaissances.

Vasson, qui détestait qu'on fît allusion à son passé, tourna la tête vers la vitre.

— T'étais chez les curés? continua Raoul. Pour tes études, je veux dire. J'ai connu un gars qui a commencé dans la vie avec rien — tout seul dans la vie à cinq ans qu'il était — et les curés l'ont pris et lui ont bourré la tête avec du latin et des livres, et il a fini comme professeur. *Professeur!* C'était le neveu du meilleur ami de ma vieille.

Il se tourna vers Vasson:

— C'étaient les curés, hein?

— La ferme! dit Vasson en se levant

— Où tu vas? demanda Raoul, surpris.

— Ailleurs. Salut, amuse-toi bien à l'armée et fais-toi descendre.

— Allons, sois pas comme ça.

Vasson se pencha par-dessus la table:

— Nous verrons bien qui est le plus malin, et je te le dis, ce ne sera pas toi.

Il sortit du bar en jurant à mi-voix. Raoul le laissait tomber? Qu'il aille au diable! Il se débrouillerait seul.

Sa chambre, située au fond d'une maison crasscuse de la rue Saint-Vincent, ne lui coûtait pas grand-chose, si bien qu'il économisait une centaine de francs par semaine — quand il avait du travail. Vasson se rendait compte qu'il lui faudrait attendre vingt ans — s'il retrouvait immédiatement un emploi — pour avoir de quoi louer un local et monter une boîte. Son projet était ridicule.

Il gravit avec lassitude l'escalier étroit et sale, ouvrit la porte de la chambre obscure, traversa la pièce et repoussa les volets. Il ne fit pas beaucoup plus clair car la fenêtre donnait sur une cour exiguë séparant de hauts immeubles.

La chambre était en désordre. Des chaussures à hauts talons traînaient par terre, des jupes et des blouses s'empilaient sur les chaises. « Il faut que je me débarrasse d'elle », songea Vasson. Elle, c'était une fille de la campagne nommée Yvette, qui encombrait sa vie. C'est elle qui avait eu l'idée de se mettre en ménage, pas lui. Il aurait dû la flanquer dehors tout de suite.

Il fit tomber du lit quelques magazines bon marché et s'étendit. Il avait mal à la tête et son rein le faisait toujours beaucoup souffrir. Il se demanda si ce n'était pas grave; il devrait peut-être voir un docteur, mais les docteurs coûtent de l'argent, et il les payait à contrecœur. Il alluma une cigarette et réfléchit. Il n'avait plus de travail, pas de perspectives, mais ce n'était pas la première fois. Des places, il en avait fait quatre ou cinq dans l'année et c'était toujours la même histoire : on le faisait trimer comme un esclave sans rien lui donner en échange. Pas de participation réelle à l'action. Pas de possibilités de modifier ou d'améliorer. Et alors venaient les ennuis. On le blâmait, bien que les problèmes soient de leur faute. Il se sentait volé, frustré, amer. Surtout en ce moment; parce qu'il n'avait pas réussi à se contrôler et avait à moitié tué un homme, et que cela l'effrayait. Mais c'était la faute du système; c'était le système qui l'enfonçait. Les gros caïds avaient monté le système et ils l'avaient bouclé. Sans poids et influence, on n'avait aucune chance — et cela signifiait de l'argent. Et l'on ne pouvait avoir de l'argent sans influence. Le système était pourri. « Bon Dieu! pensa-t-il. Je ne fais que tourner en rond, et ça me ramène toujours à l'argent. »

Soudain fatigué, il ferma les yeux et ne tarda pas à rêver. Un rêve précis. Il était à Marseille, allongé dans la voiture de l'Arbi, les bras attachés. L'Arbi discutait de la façon dont il allait le tuer mais Vasson s'en moquait parce qu'il *avait l'argent* à côté de lui sur le plancher. Donc tout allait bien.

Mais il glissa hors de la voiture, dont quelqu'un avait ouvert la portière. C'était sa mère. En tombant sur la route, il l'appela mais elle regarda par-dessus lui et sourit à l'Arbi.

Il faisait noir, il était à nouveau dans le placard. Il criait mais la porte en acier était si épaisse que personne ne pouvait l'entendre. Finalement, la porte s'ouvrit. Il ne voulait pas sortir mais c'était un des frères et il fallait obéir. Comme il réclamait sa mère, le prêtre répondit :

— Ta maman est loin, Paul.

— Je veux ma mère.

— Elle n'a pas encore trouvé le chemin de Dieu. Tant qu'elle le cherche, elle ne peut venir à toi.

— Elle cherche? Pourquoi?

— Paul, ta maman est loin...

Non, elle était tout près, il le savait. Pourquoi lui mentait-il? *Maman, maman...*

Vasson se réveilla, découvrit quelqu'un dans la chambre : c'était Yvette.

— Ça va? demanda-t-elle.

Elle s'approcha en vacillant sur ses hauts talons et pencha vers lui son visage lourdement maquillé. Écœuré, il ferma les yeux.

— Tu marmonnais quelque chose. J'ai cru que tu ne dormais pas. Excuse-moi si je t'ai réveillé, fit-elle de sa voix de petite fille, celle qu'elle réservait d'ordinaire aux clients riches.

— Fiche le camp, je veux dormir.

— Oh, t'occupe pas de moi, je ferai pas de bruit. Tu t'apercevras même pas que je suis là, assura Yvette en lui caressant le front.

Il repoussa sa main, prit une cigarette.

— Tu veux que je t'apporte quelque chose de frais à boire? insista-t-elle.

— Non. Et je vais te dire une chose : je pars.

Elle le fixa un moment puis hocha la tête, sans surprise.

— Je peux venir avec toi? se risqua-t-elle finalement à demander.

Elle savait que la question était dangereuse, qu'il pouvait sortir de ses gonds, comme cela arrivait parfois. Mais elle voulait aller avec lui, s'occuper de lui.

— Non.

Elle se débarrassa de ses chaussures, s'allongea à côté de Vasson et posa une main sur sa poitrine. Elle savait exactement jusqu'où elle pouvait aller avant qu'il ne se mette en colère.

— Tu me manqueras terriblement.

— Tu parles!

— Je sais que je suis pas une fille pour toi. Tu me trouves pas attirante, et tout, mais je saurais m'occuper de toi.

« Encore le sexe », pensa Vasson en soupirant. C'était la seule chose qu'elle comprenait. Tout commençait et finissait par là. Elle ne voyait donc pas à quel point elle l'écœurait, qu'il ne pouvait plus supporter qu'elle le touche? Il se leva brusquement en annonçant:

— Je pars demain. Tu ferais mieux de te dégotter une chambre en vitesse.

— T'iras où?

— Je ne sais pas.

— Mais la guerre...

— Quoi, la guerre?

— Eh bien, ça pourra nous donner des chances à tous les deux.

Elle essayait toujours d'avoir des idées pour gagner de l'argent. Elles étaient toujours aussi pitoyables qu'elle-même.

Sans répondre, il commença à faire sa valise.

— Il y aura du marché noir, continua Yvette d'un ton hésitant. C'est obligatoire. Les gens vont manquer de tas de trucs. En achetant maintenant à bon marché avec tes économies... Tu en as assez pour démarrer. Ça rapportera gros, tu verras!

Vasson la regarda.

— Ils vont manquer de quoi, les gens, à ton avis?

Elle réfléchit un moment, ses sourcils, faits au crayon, froncés de concentration.

— Oh! de bas, de maquillage, de vêtements. De nourriture aussi, je suppose. Et de bien d'autres choses encore, je crois.

« Cette idiote a peut-être une idée, se dit Vasson pensivement. Il se pourrait qu'il y ait la guerre; il se pourrait qu'elle dure pas mal de temps, et qu'il y ait beaucoup d'argent à gagner. »

— Bon, je m'en vais, déclara-t-il soudain en fermant la valise.

— S'il te plaît... fit Yvette d'un ton implorant.

Il lui accorda un dernier coup d'œil avant de se diriger vers la porte, constatant une fois encore combien elle le dégoûtait.

— Sale merdeux! cria-t-elle.

Il sortit de la pièce, dévala l'escalier et marcha dans la rue d'un pas vif, heureux de se sentir à nouveau libre. Il allait louer une autre chambre, pour lui seul, et prendre un nouveau départ. Il s'arrêta pour boire un café, acheter des cigarettes et repensa à l'idée d'Yvette. Il pourrait effectivement y avoir quelque chose à en tirer. Les objets de luxe, la nourriture... Qu'avait-elle dit d'autre? « Les bas. Oui, et les cigarettes aussi manqueront... »

La guerre ne serait peut-être pas une mauvaise chose, finalement.

CHAPITRE V

La côte est déchiquetée, sauvage, et d'une beauté extraordinaire. Depuis ses confins avec la Normandie jusqu'à son extrémité qui fait face au grand large, la Bretagne du Nord mesure plus de deux cents kilomètres à vol d'oiseau. Mais elle est tellement découpée de baies et d'estuaires, que sa longueur réelle est au moins le double. Seuls les petits bateaux peuvent y accoster dans la plupart des endroits — et seulement par beau temps — car elle est gardée par une longue barrière de défenses naturelles.

D'innombrables tempêtes ont sculpté les falaises, mordant dans les roches tendres, laissant isolés en mer des récifs et des îlots. Certains de ces obstacles sont hauts sur l'eau, émergeant comme des dents de dragon ou sous la forme d'îles dénudées par le vent. Mais les plus dangereux sont à peine immergés, récifs indiqués par des brisants, ou si bas qu'ils sont à peine visibles. Ils s'étendent à quatre, cinq, parfois jusqu'à douze milles au large.

D'autre part, les courants de marée sont violents le long de cette côte; ils circulent parmi les rochers et les récifs, pénètrent dans les baies profondes, rendant difficile un atterrissage précis, même pour le navigateur le plus attentif.

Les vents les plus violents soufflent en hiver, avec les tempêtes venant de l'Atlantique; ils poussent devant eux des armées de vagues qui déferlent sur le rivage, augmentant de vitesse jusqu'à ce qu'elles se brisent sur les rochers dans un éclaboussement d'écume blanche et meurent, encore rugissantes, sur la terre ferme.

Cette côte est hostile pour le marin. Seul, celui qui est familiarisé avec ses dangers peut en approcher impunément; les étrangers doivent avoir de bonnes cartes et une foi aveugle. De nuit brillent les puissants faisceaux des grands phares; et grâce aux feux d'entrée et aux bouées lumineuses, les bateaux de pêche peuvent naviguer de nuit dans certains estuaires. Mais dans sa plus grande partie, la côte n'est pas hospitalière pour les visiteurs; les phares servent plutôt à avertir qu'à accueillir.

Le vent apporte des embruns salés à plusieurs kilomètres dans les terres, de sorte que la végétation la plus résistante peut seule y croître : des ajoncs, des bruyères, des herbes sauvages; quant aux pâturages, là où il y en a, ils nourrissent un bétail peu nombreux. Plus à l'intérieur sont des cultures maraîchères, des champs de blé et des prairies plus riches, mais même là, la terre est parcimonieuse, et ce n'est pas l'abondance de la Normandie ou de la Picardie.

Comme tous les lieux sauvages et battus par le vent, ce pays est riche de légendes romantiques. Et en Bretagne la réalité et la fable sont étroitement mêlées. Les gens qui vivent depuis des siècles sur cette terre sont assez différents de leurs compatriotes. La Bretagne est française de nationalité mais pas de race, ni de langue, ni de culture. Les fiers et solides Bretons ne sont pas gaulois, mais celtes, et proches des populations de Cornouailles, d'Irlande ou du pays de Galles d'où ils sont venus jadis. La langue bretonne sonne rudement à une oreille française, et le nom des rochers et des promontoires est plus facile à prononcer pour un Cornouaillais que pour un Français : Beg an Fry, Mean Nevez, l'Aber-Vrac'h, Lizen Ven, Pen Ven. On pourrait même se croire en Ecosse en entendant leur musique, car ils ne jouent pas de l'accordéon mais de la plaintive et triste cornemuse.

Le Breton, nationaliste et indépendant, demeure cependant attaché à la mère patrie, la France. L'idée de s'en libérer est oubliée depuis longtemps. Pour la plupart, l'existence est simple et austère; beaucoup d'entre eux vivent de la mer, et c'est la vie la plus dure qui soit.

Il faisait un temps agréable et la côte semblait presque sans danger. Le soleil d'août avait eu raison de la brume matinale et en cette fin d'après-midi, il avivait les couleurs des caps déchiquetés et des étroits estuaires. Le violet et le vert de la végétation éparse tranchaient sur le gris des formations rocheuses. La mer bleu-gris était d'un calme inhabituel. Depuis plusieurs jours, le vent était tombé et seule une faible houle baignait les rochers et les petites plages de galets.

Julie leva la tête pour offrir son visage à la caresse d'une brise salée. Immobile, elle écouta un moment le murmure des vagues, les cris des mouettes qui s'élevaient dans le ciel puis planaient dans le vent, les ailes tendues. Elle ferma les yeux et pensa : « Comme c'est beau! Comme j'aime ce pays! »

Elle aimait ce pays en partie pour sa beauté, en partie parce qu'elle y était heureuse. Elle aimait la tranquillité et la solitude qu'elle y trouvait. Son caractère sauvage et désolé lui avait tout d'abord paru étrange, voire inquiétant après la promiscuité de la ville, mais peu à peu, elle avait commencé à apprécier la beauté austère du paysage et il lui semblait, à présent, aussi familier que si elle l'avait toujours connu.

De la pointe de terre sur laquelle elle se tenait, elle ne parvenait pas à croire que Plymouth et l'Angleterre se trouvaient de l'autre côté de la Manche, à une centaine de milles seulement. La petite maison de Radley Terrace appartenait à une autre vie, à une autre *personne*. C'est vrai qu'elle avait été une autre personne.

Julie se rappela soudain que les vingt secondes qu'elle aurait dû compter étaient écoulées depuis longtemps et que Peter devait s'impatienter dans sa cachette.

— Vingt! s'écria-t-elle. J'arrive!

Elle savait où il était tapi car il y avait peu d'endroits pour se cacher sur le cap battu par le vent. Çà et là, une maigre végétation d'ajoncs et de bruyère s'accrochait au sol rocheux dépourvu d'arbres. La seule cachette pouvant dissimuler un petit garçon était un gros rocher rond et gris se découpant sur l'horizon.

Mais il fallait faire semblant de chercher.

— Sapristi! Où peut-il être? dit-elle à voix haute. Peter, Peter?

Auparavant, le garçonnet commettait souvent l'erreur de lui répondre par un drôle de « Hou-hou! » qui la faisait toujours rire mais il avait compris récemment qu'il valait mieux garder le silence.

Julie approcha du rocher, attendit. Parfois, à bout de patience, Peter jaillissait de sa cachette en criant « Beuh! » mais cette fois il ne bougea pas. Julie commençait même à croire qu'elle s'était trompée, quand elle entendit un faible gloussement. Elle fit rapidement le tour du rocher et se lança vers l'enfant accroupi derrière. En poussant un cri aigu, il tenta de s'échapper mais Julie saisit le petit corps dans ses bras et ils roulèrent tous deux par terre en riant.

Après quelques minutes de lutte et de chatouilles, Julie demanda grâce et s'allongea sur le dos, pantelante. Peter s'assit sur elle avec un sourire de triomphe.

— J'abandonne, tu as gagné.

Peter bondit de joie et chanta :

— Encore! encore! Jouons encore!

— Une minute. Laisse ta pauvre mère récupérer.

Peter hocha la tête d'un air grave, comme il le faisait toujours, se releva et alla examiner les petites fleurs bleues émergeant de la bruyère.

— Maman?

— Oui, chéri?

— Tu veux que je te cueille des fleurs?

— Ce serait gentil.

Elle le regarda se pencher, le front plissé, tout à sa tâche. Il cueillait les fleurs par la tige. Lorsqu'il était plus petit, il les tirait par le haut; mais elle lui avait expliqué qu'il valait mieux les prendre par le bas; il avait écouté en penchant sa petite tête, et maintenant il faisait cela très bien avec un air concentré.

Elle sourit en le contemplant. Malgré ses trois ans et demi, il avait gardé certains côtés bébé. S'il n'était plus ni aussi rond ni aussi potelé, sa peau avait conservé son velouté et quand, de ses petits bras, il lui serrait le cou dans un câlin, elle aimait en sentir la douceur. Dieu merci, il avait encore besoin de câlins et Julie supportait mal l'idée qu'il pourrait s'en passer en grandissant. Chaque jour, ils passaient ensemble au moins deux heures à parler ou à lire et Julie attendait avec impatience ces moments de la journée. Le matin quand son petit corps frétillait dans le lit et se pelotonnait contre elle; ou lorsqu'il avait écorché le genou et avait besoin d'être consolé; et le soir où il lui demandait de raconter encore une histoire avant de tomber de sommeil. Son travail l'empêchait d'être plus souvent avec lui... c'était son seul regret, mais il fallait bien gagner de l'argent.

Tout en redoutant de le voir grandir et s'éloigner d'elle, Julie était fascinée par son développement, par la façon dont il assimilait de nouveaux mots et les intégrait à ses deux vocabulaires, français et anglais, par les progrès de son intelligence. L'autre soir, ne découvrant pas la lune dans le ciel, il en avait conclu qu'elle avait oublié d'allumer sa lampe et Julie avait pris grand soin de ne pas rire. Le raisonnement était, après tout, d'une logique irréfutable.

Peter s'approcha en levant haut la jambe pour traverser le tapis élastique de bruyère et, dans sa préoccupation, il oublia son bouquet, dont les petites fleurs s'accrochèrent aux branches. Quand il arriva près de sa mère, il regarda ce qu'il en restait, parut surpris par cette disparition mystérieuse. Mais, apparemment, la perte n'était pas trop grave puisqu'il passa un bras autour du cou de Julie et annonça fièrement :

— Un cadeau, rien que pour toi!

— C'est ravissant, assura Julie en se levant. Je les mettrai dans l'eau en arrivant.

Elle regarda sa montre : quatre heures et demie, il était temps de rentrer prendre le thé. Ils prirent le chemin menant au village.

— Maman, jouons encore à cache-cache. Tu me l'as promis.

Le petit démon... il n'oubliait jamais. Ils jouèrent encore deux fois, Julie se cachant la première, ensuite Peter, puis il fut vraiment temps de revenir à la maison. Ils escaladèrent l'étroit sentier menant en haut d'une falaise à pic et, bien qu'il y eût une barrière, Julie serra fermement la main de son fils. Parvenus à l'endroit où le sentier tournait et s'éloignait de la falaise, ils s'arrêtèrent.

— Regarde, un bateau de pêche! s'écria Peter.

Non loin de la côte, une petite embarcation dérivait lentement sous le vent de la pointe de terre, les voiles brunes à peine gonflées, car elle était sous le vent du cap. Du côté du large, on voyait des rochers affleurer à la surface de l'eau et Julie secoua la tête : les Bretons passaient pour connaître parfaitement la côte mais tout de même...

Julie regarda au-delà du bateau, vers l'horizon. La nuit, de la fenêtre de sa chambre, elle découvrait une lumière intermittente et à présent, clignant des yeux dans le soleil, elle distinguait la forme du phare lui-même, barre grise et rouge se dressant, solitaire, au-dessus de la mer. Il indiquait un plateau rocheux n'affleurant pas tout à fait la surface de la mer, à plusieurs milles au large. Elle eut un petit frisson ; la tour paraissait solitaire et triste, d'une certaine façon.

Elle se détourna :

— Viens mon chéri.

Ils se remirent à monter lentement vers la crête derrière laquelle se trouvait le village, visible par une sorte de trouée dans la terre. Bien que la pente fût beaucoup moins forte Peter avait peine à marcher au pas de sa mère. Il peinait et soufflait, et restait en arrière et elle ne s'étonna pas quand il lui demanda :

— Maman, porte-moi, s'il te plaît.

Elle l'assit à califourchon sur ses épaules mais l'avertit :

— Pas jusqu'au bout. Tu es trop lourd maintenant!

Effectivement, Julie dut bientôt renoncer. Un homme aurait facilement tenu plus longtemps mais il n'y avait pas d'homme.

Elle ne pensait presque jamais au père de Peter. C'était comme s'il appartenait à un autre monde, qui avait cessé d'exister pour elle depuis longtemps. Elle gardait de lui un souvenir absolument neutre, sans haine ni tendresse, comme si elle ne l'avait jamais réellement connu. Peut-être lui était-elle reconnaissante de lui avoir donné Peter mais en même temps, elle ne pouvait concevoir que l'enfant appartenait aussi à Bill. Il était à elle, rien qu'à elle.

Julie avait aussitôt adoré son fils, ce qui l'avait surprise. Dans les mois précédant la naissance, elle n'avait guère pris le temps d'analyser ses sentiments, trop absorbée qu'elle était par les difficultés de sa situation. Ce ne fut que dans les dernières semaines qu'elle prit conscience qu'elle allait donner le jour à un *être*, à quelqu'un qui dépendrait d'elle en tout. Cela l'effrayait mais elle était résolue à faire de son mieux.

L'installation en Bretagne n'avait pas été facile et, avec le recul, elle se demandait comment elle avait tenu. En fait, peu après son arrivée, elle avait failli craquer et retourner en Angleterre.

Le village était à présent entièrement visible, groupe de maisons en pierre grise se détachant des verts grisâtres des champs. Julie le regarda avec tendresse et se félicita d'avoir tenu bon.

Dès qu'elle eut opté pour la Bretagne, Julie avait écrit à son oncle et à sa tante pour leur demander s'ils pouvaient l'héberger le temps qu'elle trouve à se loger. Elle ne savait pas leur adresse complète, seulement le nom du village, Tregasnou. Deux semaines plus tard, elle avait reçu une réponse brève et impersonnelle : ils l'attendaient, ils avaient une chambre pour elle.

Le voyage avait duré trois jours : d'abord le ferry de Douvres à Calais puis le train jusqu'à Morlaix, avec trois changements, enfin l'autocar de Morlaix à Tregasnou. Après avoir gravi à pied, une valise dans chaque main, la longue montée menant à la petite maison, Julie parvint à destination, à bout de force.

La ferme, typiquement bretonne, était en pierre grise, avec des avant-toits descendant presque jusqu'aux fenêtres du rez-de-chaussée. Deux petites lucarnes percées dans le toit laissaient passer la lumière dans les pièces du haut. Plusieurs dépendances s'étendaient derrière la maison et, en s'approchant, Julie avait entendu des bruits d'animaux.

Bien qu'il fît presque sombre, aucune lumière ne brillait aux fenêtres. Julie frappa une première fois à la porte sans obtenir de réponse, insista. Une minute plus tard, une lumière s'alluma, la porte s'ouvrit sur une femme imposante à la mine plutôt rébarbative.

— Je suis Julie, dit la visiteuse en français.

La femme sourit, cria quelque chose par-dessus son épaule et invita sa nièce à entrer. Un homme courtaud et trapu apparut, serra la main de Julie avec un sourire timide et lui dit :

— Vous êtes la bienvenue, la bienvenue. Entrez, je vous prie.

On la fit asseoir dans la cuisine, près du fourneau, on lui offrit du café. Installés en face d'elle, bien droits sur leur chaise, les mains croisées sur le ventre, l'oncle et la tante semblaient embarrassés et pendant un moment, personne ne trouva quoi que ce soit à dire.

— C'est gentil à vous de me recevoir, bredouilla enfin Julie.

— Pas du tout, assura l'oncle.

Après avoir pris une longue inspiration, la tante se jeta à l'eau :

— Tu as mangé quelque chose en route?

— Un sandwich dans le train.

— Tu voudrais un peu de soupe?

— Oui, merci.

Elle sourit avec gratitude.

La tante se leva, posa une marmite sur la cuisinière puis se remit à parler, plus vite que la première fois. Julie avait beau se concentrer, elle ne comprenait pas tout ce qu'elle disait. Avant qu'elle pût demander à sa tante de répéter, l'oncle enchaîna et Julie, dépitée, constata qu'elle ne le comprenait pas bien non plus. Avaient-ils un accent ou avait-elle présumé de ses connaissances en français?

A un moment, ils se mirent à parler en breton puis, se souvenant de la présence de leur nièce, ils s'excusèrent et revinrent au français.

Julie fut soudain déprimée. Parce que son père venait de ce village, elle avait cru qu'elle s'y sentirait un peu chez elle mais elle avait plutôt l'impression d'être une étrangère qui ne savait et ne comprenait rien. Et visiblement, l'oncle et la tante, de leur côté, trouvaient leur nièce étrange. Ils n'avaient probablement jamais vu d'Anglaise — ni même d'étrangère d'aucune sorte — et Julie commençait à se rendre compte que Tregasnou était vraiment un coin perdu.

Il était tout aussi évident que le fermier et sa femme n'avaient pas l'habitude d'avoir des invités — Julie avait le sentiment qu'elle dérangeait les habitudes de la maison — et qu'ils ne savaient pas trop quoi faire de leur nièce. Elle invoqua sa fatigue et ce fut avec un certain soulagement — elle le devina — qu'ils la conduisirent à une chambre minuscule au premier étage.

Le lendemain, tout commença bien. Julie fit de gros efforts pour alimenter la conversation et proposa son aide pour faire le ménage, mais sa tante, manifestement gênée, ne la laissa pas prendre la moindre part aux tâches les plus simples. Quant à l'oncle, il la traitait avec une politesse et un respect excessifs qui avaient un effet réfrigérant. Le soir, après le dîner, quand la tante Marie commença à débarrasser les assiettes, Julie se leva prestement pour porter le beurre et le fromage dans le garde-manger.

— Non, non! protesta Tante Marie, en l'obligeant à reposer les assiettes. Nous ne pouvons vous laisser faire ça.

— Mais je dois vous aider. Je ne veux pas... être une charge.

Tante Marie avait l'air très fâchée.

— Tu es notre invitée, tu ne dois pas travailler!

— J'ai l'impression de... de m'imposer.

— Certainement pas, fit Tante Marie, choquée.

— Vous êtes gentille mais... laissez-moi payer la nourriture et la chambre jusqu'à ce que je trouve un endroit où loger. Je commencerai à chercher une chambre demain.

— Une chambre? Pour quoi faire?

Julie se demanda si sa lettre avait été assez explicite.

— Eh bien, je ne peux pas rester tout le temps ici.

La fermière coula un regard à son mari, s'assit lentement et demanda :

— Tu comptes rester longtemps?

— Oui, j'aimerais bien, répondit Julie avec un rire nerveux.

Tante Marie lui tapota doucement la main et la jeune fille n'eut pas de difficultés à expliquer ce qu'ils n'avaient pas compris en lisant la lettre : qu'elle voulait s'installer dans le village, trouver une chambre, un emploi...

Elle eut plus de mal à parler du bébé, du « mari » qui était censé l'avoir abandonnée, mais elle alla jusqu'au bout parce qu'il aurait bien fallu dire la vérité un jour; autant le faire tout de suite. Après avoir parlé, elle se sentit mieux. Maintenant les choses étaient claires. Alors, tout changea curieusement, l'oncle et la tante parurent contents eux aussi. Ils insistèrent pour la garder chez eux et les questions financières furent rapidement réglées.

Dès le lendemain, ils firent tout pour que leur nièce se sente chez elle. L'oncle lui installa sa chambre sur le derrière de la maison, dans une pièce basse servant de remise; la tante lui donna sa part des corvées ménagères et la conversation polie du soir fit place à quelques phrases entrecoupées de longs silences dont Julie devina qu'elles constituaient une routine établie de longue date.

Pourtant il lui fallut longtemps avant de se sentir chez elle, moitié parce que la vie à Tregasnou était très différente, moitié parce qu'elle se sentait seule. Les villageois ne sympathisaient pas facilement avec les inconnus, encore moins avec les étrangers. En outre, elle avait l'impression qu'ils avaient entendu l'histoire du mari disparu et qu'ils n'y croyaient pas. Nul doute que plusieurs d'entre eux savaient que, à Morlaix, au service d'Enregistrement des Etrangers, elle était inscrite sous le nom de Lescaux et non sous celui de Howard, nom qu'elle s'était donné à son arrivée. Elle l'avait emprunté à Leslie Howard, son acteur favori, et trouvait à présent son choix un peu ridicule à cause du h aspiré, que les Français ne parvenaient pas à prononcer.

Le plus dur avait été de trouver du travail. Il y avait peu d'emplois dans la région, même pour celles qui parlaient bien le français et n'étaient pas enceintes. Mais elle persévéra dans ses recherches et finalement, alors que son argent commençait à fondre, elle obtint une place de secrétaire chez un grossiste en légumes de Morlaix, que son accent anglais amusait peut-être.

***

Trois ans plus tard, elle était toujours à Tregasnou et avait un enfant.

— Tu es trop lourd, dit-elle en reposant Peter à terre. Faisons la course jusqu'à la maison!

Ils s'élancèrent tous deux vers le village, qui n'était guère plus qu'un groupe de maisons construites autour d'un croisement. Tregasnou avait un café, une épicerie où l'on vendait aussi du pain apporté quotidiennement de Plougat, du beurre, du fromage, des comestibles et une piquette locale. Pour tout le reste, il fallait se rendre à Plougat ou, pour les emplettes particulières, à Morlaix. Comme Julie y travaillait, elle y faisait souvent des courses pour ses voisins. Cela ne la dérangeait pas mais l'aidait au contraire à mieux les connaître, ce qui n'avait rien de facile. Julie avait un moment désespéré de se faire accepter puis avait compris qu'elle commettait une erreur en s'intéressant trop à leurs coutumes ou à leur vie privée, ce qui les rendait méfiants. Il valait mieux montrer un intérêt poli puis parler de l'Angleterre, de la vie là-bas. Ils aimaient entendre parler de coutumes étrangères, ne fût-ce que pour se convaincre un peu plus que, toutes choses considérées, les leurs étaient les meilleures.

Julie trouvait certaines de leurs habitudes curieuses, ou simplement surannées — les femmes ne devaient pas aller au café, par exemple — mais elle s'abstenait de tout commentaire. C'était ainsi depuis toujours et ce n'est pas elle qui allait y changer quelque chose.

A présent, le dimanche après-midi, quand presque tous les villageois se promenaient dans la grand-rue, il était impossible à Julie de ne pas s'arrêter tous les dix mètres pour bavarder. La plupart d'entre eux feignaient de s'adresser à Peter mais elle savait que c'était surtout par timidité. Certains demeuraient intraitables : des vieux, principalement, qui se méfiaient de tous ceux qui parlaient français, et plus encore des étrangers. Mais beaucoup étaient aimables et chaleureux.

Julie, qui marchait d'un pas rapide derrière Peter, galopant devant avec un mouvement de rotation des jambes qui lui était particulier, adressa un petit salut à une vieille assise sur le pas de sa porte, à un pêcheur se promenant avec sa femme. Comme c'était dimanche, les villageois avaient revêtu leurs plus beaux habits : robes noires pour les femmes âgées, coton imprimé pour les plus jeunes. Les hommes portaient des costumes qui ne leur allaient pas et passaient un doigt dans leur col de chemise trop serré. « Les femmes aiment s'habiller, pensa Julie avec un sourire, mais les hommes ont horreur de cela. »

Peter disparut dans le chemin après le croisement. Lorsque Julie arriva à celui-ci, elle vit la petite silhouette qui avait ralenti et l'attendait en haut de la côte. Elle rattrapa son fils et se baissa pour l'embrasser, et ensemble ils montèrent lentement vers la petite maison isolée au sommet du coteau.

Au bout d'un moment, Peter se mit à traîner les pieds avec un air boudeur. Il soufflait comme une petite machine à vapeur. Julie lui prit la main.

— Nous ne sommes pas loin, lui dit-elle.

— Maman, c'est une grande côte, n'est-ce pas?

Elle acquiesça de la tête en pensant : « Pourquoi les jours ne sont-ils pas tous comme aujourd'hui ? Pourquoi lundi doit-il arriver ? »

Quand ils arrivèrent à la maison, Julie abaissa le loquet de la porte et ils pénétrèrent dans la pièce de devant, meublée d'une grande table en bois sombre, de six chaises et d'un buffet. Les murs, couverts d'un papier à fleurs, n'avaient pour tout ornement qu'une gravure religieuse bon marché dans un cadre doré. De grosses poutres soutenaient un plafond bas.

Pendant qu'ils ôtaient leurs manteaux, tante Marie sortit de la cuisine, se pencha pour caresser la joue de Peter et lui demanda :

— Alors, cette promenade? Tu t'es bien amusé, mon chou?

— J'ai cueilli des fleurs pour maman, et puis on a vu un bateau...

Peter jacassait dans son français incertain, la tante écoutait attentivement le bambin, s'exclamait aux bons endroits et poussait de grands soupirs en entendant l'énumération des animaux qui ne s'étaient pas, ce jour-là, présentés à l'inspection de Peter; il n'avait vu ni fourmilière, ni courlis faisant son nid. Julie, en se laissant tomber sur une chaise près du vieux poêle, regardait le visage de tante Marie dont l'expression allait de l'étonnement au ravissement, et pensa à nouveau que tout s'était finalement bien passé. Non seulement la vieille femme aimait Peter mais elle s'occupait beaucoup de lui. Dans la journée, quand Julie était absente, elle lui enseignait les plantes et les fleurs, comment elles poussent, et le pourquoi des choses; ensemble ils faisaient des dessins et construisaient des châteaux de papier.

Tante Marie entraîna la mère et l'enfant dans la cuisine, sortit du garde-manger de la viande froide et des fraises.

— Tiens, une surprise! dit-elle en posant les fruits devant Peter. Je les ai cueillies cet après-midi et il en reste encore quelques bols.

Elle n'avait que cinquante ans mais en paraissait dix de plus et, comme les autres femmes du village, ne se souciait aucunement de toilette. Sa chevelure grisonnante, partagée par une raie médiane, était ramenée sur la nuque en un chignon. Plutôt rebondie, elle avait cessé depuis longtemps de se préoccuper de son poids. Sa garde-robe se réduisait à deux tabliers, qu'elle portait alternativement une semaine sur l'autre, et à une robe. Elle n'était guère sensible au froid et ne consentait à porter un cardigan que lorsque la neige recouvrait le sol.

Tante Marie avait un visage rond et sans attraits, des joues rouges, une bouche qui souriait rarement car la vie était une affaire sérieuse. Quand son mari lisait le journal à voix haute, elle soupirait en secouant la tête : le monde était fou. Les seules choses importantes à ses yeux étaient la famille, un travail honnête et la crainte de Dieu. Elle n'avait pas eu d'enfant et ses sourires, elle les réservait à Peter. Celui-ci laissa de côté la viande froide et se précipita sur les fraises. Tante Marie se tourna vers Julie.

— Ton oncle est très inquiet, dit-elle. Il pense qu'il y aura la guerre.

Julie ne suivait pas l'actualité avec beaucoup d'attention, se contentant de jeter un coup d'œil au journal de l'oncle ou d'écouter à l'occasion la radio des voisins — à la maison, il n'y en avait pas. Sa passion c'était les livres. En Angleterre, elle ne lisait presque pas mais en Bretagne, elle s'était mise à la lecture pour occuper les longues soirées et améliorer son français. C'était à présent devenu son plus grand plaisir et on la voyait rarement sans un livre à la main.

Les gens parlaient de la guerre, mais elle n'avait pas pris cela au sérieux. Elle allait devoir lire le journal plus souvent.

— Et toi? demanda Julie. Tu crois qu'il y aura la guerre?

— Je crois les gens égoïstes, cruels, capables de tout — en particulier les Allemands, répondit tante Marie, qui avait des opinions tranchées sur tout.

— Pourquoi les Allemands veulent-ils la guerre?

— J'aimerais bien le savoir. Pour les raisons habituelles, je suppose : la puissance, la haine, la jalousie.

On entendit une porte s'ouvrir et la vieille femme tendit la tête vers la pièce de devant.

— Voilà ton oncle, demande-lui. Il a passé l'après-midi au village à en discuter.

Jean Cornou entra dans la cuisine, salua d'un hochement de tête.

— Tu as passé un bon après-midi? dit Julie en souriant.

L'oncle hocha la tête, tira une chaise à lui et s'assit, encore essoufflé par la longue montée.

— Les nouvelles sont mauvaises, grommela-t-il.

Il hocha de nouveau la tête.

Petit et trapu, Jean Cornou avait de larges épaules, des bras musclés. Il cultivait la terre autour de la maison à la façon d'autrefois, comme on le lui avait appris : avec peu de machines, beaucoup de labeur et l'aide d'un seul ouvrier agricole. Il avait un visage buriné, ouvert et franc. Dans son beau costume — le trois-pièces sombre qu'il avait mis parce que c'était dimanche —, son corps de paysan était mal à l'aise, ses mains et son aspect rude s'accordaient mal à la chemise blanche et le gilet, trop petit, lui comprimait l'estomac. Il le déboutonna en soupirant :

— Si les Allemands attaquent la Pologne, comme ils semblent le vouloir, on aura la guerre. La guerre!

Il renifla d'écœurement.

— Pour quels pays? demanda Julie.

— L'Angleterre et la France contre l'Allemagne. Maintenant que ces saligauds de Russes ont fait alliance avec les Boches, on n'arrêtera plus Hitler. On ne peut pas faire confiance aux communistes. Ils nous ont vendus, comme je l'avais prédit. Le grand espoir de la France, qu'ils étaient, à les entendre! Ah! oui. Ils nous trahissent à la première occasion!

Tante Marie soupira en secouant la tête.

Peter avait fait tomber à terre un livre, que Julie, en se baissant, ramassa dans un geste automatique.

— Maman, raconte-moi une histoire, demanda-t-il.

— Tout à l'heure, mon chéri. Je parle. Tiens, regarde les dessins de celui-ci. Quand tu auras fini je te raconterai une histoire. Promis.

Il commença à feuilleter le livre. Julie lui caressa la tête et revint s'asseoir.

— Qu'est-ce qui va se passer? demanda-t-elle à Jean. Ce sera long? Je suppose que ce sera rapidement terminé.

— Qui sait? Tout peut arriver avec tous les pays d'Europe qui jouent des coudes pour améliorer leur position. Impossible de dire qui sera entraîné dans la guerre. Tout ce que je sais, c'est que, à cause de ces dégonflés de communistes qui s'allient à Hitler, la cause du socialisme a reculé de cinquante ans. Maintenant, tout le monde est anticommuniste — et aussi antisocialiste. Pour les gens, communistes-socialistes, socialistes-communistes, c'est du pareil au même. Et vous verrez que les travailleurs vont perdre tout ce qu'ils avaient gagné ces cinq dernières années. Hitler, on sait bien qu'il est fasciste, mais le gouvernement Daladier, il n'est pas loin derrière, pas loin du tout. A propos de communistes, j'ai vu Michel au café.

Tante Marie leva les yeux de son tricot; l'oncle et elle regardèrent Julie qui rougit — essentiellement parce que les deux vieux s'attendaient à ce qu'elle se trouble. Michel Le Goff, neveu de tante Marie, venait souvent à la ferme et Julie avait du plaisir à le voir. Il était intelligent, bien informé et convaincant sur le plan politique. Il était aussi assez joli garçon si l'on se souciait de ce genre de chose, ce qui n'était pas le cas de Julie, du moins pour le moment. Elle n'écartait pas la possibilité de se prendre d'affection pour lui mais elle n'en était pas encore à l'encourager et aurait préféré qu'on ne les pousse pas dans les bras l'un de l'autre avant qu'elle n'ait pris une décision.

— Maman, j'ai fini. Tu me lis une histoire? réclama Peter. Tu as promis.

— Bien sûr, chéri. D'ailleurs, c'est bientôt l'heure d'aller au lit.

Elle le prit dans ses bras et franchit la porte de la cuisine menant aux deux pièces, l'une au rez-de-chaussée, l'autre mansardée en haut des marches d'un escalier étroit, qui leur étaient réservées. La plus grande servait de chambre à Julie et de « salon », quoiqu'elle passât presque toutes ses soirées dans la cuisine. Le mobilier, fort simple, se composait d'un lit, d'une commode et d'une chaise. Peu après son arrivée, Julie avait blanchi à la chaux les murs de l'ancienne remise et y avait accroché quelques gravures colorées pour l'égayer. Bien qu'elle n'aimât pas coudre, elle fit même des rideaux de fenêtre dans un tissu de couleur vive.

Sur la commode, il y avait plusieurs photos encadrées de Peter et une de sa mère. Lorsque Julie pensait à celle-ci, elle poussait un soupir; elle écrivait à sa mère régulièrement — une fois par mois, environ — mais recevait rarement de réponse. Quand il arrivait à sa mère de lui écrire, c'était pour l'accabler de reproches, la supplier de revenir vivre à Plymouth. Mrs Lescaux ne perdait jamais une occasion de rappeler qu'elle se sentait abandonnée et trahie. « Ingratitude » était son mot favori. Peut-être ne lisait-elle pas vraiment les lettres dans lesquelles sa fille se disait heureuse en Bretagne, contente de son travail et des gens qui l'entouraient. Sinon, sa mère l'aurait comprise; mais Julie la soupçonnait de se refuser à comprendre. Plus probablement elle ne supportait pas l'idée que Julie s'entende avec la famille de son père, qu'elle mène une vie semblable à celle dont elle avait toujours cherché à tenir son mari éloigné. Ce soupçon attristait Julie mais la renforçait dans sa détermination à ne pas rentrer en Angleterre. Dans la petite maison de Plymouth, elle aurait étouffé; à Tregasnou, elle se sentait libre.

Elle déshabilla Peter, le débarbouilla rapidement. Quand elle entreprit de le sécher, il se dégagea et courut à travers la pièce pour échapper au pyjama et au lit. Comme à l'accoutumée sa mère le poursuivit en imitant le rugissement du lion, le rattrapa et le lança sur le lit.

— Encore! cria l'enfant.

Julie tendit l'oreille : il y avait une troisième voix dans la cuisine, celle de Michel.

— Non, c'est fini, dit-elle à son fils d'une voix ferme.

L'enfant se mit à faire le geignard.

— Alors, je vais pleurer.

— Toi, si tu ne me laisses pas te mettre le pyjama, je me fâcherai.

La lèvre inférieure de Peter tremblota et il commença à pleurnicher, comme il le faisait souvent quand il était fatigué. Elle l'embrassa, sentit ses petits bras frais contre son cou et le serra contre elle sur ses genoux en le berçant doucement comme lorsqu'il était un bébé. Les pleurs cessèrent, une petite voix demanda :

— Tu me racontes une histoire?

— *Deux*, parce que tu as été sage.

Elle lui en raconta trois, elle lui en disait toujours une de plus que promis.

Elle le porta ensuite dans la chambre mansardée qui était une pièce petite ayant une étroite fenêtre avec seulement un lit, mais elle était douillette et Peter l'aimait parce que s'il se réveillait la nuit, il pouvait appeler sa mère et que le matin, il n'avait pas à aller loin pour se glisser dans le lit de celle-ci. Elle l'embrassa une dernière fois, redescendit l'escalier étroit, sortit de la commode un petit miroir et s'examina d'un œil critique. Elle n'aimait pas tellement son visage qu'elle jugeait tout à fait banal malgré son ovale agréable et son teint pur. Ce qu'elle avait de mieux, selon elle, c'étaient ses yeux, grands, sombres et plutôt jolis, mais comme elle n'osait s'épiler les sourcils ainsi que les dames à la mode, ils passaient probablement inaperçus. Le nez n'avait rien de particulier — comme, en définitive, le reste de sa personne.

Par contre, elle était fière de ses cheveux auburn, qui bouclaient naturellement à leur extrémité et lui tombaient sur les épaules. Elle se contentait cependant de les partager par une raie, de les tirer en arrière et de les fixer de chaque côté de la tête à l'aide d'un peigne. Une ou deux fois elle avait essayé une fantaisie, un genre de rouleau en l'air, mais il semblait ne pas appartenir à la chevelure, et elle avait renoncé.

Elle les brossa pour leur redonner du lustre, se remit une touche de rouge à lèvres et recula. Non, vraiment rien de particulier. De toute façon, ce n'était que Michel...

Mais Michel était un homme jeune, célibataire par surcroît; il n'en existait pas beaucoup d'autres parmi ses connaissances, et Julie commençait à songer à se trouver un mari. « J'ai presque vingt-quatre ans, se dit-elle en se regardant dans le miroir. Je ne dois pas trop attendre. » Elle sourit tristement; n'était-elle pas déjà sur le retour pour certains?

Après avoir lissé sa robe de la main, elle entra dans la cuisine où Michel disait :

— Ce n'est qu'une nécessité politique, une question de survie, c'est tout!

Julie se sentit nerveuse, comme chaque fois que Michel et Jean discutaient de politique. En la voyant, Michel se leva, posa sur elle un regard dur et pénétrant. Julie pensa, et ce n'était pas la première fois, que Michel était vraiment trop emporté par ses convictions. Et puis il eut un bref sourire et se pencha pour l'embrasser sur les deux joues.

— Je dois encore me défendre, s'excusa-t-il avec un haussement d'épaules. Jean trouve mes positions politiques écœurantes.

Malgré le ton désinvolte, elle savait qu'il attachait une extrême importance à ses opinions. Michel se rassit en face de Jean et reprit :

— Écoute, l'Union soviétique n'a pas fait ça de gaieté de cœur, elle y a été contrainte. Nous et les Anglais, nous ne lui avons offert aucune garantie, aucun traité, rien que du vent...

Julie écoutait les arguments de Michel en pensant qu'il y avait quelque chose d'énervant dans la fougue qu'il mettait à les exposer. Il parlait avec une conviction farouche qui n'admettait aucune contradiction et c'était dommage, songeait Julie, parce qu'il était, par ailleurs, plein de qualités.

Comme de nombreux Français, Michel avait des cheveux bruns, presque noirs, des yeux marron foncé. Il avait un visage agréable en dépit d'une habitude de plisser le front qui lui donnait un air sévère. Il s'habillait bien, avec des vêtements sans doute coûteux et Julie pensait avec amusement qu'il n'y avait qu'en France qu'on pouvait trouver un communiste vêtu comme un capitaliste. Mais il fallait dire que la moitié des Français étaient communistes quand cela les arrangeait. Le reste du temps, ils étaient socialistes ou radicaux, selon leur humeur.

Michel travaillait à Morlaix, dans une compagnie d'assurances, et prenait parfois un café avec Julie quand il la rencontrait par hasard, pendant l'heure du déjeuner. Lorsqu'il laissait de côté la politique, c'était un homme agréable, qui savait décrire avec esprit et mordant les petites choses de la vie. Julie évitait toutefois de le voir le soir car elle ne voulait pas qu'il y eût entre eux plus que des liens familiaux et de la sympathie.

Elle reporta son attention sur la discussion. Michel parlait avec véhémence, les poings serrés.

— L'Union soviétique ne veut pas la guerre. Pourquoi lui reprocher de manœuvrer pour l'éviter? Si nous avions un peu de bon sens, c'est ce que nous ferions, nous aussi, plutôt que de nous engager à soutenir la Pologne — qui est indéfendable, de toute façon!

Jean Cornou se pencha sur sa chaise, saisit un tisonnier et ouvrit la porte de la cuisinière.

— Il faut bien que quelqu'un accorde sa protection aux pays qui en ont besoin, répondit-il en fourgonnant les braises. Ta chère Russie, elle se fout des autres. Elle évite peut-être la guerre pour elle, pas pour les autres!

— Il faut éviter la guerre à tout prix. Qui veut se battre? Toi? Moi? Bien sûr que non! La fin justifie les moyens!

— Il n'y a rien de mal à éviter la guerre si on obtient une paix véritable, intervint Julie. Mais si cela ne sert qu'à donner aux plus belliqueux le temps de renforcer leurs positions, ce n'est pas une bonne affaire. Il me semble que tout ça, c'est de l'intimidation.

Presque en aparté, elle ajouta :

— On devrait laisser les femmes gouverner; le monde vivrait en paix.

Jean, Michel et tante Marie la regardèrent avec surprise car c'était la première fois qu'elle intervenait dans une discussion politique. Julie eut l'impression d'avoir été trop loin, et elle ajouta nerveusement, en baissant les yeux :

— Pourquoi ne pas parler d'autre chose, pour changer? C'est déprimant, à force.

Tante Marie posa son tricot :

— Bonne idée. Je vais mettre la table. Michel, tu restes?

Comme Michel ne répondait pas, Julie leva les yeux et vit qu'il la regardait.

— Bien parlé! fit-il.

Julie crut déceler dans sa voix un soupçon d'ironie. Elle se demanda s'il plaisantait ou non. Elle se leva pour aider tante Marie et lorsqu'elle passa devant Michel, il répéta :

— Bien parlé, vraiment.

Comme il avait l'air sincère, elle pensa qu'elle s'était trompée et lui sourit en posant une main sur son bras. Tout le monde prit place autour de la table, on parla des récoltes, de la pêche et du temps.

— Tu es contente de ton boulot, Julie? demanda Michel.

— Très contente. C'est intéressant et je suis devenue experte pour les prix des légumes.

Elle s'abstint d'ajouter qu'elle s'ennuyait souvent. Son travail lui permettait de gagner sa vie, c'était l'essentiel.

— J'aimerais seulement... avoir plus de temps libre, poursuivit-elle.

— Réclame une réduction d'horaire, dit Michel. Ou alors, cesse de travailler.

La question des horaires de travail était un de ses dadas. Il considérait que travailler plus de quarante-quatre heures par semaine était de l'esclavage.

— Et comment vivrais-je?

— Tu pourrais trouver quelqu'un qui subviendrait à tes besoins, répondit Michel en la regardant.

Julie se sentit rougir, baissa les yeux. « Je l'ai cherché », pensa-t-elle furieuse. Michel arborait un sourire satisfait qu'elle aurait aimé lui arracher des lèvres.

— Je ne veux pas me marier pour me faire entretenir, répliqua-t-elle. Les femmes qui font ça sont stupides et les hommes qui les épousent encore plus. Quand j'aurai trouvé quelqu'un que j'aie envie d'épouser, je le laisserai volontiers payer les factures.

— Le mariage est un arrangement pratique, dit Michel. Si tu t'imagines le paradis, tu es moins intelligente que je ne le croyais.

Michel s'échauffait à la perspective de la joute qui allait suivre, Julie le sentait. Il gagnait toujours ce genre de « discussion » parce qu'il avait l'art de retourner les mots et la logique pour ridiculiser la position de son adversaire. Soudain elle eut envie d'être seule. Feignant de regarder la pendule accrochée au-dessus de la cheminée, elle s'écria :

— Mon Dieu! il est tard! il faut que j'aille me coucher.

Elle se leva, se força à sourire, et dit :

— Bonne nuit, Michel. J'ai été contente de te voir.

Ils s'embrassèrent sur les deux joues, et elle se rendit compte qu'il avait de nouveau son air de satisfaction. « Grands dieux, pensa-t-elle, pourquoi est-il toujours tellement content de lui? »

Plus tard, étendue dans son lit, elle repensa à la conversation. Jusqu'ici, elle avait cru Michel aimable et attentionné sous des dehors froids et indifférents, mais elle commençait à changer d'avis. Il n'était pas du tout aimable, il était vaniteux, intolérant. Elle ne devait pas laisser leur amitié devenir plus intime; avec lui, cela n'irait pas. Elle ne serait jamais heureuse avec un homme pour qui la vie se ramenait à un débat politique et qui cherchait constamment à écraser son adversaire. Par surcroît, elle détestait sa façon d'accueillir avec une condescendance amusée presque tout ce qu'elle disait, comme si elle était une enfant.

Non, elle ne pourrait jamais aimer Michel.

Pourtant, aucune autre possibilité ne s'offrait à elle et elle se demanda si elle ne se montrait pas trop difficile. Beaucoup de femmes se jetaient sur le premier homme venu et n'en vivaient pas moins heureuses par la suite. Vraiment heureuses? C'était à voir.

Ce qu'elle désirait trouver, c'était quelqu'un d'aimable, attentionné et raisonnable. Ce n'était pas un monde! C'est ce que chacun recherche.

Julie se retourna, essaya de s'endormir et se reprocha de ne pas songer plutôt à des choses plus préoccupantes, comme les risques de guerre. C'était réellement inquiétant. Elle se rassura cependant en pensant que tant de gens faisaient tous leurs efforts pour empêcher qu'elle éclate. Si cela arrivait, ce serait terrible, bien sûr; mais elle avait la chance que, dans ce cas, Peter et elle se trouveraient à l'abri, loin de la frontière allemande. Quant à son oncle, il était trop âgé pour être mobilisé. La guerre, si elle venait, ne les toucherait presque pas; sa petite famille serait en sécurité quoi qu'il advienne.

Sur cette pensée réconfortante, elle sombra aussitôt dans un sommeil sans rêves.

CHAPITRE VI

David Freymann lut la note posée sur son bureau : « Prière de passer au plus tôt chez M. le Directeur. » Malgré son caractère anodin, elle éveilla en lui une certaine appréhension car, depuis quelques jours, des rumeurs circulaient dans les laboratoires. On prétendait que plusieurs projets seraient annulés, que d'autres membres du personnel administratif — en plus des soixante-dix déjà appelés — partiraient sous les drapeaux.

Le savant ôta sa blouse blanche, releva machinalement une mèche de cheveux tombant sur ses yeux. Il relut la note; autant valait savoir tout de suite, quelle que soit la nouvelle. Il vérifia avant de sortir qu'il n'avait pas laissé de dossiers confidentiels sur son bureau. Il le faisait toujours; on n'est jamais trop prudent.

Au lieu de prendre l'ascenseur, il monta au troisième étage par l'escalier pour se donner un peu d'exercice car sa forme physique laissait à désirer.

Il arriva au troisième tout essoufflé et ne fut pas mécontent que la secrétaire du directeur lui demande d'attendre : cela lui permettrait de reprendre haleine. C'était la première fois qu'il faisait antichambre. En règle générale, le directeur recevait immédiatement les chercheurs les plus élevés en grade, et pour des questions mineures, il préférait descendre aux laboratoires plutôt que les arracher à leur travail. David songea néanmoins qu'il ne devait pas attacher trop d'importance à un détail qui ne signifiait sans doute rien.

Pourtant, il y avait eu d'autres incidents qui, *eux*, avaient une signification. Lorsqu'on avait constitué le nouveau comité directeur de la Société Gema, il en avait été exclu, ainsi qu'un de ses collègues, un Juif lui aussi. Peu après, on l'avait informé, sans donner de raison particulière, qu'il n'assisterait pas à une démonstration du nouveau système de radar d'alerte Wassermann.

Et puis il y avait les petites choses : la façon dont les gens l'évitaient, les documents importants qui ne lui étaient pas communiqués. Autant d'indices significatifs, David en avait conscience, qui lui causaient une certaine appréhension; mais il faisait en même temps confiance au directeur. Ils travaillaient ensemble depuis longtemps et le directeur, à l'insu de Schmidt, avait accordé à David des moyens matériels et un budget décent pour son projet de tube émetteur. L'homme connaissait l'importance de la recherche, il savait juger un scientifique de premier plan à sa juste valeur, pensait Freymann sans vanité.

Dix minutes plus tard, la secrétaire l'introduisit dans le bureau du directeur, qui feuilletait des papiers d'un air affairé.

— Asseyez-vous, je vous prie.

David remarqua qu'il ne relevait pas la tête.

Au bout de quelques instants, il poussa les documents sur le côté, accorda un bref coup d'œil à son visiteur puis baissa à nouveau les yeux vers son bureau.

— Herr Freymann, j'ai le regret de vous informer que, par suite d'un changement majeur de politique générale, toutes les recherches à long terme sont suspendues. C'est une décision qui vient de très haut, vous me comprenez... — Son regard rencontra celui de David... — En fait, du Führer lui-même. Je n'y puis rien.

— Alors on abandonne le projet du tube émetteur?

— Oui.

David n'était pas tellement surpris car ses recherches, du point de vue de la Société Gema, pouvaient paraître bien hasardeuses. En 1936, Schmidt avait rédigé un document « prouvant » qu'un radar à ondes courtes était non seulement irréalisable mais de plus sans intérêt. En soutenant secrètement Freymann pendant deux ans, le directeur avait fait de la corde raide; on ne pouvait lui reprocher de reculer à présent.

— On ne peut pas dire que vous ayez obtenu des résultats concrets, argua le supérieur de David. Le tube ne produit pas la puissance requise, n'est-ce pas?

— Apparemment pas, répondit le chercheur en le regardant dans les yeux.

— Vous voyez bien, dit le directeur, soulagé. Nous en sommes là. (Il saisit un presse-papiers, le fit passer nerveusement d'une main dans l'autre.) Il y a un autre problème... Le statut scientifique spécial; il semble devoir être supprimé. Seuls seront conservés les chercheurs travaillant sur des projets d'une importance vitale pour nos besoins actuels.

— Vous voulez dire...

David fronça les sourcils, il ne comprenait pas.

— Seules les personnes indispensables à la mise au point de systèmes existants, comme le Freya et le Wassermann, resteront ici. Les autres devront partir. Vos travaux sur de nouveaux systèmes sont trop futuristes et... votre contrat ne sera pas renouvelé.

— Mais il n'expire que dans deux ans. Je peux continuer à travailler sur autre chose.

Le directeur parut mal à l'aise.

— Non. Il a été décidé de vous laisser partir. Immédiatement.

David sentit la peur le gagner.

— Je dois partir?

— Oui, je suis désolé, mais ce sont les instructions que j'ai reçues. Je n'y puis rien, comprenez-le. On m'a dit de le faire.

Freymann avala péniblement sa salive. Il essayait d'y voir clair. Mais tout ce qu'il voyait, c'était un grand vide qui s'ouvrait devant lui. Sans statut scientifique, sans protection, il serait totalement vulnérable, exposé à toute attaque. Il sentit ses jambes se dérober sous lui.

Le directeur fixait le presse-papiers avec un air malheureux.

— *Herr Director*, nous nous connaissons depuis longtemps, plaida-t-il. Vous rendez-vous compte de ce que cela signifie pour moi? Sans statut spécial, je... n'ai aucune protection.

— Je suis navré. Croyez bien que cette décision me bouleverse, moi aussi. Manifestement, on ne fait pas grand cas de la science en haut lieu. C'est absolument injuste mais je n'y peux rien. Je regrette.

L'homme évitait les yeux de David, qui le fixait d'un regard incrédule. Cette décision, ces regrets formulés avec froideur — il ne parvenait pas à y croire. Cet homme était un collègue, un compagnon de travail.

— *Herr Director*, je comprends que vous ne puissiez peut-être pas m'aider directement — en me gardant ici — mais sur d'autres plans, vous pourriez le faire.

Freymann réfléchissait rapidement. Sans protection, il devrait partir, avec Ellen et Cécile, il n'avait pas d'autre solution s'il voulait travailler et vivre librement. Que lui faudrait-il? Dieu merci il avait un passeport en règle — frappé d'un J rouge — et Cécile était portée sur celui d'Ellen. Restait à se procurer les papiers d'émigration — non, de déportation, c'était le nom officiel, à présent...

— Par exemple pour obtenir des papiers de déportation, poursuivit-il. Si je ne peux continuer mon travail ici, il vaudra mieux que je parte. Et j'entends dire que l'on a besoin d'aide pour avoir ces documents. Pourriez-vous me faciliter les choses?

— Non, je ne pense pas. Croyez-moi, je vous aiderais volontiers si c'était en mon pouvoir... Maintenant, si vous voulez bien m'excuser...

Le chercheur demeurait figé sur sa chaise, ne pouvant en croire ses oreilles. Peut-être le directeur n'avait-il pas compris qu'il lui demandait seulement d'écrire un mot, de donner un coup de téléphone.

— S'il vous plaît, ce que je demande c'est votre appui. Seulement pour partir. C'est tout ce que je désire faire. Vraiment, ce n'est pas grand-chose.

— Herr Freymann, c'est impossible. Je n'ai pas le droit d'intervenir. Ce ne serait pas correct, comprenez-le. J'essaie de rester en dehors de la politique et de ce genre d'affaire. Je regrette... conclut le directeur en se levant.

David se leva à son tour et gagna la porte d'un pas mal assuré.

— Une dernière chose, reprit son supérieur. Il faut que vous me remettiez tous les documents confidentiels que vous avez en votre possession. J'enverrai ma secrétaire les prendre.

David hocha la tête, sortit et descendit en empruntant à nouveau l'escalier — cette fois parce qu'il avait besoin d'être seul. Il était assommé; il se sentait comme un enfant puni pour une faute qu'il n'a pas commise. Non seulement il n'avait rien à se reprocher mais il avait travaillé dur et obtenu de brillants résultats. Comment pouvaient-ils ne pas en tenir compte? Comment pouvaient-ils le traiter de la sorte? Ce n'était pas croyable.

Et pourtant, quoi qu'il pût penser, il voyait bien qu'ils pouvaient lui faire cela — ils l'avaient fait!

Il sentit monter sa colère — non contre *eux*, contre lui-même. Comme une autruche, il avait refusé de voir la réalité, il s'était réfugié derrière son statut scientifique, il s'était cru trop important pour tomber sous le coup des persécutions. Il hocha la tête. Quel imbécile il avait été, quel idiot! Il avait fait l'erreur de se croire différent. Péché d'orgueil!

Il ferma la porte de son bureau derrière lui, s'assit pesamment dans son fauteuil. Presque aussitôt on frappa à la porte, Hans Rathenow entra.

— David, David, que puis-je dire?

— Rien.

— Que comptes-tu faire?

— Essayer de partir — sauf qu'il est sans doute trop tard.

Il eut un rire amer.

— Et tes recherches?

— Terminées. Dans la même charrette que moi. Tout ce travail pour rien!

— Tu progressais?

Un temps d'arrêt, puis Freymann regarda son collègue dans les yeux et dit :

— Ne me pose pas cette question. Il vaut mieux pas.

La porte s'ouvrit avec un bruit qui fit sursauter David : la secrétaire du directeur entra dans la pièce. « On ne frappe déjà plus », pensa le savant. Sans un mot, il se leva, prit dans un classeur une pile de dossiers marqués d'une étoile rouge et les remit à la jeune femme, qui salua de la tête et sortit.

— Tes résultats? demanda Rathenow.

— Oui, tout.

Hans s'assit et prit sa tête entre ses mains :

— Leur stupidité est donc sans bornes? Tu connais la nouvelle? Les chanteurs et les artistes de music-hall échappent à la conscription — apparemment, ils sont indispensables — mais pas les hommes de science. Hitler ne se rend absolument pas compte!

— Non.

— Que vas-tu faire?

— Je ne *peux* rien faire. Je suppose qu'ils confisqueront ma carte d'identité et m'en donneront une nouvelle, au nom d'Israël — comme à tout le monde. Je veux dire comme à tous les autres Juifs, rectifia-t-il avec un sourire triste.

Cela ne s'arrêterait pas là, David le savait. Ensuite, il y aurait l'étoile jaune sur ses vêtements, la déclaration de son état de fortune et, peu après, la confiscation de tous ses biens.

— Tu n'as pas pris de précautions?

— La maison et une partie de nos économies sont au nom d'Ellen mais on m'a empêché de tout transférer.

— Votre couple bénéficie quand même d'un statut particulier, non? Ellen n'est pas juive, n'est-ce pas?

— On vient de supprimer le statut spécial des mariages interraciaux.

— Ah, je l'ignorais.

— Rien ne peut me sauver, Hans. J'ai été stupide, stupide!

Il se sentait près des larmes et détourna la tête.

— J'aimerais pouvoir t'aider, dit Hans avec sollicitude.

David secoua la tête :

— Non, mon ami, je ne crois pas que tu le puisses. Mon seul espoir, c'est de me procurer des papiers de déportation. Il paraît que cela se vend très cher mais... j'aurai peut-être l'argent nécessaire.

Un instant il eut une lueur d'espoir :

— A moins que tu ne connaisses un personnage officiel? Quelqu'un ayant de l'influence?

— Hélas non, je regrette, dit Hans d'un air sombre.

« Décidément, pensa Freymann, aujourd'hui, ils sont tous désolés... et incapables de m'aider. » Au moins Hans était sincère, il compatissait réellement, mais David ne voulait pas de pitié. Il demanda à son collègue de le laisser seul et Rathenow partit en promettant de repasser le voir avant la fin de la journée. David savait qu'il ne le ferait sans doute pas, ils avaient tous deux conscience que c'était inutile.

Le savant demeura longtemps assis, les yeux fixés sur la fenêtre. Personne ne passa le voir. Il entendit ses collègues partir puis les laboratoires devinrent silencieux. A sept heures, le veilleur de nuit ferma les portes et commença à vérifier les fenêtres. A son approche, Freymann alluma la lampe de son bureau et ouvrit un dossier devant lui. L'homme passa la tête par la porte, lui demanda combien de temps il comptait rester encore et David répondit : « Jusqu'à dix heures. »

Dès que le veilleur sortit, David se leva, alla à la porte, attendit que l'homme eût quitté le couloir puis se rendit au premier laboratoire. Il alla droit à une petite armoire, essaya de l'ouvrir : fermée. Il passa derrière un bureau et trouva, au fond d'un tiroir, un jeu de clefs que les techniciens y gardaient en réserve. Celle de l'armoire devait être plus petite que les autres et Freymann la trouva aussitôt. Il ouvrit le meuble, prit l'appareil photo et les pellicules qu'il savait y être.

Il retourna ensuite dans son bureau, ouvrit son propre classeur, y chercha un dossier intitulé « Structures de la compagnie » qui ne contenait rien de confidentiel et était sans intérêt; personne ne le consultait jamais. C'était pour cette raison que David l'avait choisi.

Il en tira plusieurs feuillets qu'il étala sur le bureau, mit une pellicule dans l'appareil photo, le régla, le braqua sur la première feuille et appuya sur le bouton. Comme ses mains tremblaient, il s'assit, essaya de se calmer : il fallait absolument que les photos soient bonnes, c'était son seul espoir.

Il se releva et vit cette fois nettement la feuille à travers le viseur. Ce travail dura plus d'une heure, car il prenait deux photos de chacune des dix feuilles et vérifiait chaque fois la mise au point. Il rembobina le rouleau de pellicule, le sortit de l'appareil, rapporta ce dernier au laboratoire et revint dans son bureau. Il rassembla alors les feuillets qu'il avait photographiés, les jeta dans la corbeille et y mit le feu.

Il éprouva un sentiment étrange en regardant les résultats de deux ans de recherches se racornir et noircir. Tant de travail! Tant d'amour! Un doute s'infiltra dans son esprit : cet autodafé était un acte tellement définitif. En brûlant ses documents, il franchissait un point de non-retour, mais ne l'avait-il pas déjà franchi en mentant au directeur? Quand son supérieur lui avait demandé si le tube produisait la puissance requise, David avait répondu négativement. Il n'aurait servi à rien de dire la vérité, la décision de suspendre toute recherche à long terme avait déjà été prise, au plus haut niveau. La vérité n'aurait sauvé ni le projet ni lui-même.

Pourquoi avait-il longtemps caché la vérité pendant tout ce temps? Il ne le savait pas au juste. En partie par circonspection : il tenait à vérifier pleinement ses résultats avant de les annoncer, pour que Schmidt ne pût pas les réduire en pièces. Et en partie par — comment dire? — pressentiment qu'il ne serait pas finalement épargné par la campagne nazie? Oui, sans doute. Mais aussi — et il répugnait à le reconnaître — par orgueil. Il voulait garder toute la gloire pour lui seul, montrer qu'il avait eu raison contre tout le monde, et le faire de manière éclatante, par une démonstration du radar à ondes courtes. Il était loin cependant d'un tel résultat, il lui aurait fallu de nouveaux crédits, dix collaborateurs au moins, et il lui aurait été alors difficile de garder le secret...

Au cours des derniers mois, il avait falsifié les résultats de ses expériences; pas beaucoup, mais suffisamment pour faire croire au directeur que le projet échouerait. Seul son assistant en avait eu connaissance mais il était jeune et David l'avait aisément persuadé qu'il restait d'énormes problèmes à résoudre.

En réalité, les problèmes n'étaient pas énormes. Une fois découverte la meilleure façon de combiner les deux types de tubes, il aurait eu la solution. En quelques mois, il aurait mis au point un tube d'une puissance de cinq cents watts sur une fréquence très élevée de trois mille mégacycles. Malgré cette formidable puissance, le tube aurait eu des dimensions restreintes — comme il l'avait prédit. Et comme il l'avait prédit également, on aurait alors pu fabriquer un radar très petit, lui aussi.

Freymann ressentit une bouffée d'orgueil en songeant qu'il avait eu raison et que Schmidt avait eu tort. Dommage, Schmidt ne le saurait jamais.

Il enfouit la bobine dans une poche intérieure de sa veste; essuyant la sueur qui coulait de son front, il jeta un dernier regard sur son bureau.

Cette pièce avait été sa seconde maison, un lieu où il venait faire le travail qu'il aimait, un lieu que son esprit associait à satisfaction, sécurité et accomplissement. Et qu'il ne reverrait jamais.

Ah, Seigneur! Des larmes coulaient sur ses joues. Il sortit, et ferma la porte. En approchant du hall d'entrée, il ressentit une douleur à l'estomac, comme un coup de poignard. Des brûlures d'estomac, pensa-t-il. Cela lui arrivait souvent lorsqu'il tardait de prendre un repas. Et puis il comprit que ce n'étaient pas des brûlures, mais la peur.

Ayant jeté un dernier regard en arrière, il enfonça son chapeau devant son visage et s'en fut dans la nuit.

Il faisait étouffant dans la pièce et Freymann avait des difficultés à rester éveillé. Vers quatre heures, il s'assoupit. Quand une voix forte appela « Suivant! », il sursauta, regarda rapidement autour de lui : il y avait encore trois personnes avant lui et une cinquantaine derrière — plus, probablement, une centaine dans la rue. Avec un peu de chance, il passerait aujourd'hui. Sinon, il lui faudrait attendre dehors jusqu'à ce qu'on rouvre les bureaux, le lendemain matin. Cela faisait déjà trois jours qu'il était là.

David examina l'homme qui le précédait. A en juger par sa mise élégante, son air prospère, il avait dû être joaillier ou fabricant de vêtements avant qu'on ne lui confisque son affaire. David supposa qu'il avait eu l'intelligence de mettre à l'abri des fonds, des objets de valeur, puisqu'il était dans ce bureau. « Moi qui ai été stupide, je me retrouve sans argent et sans influence », se dit le chercheur.

S'il était venu, c'était uniquement par devoir envers Ellen et Cécile : il fallait au moins *essayer* d'obtenir les papiers, il le leur devait.

Il était cinq heures quand on l'introduisit enfin dans le bureau du *Gauleiter*. Il serait le dernier de la journée, on fermerait derrière lui. Un homme jeune jeta un coup d'œil à ses papiers et demanda :

— Vous disposez de quels moyens?

Freymann réfléchit rapidement. Voulait-il savoir ce qu'il était censé posséder ou ce qu'il possédait *vraiment*? En principe, après la confiscation, il ne restait pas grand-chose.

— Ils sont suffisants, affirma le savant.

— Vous en êtes sûr?

— Oui.

L'homme le considéra un instant d'un œil dur, puis le fit passer dans la pièce voisine, vaste bureau où un personnage corpulent lisait le journal en fumant une pipe bavaroise. A ses côtés, un assistant feuilletait un registre rouge. Sans même relever la tête, ce dernier annonça :

— Les papiers de déportation vous coûteront deux cent cinquante mille marks. Comment avez-vous l'intention de payer?

David fut stupéfait. La dernière fois qu'il en avait entendu parler, leur prix était de cent cinquante mille marks, somme qu'il aurait pu emprunter au père d'Ellen. Mais maintenant!

— Alors? fit l'assistant avec impatience.

La journée avait été longue et il avait hâte de rentrer chez lui. L'homme de science résolut de répondre n'importe quoi, à tout hasard.

— En liquide, mais il me faudra une semaine pour réunir les fonds.

L'assistant tourna la tête vers son supérieur.

— *Herr Gauleiter* adjoint, il réclame une semaine de délai.

— Quoi? grogna le gros homme, irrité d'être dérangé. Non, non, dehors! Pas d'argent, pas de papiers.

Tout se déroulait si vite. David n'avait pas le temps de réfléchir.

— Demain, alors! dit-il. Demain!

L'assistant le dévisagea, acquiesça de la tête, griffonna un mot sur une carte et la lui tendit en disant :

— Ceci vous permettra de ne pas faire la queue demain. Mais si vous n'avez pas l'argent, vous serez arrêté pour avoir fait perdre le temps du *Gauleiter* adjoint.

En sortant dans la rue, Freymann dut s'appuyer contre un mur tant il se sentait fatigué. Il regarda la longue queue de personnes qui attendaient, l'air résigné, une étoile jaune cousue sur leur vêtement. Pour certaines d'entre elles, deux cent cinquante mille marks représentaient toute une vie de salaire; pour David, dix ans d'émoluments; pour le père d'Ellen — son seul espoir —, toutes ses économies et même plus. David valait-il autant aux yeux de son beau-père? Certainement pas.

Pourquoi s'était-il livré à cette comédie dans le bureau du *Gauleiter?* C'était inutile, il l'avait su dès que l'assistant lui avait annoncé la somme.

Il ne servirait à rien de revenir, ni demain, ni jamais.

Prenant soudain une décision, Freymann s'éloigna d'un pas rapide. Il avait agi loyalement avec eux, il avait essayé de faire à leur guise, à présent il n'avait plus le choix.

Il se rendit en tramway au *Tiergarten*, parc zoologique le long duquel se trouvaient plusieurs des principales ambassades de Berlin. Freymann ne savait pas encore à qui il s'adresserait en premier. Peut-être aux Britanniques, ensuite aux Français. Si ces deux premières tentatives échouaient, il essayerait alors les Etats-Unis ou un pays scandinave.

De la Tiergartenstrasse, il vit dans le parc un groupe de *Jungvolk* s'entraînant pour entrer dans les Jeunesses hitlériennes : course sur soixante mètres, saut en longueur d'au moins deux mètres soixante-quinze. Plus loin, un autre groupe de jeunes assis en rond récitaient le *Schwertworte*, version abrégée du dogme nazi qu'il fallait savoir par cœur. Les enfants étaient si mignons, assis au soleil, dans leur uniforme bien propre, que David s'arrêta un moment pour les regarder.

A l'approche des ambassades, il boutonna son imperméable pour cacher l'étoile cousue sur sa veste. Sinon, on aurait pu ne pas le recevoir, l'empêcher d'entrer. Le premier bâtiment, vaste édifice blanc à demi caché par un écran d'arbres et séparé de la rue par des grilles métalliques, devait être l'ambassade des Etats-Unis. Pourquoi ne pas commencer par elle? Au cours des dix dernières années, l'Amérique avait accueilli un grand nombre de Juifs. En revanche, elle avait une position neutre et ne serait peut-être pas intéressée par ce qu'il avait à proposer.

Indécis, David continua à avancer. Soudain, il s'arrêta en apercevant, sur le trottoir, un groupe de personnes qui attendaient, devant des soldats leur barrant l'accès des grilles, et leur faisant face, l'arme en bandoulière.

Oui, c'était bien l'ambassade des Etats-Unis, les gens qui attendaient étaient des Juifs, et à en croire la réponse d'un des hommes qui faisaient la queue, personne n'avait réussi à y entrer depuis des semaines.

C'était le même spectacle devant les ambassades française et britannique, sauf qu'il y avait moins de monde à attendre.

« Je suis stupide, pensa Freymann en s'éloignant. Bien sûr, ils ne laissent entrer personne. Le téléphone! j'aurais dû me servir du téléphone. »

Il remonta la rue jusqu'à ce qu'il trouve un bureau de poste, demanda une cabine à une employée jeune et jolie. La fille leva les yeux vers lui puis le dévisagea avec dureté. « Il va y avoir des difficultés, elle va me faire des difficultés », pensa David. Elle lui demanda ses papiers d'identité d'une voix délibérément forte. Les autres employées se turent derrière leur guichet, les regards se braquèrent vers Freymann. Il sortit son portefeuille, présenta ses papiers et s'empressa de déboutonner son imperméable : cacher son étoile jaune était un délit grave. Aussitôt l'employée s'écria d'un ton triomphant :

— Les non-Aryens n'ont pas le droit d'utiliser les téléphones de ce bureau.

C'était une interdiction dont David n'avait jamais entendu parler. En fait, il était certain qu'elle n'existait pas, mais il ne servait à rien de discuter — c'était une des choses qu'il avait apprises ces derniers jours.

Il fit demi-tour sous les regards hostiles, sortit et entendit la jeune fille éclater de rire au moment où il fermait la porte. Les joues brûlantes d'humiliation, il s'appuya contre la pierre froide du mur et la fatigue s'abattit soudain sur lui comme un coup de marteau. Il n'avait pas vraiment dormi depuis trois jours, il était épuisé.

Il regarda sa montre : six heures. Les ambassades avaient fermé, il était trop tard pour tenter quoi que ce soit maintenant. Encore une journée qui s'était écoulée sans qu'il trouve une solution.

« Je suis fatigué, se dit-il. Fatigué. »

Il se rendit à la gare, prit le train, et sur le chemin de sa maison, il s'arrêta devant la vitrine de la petite échoppe de cordonnier. L'inscription « Juif! » avait disparu depuis longtemps, remplacée par un petit écriteau posé discrètement au milieu des chaussures de l'étalage. Il lut : « Changement de propriétaire. » Freymann se demanda ce qu'était devenu le vieux Finstein. Personne ne prenait la peine de poser la question aux voisins, il valait mieux ne rien savoir.

Quand il tourna le coin de la rue, David ne ressentit pas la chaleur familière que faisait naguère naître en lui la vue de sa petite maison. Il songea à sa famille, à ses responsabilités : un homme incapable de protéger et de nourrir les siens ne valait plus grand-chose.

En ouvrant la porte, il se demanda s'il trouverait encore sa femme en larmes. Depuis qu'il avait perdu son poste, Ellen ne cessait de pleurer. Il ne pouvait la gronder, bien sûr. Elle avait toutes les raisons de pleurer. Il appela, attendit que Cécile bondisse dans l'entrée pour l'embrasser comme elle le faisait toujours. Seul le silence lui répondit et il appela de nouveau.

Cécile finit par sortir de la cuisine en sanglotant, un mouchoir sur la bouche. Au lieu de se précipiter vers son père, elle demeura sur le seuil de la porte, secouant la tête et gémissant :

— Papa, papa!

David s'avança vers l'enfant, les bras tendus.

— Mon petit lapin, qu'est-ce que tu as?

Jamais, auparavant, elle n'avait pleuré ainsi, elle était d'habitude si brave, si intrépide.

Ellen apparut derrière sa fille.

— Tu n'as pas obtenu les papiers, je suppose? dit-elle.

— Ils demandaient... beaucoup trop.

— Monte, Cécile, dit Ellen avec fermeté. Je dois parler à ton père.

La fillette grimpa l'escalier en reniflant et Freymann, éberlué, suivit sa femme dans la salle de séjour.

— David, j'ai quelque chose à te dire, commença-t-elle. (Elle s'interrompit, caressa un chien en porcelaine posé sur la cheminée.) Cécile et moi allons partir. J'en ai discuté avec mon père, il pense lui aussi que c'est la seule solution.

— Que veux-tu dire? murmura Freymann, sidéré.

Ellen prit une profonde inspiration avant de répondre :

— Nous voulons tous deux le bonheur de Cécile, n'est-ce pas? Eh bien, il n'existe qu'un moyen pour qu'elle ne souffre pas : c'est de partir tout de suite. Je suis désolée, David, mais je crois qu'il vaut mieux... (Elle se passa nerveusement la langue sur les lèvres.) que nous nous séparions.

— Nous séparer?

— Oui, Cécile et moi irons vivre ailleurs.

— Ailleurs? Mais ce sera très difficile pour la petite. Une nouvelle école, un nouveau quartier... Ici, au moins, tout le monde nous connaît, nous accepte...

— Nous accepte? Tu es fou? Tu ne te rends pas compte de ce que je subis — de ce qu'on fait subir à *Cécile* à l'école! Les autres enfants, les instituteurs la tourmentent parce qu'elle est à moitié juive! Ils la *tourmentent*, tu m'entends!

Ellen lui envoyait des postillons; ses yeux étincelaient.

— Oh! mon Dieu! murmura David en se laissant tomber dans un fauteuil.

— Je t'ai prévenu mais, comme d'habitude, tu avais la tête dans les nuages. Je t'ai averti en novembre dernier quand ces horribles... événements se sont produits, mais tu ne m'as pas écoutée!

Ellen faisait allusion à la Nuit de Cristal, au cours de laquelle de nombreuses synagogues, des appartements et des boutiques de Juifs avaient été saccagés.

— Mais où que tu ailles, tu seras toujours ma femme, tu ne pourras pas le cacher.

Ellen prit une profonde inspiration :

— Nous allons divorcer, David, je prendrai un nouveau nom, un nouveau départ. C'est pour Cécile, pour son bien. Tu dois comprendre à quel point c'est important pour elle.

Freymann était interdit. Ellen ne pouvait faire cela... L'idée de perdre son petit lapin lui était insupportable. Il demeura un moment silencieux puis une terrible pensée lui traversa l'esprit. Il tremblait lorsqu'il demanda :

— Quand? Quand pars-tu?

— Ce soir. Mon père vient nous prendre en voiture.

David eut l'impression qu'un étau lui serrait le cœur.

— Oh non! Oh non! pas déjà! bredouilla-t-il. Je t'en prie. Attends un peu.

A ce moment, il se rappela qu'il allait téléphoner et vendre son invention. Il leva les yeux et sa voix s'anima :

— Tu ne dois pas partir, pas encore. J'ai oublié de te dire. Demain, je dois donner un coup de téléphone sur lequel je compte beaucoup. Nous avons encore une chance d'obtenir les papiers. Vraiment! J'irai téléphoner à la poste demain matin à la première heure.

— Tes plans fumeux! répliqua Ellen en marchant vers la porte.

Elle secoua la tête.

— De toute façon, je ne veux pas vivre à l'étranger. Je veux rester ici, avec ma famille.

— Moi aussi, j'en fais partie, lui lança David d'un ton amer.

Mais elle avait déjà quitté la pièce. Freymann s'efforça de réfléchir; il voulut s'obliger à réfléchir; il ne put y arriver, il était trop fatigué. Un sentiment d'impuissance et de désespoir l'envahit. « *Seigneur, qu'ai-je donc fait? Qu'ai-je donc fait?* »

Au bout de quelques minutes il monta dans la chambre de Cécile qu'il trouva étendue sur son lit, pleurant en silence. Il s'assit près d'elle, lui toucha le bras. Elle se redressa, se blottit contre son père, qui se mit à la bercer doucement.

« Tout ce que j'aime se trouve ici, pensa David. Ma famille, ma fille. Est-ce trop demander? Qu'ai-je fait pour qu'on me l'enlève? »

— Mon petit lapin, ce sera mieux, dit-il enfin. Ta mère a raison, tu sais. Vous serez plus en sécurité ailleurs, avec un autre nom.

Comme l'enfant recommençait à sangloter, le père poursuivit :

— Il faut que tu aies du courage. Je veux que tu partes, que tu sois heureuse ailleurs. Et que tu m'oublies.

— Je ne pourrai pas, je ne pourrai pas!

— Il le faut. Moi, j'irai à l'étranger. Je ne pourrai pas être un bon père pour toi en étant là-bas.

— Mais tu seras toujours mon papa.

— Oui, je serai toujours ton papa.

David serra le petit corps dans ses bras et se mit à pleurer lui aussi. Il y eut des bruits de pas en bas puis dans l'escalier; Ellen entra dans la chambre et emmena Cécile sans dire un mot. David n'eut pas la force de se lever pour les regarder partir. Il demeura assis sur le lit de sa fille, se cacha le visage derrière ses bras, finit par s'endormir et rêva que Cécile était morte.

Lorsqu'il s'éveilla, le jour pointait et il avait très froid. Il resta un moment étendu sur le lit, regarda les jouets, les gravures aux couleurs gaies éclairées par une faible lumière grise. La chambre lui parut triste et inhabitée, comme si Cécile était partie depuis longtemps.

Il s'assit, sentit une douleur lui vriller la tête. « Manque de sommeil et de nourriture », se dit-il. Il se leva, passa dans la salle de bains d'une démarche d'automate, se lava, mit une chemise propre et son plus beau costume, puis descendit; un calme de mort régnait dans la maison. Un jour normal, il aurait entendu Cécile bavarder dans la cuisine tandis qu'Ellen aurait préparé le petit déjeuner. Il alla directement dans la salle à manger, passa la main sur le dessus du buffet, chercha à tâtons le petit étui noir. Lorsque ses doigts se refermèrent sur l'objet métallique, David eut un frisson d'excitation. Tant de choses dans un si petit étui!

Si petit et pourtant trop grand pour qu'il pût le cacher sur lui. En le fouillant soigneusement, on ne manquerait pas de découvrir l'étui glissé sous son bras ou attaché contre sa cuisse. Il l'ouvrit, en tira le rouleau de pellicule qui ne faisait qu'un centimètre de haut et trois millimètres de diamètre.

Freymann passa dans la cuisine, prit une feuille de papier sulfurisé, en découpa une bande avec laquelle il enveloppa la pellicule. A présent, le rouleau était assez petit pour qu'il le cache dans sa bouche — ou même dans un autre orifice que la fouille négligeait généralement. Du moins, il l'espérait.

Le plus difficile avait été de faire développer la pellicule. Pas question de s'adresser au photographe local, qui l'aurait immédiatement dénoncé. Il y avait bien à Gema un homme dont la marotte était de développer et tirer ses propres photos, mais c'eût été beaucoup trop dangereux de le contacter. Avant même que la nouvelle de son renvoi se répande, David se rendit simplement au laboratoire que la Société Gema utilisait pour ses travaux photographiques. Bien qu'il fût sous le coup de la colère, il eut le sang-froid de demander que la pellicule soit développée puis réduite au plus petit négatif possible. Il précisa que c'était un travail ultra-secret, dont il ne fallait absolument pas parler. Son audace l'étonna lui-même.

Du fait de l'étrangeté même de la requête, les techniciens s'exécutèrent sans poser de question. Le laboratoire fit venir des spécialistes et tout le monde était si absorbé à rechercher la façon d'exécuter la réduction de format que personne ne remarqua seulement que le savant avait les mains tremblantes lorsqu'il leur remit le film.

David fit rouler le petit cylindre au creux de sa main en se demandant où le cacher pour le moment. Il valait mieux prendre toutes les précautions. Avec du ruban adhésif qu'il prit dans l'armoire à pharmacie de la salle de bains, il le fixa sous son bras. La cachette n'était pas idéale — si on le fouillait en cherchant un film, on le trouverait immédiatement — mais il devait s'en contenter.

Il restait dans la cuisine quelques saucisses et du pain noir, ainsi que du café moulu au fond d'un pot. Il mit le café dans un filtre et versa de l'eau chaude; ce breuvage n'avait pas bon goût. Assis à la table de la cuisine, David contempla le petit jardin bien tenu. C'est là qu'ils passaient toujours les après-midi d'été, tous les trois. Il mit la radio en marche; l'appareil était un Volksempfanger neuf, le Poste de Radio Populaire, qu'il avait offert à Ellen pour son anniversaire. Il écouta les nouvelles d'une oreille distraite en pensant à sa fille. C'était toujours la même chose désormais à la radio : on exhortait les Allemands à mieux servir la patrie, à s'unir contre les ennemis du pays. L'ennemi du moment, c'était la Pologne qui menaçait apparemment la sécurité de la patrie bien-aimée. La Pologne? Cela avait été pendant si longtemps la Tchécoslovaquie que David avait du mal à se faire à tous ces discours contre la Pologne. Peut-être la Pologne était-elle l'ennemie depuis un certain temps déjà; mais il n'avait pas beaucoup écouté la radio ces temps derniers.

Passant à la politique intérieure, le commentateur annonça qu'un autre grand pas avait été fait dans l'élimination de l'ennemi commun : désormais, les sales Juifs n'auraient plus le droit de posséder un poste de radio, ils ne profiteraient plus de ce qu'ils avaient amassé par la rapine et l'usure. Des millions d'honnêtes travailleurs allemands pourraient écouter la radio en paix, sûrs de ne partager avec aucun Juif leur programme préféré.

Freymann se figea, sa tasse à la main, et ressentit une légère envie de vomir. Il aurait dû se rendre compte que la campagne actuelle était beaucoup plus violente que les précédentes. Et maintenant, il était presque trop tard. Pas tout à fait cependant.

Il regarda l'heure : huit heures et demie. Le personnel des ambassades devait être à son poste, il pouvait téléphoner. « Pas d'ici », pensa-t-il en tournant les yeux vers le téléphone posé sur une petite table près de l'escalier. La standardiste avait peut-être pour instructions de signaler toutes les communications avec une ambassade. Elle écouterait sans doute; *ils* écouterait. Il valait mieux aller à la poste, ce serait plus sûr.

A la poste, on faisait la queue et David attendit son tour tranquillement. Cela ne lui faisait rien d'attendre. L'essentiel était d'« éviter » de se faire remarquer. Une grosse femme entra dans le bureau, soupira en voyant la file. Sans un mot, David se recula et lui céda sa place. La femme ouvrit la bouche pour lui dire quelque chose mais la referma aussitôt en voyant l'étoile jaune.

Finalement, il n'y eut qu'une personne devant lui et aucune derrière.

David observait à la dérobée l'employée du guichet, tâchait de deviner quelle réaction elle aurait. Elle avait une bonne tête, mais on ne sait jamais. Quand vint son tour, elle lui accorda un bref coup d'œil et lui indiqua une cabine sans autre commentaire. Jusque-là, tout allait bien.

Freymann donna à la standardiste le numéro de l'ambassade britannique et attendit en avalant nerveusement sa salive. Il ne savait pas exactement ce qu'il allait dire, c'était si difficile de parler à un inconnu.

Une voix féminine annonça, en allemand :

— Ambassade de Grande-Bretagne.

— Bonjour, je voudrais... euh, l'attaché qui s'occupe des questions scientifiques.

Après un déclic, David entendit une voix d'homme.

— Oui?

— Je suis homme de science et je voudrais émigrer. Je...

— Le bureau d'immigration de notre ambassade a été supprimé. Nous ne prenons plus de demandes, interrompit la voix.

— Mais vous ne comprenez pas... Je détiens des informations spéciales...

David aurait préféré ne pas aborder ce sujet au téléphone mais il sentait son interlocuteur prêt à raccrocher.

— Qui êtes-vous?

— Je préfère ne pas vous le dire... C'est trop risqué. Pourrais-je rencontrer quelqu'un, ou venir à l'ambassade?

— Un moment, je vous prie.

Le chercheur attendit, mal à l'aise. Il n'avait pas songé aux problèmes que poserait une prise de contact. C'était terriblement dangereux.

— Je regrette, dit la voix au bout d'un moment. Nous ne pouvons vous aider.

David sentit son cœur battre la breloque.

— Mais j'ai des informations d'une valeur capitale!

— Nous regrettons, mais étant donné la gravité de la situation internationale, nous ne pouvons être mêlés à ce genre d'affaire.

David posa un regard hébété sur le mur de la cabine.

— Vous m'entendez? reprit la voix.

— Oui.

Il y eut un temps d'arrêt, comme si le possesseur de la voix cherchait comment s'exprimer.

— Nous ne sommes pas seuls. Vous me comprenez?

David comprenait : l'ambassade était sur table d'écoute.

Il raccrocha, complètement perdu, s'efforça de réfléchir. Savoir avec certitude qu'on écoutait avait été un choc. Il n'était pas préparé à cela. Les Suédois, peut-être? Oui, les bons Suédois étaient neutres. Il chercha le numéro de l'ambassade de Suède dans l'annuaire, le donna à l'opératrice. Quelques secondes plus tard, une voix répondit et Freymann s'apprêtait à parler quand il entendit un autre déclic. Affolé, il raccrocha.

Il régla les communications, sortit du bureau de poste, la tête basse. Il devait réfléchir; il devait réfléchir. Une chose était claire, parfaitement claire : tenter de prendre contact avec une ambassade était du suicide. S'il parvenait à fixer un rendez-vous, la Gestapo y viendrait aussi; s'il essayait de faire parvenir un message, il serait intercepté.

C'était terrible d'abandonner cette idée; comment faire autrement? Il n'avait pas le choix. Quelle solution lui restait-il? Une seule : s'enfuir, quitter le pays sans papiers, sans aide.

Il se mit à descendre lentement la rue, les yeux fixés sur le trottoir.

Deux paires de bottes noires apparurent devant lui, il fit un écart pour les éviter, se retrouva bloqué par une autre paire de bottes identiques. Il leva les yeux, sentit la peur le poignarder : deux jeunes S.S. souriants se tenaient devant lui. Quand Freymann se plaqua contre le mur pour les laisser passer, ils éclatèrent de rire et lui lancèrent des invectives. Puis il ressentit un coup violent sur la tête. Il comprit qu'il lui fallait s'enfuir; ils revenaient sur lui. Rassemblant ses forces, il s'élança dans un intervalle entre le mur et un des uniformes. Il reçut un coup sur l'épaule, se dégagea et se mit à courir comme il le faisait à l'école, la poitrine en avant, les bras battant l'air. Ses poumons allaient éclater, ses jambes devenaient lourdes comme du plomb. Il tourna le coin de la rue, s'appuya contre le mur, haletant, le sang lui martelant la tête.

Il se retourna : personne ne le poursuivait. « Merci, mon Dieu, merci! »

« Imbécile, imbécile! se dit-il. Tu dois faire plus attention, beaucoup plus. » Il rentra chez lui à pas lents, le cœur encore battant, l'haleine sifflante. Il était si peu en forme! si lamentablement peu en forme! Quand il parvint à proximité de la maison, il s'arrêta pour l'examiner : la porte d'entrée était fermée, les fenêtres obscures. Tout était silencieux; la porte céda facilement à la pression de la clef. Il se glissa à l'intérieur, referma prestement. La salle de séjour était en ordre comme d'habitude; de la fenêtre il inspecta la rue. Personne. Mais il savait maintenant qu'il ne lui restait plus beaucoup de temps.

Il s'assit, les mains tremblantes. « Je suis trop vieux pour ce genre de choses, pensa-t-il. Trop vieux et trop las. »

Il se leva, chercha dans la bibliothèque l'Atlas de Cécile, l'ouvrit à la carte de l'Europe et le posa sur le tapis. Où irait-il? Vers l'ouest, évidemment. Pas en Suisse : les gens n'y étaient pas charitables et on disait même que les Suisses reconduisaient à la frontière allemande ceux qui avaient réussi à la franchir. La Belgique, la Hollande? Il hésitait. La France avait accueilli de nombreux Juifs, ça, il le savait. Et même si on ne voulait pas l'y garder, on l'enverrait quelque part ailleurs.

La France... Il passa à une carte montrant mieux la frontière franco-allemande, longue ligne serpentante, et se demanda où il serait le plus facile de traverser. Bien sûr, toute la zone devait être militarisée mais avec de la patience, on devait pouvoir passer.

Là où la frontière courait le long du Rhin, c'était exclu : les ponts seraient étroitement surveillés et David ne savait pas nager. Alors peut-être là où elle s'incurvait vers l'ouest et le Luxembourg? Il pointa l'index vers la Sarre, s'étonna : la carte était mauvaise... Soudain, il comprit. L'Atlas, imprimé avant 1935, n'indiquait pas la nouvelle frontière qui avait rendu la Sarre à l'Allemagne. David décida de ne pas tenter de traverser à un endroit où il ne connaissait même pas le tracé de la frontière.

Restait la portion située à l'est de Sarrebruck. Freymann regarda les lignes de chemin de fer en se demandant jusqu'où il pouvait les utiliser sans risquer de se faire prendre. Mannheim, peut-être. Et ensuite? Il y avait encore soixante kilomètres à parcourir pour gagner la frontière. David prit une décision. Bien qu'il ne fût pas en grande forme physique, il les ferait à pied. Il avait été bon marcheur dans sa jeunesse et lors d'excursions dans les Alpes bavaroises, du temps où il était étudiant, il lui était arrivé de couvrir jusqu'à vingt kilomètres par jour.

En arrachant la page de l'Atlas, Freymann songea qu'il lui faudrait un équipement, de la nourriture, de l'argent. Il se leva, s'efforça de se rappeler ce qu'il y avait dans la maison. Argent : il restait de quoi payer son billet de train et quelques repas, pas davantage, mais ce serait suffisant. De toute façon, il emporterait autant de nourriture que possible. Il alla dans la cuisine, regarda dans les placards, décida de prendre toutes les boîtes de conserves. Dans quoi les porter? Pas dans une serviette de cuir, synonyme pour certains de richesses et d'argent, qui risquerait de tenter les voleurs. Un cabas? Même cela n'était pas très sûr actuellement. Mais il n'y avait rien d'autre dans la cuisine; va pour le cabas. Le sien était en paille tressée, assez résistant; David pourrait mettre des bretelles pour le porter sur son dos. Il pensa au beau sac à dos rangé dans sa chambre mais se dit qu'il attirerait trop l'attention.

Il prit un couteau dans le tiroir de la table, le plaça au fond du cabas. Quoi d'autre? Une lampe électrique, de la ficelle, un ouvre-boîte... Il ne devait pas trop se charger, la route serait longue. Il lui faudrait de bonnes chaussures, des vêtements chauds, un imperméable, un tricot.

Finalement, il fut prêt. Il se demanda s'il avait oublié quelque chose; mais d'autres objets auraient été trop lourds ou trop encombrants. Quand partirait-il? Comme il fallait au moins une journée — même avec un train express — pour aller à Mannheim, il valait mieux partir très tôt le matin afin d'éviter d'arriver en pleine nuit, et se faire ainsi plus facilement repérer. Freymann se donna jusqu'au lendemain matin pour se reposer et passer en revue les détails de l'expédition.

Il monta dans la chambre, s'étendit sur le lit. Au début de la soirée, il se confectionna un repas chaud, avec des œufs et des saucisses; ensuite il prit un bain après avoir détaché le rouleau de pellicule de son bras et l'avoir mis dans une poche de sa veste, en se promettant de le remettre en place au matin. Aussitôt après le bain, il alla se coucher, ses vêtements prêts pour le lendemain, rangés à côté du lit.

Avant de s'endormir, il contempla, à travers la fenêtre, les nuages que le crépuscule rendait plus sombres. Il était très satisfait de ses préparatifs. Ellen lui reprochait toujours de ne pas s'occuper des choses. Eh bien, elle ne pourrait plus dire cela maintenant. Il avait tout combiné et allait passer à l'exécution. Et lorsqu'il serait en France, il vendrait aux Français ses secrets et repartirait dans la vie. Un jour, il ferait venir Ellen et Cécile, et elles seraient fières de lui. Oui, très fières.

Contrairement à ses craintes, il s'endormit rapidement, se réveilla lorsqu'un chien aboya dans le jardin du voisin. Il regarda sa montre : minuit moins cinq. Il se rendormit aussitôt et rêva que Cécile riait dans la cuisine. Lorsqu'il entendit le bruit, il l'intégra d'abord à son rêve, vit sa petite fille devant une assiette brisée, et se réveilla. Il y eut un nouveau bruit de verre ou de vaisselle brisé, suivi d'une sorte de tambourinement allant en s'amplifiant : des gens montaient l'escalier en courant.

David se redressa, mit un pied par terre; la porte de la chambre s'ouvrit brutalement et il comprit qu'il était trop tard. Trop tard pour tout. En un éclair il eut conscience qu'il ne reverrait plus jamais son « petit lapin ».

Deux hommes firent irruption dans la pièce, l'empoignèrent et le traînèrent sur le palier. David entendit un bruit sourd et se rendit compte que son crâne avait heurté le chambranle de la porte. Ils le poussèrent dans l'escalier, il tomba en avant, les bras tendus. Il parvint à arrêter sa chute au milieu des marches, se mit péniblement à genoux en agrippant les barreaux de la rampe.

Le coup de pied le prit totalement par surprise, il ne comprit pas pourquoi le vestibule se précipitait vers lui. Il mit ses bras en avant, mais il tombait trop vite, bien trop vite; en heurtant le sol, Freymann entendit un craquement d'os et se dit : « Ils m'ont tué! » Les deux hommes le traînèrent par les pieds, une douleur terrible lui transperça l'épaule et il poussa un cri. Mais ils continuaient à le traîner, en tirant sur son épaule et cette fois la douleur faillit lui faire perdre connaissance. Les yeux fermés il les entendait parler comme s'ils se trouvaient très loin de lui.

Au bout d'un moment, il ouvrit les yeux. Il gisait dans la salle de séjour, toutes les lumières de la maison étaient allumées. Une série de bruits sourds et de craquements retentit au premier : « Ils fouillent toutes les pièces, pensa David. Mon Dieu! ils cherchent la *pellicule*, ils vont la trouver dans la poche de ma veste. *Comment ai-je pu être aussi stupide?* »

Il s'assit par terre, s'appuya contre un fauteuil. Son épaule, sans doute brisée, le faisait horriblement souffrir. Des bottes claquèrent dans l'escalier puis sur les carreaux de la cuisine. Il y eut un bruit assourdissant de porcelaine et de verre brisés. David attendit, le cœur battant.

Quand ils entrèrent enfin dans la salle de séjour, il s'aperçut qu'ils étaient trois et non deux, et fut étonné par leur jeunesse : ils n'avaient guère plus de vingt ans. Ils avaient fait main basse sur certains bijoux d'Ellen et sur une jolie porcelaine de Meissen qu'elle gardait sur sa coiffeuse. Un peu soulagé, David pensa que c'était peut-être tout ce qu'ils cherchaient.

— Debout, sale Juif!

Freymann se releva avec effort et, malgré son pyjama, se sentit nu et vulnérable. Pourquoi n'avait-il pas dormi tout habillé? C'eût été plus sensé. Ah, mon Dieu! Quand deux des hommes s'avancèrent vers lui, il sentit ses tripes se liquéfier.

— Où est planqué l'or, sale Juif?

— Je n'ai pas d'or, répondit le savant.

Devinant qu'ils ne se contenteraient pas de cette réponse, il ajouta :

— Seulement un peu d'argent. Là-haut, dans mon portefeuille.

— Où est l'or, Juif?

— Je n'en ai pas.

Ils le frappèrent à l'estomac, à la nuque puis, quand il fut par terre, lui donnèrent des coups de pied. Ils le relevèrent, menacèrent de lui briser les doigts.

— Je n'ai pas d'or, je vous le jure.

Les mots sortaient de sa bouche tuméfiée.

L'un des agresseurs lui saisit la main, Freymann ferma les yeux, salit son pantalon et perdit conscience.

Ils le ranimèrent en le giflant, le poussèrent vers la porte.

— Dans le camion, fit l'un d'eux.

David perçut qu'il devait dire ou faire quelque chose maintenant; après, ce serait trop tard.

— S'il vous plaît, je peux m'habiller?

Aucun des trois hommes ne répondit.

— S'il vous plaît, j'ai sali mon pyjama...

Avec une moue de dégoût, celui qui devait être le chef lui fit signe qu'il pouvait monter. David grimpa péniblement l'escalier, alla droit à sa chambre, à la veste... Dieu merci, la pellicule se trouvait encore dans la poche.

Il entreprit d'ôter son pyjama, s'empêtra dans les boutons, finit par les arracher. S'il tardait trop à redescendre, les autres monteraient. David essayait de se presser mais ses mains ne voulaient pas s'arrêter de trembler et son épaule le torturait. Il enfila une chemise, un caleçon, passa fébrilement une jambe de pantalon.

Il entendit des pas dans l'escalier et s'escrima désespérément sur la deuxième jambe du pantalon. Comme il achevait de le boutonner, un jeune caporal entra et le tira par le bras.

— Ma veste! ma veste! s'écria Freymann.

Le caporal le laissa la prendre et David descendit précipitamment l'escalier. « Mon Dieu, j'ai encore failli la perdre, pensa-t-il. Mon Dieu! » Il apprenait vite, il avait déjà compris qu'il fallait se presser pour éviter les coups.

Les trois hommes finirent de prendre ce qui les intéressait dans la maison et David profita d'un moment où aucun d'eux ne le surveillait pour glisser le rouleau dans sa bouche.

Quand ils jugèrent qu'il n'y avait plus rien à emporter, ils le firent sortir et grimper à l'arrière d'un camion. Le véhicule démarra si rapidement que Freymann eut à peine le temps de jeter un coup d'œil à la maison. Elle paraissait étrange avec toutes ses lumières allumées, sa porte grande ouverte. Freymann faillit leur crier d'arrêter le camion afin de pouvoir revenir fermer à clef : il ne pouvait laisser son foyer ainsi, ouvert au premier venu... Puis il se rendit compte que cela n'avait aucune importance. Ce qui n'avait pas été cassé ou volé cette nuit disparaîtrait le lendemain de toute façon.

DEUXIEME PARTIE

1940-1941

CHAPITRE VII

Le pire, c'était l'attente.

Etendu sur son lit, Vasson écoutait le grondement chaque fois plus proche du canon et le fracas occasionnel d'une explosion lointaine. Le canon est allemand, les explosions sont françaises, estima Vasson. La vaillante armée française interrompait probablement sa retraite rapide pour détruire des dépôts de carburant. « C'est tout ce dont elle est capable », pensa-t-il avec mépris.

L'après-midi lui révéla qu'il avait vu juste : le ciel, au-dessus de la ville, était noir de fumées montant des dépôts en flammes. Paris ressemblait à une ville fantôme, plongée dans l'obscurité. Il n'y avait pas de lumières, presque personne dans les rues.

La pluie se mit à tomber; sans interruption de grosses gouttes, noires d'une poussière huileuse, s'abattaient sur le pavé, les maisons et les rares passants.

C'était fort désagréable pour Vasson qui avait projeté de sortir prendre un pastis vers cinq heures — espérant trouver un café ouvert — et se voyait obligé de rester chez lui s'il ne voulait pas abîmer ses vêtements.

Il descendit à plusieurs reprises au cours de l'après-midi pour, de la porte d'entrée, jeter un coup d'œil dans la rue. Celle-ci était presque déserte, à part quelques personnes courant s'abriter de l'ondée.

Vasson ne comprenait pas pourquoi les Parisiens avaient fui la ville, emportant des ballots pitoyables fixés sur des vélos ou des charrettes à bras, sans avoir la moindre idée de l'endroit où ils trouveraient abri et nourriture. C'était insensé. Ils mourraient de faim ou se feraient tuer. Selon lui, il valait mieux rester sur place, les Allemands ne les mangeraient pas, la vie continuerait, d'une façon ou d'une autre.

La guerre durait depuis neuf mois, pendant lesquels il n'avait pas perdu son temps. Dès qu'elle avait éclaté, il avait dépensé toutes ses économies à des achats de bas, d'essence et de pneus de voitures. Il avait pris un gros risque de dépenser jusqu'à son dernier sou, mais il était certain de n'avoir pas fait une erreur. Il s'était procuré une automobile d'occasion et avait stocké ses marchandises dans un garage qu'il avait loué à Clichy. Quand la pénurie était apparue, il avait commencé à vendre, sans précipitation, uniquement pour reconstituer son stock et l'augmenter. Pour trouver de la marchandise, il se rendait dans les petites villes de province ou en banlieue. Les prix y étaient déjà élevés mais pas autant que dans la capitale; il achetait des bas, des parfums, de

95

la lingerie. Et à nouveau des vivres, surtout du café et du sucre.

En cinq mois il doubla son stock mais il savait que le moment de gagner vraiment de l'argent n'était pas encore venu, qu'il devait être patient. Il fallait attendre que l'occupation prît effet : quand le rationnement et la pénurie s'aggraveraient, il serait prêt à ramasser une fortune. La guerre serait une vraie mine d'or. Aucun doute là-dessus.

Mais le pire, c'était d'attendre.

La nuit fut courte. Les coups de canon et les explosions se poursuivirent jusqu'à deux heures du matin puis ce fut le silence. Longtemps Vasson resta éveillé, fumant des cigarettes et pensant à l'argent. Vers trois heures, il s'assoupit. A l'aube, les motos arrivèrent, lointaines, remontant probablement l'un des grands boulevards, mais le bruit de leur moteur portait loin dans l'air calme de ce mois de juin. Vasson s'éveilla aussitôt et se dit : « Enfin, les voilà ! »

Vers six heures, il mit le nez dehors et ne vit personne. « Les Allemands ne s'occupent pas encore de Montmartre, pensa-t-il. Ils investissent d'abord le centre de la ville et les postes militaires. » Il se recoucha, dormit d'un sommeil sans rêve, se réveilla à midi. Il fit sa toilette à fond et mit son meilleur costume. C'était un peu sot vraiment de se préoccuper de cela, mais il voulait avoir bonne apparence. Il sortit de la maison meublée et prit la direction de l'Étoile en pensant que s'il y avait quelque chose à voir, ce serait là-bas.

Vasson vit ses premiers Allemands à Pigalle, dans un véhicule blindé. Ils étaient six, souriants et détendus, conscients d'être vainqueurs et certains qu'il n'y aurait pas de problèmes. Pendant cinq minutes, Vasson les regarda rire et plaisanter en désignant du doigt ce qui les intéressait. Ils observaient les rares passants sans tenter de leur parler, sans les importuner. Vasson ne s'était pas trompé : ils laissaient la vie continuer comme avant.

La plupart des cafés étaient fermés (certains même protégés par des planches) mais il finit par en dénicher un où il prit un café, et des biscuits secs parce qu'il n'y avait pas de pain. En servant les clients, le patron et sa femme faisaient de grandes déclarations anti-allemandes : « Ces sales Boches, plutôt crever que de leur donner à boire ! » Ils feraient comprendre à cette racaille qu'elle n'était pas la bienvenue ici. Vasson se dit que, dans un mois, ils accueilleraient avec joie les Allemands et leur feraient payer le double du prix normal.

Il poursuivit son chemin et arriva aux Champs-Elysées où la foule, massée le long de l'avenue, attendait sans trop savoir pourquoi. Il n'y avait pas d'informations — depuis des semaines d'ailleurs. Vasson alluma une cigarette, s'appuya contre un arbre et pensa que les Allemands ne pouvaient être pires que le gouvernement français. Non seulement les ministres avaient quitté Paris sans prévenir qui que ce soit, mais ils avaient laissé le pays dans la confusion totale. Ils n'avaient pas organisé l'évacuation, ni appelé à résister, ni informé les gens de ce qu'ils devaient faire, et s'étaient contentés de faire placarder des affiches appelant la population au calme. Les journaux étant censurés depuis des semaines, personne n'avait su ce qui se passait avant de voir l'armée française battre en retraite. C'était lamentable ! Oui, décidément, les Allemands ne pouvaient être pires.

Ils apparurent en grande pompe, triomphants. Tanks, véhicules blindés, troupes motorisées et fantassins aux uniformes vert-de-gris défilèrent en formations impeccables. La plupart des spectateurs les regardaient en silence, l'air rageur ou incrédule; certains faisaient des commentaires amers. Impassible, Vasson se demandait combien de temps il faudrait aux Allemands pour vider les boutiques et lui permettre de faire fortune.

Le premier mois, ce ne fut que fanfares, airs martiaux et bottes étincelantes. Les Allemands semblaient être partout, faisant retentir leur musique jour et nuit dans tous les quartiers de Paris. Des affiches placardées sur les murs conseillaient à la population de faire « confiance au soldat allemand ». On vit apparaître dans les kiosques des journaux étranges — *Aujourd'hui, La France du Travail* — faisant à longueur de pages la propagande des vainqueurs. Même des quotidiens établis de longue date, comme *Le Matin* ou *Paris-Soir*, ne tardèrent pas à être obligés de s'aligner et de publier des articles pro-nazis. La croix gammée flottait au-dessus de centaines de bâtiments.

La première semaine fut bonne pour les commerçants — du moins ils le crurent. Les Allemands se précipitèrent dans les magasins, achetèrent toute la lingerie et tous les parfums qu'ils purent trouver. Et payèrent. Des cars amenèrent à Montmartre des centaines de soldats, officiellement pour voir le Sacré-Cœur, en réalité pour les boîtes et les filles. Les Parisiens étaient agréablement surpris.

Mais, vers la fin du mois, ce fut le désastre. Les Allemands avaient tout payé en monnaie d'Occupation, dont les Français découvrirent qu'elle n'avait pas de valeur. Les vivres, réquisitionnés pour l'armée allemande, disparurent des marchés; l'essence devint rare et les prix grimpèrent en flèche.

Vasson commença à vendre : d'abord de l'essence et du café aux Français; il n'acceptait que des francs et se faisait payer comptant. Dès qu'il avait encaissé, il rachetait, accroissant son stock.

Quelques semaines plus tard vint le moment de commencer à vendre aux Allemands; ils avaient un appétit insatiable de lingerie féminine et de parfums, et étaient heureux de se procurer au marché noir ce qu'ils ne trouvaient plus dans les boutiques. Cependant Vasson n'avait que faire d'argent allemand, il cherchait quelqu'un dans l'intendance qui échangerait ses articles de luxe contre de la nourriture, de l'essence ou des pneumatiques.

Il ne tarda pas à trouver l'homme qu'il lui fallait, un fourrier nommé Seiger. Vasson aurait préféré traiter avec un officier pour que l'opération soit moins louche, mais dès le début, il s'entendit parfaitement avec Seiger. L'occasion était trop belle, il ne fallait pas la manquer. En septembre, le Français avait de nouveau doublé son stock, s'était acheté deux costumes neufs et logeait dans un appartement décent.

Résolu à ne plus tomber dans un piège, il procédait prudemment, en répartissant les risques. Afin de ne pas mettre tous ses œufs dans le même panier, il chercha à diversifier ses activités. Côté filles, ce n'était pas fameux; la concurrence était forte, tout le monde voulait une part du gâteau et, en outre, la moitié des prostituées, atteintes d'une crise aiguë de patriotisme, refusaient la clientèle des Allemands. Quant aux boîtes de nuit, rien à faire de ce côté; elles étaient toujours bien en main. Pendant un certain temps, Vasson étendit l'éventail de ses marchandises mais cela ne le satisfit pas : si, pour une raison ou pour une autre, il devait abandonner le marché noir, il n'aurait pas de solution de rechange sur laquelle se rabattre.

Cette solution, il la trouva finalement par hasard.

On lui avait signalé un gros stock de lingerie dans un entrepôt d'une banlieue sud. Il ne s'y était jamais rendu, il n'en connaissait pas le propriétaire mais cela n'avait pas d'importance : Vasson avait découvert que personne ne refusait de traiter avec lui quand il payait comptant et il n'y avait aucune raison pour que l'inconnu fît exception.

Il se trompait. Le propriétaire, un vieux Juif nommé Goldberg, ne voulut faire affaire avec lui à aucun prix. Il refusa de dire pourquoi, se montra agressif et plus que désagréable, le traitant de parasite, de vermine et il le mit à la porte.

Vasson se plaignit à Seiger, qui le présenta à un jeune et élégant officier portant l'uniforme noir des S.S. Ce dernier lui fit rencontrer, dans un appartement de la rue Lalo, non loin de l'avenue Foch, un homme en civil nommé Kloffer.

Maigre, froid et peu loquace, Kloffer était différent de tous les Allemands que Vasson avait rencontrés jusqu'alors; il faisait penser à un serpent. Quand le Français lui raconta l'incident du Juif, il se contenta d'écouter en silence puis se leva, salua en inclinant le buste et sortit. Ce fut si rapide que Vasson ne put poser de questions. Il demeurait dans l'incertitude; un peu dépité, il se demanda si les Allemands allaient intervenir et s'ils le tiendraient au courant.

Au bout de quelques jours, ne pouvant plus supporter de ne pas savoir, il se rendit à l'entrepôt afin de voir s'il s'était passé quelque chose. En s'approchant des lieux, il se délectait à l'avance comme s'il allait à un spectacle de choix. Il ne fut pas déçu : les portes étaient grandes ouvertes, l'intérieur vide; les vitres avaient explosé sous l'effet de la chaleur d'un incendie qui, à en juger par l'état des murs, avait dû faire rage pendant plusieurs heures. Vasson était satisfait; les Allemands avaient certainement été frappés de ce qu'il leur avait dit. Quant à Goldberg, tant pis pour lui, qui n'avait pas voulu l'entendre.

Vasson s'attendait à revoir Kloffer, à discuter de l'affaire. Il aurait voulu avoir des détails, et rappeler que c'était lui, Vasson, qui avait fourni l'information. Il désirait que sa contribution soit reconnue, et reconnue comme il convenait, mais rien ne vint.

En octobre, les Allemands cessèrent de traiter les Français par la douceur, la lune de miel était terminée. Ils arrêtèrent des communistes, des syndicalistes, des intellectuels de gauche. La ration de pain diminua, le chômage augmenta. Le 11 novembre, les étudiants manifestèrent aux Champs-Élysées et les Allemands arrêtèrent les « meneurs ».

Vasson rencontrait Seiger chaque semaine dans un petit bar de la porte de Clichy présentant un double avantage pour le Français : personne ne l'y connaissait et le garage où il stockait sa marchandise se trouvait à proximité. Au début du mois de décembre il acheta un lot de bas de luxe chez un petit boutiquier; il comptait les proposer à Seiger, contre des cigarettes qui se vendaient toujours bien et à des prix particulièrement élevés. Il pénétra dans le bar, se sentant très impatient, comme toujours. Il aimait faire des affaires; c'était agréable, clair et net. Il se plaisait à discuter des conditions avec le fourrier, à jouer le jeu habituel : tâter le terrain, s'esquiver, énoncer un chiffre excessif, jusqu'à ce que le marché soit enfin conclu. Rien ne valait cela. Mais, lorsqu'il fit le tour du bar, il n'y vit pas l'uniforme familier. En revanche, il aperçut Kloffer. Cela lui causa un petit choc. Kloffer était assis seul à une table, et ne sembla pas le reconnaître. Vasson se demanda quoi faire. Aller saluer Kloffer c'était montrer qu'il le connaissait. Ou valait-il mieux l'ignorer? Après un temps d'hésitation, Vasson décida de feindre de ne pas l'avoir vu. Quand il s'installa au comptoir, le patron du café lui demanda :

— L'est pas là, votre ami, aujourd'hui?

— Non.

— Ben, c'est pas une perte, dit-il en ricanant.

Vasson ne répondit pas. « Encore un patriote à la petite semaine », se dit-il. Il commanda un café, changea d'avis, demanda un pastis et observa à la dérobée Kloffer, qui regardait par la vitre. Lorsque le Français eut fini son verre, l'Allemand se leva et sortit. Vasson paya, sortit à son tour, regarda rapidement à droite, à gauche, et vit Kloffer tourner le coin de la rue.

Il allongea le pas, tourna, et le découvrit près d'une traction-avant noire dont la portière arrière était ouverte. Les deux hommes installés à l'avant, vêtus d'un imperméable et coiffés d'un feutre, auraient tout aussi bien pu s'accrocher autour du cou une pancarte « Gestapo ».

— Montez, dit Kloffer.

Vasson s'exécuta, l'Allemand l'imita et la voiture démarra en direction de l'Étoile.

— Pourrais-je savoir où nous allons? demanda Vasson avec nervosité.

Kloffer continua à regarder droit devant lui, et puis finit par lâcher :

— A mon bureau.

Vasson se demanda où pouvait être ce bureau. Il ne dit rien; il y avait quelque chose en Kloffer qui n'incitait pas à lui poser des questions.

Quand la Citroën s'engagea dans l'avenue Foch, Vasson devina soudain sa destination et commença à s'inquiéter. La Gestapo et les S.S. avaient établi leurs quartiers dans ce qu'on appelait déjà « l'avenue Boches ». « Pourquoi l'emmenait-on là-bas? »

Pendant un instant il eut un horrible soupçon; « ils m'ont enlevé, ils vont me mettre en taule. Et puis non »; s'ils avaient voulu l'enlever, ils seraient venus à son garage, auraient pris ses marchandises et mis son appartement à sac.

La voiture pénétra sous le porche du numéro 82 (la gueule du lion, le Q.G. de la Gestapo) et s'arrêta. Les deux immeubles voisins, aux numéros 84 et 86, étaient occupés par les S.S.

Vasson suivit Kloffer au troisième étage, dans une vaste pièce aux tapis épais où se trouvait un bureau de style Empire. Le cadre eut sur le Français un effet apaisant : comment imaginer qu'il pût lui arriver quelque chose dans un décor aussi luxueux? Manifestement, Kloffer était un personnage important.

L'Allemand ôta son chapeau, fit asseoir Vasson et lui demanda à brûle-pourpoint :

— Quel est votre nom?

Vasson parvint de justesse à masquer sa surprise et répondit :

— Vous le connaissez, mon nom : Jean-Marie Biolet.

— Votre *vrai* nom.

— *C'est* mon vrai nom.

— Allons, dit Kloffer avec une pointe d'agacement. Je sais que c'est faux.

« Comment le sait-il? » se demanda Vasson. Depuis son arrivée à Paris, il n'avait eu aucun ennui avec la police, pas même une simple vérification d'identité. L'Allemand bluffait.

— C'est mon vrai nom, répéta le faux Biolet.

— J'ai l'impression que si je vérifiais à la Préfecture, avec vos empreintes, j'aurais la preuve du contraire.

— Allez-y, répondit Vasson en haussant les épaules. Vous perdrez votre temps. Je suis Jean-Marie Biolet, de Saint-Etienne... D'ailleurs quelle importance? La question est de savoir si je peux vous aider ou pas.

Kloffer baissa ses yeux de rat sur le buvard de son bureau et Vasson sentit qu'il n'insisterait pas. *Dieu merci.*

— Je crois que vous pouvez trouver quelqu'un pour moi, dit l'Allemand.

« Ainsi, c'est tout ce qu'ils veulent, une personne », pensa Vasson, soulagé. Un petit travail, un service comparable à celui qu'il leur avait rendu en leur livrant Goldberg. Mais il était intrigué. Qui était-ce? Il ne voyait personne que pouvaient rechercher les Allemands.

— Nous cherchons un agitateur communiste nommé Cohen, expliqua Kloffer. Il est professeur à la Sorbonne et a récemment... disparu.

— Mais je ne le connais absolument pas.

— Précisément. C'est pourquoi vous êtes tout indiqué.

Vasson commençait à comprendre : cette fois, le travail ne consisterait pas seulement à désigner du doigt un mauvais négociant juif. Ce serait beaucoup plus compliqué.

— Pourquoi moi? demanda-t-il sèchement.

— Vous avez les qualités requises, vous nous l'avez prouvé.

— Supposons que j'échoue...?

Kloffer parut agacé :

— Allons, allons! J'ai le pressentiment que vous remplirez à la perfection les petites tâches que nous vous confierons.

— Comment le trouverai-je, ce type?

— Voici de quoi démarrer, répondit Kloffer avec un petit sourire. Cohen est professeur d'histoire à la Sorbonne, secrétaire d'une cellule communiste dont nous avons arrêté la plupart des membres. Mais je veux Cohen lui-même; nous avons également arrêté Marie Boulevont, sa maîtresse, que nous avons relâchée dans l'espoir qu'elle nous mènerait à lui. Malheureusement, nous l'avons perdue. Elle habitait au 56 rue Brezin et elle a disparu, elle aussi.

« Autrement dit, vous avez tout bousillé », pensa Vasson.

— Nous vous donnerons une nouvelle identité, des papiers d'étudiant et tout ce qui sera nécessaire, poursuivit Kloffer. Normalement, nous nous serions contentés d'attendre de mettre la main sur quelqu'un sachant où est Cohen mais nous sommes pressés. Il nous le faut le plus vite possible, vous comprenez?

Vasson essayait de mettre de l'ordre dans ses pensées. Le travail qu'on lui proposait serait compliqué, dangereux; les opposants politiques ne seraient pas tendres s'ils mettaient la main sur lui. Ils le tueraient sans aucune hésitation. Cela valait du fric, beaucoup de fric. L'Allemand n'en avait pas parlé, ni assorti son offre d'une récompense alléchante. Vasson le fixa attentivement :

— Je veux être payé, déclara-t-il. En francs ou en or, à la livraison. Que me proposez-vous?

— Beaucoup, répondit Kloffer, l'air amusé. Car c'est beaucoup de rester en liberté. Après tout, votre petit trafic de marché noir, totalement illégal, pourrait vous valoir des ennuis. De plus, nous nous abstiendrons d'enquêter sur votre passé et votre identité, disons, douteuse...

Vasson attendit la suite.

— C'est tout, déclara Kloffer.

Ainsi, c'était du chantage. Il aurait dû s'en douter. Humilié et furieux, Vasson pensa : « Eh bien, vous n'allez foutrement pas vous en tirer comme ça. »

— Non, répondit-il d'un ton calme, en regardant ses mains.

— Que voulez-vous dire?

— Je n'accepte pas vos conditions. Je n'ai rien à cacher. Vous pouvez m'arrêter si vous voulez. En revanche, si nous parvenons à nous entendre, je vous fournirai de l'excellent travail.

Kloffer le fixa un moment et l'invita à poursuivre.

— Pour ce que vous offrez, n'importe quel minable vous sabotera le travail, reprit Vasson. Moi, si je suis payé décemment, je ferai du bon boulot. Et *vite*. Sinon...

Il haussa les épaules.

— Sinon, il vous faudra beaucoup plus de temps pour trouver votre homme, n'est-ce pas? Maintenant vous pouvez ne pas m'utiliser, qu'est-ce que cela me fait?

Vasson regardait l'Allemand dans les yeux en pensant que, bien sûr, cela lui ferait beaucoup de se retrouver à la rue sans argent, comme un merdeux.

Kloffer joignit l'extrémité de ses doigts et demanda :

— Combien voulez-vous, Monsieur Biolet?

— Cinquante mille francs.

— Pas question.

— Combien offrez-vous?

— Dix mille.

Vasson eut la sagesse d'accepter sans marchander. Il ne voulait pas trop faire perdre la face à Kloffer, qui lui en aurait gardé rancune; il avait conscience d'être allé aussi loin qu'il le pouvait. Il avait eu de la chance d'obtenir quelque chose; il ne fallait pas forcer la chance. D'ailleurs, rien ne l'empêcherait de demander davantage la fois suivante...

Car il y aurait une prochaine fois, il le savait. Ce travail était dans ses cordes, aucun de ses aspects ne le rebutait — mise à part l'idée qu'il risquait de se faire prendre et qui le terrifiait. Mais, pour le reste, oui, c'était parfait. Il aurait une nouvelle identité, une nouvelle personnalité, laquelle, une fois le travail accompli, disparaîtrait sans laisser de traces. C'était net. Une belle sortie, et sans retour. Mais c'était aussi un défi à affronter. Il allait avoir l'occasion de montrer ce qu'il pouvait faire. Cela lui plaisait. Et puis il y avait l'argent, le cher argent.

Le lendemain, Vasson retourna avenue Foch — cette fois dans un bureau anonyme du rez-de-chaussée où on lui remit une série de papiers : livret militaire, carte d'identité, carte d'alimentation, d'habillement, etc., au nom de Legrand. Le tout propre, net, sans une tache. Les papiers avaient l'air flambant neuf — ce qu'ils étaient. Furieux, Vasson se demanda si Kloffer cherchait à le rouler ou s'il était simplement stupide. Ce devait être de la bêtise aggravée de la passion allemande pour l'efficacité.

En outre, on n'avait pas prévu la carte d'étudiant, indispensable pour la Sorbonne, et qui devrait être authentique car elle serait souvent vérifiée.

Vasson monta au troisième étage exposer ses griefs à Kloffer, qui se montra réticent.

— Ce que vous me réclamez est à la fois très difficile et inutile.

— C'est essentiel, répliqua Vasson.

L'Allemand finit par hocher la tête avec raideur pour exprimer son accord et Vasson retourna au rez-de-chaussée, où il attendit — il ne tenait pas à ce qu'on le vît trop souvent entrer et sortir de l'immeuble. Tard dans l'après-midi, un sergent lui remit un nouveau jeu de cartes dont une d'étudiant, au nom de Philippe Roche. Salies, écornées, elles semblaient toutes authentiques et Vasson songea à un autre problème : et si ce Roche avait été à la Sorbonne? Et si Vasson tombait sur quelqu'un connaissant le vrai Roche?

— On ne risque pas de le connaître à l'université? demanda-t-il au sergent.

— Non, répondit le militaire d'une voix traînante. Il n'y a jamais mis les pieds, il n'a pas commencé ses cours.

Vasson le remercia, il ne voulait pas en savoir davantage.

En retournant à Montmartre, il s'acheta des vêtements bon marché : un pantalon, deux chemises à col ouvert, deux pull-overs et un blouson, les chiffonna et salit un peu une fois chez lui, puis les enfila. Dans un petit sac, il fourra un pyjama et ses affaires de toilette; abandonnant sur place ses anciens vêtements, il ressortit. Il se rendit sur les quais rive gauche, chercha chez les bouquinistes des ouvrages d'histoire, acheta dans une papeterie un stylo et un bloc. Puis il déambula dans Montparnasse et trouva une chambre à louer.

Il était prêt.

Avant de suivre la piste de la maîtresse de Cohen, Vasson passa une matinée à écouter les conversations des étudiants dans les cafés entourant la Sorbonne. A l'évidence, ils étaient outrés des arrestations qui avaient suivi la manifestation du 11 novembre, des disparitions d'universitaires et de l'orientation donnée aux cours. Certains proposaient même de réagir ouvertement par de nouvelles manifestations.

Vasson les trouva bien naïfs et imprudents de s'exprimer ainsi en public, en prenant pour seule précaution de baisser la voix de temps à autre. Il ne leur venait pas à l'idée que des informateurs puissent être à l'écoute. En définitive, son travail s'annonçait plus facile qu'il ne l'avait pensé.

Dans l'après-midi, il se rendit au 56 rue Brezin, dernier domicile connu de la maîtresse de Cohen, Marie Boulevont. Maintenant que les espions de Kloffer étaient partis, il se pouvait qu'elle soit rentrée. Mais non, la concierge ne l'avait pas vue depuis plusieurs semaines et ignorait sa nouvelle adresse. Vasson ne s'en étonna pas : la fille aurait été stupide de revenir. Il fallait donc repartir de zéro et, curieusement, cela le stimulait plutôt.

Le lendemain matin, il se rendit à la Sorbonne, consulta les nombreux avis affichés au département histoire et décida d'assister à un cours sur le Despotisme Éclairé au XVIIIᵉ siècle. Les étudiants ayant fait le même choix que lui étant très nombreux, il eut du mal à trouver une place dans l'amphithéâtre. Pendant le cours, long et ennuyeux, Vasson tua le temps à examiner les centaines de visages qui l'entouraient : tous les mêmes. Des têtes de communistes. Quand le professeur eut terminé et que tout le monde se pressa vers les sorties, il choisit un groupe de cinq étudiants qui discutaient avec ardeur et avaient une allure de fervents de la politique; il les suivit jusqu'à un café du boulevard Saint-Germain.

Assis à une table voisine de la leur, il les écouta discuter avec flamme des horaires des cours, apparemment aberrants. Vasson attendit impatiemment en se demandant s'il n'avait pas fait un mauvais choix. « Quelle barbe! Il faudrait trouver un autre moyen. » Puis ils baissèrent la voix et il n'entendit plus que des bribes de la conversation : l'un d'eux parlait d'une chose terrible et les autres opinaient. Vasson tendit l'oreille.

— ... il a été arrêté... c'est certain...

Puis les voix furent encore plus basses et Vasson ne perçut pas la réponse. Un troisième déclara :

— Mais c'est malheureux de rester assis à ne rien faire!

« Comme tu as raison », pensa Vasson.

Mû par une impulsion, il se leva, s'approcha de leur table et dit, d'un ton hésitant :

— Je... Je vous ai vus au cours, je suis nouveau. Je peux?...

Il montra sa chaise avec un air hésitant. L'un des étudiants acquiesça de la tête. Vasson murmura : « Merci » et rapprocha sa chaise; les autres se serrèrent pour lui faire de la place. Le faux étudiant s'assit; on l'examinait d'un œil interrogateur; il eut un rire nerveux et déclara :

— Je suis un peu perdu.

Tous les étudiants sourirent et l'un deux, qui portait des lunettes à verres épais, répondit :

— Cela fait un an que nous sommes là et nous sommes encore un peu perdus!

— Est-ce qu'il y a... — Il cherchait ses mots. —... Y a-t-il beaucoup de problèmes à la Faculté? Je veux dire des choses qu'il faut savoir...

Il quêtait la réponse d'un air anxieux.

— Il vaut mieux ne pas se mêler de politique.

— Ah! fit Vasson en hochant vigoureusement la tête. Il y a eu beaucoup d'arrestations?

— Oui, répondit le jeune homme aux lunettes. Chez les étudiants comme chez les professeurs. On a tenté de savoir ce qu'ils étaient devenus mais...

Sa voix se brisa et il haussa les épaules.

Vasson prit une expression grave.

— Je devais suivre les cours de Cohen mais on m'a affecté à un autre groupe. On l'a ... arrêté?

— Personne ne sait ce qu'il lui est arrivé. Certains pensent qu'il se cache... moi, je n'en sais rien, dit l'étudiant myope.

Vasson le regarda et conclut qu'il disait probablement la vérité. Pourtant, il fit une nouvelle tentative :

— Une relation de ma famille m'avait donné le nom d'une de ses amies mais, c'est vraiment stupéfiant, elle aussi a été mise en prison ou bien — il hocha la tête avec tristesse — ou bien a disparu. Et je ne sais quoi dire à cette relation. C'est tragique!

— Quelle amie de Cohen?

— Ah! voyons...

Vasson fouilla ses poches comme s'il cherchait un morceau de papier qu'il n'arrivait pas à trouver, et feignit soudain de se rappeler le nom.

— Ah! voilà. Marie Boulevont.

— Marie Boulevont?

Vasson fit oui en regardant au loin, d'un œil vide.

Les étudiants secouèrent la tête : ce nom ne leur disait rien. Vasson se leva en murmurant : «C'est bien triste, bien triste!» Puis il ajouta :

— Eh bien, merci de m'avoir mis au courant. A bientôt!

En s'éloignant, il pensa qu'il faudrait trouver un meilleur moyen. L'ennui, c'était qu'il n'en voyait pas d'autre.

Le lendemain, il examina plus attentivement les étudiants assis dans l'amphithéâtre et repéra un jeune homme qui semblait mûr, réfléchi et politiquement engagé. Il le suivit à la sortie du cours mais l'étudiant rentra à sa chambre et y resta toute la journée. Nouvelle impasse.

Le lendemain, vendredi, il n'y avait pas cours dans l'amphithéâtre mais plusieurs travaux pratiques en petits groupes sur divers sujets. «Que choisirait un communiste?» se demanda Vasson. Il opta pour l'histoire européenne de 1860 à 1930, période couvrant la Révolution russe.

Ils étaient une trentaine d'étudiants dans le groupe. De temps en temps Vasson faisait des yeux le tour de la salle, examinant chacun d'eux. Il en remarqua un qui le fixait avec attention; il avait environ vingt-deux ans, des cheveux bouclés et des lunettes. Son expression était tendue et dure; il jaugeait Vasson. Quand leurs regards se croisèrent, l'étudiant détourna les yeux, puis quelques secondes plus tard, Vasson le vit adresser un signe discret à un autre étudiant.

Son pouls battit plus vite. «En voilà un qui doit être intelligent et calé», pensa-t-il.

Les travaux, qui portaient sur le déclin du libéralisme au XIXe siècle, lui parurent interminables. A un certain moment, le professeur demanda à chaque étudiant de donner une définition du libéralisme et Vasson fut pris de panique. Il n'était pas préparé à cela. Finalement, il se tira d'affaire en panachant deux des réponses précédentes et définit le libéralisme comme un système assurant la liberté de l'individu face au pouvoir central. En parlant, il sentit peser sur lui le regard de l'étudiant bouclé. Quand ce dernier donna, à son tour, sa définition, il parla d'une voix rapide et animée; certainement, c'était un penseur. Et dans son exposé, il y avait aussi une touche d'intolérance et de dogmatisme. Il se permit même d'émettre une opinion différente de celle du professeur sur la comparaison entre « ancien » et « nouveau » libéralisme.

Manifestement, c'était une bête politique.

A la fin du cours, quand tout le monde se leva, Vasson s'effaça pour laisser passer le Frisé qui regardait ailleurs, le vit disparaître dans le couloir et pensa : « Il m'a vu, il m'a fort bien vu. »

— Qui était le gars qui a parlé du nouveau libéralisme? demanda-t-il à son voisin.

— Hein? fit l'étudiant. Ah! Laval.

Vasson se précipita vers la porte, rattrapa Laval à la sortie de l'université. Il était quatre heures, le soir tombait. Le Frisé descendit le large trottoir du boulevard Saint-Michel d'un pas rapide, les pans de sa grosse veste en laine flottant derrière lui. Vasson suivait à distance.

Soudain l'étudiant tourna la tête et regarda droit vers Vasson, qui se sut repéré.

Laval accéléra, Vasson ralentit, se força à garder la tête baissée, les yeux sur le trottoir. Au premier croisement, il prit une rue latérale et quand il estima que le Frisé ne pouvait plus le voir, il retourna en courant au coin de la rue, s'arrêta, inspecta le boulevard. L'étudiant continuait à le descendre d'un pas vif, une centaine de mètres plus bas. Vasson remonta son col, reprit la filature. Au bout de quelques instants, Laval regarda à nouveau par-dessus son épaule mais Vasson eut le temps de se cacher derrière un passant.

Le Frisé traversa la partie sud du Luxembourg pour gagner Montparnasse et se retourna une dernière fois avant de pénétrer dans une petite maison meublée. Là encore, Vasson eut le temps de se cacher. Il prit position près de l'immeuble, sur le même trottoir pour qu'on ne pût pas le voir d'une fenêtre.

Au bout d'une heure, il se mit à pleuvoir. Vasson s'abrita sous un porche et songea à rentrer chez lui mais décida, finalement, de continuer à attendre. Il n'avait pas autre chose à faire; mais à sept heures il avait les pieds gelés, et rêvait d'une bonne soupe et de vin rouge dans un caboulot bien chauffé. A huit heures enfin, quand le Frisé ressortit, il faisait si sombre que Vasson faillit ne pas le voir. L'étudiant, qui paraissait plus détendu que dans l'après-midi, avait une démarche presque nonchalante. Il entra dans le premier café de la rue voisine, dont les rideaux noirs, tendus à cause du black-out, masquaient totalement l'intérieur.

Vasson s'approcha de la porte, remarqua une mince fente claire entre l'encadrement et le morceau de carton collé contre la vitre. Il y colla un œil et vit Laval en compagnie d'un groupe de jeunes gens dont deux qu'il avait déjà vus : l'étudiant à qui le Frisé avait fait signe et une fille qui assistait aussi au cours, où elle était assise au fond de la salle.

Vasson chercha un autre café où il aurait pu manger un peu et se réchauffer, mais il n'y en avait pas. En soupirant, il se posta dans une entrée d'immeuble, en face du bistrot du Frisé.

Il était dix heures moins le quart et il faisait très froid quand le groupe sortit enfin. Comme il aurait été risqué — et inutile, puisqu'il retournait sans doute chez lui — de filer à nouveau le Frisé, Vasson se rabattit sur la fille, qui serait peut-être une proie plus commode. Elle n'allait pas loin ; après avoir parcouru quelques centaines de mètres seulement, elle entra dans un immeuble triste assez semblable à celui du Frisé. Vasson conclut qu'il ne se passerait rien ce soir-là, nota l'adresse et rentra se coucher.

Le lendemain matin, il retourna dès sept heures devant l'immeuble de la fille afin d'être certain de ne pas la manquer. Elle ne sortit qu'à midi pour faire des courses sur le boulevard Saint-Germain et Vasson se demandait s'il ne s'était pas fourvoyé dans un nouveau cul-de-sac, lorsqu'elle entra dans un café ayant une terrasse vitrée, où elle s'assit à une table isolée ; elle se mit à lire un livre, levant les yeux seulement pour commander quelque chose. Elle ne regardait pas la rue ; manifestement, elle n'attendait personne.

Vasson entra, passa devant sa table et s'arrêta, l'air indécis.

— Bonjour, vous n'êtes pas ?... Nous nous sommes déjà rencontrés, non ?

La fille leva vers lui un visage intrigué ; elle était quelconque, avec d'épais sourcils, des cheveux bruns longs et raides, des lunettes qui l'enlaidissaient encore. « Le genre bas-bleu, se dit Vasson. De la cervelle, mais pas maligne. »

— Désolée, je ne me souviens pas...

— C'est normal, on s'était à peine vus et cela fait très longtemps. Je t'ai revue hier, aux travaux pratiques d'histoire.

Elle cligna des yeux derrière ses lunettes.

— Mais où nous étions-nous rencontrés pour la première fois ?

— Disons... chez des amis communs, répondit Vasson en lançant un coup d'œil circonspect autour de lui.

La fille ne répondit pas ; elle se passa la langue sur les lèvres, l'air dubitatif. Vasson baissa la voix :

— On n'est jamais trop prudent, ajouta-t-il.

Elle approuva d'un hochement de tête.

— J'ai aperçu aussi Laval mais je ne l'ai pas abordé. Trop dangereux. D'ailleurs, il ne se souvient peut-être pas de moi. Il a dit qu'il m'avait vu, hier soir ?

— Non, il n'a rien dit.

— Cela vaut mieux.

— Et moi, je peux dire à Jean que je t'ai vu ?

« Jean » devait être Laval.

— Non, non, il vaut mieux pas, répondit Vasson en prenant des mines d'homme traqué. Je dois être très prudent. Si seulement on avait pris plus de précautions dès le début !

— Oui, dit-elle à voix basse, on n'est jamais trop prudent, c'est certain.

Un serveur s'approcha, Vasson commanda un café, puis il fit un grand sourire à la fille.

— Je ne connais même pas ton nom !

Elle parut d'abord étonnée, puis dit calmement :

— Marie-Louise.

— Joli nom, dit Vasson.

« Pour une fille bien laide », ajouta-t-il *in petto*. Elle était contente.

— Merci, dit-elle.

Il désigna les paquets posés sur la table.

— Tu as fait des emplettes ?

— J'ai reçu ma bourse. J'avais besoin de vêtements. Il n'y a pas grand-chose dans les magasins mais... (Elle rit et releva une mèche de cheveux gras.) J'ai quand même trouvé une ou deux choses.

« Dieu qu'elle est moche! pensa Vasson. Moche et rasoir. » Mais il fallait laisser la conversation continuer de la sorte; il lui offrit un autre café, l'écouta parler de sa vie, de ses parents, des maigres perspectives offertes aux femmes dans l'édition où elle espérait trouver un emploi. Au bout de vingt minutes, il jugea le moment venu, se pencha vers elle, la regarda dans les yeux.

— J'ai vraiment beaucoup de plaisir à bavarder avec toi, déclara-t-il. On pourrait se revoir, manger ensemble, par exemple. J'aimerais beaucoup.

Il lui prit la main, en espérant que cette comédie ne durerait pas trop longtemps.

— Euh, oui... bredouilla Marie-Louise en rougissant.

Elle commença à rassembler maladroitement ses affaires, fit tomber un paquet que Vasson reposa sur la table en disant avec un sourire :

— Il va falloir que je m'occupe de toi!

Cette fois, la fille devint écarlate.

— A propos, reprit Vasson soudain sérieux, tu pourras peut-être me renseigner. Je suis resté un moment à l'écart — volontairement, bien sûr — et je me faisais un sang d'encre pour savoir si... (il lui murmura à l'oreille) si Cohen va bien. Es-tu au courant?

Elle le regarda droit dans les yeux, et dit sans hésitation :

— Il va bien. Il est en sûreté.

Vasson mit la tête dans les mains en prenant un air théâtral :

— Dieu merci! Dieu soit loué!

Marie-Louise entreprit d'enfiler son manteau tout en restant assise, et s'empêtra dans une manche; Vasson se leva pour l'aider et laissa son bras lui effleurer les épaules. Puis il se rassit, approcha son visage de celui ce la fille.

— Nous finirons par gagner, dit-il. *Il le faut!*

Elle le regarda, les yeux brillants et hocha vigoureusement la tête. Lorsqu'elle fit mine de se lever, il la retint.

— Une dernière chose, fit-il sombrement. J'ai des raisons de croire Marie en danger.

— Oh! non... s'exclama-t-elle. Pourquoi?

— Il paraît qu'ils la cherchent. Je ne sais comment la prévenir.

— Ah, mon Dieu! Elle était dans un endroit sûr, mais maintenant...

— Maintenant?

— Je ne sais plus, murmura Marie-Louise.

— Je suis allé rue Brezin mais elle n'y est pas revenue, naturellement.

— Non, elle ne veut pas y retourner, les Boches surveillent l'immeuble. Je... Je pense qu'elle pourrait être chez Su.

— Chez Su?

La fille fit oui de la tête. De toute évidence, « Su » était bien connue. « Suzanne, peut-être », pensa Vasson.

— Ah... Et Su, on peut la trouver où en ce moment?

La fille le regarda fixement, Vasson eut un frisson dans le dos. Rien n'allait plus; il comprit qu'il avait commis une bourde.

— Tu le sais sûrement, fit-elle.

— Cela fait un moment que je n'ai pas vu Su, risqua-t-il à tout hasard. Tu sais comment c'est...

— Tu la connais? demanda Marie-Louise lentement.

— Bien sûr, répondit Vasson en souriant.

La fille blêmit, se leva brusquement, empoigna ses paquets et se précipita vers la sortie. Vasson la suivit en jurant à mi-voix.

Qui était cette Su?

Marie-Louise courait dans la rue, s'arrêtait de temps à autre pour regarder derrière elle, mais Vasson n'eut pas l'impression qu'elle l'avait repéré. Elle devait être myope. Elle traversa le boulevard, prit la direction de la Sorbonne, longea le bâtiment principal et tourna dans une petite rue. Vasson s'arrêta au coin, attendit, passa la tête avec précaution.

La fille se trouvait à deux mètres et venait droit vers lui.

Il bondit en arrière, se précipita sous un porche en retrait, plaqua son corps contre le mur, haletant. Marie-Louise apparut dans son champ de vision, regarda nerveusement autour d'elle, fit demi-tour et repartit. Vasson compta cinq secondes, revint au coin de la rue et aperçut la fille à une dizaine de mètres. Il la vit commencer à tourner la tête, se rejeta en arrière. Quand il s'avança de nouveau, elle avait disparu.

Il fit quelques pas, inspecta les entrées d'immeubles où elle aurait pu s'engouffrer. Son regard s'arrêta sur un restaurant à la façade défraîchie dont la porte était surmontée de l'inscription : « Au Maréchal Suchet. »

Chez Su.

Vasson poussa un juron. Pas étonnant que la fille se soit méfiée : Su n'était pas une femme mais un foutu maréchal! Et tous les sorbonnards devaient le savoir.

Il réfléchit. La maîtresse de Cohen, Marie Boulevont, se trouvait peut-être en ce moment même au restaurant et, dans ce cas, elle finirait par en sortir. Mais pour aller aussitôt se planquer ailleurs. Quel crétin il était! Il avait tout bousillé... Il décida de tenter le coup et d'attendre. Il n'y avait rien d'autre à faire.

Une demi-heure plus tard, Marie-Louise passa la tête par la porte du restaurant, inspecta la rue. Bien qu'il fût caché quelques mètres plus loin, Vasson remarqua qu'elle avait le visage rouge, comme si elle avait pleuré. Elle disparut à l'intérieur, ressortit un instant plus tard avec une autre fille plus âgée, plus jolie, l'air plus sûre d'elle et portant une valise.

Marie Boulevont? « Oui, estima Vasson. C'est Marie Boulevont. »

Au croisement, les deux femmes s'arrêtèrent, parlèrent un moment avec excitation, puis se séparèrent. Vasson prit le sillage de celle qui devait être Marie.

Elle était maligne. Il faillit la perdre à deux reprises. Au boulevard Saint-Germain, elle prit le métro jusqu'à l'Étoile puis sauta dans un autobus au moment où il démarrait. Vasson n'eut que le temps de grimper dans un autre bus allant dans la même direction. Elle descendit à Montparnasse — presque son point de départ — et se mit à marcher en regardant fréquemment derrière elle. Soudain, elle entra dans une boutique et Vasson, soupçonnant une ruse, fit en courant le tour du pâté de maisons pour retrouver le derrière de l'immeuble. Il y avait effectivement une autre entrée, réservée aux représentants, et par laquelle Marie sortit au moment où il arrivait.

« Je t'ai eue », pensa-t-il.

Elle marcha encore un moment d'un pas rapide, fit à nouveau demi-tour, regarda derrière elle une dernière fois et pénétra dans une maison jouxtant une épicerie.

Vasson était perplexe : l'avait-elle mené à sa « planque », à celle de Cohen, ou simplement chez un ami?

Une demi-heure plus tard, elle ressortit, l'air nerveux et les mains vides. Elle avait laissé sa valise, ce qui signifiait qu'elle reviendrait certainement.

Vasson hésita, puis décida d'abandonner la filature et de téléphoner à Kloffer.

— Deux hommes seulement, réclama-t-il. Et pas avec une pancarte Gestapo autour du cou.

— Que voulez-vous dire?

— Choisissez des types sans manteau de cuir, qui aient l'air *français*, pour l'amour du ciel!

Il retourna se poster devant l'immeuble. Les hommes de Kloffer se faisaient attendre. Il se mit à jurer. « Bande d'enfoirés! » Dix minutes plus tard il jurait toujours, quand ceux-ci arrivèrent. Il les reconnut immédiatement tant ils avaient l'air chleuh. Furieux, Vasson les entraîna dans l'immeuble, qui avait cinq étages et trois portes par étage. Pariant sur une « planque » donnant sur le devant, Vasson frappa à la première porte. Comme il n'obtenait pas de réponse, un des Allemands l'enfonça d'un coup d'épaule. Personne.

Une autre porte s'ouvrit sur le palier, une vieille femme mit la tête dehors — ce n'était pas là non plus. Comme Vasson s'apprêtait à frapper à la troisième porte, la vieille l'informa que la chambre était inoccupée.

Ils montèrent à l'étage au-dessus. Cohen était dans la chambre donnant sur la rue.

Vasson sut que c'était lui dès qu'il vit le petit homme brun au visage mince et pâle, à l'air insignifiant. Cohen sortit docilement, avec une expression résignée et Vasson se sentit vaguement déçu qu'il ne tente même pas de s'échapper.

Les hommes de Kloffer fouillèrent Cohen, puis la chambre.

— Vite, vite, les pressa Vasson, impatient de partir.

Les Allemands sortirent les premiers, encadrant leur prisonnier. Vasson attendit un peu avant de les suivre à distance jusqu'à l'inévitable traction-avant noire. Il n'aimait pas être vu en compagnie des lourdauds de la Gestapo, mais tenait à être présent lorsqu'ils amèneraient Cohen à leur chef, pour voir la tête de Kloffer.

Il monta à l'avant, se tourna vers Cohen assis à l'arrière et qui demeurait silencieux.

— Il faut toujours prendre une planque avec une autre sortie, conseilla-t-il en souriant. Vous avez fait une bêtise. Votre copine aussi : elle m'a conduit droit à vous. Du gâteau, vraiment.

Comme Cohen ne répondait pas, Vasson ajouta :

— Vous n'êtes pas très malin pour un professeur.

Le visage livide et sans expression, le prisonnier regardait par la vitre. Vasson le fixa un moment puis se retourna, vaguement mécontent. La vue de Cohen le mettait mal à l'aise, son silence était accusateur; il n'aurait pas dû monter dans cette voiture. La prochaine fois, il veillerait à ne pas le faire.

Le chauffeur se tourna vers Vasson et dit, avec un sourire :

— Ne vous inquiétez pas. Il sera plus bavard quand nous nous occuperons de lui.

Le Français frémit et détourna la tête. Quand la Citroën arriva au 82 avenue Foch, Vasson s'empressa d'en descendre et entra dans l'immeuble sans un regard en arrière. Il ne se sentit à nouveau détendu que lorsqu'il pénétra dans le bureau de Kloffer.

— Excellent travail, le complimenta l'Allemand, manifestement très satisfait.

Aussitôt, Vasson se demanda s'il pourrait doubler ou même tripler ses tarifs la prochaine fois. Tout s'était remarquablement passé — à un détail près. La fille aux lunettes pouvait l'identifier. Il avait commis une belle gaffe en prenant Su pour une femme. A l'avenir, il devrait se montrer plus prudent.

Il donna à Kloffer le nom et l'adresse de la fille puis la chassa de ses pensées. Il ne tenait pas à savoir ce que l'Allemand en ferait, ce n'était plus son affaire.

Dans la soirée, il revint chez lui, brûla ses habits d'étudiant, cacha soigneusement tous les papiers d'identité que lui avait donnés Kloffer, et se retrouva sous le nom de Biolet.

Il se coucha content de lui. Tout bien considéré, il s'était débrouillé comme un chef. Bien qu'il ait commis une ou deux erreurs, qu'il aurait pu éviter. Il ne faudrait pas que cela se produise à nouveau, car ce ne serait peut-être pas aussi facile de s'en sortir.

CHAPITRE VIII

Julie regarda une dernière fois la petite pièce blanchie à la chaux, prit son sac et gagna le vestibule en traversant la cuisine. Peter et Tante Marie étaient déjà dehors, près du camion du poissonnier et, lorsqu'elle sortit à son tour, elle se demanda, en fermant la porte derrière elle : « Reverrai-je jamais cette maison ? » Partir lui semblait une erreur. C'était là qu'était sa vie, son foyer, et elle s'enfuyait comme un rat abandonnant un navire qui coule.

Peter, que tante Marie tenait dans ses bras, avait l'air tout désemparé et était absorbé dans la contemplation des larmes coulant sur le visage de la vieille femme. Il ne comprenait rien à ce qui se passait, c'était normal : il n'avait que quatre ans, les mots Allemands et vainqueurs ne signifiaient rien pour lui. Pas plus que le fait d'avoir un passeport anglais dans un pays occupé par une puissance ennemie.

Pendant toute la semaine, Julie s'était demandé ce qui allait pouvoir se passer. Elle espérait qu'ils seraient expulsés tous deux vers la Grande-Bretagne mais l'oncle Jean ne partageait pas cet avis. Les Boches n'avaient pas tant d'égards, d'après lui. Ils les enfermeraient ou les déporteraient ou les enverraient dans un camp de travail ou, ce qui serait pire, les sépareraient. Incapable de supporter l'idée qu'on lui arracherait Peter, qu'il serait mal traité, qu'il aurait faim, Julie avait estimé que c'était son devoir de le faire partir. Et c'est ce qu'elle faisait en ce moment. Son devoir.

Jean prit le sac, le jeta à l'arrière du camion et dit à sa nièce, en lui posant les mains sur les épaules :

— Georges va te conduire à Morlaix; le bateau sur lequel tu vas t'embarquer s'appelle *Fleur*. Assure-toi que Georges t'accompagne jusqu'à bord et qu'il y monte tes bagages. On dit que c'est la pagaille partout. Alors, colle à lui... hein ?

Julie acquiesça de la tête; il poursuivit :

— C'est un bon bateau que *Fleur*, un des plus récents et des plus gros de Morlaix. Il t'amènera en Angleterre en toute sécurité.

Il la serra dans une étreinte farouche, qui la laissa sans souffle et au bord des larmes.

L'oncle prit Peter et le posa sur la banquette du camion. Tante Marie embrassa sa nièce à son tour et dit :

— C'est mieux comme ça, tu le sais. Nous serons heureux de te savoir en sécurité.

Julie monta dans le camion et ils partirent, cahotant le long du chemin qui les éloignait de la petite maison. Peter sautait sur la banquette, faisait de grands signes de la main comme s'il partait en promenade. Sa mère agitait la main plus lentement. Quand elle ne vit plus la ferme et les deux silhouettes, elle se retourna, se tamponna les yeux et regarda tristement la route.

Peter allongea le cou pour la voir de face.

— Qu'est-ce que tu as, maman? demanda-t-il.

— Oh, rien, je réfléchis.

Elle lui fit un petit sourire.

— Quand est-ce qu'on reviendra?

— Dès que les Allemands seront partis, chéri.

Peter pencha la tête, l'air désapprobateur.

— Et ce sera quand, maman?

Julie soupira, autant à cause des questions incessantes que de la difficulté de trouver les réponses :

— Vraiment, je ne sais pas, mon chéri. Cela dépend d'un tas de choses... Peut-être dans longtemps, très longtemps.

— Ils vont pas tuer Oncle Jean et Tante Marie, n'est-ce pas?

— Oh! non. Il n'y a que les soldats qui se font tuer.

— Alors il leur arrivera rien?

— Rien du tout.

Julie pressa l'enfant contre elle en se demandant s'il n'arriverait *vraiment* rien au vieux couple. Les temps seraient très durs, la pénurie aiguë. Déjà, on ne pouvait plus acheter de viande que trois jours par semaine, les boulangeries étaient fermées deux fois par semaine et l'essence était rationnée. Avec l'Occupation, ce serait encore pire.

Heureusement, songea Julie, ses parents vivaient dans une communauté indépendante, capable de se suffire. Tante Marie lui avait parlé de terribles sécheresses d'autrefois, ou d'hivers exceptionnellement froids, pendant lesquels les gens mouraient presque de faim. On donnait de quoi manger à ceux qui étaient les plus touchés; et plus tard, lorsque la situation s'était améliorée, les dettes étaient payées.

Mais cette fois-ci, il y avait une différence majeure. La pénurie pourrait durer des années...

Tandis que le camion cahotait à travers les verts tendres et les jaunes vifs, dans l'éclatante campagne du mois de juin, Julie essaya de s'imaginer les Allemands ici, avec leurs chars, leurs véhicules, leur dure efficacité vert-de-gris. Ils prendraient tout; ils brutaliseraient les gens à leur guise.

On disait qu'ils arriveraient dans deux jours et Julie ne parvenait pas à y croire. Comment Paris avait-il pu tomber si facilement, presque sans bruit? Comment les Allemands pouvaient-ils traverser le pays aussi vite? Elle ne connaissait rien de l'art des combats; simplement, elle ne comprenait pas ce qui s'était produit.

Il était tout de même étrange que personne d'autre ne l'ait su. Pourquoi le Gouvernement n'avait-il pas informé, n'avait-il rien dit jusqu'au dernier moment? C'était incroyable.

— On sera peut-être retardé aux abords de la ville, prévint Georges, le chauffeur. Il y a déjà des endroits où on ne peut plus passer.

Julie lui lança un regard interrogateur.

— Des milliers de gens sont sur les routes, expliqua-t-il. Ils espèrent prendre un bateau à Brest pour se tirer d'ici. Je ne leur donne pas tort, d'ailleurs!

Julie vit les premiers réfugiés juste avant d'arriver à la route principale Lannion-Morlaix. Assis au bord des haies, ils se reposaient ou dormaient tandis que d'autres cherchaient dans les champs des légumes qu'ils mangeaient crus. Quelques-uns firent des signes au camion en criant : « Avez-vous du ravitaillement? » Julie secoua tristement la tête.

Lorsque le camion parvint au croisement même, le flot avait énormément grossi. Des femmes poussaient des landaus chargés d'enfants et de colis; des hommes, ployés sous d'énormes ballots, avançaient à pas lents; un jeune garçon tirait une bicyclette sur le porte-bagages de laquelle se trouvait une cage pleine de lapins. De nouveau, on héla le chauffeur du camion en demandant : « Des vivres? Du ravitaillement? Tu as quelque chose à partager, mon vieux? »

— Si seulement je pouvais les aider, murmura Julie, bouleversée.

Son cœur se serrait à la vue de toutes ces familles, tous ces enfants.

— Chacun pour soi, marmonna Georges en secouant la tête. Vous avez de quoi manger?

Julie acquiesça.

— Ben, gardez-le, si vous voulez mon avis, et gardez-le bien. Je crois qu'à partir de maintenant, nous devrons tous surveiller ce que nous avons.

Le camion roula un moment au pas derrière un groupe restant obstinément au milieu de la route; « peut-être, songea Julie, parce que les malheureux étaient trop épuisés pour réagir. D'où venaient-ils? de Paris? de plus loin encore? Depuis combien de jours étaient-ils partis? Où avaient-ils dormi? Qu'avaient-ils mangé? »

Il fallut une demi-heure pour couvrir les trois derniers kilomètres tant la route menant au quai était encombrée de réfugiés, de gens faisant silencieusement la queue devant les magasins, l'air résigné. A un croisement, des hommes criaient violemment en se bousculant; deux d'entre eux essayaient d'arracher ce qu'il restait d'une affiche que Julie reconnut : « Nous vaincrons parce que nous sommes les plus forts. » Au moment où le camion passait devant eux, deux hommes en vinrent aux mains.

— Pourquoi se battent-ils? demanda Julie, tremblante.

— La colère, l'écœurement, je suppose. Parce que nous ne sommes pas les plus forts et que nous avons perdu; c'est pas vrai?

Quand le camion parvint enfin au quai, Georges annonça :

— Nous y sommes. Le navire est là-bas.

Sidérée, Julie contempla la nuée de bateaux de pêche mouillés dans le port. Elle n'en avait jamais vu autant d'un coup, même par tempête. Les quais étaient remplis de groupes de réfugiés, qui, pleins d'espoir, restaient auprès de certains bateaux, tandis que d'autres s'éloignaient, découragés.

— Ils ne peuvent prendre tout le monde, expliqua Georges. On embarque seulement les militaires et les cas spéciaux... Je parle pour les pêcheurs qui ont le courage de partir, bien sûr, précisa-t-il.

— C'est votre cas? demanda Julie en ouvrant la portière.

— Oh! oui. J'ai l'intention de me battre aux côtés des Anglais, ou de n'importe qui d'autre. Vous savez, je ne vais pas rester ici faire des risettes aux Allemands.

— J'ai l'impression que vous ne leur en ferez pas, dit Julie en tendant Peter à Georges.

Celui-ci héla un marin qui se tenait sur un bateau voisin; l'homme montra une direction, et Georges fit monter Julie et son fils sur le pont d'un bâtiment à quai; de là ils passèrent sur un autre. Il leur fallut traverser le pont et escalader le pavois de quatre bateaux avant que Georges annonce enfin :

— C'est ici.

Julie fit passer Peter par-dessus le dernier bastingage, puis grimpa à bord. Elle vérifia qu'elle avait ses deux valises et le petit panier à provisions que Tante Marie avait préparé. Ses bagages et les vivres lui donnaient un sentiment de sécurité comme si rien ne pouvait arriver à Peter et à elle tant qu'elle les aurait.

Elle remercia Georges, qui repartit. Quelqu'un — sans doute un membre de l'équipage — prit ses valises et lui conseilla de s'asseoir sur le pont. Installée sur un panneau, Peter sur ses genoux, Julie attendit en regardant les réfugiés massés sur le quai, contemplant les bateaux. « Ils voudraient sans doute se trouver à ma place », pensa-t-elle. Elle se sentit vaguement coupable, parce qu'elle était heureuse d'être là plutôt qu'eux.

Elle savait que les pêcheurs attendaient toujours la marée pour partir car Morlaix se trouve loin de la mer, au fond d'un estuaire tortueux. A la basse mer il n'y avait pas suffisamment de fond dans la partie supérieure de l'estuaire, mais à Morlaix même, une écluse retenait l'eau dans un bassin assez profond. On la laissait ouverte uniquement à marée haute, pendant quelques heures.

Le *Fleur* était un gros bateau d'une trentaine de mètres qui, pensait Julie, devrait attendre le plus haut niveau de l'eau pour descendre l'estuaire. Jean l'avait choisi pour elle parce qu'il lui avait paru plus sûr pour traverser la Manche, et parce qu'il connaissait les hommes qui l'avaient construit.

Un camion s'arrêta sur le quai. Des soldats blessés en descendirent et montèrent à bord des bateaux avec l'aide des pêcheurs. Julie se rendit compte soudain qu'on les amenait sur le *Fleur*. Arrivés à bord, ils furent installés dans ce que Julie supposa être une petite cabine. D'autres passagers suivirent, des civils, cette fois, la plupart porteurs de lourds bagages et vêtus de gros manteaux et de vareuses. Julie commençait à se sentir un peu nerveuse. Il y avait à présent sur le pont une vingtaine de personnes qui, si le temps se gâtait, n'auraient nulle part où se réfugier...

Elle jeta un regard inquiet sur le manteau de Peter; il était chaud, mais pas imperméable; s'il pleuvait, son fils serait trempé jusqu'aux os. Quant à son manteau à elle... Elle fit une moue : la coquetterie! Elle avait mis le plus élégant, qui était en drap léger, avec un imperméable par-dessus. Elle avait froid d'avance.

Julie arrêta un homme d'équipage qui passait.

— Ai-je le temps de prendre quelque chose dans ma valise? Un vêtement plus chaud.

— Oh là là! Les bagages sont empilés dans la cale. Ce serait toute une affaire d'aller chercher les vôtres maintenant. Voyez, on est en train d'appareiller. Si vous avez froid, je vous trouverai plus tard quelque chose à mettre. D'accord?

Julie hésita; elle sentait qu'elle aurait dû insister, mais c'était trop tard, le marin s'était éloigné.

Le moteur du bateau démarra, le *Fleur* glissa sur l'eau, traversa le bassin, franchit l'écluse et commença à descendre l'étroite rivière de Morlaix serpentant à travers champs et pentes boisées. Un jeune homme cria : « Vive la France Libre! », tout le monde applaudit.

— Nous vivons pour combattre demain, dit le voisin de Julie en souriant.

Elle lui rendit son sourire et se sentit soudain beaucoup mieux, rassurée par la confiance et l'enthousiasme contagieux des autres passagers. L'homme avait raison : en Angleterre, ils auraient au moins la possibilité de se battre.

Au bout d'un moment, la rivière se transforma en un large estuaire. Dans le ciel couvert, le soleil tentait courageusement de percer à travers les nuages et, lorsqu'il y parvint, le paysage vira soudain du gris sombre au vert pâle. Là-bas, à droite, au-delà des collines basses, apparut Tregasnou, qui paraissait déjà si lointain.

« Je reviendrai », se promit Julie en serrant Peter contre elle.

— Tout ira bien, mon chéri, lui dit-elle. Soyons patients.

Quand le navire fut en haute mer, un vent vif balaya le pont et Julie chercha un endroit abrité. Le seul emplacement offrant une protection était en abord, contre le pavois qui formait un creux. Elle s'apprêtait à changer de place quand le bateau roula et que de l'eau se répandit sur le pont par des espèces de trous d'écoulement. Bientôt l'endroit où elle comptait s'abriter fut totalement mouillé.

Julie chercha ailleurs, considéra l'avant, haut et évasé, le petit triangle de bois reliant les deux flancs et offrant peut-être un abri. De toute façon, ce serait mieux que rien. Elle prit Peter par la main, s'avança d'un pas mal assuré. Un coup de roulis la déséquilibra, elle tenta de s'appuyer au bastingage, n'y parvint pas et tomba assise sur les jambes d'un passager.

— Faites donc attention! protesta-t-il.

Peter pleurnicha :

— Maman, maman, je me suis fait mal au genou.

Julie bredouilla des excuses, se releva et se remit à marcher se tenant, cette fois, d'une main au bastingage et en serrant fortement la main de Peter. Elle parvint à l'avant où se trouvait un gros guindeau qui devait, pensa-t-elle, servir à hisser l'ancre. A côté, elle vit deux rouleaux de cordage goudronné, s'assit sur le plus gros et installa son enfant à côté d'elle.

— J'ai froid, maman, gémit Peter.

— Alors viens contre moi.

Elle ouvrit sa veste et son imperméable, serra le petit garçon contre elle. Il y avait nettement moins de vent à l'avant mais le mouvement du bateau était plus désagréable — à moins que ce ne fût un effet de son imagination. Le roulis était le même, mais en plus le pont montait et descendait. Elle ferma les yeux, essaya de ne plus penser au mal de mer. Soudain, le navire s'enfonça, Julie sentit son estomac se soulever.

— Maman, j'ai mal au cœur, se plaignit Peter.

« Ah, mon Dieu! » pensa-t-elle. Puis elle lui dit calmement :

— Allonge-toi, cela ira mieux.

Elle l'étendit en travers du rouleau de cordage, posa sa tête sur ses genoux. En voyant sa pâleur, elle pensa qu'il ne tarderait pas à vomir et chercha où elle pourrait l'emmener. Là où ils se trouvaient, le bastingage était trop haut; elle aurait à parcourir plusieurs mètres vers l'arrière jusqu'à l'endroit où la lisse était assez basse pour que Peter puisse vomir par-dessus. Elle n'aurait peut-être pas dû venir s'asseoir ici. Mais au bout de quelques minutes, l'enfant s'endormit. Transie de froid, Julie ferma les yeux elle aussi. Si elle pouvait dormir...

Le bateau tanguait fortement, Julie sentait son estomac chavirer. Elle frissonna en pensant : « Pourquoi n'ai-je pas pris ces tricots? » Elle toucha les mains et les joues de Peter, qui étaient glacées. Comme elle avait été sotte! Mais il n'était pas trop tard, elle irait chercher d'autres vêtements.

Pour cela, elle devait aller jusqu'à la timonerie afin de trouver un homme de l'équipage. Elle regarda vers l'arrière; elle avait un assez long chemin à parcourir sur ce pont trempé et plein d'embûches. Et elle se sentait si fatiguée...

Certains passagers étaient étendus sur le panneau de cale, d'autres penchés sur la rambarde, en proie au mal de mer. Une femme vomit sur le pont; ce spectacle donna un haut-le-cœur à Julie; elle se rendit compte qu'elle ne pourrait traverser le pont, du moins pour l'instant. Si elle pouvait appuyer sa tête...

Elle souleva la tête de Peter, se tourna sur le côté; elle était ainsi presque couchée. Elle déplaça son fils pour qu'il repose dans le creux que faisait son corps. C'était bon d'être étendue; elle se trouvait beaucoup mieux et ressentait bien moins le froid dans cette position. Elle ferma les yeux en pensant : « J'irai sans faute chercher les vêtements tout à l'heure. »

Réveillée par un cri, elle leva la tête et vit un passager trempé par les embruns. L'avant s'enfonçait à présent avec une vibration effrayante, comme si le bateau avait heurté quelque chose. Le vent glacial se faisait plus mordant et Julie, frissonnante, se demanda combien de temps encore elle hésiterait à aller chercher les vêtements; plus elle tarderait, pire ce serait. Et pourtant elle était certaine d'être malade si elle se levait, et puis elle n'osait pas laisser Peter.

« Je ne fais que me chercher des excuses », pensa-t-elle.

Finalement, elle se décida, cala bien son fils à l'intérieur du rouleau de cordage, se leva et commença d'avancer sur le pont avec précaution. Le vent lui jeta une mèche de cheveux dans les yeux, un paquet de mer vint frapper sa nuque; elle en eut le souffle coupé; l'eau glacée coulait dans son cou. A mi-chemin de la timonerie, elle s'arrêta, se pencha par-dessus le bastingage et songea à ce que quelqu'un lui avait dit un jour du mal de mer : d'abord on croit qu'on va mourir, ensuite on le souhaite. Qui donc avait dit cela? Elle ne pouvait se le rappeler; mais qui que ce fût, il avait raison.

Soulagée, l'estomac vide, Julie repartit d'un pas plus assuré et découvrit près de la timonerie le matelot qui avait emporté ses bagages. En la voyant approcher, il tendit une main secourable, que Julie saisit avec reconnaissance.

— Merci, fit-elle, haletante. C'est un peu agité pour moi.

L'homme sourit mais soudain son visage se figea et il ouvrit la bouche en regardant par-dessus l'épaule de la jeune femme. Il se mit à crier, si fort que Julie en fut stupéfaite. Plusieurs passagers firent écho à ses cris en montrant quelque chose du doigt; Julie se retourna pour voir ce qui provoquait leur émotion.

C'était un avion.

Bas dans le ciel, il volait droit sur eux.

Le silence se fit, tout le monde regarda approcher l'appareil, dont la forme grise devint plus nette. Julie sentait son cœur lui marteler la poitrine. Ce ne pouvait quand même pas être...

L'avion vira sur l'aile, décrivit un cercle au-dessus du bateau.

— C'est un allemand! cria quelqu'un.

La porte de la timonerie s'ouvrit, brusquement. Un homme corpulent au visage rougeaud en sortit, brandit son poing vers le ciel en grommelant :

— Saligaud! Sale porc!

— Qu'est-ce qu'on fait? demanda un passager à celui qui, estima Julie, était le capitaine.

— Rien. Rien du tout! Absolument rien! cria-t-il.

L'avion mit le cap sur Morlaix, tout en battant des ailes, puis fit demi-tour. Cette fois-ci, il ne tourna pas autour du navire, mais fonça sur lui, passant si près des mâts que Julie crut qu'il allait les heurter.

— Faites demi-tour! cria un passager. Il nous donne l'ordre de rentrer. Vite, sinon il va nous tirer dessus!

Une discussion s'engagea. Un homme d'une cinquantaine d'années, vêtu d'habits cossus, s'approcha du capitaine et lui enjoignit de virer de bord. Le marin lui répondit d'aller se faire voir et de s'occuper de ses affaires. L'homme protesta d'une voix aiguë, une femme hurla quand l'avion passa à nouveau en rasant la mâture.

« Ils sont tous devenus fous. C'est un cauchemar », se dit Julie.

Elle vit l'appareil virer, revenir vers le navire, entendit un faible bruit saccadé qui ne semblait pas provenir de l'avion. Elle n'en comprit pas d'abord la signification et s'étonna de voir tout le monde se jeter sur le pont. Un moment elle resta debout contre la rambarde, immobile de surprise. « Des balles », pensa-t-elle soudain. Elle s'aplatit, rampa le long du bord surélevé du panneau de cale.

« Peter ! » se dit-elle. Elle regarda vers l'avant, mais il y avait quelqu'un dans son champ de vision; elle dut tendre le cou. Elle le vit se dresser, l'air surpris. Il balança les jambes, posa les pieds sur le pont.

« Il va se lever », pensa Julie, affolée.

— Peter, couche-toi! cria-t-elle.

L'enfant regarda autour de lui, chercha sa mère, et se leva. L'avion passa au-dessus du *Fleur* dans un vrombissement.

Julie courut vers son enfant, essayant de conserver son équilibre; un coup de roulis la jeta sur le côté, sa cheville heurta quelque chose. Malgré la douleur, elle continua, une main agrippée au bastingage. Le navire piqua du nez, un rideau d'embruns s'éleva, menaçant et s'abattit sur elle. Le souffle coupé par la froideur de l'eau, elle se précipita vers son enfant, roula avec lui sur les cordages, en sanglotant.

Peter la repoussa en grognant :

— Tu es toute mouillée, maman. Toute mouillée!

— Oui, chéri.

Elle reprit haleine, releva la tête pour voir ce qui se passait et eut l'impression que le bateau changeait de direction. Il ne tossait plus aussi violemment contre les vagues et le vent semblait moins fort. N'entendant plus le bruit de l'avion, elle se leva, regarda autour d'elle. Oui, le navire avait changé de cap, la terre était presque sur l'avant, ils retournaient vers Morlaix.

Julie aurait dû être déçue mais elle n'éprouvait qu'un immense soulagement. Rien ne pourrait lui arriver de plus terrible à terre que de rester ici sur cet affreux bateau, à être mitraillée et risquer la mort. Elle ne songeait qu'à être au chaud, en sûreté, au sec.

Un léger bourdonnement annonça le retour de l'avion et Julie s'accroupit à côté de Peter. L'appareil piqua sur le bateau, le survola sans tirer et reprit de l'altitude. Les passagers, figés sur place, le regardèrent s'éloigner jusqu'à ce qu'il ne fût plus qu'un point à l'horizon, qui disparut dans les nuages bas et sombres.

— Bon débarras! lança le capitaine avec un large sourire.

A ce moment, certains passagers applaudirent, quelqu'un cria de nouveau « Vive la France Libre! »; d'autres paraissaient contrariés et les discussions allaient bon train. « Evidemment, pensa Julie, retourner en France n'arrangeait pas tout le monde. C'était inévitable. Eh bien, du moins ils n'allaient pas mourir ici, tirés comme des lapins ou noyés. » Elle en remerciait le ciel.

Le capitaine reprit la barre, Julie se rassit sur son rouleau de cordage, claquant des dents si fort qu'elle dût serrer les mâchoires pour ne plus en entendre le bruit. Elle se souvint des vêtements, elle devrait vraiment faire l'effort d'aller les chercher, mais son esprit était engourdi par le froid. C'était plutôt agréable, cet engourdissement, comme un rêve. Rien ne semblait plus très important, rien sauf s'étendre et dormir...

La proue heurta une vague, l'eau inonda le pont et quelques passagers poussèrent des cris. Puis l'avant s'enfonça, Julie se sentit soulevée...

Elle s'éveilla, se demanda pourquoi les lames frappaient de nouveau le navire aussi fort. Que se passait-il? Elle se releva, mal assurée, et chercha des yeux la terre; elle la vit sur l'arrière. Ils faisaient à nouveau route vers l'Angleterre. « Non, se dit Julie, c'était la chose à ne pas faire; il a tort. » Furieuse et effrayée, elle retourna à la timonerie, ouvrit la porte et demanda au capitaine, qui était à la barre :

— Pourquoi avons-nous fait demi-tour? Pourquoi?

Le marin, cigarette aux lèvres, répondit :

— Ma petite dame, on va en Angleterre. Et c'est pas un fumier de Boche qui me fera changer d'avis. Voilà pourquoi.

— Mais si l'avion revient? Il nous tirera dessus.

— Vous tracassez pas pour ça.

— Mais je me tracasse, il pourrait y avoir des blessés.

Le capitaine tira une bouffée de sa cigarette, regarda Julie en plissant les yeux et dit :

— On continue, un point c'est tout. Retournez sur le pont.

— Et les autres, qu'est-ce qu'ils veulent? Ils ne sont pas inquiets, eux aussi?

— Aller en Angleterre — comme vous en embarquant. Il est un peu tard pour changer d'avis. Je vous comprends, remarquez. Vous êtes trempée, vous avez le mal de mer, vous voyez les choses en noir. Les femmes, sur un bateau, elles se sentent jamais bien mais je crains qu'il va falloir vous y faire. On continue!

Il hocha la tête d'un air entendu;

— Cet avion reviendra pas, j'en suis sûr.

« Qu'en sait-il? » pensa Julie, exaspérée. Il lui semblait au contraire plus que probable qu'il allait revenir, et rapidement.

— Et s'il revient? argua-t-elle, en s'efforçant de rester calme. Que se passera-t-il?

Le capitaine tourna la tête et cria, en direction de la petite cabine :

— Un homme pour reconduire madame à sa place!

Julie parvint à maîtriser sa colère et dit :

— Ne vous inquiétez pas, je m'en vais. Vous... vous n'auriez pas des vêtements chauds pour mon enfant et moi? Nous sommes trempés, nous avons froid...

Le marin décrocha une vareuse accrochée à un clou.

— Tenez, marmonna-t-il en la regardant avec pitié. Si ça empire, on trouvera une place dans la cabine pour votre gosse.

La colère de Julie s'évanouit.

— Merci, dit-elle avec gratitude.

Elle essuya d'une main son visage et, après avoir enfilé la veste, repartit vers l'avant d'un pas chancelant. Arrivée à mi-chemin elle s'arrêta un moment tandis que les embruns volaient en travers du bateau, puis reprit sa marche. Mais avant d'atteindre la partie protégée, elle sentit le heurt du navire contre une vague et un rideau d'embruns se dressa devant elle. Malgré son apparence de voile immatériel, l'eau la frappa comme une gifle puissante et faillit lui faire perdre l'équilibre. Elle s'accrocha à la rambarde, puis se hâta vers l'abri; la vareuse avait arrêté les embruns en partie seulement, et maintenant, une rigole d'eau glacée coulait dans son dos. « Seigneur! » gémit-elle en s'étendant à côté de Peter et en l'attirant à l'intérieur de la vareuse.

Elle tremblait violemment et sentait la peau glacée de son fils contre sa joue. Elle se mit à prier : « Mon Dieu, faites que cela finisse bientôt, que nous arrivions vite! » Mais elle savait que la traversée ne faisait que commencer, qu'ils n'étaient pas à plus de dix ou quinze milles de la côte française, et que la Manche en avait au moins quatre-vingts de largeur. A moins que ce soit cent milles? Elle ne se rappelait pas. En tout cas, la traversée durerait toute la nuit et une grande partie du lendemain.

Une demi-heure plus tard, l'avion revint.

Cette fois, il ne décrivit pas de cercle au-dessus du bateau mais ouvrit aussitôt le feu. Le bruit de la rafale, beaucoup plus fort cette fois, retentit en un staccato sur tout le navire, accompagné de tintements de métal et de craquements de bois. Au moment où l'avion passait à la verticale, un passager se mit à hurler en se tenant le ventre, l'air terrifié. C'était un cri perçant et horrible. Julie n'avait jamais entendu un homme hurler ainsi.

— Maman, maman! — Peter pleurait. — Qu'est-ce que c'est?

Julie le serra contre elle, leva légèrement la tête. L'avion virait, incliné sur l'aile, se redressait et piquait à nouveau sur le navire, droit sur elle, sur Peter... Elle chercha désespérément un abri, ne vit rien d'autre que le guindeau, se dit qu'il serait peut-être assez grand pour les cacher.

Elle mit Peter debout, le tira par la main de l'autre côté du pont, mais l'enfant trébucha et éclata en sanglots. Elle le saisit sous les bras, le propulsa vers le treuil et s'accroupit devant lui pour le protéger de son corps. Elle essayait de se faire aussi mince que possible. La base du guindeau avait environ cinquante centimètres de diamètre; elle avait l'impression que ses épaules dépassaient...

Au moment où elle baissait la tête, le vacarme commença, assourdissant : sifflement de balles, bruit de métal frappé par les projectiles, cris montant des groupes de passagers. Julie entendait les balles s'écraser autour d'elle avec un bruit sourd et attendait celle qui lui traverserait le corps.

Elle ne vint pas.

L'avion passa au-dessus du *Fleur* dans un rugissement de moteur et s'éloigna. Ils étaient vivants tous deux. Julie enfouit son visage dans les cheveux de Peter en murmurant :

— Mon chéri! Tout va bien, c'est fini.

L'enfant la regarda de ses yeux agrandis par la peur.

— Reste ici, lui dit sa mère. Surtout ne bouge pas, n'est-ce pas? Je reviens tout de suite.

— Maman, ne pars pas! Ne pars pas!

Mais Julie était déjà debout. Elle descendit le pont en courant, alla droit à la timonerie, ouvrit la porte et faillit vomir en découvrant deux hommes gisant sur le plancher. L'un montrait, à l'endroit de la tête, une bouillie sanguinolente de chair et de cervelle; l'autre, le capitaine, la fixait de ses yeux morts.

La gorge serrée, elle se tourna vers l'homme de barre, qui la regardait, la bouche ouverte, les yeux hagards.

— Faites demi-tour! lui ordonna-t-elle. Demi-tour vers la terre!

Le matelot continua à la regarder en remuant silencieusement les lèvres.

— Faites demi-tour ou nous y resterons tous!

Le bourdonnement de l'avion se rapprochant à nouveau, Julie avança et commença à tourner la roue du gouvernail. Alors l'homme se ressaisit et changea de cap. Le navire se mit à virer mais avec une lenteur affolante. Le bruit de l'avion se faisait plus proche.

— Vite, vite, sanglotait Julie.

Enfin le bateau se mit à virer plus rapidement et l'avion le survola sans tirer.

Julie demeura un moment près de l'homme de barre pour s'assurer qu'il ne changerait pas de cap, puis referma la porte de la timonerie et retourna près de Peter.

Ils rentraient à la maison. « Peut-être, songea Julie, était-il écrit que nous ne devions pas partir. »

La marée étant basse, le bateau ne pouvait remonter la rivière; il mouilla devant un petit village de pêcheurs situé au fond de l'estuaire, à l'extrémité de la rivière de Morlaix. On laissa les morts à bord, recouverts de toile, et on transporta les vivants à terre dans une petite barque.

En attendant son tour, Julie se tint près du bastingage, Peter dans ses bras, et contempla le paysage doré, paisible, qui lui faisait l'impression d'un rêve. A l'abri du vent, elle laissait le soleil la réchauffer lentement, délicieusement. Comment croire que l'épouvantable voyage s'était déroulé ce même jour?

Puis vint leur tour de prendre place dans le youyou, en face du jeune homme qui avait crié « Vive la France Libre! » au moment du départ. Grave et silencieux, il regardait dans le vide. Ils accostèrent à un slip de pierre; quand Julie posa le pied sur la terre ferme, elle poussa un soupir de soulagement. Le jeune homme lui passa Peter qu'elle serra bien fort dans ses bras. « C'est fini, mon chéri, c'est fini. » Puis les valises qu'il l'aida à porter jusqu'à la route.

Elle fit asseoir Peter dans l'herbe, s'allongea à côté de lui, ferma les yeux et sentit sur son visage la chaleur du soleil. Le bonheur d'être bien au sec était presque aussi grand que celui de se retrouver saine et sauve avec Peter; elle lui prit la main en disant:

— Je t'aime, mon chéri.

L'enfant se frotta les yeux et dit:

— Maman, j'ai faim, je veux rentrer à la maison.

— Bien sûr, chéri. D'abord on mange!

Julie ouvrit le panier de provisions.

Ils avaient une telle faim qu'ils en dévorèrent une bonne partie: une grande tranche de saucisson, un gros morceau de fromage, quatre tranches de pain et deux pommes. Quelle merveille de manger en paix et dans le silence, la bonne terre ferme sous les pieds, une légère brise bruissant dans le feuillage! En mangeant, Julie songea au problème du retour: Tregasnou était de l'autre côté de l'estuaire, il faudrait aller jusqu'à Morlaix puis remonter sur l'autre rive; à moins de trouver quelqu'un pour les faire traverser en barque. Mais la rivière était très large à cet endroit; et de l'autre côté, le pays était assez isolé, elle n'était pas certaine d'y trouver un moyen de transport.

Julie ne souhaitait rien plus au monde que retrouver la chaleur de la petite maison grise, mais le problème de son passeport britannique n'était pas résolu. Peter serait en danger. Elle avait peut-être tort de renoncer aussi vite, elle devrait peut-être faire une autre tentative à Brest; ce port était plein de bateaux; peut-être pourrait-elle embarquer sur l'un d'eux.

La décision était difficile à prendre. Au fond d'elle-même elle désirait rester mais elle avait des responsabilités envers Peter.

Finalement, elle résolut de réfléchir encore en allant à Morlaix. Il fallait y passer pour se rendre à Tregasnou comme pour se rendre à Brest; elle prendrait une décision là-bas.

Une chose était certaine: pour aller à Morlaix, ils auraient à faire la route à pied. Pendant leur repas sur l'herbe, il était passé une seule voiture et, bien que Julie lui ait fait signe, elle ne s'était pas arrêtée. Il y avait un arrêt de car près de là, mais le car passerait-il jamais?

Dès que Peter eut fini de manger, elle se leva. Il était déjà 6 heures, il fallait arriver avant la nuit. Les bagages étaient un problème; elle n'avait pas emporté grand-chose, mais c'était encore beaucoup trop. Elle rassembla l'essentiel de ses affaires dans une seule valise, abandonna l'autre au bord de la route, fourra le reste de la nourriture dans les poches de son imperméable et se mit en route.

Elle se demandait pendant combien de kilomètres pouvait marcher un enfant de quatre ans. Moins certainement que la distance jusqu'à Morlaix.

Au début, Peter marcha vaillamment en balançant ses petits bras mais, après une vingtaine de minutes, il commença à ralentir et un quart d'heure plus tard, il demanda :

— On peut s'arrêter, maman ? Je suis très fatigué.

— Bien sûr, trésor. Nous allons nous reposer quelques minutes.

Ils s'assirent au bord de la route, repartirent, et Julie inventa une histoire pour galvaniser l'enfant : ils étaient des soldats partis sauver Morlaix, attaqué par des bandits féroces. Peter se sentit un moment une ardeur nouvelle puis recommença à se traîner.

Julie le porta sur ses épaules, malgré la valise, et dut s'arrêter fréquemment pour reprendre haleine. Ses bras et son dos n'en pouvaient plus. En outre, elle souffrait terriblement des pieds parce que ses chaussures ne convenaient pas à une longue marche. A l'origine, la marche n'était pas prévue dans ses plans.

Finalement, il leur fallut trois heures pour faire les douze kilomètres, sans voir un seul autocar — comme Julie s'y attendait.

Lorsqu'ils arrivèrent enfin à Morlaix, la ville était étrangement silencieuse, les rues vides, les restaurants fermés. Seuls quelques cafés restaient ouverts et leurs clients regardaient furtivement par la vitrine, comme s'ils guettaient la venue imminente des Allemands. Peut-être étaient-ils déjà là ; à vrai dire, ce n'était pas son souci du moment. Elle s'assit sur un banc, Peter pelotonné contre elle. Épuisée, Julie décida de ne pas aller plus loin ce soir-là, quoi qu'il arrive.

Elle envisagea de demander l'hospitalité à ses patrons, qui habitaient à la sortie de la ville, à dix minutes à pied, ou à une collègue qui avait un appartement dans le centre. Ou encore à Michel.

Michel, décida-t-elle. Il saurait le meilleur parti à prendre. Elle connaissait l'endroit où il habitait ; c'était à cinq minutes de marche. Elle regarda Peter, il était endormi. Elle le laissa sur un banc, le temps de chercher un endroit où poser sa valise. En désespoir de cause, elle la glissa sous une voiture en stationnement. Tant pis si elle démarrait avant son retour.

Elle prit Peter dans ses bras et se remit en marche. Son arrêt près du banc n'avait fait qu'aggraver l'état de ses pieds, qui lui firent encore plus mal quand elle recommença à marcher. Elle stoppa, ôta ses chaussures et les glissa dans son sac. C'était déjà mieux

Quand elle parvint devant l'immeuble, la porte d'entrée était fermée et un coup de sonnette chez la concierge ne donna aucun résultat. Il y avait également des sonnettes individuelles correspondant à chaque appartement mais elles ne portaient qu'un numéro, pas de nom. Elle en pressa plusieurs au hasard, un homme vint ouvrir, la fit entrer et lui expliqua où vivait Michel.

Julie suivit ses indications, frappa à la porte, n'obtint pas de réponse. Elle s'assit par terre, Peter endormi dans ses bras, et attendit. Quand Michel arriva, vers onze heures, il écarquilla les yeux en la découvrant sur le palier. Avec un sourire stupide, elle murmura :

— Merci de rentrer.

En s'éveillant, elle ne se souvint plus de l'endroit où elle se trouvait. La chambre était obscure, elle n'en discernait pas les contours. Lorsque la mémoire lui revint, elle serra contre elle le corps chaud de Peter, ferma les yeux et se rendormit.

Julie s'éveilla à nouveau quand on ouvrit les volets. Le soleil inonda la pièce, la fit cligner des yeux. Elle était étendue sur le sofa où elle s'était assise la veille, à son arrivée. Elle n'avait pas eu la force d'en bouger, bien que Michel eût proposé de lui céder son lit.

Il était à présent près d'elle et lui tendait une tasse de café.

— J'ai retrouvé ta valise, déclara-t-il.

— Oh! je l'avais complètement oubliée. Merci.

— Nous n'avons pas beaucoup de temps, il faut faire vite.

— Que veux-tu dire?

— Les Allemands ne sont plus loin, ils arriveront sans doute dans la journée. Du moins, c'est ainsi que j'interprète l'absence totale d'informations : à la radio, on ne nous dit rien sauf de garder notre calme. Ce qui signifie certainement que nous allons y passer, ajouta-t-il avec un sourire amer.

Peter s'éveilla à son tour, se frotta les yeux et regarda la pièce non familière.

— Alors, nous devons aller à Brest? demanda Julie. Trouver un bateau?

— C'est la bonne vieille pagaille française, là-bas. D'après un ami qui en revient, des milliers de gens y sont accourus pour embarquer sur des navires qui n'existent pas. Après l'évacuation des militaires, on a laissé les civils monter à bord des quelques bateaux restants. Certains sont partis mais un gros navire a heurté une embarcation plus légère et a coulé juste à la sortie de Brest.

Michel s'interrompit pour allumer une cigarette et reprit :

— Maintenant, il n'y a plus de bateaux, juste des gens qui tournent en rond parce qu'ils ne savent pas où aller. En plus, on a mis le feu aux dépôts de carburant de Maison-Blanche et il fait sombre même en plein jour à cause de la fumée; ça ressemble à l'enfer de Dante.

Julie eut un frisson. Dieu merci, elle n'était pas allée à Brest. Elle avait peur de la foule et du désordre. C'est ce qu'elle avait le plus détesté sur le *Fleur* : l'hystérie, la perte de contrôle des gens lorsque l'avion les avait mitraillés.

— Alors je retourne à Tregasnou, déclara tranquillement Julie.

— Auparavant, nous avons du travail. Lève-toi, change de robe, coiffe-toi. Nous sortons.

Michel parlait avec une telle autorité qu'il ne vint pas à l'esprit de Julie de discuter. Elle se regarda; elle avait vraiment une pauvre tête. Elle se prépara rapidement, donna à Peter une tartine de confiture, le changea et revint dans la salle de séjour en annonçant :

— Nous sommes prêts.

Ils partirent, Michel devant, Julie tenant Peter par la main. Michel marchait si vite qu'elle devait soulever son fils de terre et courir à moitié pour suivre le train. Elle était trop essoufflée pour demander où ils allaient.

Ils tournèrent à un croisement et arrivèrent devant un mur de pierre dans lequel s'ouvraient plusieurs doubles portes. Michel en ouvrit une qui était fermée par un cadenas. Du local, il sortit un cyclomoteur.

— Monte à l'arrière, avec Peter sur tes genoux, dit-il à Julie.

Il mit le moteur en marche et ils démarrèrent; Peter, ravi, poussait de petits cris de plaisir.

Contrairement à la ville, les rues de Morlaix étaient animées, des gens se hâtaient sur les trottoirs, un panier ou un sac à la main. De longues queues s'étiraient devant les boulangeries et les charcuteries. Quand ils arrivèrent sur une place, Michel arrêta le cyclomoteur, indiqua de la tête un grand bâtiment et dit :

— On va là.

Julie reconnut la sous-préfecture et suivit le jeune homme à l'intérieur où régnait une belle pagaille. Des gens se bousculaient dans les couloirs, se ruaient d'un bureau à un autre en criant. Par les portes ouvertes, on voyait des pièces vides, des paniers pleins de dossiers. Ils croisèrent deux employées qui portaient une caisse de documents vers la sortie et l'une d'elles grommela :

— Franchement, je me demande pourquoi il faut brûler tout ça!

Michel prit Peter dans ses bras, entraîna Julie au premier étage, le long d'un couloir aux nombreuses portes. Il parcourut rapidement les inscriptions qu'elles portaient, trouva celle qu'il cherchait.

— Ah! nous y voilà.

Il redonna Peter à sa mère, pénétra dans le bureau vide et commença à fouiller dans les tiroirs et les dossiers-classeurs.

— Qu'est-ce que tu fais? chuchota Julie, étonnée. Arrête! quelqu'un pourrait venir!

Il y avait dans un coin un vieux coffre dont Michel tourna vainement la poignée. Il demanda à Julie d'attendre et sortit. Julie s'assit, essayant de voir clair. « Pourquoi Michel l'avait-il amenée ici? Qu'avait-elle à faire avec tout cela? » Il revint un instant plus tard avec une femme munie d'un gros trousseau de clefs. Elle ouvrit le coffre, adressa un signe de tête à Michel puis quitta la pièce sans même accorder un regard à Julie. De toute évidence, elle était dans le coup. Julie se leva et dit :

— Michel, dis-moi de quoi il s'agit, s'il te plaît.

Michel prit sur une pile deux cartes qu'il tendit à Julie en disant :

— Remplis-en une; la seconde, c'est une réserve. Moi je vais faire disparaître ton nom du registre des étrangers et le faire porter sur les listes électorales.

Julie regarda les rectangles de carton : c'étaient des cartes d'identité. Vierges. Au moment où Michel quittait le bureau, elle le rappela :

— Je suis peut-être aussi sous le nom de Howard, en plus de Lescaux.

Michel acquiesça de la tête, sortit, et Julie commença à remplir une des cartes. Comme elle souriait, Peter lui demanda :

— Tu es contente, maman?

— Oui, lui dit-elle. Maman est très contente.

Elle garda son nom, Lescaux, inscrivit également celui de son père, et donna à sa mère un nom de naissance français : Jeannette Leforge, le premier qui lui vint à l'esprit. Elle n'écrivit rien à la ligne « Mariée à... »; cela n'aurait fait que compliquer les choses. En rangeant la seconde carte dans son sac, elle eut une idée, hésita, puis plongea soudain la main dans le coffre et prit une partie de la pile. Le cœur battant, elle cacha vite son butin dans son sac. C'était plutôt risqué; mais pourquoi pas, après tout? Ces cartes pourraient servir. Pour la première fois de sa vie, elle commettait un vol.

Michel revint, examina la carte que Julie avait remplie, hocha la tête et retourna l'un après l'autre les tampons posés sur le bureau. Quand il eut trouvé celui qu'il cherchait, il l'encra, l'apposa sur la carte. Ensuite il encra le pouce de Julie et l'appuya sur l'espace réservé à l'empreinte digitale, puis lui fit répéter l'opération sur un formulaire de demande de carte d'identité.

— Tu es un magicien! murmura Julie.

Le jeune homme haussa les épaules mais elle put voir qu'il était ravi.

— Comment as-tu convaincu l'employée d'ouvrir le coffre?

— Je lui ai dit que les Allemands te tortureraient et te tueraient si tu ne changeais pas d'identité.

— Tu es formidable! s'exclama Julie.

« Et je le pense », se dit-elle in petto. Puis elle ajouta :

— Maintenant, j'ai une grande dette envers toi et j'espère te rembourser un jour.

— Ce n'est rien. Je l'ai fait avec plaisir parce que c'était pour toi, dit Michel en la regardant dans les yeux.

Julie rougit et pensa qu'elle l'avait peut-être mal jugé, qu'elle s'était trompée et qu'il était au fond un brave garçon.

— Il y en a plusieurs? demanda-t-elle en montrant le tampon.

— Pourquoi?

— J'en voudrais un, tout simplement.

— Pour quoi faire? dit Michel, surpris.

— Je ne sais pas... A tout hasard.

— En tout cas, ne te fais pas prendre avec ça, recommanda Michel en lui tendant le tampon.

Ils sortirent rapidement du bâtiment, retournèrent près du cyclomoteur.

— Tu saurais t'en servir? dit Michel.

— Je crois que oui. Mais toi?

— J'ai des choses à faire. Rentre à Tregasnou, je reprendrai mon engin plus tard en t'apportant ta valise.

Comme il regardait nerveusement autour de lui, elle pensa soudain : « Il est en train de mijoter quelque chose. »

— Tu ne vas pas faire de bêtises, au moins? dit-elle. Sois prudent.

— Mes amis et moi devons dresser nos plans, c'est sûr.

Julie pensa, admirative, qu'il avait déjà commencé à lutter contre les Allemands, organisant des réunions, menant une action pratique.

— Je ne te demande pas quels sont ces plans. Mais quels qu'ils soient, fais attention. Ne prends pas trop de risques. Et bonne chance!

— Quoi? fit-il, légèrement surpris.

— Si jamais les Allemands t'arrêtaient...

Elle hésitait à poursuivre.

— Je n'ai pas l'intention de jouer au héros, si c'est cela que tu crains. Je ne prendrai pas de risques. Je pense au contraire que je pourrai peut-être m'entendre parfaitement avec eux.

— Que veux-tu dire?

Michel se pencha par-dessus le cyclomoteur pour approcher son visage de celui de Julie.

— Je suis avec quiconque nous débarrassera de la racaille qui corrompt le pays, des dictateurs de droite qui volent depuis plus de cent ans aux travailleurs ce qui leur revient de droit. Je suis pour qui est contre ces gens.

— Tu ne vas quand même pas collaborer avec les Allemands?

— Qui sait? Si cela peut nous faire avancer...

— Ils ont envahi le pays! Ce sont nos ennemis!

— Ils n'y resteront pas éternellement. *Après* la guerre, nous pourrons édifier un nouvel État, un État populaire. En fait, c'est la meilleure occasion que nous ayons jamais eue de balayer le système actuel.

Julie enfourcha silencieusement le cyclomoteur, posa Peter devant elle. Michel défit un morceau de ficelle du porte-bagages et le lui donna en disant :

— Attache l'enfant avec ça... Tu ne devrais pas croiser d'Allemands mais attention aux avions. Dès que tu entends un bruit de moteur, plonge dans le fossé.

Il prit le visage de Julie dans ses mains, l'embrassa brusquement sur la bouche. Elle se laissa faire sans réagir. Tandis qu'il l'embrassait, elle voyait le profil de Michel, ses yeux mi-clos, et pensait : « Comment ai-je pu croire un jour que je pourrais l'aimer? » Il se recula et dit :

— Reste en vie pour moi, veux-tu, Juliette?

Julie garda un moment les yeux baissés puis les releva soudain et répondit :

— Non. Je te dois un grand service, que je m'efforcerai de te rendre un jour. Mais que... Tant que tu tremperas dans tes sales combines, il n'y aura rien entre nous, pas même de l'amitié! Que tu puisses envisager de composer avec les Allemands, ça me dépasse!

— Tu ne comprends pas, répondit Michel, l'air ennuyé.

— C'est vrai, je ne comprends pas. Au revoir, Michel.

Elle se mit à pédaler lentement, zigzaguant avant de trouver son équilibre.

— Je t'enverrai ta valise! cria Michel.

Julie ne se retourna pas, continua à pédaler jusqu'à ce que le moteur démarre.

— Maman, on va vite! dit Peter, tout excité.

Julie ne répondit pas, elle pensait encore à Michel. Comment pouvait-il envisager une chose pareille? Quelque opinion qu'on ait, on a toujours tort d'*aider* l'ennemi. Cela signifie qu'on l'aide à prolonger la guerre; et même qu'on l'aide à tuer des concitoyens. Tout en roulant, elle secouait la tête en marmonnant, ne pouvant croire cela. Dieu sait ce que dirait tante Marie quand elle lui raconterait...

La pensée de tante Marie et de la petite maison de pierre grise la réconforta. Elle se pencha en avant et posa un baiser sur la tête de son fils.

— Maman, on rentre à la maison? demanda Peter d'une petite voix qu'emportait le vent.

— Oui, chéri, répondit Julie d'une voix ferme. Nous rentrons.

CHAPITRE IX

Un ravitailleur apparut enfin, longea l'extrémité de la jetée et se dirigea vers le navire de guerre ancré au milieu du vaste port naturel. Quoique ce dernier fût bien protégé des vagues de la Manche et de la longue houle de l'Atlantique, le vent d'ouest qui s'engouffrait entre les collines provoquait un clapotis désagréable qui faisait légèrement rouler le petit bâtiment.

Richard Ashley le regarda s'approcher en songeant à son envie de dormir. Il n'avait pris que quelques heures de repos depuis deux jours et se sentait vanné. Le plus sage aurait été de retourner à sa couchette mais il ne parvenait pas à s'y résoudre. Difficile de renoncer à une virée à terre — la première en trois semaines.

Il y tenait d'autant plus que Falmouth lui rappelait d'heureux souvenirs, des balades en mer à bord de *Dancer*, d'abord avec son père, ensuite avec des amis de Dartmouth. Il y était même venu seul la fois où il avait décidé de visiter les Sorlingues. Falmouth étant le port le plus à l'ouest de l'Angleterre, il y avait fait escale avant de couvrir les soixante derniers milles de son expédition. Il gardait un souvenir particulièrement heureux de ces vacances aux belles Sorlingues, ces îles de solitude.

Un groupe de matelots se pressaient contre le bastingage, impatients d'embarquer à bord du ravitailleur. Pour eux, Falmouth n'était sans doute qu'un port comme les autres, avec de nombreux *pubs*. Ashley lui-même ne dédaignait d'ailleurs pas d'y faire une virée. Il aimait boire un verre tout comme il appréciait les autres possibilités qu'offrait une soirée à terre. Il avait dans son portefeuille l'adresse d'une fille qu'il connaissait vaguement et qui vivait dans le coin. Si elle était libre, il l'inviterait à dîner. Cela faisait plus d'un mois qu'il n'était pas sorti avec une femme.

Comme tous les autres membres de l'équipage, il avait besoin de se détendre. Les deux derniers mois avaient été particulièrement éprouvants. Après Dunkerque, leur navire avait été affecté à la protection de convois le long de la côte sud ou dans le pas de Calais. Les attaques aériennes ennemies devinrent de plus en plus fréquentes et vers la fin du mois de juillet, les pertes anglaises augmentèrent à un rythme alarmant. Après la destruction de trois destroyers en quelques jours, l'Amirauté fut contrainte de renoncer à faire passer de jour les convois dans la partie est de la Manche. A présent, même la partie ouest n'était plus sûre et au cours de leur dernière mission, avec un convoi se

125

dirigeant vers l'ouest, ils avaient été attaqués par des Stukas au sud de l'île de Wight et avaient perdu cinq bateaux avant de parvenir à repousser l'assaut. Ashley avait l'impression que, depuis Dunkerque, la Navy était inexorablement chassée de la Manche.

A l'approche du destroyer, le ravitailleur entama un large arc de cercle qui l'amènerait contre le flanc du bâtiment de guerre. Ashley offrit son visage au vent et respira profondément pour chasser son envie de dormir.

— Ils te laissent aussi aller à terre, Ashley?

En se retournant, Richard découvrit Blythe, l'officier canonnier, qui portait lui aussi son plus bel uniforme.

— Bien sûr, répondit Ashley en souriant. Ils m'ont même supplié à genoux d'accepter une permission.

Il songea aussitôt que les vieilles plaisanteries paraissaient à présent déplacées et rebattues. Pourtant, chacun continuait à les débiter machinalement, comme pour maintenir une coutume.

— Nous joignons nos forces? demanda Blythe. J'ai l'intention de procéder à des dégustations de bière dans quelques établissements locaux.

Ashley considéra la proposition en regardant le ravitailleur aborder le destroyer. Une soirée avec Blythe serait ruineuse. La dernière fois qu'ils étaient sortis ensemble, on les avait retrouvés incapables de parler et de marcher, étendus sur le plancher de la salle de bal d'un hôtel de Weymouth. Leur gueule de bois avait duré deux jours.

— Juste un pot en vitesse, prévint Ashley. Je ne pourrai pas rester longtemps.

— Je flaire une femme là-dessous, dit Blythe.

Avec un sourire énigmatique, Ashley commença à descendre la coupée en bas de laquelle le ravitailleur attendait. Les autres permissionnaires, impatients de partir, y avaient déjà pris place.

Quand le bâtiment commença de s'éloigner, Richard se retourna pour examiner l'avant du destroyer où une équipe de charpentiers réparait des tôles de bordé criblées de trous. A cet endroit, un matelot était mort pendant la dernière attaque aérienne, et bien que la guerre durât depuis un an, c'était la première fois que Richard voyait un homme mourir près de lui. Ce spectacle était encore présent à son esprit.

— On se sent tellement impuissant, murmura-t-il en hochant la tête.

Blythe approuva d'un geste, il savait exactement ce que son camarade voulait dire. De conserve avec un autre destroyer, leur navire avait tenté de protéger quatorze bateaux d'une douzaine d'avions ennemis — combat fortement inégal.

— Espérons que la R.A.F. aura bientôt la chance de son côté, ajouta Ashley.

La bataille d'Angleterre faisait rage depuis deux mois mais les appareils ennemis continuaient à bombarder les convois, les ports, les installations militaires de l'Angleterre. Ils s'en prenaient même à présent de plus en plus aux grandes cités et autres objectifs civils.

Vent et clapotis dans le nez, le ravitailleur repartit vers la ville confortablement nichée au pied d'une colline et dont les bâtiments apparaissaient çà et là au-dessus de l'eau. Puis il gagna le mouillage des petites embarcations, où des garde-côtes, des bateaux huîtriers et quelques yachts se balançaient au rythme des vagues.

Ashley découvrit à l'entrée du port un bateau de pêche à moteur repeint en gris, qu'on avait manifestement réquisitionné pour en faire un patrouilleur. Il avait quelque chose d'insolite que Richard ne parvint pas tout d'abord à définir mais qui lui sauta aux yeux quand le bateau fut complètement visible.

C'était un chalutier français. Il ne se distinguait pas par des détails précis mais sa ligne et sa poupe allongée évoquaient davantage la Bretagne que les Cornouailles. Quand le ravitailleur passa près du bateau, Ashley vit un homme sortir du rouf et s'approcher lentement de la lisse. Tête nue, vêtu d'une simple combinaison bleue, il avait une cigarette collée à la lèvre inférieure, « à la française ».

Depuis la défaite de la France en juin, trois mois auparavant, de nombreux navires français faisaient régulièrement leur apparition dans les ports anglais. Comme tout le monde ici, Richard en avait vu beaucoup, mais c'était la première fois qu'il en voyait un battre pavillon de guerre britannique. Il se demanda si le marin qu'il avait aperçu était un pêcheur breton et s'il goûtait la discipline de la Navy. Probablement pas énormément.

Quand le ravitailleur accosta le long d'un quai de pierre, Ashley fut le premier à descendre. Il gravit quatre à quatre les marches du débarcadère, s'éloigna d'un pas vif sur les pavés. Blythe courut pour le rattraper et bredouilla, pantelant :

— Il n'y a pas le feu, mon vieux.

— J'ai repéré un pub, je me dépêche avant qu'il ne s'envole.

A vrai dire, Richard était simplement impatient de sentir la terre sous ses pieds. Comme la plupart de ceux qui adorent la mer, il détestait rester trop longtemps parti, et au bout de quelques semaines, il avait une terrible envie de revenir à terre.

Blythe éclata de rire et suivit son camarade le long d'une étroite ruelle puis dans une salle de *pub* au plafond soutenu par de grosses poutres de chêne. Ashley sut aussitôt qu'il avait trouvé le genre d'établissement qu'il aimait : vieux, plutôt fruste et surtout sans prétention. C'eût été bien agréable d'y passer toute la soirée en vidant quelques chopes de trop. Cela ne l'empêcha pourtant pas de le quitter après avoir bu un seul verre, pour se mettre en quête d'une cabine téléphonique.

Richard appela d'abord ses parents, dans le Hampshire. Comme toujours, sa mère se montra d'humeur joyeuse et badine. Elle se refusait à faire état des craintes qu'elle nourrissait pour son fils et mettait un point d'honneur à ne jamais donner que des nouvelles bonnes ou amusantes, en général à propos de ses nombreux chiens. Mr Ashley, qui avait repris du service dans les bureaux de la Navy après dix ans de retraite, fut plus compassé ; il écouta attentivement les nouvelles que son fils lui transmit — dans les limites de la règle du secret en vigueur dans la Marine. Ashley, qui adorait ses parents, mit fin à cette conversation avec regret.

Il composa ensuite le numéro d'une fille qu'il avait rencontrée déjà deux fois, dont la première à une réception donnée par sa sœur. Elle était séduisante, à la manière un peu froide des Anglaises, aimait l'équitation, la chasse et la danse. Elle n'avait rien de volcanique et ne lui permettrait sans doute guère plus qu'un baiser sur la joue, mais Richard pouvait cependant passer avec elle une excellente soirée.

Il la trouva chez elle et de son ton un peu froid, elle accepta son invitation « avec joie ». Elle emprunterait la voiture de son père et rejoindrait Richard dans une heure.

Ashley retourna au *pub*, qui s'était rempli entre-temps. Il aperçut Blythe au comptoir, fendit la foule pour s'approcher de lui ; Richard se sentait maintenant en pleine forme, mûr pour un dégagement. Il donna une claque amicale dans le dos de Blythe accompagnée d'un sourire que celui-ci rendit sans interrompre la conversation qu'il avait avec deux autres clients, un civil replet et chauve portant au bras le bandeau des pompiers auxiliaires, et un officier de la marine marchande aux cheveux argentés. Ils parlaient de la guerre, pour changer. En soupirant, Ashley s'installa pour écouter.

— Ils nous envahiront avant la fin du mois, prédit le civil en agitant l'index, je vous le dis. Les bombardements de Londres et des ports, c'est juste pour nous ramollir un peu, voyez-vous. Dès qu'ils auront dégommé la R.A.F., ils se mettront en route!

— Les Boches ne réussiront jamais à dégommer la R.A.F., répondit Blythe.

Ashley l'interrompit. « Salut », dit-il aux deux hommes; il se présenta; on se serra la main.

— Bien sûr que si, ils ont déjà commencé! Oh! la B.B.C. nous raconte que tout va bien mais vous n'allez pas les croire? Ils nous racontent ce qu'ils veulent.

— Ce n'est pas avec ce genre de discours que nous gagnerons la guerre, mon vieux, intervint Ashley.

— Peut-être, mais il vaut mieux ne pas se cacher la réalité, rétorqua le pompier auxiliaire.

— Et que suggérez-vous pour empêcher les Allemands de nous envahir? demanda Richard avec un charmant sourire.

— Ah! on ne peut plus faire grand-chose maintenant. Il est trop tard, déclara le civil d'un ton méprisant.

Il avala une gorgée de son verre.

— Ce que je ne comprends toujours pas, c'est comment la France a été écrasée aussi rapidement, fit l'officier de la marine marchande d'un ton songeur.

— Je vais vous le dire, moi! s'exclama le chauve en reposant bruyamment son verre sur le comptoir. Parce que les Français n'aiment pas se battre. Ils ont détalé en voyant le premier char allemand.

Le sang d'Ashley ne fit qu'un tour.

— C'est faux, riposta-t-il.

— En tout cas, ils ne se sont pas beaucoup battus.

— Inexact, mon vieux. Ils ont tenu Dunkerque pendant que nous évacuions. Ils se sont battus jusqu'au bout.

— Alors pourquoi les Boches sont-ils arrivés à Brest en cinq jours après avoir occupé Paris? insista le civil. Bizarre, non?

— Euh... on reprend un verre? proposa Blythe en regardant nerveusement son camarade.

Ashley savait qu'il aurait dû en rester là, mais il ne put s'empêcher de répliquer, d'une voix grave :

— Vous parlez d'amis à moi.

Le pompier auxiliaire haussa les épaules :

— Les faits sont les faits et si notre pays n'est pas envahi, ce ne sera pas grâce aux Français.

— Ni grâce à vous!

— Hé, dites donc, vous!

— Viens, Richard, intervint Blythe en tirant Ashley par la manche. Allons ailleurs, ça n'en vaut pas la peine.

Ashley toisa le pompier belliqueux aux yeux de cochon, et se dit que Blythe avait raison. Il fit un effort pour se maîtriser, posa son verre et se détourna. Il commençait à s'éloigner quand l'envie de décocher une dernière pointe fut la plus forte.

— Au prochain incendie, fais donc attention à ne pas te carrer le tuyau quelque part!

Sur ce, il se fraya un chemin vers la sortie et retrouva le froid vif de la rue. Quand Blythe le rejoignit, Richard grommela :

— J'aurais eu plaisir à l'étrangler; un type comme ça est à tuer.

— C'est vrai.

— A tuer lentement.

— Il n'en valait pas la peine.

Soudain l'incident parut plutôt ridicule à Ashley, qui éclata de rire.

— Non. Inutile de compromettre ma brillante carrière!

— Brillante et prometteuse, ajouta Blythe, soulagé.

Ashley rit à nouveau. A présent il abordait le sujet avec sérénité mais avant que la guerre n'éclate, son avenir dans la Navy posait un problème parce qu'il avait répondu à un amiral dans des termes moins que respectueux. Il savait que Blythe était au courant — comme tout le monde — et maintenant cela l'amusait de s'en faire une auréole; cette histoire lui donnait, dans les carrés, une réputation de gars pas commode.

— On se trouve un autre abreuvoir? proposa Blythe joyeusement. A l'Amiral-Machin, par exemple, là-haut sur la colline.

— Non, j'ai d'autres plans. A demain.

— Je vois, je vois... dit Blythe en clignant de l'œil. Tendre mal d'amour, hein? Bonne chance!

Il adressa un signe à Ashley et commença à gravir la rue en pente. Richard regarda sa montre : encore une demi-heure à attendre. Pour chasser définitivement de son esprit l'incident du *pub*, il décida de se promener le long de l'eau.

En arpentant le quai, il fut heureux de se trouver là.

La lumière du crépuscule, chaude et dorée, enveloppait les collines vertes et violettes des Cornouailles dans un voile de couleurs vibrantes. En contemplant les petits cottages blancs de Flushing, qui brillaient de l'autre côté de l'eau, les bateaux qui se balançaient doucement dans l'or du couchant, il était difficile d'imaginer qu'on pouvait abandonner tout cela aux Allemands. C'était une chose impensable; et si, comme le pompier, on commençait à y croire, alors c'était le commencement de la fin. Il se redit : « Sale bonhomme », puis décida de l'oublier.

Richard flâna un moment sur le quai puis s'arrêta. En abord de la rangée de maisons et de boutiques qui longeaient le front de mer se trouvaient de nombreux appontements auxquels étaient amarrés des embarcations du port et des bateaux de pêche. L'un de ces derniers, dont il apercevait seulement les mâts et les superstructures grises, semblait être un navire à moteur. Ashley le regarda un moment, puis se dirigea vers lui. En s'approchant, il se rendit compte que c'était le chalutier français qu'il avait vu en arrivant à terre, et qui était amarré à côté d'une pompe à mazout. Le navire était en bon état, la coque peinte de frais, les voiles propres et correctement ferlées; il avait gardé son équipement de pêche : sur le pont central, deux gros treuils pour haler les filets, et à l'arrière, contre le bastingage, deux panneaux de chalut.

Ashley s'accroupit sur les talons, appela. Un visage apparut au hublot du rouf, un homme s'avança sur le pont. C'était celui que Richard avait aperçu du ravitailleur; il portait encore sa combinaison bleue et fumait une cigarette.

— Salut. Je me demandais d'où exactement vient votre bateau.

Voyant l'homme plisser le front, Richard répéta sa question dans un français passable.

— Ah! de Concarneau! répondit le Français.

Ashley fut content de lui; il ne s'était pas trompé. Ayant naguère fait escale à Concarneau, il aurait voulu lui dire à quel point il avait apprécié l'hospitalité des habitants de la ville, mais limité par sa connaissance de la langue, il ne put qu'en vanter sommairement la beauté. De même, il aurait voulu savoir à quelles activités le navire se livrait à présent, mais depuis le début de la guerre, on ne posait plus ce genre de question, et il se contenta de demander :

— Où alliez-vous pêcher... euh... avant?

— Sur les bancs.

— Loin?

— A trois-quatre jours de mer.

Un lieutenant de réserve de la Royal Navy sortit à son tour du rouf et lança à Ashley en souriant :

— Bonsoir. Je peux vous aider?

Ashley revint à l'anglais avec soulagement :

— Cela faisait un bout de temps que je n'avais pas vu un chalutier de Concarneau.

— Vous connaissez Concarneau?

Richard constata avec surprise que l'officier n'était pas anglais : il parlait avec un léger accent pas tout à fait américain.

— J'ai navigué dans le coin, répondit-il.

— Avec un petit bateau? s'enquit poliment le lieutenant.

— Un sloop de huit mètres. Je connais bien les côtes normandes et bretonnes.

— Et maintenant, vous êtes sur quel genre de navire?

— Un destroyer. Ça bouge un peu moins sous les pieds...

Le lieutenant sourit.

— Bon, il faut que j'y aille, reprit Richard en se relevant. « Au revoir, bonne chance », ajouta-t-il en français, à l'adresse du pêcheur.

Il fit un geste d'adieu à l'officier de réserve et tourna les talons.

— Attendez! cria ce dernier, qui disparut derrière le bordé et réapparut quelques secondes plus tard en haut de l'échelle conduisant au quai.

— Montez donc à bord ce soir, nous prendrons un verre, proposa-t-il.

Richard consulta sa montre, constata qu'il était déjà en retard.

— Désolé, je dois partir.

— Plus tard, alors.

Après un temps d'hésitation, Richard demanda :

— D'où êtes-vous?

— Du Québec. Je suis canadien-français. Vous parlez français, vous aussi, non?

— Très mal!

Le Canadien sourit, mais son expression était sérieuse. Il demanda à Ashley son nom, puis dit :

— Repassez donc plus tard, je vous ferai visiter le bateau.

— J'essaierai, promit Ashley en s'éloignant.

Il avait parcouru une centaine de mètres quand il s'arrêta et se retourna : le chalutier français avait quelque chose de bizarre. Il se remit à marcher et ce ne fut qu'en arrivant à l'hôtel où la jeune fille lui avait donné rendez-vous que la réponse lui apparut. Le bateau de Concarneau ferait un bien mauvais patrouilleur.

Il n'avait pas de canons.

*_**

La demoiselle était jolie, bien élevée et ennuyeuse. En outre, si elle avait la plus petite parcelle d'humour, elle le cachait soigneusement. Détail sur lequel il aurait passé si elle avait été particulièrement attirante; mais elle était trop froide pour séduire. L'amour avec elle, c'eût été comme étreindre une potiche — une expérience à ne pas tenter. Richard songea qu'il devenait difficile avec l'âge. Quand il avait quelques années de moins, il se moquait totalement de la conversation d'une fille, pourvu qu'elle fût aussi jolie que celle-ci. A présent, il préférait les femmes ayant du charme, du caractère, de l'humour — toutes qualités dont celle de ce soir-là était totalement dépourvue.

Vers neuf heures, la conversation commença à languir et Ashley s'aperçut qu'il buvait trop. Vers dix heures, il s'ennuyait mortellement et ne tenait plus en place. Quand elle se mit à parler de la difficulté de trouver des jeunes gens pour les inviter au bal de bienfaisance que son père organisait pour elle à Londres, il se dit qu'il était grand temps de s'esquiver. Il regarda ostensiblement sa montre, déclara qu'il devait être de retour à bord à onze heures — ce qui n'était pas tout à fait vrai.

Ashley quitta la fille avec un délicieux soulagement et décida de profiter de la grande heure qu'il lui restait avant le départ de la dernière navette pour une dernière virée. Il descendit sans se presser la rue plongée dans le noir, se demandant s'il irait à la recherche de Blythe. Et puis non, il décida de n'en rien faire. Il avait tout le temps de boire avec Blythe.

Il poursuivit son chemin jusqu'au bord de l'eau, avançant avec précaution en raison du black-out. Au bout d'un moment, il entendit un bruit de clapotis et sut qu'il approchait du quai. La silhouette sombre d'un bateau se détachait contre le ciel; c'était le chalutier français, qui s'était élevé avec la marée. Il appela. La voix du Canadien répondit et Richard cria :

— Et ce pot? On peut le boire?

— Je vous attendais.

Ashley grimpa à bord, descendit un escalier derrière le Québécois et le suivit au carré des officiers qui avait dû être à l'origine une cale à poissons. On y avait installé deux couchettes, une table au centre et une lampe à pétrole accrochée au plafond. L'installation devait être récente, car le local puait encore le poisson.

— Merveilleux! dit le visiteur.

— Pas mal, si on pense que c'était encore un navire de pêche il y a quelques mois. Je m'appelle Laperrine, dit le Canadien en tendant la main à Richard. Que prenez-vous?

Ashley demanda un gin et s'assit.

— Tout l'équipage est français? demanda-t-il.

— Non. Seulement l'homme que vous avez rencontré. Il connaît bien la mer et était désireux de se battre, les autres sont britanniques, d'anciens pêcheurs pour la plupart.

— Et...

Richard marqua un arrêt, se demandant si sa question ne serait pas jugée indiscrète. Et puis au diable! La boisson l'avait rendu téméraire; il poursuivit :

— Vous patrouillerez dans cette partie de la côte?

— Ici... et ailleurs, répondit évasivement le lieutenant. Cela fait longtemps que vous êtes sur un destroyer?

Ashley se demanda ce qu'il y avait derrière cette question.

— Deux ans. Auparavant, j'ai tâté des vedettes lance-torpilles.

— Cela vous plaisait?

— Beaucoup. C'est rapide, excitant. Mais avec la guerre, j'ai pensé qu'il y aurait plus de baroud sur les gros bâtiments et j'ai demandé une nouvelle mutation. Du coup, je n'ai plus la cote d'amour chez les huiles! dit Ashley en riant.

— Ce bateau a une vitesse maximale de six nœuds. Ce n'est ni rapide ni excitant.

— Mais il y a des compensations? fit Richard.

— Peut-être.

Le Canadien eut un sourire. Ashley commençait à être très intéressé; son cerveau était tout à fait dégagé des vapeurs de l'alcool.

— Je peux vous poser une question? Pourquoi n'avez-vous pas de canons?

— Ah! mais nous en avons.

— Je n'ai rien vu sur le pont.

— Nous les cachons aux regards.

L'homme était prêt à en dire plus, Richard le sentait. Il insista avec un sourire :

— Parce que?...

Laperrine examina Ashley, comme s'il prenait sa mesure.

— Vous devez garder ça pour vous. Si je vous le dis, c'est... eh bien, c'est que je crois que cela peut vous intéresser. Nous allons de l'autre côté, nous nous mêlons aux bateaux de pêche naviguant au large de la côte ouest... pour procéder à certains échanges.

Richard, qui soupçonnait quelque chose de ce genre, retint un sourire de jubilation. Se souvenant de la couleur grise du navire, il objecta :

— Pas dans cet état, je suppose?

— Non, non. Quand nous en aurons terminé, il aura l'air d'un chalutier de Concarneau comme les autres.

— Continuez.

— Je vous ai presque tout dit. En fait, nous sommes juste en train de mettre l'opération sur pied, et nous avons besoin de renfort. De quelqu'un capable de commander un autre navire du même genre, pour être précis. Vous... vous seriez tout indiqué. Vous connaissez la côte, les Bretons; vous parlez français...

— Pas très bien.

— Mais vous le comprenez?

Ashley acquiesça d'un air sûr de soi, comme si c'était tout à fait exact, et ce ne l'était pas; son français était réellement très sommaire.

— Les bateaux de pêche auxquels vous vous mêleriez sont, sans doute, surveillés, non? dit-il.

— Oui, des garde-côtes partent avec les flottilles de pêche mais les chalutiers de Concarneau ont l'autorisation de rester trois jours en mer. Il devrait être facile de se glisser parmi eux pendant la nuit.

Bien sûr, ce devrait l'être. Ashley voyait la chose en imagination : faire semblant de pêcher, se rapprocher des autres chalutiers, leur passer des armes, en recevoir des renseignements. L'idée le séduisait.

— Je voudrais bien en savoir un peu plus, dit-il.

Laperrine sourit : il ne s'était pas trompé sur son compte, il pouvait voir l'œil de son interlocuteur briller d'impatience.

— Bien, dit le Canadien. Je vais prévenir le service.

Après avoir bu un deuxième verre, Ashley se leva pour prendre congé et posa une dernière question :

— A propos, où emmènerez-vous le navire pour le faire repeindre?

— Dans un endroit tranquille, loin des regards indiscrets. Probablement à Helford, où se trouve notre base.

L'estuaire de Helford, situé juste au sud de Falmouth, était effectivement un endroit tranquille mais dominé par deux petits villages et de nombreuses maisons. « Cela ne conviendra pas », pensa Richard.

— Il vous faudrait un coin plus isolé, dit-il. Pourquoi pas aux Sorlingues? A New Grimsby, personne ne vous verrait.

— Cela me paraît une bonne idée, répondit Laperrine en serrant la main de Richard.

Il était tard, Ashley dut se hâter pour prendre la dernière navette retournant au destroyer. « C'est de la dinguerie », pensait-il en pressant le pas dans les rues désertes. « Traverser, faire semblant de pêcher, se mêler aux autres bateaux sous le nez des Allemands... » C'était digne des romans d'aventure de son enfance et c'était sans doute la raison pour laquelle l'idée le séduisait tant : à certains égards, il n'avait pas grandi.

Il se mit à rire tout haut. Quelle importance cela avait-il ? L'idée lui plaisait, il ne pourrait y résister. Avoir peur, faire des choses déraisonnables mais excitantes, tout cela à la fois, comment ne pas en avoir envie ? C'est ce qu'il attendait depuis toujours.

CHAPITRE X

Le corps lové en position fœtale, David pensa à un champ de fleurs, cela l'aidait d'ordinaire à s'endormir. Parfois il lui suffisait de s'étendre sur les planches pour trouver aussitôt le sommeil mais quand il souffrait, c'était différent. Généralement ses ennuis de santé provenaient de son estomac, et parfois la douleur était fulgurante. Aujourd'hui, c'était son genou : la pluie avait rendu la carrière glissante, il était tombé durement en se blessant. Aussi avait-il besoin, ce soir, de songer à quelque chose, à des fleurs de préférence.

Les bruits de la baraque ne le gênaient pas. Gémissements continus, soupirs provenant de ceux qui souffraient, toux, raclements de gorge parvenaient à ses oreilles mais son cerveau se refusait à les entendre. Immobile, s'efforçant d'oublier son mal et de se concentrer sur le champ de fleurs, il attendait de sombrer dans l'inconscience. Le sommeil était désormais la seule chose qu'il attendait. C'était une grâce divine, miraculeuse, un don du ciel. Il fut long à venir, et enfin arriva comme un brouillard monte de la vallée.

Soudain il entendit qu'on promenait un bâton sur la paroi extérieure de la baraque. Les autres l'entendirent aussi et avant même que la porte ne s'ouvre, ils descendirent précipitamment des « couchettes » et se mirent au garde-à-vous, le visage sans expression, le regard fixé sur un point de la cloison d'en face. Freymann descendit lui aussi de sa planche — la plus haute des trois étagères en bois superposées qu'on appelait des couchettes — et s'avança dans l'allée divisant la baraque dans sa longueur. Il ne sentait rien, ne montrait aucune émotion. Il s'appliquait à se tenir droit malgré sa douleur au genou.

Deux *Prominente* entrèrent, frappèrent la porte de leur gourdin jusqu'à ce que les trois cents hommes soient au garde-à-vous. Il n'y avait plus ni soupirs ni gémissements à présent : les *Prominente* battaient ceux qui ne gardaient pas le silence.

— Attendez! ordonna l'un d'eux.

Alors ils attendirent. David fixait la paroi et pensait de nouveau à des fleurs. Il se voyait dans un champ immense entièrement couvert de hautes herbes, d'où émergeaient des coquelicots rouge vif se balançant doucement à la brise. Puis un vent plus fort fit onduler l'herbe dont la couleur passa du vert au jaune, et les têtes de coquelicots se courbèrent comme de honte...

David aimait fixer chaque jour son esprit sur une vision différente. Depuis son arrivée à la carrière, le matin, jusqu'à ce qu'il s'étende pour dormir le soir, il se fabriquait un tableau, mettait en place les plus petits détails jusqu'à ce que la composition soit complète.

En dehors de cela, il se refusait à penser. Penser était une erreur. Ceux qui se rappelaient leur famille, leur maison, ce qu'ils avaient perdu, souffraient davantage. Cela faisait presque un an que Freymann était à Dachau et dès son arrivée, il avait compris qu'on ne survivait qu'en vivant dans le présent, en prenant chaque instant comme il venait. Il était essentiel de ne se poser aucune question, de ne rien désirer. Si on pensait à la liberté, à la nourriture, à de l'eau claire, on devenait fou.

Il avait aussi appris à ne plus se mettre en colère; maintenant, il ne se fâchait plus lorsqu'on l'empêchait de dormir. La colère était inutile.

On l'avait d'abord conduit à Sachsenhausen, où il était resté deux jours, puis un train l'avait amené à Dachau. Les premiers jours avaient été les plus terribles; après cela, tout lui avait paru presque supportable. Les prisonniers avaient été entassés dans des wagons, sans eau ni nourriture, et lorsqu'on avait enfin ouvert les portes, David, clignant des yeux dans la lumière, s'était aperçu que plusieurs d'entre eux étaient morts, écrasés contre les parois du wagon. C'est à ce moment qu'il avait commencé à se rendre compte qu'il fallait vivre chaque minute, seconde après seconde, sans pensée, sans désir.

Le plus difficile, c'était de comprendre le système et ses règles, de comprendre comment survivre. Curieusement, les S.S. posaient moins de problèmes. Ils aimaient l'ordre, les chiffres exacts, l'obéissance : on savait ce qu'ils voulaient. A leur arrivée, les deux mille prisonniers juifs étaient passés un par un devant quatre bureaux installés au centre du camp. On avait tapé à la machine, sur un formulaire, leur nom, leur profession; on leur avait donné un matricule puis on les avait débarrassés de leur vermine avant de leur donner un uniforme.

Ordre, obéissance — c'était facile à comprendre.

En revanche, les règles des *Prominente* étaient impossibles à saisir parce qu'ils n'en avaient aucune. Himmler les avait sortis des prisons allemandes où ils purgeaient de lourdes peines, le plus souvent pour des crimes de sang. On disait que la majorité d'entre eux se trouvait à Dachau depuis 1933, date à laquelle Himmler y avait établi son modèle : son premier camp de concentration.

Les *Prominente* n'avaient pas de règles. Ils rouaient les détenus de coups au moindre prétexte, parfois les précipitaient du point le plus élevé de la carrière et regardaient s'écraser leurs victimes en bas... Ceux qui travaillaient trop lentement risquaient une balle de revolver, ou de recevoir une lourde pierre sur les pieds, ou des coups de bâton sur la tête. Ils aimaient leur métier, ces *Prominente*. Ils choisissaient leurs victimes au hasard, on ne savait jamais qui serait le suivant. Votre voisin, vous-même — il ne fallait surtout pas y penser. Quelques semaines plus tôt, deux prisonniers s'étaient jetés ensemble du haut de la carrière et David avait trouvé leur geste plein de dignité, de noblesse. En choisissant la mort, ils s'étaient élevés au-dessus de la fosse puante du camp, bien au-dessus des créatures méprisables qui le dirigeaient et osaient se targuer du nom d'être humain.

Freymann enviait le courage de ces deux hommes — un courage qui lui avait fait défaut. Mais il ne tarderait pas à mourir, lui aussi; si ce n'était pas à la carrière, ce serait de dysenterie ou d'une autre maladie. Le prisonnier avec qui il avait partagé sa « couchette » avait succombé la veille à la typhoïde; c'est pourquoi il y avait dans la couchette assez de place pour que David puisse se lover en boule. Il avait probablement déjà été contaminé. Il s'en moquait; vivre ou mourir, cela lui était indifférent.

— Garde à vous! cria un *Prominente*.

Freymann s'efforça de joindre les talons et de se tenir droit. Il pourrait tenir ainsi cinq minutes au plus. Ce devrait être suffisant.

Deux officiers S.S. portant l'insigne à tête de mort entrèrent dans la baraque. L'un d'eux baissa les yeux vers une feuille de papier et dit :

— Un pas en avant pour ceux dont les noms suivent : Abraham, Freymann...

David s'avança, le cœur battant à tout rompre. Peut-être?... *Peut-être, mon Dieu, est-ce la fin?*

Un immense regret le submergea : regret de tout ce qui lui avait été enlevé — son petit lapin chéri, sa maison, son travail. Tout ce qui avait compté pour lui. « Tout ce que j'aimais », pensa-t-il.

Les sept prisonniers dont le S.S. avait appelé les noms se mirent en rang et suivirent les officiers hors de la baraque. En traversant le camp, David essayait de suivre le train, mais son genou l'en empêchait. Il boitillait en arrière; soudain il pensa : « Eh quoi? Si de toute façon je dois mourir, que ce soit maintenant ou dans cinq minutes le dos au mur, quelle différence? »

Cette pensée le calma; il cessa de tenter de rattraper les autres. Il s'habituait déjà à l'idée de mourir. N'ayant plus aucune raison de vivre, la mort serait une libération. Son estomac le faisait horriblement souffrir — un ulcère, sans doute — et parfois il vomissait du sang. Chaque jour de travail à la carrière l'épuisait davantage.

L'un des S.S. se retourna, vit que David traînait la jambe à dix mètres derrière les autres, mais au lieu de se précipiter vers lui pour le frapper — comme Freymann s'y attendait — il s'arrêta. En passant devant lui, David rentra la tête dans les épaules en prévision d'un coup... qui ne vint pas. Le S.S. se contenta de lui emboîter le pas; il paraissait content. « Grands dieux, pensa David, que va-t-il se passer? »

Ils franchirent les grilles de l'entrée principale, se dirigèrent vers un camp annexe entouré d'un seul fil barbelé et regroupant trois baraques percées de fenêtres qui devaient faire office de casernement, étaient neuves et en bon état. On eût dit des casernes. « Pourquoi nous conduire ici? se demanda David. Pour nous interroger? Peu probable, après un an de détention. Pour nous avertir d'un transfert? Les prisonniers n'en sont jamais prévenus. En tout cas, on ne nous tuera pas ici... » conclut-il.

Freymann examina les autres prisonniers attendant avec lui devant une des baraques et reconnut l'un d'eux. Il s'appelait Meyer; c'était un grand savant qui avait dirigé un important laboratoire scientifique. Bien qu'il n'eût guère plus de cinquante-cinq ans, il était voûté comme un vieillard et avait la peau du visage flasque; la tenue rayée des prisonniers pendait en larges plis sur son corps émacié. On lui aurait donné soixante-dix ans. « Je dois paraître aussi vieux que lui », songea Freymann, qui avait également beaucoup maigri.

— Entrez! ordonna un des S.S.

L'intérieur de la baraque était propre, le bois neuf dégageait une odeur agréable. Le long des parois s'alignaient des sortes d'établis devant lesquels on avait disposé des chaises. Il y avait aussi trois bureaux, un classeur, des machines à écrire. Cela pouvait être un lieu d'interrogatoire, ou un service quelconque.

— Asseyez-vous!

Les prisonniers échangèrent des regards étonnés : d'ordinaire on ne leur permettait pas de s'asseoir. L'un d'eux s'installa sur le plancher et un sergent S.S. s'écria :

— Sur les chaises!

Quand ils eurent pris place, un officier entra suivi d'un soldat portant un objet lourd dissimulé sous une housse. L'objet fut posé sur l'un des établis et l'officier se tourna vers les prisonniers, le buste bien droit, l'air d'un homme compétent.

— Par ordre du *Reichsführer* Himmler, vous êtes affectés, en qualité de prisonniers du Reich, à ce laboratoire qu'il vous appartiendra de faire fonctionner en utilisant au mieux vos capacités.

« Incroyable, songea Freymann, stupéfait. On allait les mettre sur un *travail scientifique* », comme le confirmait d'ailleurs la présence de Meyer, ce savant de haut niveau. « Incroyable. »

— Nous vous confierons divers projets, dont voici le premier, poursuivit le S.S. en désignant l'objet posé sur l'établi. Nous avons réussi à nous procurer cet appareil, qui équipait un avion ennemi. Votre travail consistera à le démonter, à l'examiner et à tirer des conclusions. Nous voulons savoir à quoi il sert, comment il fonctionne, comment le fabriquer.

« Un vrai projet scientifique, nécessitant une analyse rigoureuse », se dit David, plein d'espoir. Cela signifiait qu'ils seraient traités en prisonniers spéciaux, qu'ils ne retourneraient pas au camp principal. Cependant, pendant qu'il écoutait avec attention, une partie de lui-même demeurait en alerte. Aucun de ceux qui avaient survécu dans ce lieu ne croyait plus à ce qu'on leur racontait. Il fallait attendre et voir venir. Il pouvait y avoir un piège quelque part, c'était généralement le cas.

— Vous êtes tous experts en électronique, n'est-ce pas? continua l'officier. (« Personne ne va dire le contraire », pensa David avec un sourire en coin.) Vous travaillerez sous la direction de... (il consulta sa liste)... Meyer. Vous lui obéirez. C'est compris?

Aucun des prisonniers· n'osa répondre. Ils ouvraient des yeux ronds.

— Vous pourrez demander au sergent Klammer tout le matériel dont vous aurez besoin, reprit le S.S. Ce projet revêt une extrême importance, Herr Himmler lui-même s'en occupe personnellement, sachez-le. Vous aurez à travailler avec rapidité et attention, et à fournir des résultats de la plus haute qualité. Des questions?

Un grand silence; les questions n'étaient en général pas de mise; les prisonniers avaient perdu l'habitude d'en poser et l'officier s'apprêtait à faire demi-tour quand une voix répondit :

— Oui, moi.

David lança un coup d'œil inquiet à la ronde; c'était Meyer qui regardait le S.S. droit dans les yeux. « Vieil imbécile, se dit David, pourquoi faut-il qu'il ouvre la bouche? » Chacun redoutait une explosion de colère mais l'officier se contenta de dire d'une voix calme :

— Parlez.

Toutes les têtes se tournèrent vers Meyer.

— Pour travailler efficacement, nous devons être mieux logés, mieux nourris, déclara le savant d'une voix étonnamment assurée. Je ne peux avoir la moitié de mon équipe malade ou déficiente par sous-alimentation...

« Eh bien, pensa Freymann, tu es un sacré vieux bonhomme. Quel culot! »

— Accordé, répondit le cerbère.

Aussi simple que cela.

Après leur avoir conseillé de dresser au plus tôt la liste de ce dont ils auraient besoin, il sortit. Restés seuls, les prisonniers firent cercle autour de Meyer et échangèrent des regards incrédules. L'un d'eux, nommé Richter, se mit à sangloter, la tête entre les bras; tout cela était tellement invraisemblable.

David cherchait toujours où était le piège; il le trouva finalement.

Lorsqu'ils auraient étudié cet appareil, que se passerait-il, une fois le travail terminé, s'il n'y avait pas d'autres projets? On ne les garderait pas ici, évidemment. Ils reviendraient au camp principal, à la carrière. Et ce serait alors deux fois pire.

Pourtant... cette étude allait prendre des semaines, des mois peut-être... Et un mois passé ici, c'était un temps très long. Assez long pour commencer à espérer que cela pourrait durer toujours...

Il n'était pas venu à l'esprit de Freymann que désirer faire ce travail pouvait être mal, avant que Meyer dise :

— Que nous jugions juste ou non notre participation à ce projet, je crois que nous n'avons pas le choix.

David n'avait pas songé à l'aspect moral du problème : dans le camp, les questions de principe étaient totalement hors de propos, voire ridicules. On n'envisageait pas les choses sous l'angle du bien ou du mal; sinon, on serait mort d'indignité. Était-ce mal? L'idée ne l'avait pas effleuré. Qu'est-ce que cela lui faisait d'aider les Nazis contre leurs ennemis? Était-ce important quand on luttait pour survivre?

Freymann eut la réponse lorsqu'on lui donna un uniforme neuf, qu'il put prendre sa première vraie douche depuis un an, manger convenablement pour la première fois depuis des mois, lorsqu'il vit leur nouvelle baraque, propre, nette, équipée de couchettes individuelles et de toilettes à chasse d'eau. Tout devint alors très simple; il sut ce qu'il avait à faire : il devait survivre. S'il refusait de travailler sur le projet, un autre prendrait sa place, son geste de défi ne changerait rien.

Dans la nuit, étendu sur une couchette propre et qui ne puait pas, il versa quelques larmes. Larmes de soulagement, mais aussi de pitié pour lui-même et ses fragiles et pathétiques espérances d'avenir, ranimées après si longtemps. Sa pensée alla vers Cécile et Ellen; il tenta d'imaginer ce qu'était leur vie sans lui. Cela faisait plus d'un an qu'elles étaient parties.

Il finit par s'endormir et rêva qu'il inventait un appareil magique avec lequel l'Allemagne allait gagner la guerre. Il était devenu un héros, il était libéré du camp et recevait la Croix de fer avec feuilles de chêne. Mais en se regardant, il s'apercevait avec horreur qu'on lui avait donné un uniforme de S.S. Il leur disait que c'était une erreur, il essayait de l'arracher, mais le vêtement noir était collé à sa peau, des morceaux de sa chair venaient avec lui.

Il se réveilla en sursaut, le cœur battant la chamade. « Ce que je fais est-il si mal? » pensa-t-il. Non, ce ne pouvait l'être, vraiment pas. Ce qui serait mal, ce serait de révéler son secret, le petit rouleau de microfilm; voilà ce qui serait impardonnable.

Le lendemain, après l'appel, Freymann demanda la permission d'aller chercher quelque chose dans son ancienne baraque — requête inconcevable la veille encore mais qui fut satisfaite. Lorsqu'il pénétra dans le bâtiment, il le trouva désert : les prisonniers valides étaient partis pour la carrière, les malades à l'« infirmerie » — euphémisme pour désigner la baraque où ils attendaient de mourir.

Après s'être assuré qu'il était bien seul, David se glissa derrière la porte et, à l'aide d'une vieille timbale métallique, gratta la terre dure du sol. Il ne trouva pas tout de suite le bon endroit, tâtonna et finit par refermer la main sur le petit rouleau. Il reboucha le trou, tassa la terre, cacha le rouleau sous son aisselle et retourna à ses nouveaux quartiers, où il dissimula le petit objet derrière le réservoir de la chasse d'eau.

Puis il se rendit au « laboratoire ».

Manifestement, l'appareil était un dispositif de brouillage mais il s'avéra plus difficile de déterminer comment il fonctionnait et quel type de radar allemand il était destiné à brouiller. L'équipe de Meyer le divisa en vingt éléments, chacun se chargeant d'étudier plusieurs pièces.

Au bout de deux semaines, l'équipe avait enregistré quelques résultats. L'appareil semblait être destiné à brouiller le système d'alerte Freya, opérant sur une fréquence de cent vingt-cinq mégacycles et capable de détecter des avions ennemis à une distance de cent vingt kilomètres. Freymann le connaissait parfaitement puisque le Freya avait été mis au point par la Société Gema.

En travaillant sur les pièces qu'on lui avait confiées, David se demanda comment les Britanniques avaient découvert l'existence du Freya et sa fréquence. C'était en effet un dispositif volumineux, fixé au sol, qu'un espion aurait été incapable d'emporter. Les Anglais devaient posséder du matériel de détection beaucoup plus perfectionné qu'on ne l'avait cru en Allemagne.

« Mais alors, se rendit compte David, il n'était plus au courant... et personne ne l'était plus. Depuis une année que les recherches à long terme avaient été arrêtées, que les scientifiques avaient été appelés sous les drapeaux ou expédiés dans des camps. »

David poussa plus loin son raisonnement : « Si les Britanniques étaient capables de détecter un radar, ils devaient aussi être en mesure d'en fabriquer un eux-mêmes. La conclusion était inéluctable. » Il en discuta avec Meyer, qui répondit :

— Oui, je crois qu'ils ont le radar, maintenant.

— Pour garder son avance, l'Allemagne aurait dû poursuivre les recherches.

— Oui. Dans notre partie, quand on n'avance pas, on recule.

— Mais il doit bien y avoir des chercheurs allemands qui étudient la question.

— Non! D'après ce que j'ai compris, nous sommes les seuls sur qui le gouvernement compte. Quelle ironie! dit Meyer.

— Certains laboratoires continuent sûrement à fonctionner, j'imagine?

— Très peu. Et sur des projets peu importants. J'ai réclamé des rapports détaillés sur les travaux menés pendant... mon absence, et on n'a rien pu me fournir. Croyez-moi, le principal laboratoire de recherche allemand en électronique se trouve *ici*.

Meyer eut un rire amer avant d'ajouter :

— C'est moins cher pour eux : pas de salaire à payer.

Freymann tourna les yeux vers l'établi. Pour la première fois, il prenait conscience de l'importance du travail qu'on leur avait confié.

— Que leur dirons-nous quand le moment sera venu de donner des résultats? demanda-t-il.

— Nous leur dirons ce que nous avons trouvé, répondit Meyer. Mais... (il baissa la voix) nous ne tirerons pas de conclusion pour eux. Qu'ils découvrent eux-mêmes que les Britanniques ont le radar! Moi je ne le leur révélerai pas. Et vous non plus.

— Non, moi non plus, déclara David.

Ce petit acte de résistance, fût-ce par omission, lui donna meilleure opinion de lui-même.

— A propos, reprit-il, à qui adresserons-nous notre rapport? Vraiment à Himmler?

— Je crois que oui. Des exemplaires seront aussi envoyés à d'autres services, y compris au responsable de la recherche scientifique.

— Qui est-ce?

— Schmidt, bien sûr, répondit Meyer, étonné.

« Rien n'a changé », se dit Freymann. Il aurait voulu que cela lui soit indifférent mais savoir qu'il travaillait pour Schmidt lui levait le cœur.

Un mois plus tard, l'équipe fournit une seconde série de résultats. David commença à se demander pendant combien de temps encore ils pourraient faire traîner l'étude en longueur — deux semaines, quatre au maximum. Le laboratoire avait un air d'installation permanente, mais comment croire que quelque chose était permanent à Dachau...

L'idée de revenir au camp principal le hantait, comme elle hantait les autres. Tous les sept étaient en assez bonne santé maintenant; ils étaient au chaud et en sécurité; ils avaient l'espoir. C'était terrifiant d'avoir tant de choses.

David apprit qu'il existait d'autres laboratoires, l'un sous la coupe de l'Institut de santé des S.S., l'autre du Bureau de recherche de la Luftwaffe. On ignorait ce que l'on y faisait; on ne le demandait pas, parce que la réponse aurait pu vous donner la nausée.

Il se souvint que Himmler était passionné de connaissances spéciales, ce qui expliquait les divers laboratoires. Avant la guerre, il avait organisé des fouilles archéologiques, pour prouver une théorie obscure, que David ne se rappelait pas très bien. Quelque chose au sujet de races germaniques pures, ancêtres des chevaliers de l'Ordre Teutonique. Cet homme était un fou; qu'il soit parvenu à un rang aussi élevé en disait long sur le système.

Une semaine plus tard, les savants n'avaient plus grand-chose à faire et leur inquiétude grandissait; il leur serait difficile de continuer longtemps à se hâter lentement. Mais un nouvel objet arriva au laboratoire comme une manne et ils retrouvèrent le sourire.

Cette fois encore, leur tâche consistait à le démonter, à l'étudier, et Freymann constata avec ravissement qu'il s'agissait d'un appareil de conception radicalement nouvelle. Il leur faudrait des semaines pour parvenir à en comprendre le fonctionnement.

Ils bénéficiaient d'un nouveau sursis.

— Rassemblement! cria le sergent Klammer.

Freymann releva la tête, alarmé. Le sergent ne les interrompant jamais lorsqu'ils travaillaient, il devait s'agir de quelque chose d'inhabituel. Quand les chercheurs furent rassemblés, Klammer ordonna, avec une telle fougue qu'il en postillonna :

— Cessez de travailler et rangez le laboratoire. Tout doit être impeccable dans une heure. Ensuite préparez-vous à répondre aux questions qu'on pourrait vous poser sur votre travail. C'est clair?

Meyer acquiesça de la tête, et ses collègues se tournèrent vers lui après le départ du sergent.

— Je n'en sais pas plus que vous, dit le savant en haussant les épaules.

« Ce doit être Himmler, pensa David. Ce ne peut être que lui. » Il était déjà venu au camp. Le laboratoire était sa création, il s'y intéressait personnellement.

Quand tout fut prêt, l'attente commença. A midi, on ne les autorisa pas à aller chercher leur repas et ils durent se passer de manger. De même, ils n'eurent pas la permission d'effectuer un travail quelconque, pour ne pas mettre de désordre. Vers trois heures, David se sentait défaillir. Son estomac était habitué à des heures de repas régulières et n'aimait pas qu'elles soient changées. Son ulcère commençait à lui donner des élancements, qui bientôt se transformeraient en coups de poignard. A quatre heures, ils attendaient encore lorsque Klammer beugla :

— Garde à vous!

Immobiles, les yeux fixés sur la paroi d'en face, ils s'efforcèrent à l'anonymat : des hommes sans visage mais pouvant servir, sans importance et cependant précieux. « Prendre l'air qu'ils veulent que nous prenions », pensa David.

Un groupe entra dans la baraque et Freymann, sans tourner la tête, vit du coin de l'œil des uniformes noirs d'officiers S.S. de haut rang. L'un d'eux partit d'un rire gras et David pensa qu'ils venaient de faire un bon déjeuner. Quand ils passèrent devant lui, il les observa à la dérobée. La plupart de ces officiers supérieurs lui étaient inconnus, à l'exception d'un petit homme coiffé en brosse, au menton fuyant, dont il avait vu le visage en photo, Himmler. Avec ses yeux clairs et froids derrière ses lunettes à verres non cerclés, il avait l'air inoffensif d'un employé de banque.

Suivaient quelques civils parmi lesquels Freymann distingua une vieille connaissance. C'était Schmidt.

Schmidt demeurait légèrement à l'écart, l'air mal à l'aise. Il jetait de temps en temps un regard autour de lui, sur les murs nus et la simplicité du décor, avec un air légèrement dégoûté. « Tu peux bien te sentir mal à l'aise, mon vieux », se dit David. Schmidt ne l'avait pas encore repéré; Freymann le surveillait, attendant ce moment, mais Schmidt évitait soigneusement de regarder en direction des prisonniers. David se sentit vaguement déçu.

Himmler parcourut lentement la pièce, hochant la tête quand on lui montrait des éléments d'appareil ennemi. Soudain, il se tourna, chercha quelqu'un des yeux, repéra Schmidt et lui fit signe d'approcher. Dans un silence total, le *Reichsführer* déclara d'une voix étonnamment douce :

— Je pense que vous êtes satisfait de ce que nous avons installé ici, Herr Schmidt.

— Très satisfait, répondit Schmidt dans un murmure.

Avec un sourire bienveillant de maître d'école, Himmler reprit :

— Vous désirez sans doute poser des questions aux prisonniers sur leur travail. Faites donc. Nous serons très heureux d'écouter.

Surpris, Schmidt regarda autour de lui comme pour chercher une échappatoire. Ses yeux s'arrêtèrent sur Meyer qu'il examina fixement. Puis on vit dans ses yeux qu'il le reconnaissait. « Évidemment, il connaît bien Meyer », se dit David. Schmidt s'approcha de celui-ci et lui demanda des explications sur un tube cathodique provenant d'un bombardier anglais. Un brouhaha de conversations se répandit dans la pièce.

Freymann s'interrogea sur les rapports du *Reichsführer* avec le responsable de la recherche. On pouvait supposer que Himmler faisait une faveur à Schmidt et entendait le lui rappeler; que Schmidt, désespérément en quête de savants, s'était vu contraint de demander aux S.S. de lui en procurer. Curieusement, ceux-ci ne paraissaient pas gênés d'avoir recours à des Juifs, à une race inférieure. Himmler semblait enchanté par le laboratoire, c'était Schmidt qui avait l'air mal à l'aise.

— Freymann..., fit une voix avec une intonation surprise.

Schmidt se tenait devant David, qui attribua cette stupeur à son aspect physique. Le visiteur se ressaisit, demanda :

— Sur quoi travaillez-vous?

Freymann fournit des explications aussi brèves et simples que possible. Satisfait, Schmidt commença à s'éloigner puis se ravisa :

— Nous avons considéré à nouveau cette idée de radar à ondes courtes à laquelle vous teniez tant, dit-il. Nous avons établi une fois pour toutes qu'elle n'était pas réalisable, ni même sérieuse. Ce serait parfaitement inefficace.

Comme David continuait à regarder droit devant lui sans répondre, Schmidt ajouta, avec irritation :

— Nous aurions perdu du temps et de l'argent en poursuivant les recherches dans cette direction. Mais naturellement, vous ne vouliez rien entendre, n'est-ce pas?

— C'était une erreur, je le comprends, maintenant, mentit Freymann.

Les visiteurs commencèrent à quitter la baraque en faisant résonner leurs bottes sur le plancher de bois. Himmler souriait, manifestement ravi de sa journée à Dachau.

Quand la porte se referma, le silence se fit et Freymann, terriblement déprimé, se laissa tomber sur une chaise. Dire qu'il avait librement travaillé pour de tels hommes! Quelle honte! Il l'avait fait par vanité, pour montrer quel brillant chercheur il était. Naturellement, il avait voulu se faire croire qu'il le faisait pour le pays, pour le peuple allemand, qu'il distinguait des Nazis, mais quelle erreur : le peuple, l'État, les Nazis, c'était tout un. Il suffisait de regarder Schmidt pour s'en convaincre. Sinon comment un savant, un homme de pensée, aurait-il pu venir ici et se montrer indifférent? Seule la vanité l'avait motivé, et il en sentait encore maintenant l'aiguillon, à propos du radar à ondes courtes et de la remarque de Schmidt. Comme il aurait aimé le confondre, lui prouver qu'il avait tort!

« Pure vanité », songea-t-il en se levant lentement pour se remettre au travail.

CHAPITRE XI

La voiture d'état-major ralentit en entrant dans la ville et le change-ment d'allure réveilla Dönitz, qui regarda par la vitre. Son aide de camp, un jeune officier nommé Schneider assis à l'avant du véhicule, annon-ça :

— Voici Morlaix, Amiral. Nous sommes à une quarantaine de minu-tes de Brest.

Dönitz hocha la tête, regarda la morne succession de maisons et de magasins : pour lui, toutes les villes françaises se ressemblaient. Il ferma les yeux. Il somnolait souvent pendant les longs voyages, habitude qui l'aidait à clarifier ses idées quand il s'attaquait à des problèmes ardus.

Mais cette fois, il avait beau retourner le problème en tous sens, la solution ne venait pas. Au début de la guerre, il disposait d'une maigre flotte de cinquante-six *U-boote*, dont une vingtaine seulement utilisables dans l'Atlantique. Six mois plus tard, il en était à trente-deux, chiffre dangereusement faible.

Seulement l'occupation de la France — un vrai miracle ! — l'avait sauvé de la catastrophe et Dönitz bénissait le sort qui lui avait livré la longue côte occidentale française, lui donnant du même coup un accès direct à l'Atlantique, tout ce qu'il demandait. Désormais, ses sous-marins n'étaient plus obligés de contourner le nord de l'Écosse puis de passer par le goulet peu profond de la mer du Nord pour regagner l'Allemagne. Ils atteignaient leur terrain de chasse plus rapidement, beaucoup plus, avec une sécurité plus grande, car dès le troisième mois d'Occupation, Dönitz avait transféré deux flottilles à Lorient et une troisième à Brest.

L'amiral ouvrit les yeux, jeta un regard au loin sur la mer étincelante, puis sur sa montre. Ils ne devaient pas être loin de Brest.

— Veuillez me donner le détail du programme de la journée, demanda-t-il à son aide de camp.

— 12 h 30, déjeuner dans un restaurant près de l'arsenal, récita Schneider ; 14 h 30, entrevue avec R. Dorsch, architecte de l'organisation Todt, visite de l'arsenal ; 16 h, réunion avec le commandant de la base de Brest. Également une rencontre avec l'équipage du sous-marin U-319, dont le retour est prévu à 15 h 30, selon les dernières estimations.

— Parfait, approuva Dönitz.

L'U-319 était commandé par le *Kapitänleutnant* Fischer, un excellent officier qui venait de se distinguer une fois de plus au cours de la patrouille dont il allait rentrer. La veille, au Q.G. de Paris, Dönitz avait pris connaissance d'un bref message radio faisant état de six navires coulés. Six! en cinq jours. C'était remarquable. Et d'autres sous-marins avaient également enregistré de nombreux succès. Le tonnage moyen coulé par eux était en augmentation; le mois de septembre devrait battre les records, avec au moins cinquante navires envoyés par le fond.

Fischer portait la Croix de fer de première classe et l'amiral lui remettrait les feuilles de chêne dans l'après-midi. Chez les sous-mariniers, on n'attendait pas l'approbation d'un conseil supérieur pour décerner une décoration; on la remettait immédiatement, sur le quai, quand l'émotion était à son comble, et tout l'équipage partageait ce moment de gloire avec le récipiendaire.

La voiture longeait un large estuaire et les fermes avaient fait place à un chapelet de petites villas : ils entraient dans Brest.

Dönitz considéra le reste du programme de la journée. Avec l'architecte de l'organisation Todt, il discuterait des modifications de structure qu'il fallait apporter à l'arsenal. Les travaux avaient déjà commencé et progressaient rapidement. L'organisation utilisait de la main-d'œuvre polonaise, dure au travail.

La conférence de l'état-major verrait le mélange habituel d'optimisme et de résignation. L'état-major ne faisait rien — ou peut-être, se demandait Dönitz, n'osait rien faire — pour obtenir de lui la seule chose que, ses subordonnés le savaient, il ne pouvait leur fournir : davantage de bateaux.

Six nouveaux sous-marins seulement seraient lancés dans le mois, à la suite de deux malheureuses unités construites en août, de même qu'en mai, en juin et en juillet, ce qui ne couvrait même pas les pertes. Le Haut Commandement lui répétait toujours que c'était une question de ressources — ce qui signifiait en réalité que tout allait à la chère Luftwaffe de Goering.

La voiture franchit le portail de l'arsenal; s'approcha d'un hideux bâtiment gris sur lequel flottaient le drapeau du Troisième Reich et le pavillon de la Kriegsmarine. Sur le perron, le commandant de la 1re Flottille et ses officiers attendaient la venue de l'amiral. Un matelot tenait par le licol la mascotte de la flottille, une chèvre portant l'insigne de celle-ci. Dönitz était ravi. En 1935, il avait été lui-même commandant de la 1re Flottille, la seule qui existât alors. Il se souvenait que ses marins avaient choisi eux-mêmes l'insigne et la mascotte.

Immédiatement après les salutations, on passa à table. Le déjeuner fut quelconque, ce qui confirma Dönitz dans son idée que la cuisine française était surestimée. En revanche, le vin était excellent, mais il en but très peu. Il abrégea le repas pour commencer plus tôt la visite de l'arsenal.

Brest, port important, abritait l'une des principales bases navales françaises et disposait déjà d'installations considérables. Il suffirait de leur apporter des modifications, expliqua Dorsch. Il faudrait transformer les grandes cales sèches afin qu'elles puissent accueillir deux U-boote à la fois, créer de nouveaux ateliers de mécanique et de soudure.

— Combien de temps cela prendra-t-il? voulut savoir Dönitz.

— Huit semaines au maximum.

— Bien.

Quand les travaux seraient terminés, une autre flottille serait transférée de Kiel à Brest. L'amiral souhaitait avoir le plus grand nombre de sous-marins possible dans ce port où ils seraient le plus efficaces. Comme les visiteurs retournaient aux voitures, un moteur bourdonna au loin dans le ciel et tout le monde leva les yeux.

— C'est un des nôtres.

Dönitz approuva de la tête. Goering avait promis la maîtrise du ciel mais selon certaines rumeurs, la bataille d'Angleterre ne se déroulait pas aussi bien que prévu. Les *U-boote* seraient extrêmement vulnérables aux attaques aériennes.

— Herr Dorsch, combien de temps faudrait-il pour construire des bunkers protégeant mes sous-marins d'une attaque aérienne? demanda l'amiral.

La question prit l'architecte au dépourvu.

— Euh... Voyons... Étant donné que la dalle supérieure devrait être très épaisse, vraiment, oui, extrêmement épaisse, je dirais six mois, au moins. Le béton, la main-d'œuvre... Il faudrait abriter combien de submersibles à la fois?

— Une douzaine. Plus si possible.

— Ce serait un projet... énorme.

— Mais réalisable?

— Ah oui! très certainement.

Dönitz pensa avec satisfaction que ses sous-marins seraient à l'abri, même si l'Allemagne perdait la bataille du ciel. Restait un point vraiment dangereux : la traversée du golfe de Gascogne. C'était là, aux abords de ses nouvelles bases en France — Brest, Lorient, La Pallice et Saint-Nazaire — que les *U-boote* étaient le plus exposés aux attaques aériennes. Il était en effet plus facile aux Britanniques d'attendre le retour ou le départ des *Loups gris* que de les chercher en plein océan.

De retour au Q.G., l'amiral retrouva le *Korvettenkapitän* Scheer, commandant la flottille, et la réunion commença aussitôt. Les rapports indiquaient que le tonnage moyen de navires coulés par *U-boot* et par jour augmentait chaque mois. Il prit mentalement note d'avoir à demander, lors de la conférence d'état-major, la situation actuelle de l'activité aérienne ennemie. Parce que ce dont avaient besoin les sous-marins, c'était d'une bonne couverture aérienne. Mais Goering veillait à ce que la marine ne soit pas au courant de cette situation.

— Et il grimpera beaucoup plus, promit Dönitz.

Dès l'arrivée d'une autre flottille sur les côtes françaises, expliqua-t-il, il serait possible d'utiliser pleinement la tactique de la meute, qui accroîtrait considérablement le nombre des navires coulés. L'amiral promit également une aide efficace des services de renseignements pour repérer plus facilement les convois.

Quand on passa aux problèmes, Scheer, le commandant, se déclara inquiet des attaques aériennes, au cours desquelles les appareils de la R.A.F. lâchaient des grenades sous-marines. Et, comme Dönitz l'avait prévu, beaucoup de ces attaques s'effectuaient dans le golfe de Gascogne.

— Nos *U-boote* parviennent-ils à plonger à temps? demanda Dönitz.

— Oui, mais parfois de justesse. Par mauvaise visibilité, l'ennemi ne les détecte pas, bien entendu. Mais quand il y a peu de nuages, il les repère souvent le premier et comme il attaque contre le vent, nos hommes ne l'entendent ou ne le voient que lorsqu'il est trop tard.

— Une bonne veille résout-elle le problème?

— Oui, admit Scheer.

— Alors, c'est réglé, conclut Dönitz avec une pointe d'impatience. En règle générale, il faudra que la majorité des bâtiments appareillent au crépuscule pour bénéficier de l'obscurité. D'autres suggestions?

Après un court silence, un officier demanda :

— Aucune chance d'obtenir l'œil magique?

Juste avant la guerre, quelques submersibles avaient été équipés de radars volumineux mais les résultats s'étaient avérés si minces qu'on avait abandonné l'expérience. Depuis, toute recherche sur des appareils plus petits avait cessé.

— Non, répondit Dönitz. Des expériences ont démontré qu'on ne peut construire de radars assez petits pour équiper les sous-marins.

L'amiral se rappelait le rapport formel que le responsable de la recherche avait écrit à ce sujet.

On frappa à la porte, un jeune officier entra, salua et annonça :

— L'U-319 vient d'entrer dans le port. Il sera à quai à 16 h 10.

Dönitz consulta sa montre : dans un quart d'heure.

— C'est bon! Allons-y, proposa-t-il en se levant.

Il avait toujours aimé venir à la rencontre de ses bateaux et le faisait aussi souvent que possible. Naguère, lorsque son Q.G. se trouvait à la base sous-marine de Kiel, il lui était facile d'accueillir chaque bâtiment rentrant de patrouille. Maintenant — eh bien, ce n'était plus possible. Son quartier général était à Paris et les bases de sous-marins dispersées sur toutes les côtes de l'Europe.

Tandis qu'il marchait d'un bon pas en direction du bassin, Dönitz interpella Schneider :

— Vous avez bien tout apporté?

— Oui, amiral, répondit ce dernier.

Quand le petit groupe d'officiers supérieurs arriva sur le quai, il restait dix minutes à attendre. L'amiral s'assit sur un canon d'amarrage et contempla en silence la vaste étendue de la rade de Brest. Le chevrotement de la mascotte lui fit tourner la tête et il découvrit qu'en plus de la fanfare et de la garde d'honneur officielle, une centaine d'officiers et de matelots s'étaient rassemblés. Comme toujours, tout le monde était venu accueillir le sous-marin rentrant à la base. Cela faisait partie de la camaraderie et de l'esprit de corps extraordinaires qui unissaient ses hommes.

Dönitz était extrêmement fier d'eux; mais il ne pouvait s'empêcher d'être encore plus fier de deux marins : ses deux fils, l'un sous-marinier, l'autre embarqué sur les vedettes rapides.

L'avant d'un sous-marin apparut au bout de la jetée, des acclamations montèrent de la foule, la fanfare entama la *Kretschmermarsch*, et Dönitz sentit sa gorge se nouer : ce moment de soulagement et de fierté ne manquait jamais de l'émouvoir.

L'équipage de l'U-319, aligné sur le pont, répondit aux acclamations par de grands gestes. Son moral paraissait être au plus haut; à l'évidence, tout s'était bien passé. Tandis que le sous-marin manœuvrait pour accoster, des plaisanteries s'échangèrent entre son équipage et l'assistance. Dönitz souriait : à des moments comme celui-ci, il tolérait le manque de formalisme, sachant fort bien que, du fait de sa présence, le ton des commentaires était quelque peu atténué. Il apercevait Fischer en haut du kiosque, un large sourire sur le visage. La mascotte se mit à bêler et tout le monde éclata de rire.

Lorsque le sous-marin fut amarré et la passerelle mise en place, la fanfare cessa de jouer et le silence se fit. Tout le monde avait deviné ce qui allait suivre. L'équipage s'aligna sur le pont; Fischer, descendu de la baignoire, apparut en bleu de chauffe et casquette blanche à coiffe molle, et s'engagea sur la passerelle au bout de laquelle Dönitz l'attendait. Les deux marins se saluèrent puis se serrèrent la main. L'assistance demeurait dans une attente impatiente, pendant que Dönitz disait quelques mots.

Schneider s'avança alors, une petite boîte à la main, l'ouvrit, la présenta à son chef qui en sortit une simple croix de fer ornée de feuilles de chêne et attachée à un long ruban. L'amiral passa le ruban autour du cou du commandant, les deux hommes se saluèrent à nouveau. La fanfare se mit à jouer, la foule poussa un rugissement.

Schneider offrit à Fischer un bouquet de fleurs et le jeune commandant du sous-marin, son visage empreint d'orgueil et de joie, conduisit l'amiral à bord pour lui présenter l'équipage. Pour clore la cérémonie, Fischer passa en revue la garde d'honneur. Scheer, qui se trouvait à côté de Dönitz, lui demanda :

— Souhaiteriez-vous entendre de vive voix le rapport de Fischer ou une copie dactylographiée vous suffira-t-elle?

— J'aimerais être présent, si c'est possible.

— Naturellement, Amiral!

La question avait été posée et la réponse donnée dans les formes officielles. Mais Dönitz sourit en pensant : « S'il ne m'avait pas fait la proposition, je me serais invité moi-même. »

*
* *

Fischer était assis près de la fenêtre et la lumière de l'après-midi finissant dorait ses cheveux blonds. De temps à autre, il baissait la tête vers le livre de bord posé sur ses genoux afin de se rappeler l'heure précise de tel événement. Mais la plupart du temps il parlait de mémoire, fixant de ses yeux bleu clair le mur opposé, l'esprit reparti dans l'Atlantique Nord. Il relata d'abord comment, en se rendant vers la zone de patrouille qui lui avait été assignée, il avait croisé un petit convoi venant probablement de la Méditerranée et coulé deux navires avant d'être pris en chasse par un destroyer.

— En compagnie des U-253 et U-90, nous sommes arrivés au point de référence de la grille le 15 à 7 h, poursuivit-il. Déployés en éventail, nous avons remonté en zigzaguant un couloir large de cinquante milles coupant le parcours présumé du convoi. L'U-90 le repéra droit devant à 19 h, nous prévint par radio. Après avoir transmis l'information au Q.G., j'ordonnai à l'U-253 d'effectuer son approche par le sud et à l'U-90 de la faire par le nord, notre propre sous-marin se mettant en position sur la route du convoi. A ce stade, il était encore impossible d'estimer la vitesse de celui-ci ou le tracé de ses zigzags mais je donnai cependant l'ordre de suspendre toute communication entre nos *U-boote* pour réduire les risques de détection.

En regardant le visage de Fischer plissé par la concentration, Dönitz se rappela avec nostalgie l'époque où il commandait lui aussi un submersible. Il avait présenté les mêmes rapports objectifs et froids mais chargés d'une multitude de sentiments non exprimés : peur, exaltation, doute. Le convoi modifierait-il sa route au dernier moment? Sa vitesse n'était-elle pas supérieure à celle estimée? Quel navire attaquer le premier?

— Nous plongeâmes à profondeur périscopique, poursuivit Fischer, et chacun manœuvra pour prendre position. C'était un convoi d'au moins une trentaine de navires, dont l'escorte semblait, à première vue, très faible. Nous n'avions repéré qu'une seule frégate et trois chalutiers armés. Soudain, alors que nous attendions, je vis la frégate se détacher du convoi et mettre cap au sud. Je pensai que les Anglais avaient repéré l'U-253 mais je découvris plus tard que ce n'était pas le cas. En fait, nous ne savons toujours pas pourquoi la frégate a tout à coup foncé dans cette direction. A 20 h 30, nous l'avons vue réapparaître, faisant une route qui la faisait passer sur l'avant et en travers du convoi. Malheureusement cette route l'amenait très près de notre position. Ayant le pressentiment que le convoi allait changer de cap, et, bien que j'eusse projeté de me porter un peu plus au nord, je n'eus d'autre ressource que de plonger. Nous restâmes en immersion douze minutes pour laisser passer la frégate, écoutant le bruit de ses hélices, puis nous remontâmes à profondeur périscopique.

Le commandant s'interrompit, les yeux brillants.

— C'était à peine croyable, nous nous trouvions au beau milieu du convoi! reprit-il.

L'ombre d'un sourire passa sur les lèvres de Dönitz. Un étonnant coup de chance, vraiment! Il pouvait imaginer la stupéfaction et l'animation à bord du sous-marin.

— Un gros pétrolier se dirigeait droit vers un point où il ferait une cible parfaite. Nous n'avions qu'à attendre! Cependant, comme il faisait nuit noire et que le convoi était très dispersé, je décidai de faire surface afin d'avoir une plate-forme de tir plus stable. Je lançai deux torpilles sur le pétrolier, qui explosa aussitôt, et je battis en retraite pour ne pas être éclairé par les flammes. Un second navire se présenta en bonne position de lancement pour nous; nous l'avons eu avec une seule torpille. D'autres bâtiments s'embrasèrent : l'U-253 et l'U-90 ne perdaient pas leur temps non plus. Comme la frégate s'approchait, je redescendis à une profondeur périscopique et ne fus pas repéré. D'autres cibles se présentèrent et je suis sûr d'avoir coulé cette nuit-là au moins quatre bateaux, avec huit torpilles seulement.

Il y eut un moment de silence. Personne n'aimait penser aux navires coulés, parce que des hommes mouraient, noyés ou brûlés vifs.

— Finalement, je refis surface après le passage du convoi, je pris plus tard contact par radio avec les U-90 et U-253, qui avaient mis au but respectivement quatre et six torpilles — au total près de la moitié du convoi avait été coulée.

Les officiers échangèrent des regards de satisfaction. Dönitz hocha la tête et demanda :

— L'ennemi ne vous a donc détectés à aucun moment?

— Non, Amiral! Je pense qu'il n'avait aucune idée de l'endroit où nous nous trouvions. Je crois que lorsque nous sommes en plongée, son asdic ne peut distinguer le bruit de nos moteurs de celui des navires du convoi. Tant que nous restons suffisamment près des bâtiments ennemis, nous ne pouvons être détectés par l'asdic.

— Je suis tout à fait de votre avis, approuva Dönitz. *Kapitänleutnant* Fischer, je vous présente à nouveau mes félicitations pour votre exploit. A ce rythme, notre petite flottille gagnera la guerre!

« Ils croient sans doute tous que je tiens des propos en l'air, songea l'amiral, mais c'est absolument vrai. »

Considérant le rapport terminé, Dönitz s'apprêta à se lever.

— Amiral, dit alors Fischer, je n'ai peut-être pas donné à votre question une réponse tout à fait exacte.

— Ah? fit Dönitz, lui lançant un regard perçant.

— En fait, nous avons eu un accrochage avec l'ennemi mais beaucoup plus tard, à soixante milles de Brest. La visibilité était d'un mille; l'homme de veille a cru entendre un moteur d'avion — c'est heureusement un matelot doué d'une ouïe exceptionnellement fine. Je dois reconnaître que je n'avais moi-même rien entendu, et pourtant je me trouvais dans le kiosque. Ne voulant prendre aucun risque, j'ordonnai de plonger en catastrophe. Ce fut juste à temps : le dernier homme à descendre vit un Sunderland apparaître au sud et virer droit vers nous. Une fois en immersion, nous entendîmes une bombe exploser mais elle était assez loin. Ensuite, plus rien, conclut le commandant avec un haussement d'épaules. C'était un hasard. Mais encore heureux que nous ayons eu une aussi bonne veille.

— Encore heureux, répéta Dönitz d'un air songeur. Et cet avion a seulement viré en vous apercevant?

— Oui, Amiral.

— Alors, c'était seulement un hasard, effectivement, acquiesça le chef des sous-mariniers en tendant la main au commandant. Au revoir, Fischer. J'attends avec impatience les résultats de vos prochaines patrouilles. Puissent-elles être aussi fructueuses que celle-ci!

Il se pencha vers Fischer et murmura, de façon à n'être entendu que de lui seul:

— Vous rappelez-vous les débuts, à Kiel? Ça fait longtemps, hein?

— Oui, Amiral.

— Bien longtemps, dit Dönitz à mi-voix avant de quitter la pièce.

— Encore heureux, répeta l'aide d'un air songeur. Et cet avion a seulement viré en vous apercevant.

— Oui, Amiral.

— Alors, c'était seulement un hasard, effectivement, remarqua le chef des sous-marines en reglant la main au commandant. Au revoir, Fischer. J'attends avec impatience les résultats de vos prochaines patrouilles. Puissent-elles être aussi fructueuses que celle-ci.

Il se pencha vers Fischer et murmura, de façon à n'être entendu que de lui seul :

— Vous rappelez-vous les débuts, à Kiel ? Ça fait longtemps, hein ?

— Oui, Amiral.

— Si ça longtemps que Kiel, à un verre avant de quitter la pièce.

CHAPITRE XII

L'appartement situé dans la rue étroite près de la porte d'Auteuil était petit, modestement meublé, en tout point banal — exactement ce que voulait Vasson. Il était grand temps de quitter son ancien appartement, qu'il occupait depuis six mois — depuis qu'il avait commencé à travailler pour Kloffer, au mois de décembre. Il emménagea à midi, rangea soigneusement dans l'armoire et la commode de la chambre le contenu de deux valises : ses meilleurs vêtements trouvèrent tout juste place dans la première; dans les tiroirs de la seconde il mit chemises, pantalons de sport, pull-overs et linge de corps.

Après avoir placé des boules de naphtaline dans les deux meubles, il ouvrit la troisième valise, en vérifia le contenu. Un costume minable, trois chemises en coton, des pantalons et des sous-vêtements bon marché : ses habits de travail.

De son portefeuille, il sortit des papiers au nom de Lebrun, une centaine de francs, un laissez-passer spécial qu'il détruirait dès qu'il aurait franchi la frontière belge. « Aurai-je assez d'argent? » se demanda-t-il. Il ne voyait pas quelles dépenses il pourrait être amené à faire d'ici là. Il avait déjà payé six mois de loyer d'avance et avancé à la concierge de quoi régler l'électricité et autres factures. Non, ce serait suffisant, et moins il aurait d'argent français sur lui, mieux ce serait.

Il regarda sa montre : il avait juste le temps d'aller à Sèvres, puis à Clichy, et de revenir chez lui à 7 heures.

Il referma la valise, la plaça près de la porte et sortit.

Comme il en avait pris l'habitude, il avait garé sa voiture, une Citroën de six ans d'âge, deux rues plus loin pour ne pas attirer l'attention. Posséder une voiture n'avait rien d'exceptionnel; ce qui l'était plus, c'était d'avoir assez d'essence pour s'en servir tous les jours.

Avant de monter dans le véhicule, il ouvrit le coffre, vérifia que la grande mallette de cuir s'y trouvait toujours et le referma. Cela l'amusa de penser que tant de gens étaient passés dans les dernières heures à côté de sa voiture, sans soupçonner un instant ce qu'elle contenait.

Il démarra, se glissa dans la circulation, qui avait considérablement diminué depuis le début de l'Occupation, un an plus tôt. Il ne lui fallut que cinq minutes pour arriver porte de Sèvres et douze pour aller rue du Vieux-Moulin, une artère paisible bordée de pavillons à deux étages du siècle dernier, que des jardinets séparaient du trottoir. Autrefois impressionnantes, les maisons semblaient à présent sombrer dans la décrépitude, comme si leurs propriétaires ne pouvaient plus les entretenir après des revers de fortune. Vasson avait choisi cet endroit parce qu'il était tranquille, d'aspect bourgeois, et, comme toutes les choses de sa vie actuelle, n'ayant rien qui puisse le faire remarquer.

Il descendit toute la rue pour s'assurer qu'il n'y avait rien d'anormal, se gara dans une ruelle voisine, prit la mallette dans le coffre et gagna à pied le 22 de la rue du Vieux-Moulin.

Quelques instants plus tard, il regrettait de n'avoir pas, pour une fois, arrêté sa voiture devant la porte. La mallette était horriblement lourde. Mais c'était fait.

En chemin, il se demanda si Mme Roche était là et conclut que cela n'avait finalement aucune importance : la vieille dame était si peu méfiante qu'il aurait pu se présenter masqué et avec du sang sur les mains sans l'inquiéter. Il parvint devant la villa, ouvrit la grille du muret entourant un jardin austère, qui se réduisait à des arbustes et à du gravier. Dans l'air plein de parfums de cette chaude journée d'été, la maison était silencieuse, les volets clos : Mme Roche devait faire la sieste.

Vasson passa à l'arrière de la bâtisse, où quelques marches descendaient vers le sous-sol surélevé, composé de quatre pièces desservies par un corridor. La première, qui avait dû être une chambre de bonne, était transformée en studio, la seconde était une salle d'eau primitive, avec un évier de pierre et des cabinets, et les deux dernières servaient de remises.

Il entra dans le studio, posa la mallette sur le lit, tendit l'oreille : toujours pas le moindre bruit au-dessus. Il ouvrit la porte d'une armoire où il gardait d'autres vêtements encore et deux jeux de papiers dont Kloffer ne connaissait pas l'existence. Après avoir vérifié que les papiers se trouvaient toujours dans une pochette collée sous une étagère, il reprit la mallette, et sortit dans le corridor pour aller dans une des remises.

Comme tout était plongé dans l'obscurité, il tâtait le mur pour se diriger. Enfin il trouva la porte, l'ouvrit et alluma l'électricité.

C'était une pièce carrée sans fenêtre, percée simplement de quatre petits soupiraux. Elle avait dû servir de cave, et il restait encore quelques bouteilles poussiéreuses ; le sol de terre battue, qui gardait une certaine fraîcheur humide à l'air, en faisait un endroit idéal pour stocker du vin. Ou des louis d'or et des lingots, à cause de ce sol de terre.

Vasson referma la porte, s'avança vers une table supportant un matériel de photographe qu'il s'était procuré à bas prix chez un brocanteur : deux cuvettes à développer les pellicules, un agrandisseur, et des flacons de produits chimiques. Il était censé faire de la photographie quand il s'enfermait dans cette pièce.

Il poussa la table, prit une pelle, creusa un trou d'une vingtaine de centimètres de profondeur, y enfouit deux petits sacs de louis et un lingot, puis reboucha le trou, tassa la terre et remit la table en place.

Un magot de quatre-vingt-dix mille francs-or. Une jolie somme mais loin de lui suffire. Il avait fallu des mois et des mois pour arracher à Kloffer un salaire décent ; encore n'avait-il été payé qu'en papier-monnaie, et il lui avait fallu recourir au marché noir pour acheter de l'or. Cet or lui coûtait cher ; mais avec l'inflation, les billets de banque ne vaudraient pas un sou dans quelques années. Enfin, au mois de mai, Vasson avait obtenu d'être réglé en or par Kloffer, ce qui ne coûtait rien à ce dernier — lui et ses collègues en volaient d'énormes quantités — mais qui économisait à Vasson beaucoup de temps et d'argent.

Évidemment, il aurait mieux valu être payé en or dès le début, il se rappelait avec rage comment il avait été obligé de mendier, de ramper, de menacer pour obtenir ce qui, après tout, n'était que son dû. Comme ils avaient été mesquins avec lui!

Il rangea la pelle dans la mallette et retourna à la chambre, laissa sur le lit six mois de loyer avec un mot prévenant qu'il serait absent quelque temps. Mme Roche le prenait pour un représentant de commerce.

La maison était toujours silencieuse; la vieille devait être sur le point de se lever. C'était vraiment un endroit idéal comme cachette. Heureusement, car il avait passé pas mal de temps et eu de la difficulté à le trouver.

Il lui fallut une demi-heure pour se rendre au garage de Clichy dans lequel, malgré les marchandises qui lui restaient en stock — des bas, des parfums, de l'essence — il parvint à ranger sa voiture. En se dirigeant à pied vers le boulevard, il se demandait si ce n'était pas le moment de tout vendre. Mais il n'était pas en état de prendre une décision, car il n'avait pas suivi les cours du marché ces derniers temps et ne connaissait plus les prix. Ce dont il était sûr, c'était de la quasi-impossibilité de reconstituer un stock. Ses sources de ravitaillement s'étaient taries, la concurrence se faisait plus vive et, surtout, cela ne l'intéressait plus. Ce travail l'assommait; c'était de l'épicerie et du gagne-petit. Et puis les caïds étaient entrés là-dedans et avaient commencé à étouffer les autres, comme toujours. Il avait eu raison de diversifier ses activités.

En atteignant la rue Jean-Jaurès, il chercha vainement un vélo-taxi : il était presque 6 heures, l'heure de pointe. Contrarié, il gagna la station la plus proche, Porte de Clichy. Il détestait le métro, c'était trop... trop quoi? Un lieu trop public. Depuis la dernière opération, il évitait la foule car il avait une impression indéfinissable, mais certaine, de ne plus être en sécurité. Pourtant l'affaire s'était bien déroulée, il avait démantelé une filière permettant aux pilotes abattus dans le Nord de gagner l'Espagne via Paris. Comme souvent, les membres du réseau s'étaient montrés trop confiants et peu respectueux des règles de sécurité mais ce faisant, il avait mis en mouvement quelque chose ailleurs; ça remuait quelque part. Il ne voyait pas bien ce que c'était... Mais il avait la certitude qu'on était à sa recherche, qu'on se passait le mot, qu'il était temps de s'en aller.

Dans le métro, ce fut encore pire qu'il ne l'avait craint. Il détestait les lieux confinés, et le wagon était bondé. Poussé contre ses voisins, il commençait à avoir des frissons de panique. Il changea à Miromesnil; il y avait un peu moins de monde, mais il dut rester debout.

Après un moment, il sentit un picotement sur sa nuque; une impression qui le mettait toujours en alerte; sans se retourner il regarda dans la vitre les voyageurs se trouvant derrière lui. Un homme semblait le fixer et Vasson examina longuement son visage. Le connaissait-il? Non, il ne l'avait jamais vu. Il se détendit, se dit que ses nerfs lui jouaient des tours. Décidément, il était grand temps de partir.

De retour à l'appartement de la porte d'Auteuil, il se lava, s'étendit sur le lit, fuma quelques cigarettes et se rhabilla vers six heures et demie. Quand la sonnette retentit, il prit sa valise, sortit, ferma l'appartement et glissa la clef sous la porte de la concierge.

La voiture qui attendait au coin de la rue avait l'air d'un vrai taxi et même le chauffeur semblait français. « Ils font des progrès », pensa Vasson.

Il s'assit à l'arrière, à côté de Kloffer qui lui demanda au moment où le véhicule démarrait :

— Des problèmes?

— Non.

Vasson attendit : si l'Allemand s'était dérangé, il y avait une raison, il ne l'accompagnait pas à la gare par amabilité.

— La voiture vous conduira jusqu'à Bruxelles, dit enfin Kloffer.

— Je croyais...

— Nous avons finalement décidé que vous ne prendriez pas le train. Nous ne voulons pas que l'on puisse vous voir partir.

— Bon, fit Vasson en haussant les épaules.

— C'est plus sage, vous en conviendrez... Savez-vous que nous avons surpris quelqu'un devant votre ancien appartement? Un homme armé, venu probablement pour vous tuer.

« Je le savais », se dit Vasson.

— Nous ne voulons pas, dit Kloffer en souriant, que vous mouriez alors que je vous ai annoncé à Bruxelles. On penserait là-bas que je suis peu efficace!

Il eut un petit ricanement.

Vasson se demanda quelle erreur il avait commise.

— Qui était-ce cet homme qui m'attendait?

— Oh! juste le frère d'une des filles que nous avons arrêtées la semaine dernière! répondit l'Allemand.

— Il agissait de son propre chef?

— Il refuse de parler.

Vasson lâcha un juron; cela signifiait qu'il ne serait pas sain pour lui de revenir... Pas avant d'être fixé.

— Il faut que je sache! s'écria-t-il. Était-il seul? Avait-il mon signalement? Comment connaissait-il mon adresse? Je veux tout savoir!

— Nous ferons de notre mieux.

— Je l'espère, parce que sinon...

« Sinon je suis un homme mort. »

— ... je ne pourrai pas rentrer en France, vous comprenez?

— Certainement, assura Kloffer, l'air satisfait.

Vasson eut l'impression que l'Allemand lui cachait certains aspects du voyage à Bruxelles. Peut-être avait-il conclu un marché dont il ne lui révélerait jamais les conditions.

— Avez-vous d'autres informations sur l'opération de Bruxelles? demanda Vasson.

— Pas vraiment. Apparemment, il n'y a qu'un seul réseau, qui recueille des aviateurs non seulement en Belgique mais aussi en France et les fait passer en Espagne. Le chemin est long, la filière doit comprendre des centaines de personnes et cependant, nous ne sommes pas encore parvenus à la détruire. Quelqu'un devrait bien finir par parler!

Kloffer eut un petit grognement irrité avant de poursuivre :

— Votre opération contre les « courriers » de Paris a été un succès mais nous avons la preuve que toutes les personnes arrêtées ont été remplacées. Le seul moyen de nous débarrasser de cette vermine, c'est d'aller voir à Bruxelles. Sinon, nous ne ferons que perdre notre temps.

— Qu'a-t-on tenté jusqu'à présent?

— Je ne sais pas exactement, vous leur demanderez. J'ai cru comprendre que plusieurs tentatives d'infiltration ont échoué, dit Kloffer, apparemment ravi.

« Nous y voilà, se dit Vasson. Les collègues de Bruxelles ont fait la preuve de leur incapacité, Kloffer arrive à la rescousse avec un homme à lui. Rien d'étonnant à ce qu'il ne verse pas de larmes. A lui toute la gloire. »

A l'approche de l'avenue Foch, l'Allemand demanda au chauffeur d'arrêter au prochain croisement.

— Et l'argent, s'inquiéta Vasson. Ils ont bien compris le mode de règlement? Je désire que ce soit mis au point avant que j'arrive là-bas.

— Oui, oui, répondit Kloffer impatiemment.

L'or serait déposé à la Banque de Paris et les récépissés envoyés à Bruxelles, poste restante. « C'est pourtant simple, protesta Vasson *in petto*. On croirait que je demande la lune. »

La voiture s'arrêta, Kloffer ouvrit la portière :

— Au revoir, dit-il. Réussissez. Si quelqu'un le peut, c'est bien vous.

Une telle appréciation! Kloffer devenait bien aimable en prenant de l'âge. Celui-ci descendit, se pencha vers Vasson. Il sourit, l'œil aux aguets comme celui d'un chat, et dit d'une voix douce :

— A propos, vous êtes content de vos papiers?

Vasson fut aussitôt sur ses gardes car l'Allemand ne lui posait généralement pas ce genre de question.

— Oui, pourquoi?

— Vous auriez pu ne pas aimer le nom que nous vous avons choisi...

Vasson attendit.

— Paul Lebrun, n'est-ce pas? Je pensais que le prénom Paul ne vous plairait peut-être pas...

Kloffer eut un bref sourire avant de s'éloigner. La voiture démarra brutalement, Vasson fut plaqué contre la banquette. Il regardait devant lui sans rien voir, incapable de respirer, le cœur pris dans un étau.

Kloffer connaissait son nom.

La colère puis la peur montèrent en lui. Kloffer devait savoir qu'on le recherchait à Marseille, il pouvait le faire chanter — n'avait-il pas commencé à le faire? Le cerveau de Vasson essayait d'assimiler ce fait terrible, mais c'était dur, ça faisait mal. Il était donc vulnérable, il se rendait compte avec horreur qu'il pourrait être soumis à des pressions — humilié, voilà ce qui faisait le plus mal.

Quelle erreur avait-il faite? Comment Kloffer avait-il trouvé? Vasson n'en savait rien, et ne saurait rien avant que l'Allemand veuille bien le lui dire. Et il était certain qu'il ne le dirait pas, qu'il le laisserait retourner la chose dans sa tête. C'était bien dans la manière de Kloffer.

Il était sûr d'une autre chose : celui-ci avait soigneusement choisi son moment pour lancer sa petite bombe, pour lui rappeler qu'il était en son pouvoir, qu'il devait rentrer sagement après l'opération, comme un garçon obéissant. Et puis au diable Kloffer! Mais tout en se disant cela, il savait avoir perdu. Kloffer le tenait, et bien.

Tandis que la voiture roulait dans l'obscurité, Vasson demeurait la tête appuyée au dossier, le visage convulsé de rage et d'amertume. « Tout cela est tellement injuste, pensait-il. Pourquoi est-ce toujours à moi que ça arrive? Pourquoi moi? »

A minuit, la voiture s'arrêta devant un hôtel de second ordre. Vasson ignorait totalement où il se trouvait, sinon quelque part dans Bruxelles. Le chauffeur déclara qu'on lui avait donné l'ordre de le déposer là, mais aucune réservation n'avait été faite. Le patron de l'hôtel assura d'abord qu'il n'avait plus de chambre puis finit par en trouver une — chère parce que c'était sa meilleure. Quand Vasson découvrit la chambre — triste, pas très propre, sentant le renfermé — il comprit qu'il s'était fait avoir pour la seconde fois de la journée.

Démoralisé, il s'assit sur le lit, inspecta les murs, qui lui rappelèrent d'autres endroits sordides : ses chambres de Montmartre, toutes misérables et déprimantes; celle du vieux Marseille, où il mourait de chaleur, sa cellule nue et froide chez les jésuites, et cette autre chambre, il y avait si longtemps, mon Dieu!...

Il se déshabilla lentement, se mit au lit — au moins, les draps étaient propres. Demain, il mettrait les choses au point avec les Boches : plus de chambres miteuses, plus d'hôtels minables. Du liquide, des renseignements, et carte blanche. C'était irritant d'avoir à faire leur éducation comme il avait fait celle de Kloffer, mais en même temps cela ne lui déplaisait pas. C'était encore une bataille qu'il gagnerait, de même que contre Kloffer.

Sauf que Kloffer connaissait son nom...

Il s'endormit enfin; il se trouvait à Sèvres, dans le couloir du sous-sol de la villa; la porte de la remise était ouverte, la lumière allumée. Il entendit des voix, voulut s'approcher mais fut incapable de bouger : il avait des boulets aux pieds. Kloffer sortit, les sacs d'or dans les bras, et dit en ricanant : « Je savais que le magot était là! Au revoir! » Quelqu'un saisit les bras de Vasson par-derrière, l'entraîna dans le couloir. « On va vous couper la tête! cria Kloffer. C'est intéressant, non? »

On le mit dans une cellule semblable à celle de l'école : nue, sans âme, destructrice. Le père Ignatius se pencha vers lui. « Reçois la Confirmation, au nom du Père, du Fils et du Saint-Esprit. Que le Seigneur te pardonne, Paul, car tu as péché. Comme ta mère a péché. »

Qu'avait donc fait sa mère? Quel péché si horrible? « Quel péché? Quel péché? » s'entendit-il demander et le père Ignatius secoua doucement la tête. « Ne pose pas cette question, mon fils. » « Pourquoi ne vient-elle pas me voir? » « Il vaut mieux qu'elle ne vienne pas. » « Le père Francis m'a dit qu'elle est morte. » « Elle l'est, Paul, d'une certaine façon. » « Je ne comprends pas, je ne comprends pas! » « Il ne nous appartient pas de comprendre, mon fils. Nous devons accepter la volonté de Dieu, avec de l'amour dans nos cœurs. »

« Je ne comprends pas. Pourquoi ne vient-elle pas. Qu'a-t-elle fait de si terrible? Pourquoi me battait-elle? *Pourquoi me hait-elle?* »

« Je ne comprends pas. »

Si la bureaucratie allemande avait de quoi rendre fou avec ses structures rigides, ses exigences inflexibles, ses doubles emplois inévitables, elle présentait cet avantage que tout était consigné par écrit. Dans les kilos de dossiers, Vasson trouva trace de toutes les opérations antérieures contre la filière de Bruxelles. Tout n'était cependant pas intéressant ou utile, il fallait faire le tri.

En règle générale, les rapports destinés aux supérieurs étaient trop optimistes ou trop flous pour être utiles. Vasson préférait de loin les rapports circonstanciels de diffusion plus restreinte. Noms de personnes, de lieux, hypothèses, actions à entreprendre... Tout y était. Peu à peu, il se fit une idée de la situation. Après avoir enterré leur parachute, les pilotes abattus se rendaient dans une ferme, le paysan les cachait et les conduisait à quelqu'un qui les abriterait. Puis, dès que possible, ils étaient pris en charge par l'organisation proprement dite. Comment voyageaient-ils? Impossible à dire mais certainement en train pour une bonne partie du trajet. Plusieurs des « courriers » arrêtés jusqu'ici étaient des jeunes filles, dont Vasson imaginait l'apparence : charmantes, l'air innocent, assez jolies pour détourner l'attention au besoin. Oui, le dispositif semblait bien fonctionner.

On changeait probablement de « courrier » à Bruxelles, à Paris, et une troisième fois avant la frontière espagnole. Vasson se demanda à quel point les « courriers » étaient prudents; s'ils se rencontraient, se connaissaient, ou si le système était cloisonné : un « courrier » laissant les pilotes dans un endroit public où un autre « courrier » venait les prendre en charge dix minutes plus tard.

Vasson étudia les procès-verbaux des interrogatoires. Plusieurs des personnes arrêtées avaient parlé mais c'était du menu fretin : aucune d'elles ne connaissait les principaux « courriers », qui devaient être en contact avec les chefs du réseau. D'autres avaient refusé de parler, même juste avant de mourir. C'était extraordinaire le peu de cas que ces hommes et ces femmes faisaient de leur vie.

Les opérations d'infiltration montées jusqu'à ce jour avaient été dignes d'amateurs — pour employer un euphémisme. Le S.D. avait envoyé dans la campagne belge deux de ses hommes déguisés en aviateurs canadiens. On les avait retrouvés quatre jours plus tard, morts. Cela ne surprenait pas Vasson : les deux faux pilotes parlaient sans doute anglais avec un accent allemand et ignoraient ce qu'est du sirop d'érable. La filière devait avoir quelque part un centre d'interrogatoire où l'on vérifiait l'identité des aviateurs.

Une autre fois, un agent belge de la Gestapo était parvenu à infiltrer le réseau comme « courrier » mais il avait refermé le piège trop tôt et n'avait pris que deux personnes. Il avait ensuite quitté Bruxelles précipitamment et on ne l'avait jamais revu. Un amateur.

Une troisième opération avait connu plus de succès puisqu'elle avait débouché sur une vingtaine d'arrestations mais le dossier se trouvait aux S.R. de la Luftwaffe, Vasson devrait le réclamer.

Il se plongea dans le dernier compte rendu de situation. Pour l'instant, il n'y avait que deux pistes : une jeune fille, sœur d'une détenue, et une femme plus âgée dont on avait trouvé l'adresse dans l'appartement d'un « courrier » sans importance. Les deux femmes avaient disparu, ce qui, là encore, ne surprenait pas Vasson : la Gestapo avait dû envoyer des hommes les attendre à leur domicile en se faisant voir de tout le quartier. La patience et la subtilité n'étaient pas les points forts des Allemands.

Vasson nota le nom de tous les suspects à ce jour, leur adresse, leur rôle probable dans le réseau, considéra les pistes possibles. Cela se réduisait à peu de chose. Comme à leur habitude, les Allemands avaient piétiné avec leurs gros sabots toutes celles qui valaient la peine d'être suivies.

Il se rendit au bureau de Müller, son contact, un colonel du S.D. Pour une raison inconnue, en Belgique, la filière des pilotes abattus relevait des services de sécurité nazis ou des S.R. de la Luftwaffe mais non de la police secrète.

Gras, la peau blanche, Müller ressemblait à une grosse limace. Il devait avoir des problèmes de digestion et tapotait de temps à autre son ventre proéminent comprimé par le tissu vert-de-gris de son uniforme.

— Alors ? demanda-t-il. Vous avez trouvé tout ce qu'il vous faut ?

— Je crois que oui.

Vasson s'assit sans y être invité, et sans craindre une mauvaise réaction de Müller. Malgré son arrogance, celui-ci était abordable. L'Allemand était un réaliste qui voulait avant tout des résultats et fit comprendre qu'il était prêt à les payer.

Vasson oublia ses griefs d'avoir été logé dans un hôtel miteux lorsque Müller eut accédé à toutes ses demandes.

— Une chose seulement, ajouta le Français. Il me manque le dossier sur une opération à laquelle les S.R. de la Luftwaffe ont participé.

— Ah oui. Une opération conjointe — couronnée de succès, d'ailleurs. Pendant une semaine, nous avons installé une dérivation dans la filière.

— Une dérivation ?

— Vous ne savez pas ce que c'est? dit Müller avec condescendance. C'est normal, nous sommes les inventeurs du procédé!

Le visage grassouillet se plissa en ce que Vasson prit pour un sourire.

— Cela consiste à introduire dans la chaîne d'évasion un maillon supplémentaire dont les chefs ignorent l'existence et que nous créons pour obtenir des renseignements, expliqua le colonel. Nous nous faisons passer pour des résistants chargés de vérifier la bonne foi des aviateurs en les interrogeant. Nous leur demandons de tout nous dire sur leur unité et ses opérations, afin de vérifier avec Londres. Cela marche à chaque fois. Au cours de la dernière dérivation ils nous ont tout raconté... Ce fut très intéressant pour la Luftwaffe et aussi pour nous. Nous avons obtenu le signalement précis de plusieurs fermiers recueillant des pilotes et nous avons procédé à un bon nombre d'arrestations.

« Une vingtaine, pensa Vasson. Mais impossible maintenant de refaire le même coup, du moins avec ce réseau. »

— Une dernière question, dit-il. Le réseau est-il en contact direct avec la Grande-Bretagne, par exemple, pour vérifier par radio l'identité des pilotes?

— Nous ne le pensons pas. Nous avions détecté des messages clandestins mais nous avons trouvé l'émetteur et l'homme qui l'utilisait.

— Donc, ils n'ont plus le contact...

— Mais ils reçoivent de l'aide de Londres : le M 19, service du Ministère de la Guerre britannique, leur envoie régulièrement de l'argent et sans doute aussi des armes. Les Anglais ont donné à la filière le nom de Meteor.

— Meteor...

— Bon, nous vous avons donné de l'argent, des informations, dit Müller avec une pointe d'impatience. Que vous faut-il encore?

— Un permis de travail au nom de Paul Lebrun. Profession : ingénieur; lieu de travail : disons une usine de mécanique de Lyon, avec, entre parenthèses : « détaché à la Wehrmacht ».

— Vous voulez que vos papiers mentionnent que vous travaillez pour la Wehrmacht? fit le colonel étonné.

— Exactement. J'aurai également besoin d'un laissez-passer m'autorisant à de fréquents voyages entre Lyon et la zone occupée.

— C'est tout?

— Oui.

— Ça alors! dit Müller d'un air condescendant. Et comment comptez-vous nous apporter cet étonnant succès que, d'après ce que l'on m'a dit, vous allez obtenir?

— Je n'en sais rien.

— Je vous suggère de m'en informer dès que vous aurez arrêté votre plan, si cela ne vous dérange pas, dit l'Allemand qui se demandait si Vasson le menait en bateau ou était seulement d'un caractère difficile.

— Certainement mais je vais d'abord reconnaître le terrain, fouiner en ville deux ou trois jours.

— Vous ne commencerez pas à agir sans me prévenir, n'est-ce pas, Lebrun? demanda Müller d'un ton soupçonneux.

— Non.

— Et vous n'avez vraiment aucun plan?

— Cela viendra. Vous ne m'avez pas donné beaucoup de pistes...

— Je veux un rapport dans deux jours, ordonna sèchement Müller, mettant ainsi fin à l'entretien.

« Compte là-dessus », pensa Vasson en sortant du bureau. Il n'avait pas du tout l'intention de tenir les Allemands au courant de ce qu'il ferait; ils gâcheraient tout. De toute façon, il aimait tout garder de par lui, et ne partager qu'en dernière extrémité. Son plan, il était prêt; c'était toujours le même. Mais cette fois, il faudrait davantage de temps, tellement il y avait de personnes impliquées, de contacts à prendre... Aucune importance, cela n'en était que plus excitant. Cette fois, il se surpasserait, ce serait un triomphe; il en était persuadé dans son for intérieur.

CHAPITRE XIII

Falmouth. Du moins, ça *devait être* Falmouth. Depuis les premières menaces de débarquement, on avait supprimé tous les panneaux indicateurs; il fallait se fier aux horaires et à sa montre pour deviner dans quelle gare on arrivait. Smithe-Webb descendit du train, huma l'air vif et salé de Cornouailles, merveilleusement frais après les fumées et la suie de Londres.

C'était bien Falmouth : une voiture de la marine l'attendait pour le conduire à Helford. Le major se renversa sur la banquette du véhicule et admira le paysage verdoyant et vallonné. Si seulement il quittait Londres plus souvent! Il passait presque tout son temps dans les bureaux du M 19, installés au Ministère de la Guerre, à Whitehall.

Depuis un an qu'il travaillait au M 19, il avait entendu diverses rumeurs sur Helford et l'unité navale qui s'y trouvait mais rien de très précis. C'était une unité clandestine qui, à ce qu'il avait cru comprendre, s'aventurait « en face ». Le major ne savait à peu près rien d'autre; il travaillait peu avec la Navy car presque tous les soldats alliés perdus sur le continent — ses « clients », comme il les appelait — appartenaient à l'armée de terre ou à l'aviation.

Mais lorsque le M 19 avait sollicité l'aide de la marine, Smithe-Webb avait obtenu des précisions. Le chef de la Division des Opérations spéciales de la Navy lui avait donné quelques informations sur Helford et, surtout, lui avait promis son aide. Il avait aussi conseillé au major de se rendre à Helford pour rencontrer quelqu'un connaissant bien la situation « en face » et pouvant lui exposer les difficultés matérielles auxquelles ses hommes devaient s'attendre. L'implication était claire : la Navy mènerait à bien sa part du travail, le M 19 devait être capable de faire de même.

Smithe-Webb avait compris l'allusion, c'était même la raison pour laquelle il avait entrepris ce voyage.

Au bout d'une demi-heure, la route descendit fortement vers la ligne sombre de l'eau, visible au loin. La voiture traversa un village pittoresque, parvint sur la rive d'un estuaire, s'arrêta. Smithe-Webb descendit, se dirigea vers la vedette armée par deux matelots qui l'attendait à l'appontement. Dès qu'il y eut pris place, l'embarcation partit en direction d'un groupe de bateaux mouillés au milieu de l'estuaire : un grand trois-mâts entouré de youyous — peut-être un genre de bateau-gigogne —, quatre ou cinq gros navires de pêche. L'un d'eux avait une couleur rouge vif qui tranchait sur le gris réglementaire des autres et

159

que plusieurs hommes, debout dans une chaloupe, avaient commencé à recouvrir de la même peinture grise. Quand la vedette, décrivant un arc de cercle, s'approcha du bateau bicolore, Smithe-Webb déchiffra à l'arrière des lettres transparaissant encore sous la couche de peinture neuve : *Marie-Claire. Brest.*

La vedette se rangea contre le flanc du navire; un des matelots lança une amarre à un homme sale, pas rasé et vêtu comme un pêcheur, qui se trouvait sur le pont. « S'il joue au pirate, il a la tête de l'emploi », pensa Smithe-Webb.

Il posa un pied sur le liston, passa par-dessus le bastingage, s'avança sur le pont du navire et chercha des yeux le « pirate » mais ce dernier, après avoir amarré la bosse de la vedette, s'éloignait déjà d'un pas traînant.

— Bonjour! fit une voix derrière l'homme du M 19.

En se retournant, il vit une paire d'yeux bleus pénétrants, une main tendue. Comme le précédent, le marin avait une barbe de deux jours, des vêtements râpés et tachés, et, si le major ne se trompait pas, l'haleine fleurant l'alcool.

— Euh... Lieutenant Ashley? bredouilla Smithe-Webb.

— Oui, c'est moi. Et vous, pardonnez-moi cette question, qui êtes-vous? Désolé, je ne voudrais pas paraître impoli, mais nous venons juste de rentrer et... nous ne sommes pas très présentables. Venez, vous allez boire quelque chose. Je ne sais même pas ce que je peux vous offrir.

— C'est sans importance, je ne voudrais vous déranger en quoi que ce soit.

— Mais non. Je trouverai bien quelque chose. Après tout, c'est quand même un bâtiment de la Royal Navy, il faut respecter les traditions.

Ashley éclata de rire mais le visiteur remarqua que malgré la bouche souriante, il avait les traits tirés et l'air fatigué. Ils se dirigèrent vers le rouf, criblé de balles, passèrent devant deux hommes bouchant avec une planche un trou dans le bastingage.

— Nous avons dégusté, commenta Ashley. Un mort et deux blessés. Nous n'en avions jamais pris autant auparavant.

Il pénétra dans le rouf, invita de la main Smithe-Webb à s'asseoir.

— Tant qu'on reste dans le golfe, mêlé aux autres bateaux de pêche, tout va bien, mais la route est terriblement longue pour aller et revenir. Nous avons eu un peu de couverture aérienne au départ mais... — il eut un mince sourire — ... on se sent très seul au retour.

Il sortit d'un placard une bouteille de cognac.

— Voulez-vous goûter ce nectar? proposa-t-il.

— Il est encore un peu tôt pour moi.

— Je vais alors demander du thé. Je crois que c'est tout ce que nous avons. (Ashley ouvrit la porte du rouf, cria en direction du pont.) C'est l'un des rares avantages de ce boulot, fit-il en montrant la bouteille. Les pêcheurs avec qui nous faisons, disons du *troc*, nous approvisionnent en cognac. Breuvage magique!

Une minute plus tard, un matelot apporta un thé noir et très sucré qui, manifestement, infusait depuis un bon moment. Smithe-Webb en but une gorgée, fit la grimace. Ashley, qui parlait au matelot de la réparation en cours, ne s'en aperçut pas.

L'homme du M 19 en profita pour détailler le lieutenant : bientôt la trentaine bien qu'il parût plus âgé, sans doute à cause de la fatigue, taille moyenne, aucun signe particulier; une tendance à prendre de l'embonpoint, conjectura Smithe-Webb. Seuls les yeux bleus étaient extraordinaires, on les remarquait immédiatement. Autre particularité : lorsqu'il parlait, son visage s'animait, dégageait — comment dire? — un magnétisme qui empêchait d'en détourner les yeux.

Le matelot, aussi débraillé que le reste de l'équipage, répondit aux questions d'Ashley avec un accent étranger prononcé et lorsqu'il sortit, Smithe-Webb demanda :

— Vos hommes font partie de la Royal Navy?

— Pour la plupart. Les autres nous sont « prêtés », si l'on peut dire. Français Libres, anciens pêcheurs : des types épatants.

Ashley s'assit, le verre de cognac à portée de la main, alluma une cigarette et poursuivit :

— Je vous demande pardon de vous recevoir ainsi; franchement, j'avais oublié votre visite. On m'avait prévenu mais vous savez ce que c'est...

— J'imagine en effet.

— Dans ce genre d'opération, on enfreint la moitié des règles, et l'autre moitié ne s'applique pas à la situation. Jamais d'ordre par écrit, tout oralement et de mémoire. Moi qui n'en ai pas tellement, justement...

Smithe-Webb sourit mais songea que le lieutenant avait probablement une mémoire excellente.

— En quoi puis-je vous aider? attaqua Ashley.

— Voici. Peut-être vaut-il mieux que je vous parle d'abord un peu de mon service. Notre tâche consiste essentiellement à faire sortir nos gars des territoires occupés par les Allemands. Immédiatement après Dunkerque, la plupart de nos « clients » furent des soldats laissés sur place après l'évacuation. Un bon nombre d'entre eux parvinrent à rentrer en passant en pays neutre avec l'aide de gens de la région. Depuis, nous nous occupons principalement d'aviateurs abattus — quoiqu'il nous arrive encore d'aider des fantassins et même des marins. Naturellement, il leur est difficile de s'échapper une fois que les Allemands les ont capturés mais certains parviennent à le faire et notre travail consiste à leur faciliter les choses après leur évasion. Cela dit, nos « clients » sont surtout des hommes — pilotes descendus, etc. — qui ont réussi à ne pas se faire prendre par les Allemands. Nous encourageons les patriotes locaux à les recueillir et à nous les ramener sains et saufs. Je ne puis évidemment vous donner plus de détails sur notre façon d'opérer...

— Je comprends, acquiesça Ashley.

— Nous nous heurtons actuellement à certains problèmes tant à cause des Allemands que de l'ampleur même de l'opération. Le nombre d'aviateurs à rapatrier augmente et indépendamment du fait que nous ne voulons pas qu'ils tombent dans les mains de l'ennemi, nous avons *besoin* d'eux, ils sont absolument indispensables à notre effort de guerre.

Smithe-Webb but machinalement un peu de thé et faillit s'étrangler.

— Horrible, n'est-ce pas? dit Ashley en souriant. Mais si j'essaie de convaincre le quartier-maître Evans de le préparer autrement, il y aura une mutinerie. Toujours pas de cognac?

Le major refusa, Ashley se versa un autre verre et le visiteur se demanda s'il buvait toujours autant.

— Nous nous efforçons donc d'ouvrir d'autres routes, reprit Smithe-Webb en revenant à son sujet. C'est un projet actuellement à l'étude, qui impliquerait votre participation. En ce moment, nous sommes en train de déterminer si notre plan peut marcher ou non, et c'est ici que vous entrez en lice.

— Je serais heureux de vous aider, naturellement. J'ai déjà transporté pas mal d'aviateurs. Je ne sais jamais à l'avance quand on me les confiera; remarquez, on les fait simplement passer à bord avec le reste. Mais il n'y a jamais eu de problème.

161

— Désormais, l'opération serait véritablement organisée, avec un nombre beaucoup plus important de « clients ». En outre, nous n'envisageons pas de passer par le golfe de Gascogne mais plutôt par le nord de la Bretagne, plus directement.

— Je vois.

— Qu'est-ce que cela impliquerait, à votre avis?

Ashley plissa le front; mais de toute évidence il était très intéressé:

— Une organisation totalement différente, répondit-il. Pour commencer, il faudrait remplacer nos bateaux de pêche par des canonnières à moteur.

— Votre service nous a déjà fait cette suggestion.

— Nous allons en recevoir deux, vous le saviez? Pour le genre d'opération que vous souhaitez, cela changerait du tout au tout. Nous pourrions opérer de nuit, rapidement, et repartir avant même d'avoir été repérés. En fait, nous avons déjà procédé à un ou deux essais.

— Ah?

— Nous avons débarqué quelques hommes avec du matériel. Pas pour votre service, je présume?

— Non. D'un autre service; des agents du S.O.E., selon toute probabilité.

— Le seul vrai problème, ce fut d'amener les passagers sur la côte en un seul morceau et sans les noyer à moitié. Même dans les endroits abrités, les vagues sont parfois fortes. Nos gars travaillent en ce moment sur un *surfboat* spécial... Cela dit, les canonnières offrent la solution idéale. Nous pourrions prendre vingt, voire trente hommes en une nuit.

— Ce serait parfait. Que pensez-vous de la côte nord de la Bretagne? Votre commandant estime qu'il y aurait des difficultés...

— Vraiment? Eh bien, regardons cela, voulez-vous? Evans! cria Ashley par la porte du rouf. Va sur le *Spray* me chercher des cartes, s'il te plaît. Nord de la Bretagne et Manche...

Le lieutenant revint à Smithe-Webb pour lui expliquer:

— Nous n'avons que trois cartes à bord et elles sont françaises. Il ne ferait pas bon se faire prendre avec des cartes de l'Amirauté, n'est-ce pas?

Ashley était tout heureux, Smithe-Webb le voyait à son visage d'où toute trace de fatigue avait disparu. Le major trouvait ce garçon très sympathique; c'était le genre d'homme sans détours qu'il avait toujours apprécié, et en plus il avait un certain charme faisant que l'on s'attachait à lui. Et il savait ce qu'il faisait.

— Seigneur! s'exclama l'homme du M 19.

S'il lisait correctement la carte, il y avait des rochers partout, la côte était impénétrable. Même les estuaires semblaient semés de dangers.

— Seigneur! répéta-t-il.

— Ce n'est pas si terrible, expliqua Ashley tranquillement. Beaucoup de ces rochers sont immergés, sauf quand la marée est au plus bas. En étudiant attentivement la carte, on trouve généralement un passage. Bon; où approximativement voudriez-vous monter votre opération?

— Quelque part par là, si possible, répondit Smithe-Webb en montrant la partie de la côte située au nord-est de Morlaix.

— Bien. Voyons ça à grande échelle, dit le lieutenant en prenant une autre carte qu'il examina avec attention. Oui, il y a plusieurs endroits possibles, de mon point de vue, mais il faut qu'ils conviennent aussi à vos amis d'en face. Vous ont-ils fait des suggestions?

— Pas encore. Les liaisons sont un peu difficiles en ce moment.

Ce qui signifiait qu'il n'avait pas d'opérateur radio sur place. Il lui avait fallu du temps pour persuader le deuxième bureau de l'état-major de l'importance des radios, puis pour recruter et former des volontaires. Personne n'avait envie de devenir une cible facile pour les équipes de détecteurs de radio de la Gestapo.

— Mais vous obtiendrez d'eux certains renseignements? Emplacement des canons, itinéraires des patrouilles, etc.?

— En temps utile, assura Smithe-Webb.

— D'ici là, partons du principe qu'il vaut mieux éviter les principales pointes de terre. Resteraient donc cette anse, ici, dit Ashley en posant un doigt sur la carte. Et cette baie... Non, impossible. A cet endroit, la falaise est à pic, il n'y a pas de sentier.

— Comment diable le savez-vous? demanda le major étonné.

— Parce que j'ai essayé de l'escalader, autrefois!

— Seigneur! fit le major, impressionné.

— Cette anse, ici, serait idéale, reprit le lieutenant en tapotant la carte de l'index. L'accès est relativement aisé, il n'y aurait pas de problème de mouillage et je ne vois pas les Allemands disposer des canons et des sentinelles dans la baie même... En outre, on doit pouvoir accéder sans problème à la plage depuis la falaise. Comme je ne suis jamais allé là-bas, je ne peux cependant pas l'affirmer.

Smithe-Webb n'en croyait pas ses yeux, c'était trop beau pour être vrai : l'endroit se trouvait à moins de deux kilomètres de Tregasnou. Quel coup de chance! Mais peut-être y avait-il des inconvénients qu'il n'avait pas remarqués.

— Que doivent regarder plus spécialement mes hommes quand ils reconnaîtront le terrain? demanda-t-il. A quels problèmes faut-il s'attendre?

— Comme nous ne pourrons opérer que par les nuits sans lune, un système de signaux sera indispensable, par lampe torche masquée ou quelque chose de ce genre. Il faudra donc s'assurer qu'il n'y a vraiment aucun Allemand dans le coin. Il serait également utile de savoir si le ressac peut devenir réellement mauvais — ça varie d'un endroit à un autre.

Il s'arrêta un moment pour réfléchir.

— Enfin, vos gens devront se préparer à attendre de longues heures sur la plage parce que nous ne pourrons jamais leur indiquer avec précision notre heure d'arrivée. Certaines nuits, nous ne viendrons peut-être même pas du tout à cause du temps, d'une panne de moteur ou d'un autre incident. Ils devront donc prévoir cette éventualité, se donner les moyens de cacher à nouveau les passagers, etc. J'oubliais : nous ne pourrons pas opérer en plein été.

— Pourquoi? demanda Smithe-Webb en plissant le front.

— Je crains que non; les nuits de plein été ne sont pas assez longues pour nous permettre de venir et de repartir dans l'obscurité. De Darmouth, où se trouvera la base des C.M., la distance à franchir est d'une centaine de milles, soit plus de quatre heures, même avec un bateau rapide. Comptons une ou deux heures pour accéder à la plage, prendre les passagers, plus quatre heures pour le retour, cela fait dix heures — disons douze. Nous pourrons probablement opérer jusqu'en avril avec un peu de chance. En hiver, le temps sera plus mauvais mais nous pourrons ralentir et moins nous presser puisque nous bénéficierons d'une période d'obscurité plus longue.

Ashley leva les yeux vers le major, lui adressa un sourire débordant d'optimisme.

— Nous sommes en août, reprit le lieutenant. Le temps que nous nous préparions, ce sera l'automne : nous aurons donc au moins six mois devant nous. On peut rapatrier un paquet d'aviateurs, en six mois ! Il suffit, de votre côté, d'établir une bonne liaison et d'être organisé.

Smithe-Webb baissa les yeux vers la carte en songeant qu'il aurait bien voulu partager l'optimisme du jeune homme. Une bonne organisation, c'était précisément ce qu'il ne pouvait garantir. C'était un point qu'il n'avait pas évoqué, et qu'il ne désirait pas évoquer. Inutile d'ajouter une touche d'ombre au tableau.

— L'embarquement devra être rapide, bien préparé des deux côtés, poursuivit Richard Ashley. Sinon...

Smithe-Webb avait reçu le message : en cas de gaffe, tout le monde serait capturé.

— Je suis sûr que vos gars seront à la hauteur, ajouta Ashley. Les Bretons le sont généralement.

— Ce sont des types bien, convint l'homme du M 19.

Il n'était pas certain de pouvoir en dire autant de l'officier des Français Libres qui devait organiser la filière. Dès le départ, ce type lui avait déplu mais il avait dû l'accepter pour ne pas contrarier les Français Libres. Comme les choses auraient été différentes s'il avait pu choisir lui-même un responsable ! Par contre, du côté anglais de l'opération, il obtiendrait peut-être l'homme de son choix.

— Pensez-vous pouvoir vous charger vous-même de ce travail ? demanda-t-il à Ashley. Vous avez déjà été dans les C.M., n'est-ce pas ? A mon avis, ce serait l'idéal.

— En fait, j'étais dans les torpilleurs, pas dans les canonnières à moteur, répondit Ashley en se grattant le menton. Mais... je suis plutôt tenté. On dit que les nouveaux bateaux filent 30 nœuds. C'est utile pour se tirer d'embarras ! Oui, j'aimerais essayer.

Avec un regard malicieux à son interlocuteur, le lieutenant ajouta :

— Nous pourrions régler l'affaire entre nous. Si vous dites à l'Amirauté que vous avez besoin de moi et que je suis volontaire, elle ne pourra pas refuser, non ?

A ces mots il se mit à rire, les yeux brillants de plaisir, et Smithe-Webb eut le sentiment qu'il était difficile de refuser quelque chose à Richard Ashley.

Le major lui répondit par un sourire ; il retrouvait son optimisme. Si les canonnières pouvaient effectuer ces missions, le travail était déjà à moitié fait.

En regardant la vedette s'éloigner en direction de l'appontement, Ashley se demanda s'il n'aurait pas dû voir les problèmes plus en détail. Il arpenta lentement le pont. Bon sang ! il était vanné ! Il s'assit sur le surbau d'un panneau, alluma une cigarette, inhala une longue bouffée. La fatigue — et peut-être aussi le cognac — lui engourdissait l'esprit, l'empêchait de réfléchir.

Des problèmes, il y en aurait à coup sûr. Il avait présenté la chose comme facile au major, alors qu'elle ne l'était pas ; il aurait dû lui parler des difficultés que posait la navigation dans de telles conditions : marées compliquées, absence d'aides à la navigation. Il aurait dû reconnaître qu'il serait sacrément ardu de trouver le bon endroit. Ensuite, il y avait le temps : une question qu'il aurait fallu examiner à fond. De médiocres conditions météorologiques pourraient obliger à annuler une opération ; par tempête, c'était hors de doute.

Embêtant ! Il aurait dû exposer tout cela plus carrément.

Pourtant... ils pourraient sans doute réussir assez souvent. Tout dépendait évidemment de l'efficacité de l'organisation de l'autre côté. Le major avait été assez discret à ce sujet...

La filière d'évasion était peut-être très récente, ou mal dirigée — peut-être était-ce une pagaille complète. C'était possible, mais peu probable; les Bretons étaient des gens froids, déterminés, solides. Ce l'eût étonné qu'ils cochonnent le travail.

Bon! quelle que soit la situation, il essaierait, c'était un merveilleux défi à relever; en outre, cela faisait plus de neuf mois qu'il se rendait dans le golfe de Gascogne et il commençait à être éprouvé. Se faire passer pour un bateau de pêche impliquait d'offrir une cible facile aux Allemands. Son navire ne filait que 6 nœuds — à croire qu'il avait un élastique tordu en guise de moteur. Et puis se faire capturer déguisé en pêcheur français posait un petit problème. Selon les autorités compétentes, il suffisait de coiffer une casquette de la Royal Navy et de montrer ses papiers pour être traité en prisonnier de guerre, mais Richard n'en était pas si sûr. Il avait le sentiment que les Allemands ne tiendraient absolument pas compte des casquettes, et qu'ils les aligneraient contre un mur, lui et son équipage, pour s'exercer au tir.

Il repensa au dernier voyage, qui avait mal tourné dès le départ. Comme d'habitude, il s'était rendu à son mouillage secret des Sorlingues pour transformer son bateau gris en un chalutier de Concarneau, couleur orange avec de jolis dessins sur l'arcasse. Mais dès qu'il en était reparti, le mauvais temps l'avait ralenti, il était arrivé trop tard pour se mêler à la flottille et un *Raumboot* soupçonneux avait failli envoyer à son bord une équipe d'arraisonnement. Finalement, l'ennemi lui était tombé dessus sur le chemin du retour. Il revoyait la scène : l'avion volant à basse altitude, tout le monde courant aux postes de combat, Jean-Pierre fauché par une rafale... Il frissonna.

Peut-être perdait-il son sang-froid. En allumant une autre cigarette, il vit ses doigts jaunes de nicotine trembler légèrement. Trop de tabac, trop d'alcool. Il était décidément grand temps de changer.

Une hirondelle de mer passa dans le ciel, se dirigeant vers l'ouverture de l'estuaire, vers le large. Il la suivit des yeux; dans peu de temps elle volerait vers le sud, vers ses quartiers d'hiver sur quelque île de l'Atlantique. Cet été, des milliers d'hirondelles de mer étaient venues aux Sorlingues.

Les Sorlingues : c'est ce qui lui manquerait le plus. Chaque fois qu'ils venaient peindre le chalutier, à leur mouillage discret au nord des îles, il était heureux.

Ce mouillage discret se trouvait entre deux des îles — Tresco et Bryher — dans l'étroit goulet appelé New Grimsby Harbour. Il se souvenait y être venu avant la guerre... quand était-ce? En 1935? Vers cette époque, à laquelle le goulet était vide, sans bateau de pêche ni petite barque d'îliens. Il avait jeté l'ancre de *Dancer* au milieu du plan d'eau, était allé à la rame jusqu'à Bryher où il avait campé sur le rivage, puis fait à pied le tour de l'île, admiré les extraordinaires brisants de la baie d'Enfer en se demandant ce qui se passerait là en cas de naufrage. Le soir il avait allumé un feu, fait cuire du poisson et dormi sous la tente à l'abri d'un rocher. Il avait vu se lever une aube calme et dorée, et regardé un cormoran plonger dans les profondeurs glacées du petit port secret. Plus tard était apparue une bécasse de mer, fouillant avec son long bec jaune sous les pierres découvertes par la marée descendante. Il était resté là longtemps, assis et immobile, désirant que rien ne change, espérant que cela durerait toujours.

Il avait vingt et un ans alors; frais émoulu de Dartmouth, il était avide de tout, et de préférence tout de suite. Cela paraissait étrange lorsque les gens vous disaient qu'il n'y a pas de retour en arrière, que les joies simples de la jeunesse ne peuvent jamais se retrouver. Étrange, mais ils avaient raison. Cependant, il reviendrait un jour, lorsque la folie du monde serait guérie. Un jour où il n'y aurait plus de navires de guerre peints en gris pour rompre la tranquillité de cet endroit merveilleux, où *Dancer* serait seul, rappelant doucement sur sa chaîne.

En attendant, il allait regretter ces lieux.

Il se frotta les yeux; il avait un terrible mal de tête. Se levant péniblement, il mit machinalement la main à la poche pour prendre une cigarette, mais arrêta son geste. Il fallait qu'il soit en forme. Bientôt il allait commander un vrai bâtiment, avec un équipage de gars en uniforme. Il avait déjà grande envie d'y être.

CHAPITRE XIV

Julie tira les rideaux de la petite fenêtre, regarda une dernière fois l'enfant dans son lit. Peter s'était aussitôt endormi; la bouche entrou·verte, il respirait régulièrement. Elle remonta la couverture, l'embrassa sur la joue. C'était maintenant un vrai petit homme! Cinq ans et demi, déjà, et grand, si grand! Elle avait du mal à le croire — le temps avait passé si vite; il lui semblait qu'hier encore c'était un bébé.

Elle jeta sur lui un dernier regard et, prenant la lampe à pétrole à la lumière vacillante, descendit dans sa chambre. Elle s'arrêta un instant et écouta attentivement. Dehors, le vent poussait de longs soupirs et une vache donnait du sabot contre les planches de l'étable. Quelque part dans le village, un chien aboya. Presque au-dessus de sa tête, il y eut un craquement. Julie frissonna, puis se détendit quand elle comprit que c'était Peter qui se retournait dans son lit.

Elle avait pris l'habitude d'écouter, non seulement la respiration de son fils, mais tous les autres bruits. Elle guettait l'arrivée de « courriers » apportant des messages ou même des « colis » : pilotes étrangers pâles et effrayés, conduits dans la nuit vers quelque autre ferme plus sûre. Avec l'automne, les allées et venues étaient devenues incessantes et la rendaient terriblement nerveuse, et elle les redoutait. Et pourtant... elle voulait absolument savoir. C'était comme pour un coup dur : plus tôt on sait de quoi il retourne, mieux il est possible d'y faire face.

Julie entendit la porte de derrière s'ouvrir, quelqu'un venait d'arriver. Le cœur serré, elle passa sans bruit dans la cuisine et découvrit la silhouette de son oncle se dessinant sur le seuil de la porte. Il parlait bas et rapidement à une autre personne demeurée dehors, dans le noir. Elle regarda l'horloge de la cheminée : huit heures.

Ils avaient dû oublier l'heure qu'il était. Ce n'était pas normal! Elle hésitait, se demandant si elle allait les interrompre.

L'homme resté dehors répondit à l'oncle sans même baisser la voix et Julie le reconnut. C'était le *chef*, à ce que l'on disait. Comme à son habitude, il parlait sans se soucier d'être entendu par des oreilles indiscrètes, mais à cette heure de la journée, c'était encore plus imprudent. « Il est fou, ou stupide », pensa Julie. D'après le ton de sa voix, il ne semblait pas près de s'arrêter.

— ... non, non, pas de problème, disait la voix. Gaston, de Plougat, s'en occupe. Je lui ai donné pour instructions d'amener les dix « colis » de chez Mme Lelouche. Tout est organisé, je vous assure.

Julie poussa un soupir exaspéré. Jean ne se rendait donc pas compte de l'heure et du danger? N'y tenant plus, elle alla rejoindre son oncle, attendit que la conversation s'arrête pour intervenir. Mais le chef continuait à pérorer et elle comprit soudain qu'il le faisait pour elle, pour lui montrer son importance. Elle se mordait la lèvre, faisant effort pour rester calme.

— Ah! Bonsoir madame, finit-il par dire. Désolé de vous déranger...

— Je vous en prie, les soldats seront bientôt de retour, vos visites nous mettent en danger! Ne pourriez-vous revenir plus tard? Je vous en prie.

— Nous devons dresser soigneusement nos plans, répliqua l'homme avec un mince sourire. Vous ne vous rendez pas compte de l'importance de ce que nous faisons, c'est évident. En outre, je vous assure qu'il n'y a aucun danger.

« Cet homme est impossible, il est buté », pensa Julie.

— Vous pourriez peut-être dresser vos plans plus... discrètement!

Jean eut l'air gêné, le visiteur commença à paraître fâché. Mais Julie était satisfaite d'elle; au moins elle était intervenue. Le chef rétorqua, fraîchement :

— Madame, ne vous mêlez pas de ce qui ne vous regarde pas!

Julie se mit en colère :

— Cela me regarde! Vous l'oubliez parce que cela vous arrange.

Posant une main sur l'épaule de sa nièce, Jean dit d'un ton apaisant :

— Tout va bien. Il s'en va.

— Eh bien, ce n'est pas trop tôt!

Julie se retourna, marcha à grands pas vers la cuisinière, remua la soupe d'un geste trop vif, en renversa sur la plaque chaude; on entendit des crachotements et des sifflements. Avec impatience elle prit un torchon pour essuyer le liquide répandu restant. Elle tremblait de colère. Elle avait horreur de perdre son sang-froid. Elle devrait essayer de se calmer, elle l'admettait, mais tant que cet affreux individu serait sur le pas de la porte, elle ne pourrait pas. « Dommage que tante Marie soit chez Mme Gillet! pensa-t-elle. Elle aurait su le remettre à sa place. »

Avec le bruit de la soupe qui bouillait, elle n'entendit pas la porte de devant s'ouvrir ni les pas dans le vestibule. Lorsqu'on frappa à la porte de la salle, elle sursauta si fort qu'elle lâcha la louche et que la soupe brûlante éclaboussa son tablier. Horrifiée, elle vit apparaître les deux uniformes familiers. Les soldats lui sourirent poliment, comme ils le faisaient toujours, puis regardèrent avec curiosité les deux hommes se tenant sur le seuil de la porte de derrière.

Pendant un bref instant, ils demeurèrent tous immobiles, comme les personnages d'un tableau : Julie devant la cuisinière, les soldats entre la salle à manger et la cuisine, les deux hommes devant la porte de derrière. Puis Jean salua les Allemands d'un petit signe de tête, se retourna et dit au visiteur :

— Bon, entendu, je vous livre les grains demain matin mais il ne m'en reste que quatre kilos. Ça vous fera cher!

— C'est d'accord, acquiesça l'homme en souriant. Et, pour notre autre affaire? N'oubliez pas.

Julie se rendit compte avec stupeur que la situation amusait le chef, qu'il cherchait à la prolonger. « Il se croit malin, pensa Julie. Quelle suffisance! » Elle avait aussi l'impression qu'il n'abusait personne, que les Allemands le considéraient d'un œil soupçonneux. D'une voix un peu forte, et faisant un grand bruit d'assiettes, elle leur lança :

— La soupe est prête. Asseyez-vous, je vous prie.

Les soldats parurent surpris : Julie ne leur adressait jamais la parole. Traînant les pieds, ils allèrent prendre place à la table de la salle; lorsque Julie entendit le bruit des chaises remuées, elle apporta sur un plateau deux bols de soupe et du pain. En les servant, elle entendit la porte de derrière se refermer : l'affreux bonhomme était parti. Enfin! L'un des Allemands fit une remarque sur le temps que Julie ignora comme à son habitude. On l'obligeait à les loger, à les nourrir deux fois par jour mais aucune loi ne disait qu'on devait leur faire la conversation. Elle quitta la pièce, referma la porte derrière elle.

Son oncle, qui se tenait près de la cuisinière, eut un geste des mains qui signifiait : « Que pouvais-je y faire? » Julie se laissa tomber sur une chaise, Jean en avança une près d'elle et tous deux demeurèrent silencieux jusqu'à ce qu'ils entendent la porte de devant s'ouvrir et se refermer. Les Allemands étaient sortis prendre leur verre quotidien.

— Cet homme! soupira Julie en secouant la tête. C'est un *danger*. Je le sais — tout le monde le sait.

— Nous sommes obligés de faire avec lui, essaie de comprendre. C'est notre seul contact, notre seul espoir de faire partir les « colis ».

— Oui, mais à quel prix!

— Je sais, je sais, soupira le vieil homme. Mais tu dois comprendre; nous avons trente « colis » en souffrance. Si nous ne pouvons pas entrer en liaison avec les Britanniques pour qu'ils envoient des bateaux, nous les garderons sur les bras. Plus les « colis » resteront longtemps, plus ceux qui les cachent courront de risques. Et il en arrive d'autres tous les jours! Il faut, il faut absolument que nous gardions ce contact; sinon qu'en ferons-nous? Nous les donnerons aux Allemands? Nous attendrons que nos maisons soient pleines d'aviateurs anglais et prétendrons qu'ils sont français? Hein?

Julie hocha la tête d'un air las. Il lui fallait reconnaître combien il était difficile de faire passer des Anglais pour des gens du pays. Outre la question de la langue, ils avaient vraiment l'air étrangers.

— Je comprends le problème, dit-elle en soupirant. Ce que je ne comprends pas, c'est pourquoi vous avez besoin de ce... de ce type. La filière fonctionnerait sûrement aussi bien avec des gens d'ici et, peut-être, un opérateur radio venu d'ailleurs. Sûrement!

— C'est là tout le problème, il y a un seul opérateur — à Paris je crois. Alors, ce type est notre unique contact. Les Britanniques nous l'ont envoyé, qu'est-ce qu'on peut faire?

— Le faire taire, pour commencer! s'exclama Julie, qui sentait de nouveau monter sa colère. Même moi, qui m'efforce de ne rien entendre, même moi je sais exactement qui est dans l'organisation! Je pourrais tout de suite t'en dresser la liste! Et si je suis au courant, tout le village l'est aussi! Et sans doute tout le Finistère!

— Mais qui parlera? Pas un Breton! Jamais!

— J'aimerais avoir ta foi dans la nature humaine, répliqua Julie d'un ton amer.

Elle soupira, tapota la main de son oncle. Il paraissait si vieux et si ennuyé qu'elle s'en voulut de l'accabler.

— Pourtant, nous devons faire quelque chose, n'est-ce pas? dit le vieil homme avec douceur. Nous ne pouvons rester assis à ne faire qu'attendre; qu'en penses-tu?

— Je ne sais pas. Je me demande parfois si tous ces risques en valent la peine.

Elle regarda son oncle et dit, avec simplicité :

— En tout cas, pour moi, je ne fais rien et j'ai la conscience tranquille.

Julie détourna les yeux, tapota de nouveau la main de son oncle.

— Je comprends ta position, reprit-elle. Je ne te fais pas de reproches. Seulement... essaie vraiment de nous tenir en dehors de tout cela, je t'en prie, Jean. Je suis tellement inquiète pour Peter.

Jean hocha la tête et dit, d'un ton méditatif :

— Mais nous ne cachons pas de « colis » ici, Juliette. Nous l'avons décidé. Dans ton intérêt et celui de Peter. Il n'y a donc vraiment pas beaucoup de risque pour vous. Pour moi... eh bien, ça n'a pas d'importance. Je suis vieux.

— Mais, dit Julie avec force, même ainsi ils prennent des otages, n'est-ce pas? Et ils les fusillent? Des femmes et des enfants innocents. Oh, les enfants!

Elle pouvait à peine supporter cette pensée. A Morlaix, après qu'un des leurs eut été abattu, les Allemands avaient aligné contre un mur vingt femmes et enfants et les avaient fauchés à la mitraillette. De son bureau, Julie entendait les coups de feu. Elle avait crié et pleuré de rage et d'impuissance.

— C'était la faute des communistes! riposta Jean. Ces idiots tuent des Allemands sans songer aux conséquences. *Eux* sont vraiment dangereux! Je ne les aiderai jamais! Et — il menaça du doigt — je n'en laisserai pas un franchir le seuil de cette porte... et c'est valable pour Michel aussi!

— Leurs méthodes sont... *mauvaises*, j'en conviens, mais ils sont de notre côté, mon oncle.

— Quand ça les arrange! Ha! Ha!

Jean se leva, prit sa pipe sur le dessus de la cheminée, la frappa avec colère contre le manteau de celle-ci.

— Ils ont d'abord été avec les Allemands, souviens-t'en. Tu te rappelles? Et quand les Boches ont fait la saloperie à la Russie — ce que n'importe qui pouvait prévoir, avec un peu de jugeote — ils ont changé de camp. Très commode! Ha! Ha!

Il bourra sa pipe avec une grosse pincée de tabac, l'alluma en émettant un nuage de fumée. Julie espéra qu'il n'en aurait pas de regret; c'était ce qui lui restait pour finir le mois.

Il tira plus calmement sur sa bouffarde et poursuivit, d'un ton radouci :

— Désolé pour Michel mais mes idées là-dessus sont bien arrêtées. Je lui ai d'ailleurs dit en face que je ne voulais pas le voir ici.

— Quand? demanda Julie, fronçant les sourcils.

Son oncle la regarda, les yeux écarquillés.

— Tu ne sais pas qu'il est de retour?

— Quoi?

— Oui, il est ici; ta tante ne t'a rien dit? Je l'ai rencontré aujourd'hui au village. Qu'il aille se faire pendre! En tout cas je lui ai dit, avec mes regrets, qu'il ne devait pas remettre les pieds chez moi. Je lui ai dit...

— Où est-il? demanda Julie en se levant.

Le vieil homme haussa les épaules en lui lançant un regard sévère.

— Je descends voir si je peux le trouver, dit Julie en prenant son sac.

— Pour quoi faire? Dieu du ciel!

— Parce que... (Il n'était pas facile de trouver une raison.) Parce qu'il fait partie de la famille et qu'il a peut-être besoin d'aide.

« Et surtout parce que j'ai envie de le voir, ajouta-t-elle *in petto*. Vraiment très envie. »

— Je ne veux surtout pas te manquer de respect, mon oncle, poursuivit-elle. Je comprends que tu lui interdises ta maison, mais...

— Assez! coupa Jean en levant la main. N'en dis pas davantage. Parle-lui si tu veux mais crois-moi, ne te montre pas avec lui. Et ne me raconte pas ce qu'il manigance. Je ne veux pas le savoir!

Il ajouta machinalement :

— Et fais attention sur la route. Ces soldats ne m'inspirent pas confiance.

— Je ferai attention.

Elle lui envoya un baiser et, ayant mis son manteau le plus chaud, se hâta dans la nuit.

Il faisait très sombre. Le vent soufflant de la mer agitait les haies et sifflait entre les pins solitaires, auxquels des centaines de tempêtes avaient donné une forme torturée. Julie frissonna et pressa le pas, la tête baissée, les yeux sur le ruban noir de la route.

Oui, elle avait envie de voir Michel... elle en avait très envie. Depuis quelques mois, elle pensait à lui de plus en plus souvent, espérant son retour. Les deux années écoulées avaient été passées dans la solitude. Quand Peter était encore bébé et avait constamment besoin d'elle, elle avait mieux supporté cela. Mais depuis qu'il allait à l'école, qu'il sortait souvent jouer avec ses camarades, le sentiment d'être seule était affreux et lui pesait terriblement.

Elle se sentait parfois coupable de l'éprouver. Elle avait été si heureuse ici, jouissant de la paix et de la tranquillité; elle avait été si reconnaissante de trouver un toit, que dans les premiers moments elle avait tout aimé de cette maison. Elle l'aimait toujours! Et cependant... l'idée de demeurer ici à jamais avec Peter, Jean, tante Marie et ses livres pour seule compagnie la terrifiait. Elle avait vingt-cinq ans, les années commençaient à filer et ses chances — oui, pourquoi ne pas le dire? — de *trouver un mari* se réduisaient chaque jour. Car elle voulait un mari, elle le savait. Souvent, la nuit, elle restait éveillée en essayant d'imaginer ce que ce pourrait être. Quelqu'un avec qui parler, rire, partager sa vie, Peter, tout. Lorsqu'elle se voyait mariée, ce sentiment délicieux de chaleur et de tendresse, elle le désirait très fort.

Elle repéra immédiatement le café à la lumière qui filtrait d'une dizaine d'endroits des vitres obscurcies pour respecter le black-out, aux bribes de conversation et aux rires flottant dans l'air. En approchant, elle se dit que si Michel n'était pas là, elle trouverait probablement quelqu'un qui la renseignerait.

Elle attendit dehors, car il n'était pas question pour une femme d'entrer seule au café. Un vieux vacher nommé Pierre finit par en sortir, visiblement éméché. Elle lui remit un message qu'elle lui demanda gentiment de porter à l'intérieur. Quelques instants plus tard, l'homme réapparut, lui fit un signe de tête et s'éloigna dans la nuit.

La porte s'ouvrit à nouveau, Michel apparut. Elle ébaucha un sourire.

— Michel, comme je suis contente de...

Mais il regardait derrière lui. Prenant le bras de Julie, il l'entraîna loin du café. Ils marchèrent d'un pas rapide, en silence, parvinrent devant une grange située à la sortie du village.

— Entre! murmura Michel.

A l'intérieur il faisait noir comme dans un four. Julie entendit Michel marcher à l'aveuglette sur de la paille, s'éloignant vers le fond. Elle avança, les mains tendues devant elle, trébucha sur un ballot de paille, retrouva son équilibre, heurta de l'épaule ce qui devait être le bord d'une charrette.

— Ça va? souffla la voix de Michel, toute proche.

— Oui, je crois.

Elle s'assit dans la paille, l'entendit s'installer à côté d'elle.

— Tu as des ennuis? demanda-t-elle d'une voix douce. Qu'y a-t-il?

— Heuh! — Il rit. — Non, je n'ai pas d'ennuis. Enfin, pas plus que d'habitude.

— Alors, pourquoi toutes ces précautions?

— Il vaut mieux qu'on ne te voie pas avec moi, c'est tout.
— Il vaut mieux pour qui?
Elle savait bien ce qu'il voulait dire.
— Pour toi, bien sûr! Ton oncle me ferme sa porte, la moitié des villageois trouvent mes positions politiques ignobles, les autres sont prêts à en discuter avec moi devant un verre de vin, mais aucun d'eux ne voudrait voir sa fille en ma compagnie. Cela vaut mieux pour *toi!*
— Où étais-tu pendant tout ce temps? demanda-t-elle.
— Oh! loin.
Bien qu'elle sentît qu'il ne voulait pas en dire plus, Julie insista :
— Tu étais... en sécurité?
— Oui, oui. Ne t'inquiète pas pour moi. Je suis toujours sur mes gardes.
— Michel, il faut que je te pose une question.... Tu n'as pas collaboré avec les Allemands, n'est-ce pas? Je ne pourrais pas le supporter.
— Grands dieux, non! protesta Michel, l'air outragé.
— Tu en avais parlé, c'est pour ça... A Morlaix. Tu te souviens?
— Oh, c'est de l'histoire ancienne, et de toute façon, je n'ai jamais collaboré. Maintenant? Je peux t'assurer que j'en tue, j'en fiche en l'air et j'en démolis le plus grand nombre possible. Mais moins on en parle, mieux ça vaut.
— Excuse-moi, je ne voulais pas...
— Laisse donc!
— J'aimerais voir ton visage, dit Julie en scrutant l'obscurité.
Michel se mit à rire.
— Il n'a pas changé. Juste un petit coup de vieux. Tiens, je vais fumer une cigarette, ça fera un peu de lumière. Je me suis retenu au café pour ne pas avoir à partager avec cette bande de vieux imbéciles. Ils s'imaginent que, en ville, on a de tout à ne savoir qu'en faire.
Elle l'entendit fouiller dans ses poches; il y eut soudain un éclat de lumière, et il se mit à fumer. Elle découvrit son visage avec une légère surprise. Elle avait oublié sa façon de plisser le front, l'étroitesse de sa bouche, et aussi combien son expression était amère. Elle avait oublié beaucoup de choses le concernant...
— Et toi? demanda-t-il.
— Oh! ça va. On a juste de quoi manger. Comme il n'y a plus de valet à la ferme, Jean doit s'en occuper seul. Tante Marie et moi l'aidons de notre mieux. Peter aussi, bien sûr.
— Peter, ce doit être un vrai petit homme maintenant?
— Cinq ans et demi.
— Il va bien, lui aussi?
— Oui.
Elle ne donna pas d'autres détails car elle avait l'impression qu'il avait posé la question machinalement, sans intérêt véritable.
— Tu travailles toujours à Morlaix? s'enquit Michel.
— Toujours au même endroit. Parfois, j'ai l'impression que j'y serai encore à soixante ans.
— Et tes papiers? pas de problème?
— Ah c'est vrai! — Elle tendit la main et trouva son poignet — Je ne peux te dire ce que cela a changé pour moi. Savoir qu'ils étaient en règle... authentiques. Ils m'ont donné la tranquillité d'esprit. Je ne te remercierai jamais assez.
Elle chercha sa main dans le noir, la trouva, mais elle resta sans vie dans la sienne, sans répondre à la pression de ses doigts. Elle rougit dans l'obscurité, retira sa main.
— As-tu utilisé le tampon et les cartes vierges que tu avais pris? demanda Michel.

Elle plissa le front.

— Non. Je ne sais d'ailleurs pas au juste pourquoi je les avais emportés. Il me semblait à l'époque que c'était une sorte de sauvegarde.

— Conserve-les, ils pourraient t'être utiles un jour; on ne sait jamais. Mais, pour l'amour du ciel, n'en parle à personne et ne les laisse pas traîner. Tu les as bien cachés?

— Naturellement, répondit Julie, un peu vexée. — Pensait-il vraiment qu'elle pourrait les laisser traîner? — Je les ai mis dans un endroit où personne ne peut les trouver. Nous avons deux Allemands qui logent chez nous, tu sais.

— Quoi?

Son ton était si brusque qu'elle se demanda pourquoi il manifestait une telle surprise. Elle se hâta de dire :

— Il y en a chez beaucoup d'autres gens. Cela n'a rien d'extraordinaire.

— Mais ton oncle fait partie de la filière!

Julie avala sa salive; le regard fixé sur la lueur de la cigarette de Michel, elle se demandait ce qu'elle pourrait bien répondre. Jean n'aurait certainement pas parlé à Michel de ses activités clandestines. Comment était-il au courant?

— Je... je ne sais pas. Nous ne parlons pas de ces choses-là.

— Allons, ne sois pas bête! poursuivit-il d'un ton impatient. Je sais tout là-dessus. Cinq minutes après mon retour dans le secteur, j'en ai entendu parler. Mes amis de Morlaix savent non seulement qui fait partie de la filière, mais comment elle fonctionne. Tout le monde est au courant — parmi les camarades, du moins.

Julie sentit son cœur se serrer.

— Et les Allemands? murmura-t-elle. Ils savent aussi?

— Je n'en serais pas surpris. Ce qui m'embête, c'est que, lorsque les ennuis arriveront — et ils viendront sûrement — le doigt accusateur sera sans doute pointé sur moi et mes amis, alors que c'est ce fou qui dirige votre filière qu'il faudrait abattre. Apparemment, le mot « sécurité » ne signifie rien pour lui. Où l'ont-ils déniché?

— A Londres.

— Alors c'est un héros de la France Libre? Vous feriez mieux de vous débarrasser de lui au plus tôt! s'écria Michel.

— Je le sais. Je le déteste, cet affreux bonhomme. Il est d'une suffisance, tu n'en as pas idée. Tout le monde... eh bien, on marche avec lui parce qu'il est le seul lien avec Londres.

Elle poussa un gros soupir.

— Je voudrais qu'à Londres ils puissent voir la folie que c'est!

— Si tu veux mon avis, reste en dehors de ça. Ne te fais pas embringuer. Il vaut mieux laisser ce genre de travail aux hommes — aux vieux de préférence : c'est moins grave quand ils se font tuer.

Réaliste — ou insensible, selon le point de vue qu'on adoptait. Le regard fixe dans l'obscurité, Julie s'efforçait de comprendre comment on finissait par raisonner de la sorte. Elle entendit Michel se lever; la lueur de sa cigarette disparut quand il l'écrasa contre la charrette. Des débris rougeoyants en tombèrent lentement, et Julie tendit machinalement la main pour les attraper avant qu'ils n'aient atteint la paille.

— Bon, il est temps de rentrer, dit-il. Sinon Jean va m'accuser de te farcir le crâne avec des idées révolutionnaires.

« Mais nous avons à peine commencé à parler », pensa Julie... Elle se rappela alors ce qu'elle aurait voulu dire à Michel. Soudain cela ne lui parut plus très important.

Elle l'entendit s'éloigner en direction d'une fente faiblement éclairée qui indiquait la porte. Elle se leva en hâte et le suivit, butant contre les bottes de paille. Arrivée à la sortie, elle le vit qui l'attendait. Dans la faible clarté de la nuit, elle distingua les traits de son visage, sévères et durs. Elle l'observa avec curiosité, se demandant comment elle avait pu oublier qu'il était aussi sérieux, aussi inflexible.

— A propos, ils te disent quand un bateau doit venir? demanda Michel.

— Non, je ne demande jamais — et on ne me dit jamais. Pourquoi?

— Ne reste pas chez toi demain soir. Selon mes informations, il y aura une opération. Je suis sûr que le renseignement est bon. Pas de lune, vois-tu, des aviateurs plein le pays attendant impatiemment de rentrer chez eux. Si ce n'est pas la nuit prochaine, ce sera peu après. Mais mes amis disent que c'est pour demain — et ils se trompent rarement pour ce genre d'affaire.

Julie ferma les yeux. Y avait-il une seule chose que Michel ignorait?

— Je... j'emmènerai Peter ailleurs pour la nuit, dit-elle lentement. Merci de m'avoir prévenue.

Il lui prit le bras, la guida vers la route et ils marchèrent en silence jusqu'au carrefour au centre du village. Voyant des clients sortir du café, Michel et Julie se tapirent instinctivement contre un mur qu'ils longèrent jusqu'au sentier et dans la côte conduisant à la maison de Jean. Julie ne voulut pas qu'il aille plus loin. Elle se tourna vers lui et murmura :

— Au revoir, Michel...

Mue par une impulsion, elle ajouta avec flamme :

— Ne tue pas d'Allemands si tu peux l'éviter. Ils prendraient de nouveaux otages. Des enfants... Ils prennent des enfants, Michel!

— Toujours la même Julie au cœur tendre.

Il y avait dans sa voix une pointe de dédain qui la blessa. Comment pouvait-il être si dur? Et pourquoi fallait-il qu'il fasse en sorte qu'elle se sente ridicule? Il poursuivit :

— Bien sûr, nous essayons d'éviter de tuer des Allemands. Mais lorsqu'il s'agit de faire sauter quelque chose d'important, nous devons le faire et il n'y a pas d'autre moyen. De toute façon, des enfants souffrent des raids aériens, de la faim! Détruire une usine, c'est plus important que... que beaucoup de choses. Et ce n'est rien comparé au sort des paysans russes, qui meurent par milliers!

Julie ne trouvait rien à dire. Il ajouta :

— En tout cas, efforce-toi de ne pas penser à tout ça. Que tu t'inquiètes ou non, tu n'y changeras rien.

Soudain triste et fatiguée, Julie dit une nouvelle fois :

— Au revoir, Michel.

Elle commença à gravir la colline. Il courut après elle et saisit son bras.

— Julie, n'oublie pas... ne te laisse pas embringuer!

— Oui, tu me l'as dit.

— Mais tu pourrais te trouver prise sans t'en rendre compte. Tu... tu ne sais pas comment ils peuvent te mettre dans le bain.

A l'entendre, on aurait cru qu'elle avait dix-sept ans et sortait de l'école. Elle prit une grande inspiration et dit fermement :

— Je me le rappellerai.

Elle partit, et cette fois il ne la suivit pas.

Malgré la pente, elle marchait d'un pas vif, martelant le sol grimpant de plus en plus vite jusqu'à ce qu'elle s'aperçût qu'elle était presque arrivée. Mais elle n'avait pas envie de rentrer tout de suite à la maison, et se dirigea vers la falaise et le grondement lointain du ressac.

Elle poursuivit un moment son chemin, dépassant l'extrémité de la route goudronnée, le long du sentier qui menait à la lande à travers champs. Puis elle se souvint qu'il y avait des patrouilles sur la crête de la falaise, qui tiraient à vue. Elle s'arrêta, s'appuya contre un muret et, croisant les bras bien serrés, poussa un profond soupir.

Elle essaya de mettre de l'ordre dans ses idées, de voir les choses froidement afin que sa colère tombe. Une chose était sûre, Michel ne se souciait absolument pas d'elle, même s'il feignait de s'inquiéter de sa sécurité, pour une raison qu'elle ne connaissait pas. Une raison, il y en avait sûrement une; parce que pour le reste il était froid comme de la glace. Non, il ne se souciait pas d'elle. Curieusement, elle en était plutôt contente, parce qu'elle se rendait compte qu'elle ne se souciait pas de lui non plus. Comment aurait-elle pu tenir à quelqu'un d'aussi insensible? Elle avait oublié à quel point il était dur...

Il y avait aussi autre chose; elle avait été blessée dans son orgueil, même si elle répugnait à l'admettre. Elle avait été vers lui, s'imaginant qu'il aurait été content de la revoir — et il l'avait traitée comme une enfant. Il l'avait humiliée — très finement mais très nettement —, elle en frémissait encore. Elle avait bâti une image de Michel qui ne ressemblait en rien à ce qu'il était vraiment. Elle en voulait non à Michel mais à elle-même. Comme elle avait été sotte! Elle l'avait imaginé sous les traits d'un mari, d'un amant; elle en avait fait ce qu'elle désirait qu'il soit. Elle s'était dupée elle-même. Amour enfantin!

Il se mit à pleuvoir et les gouttes, sous l'effet du vent, formèrent un rideau oblique transperçant. Julie serra son manteau autour d'elle et commença à redescendre lentement le sentier. Sa colère était passée, elle était seulement mécontente et triste.

Une chose était sûre : jamais plus elle ne serait aussi bête!

Peter était l'être le plus important dans sa vie, le seul qui comptait vraiment. Demain soir, elle l'emmènerait au village, dans une maison sûre, loin de tout danger. Si les choses se passaient mal... ni lui ni elle ne seraient pris.

Une latte du plancher craqua, réveillant Julie en sursaut. Le sommeil, qu'elle avait mis plus d'une heure à trouver, se dérobait de nouveau. C'était désespérant car, nerveuse comme une chatte, elle savait qu'il lui faudrait encore autant de temps pour se rendormir. Et le fait de ne pas coucher dans son lit n'arrangeait rien. La maison de Mme Boulet se trouvait au centre du village, non loin de celle de Jean, mais Julie n'en avait pas moins l'impression d'un grand changement. Pour comble, le matelas était plein de bosses.

Elle tendit le bras vers Peter qui dormait à côté d'elle. Si elle trouvait agréable de partager le lit avec son enfant, cela ne l'aidait pas à s'endormir. Elle ne parvenait pas à se détendre parce qu'elle craignait, en bougeant dans son sommeil, de le réveiller. C'était en outre déconcertant d'entendre la respiration régulière et parfois les soupirs de quelqu'un dormant à côté de soi, même si ce quelqu'un était votre enfant.

Mais ce qui l'empêchait vraiment de dormir, c'était de savoir ce qui se passait *dehors*, dans les champs et sur la plage. Julie se mit à se demander comment on amenait les aviateurs. Se glissaient-ils à travers champs comme des ombres? Ou marchaient-ils le front haut sur les routes? D'une façon ou d'une autre, le risque était immense. Parfois, les Allemands envoyaient des patrouilles supplémentaires... Et puis comment le bateau trouvait-il la bonne plage? Faisaient-ils des signaux? Non, sûrement pas... Elle ne pouvait voir comment tout ceci pouvait se faire en sécurité. Tant de choses pouvaient mal tourner... Il valait mieux essayer de dormir. Elle ferma les yeux et s'efforça de détendre ses membres.

Il y eut soudain une faible plainte. Aussitôt elle redevint tendue, sur le qui-vive. On aurait dit quelqu'un d'angoissé, poussant des soupirs... Elle écouta, essayant de percevoir le plus léger bruit, mais elle n'entendait plus que la clameur du silence.

Et puis, de nouveau, une faible plainte qui commença en un léger murmure et devint un geignement plus fort. Julie gémit et se détendit soudain. Comme elle devenait nerveuse et stupide! C'était le vent. Seulement le vent!

Elle referma les yeux et essaya de rester calme. Le vent... Ici il avait un son différent. Chez elle il sifflait ou bien parfois, quand il soufflait pour de bon, hurlait comme une bête blessée. Mais ce gémissement... il la mettait mal à l'aise. Elle essaya d'évaluer la force du vent. Au moins grand frais. Alors la mer serait mauvaise, avec de forts rouleaux à la plage. Elle tenta d'imaginer ce que ce pourrait représenter pour le navire anglais en train de se rapprocher de la terre. Peut-être d'énormes vagues se brisaient-elles sur lui...

On frappa à la porte, doucement. Julie sursauta, demeura figée sur son lit. On frappa à nouveau doucement mais de façon insistante; elle se leva, tira les couvertures sur Peter, passa son peignoir et alla ouvrir sur la pointe des pieds.

En voyant le visage anxieux de Mme Boulet, éclairé par une bougie, elle comprit aussitôt qu'il se passait quelque chose.

— Qu'y a-t-il?

— Descendez tout de suite, je vous en prie, murmura la vieille femme.

Julie la suivit dans l'escalier. En bas, le vestibule était dans l'obscurité mais de la lumière filtrait par la porte entrouverte de la cuisine. En approchant, Julie entendit le murmure d'une voix masculine.

Les deux femmes pénétrèrent dans la cuisine où M. Boulet, entièrement vêtu, était assis près de la cuisinière, l'air solennel. Un autre homme que Julie ne connaissait que vaguement lui faisait face et parlait de façon pressante. Ils se levèrent, l'air grave, et Julie redouta aussitôt le pire: « Les Allemands ont tout découvert, ils ont arrêté, tué tout le monde! »

— Que se passe-t-il? S'il vous plaît, dites-moi.

— Rien, répondit l'autre homme. Du moins, pas encore. Mais nous avons besoin de votre aide, madame.

Julie s'assit en poussant un soupir de soulagement.

— Dieu merci! J'ai cru un instant...

Puis elle se rappela ce que le visiteur venait de dire.

— Mon aide? Comment puis-je aider?

— Je ne m'adresserais pas à vous, croyez-moi, madame, si vous n'étiez pas la seule personne... Madame, nous avons besoin de quelqu'un qui parle anglais. Il y a un jeune pilote qui est blessé. Nous l'avons soigné comme nous avons pu mais... Venez lui parler, je vous en prie. Sinon, nous aurons tous de graves ennuis. Je vous en prie, madame.

— Je ne comprends pas. Que dois-je faire?

— Venez, je vous en supplie, madame. Ce n'est pas loin; c'est à la ferme de Roger, près de la pointe; vous comprendrez en arrivant. S'il vous plaît, le temps presse...

Il regarda la pendule. Julie vit qu'il était près de minuit. Elle revint à l'inconnu et se souvint que c'était un fermier du village voisin, un homme agréable qui avait presque toujours le sourire. A présent, il attendait sa réponse, l'air terriblement grave.

Tous les regards étaient tournés vers Julie, attendant sa réponse. Elle commença à s'affoler. Comment pouvait-elle prendre sur-le-champ une telle décision? C'était injuste! Mais elle pensa aussitôt que la situation devait être désespérée pour qu'on vienne la chercher ainsi en pleine nuit. Le pilote était peut-être très gravement blessé... Peut-être avait-il besoin d'aide... Il était jeune, avait dit l'homme.

— Je m'habille, déclara-t-elle soudain en se levant, parce qu'il était plus facile de dire oui que de refuser.

Elle se précipita dans la chambre avant de changer d'avis. Elle trouva dans l'obscurité ses vêtements, qu'elle mit en se demandant dans quelle aventure elle était en train de s'embarquer. Elle laissa choir un soulier qui fit du bruit sur le plancher; Peter se retourna en geignant doucement. Elle alla vers le lit et, se penchant, mit son visage contre la joue si douce de son fils. Elle lui lança un dernier regard, murmura « Je t'aime » et sortit.

L'escalier était dans l'obscurité totale; elle dut le descendre à tâtons. Lorsqu'elle parvint à la cuisine, la lumière était éteinte, la porte de derrière déjà ouverte. Il en arrivait un courant d'air glacé qui la fit frissonner. Quelqu'un l'aida à enfiler son manteau et elle sortit à la suite du fermier. Ils tournèrent le coin de la maison, reçurent en plein visage la gifle du vent, qui s'engouffra dans le manteau de Julie et plaqua ses cheveux sur ses yeux de sorte qu'elle était presque aveuglée. Elle serra son manteau autour d'elle, rejeta sa chevelure en arrière et vit que les hommes étaient déjà arrivés à la route. Distinguant à peine la silhouette de l'homme qui marchait à grands pas vers la ferme de Roger, elle courut derrière lui avant qu'il ne disparaisse dans le noir. « Ils utilisaient donc les routes dans ces expéditions nocturnes! » Julie lançait des regards inquiets derrière elle. Elle entendait parfois, en pleine nuit, des camions allemands traverser le village. Que feraient-ils s'il en arrivait un maintenant? Sauter dans un champ par-dessus le muret, sans doute. S'ils en avaient le temps.

Le fermier ne ralentissait pas sa marche; lorsqu'ils furent dans la montée raide qui conduisait chez Roger, Julie dut peiner pour le suivre; elle faillit lui demander de ralentir mais se rappela que le temps pressait. Elle continua de se hâter, son esprit fermé à tout ce qui n'était pas le rythme de sa marche.

Soudain, elle ne le vit plus, il s'était fondu dans la nuit. Il réapparut à quelques mètres devant elle. Immobile, attendant qu'elle le rejoigne.

— On y est presque, chuchota-t-il avant de repartir brusquement.

Au prix d'un gros effort, Julie le suivit et aperçut enfin, au bout de quelques minutes, la masse noire d'un bâtiment. Une voix se fit entendre dans l'obscurité, l'homme répondit par un simple mot et ils entrèrent dans la ferme.

Quelqu'un prit le bras de Julie, la guida le long d'un couloir. Une porte s'ouvrit, la lumière jaillit, aveuglante.

Clignant des yeux, Julie découvrit qu'elle se trouvait dans une vaste pièce, en compagnie d'une vingtaine de personnes au moins. Quand ses yeux se furent accoutumés à la lumière, elle reconnut plusieurs d'entre elles, habitants du village ou des fermes voisines. Les autres — une douzaine d'hommes — étaient des inconnus. Tous étaient jeunes, tous avaient l'air de ne pas être à leur place dans une ferme malgré leurs grossiers vêtements de paysan.

Tous regardaient Julie, certains avec, sur leur visage, une expression horrifiée, certains une expression d'espoir et de soulagement. Personne ne disait mot. Elle chercha des yeux quelque indication. Elle s'attendait à voir une forme sur une civière, ne la trouva pas. En haut, peut-être...

Un des villageois tourna une tête inquiète vers le fond de la pièce, un autre l'imita. Julie suivit leur regard, et alors elle vit.

Un jeune homme se tenait près de la cheminée, l'air effrayé, un pansement autour de la tête. Il tenait un pistolet qu'il braquait vers les autres et Julie comprit soudain. On l'avait fait venir ici pour qu'elle sorte l'arme de sa main.

Elle demeura un bon moment immobile, regardant le jeune homme et se demandant par quoi commencer; finalement, elle s'avança en souriant vers lui et dit :

— Bonsoir, je m'appelle Julie. Et vous?

Il la regarda fixement, le visage tendu et hagard. Le pistolet tremblait légèrement dans sa main. Julie pensa : « Il faut essayer autre chose. » Elle respira profondément et dit d'une voix gaie :

— Il se passe quelque chose, on dirait. Vous voulez m'en parler?

Le jeune homme cligna des yeux, comme pour éclaircir sa vision. Il s'écria tout à coup, si fort que Julie sursauta :

— Je sais qui vous êtes! Vous aussi êtes une espionne!

La voix, tendue et haut perchée, avait l'accent gallois.

— Une espionne? — Julie rit avec douceur — Moi? Grands dieux mais non, je suis anglaise!

Dans le silence qui suivit, elle songea que son argument paraîtrait peut-être bizarre et ajouta :

— Il se trouve que je vis ici, au milieu de ces braves gens. Voyez-vous, ils cherchent à vous aider à rentrer chez vous. Vous vous en rendez compte, je pense.

— Non! non! On ne peut pas leur faire confiance! Ce n'est pas vrai! Ce sont des espions. J'en ai vu un avec un Allemand!

— S'ils étaient des espions, ils vous auraient livré aux Allemands depuis longtemps, vous pensez bien. Ils n'auraient pas pris la peine de vous cacher si longtemps, n'est-ce pas? s'ils avaient voulu vous dénoncer. — Elle lui sourit avec douceur — Ne se sont-ils pas occupés de vous? N'ont-ils pas bandé votre blessure?

— Mais j'en ai vu un parler à un Boche!

— Si l'Allemand lui avait posé une question, il était bien obligé de répondre, sinon cela aurait paru étrange. Nous devons répondre aux Allemands, bien que nous les détestions. Je vous donne ma parole que personne ici n'est du côté allemand. Je vous dis la vérité, croyez-moi.

Le blessé plissa le front, pressa ses lèvres l'une contre l'autre.

— Pourquoi ne vous dirais-je pas tout sur moi et ensuite vous me parleriez de votre famille et de votre maison. Dites? Ce ne serait pas sympathique? On pourrait se débarrasser de tous les autres et bavarder, seulement nous deux, reprit Julie en s'approchant lentement.

Lorsqu'elle commença ce mouvement, les yeux du jeune pilote s'emplirent de peur puis la suivirent un peu plus calmement, scrutant son visage avec une expression où le doute se mêlait à l'espoir. Julie se dit qu'il avait envie de la croire mais qu'il était effrayé.

Enfin elle fut debout devant lui. Il ne bougeait pas. Elle dit :

— Nous allons dire aux autres de partir, n'est-ce pas? Après, nous pourrons parler.

Elle se retourna, fit signe aux villageois de sortir. Certains se levèrent et se dirigèrent lentement vers la porte.

— Non, non! ils doivent rester! s'écria le jeune homme.

Tout le monde s'immobilisa. En souriant, Julie toucha la main qui tenait l'arme.

— Ils veulent seulement aller au bateau, pour faire partir vos camarades. Vous aussi vous voulez rentrer chez vous?

— Oui, oui, répondit le pilote. Mais... (il ferma les yeux, secoua la tête)... c'est tellement insensé!

— Je sais, je sais. Vous avez connu des moments très durs. Pauvre garçon, pauvre garçon... je suis sûre que cela a été terrible.

— Oui. Oh! mon Dieu...

Sa voix se brisa. Craignant de le voir s'effondrer, Julie intervint aussitôt :

— Rappelez-vous votre devoir!

— Mon devoir? répéta le blessé, sans paraître comprendre.

— Oui, votre devoir. Il est tout à fait clair, voyez-vous. C'est de rentrer en Angleterre. Voilà ce qu'on attend de vous. Et savez-vous pourquoi? C'est pour qu'on puisse vous ramener dans votre famille parce qu'on ne peut vous renvoyer vous battre après ce que vous avez subi. Vous retournerez chez vous auprès des vôtres, auprès de votre famille, c'est promis.

Voyant le visage du pilote s'éclairer, Julie pensa qu'elle était cette fois sur la bonne voie.

— Vous avez une famille? demanda-t-elle avec douceur.

Il fit oui de la tête; un instant Julie crut qu'il allait pleurer.

— Maman... et papa... Et ma sœur Susan, murmura-t-il.

— Une petite amie aussi, peut-être?

Il la regarda comme si son cœur se brisait.

— Oui, oui.

Ses yeux s'emplirent de larmes, il baissa la tête et se mit à sangloter. Doucement Julie se pencha, prit le pistolet, le passa à un autre pilote puis serra le blessé contre elle, dans ses bras. Il s'accrocha à elle, la tête sur son épaule; ses larmes coulèrent, chaudes, sur le cou de Julie.

«Mais ce n'est qu'un petit garçon... un gosse! Et l'on envoie des enfants comme ça faire la guerre, songea-t-elle. Quelle folie! »

— Tout va bien, maintenant, murmura-t-elle en lui tapotant le dos. Tout va bien.

Derrière elle, les autres commencèrent à s'agiter et à parler à voix basse. Quelqu'un lui toucha le bras et murmura :

— Il faut y aller, maintenant, sinon ce sera trop tard. Vous voulez bien le conduire jusqu'à la plage?

Julie hésita. La plage... Personne ne se rendait désormais à la plage qui était entourée de barbelés et surveillée par des patrouilles.

Le jeune pilote continuait à sangloter en s'accrochant à elle. Elle lui maintint la tête sur son épaule et lui tapota à nouveau le dos. Jetant un regard à l'homme qui attendait auprès d'elle, elle acquiesça, d'un geste lent.

— Oui, je le conduirai. Expliquez-moi ce que je dois faire.

Julie sentit que le blessé, dont elle tenait la main bien serrée, trébuchait derrière elle. Elle se retourna, le vit retrouver maladroite-ment son équilibre.

— Ça va? murmura-t-elle.

Mais le vent couvrit le son de sa voix et elle dut répéter sa question, plus fort.

— Oui, ça va, répondit le jeune Gallois.

Elle pressa sa main et dit :

— Bravo! Nous ne sommes pas loin, maintenant.

Elle scruta l'obscurité à l'endroit où l'homme qui la précédait se trouvait l'instant d'avant mais ne vit plus personne, pas même une ombre sur la mosaïque grise et noire de la nuit. Julie prit une profonde inspiration, se remit à avancer. Le sentier, étroit et accidenté, creusé dans le flanc de la falaise, descendait rapidement vers la plage. Parfois il disparaissait à sa vue derrière une bosse rocheuse et Julie devait avancer la jambe à tâtons jusqu'à ce qu'elle le sente à nouveau sous son pied. Elle progressait prudemment, penchée vers la paroi, frôlant de la main la roche et s'efforçant de ne pas penser à ce qu'il y avait sous elle.

A un endroit elle buta contre une pierre et faillit perdre sa chaussure. Évidemment, elle n'avait pas les souliers qu'il aurait fallu; les siens étaient à semelle de cuir et talon étroit, affreusement glissants. Elle aurait dû avoir des chaussures de toile. Et pour la centième fois elle regretta de ne pas avoir de foulard... en tourbillonnant, le vent rabattait ses cheveux sur son visage et elle ne voyait presque rien.

Le sentier paraissait interminable. Derrière elle, le pilote trébucha de nouveau; elle lui reprit la main et se retourna afin d'être sûre qu'il avait retrouvé son équilibre.

Par-dessus le mugissement du vent, on entendait un faible grondement, comme un tonnerre assourdi, qui s'amplifia à mesure qu'ils descendaient. C'était le bruit du ressac. Le moral de Julie remonta; ils ne devaient pas être très loin de la plage.

Brusquement, elle ne sentit plus le sentier qui se dérobait sous son pas. Elle tâta la pente du pied, ne trouva que le vide; pas de rocher, pas de corniche, pas de chemin. Elle s'assit sur le sol, tira le pilote à côté d'elle, lui lâcha la main, et se laissa glisser. Elle prit de la vitesse et commençait à avoir peur; et puis, au moment où elle tentait d'attraper quelque chose pour se retenir, elle vit la plage qui montait vers elle. Avec un bruit mou, elle atterrit sur les galets. Elle se releva, frotta le derrière de son manteau, se retourna et lança au pilote invisible :

— Tout va bien, la plage est juste au-dessous. Laissez-vous glisser comme moi.

Pas de réponse. Elle craignit un moment d'avoir à grimper en arrière. Puis elle l'entendit.

— Vous êtes sûr? dit-il, la voix presque couverte par le vent.

— Oui, laissez-vous glisser.

Une seconde plus tard, une forme tombait à côté d'elle sur les galets.

— Bravo, fit Julie.

Elle prit la main du jeune homme, l'aida à se relever et avança lentement sur la plage. Elle distinguait à peine la ligne gris pâle du ressac et, à gauche, la masse noire, plus sombre que le ciel, des hautes falaises entourant l'anse. Dans quelle direction devait-elle aller? Où étaient les autres? Elle s'arrêta, indécise, et scruta l'obscurité.

— Que se passe-t-il? demanda le pilote, à nouveau effrayé.

— Rien. Il faut seulement attendre que les autres nous trouvent.

Elle faisait des vœux pour cela. Et comme en réponse, une ombre s'avança vers eux, plus noire que tout le reste.

— Par ici, fit une voix. Suivez-moi.

Avec un soupir de soulagement, Julie entraîna le pilote à la suite de la silhouette, le long de la plage. Ils rejoignirent les autres qui attendaient près d'un rocher se détachant de la falaise, les uns assis contre la roche, leurs figures que l'on ne pouvait reconnaître dans l'obscurité se découpant plus claires, d'autres debout par groupes de deux ou trois. En s'approchant, Julie s'étonna de les entendre parler d'une voix forte et comprit avec stupeur qu'ils se disputaient.

Le pilote la tira par la main :

— Bon Dieu! que se passe-t-il?

— Ne vous inquiétez pas, ce n'est rien. Simplement une discussion amicale.

— Seigneur! ils ne peuvent pas la fermer, nom de Dieu?

Elle s'assit contre le rocher avec le pilote à côté d'elle. Elle écoutait anxieusement les voix coléreuses qui continuaient. Il avait raison, ce garçon; ce serait une bonne idée s'ils se taisaient. Elle se demanda de quoi ils pouvaient bien discuter. Que pouvait-il y avoir de si important en un tel moment? Elle remarqua un homme installé de l'autre côté d'elle, crut le reconnaître et demanda en français, à voix basse :

— Qui est là?

— Un des nôtres, fut la réponse.

— Vous pouvez me dire ce qui se passe?

— Nous attendons le bateau mais... il est peut-être très retardé par le mauvais temps.

Se penchant vers elle, il ajouta dans un murmure :

— A vrai dire, je doute qu'il vienne...

Le cœur de Julie se serra. L'idée d'avoir à s'occuper encore longtemps de son pilote la mit au désespoir. Elle se voyait obligée de le reconduire en haut de la falaise; ce serait déjà pénible. Mais après? S'attendait-on à ce qu'elle garde le jeune homme auprès d'elle? Qu'elle le cache dans sa maison? Non, c'était impossible! Elle demanda à son voisin :

— Qu'arrivera-t-il alors si le bateau ne vient pas?

— Nous rentrerons tous à la maison avec nos invités... je suppose.

— On les remettra... là où ils étaient avant?

— Je n'en sais rien. Demandez donc au chef.

Il prononça ce dernier mot avec une pointe de mépris et Julie devina qu'il n'avait pas beaucoup d'estime non plus pour cet homme.

— Mais pourquoi tout le monde discute-t-il?

— Parce que c'est la pagaille. Personne ne sait qui fait quoi. Tout le monde, ou presque, est descendu sur la plage alors que nous aurions dû laisser des guetteurs sur la falaise. Certains affirment que le bateau ne viendra pas, d'autres assurent qu'il faut attendre, et notre chef dit à ceux qui veulent rester de partir et à ceux qui veulent partir de rester. Merveilleux, non?

Il cracha de mépris.

Julie regarda autour d'elle. Le fait que son voisin ait mentionné l'affreux bonhomme lui rappela l'avertissement de Michel. Celui-ci avait été tout à fait clair; il avait dit que les Allemands étaient probablement au courant... « S'il avait raison et s'ils l'étaient... Mon Dieu! » Elle ferma les yeux. Elle était terrorisée, c'est tout, absolument terrorisée. Et puis... elle ne pouvait s'empêcher de penser que tout irait mal; elle était certaine que rien ne pourrait aller bien tant que ce chef mènerait l'affaire.

Soudain les discussions s'arrêtèrent, tout le monde se tourna vers la mer. Involontairement Julie serra la main du pilote. Il y eut une activité fébrile. On passa des ordres, trois hommes coururent sur la plage, d'autres prévinrent les futurs passagers de se tenir prêts. Julie et son pilote se levèrent. Une silhouette efflanquée se détacha du groupe de celle-ci et commençait à descendre vers la mer, quand une forme sombre se précipita derrière elle, la tira en arrière contre le rocher.

— Attendez! Seulement quand je dis! fit une voix en mauvais anglais.

Julie fixa la ligne du ressac, tenta de discerner des ombres. D'abord elle crut s'être trompée; puis elle vit nettement la forme sombre d'un petit bateau arrivant à travers les vagues. Des hommes — deux ou trois — sautèrent à terre, tirèrent l'embarcation sur les galets et rejoignirent ceux qui étaient accourus à leur rencontre. C'était incroyable, ils étaient venus malgré le mauvais temps, ils ne les avaient pas oubliés.

A ce moment, quatre passagers furent conduits au bord de l'eau; le blessé demanda d'une voix plaintive :

— Pourquoi pas moi? Qu'est-ce qui se passe, bon Dieu?

Il semblait être de nouveau en larmes.

181

— Votre tour va venir, expliqua Julie d'une voix apaisante. Je pense que le canot ne peut pas prendre tout le monde à la fois.

La forme noire de l'embarcation réapparut sur la blancheur de l'écume; Julie vit qu'on l'avait déjà remise à l'eau. Des ombres y grimpèrent, une gerbe d'eau s'éleva quand le bateau heurta une vague puis tout disparut, s'évanouit dans la nuit. Julie se demanda comment le canot parviendrait à retrouver le navire dans le noir : elle n'avait vu aucun feu.

Pendant les vingt minutes qui suivirent, le blessé ne cessa de répéter : « Ils ne reviennent pas... mon Dieu! ils ne reviennent pas! » Julie répondait : « Mais si, bien sûr. Franchement, je vous assure qu'ils vont revenir, je vous l'assure. » Et enfin le bateau réapparut. Julie commençait à dire au revoir au jeune pilote quand l'un des paysans lui souffla :

— Non, vous devez venir aussi. Tout de suite! Venez!

— Quoi?

L'homme ne répondit pas et Julie, résignée, reprit la main du blessé et partit en direction de l'eau, trébuchant sur les galets. Comme ils approchaient du bateau, deux hommes se détachèrent du groupe qui attendait et se dirigèrent vers eux. Quelqu'un près de Julie dit :

— C'est elle, la voici.

Les deux silhouettes s'approchèrent.

— C'est vous qui parlez anglais? demanda une voix.

— Oui, répondit Julie, avec un rire nerveux.

— Voici, nous allons vous donner un talkie-walkie, mais je dois d'abord expliquer comment cela fonctionne. Pensez-vous pouvoir vous rappeler quelques instructions?

La voix était très anglaise et distinguée; un officier certainement.

— J'essaierai, répondit Julie.

Elle s'efforça d'être attentive lorsqu'il lui remit un objet oblong étonnamment léger, puis lui donna lentement des explications qu'il répéta deux fois, parlant de fréquences, gammes, antennes et procédures. Il demanda en conclusion :

— Vous avez tout compris?

— Je crois, oui.

— Il vaut toujours mieux se faire expliquer par quelqu'un mais de toute façon, le mode d'emploi est écrit là, sur le côté de l'appareil. Voulez-vous faire un essai? Tournez le bouton et vous m'entendrez parler avec la C.M., cela vous donnera une idée. D'accord?

— D'accord.

— Bien, nous devons partir, maintenant, dit l'officier en regardant nerveusement autour de lui. Au revoir!

Julie éprouva l'envie ridicule de lui demander de rester encore un peu, mais il était parti, marchant à grands pas vers le bateau qu'on remettait déjà à l'eau. Elle chercha des yeux « son » pilote mais ne parvint pas à le distinguer parmi ceux qui attendaient d'embarquer. Elle fit néanmoins un signe de la main, au cas où il pourrait la voir, et retraversa la plage.

En arrivant au rocher, elle s'assit et mit le talkie-walkie en marche, entendit des sifflements, des craquements, puis soudain une voix qui la fit sursauter.

— Embarcation mise à l'eau et en route.

— Compris.

La réponse était aussi claire que si on l'avait émise à quelques mètres d'elle. Julie continua à écouter mais n'entendit plus que le sifflement de l'appareil.

Une ombre s'approcha d'elle en chuchotant :

— Venez, vite! Il est temps de partir.

Julie se releva et s'apprêta à arrêter l'appareil quand une voix grésilla dans celui-ci :

— J'ai parcouru la distance mais rien en vue encore.

— Essayez plus à l'ouest.

— Compris.

Julie écoutait, fascinée.

— Trouvé un rocher. Ça vous dit quelque chose?

Après un silence, une autre voix, plus forte que la première, répondit :

— Va au nord, Jimmy. Tu as oublié la marée. Et attention aux rochers, en chemin.

— Compris.

— Il faut absolument partir. Venez! venez! insista l'homme venu chercher Julie.

Elle passa la bretelle du talkie-walkie à son épaule et le suivit le long de la plage. Elle n'avait pas arrêté l'appareil; c'était sans danger tant qu'elle était sur la plage et que la réception était couverte par le grondement du ressac. Ils étaient presque parvenus au sentier quand l'appareil se remit à grésiller.

— Je te vois, Jimmy. Prends à l'est, cinquante mètres, disait la voix forte.

— Compris, oui. Vu, maintenant.

Il y eut un silence et puis :

— Mais où allez-vous, bon sang, Numéro Un?

— Nous évitons un récif, capitaine.

— Ne prenez quand même pas l'itinéraire touristique, s'il vous plaît.

A contrecœur, Julie arrêta l'appareil et le remit à l'homme qui s'apprêtait à la pousser en haut de la pente abrupte qui partait du bord de la plage; un autre paysan attendait dans le sentier, prêt à la tirer. A mi-chemin de la pente, elle faillit glisser en bas, mais réussit à caler son pied et à attraper la main de l'homme du haut. Ensuite la montée du sentier fut plus facile que la descente et plus sûre.

En grimpant la pente, elle se sentit ridiculement heureuse, envahie à la fois par la peur et l'exaltation, par une terrible envie de rire. Elle se rappela alors la terrible dispute sur la plage, les risques qu'ils avaient tous pris, et comprit qu'il fallait sans doute attribuer au soulagement l'allégresse qu'elle éprouvait.

Parvenue au sommet de la falaise, elle se souvint qu'il lui restait un long chemin à parcourir. Ce ne fut qu'après avoir traversé la lande puis les champs, après avoir retrouvé son oncle qui la prit par le bras et la ramena à la ferme, qu'elle se remit à sourire. Jamais elle ne s'était sentie si pleine de vie. Elle comprit tout à coup pourquoi les hommes aimaient tant le danger.

Elle ne s'endormit pas avant l'aube. Elle entendit le bruit métallique des bidons de lait, elle entendit tante Marie sortir pour aller chercher Peter chez Mme Boulet, avant de trouver le sommeil. Elle ne cessait de revoir toute la scène de la plage et la forme sombre du bateau se détachant sur le ressac. Cette image de même que le souvenir des voix entendues dans le talkie-walkie avaient quelque chose de réconfortant, de chaleureux. En même temps, elles la rendaient nostalgique : cela faisait si longtemps qu'elle n'avait pas entendu une voix anglaise.

Elle se rappela son enfance : les excursions sur la plage avec l'école, les promenades le long de la Hoe, la belle vue sur la rade, le babil insouciant de ses camarades de classe. Oui, c'étaient les jours heureux et elle les regrettait.

Et puis elle se rappela ce qui était survenu par la suite. Le père de Peter avait le même accent distingué que les officiers entendus dans le talkie-walkie. D'un coup, les souvenirs ne furent plus réconfortants ni chaleureux.

C'était stupide de penser à l'Angleterre, elle n'y retournerait pas. Jamais.

Cependant, jusqu'à ce qu'elle s'endorme, le mal du pays demeura en elle.

TROISIEME PARTIE

1942-février 1943

CHAPITRE XV

Fischer sentit ses yeux commencer à se fermer et secoua la tête en se redressant. Il gagna l'autre côté du kiosque, scruta l'obscurité.

Ils n'étaient pas loin du convoi, maintenant ; ils se trouvaient au milieu du golfe — la Fosse noire, comme disaient les matelots. Ce matin-là, elle justifiait heureusement son surnom : le ciel était couvert, la visibilité réduite à moins d'un mille. Des conditions idéales pour un sous-marin cherchant à passer inaperçu.

Il faisait également très froid mais Fischer s'en moquait : il ne ferait jamais aussi glacial que là d'où ils venaient. Partis pour une de leurs plus longues patrouilles, ils étaient remontés jusqu'à une centaine de milles du Groenland et avaient attendu. Toutes les deux ou trois heures, il avait fallu immerger à moitié le sous-marin pour faire fondre la glace qui se formait sur les canons. La mer n'était pas précisément chaude mais d'une température juste supérieure à zéro — c'était l'essentiel.

Le vent ne les avait pas épargnés non plus puisqu'il avait presque constamment soufflé en tempête. En bas, les conditions avaient été encore pires que d'ordinaire, ce qui n'était pas peu dire pour un Type VIIC. Avec la condensation et les vagues qui retombaient inévitablement par le panneau du kiosque, l'eau avait envahi le poste d'équipage. Cependant, les marins avaient enduré l'humidité et le manque de confort avec leur bonne humeur coutumière. La seule fois où Fischer les avait entendus grommeler leur mécontentement, c'était pendant une tempête quand, au lieu de plonger pour échapper au choc des lames et au roulis, il avait laissé l'U-319 en surface pour guetter un convoi. Une bonne partie de l'équipage avait été malade ; au bout de six heures, bien peu d'autres que Fischer se souciaient encore de l'objet de la poursuite.

Ils ne trouvèrent d'ailleurs pas ce convoi ; à vrai dire, Fischer n'espérait pas le trouver... mais il avait reçu l'ordre de le chercher, il le cherchait donc. Ils durent attendre quatre jours avant de dénicher une autre proie : une dizaine de navires, dont un pétrolier, escortés par deux destroyers. Fischer prit contact avec les autres U-boote de sa meute, qui convergèrent vers l'objectif. L'issue de l'opération fut pourtant décevante car au moment même où l'U-319 se mettait en position pour torpiller le pétrolier, un des destroyers fonça droit vers le sous-marin, le forçant à plonger. Le contre-torpilleur lâcha plusieurs grenades sous-marines et lorsque Fischer refit surface, hors de portée de l'ennemi, le convoi était déjà loin. Il fallut deux heures à l'U-319 pour se remettre en position de lancement et il ne parvint qu'à envoyer deux torpilles avant que le destroyer ne fonce à nouveau vers lui. Fait plus grave encore, aucune des deux torpilles n'avaient atteint l'objectif — du moins, ils n'avaient pas entendu d'explosion.

La meute réussit cependant à trouver un autre convoi et à couler deux petits bâtiments avant d'être à cours de torpilles. C'était un bien piètre tableau de chasse, que Fischer ne parvenait pas à s'expliquer : malchance, pauvreté des renseignements dont il disposait, ou simple manque de gibier? Difficile à savoir.

Une chose était sûre : les résultats étaient à présent bien inférieurs à ceux de l'automne 1940, époque bénie où l'on coulait facilement jusqu'à dix bâtiments par patrouille. En janvier 1942, rien n'était facile; il y avait toujours quelque chose qui empêchait de renouveler de tels exploits : le temps, les escortes, les avions ennemis, etc., peut-être la critique des opérations apporterait-elle quelque lumière à leur retour; il n'y en avait plus pour longtemps...

Fischer regarda sa montre, vit qu'il était presque 8 heures, l'heure de prendre un peu de repos. Après avoir adressé un signe de tête au second officier de quart, il descendit au poste d'attaque. Le *Leitender* — chef mécanicien — et deux de ses hommes étaient accroupis autour du périscope, qu'on avait sorti bien que l'*U-boot* fût en surface.

— Toujours des problèmes, Chef? demanda le commandant.

— Oui, *Herr Kaleu*. Une fuite quelque part dans le système hydraulique. Je crois qu'on ne la trouvera pas avant de rentrer.

— On peut le monter à la main?

— Oh! le système hydraulique fonctionne encore mais c'est plus long. Il faudra juste rajouter constamment de l'huile. Ne vous inquiétez pas, *Herr Kaleu*, vous l'aurez, votre *Spargel*.

Le *Spargel* : l'asperge... autrement dit le périscope. L'équipage avait des surnoms ou des diminutifs pour tout, y compris pour Fischer, dont le grade de *Kapitänleutnant* se réduisait à *Kaleu*. Les symboles d'autorité constituaient des cibles de prédilection pour les marins, qui avaient donné à la croix gammée le nom d'un crabe d'eau douce particulièrement peu sympathique : le *Wollhandkrabbe*.

Après avoir ôté son ciré trempé, Fischer descendit au poste central en se demandant si on arriverait un jour à faire fonctionner correctement le périscope. La moitié des réparations effectuées dans les arsenaux ne tenaient pas longtemps et cassaient à nouveau au pire moment. Ainsi, au cours des trois dernières patrouilles, ils avaient eu des problèmes avec l'une des barres de plongée.

Le *Kaleu* parcourut machinalement le poste central des yeux avant de passer dans ce qu'on appelait, pompeusement, la chambre du commandant et qui n'était, en fait, qu'une alcôve isolée par un rideau. Il était néanmoins beaucoup mieux loti que ses hommes. Fischer avait entendu dire que dans les sous-marins britanniques c'était le grand luxe, avec des couchettes individuelles. A bord d'un Type VIIC comme celui-ci, la plupart des matelots couchaient où ils pouvaient, dans des hamacs, ou à même le sol, entre les torpilles. On ne leur permettait d'emporter que très peu d'objets personnels en plus de sous-vêtements de rechange.

L'air devait empester à bord de l'*U-boot* mais ils étaient tous tellement habitués aux odeurs mêlées de fuel, de sanitaires et de sueur qu'ils ne s'en apercevaient pas.

Fischer entra dans sa « chambre », s'allongea et ferma les yeux. Il s'endormait toujours immédiatement d'un sommeil profond, paisible et sans rêve : celui du juste.

Il lui sembla qu'il s'était réveillé une fraction de seconde avant que le klaxon ne se mît à mugir. Trois secondes plus tard il pénétrait dans le poste central, juste à temps pour voir le premier homme dégringolant du kiosque.

La procédure de plongée était bien entamée : les matelots couraient vers l'avant pour alourdir le nez de l'*U-boot*, les barres de plongée étaient à leur maximum, le sous-marin commençait à s'incliner en pénétrant dans l'eau à pleine vitesse. Fischer regarda rapidement autour de lui pour voir s'il y avait des problèmes dans le poste central. Aucun. Il leva les yeux afin de vérifier si tous les hommes étaient descendus du kiosque et si le panneau était fermé. Pas encore. Il attendit, essaya d'estimer, d'après l'angle de plongée, le délai dont disposeraient les retardataires avant qu'on ne doive impérativement fermer l'ouverture, qu'ils soient restés ou non du mauvais côté.

Le dernier sous-marinier descendit, le panneau se ferma avec un claquement.

A présent il fallait attendre : plonger prenait de quarante à soixante secondes et il ne s'en était écoulé que huit depuis que le klaxon avait retenti. Le silence se fit, les hommes, entassés dans le poste central, se regardèrent.

Pour la seconde fois de cette journée, Fischer eut l'impression étrange de savoir ce qui allait arriver juste avant que l'événement ne se produise. Il lui sembla qu'il avait agrippé une main courante et raidi son corps une fraction de seconde avant que la bombe n'explose. Le fracas déchira ses oreilles, ébranla ses sens; le sous-marin remua violemment comme un rat secoué par un chien furieux. L'obscurité se fit, puis une faible lueur brilla, l'odeur âcre de fils électriques chauffés à blanc se répandit dans l'air.

— Rapports sur les dégâts! cria Fischer.

Plusieurs voix lui répondirent :

— Le gouvernail ne répond plus!

— Incendie à l'arrière!

— Ballasts? demanda Fischer.

— Pression normale!

— Coque épaisse?

— Pas de fuites!

Après quelques instants, un sous-marinier annonça :

— Incendie à l'arrière éteint, *Herr Kaleu*!

— D'autres dégâts?

— Arbre tribord faussé, répondit un mécanicien. Arbre bâbord tordu.

— Gravement?

Le jeune marin — il n'avait guère plus de dix-neuf ans — fut un moment décontenancé mais trouva une réponse :

— Il tourne encore.

— Je veux un rapport du chef mécanicien dès que possible.

— Oui, *Herr Kaleu*!

Fischer fit le point de la situation : plus de gouvernail, plus d'arbres; bon Dieu! la bombe avait foutu tout l'arrière en l'air, mais la coque était intacte, l'*U-boot* continuait à plonger, et la plongée était toujours sous contrôle; c'était important. Après un coup d'œil à l'indicateur de profondeur, il ordonna :

— Stabilisez à vingt mètres.

— Oui, *Herr Kaleu*!

Le compas indiquait que le sous-marin virait lentement sur bâbord, sans qu'on pût le contrôler.

— Assiette?

— Stable.

Cela ne tournait pas à la catastrophe. Il y avait de l'espoir.

Le chef mécanicien entra dans le poste central et déclara :

— Arbre tribord inutilisable, *Herr Kaleu*. Je peux faire tourner celui de bâbord mais très lentement : pas plus d'un nœud en plongée et deux en surface. Reste à savoir si le moteur tiendra.

Fischer hocha la tête et comprit aussitôt qu'il n'avait pas le choix. Il se tourna vers le premier officier de quart :

— Dans quinze minutes, *Eins WO*, nous remonterons à profondeur périscopique et nous demanderons de l'aide à Brest par radio — je vais rédiger le message. En attendant... (Fischer chercha des yeux le second officier de quart, celui qui était dans le kiosque au moment de l'attaque, et qui se tenait debout dans son ciré trempé, le visage blanc comme un linge), je veux un rapport sur l'incident. Immédiatement, *Zwei WO!*

— L'avion venait du nord-est, *Herr Kaleu*, sous le vent à nous, si bien que nous ne l'avons entendu que lorsqu'il fut au-dessus, expliqua le second *WO*... Il se dirigeait droit sur nous...

— En êtes-vous sûr ? interrompit Fischer. C'est très important.

— Aucun doute. Il venait droit sur nous.

— Continuez.

— C'était un gros appareil, un bombardier, et il était déjà tout près, terriblement près. Le temps qu'on se précipite aux canons, il aurait été au-dessus de nous, je le savais. C'est pourquoi j'ai crié : « Postes de plongée ! »

Il leva les yeux sur Fischer avec un air anxieux.

Si celui-ci avait été à sa place, il aurait ordonné aux hommes de se ruer sur les canons, pour tirer au moins une fois, mais ils auraient eu si peu de temps...

— Il n'y avait rien d'autre à faire, dit-il calmement à l'officier de quart, qui parut soulagé. En plongeant, nous avons de toute façon évité une deuxième attaque.

— Juste avant de fermer le panneau, j'ai vu l'avion à, disons, une vingtaine de mètres, pas plus.

— Dites-moi, le temps était-il toujours couvert et la visibilité mauvaise ?

— Oui, *Herr Kaleu*. Vous étiez sur le kiosque juste avant et vous avez vu comment c'était...

— Oui, oui, dit Fischer avec impatience. Je voulais juste savoir si le temps avait subitement changé.

— Non, pas du tout.

— Merci, ce sera tout.

Après le départ du jeune officier, Fischer resta un moment immobile puis s'approcha lentement de la petite table de navigation sur laquelle était posée une carte du golfe de Gascogne. Il la regarda, l'air absent. Mauvais temps, ciel couvert, faible visibilité : des conditions idéales pour un sous-marin...

Infernal !

« Le pilote de l'avion devait *savoir* où était l'*U-boot !* » se dit Fischer en contemplant la carte comme s'il espérait y trouver une explication. Mais il n'y avait pas de réponse simple, c'était évident. Rien ne collait avec ses certitudes.

L'avion *savait !* Et le sous-marin était là, comme un pigeon posé. Totalement vulnérable. Cela... changeait tout. « Seigneur ! » soupira-t-il avant de prendre un crayon pour rédiger un message radio.

Dönitz prit le message, en relut les dernières lignes : ... ENNEMI A FONCÉ DROIT SUR NOUS MALGRÉ FAIBLE VISIBILITÉ. REPÉRAGE VISUEL IMPOSSIBLE, JE RÉPÈTE IMPOSSIBLE. AVONS ÉTÉ DÉTECTÉS PAR MOYENS NON VISUELS...

Moyens non visuels... c'était le troisième message de ce genre en un mois. A trois reprises, des sous-marins en surface avaient été attaqués à l'improviste. Dans les deux premiers cas, on pouvait supposer que l'homme de veille sommeillait, que le commandant avait mal estimé la visibilité, mais pas avec l'*U-319*. Fischer n'aurait jamais falsifié les faits : s'il affirmait que la visibilité était mauvaise, c'était vrai.

L'amiral fit venir un de ses officiers d'état-major :

— Appelez-moi Herr Schmidt, à la Direction de la Recherche du Reich à Berlin.

En attendant la communication, Dönitz se remémora les conversations qu'il avait eues avec Schmidt au cours des six derniers mois. Il y en avait eu plusieurs, et chaque fois l'amiral lui avait demandé s'il possédait des informations sur de nouveaux dispositifs britanniques de lutte anti-sous-marine. Trois fois il lui avait posé la question vitale : les avions britanniques pouvaient-ils être équipés de radars de détection ? Le bureaucrate s'était dérobé. « Improbable », « peu vraisemblable », « aucune de nos informations ne va dans cette direction » étaient ses réponses perpétuelles; il promettait d'approfondir la question. Mais Dönitz avait l'impression que personne n'approfondissait quoi que ce soit.

Eh bien, cette fois, il n'y avait plus de doute. Cette fois, Schmidt serait forcé de reconnaître que non seulement les Britanniques possédaient un appareil de détection mais encore qu'il était extrêmement efficace. Dönitz attendait les explications de Schmidt, et plus encore des suggestions sur les moyens de riposter. Sinon... l'amiral soupira tristement. Sinon, l'efficacité de sa flotte serait fortement amoindrie; il serait obligé d'ordonner à ses sous-marins de traverser le golfe en plongée, ce qui leur prendrait deux fois plus de temps pour atteindre leur zone de patrouille. La plupart des *U-boote* avaient une vitesse maximale de sept nœuds en plongée contre dix-sept nœuds en surface. En outre, il leur faudrait quand même faire surface pendant la traversée (pour renouveler l'air et recharger les batteries), s'exposant ainsi aux attaques de l'ennemi.

S'il perdait trop d'*U-boote*, la situation serait désastreuse. L'arme sous-marine manquait toujours de navires opérationnels : Dönitz ne disposait que de quatre-vingt-dix de ceux-ci au lieu des trois cents qu'il espérait avoir après plus de deux ans de guerre. Comme précédemment, le programme de construction de submersibles continuait à prendre du retard et, pour tout arranger, l'hiver était si rigoureux que les ports de la Baltique étaient bloqués par les glaces : il avait fallu suspendre les essais de nouveaux *U-boote* et l'entraînement de nouveaux sous-mariniers.

Dönitz trouvait la situation d'autant plus périlleuse que, ne tenant compte ni de son avis ni de celui de Raeder, Hitler avait ordonné le déploiement d'une grande partie de la flotte. Il y avait ainsi vingt-trois submersibles — beaucoup trop — en Méditerranée, où les eaux étaient peu profondes et dangereuses. Dernière folie en date, le Führer avait affecté vingt-six sous-marins à la défense de la Norvège prétendument menacée d'un débarquement allié dont Dönitz doutait fort. Transformer les *U-boote* en sentinelles, c'était du gâchis; ils pouvaient obtenir des résultats bien plus intéressants en coupant les lignes de ravitaillement ennemies. Mais l'O.K.W., le Haut Commandement, n'en était pas convaincu et Dönitz ne pouvait que donner son avis.

Et maintenant cette nouvelle menace, ce nouveau problème.

Quand il eut Schmidt en ligne, l'amiral lui exposa les faits sans préambule et poursuivit :

— J'ai une réunion demain à Paris avec les services techniques de la

Marine. Il importe que vous y assistiez ou que vous y envoyiez un représentant. L'affaire est extrêmement grave.

— Je viendrai en personne, amiral, assura Schmidt d'un ton conciliant. Si je pars maintenant, je pourrai vous voir demain matin à la première heure. J'emmènerai un collaborateur qui vous exposera toutes les données du problème.

En raccrochant, Dönitz plissa le front d'un air perplexe. Schmidt n'avait pas paru surpris, loin de là. On eût dit qu'il attendait cet appel téléphonique. Son ton aussi avait été curieux : évasif et cependant assuré, presque comme s'il avait une solution miracle... L'amiral se frotta le front. Les contacts avec les directeurs de service de Berlin lui donnaient toujours mal à la tête. En attendant de savoir ce que Schmidt gardait dans sa manche, il devait prendre la pénible décision de protéger ses *U-boote* en leur ordonnant de traverser le golfe en plongée, même si cela les ralentissait considérablement.

— Werner, dit-il à son officier d'état-major, prenez une directive pour toutes les flottilles de la zone opérationnelle Ouest.

— Il se trouve que nous pouvons vous donner des explications précises, affirma Schmidt d'un ton tranquille. Sous réserve de plus amples vérifications, bien sûr.

— Vraiment? fit Dönitz.

— Apparemment, les bombardiers anglais sont équipés d'un certain type de radar...

L'amiral cligna des yeux, il se fit un silence de mort autour de la table, les techniciens de la Marine considérèrent le chef des services scientifiques d'un air horrifié.

Schmidt s'humecta nerveusement les lèvres avant de poursuivre :

— ... un radar de détection compact.

— Vous en êtes sûr? demanda Dönitz.

— Une station de Normandie a capté un signal émis par une source aérienne. Un signal intermittent, ce qui implique un système à rotation — un radar de détection.

— J'avais toujours compris qu'on ne pouvait donner à un radar des dimensions assez restreintes pour en équiper un avion, dit Dönitz lentement, les sourcils froncés.

Il y eut un silence gêné et Schmidt eut l'air contrarié. L'amiral soupira, demanda d'une voix calme :

— Et la longueur d'onde? Nous pouvons la connaître?

— Oh! oui, s'empressa de répondre le bureaucrate. Ils utilisent une longueur d'un mètre cinquante, comme nous pour nos propres systèmes. Il n'y a rien de nouveau là-dedans.

— Alors?

— Nous pouvons fabriquer un détecteur de radar qui capterait les signaux émis par un avion et donnerait l'alarme à nos navires.

— A quel moment?

— Quand l'appareil se trouverait encore à dix, peut-être quinze milles.

Dix milles... ce serait suffisant — *si* Schmidt disait vrai.

— Combien de temps faudrait-il pour fabriquer ces détecteurs? demanda Dönitz.

— Cela nécessiterait une importante mise au point. Le récepteur même ne serait pas trop complexe mais l'antenne..., répondit Schmidt en secouant la tête. Il faudrait qu'elle résiste à l'immersion. Les recherches prendront du temps...

— Mais nous n'avons pas le temps! répliqua Dönitz en se penchant en avant.

Embarrassé, Schmidt finit par dire :

— Une antenne amovible, peut-être... mais il faudrait la démonter avant chaque plongée puis la remonter après avoir fait surface. Ce ne serait pas l'idéal, d'autant...

— Je m'en moque! Si elle fonctionne, il faut en équiper nos *U-boote!* Nous n'avons absolument pas le choix.

Il lança un regard agressif au bureaucrate:

— Je me moque de l'aspect qu'aura l'objet, Herr Schmidt, je me moque qu'il soit fait en contre-plaqué; mais je veux ce détecteur en quantité suffisante et je le veux *immédiatement!*

CHAPITRE XVI

Ils vinrent chercher David un matin de février.

Sans que rien le laissât prévoir, le sergent Klammer et un soldat pénétrèrent dans la baraque, ordonnèrent à Freymann de préparer ses affaires pour partir dans cinq minutes. A lui seulement, à aucun des autres.

— Pour aller où? demanda le savant, atterré.

Klammer haussa les épaules : il n'en savait rien.

Après le départ des deux gardes, David tourna un regard horrifié vers Meyer, qui lui tapota l'épaule en le rassurant :

— Ils vous laissent prendre vos affaires, c'est bon signe!

Les autres hommes de science se sentaient gênés, coupables même, de demeurer alors qu'il partait. Meyer aida Freymann à empaqueter quelques objets personnels. Cela ne prit pas longtemps; ils tenaient dans un petit balluchon; puis les deux savants attendirent. Quand les soldats revinrent, David se tourna vers son ami; il aurait voulu lui dire tant de choses, mais il parvint juste à bredouiller « Au revoir » et, conduit par Klammer, sortit du baraquement dans l'air froid du matin.

Une épaisse couche de neige recouvrait le sol, où les flocons continuaient à s'accumuler. David avançait prudemment sur le sentier glissant quand il s'arrêta, soudain pris de panique. Il avait oublié le principal!

— Un moment, s'il vous plaît! cria-t-il à Klammer.

Avant que le sergent n'ait pu réagir, David se précipita à l'intérieur de la baraque et lança à Meyer :

— Mon médicament! J'ai oublié mon médicament!

Meyer le prit par le bras; ensemble ils cherchèrent, et Freymann vit la petite fiole posée sur l'appui de fenêtre situé près de sa couchette, la saisit d'une main tremblante en remerciant le Seigneur. Les mains tremblantes, il la glissa dans son balluchon, soigneusement enveloppée dans du linge.

— Vous n'avez rien oublié d'autre? s'enquit Meyer avec gentillesse.

David essaya de se rappeler, mais tout se brouillait dans sa tête.

— Pressons! ordonna Klammer du seuil de la porte.

— Je crois que non, murmura David, complètement perdu.

Puis, serrant une nouvelle fois la main de Meyer, il ressortit, suivit le sergent jusqu'à la grille d'entrée du camp, où un soldat prit la relève et le conduisit à la gare. Lorsqu'il la vit, de sinistres souvenirs revinrent à son esprit; depuis son arrivée au camp, il avait oublié à quel point était lugubre cette bâtisse solitaire se détachant en sombre sur la nudité blanche de la neige, tandis que le vent hululait à travers l'étendue désolée des voies de triage.

Il n'y avait qu'un seul train, composé de wagons à bestiaux; la gorge de Freymann se serra, il se rappela l'horrible voyage depuis Sachsenhausen, la puanteur, les gémissements des agonisants. Il ne pouvait croire que tout allait recommencer...

Il trébucha, tomba dans la neige et sentit la douleur lui transpercer l'estomac quand il se releva chancelant, les jambes flageolantes. C'est souvent ainsi que survenaient les crises. « Jamais je ne survivrai à un autre voyage », pensa-t-il.

Ils passèrent devant des wagons d'où s'échappait une odeur d'excréments et aussi — sembla-t-il à David — de souffrance humaine; il avançait péniblement, le front courbé sous la neige. Quand ils parvinrent en queue du train, le soldat indiqua de la tête une voiture grise munie d'une fenêtre et fit signe au prisonnier d'y monter.

Le wagon était divisé en compartiments ayant des banquettes de bois et des filets à bagages au-dessus. Le garde poussa David dans l'un d'eux et ferma la porte à clef. Il faisait sombre à l'intérieur mais au bout d'un moment, les yeux de Freymann s'accoutumèrent aux faibles lueurs que laissaient passer les stores baissés.

C'était trop beau, il devait y avoir un piège quelque part.

Deux heures plus tard, le train démarra, la porte s'ouvrit presque aussitôt, inondant le compartiment de lumière; David sursauta; c'était le soldat, qui prévint David qu'il avait deux minutes pour aller aux toilettes. Plus tard, on lui apporterait une couverture, de la nourriture et de l'eau.

David se détendit : finalement, il ne lui était rien arrivé. Il s'allongea sur la banquette en bois, étendit la couverture sur lui. Il essaya de réfléchir, d'imaginer où on pouvait bien l'amener. Il se rappelait aussi tout ce qu'il laissait derrière lui : son travail, à demi fait; la sécurité de la routine quotidienne; la chaleur de l'amitié. Il aimait beaucoup ses collègues; ils allaient lui manquer.

Bercé par le mouvement du train, il finit par s'endormir d'un sommeil sans rêves. Une seule fois dans la nuit il se réveilla. Quelle heure pouvait-il être? Trois ou quatre heures, probablement. Il se frotta les yeux et vit qu'il se trompait, qu'il devait être beaucoup plus tard car une faible lueur grise apparaissait au bord du store. L'aube se levait, le train ralentissait dans un bruit de freins. Peut-être approchait-il d'une gare — Nuremberg ou Leipzig, s'il roulait vers le nord.

Freymann tenta de baisser le store mais la toile en avait été clouée au châssis de la fenêtre. Il parvint néanmoins à l'écarter un peu, colla l'œil à la fente, découvrit plusieurs voies, des hangars, des voies de garage : la ville devait être importante.

Les freins gémirent à nouveau, il y eut un bruit métallique et la voiture obliqua soudain sur une autre voie. Après avoir longé d'autres hangars, le train s'arrêta devant une file de wagons à bestiaux. Il y eut soudain de grands fracas métalliques et des appels. Des soldats ouvraient les portes de ces wagons; des hommes en descendirent, demeurèrent immobiles sur le ballast, clignant des yeux dans la lumière. Pauvrement vêtus, ils avaient l'air d'étrangers et ne paraissaient pas trop mal en point malgré leur maigreur.

Les soldats les firent monter dans le train de David. De nouveau il perçut le bruit métallique de grandes portes à coulisse. Puis, une demi-heure plus tard, il entendit la locomotive haleter pour tirer le lourd convoi. Les attelages claquèrent les uns après les autres le long du

train, la voiture de queue s'ébranla. D'au-dessous montait le grondement sourd des roues roulant sur les rails.

De sa fenêtre, David eut l'impression que le train quittait la zone des
hangars pour retourner sur la voie principale. Quand sa voiture longea
un train de marchandises arrêté, il s'efforça de déchiffrer au passage
les noms des destinations inscrites à la craie sur les wagons : Mannheim,
Francfort, encore Mannheim. Des villes de l'Ouest...

Le train accéléra, roula de plus en plus vite et Freymann constata
avec excitation qu'il approchait d'une nouvelle gare. Il vit des quais, des
bâtiments, un nom... Mannheim!

Quelque chose se réveilla dans sa mémoire. Ah oui! Il sourit en se
rappelant que c'était une des étapes de la fuite qu'il avait projetée avant
d'être arrêté. Dire qu'il pensait naïvement y arriver sans problème,
tranquillement assis dans le coin d'un compartiment : il secoua lentement la tête... quel enfant!

Le train traversa plusieurs petites gares mais trop rapidement pour
que le savant pût en déchiffrer le nom. Au bout d'un moment, il
s'endormit, bercé par le mouvement du train, et ne se réveilla que
beaucoup plus tard, quand les freins couinèrent à nouveau.

Il était à Sarrebruck, à la frontière française.

Le train repartit, traversa un village appelé Wendel (nom allemand,
architecture allemande) puis une petite ville nommée Faulquemont.
Cette fois, les maisons, les voitures avaient l'air français.

David éclata de rire : quelle bonne plaisanterie! on le conduisait
en France, là où il avait voulu aller avant ses longs mois de souffrance!

Longtemps il garda le sourire. La France...! quelle plaisanterie! quelle
plaisanterie!

Brusquement son sourire s'éteignit; une douleur subite lui coupa la
respiration et il se plia en deux, la main sur l'estomac. Il réussit à tirer
du balluchon sa fiole de médicament, la porta à sa bouche et attendit
que le liquide apaise le feu de son ventre. Puis il s'allongea, tremblant,
toute euphorie disparue, et songea avec désespoir : « France ou Allemagne, quelle différence si je meurs?

« Et j'ai commencé à mourir il y a longtemps déjà. »

Abruti par la douleur et la pénombre, Freymann perdit la notion du
temps. Il somnolait le plus souvent, flottant entre réalité et cauchemar,
s'éveillant uniquement quand le garde ouvrait la porte pour lui apporter
à manger ou le faire aller aux toilettes. Cette fois, le soldat lui cria :

— Dehors! dehors! Vite!

David s'efforça de recouvrer ses esprits. Combien de temps avait-il
passé dans le train? Trois jours? Davantage? Il se dirigea vers la porte
en chancelant, puis se souvint que son balluchon était resté sur la
banquette. Il vint le prendre et suivit son gardien dans le couloir, se
heurtant à la cloison avant de retrouver son équilibre. En sortant de la
voiture, il découvrit des entrepôts et des hangars, des voies de garages :
il était dans une grande ville française.

Les autres « passagers » descendirent à leur tour des wagons; David
en vit un grand nombre trébucher et tomber. Ceux qui ne se relevaient
pas recevaient coups de pied et de crosse puis étaient poussés sur le côté
de la voie où gisaient déjà morts et agonisants, en un pathétique
alignement.

Le savant arracha son regard de cette horreur et traversa les voies à la
suite du garde. Soudain il entendit un claquement sec, puis un autre :
des coups de feu. Il tressaillit, mais se força de continuer d'avancer. A
quoi bon se retourner? Il savait ce qu'il aurait vu : on massacrait les plus

faibles, on achevait les mourants. Oui, à quoi bon se retourner... ce spectacle ne pouvait que briser le cœur.

Il parvint près d'un camion dans lequel un autre garde lui fit signe de monter. Comme il n'y parvenait pas à cause de la hauteur du plateau, le soldat — un jeune homme d'une vingtaine d'années — l'aida à s'y hisser avant de grimper à son tour.

— Où sommes-nous?

Le garde parut surpris de l'entendre parler allemand puis répondit sèchement :

— Pas de question!

L'instant d'après, il ajouta dans un murmure :

— A Brest.

— Ah! s'exclama David.

Il opina du chef comme s'il le savait depuis toujours. Mais Brest, où était-ce? Il n'avait jamais été très fort en géographie. Brest... un port, sûrement sur la côte ouest. Voici donc qu'il était au bord de la mer! L'idée lui plut assez.

Le camion démarra, s'éloigna des voies, passa devant les hangars, grimpa une côte et David vit soudain la mer scintiller. Fasciné, il découvrit un grand port naturel s'étendant devant lui, une vaste étendue d'eau qui semblait bordée de toutes parts par des pentes boisées. La mer disparut derrière des maisons quand le véhicule longea la lisière de la ville, bâtie sur un petit plateau surplombant le port. Les maisons disparurent à leur tour et quand le camion tourna vers l'intérieur des terres, David vit sous lui un port artificiel où mouillaient plusieurs bâtiments de guerre, des cales sèches et un sous-marin qui traversait le bassin, laissant dans son sillage une ligne grise prise entre deux bandes blanches d'eau étincelante.

Le camion suivit une route qui descendait en tournant jusqu'au niveau de la mer, traversa un petit canal, une zone industrielle et s'arrêta. Presque immédiatement, il repartit et Freymann conclut qu'il avait pénétré dans un camp militaire en voyant des sentinelles près de l'entrée, des casernements, des marins en uniforme.

David se détendit un peu : il appréciait la marine de guerre; bien que gardant leurs distances, les marins étaient en général des hommes droits et dignes de confiance. Les officiers, issus pour la plupart de vieilles familles, appartenaient à l'ancienne école et comptaient peu de vrais Nazis parmi eux. Ce serait bien de travailler ici.

Le camion s'arrêta devant une bâtisse en brique, trapue; le garde descendit et fit signe à Freymann de le suivre. A l'intérieur, une jeune femme l'introduisit dans un bureau. En se retournant, David constata que le garde avait disparu. Dans la pièce se trouvait un officier de marine allemand. L'homme, jeune et mince, l'air nerveux, se présenta en se levant :

— *Kapitänleutnant* Geissler. Asseyez-vous, je vous prie.

Une fois que l'officier se fût rassis, David s'installa gauchement sur une chaise et attendit.

— Herr Freymann, vous êtes, si j'ai bien compris, un expert en radio-électricité et vous avez travaillé sur les appareils de mesure de distance par radio.

Un peu surpris par le « Herr » — depuis longtemps, personne ne l'appelait ainsi — le savant acquiesça de la tête.

— Il y a, ici à Brest, une société que nous avons affectée à la production de matériel électronique et de composants de radio pour nous. Elle fabrique, entre autres, un appareil de la plus haute importance, qui doit être produit rapidement en un certain nombre d'exemplaires, reprit l'officier. Malheureusement, nous nous heurtons à des problèmes... des problèmes d'ordre technique et nous souhaiterions, Herr Freymann, que vous supervisiez ce côté de l'opération.

David attendit la suite.

— Cet équipement est destiné à protéger nos sous-marins des attaques ennemies, enchaîna Geissler. (Il se leva, prit un mince dossier en haut d'un classeur.) J'ai ici toutes les spécifications de l'appareil. Si vous voulez les examiner immédiatement, je vous conduirai ensuite à l'usine, où vous pourrez voir par vous-même toute l'organisation.

Le savant fronça les sourcils. Protéger les sous-marins, mais de quoi exactement? Le voyage lui avait engourdi l'esprit et il secoua la tête pour s'éclaircir les idées en ouvrant le dossier. Il trouva à l'intérieur quelques pages de données techniques dactylographiées ainsi qu'un plan, le tout intitulé *Projet Metox, Ultra-secret*. Il se mit à parcourir la première page des spécifications.

Ce fut un choc.

C'était un dispositif anti-radar.

Son pouls s'accéléra, la brume de son cerveau se dissipa. Ainsi, Meyer et lui-même avaient deviné juste : les Britanniques disposaient du radar.

Freymann revint au dossier, qui soulignait la nécessité d'un appareil capable de capter des signaux, si possible jusqu'à trente milles marins, la distance minimale acceptable étant de six milles. C'était très précis...

— Pourquoi ces six milles? demanda David en relevant la tête. Qu'ont donc de si particulier ces six milles?

— Ah! Parce que nos *U-boote* doivent être alertés suffisamment à l'avance. Il leur faut au moins une minute pour plonger et trente secondes de plus pour atteindre une profondeur supérieure à celle d'explosion des bombes.

— Des bombes? Vous voulez les protéger d'attaques *aériennes*?

— Précisément! s'exclama Geissler. Comme ces appareils volent à plus de deux cents nœuds, il faut une distance de captage supérieure à cinq milles pour que nos sous-marins aient le temps de...

David n'écoutait plus. Ainsi les Britanniques avaient réussi à construire un radar assez petit pour équiper un avion... mais comment? Comment avait-ils pu faire?

Il revint à la première page dactylographiée, passa à la seconde d'un geste impatient. Où était-ce donc? Ah! là : le Metox devait capter des longueurs d'onde allant de 1,4 à 1,8 m. David ouvrait des yeux ronds, essayant de comprendre. En définitive, le radar anglais n'utilisait pas d'ondes courtes, il demeurait dans les limites des longueurs d'onde que l'Allemagne employait depuis quelque temps déjà.

Il n'y avait là rien de nouveau.

Freymann éprouva un sentiment mêlé de soulagement et d'inquiétude : soulagement parce que personne ne l'avait devancé dans ses recherches sur les ondes courtes; inquiétude parce qu'il s'était peut-être trompé en croyant leur utilisation possible.

Il lut rapidement le reste du dossier, étudia le plan à grande échelle : le dispositif de détection était très simple; celui qui l'avait conçu était parti d'une idée de base juste : une antenne, reliée à un récepteur radio qui émettait un signal avertisseur dès qu'il captait les ondes radar émises par un avion. Le problème essentiel — David le comprit immédiatement — c'était que l'appareil puisse émettre un signal puissant quelles que soient l'amplitude et la fréquence des ondes radar émises.

— A quelles difficultés vous heurtez-vous? demanda-t-il.

Le *Kapitänleutnant* soupira, l'air contrarié :

— Il est difficile de donner une réponse précise. Jusqu'à présent, les appareils ont présenté de petits défauts, suffisamment graves cependant pour empêcher leur fonctionnement. Nous en ignorons la raison; et nous comptons sur vous pour la découvrir et pour que cela ne se produise plus à l'avenir.

— Je vois. Les techniciens de l'usine sont-ils compétents?

— Apparemment, oui.

— Et les pièces, où sont-elles fabriquées?

— La plupart en Allemagne, quelques-unes en France. Au départ, elles paraissent toutes répondre aux normes... et puis il y a toujours quelque chose qui cloche quand l'appareil est assemblé. Nous avons besoin d'un homme capable de remédier à cette situation.

Freymann referma le dossier, se leva et dit :

— Je suis à votre disposition.

Après deux jours chez Goulvent, Pescart et Cie, David comprit que le projet Metox était une catastrophe. Certaines pièces ne satisfaisaient pas aux normes, la chaîne d'assemblage était désorganisée et le personnel français moins compétent qu'on ne l'avait prétendu. Certes, les problèmes pouvaient être résolus. Comme toujours, il suffirait de déceler les failles et de les éliminer mais cela prendrait du temps. En outre, le savant allemand s'était heurté dès son arrivée à une difficulté inattendue puisqu'il ne parvenait quasiment pas à communiquer avec les techniciens français.

Il était quand même surpris que le personnel de l'usine ne comprenne presque rien de son français. Il parlait mal cette langue, c'était entendu, mais pas à ce point. Bien sûr, les choses auraient été plus faciles si certains techniciens français avaient parlé allemand mais ce n'était pas le cas. Par surcroît, le jeune *Kapitänleutnant* accompagnait David partout, l'écoutait poser ses questions dans un français hésitant et lançait des regards furieux aux Français quand ils haussaient les épaules ou répondaient de façon extrêmement laconique.

Freymann, lui, préférait les réponses courtes car au moins il les comprenait. Quand un des Français se lançait dans une longue tirade débitée à toute allure, David perdait immédiatement pied et se demandait parfois si on ne cherchait pas délibérément à le noyer sous un flot de paroles.

Pour un homme aimant la concision et la précision, c'était très frustrant. David avait l'impression d'être enfoncé dans du coton. Les soirées, après le travail, étaient encore plus déprimantes. On le ramenait sous escorte à une chambre nue et froide, dans une caserne située à l'intérieur de l'arsenal. La nourriture, qui provenait d'un mess de la marine, était bonne, mais son logement était presque insupportable. Il n'était pas accoutumé à vivre seul et l'exiguïté et le silence de la chambre l'oppressaient. Pour la première fois de sa vie, il pressentait ce qu'un séjour solitaire au cachot pouvait avoir de terrible. Auparavant, il avait toujours eu quelqu'un avec qui partager — amour, travail ou souffrance — et cela lui manquait. Même Fergal lui manquait, le plus irascible de l'équipe de son ancien laboratoire. Même ce vieux crocodile!

Cette situation était paradoxale, il devait le reconnaître. Il n'avait jamais été plus en sécurité, et jamais plus mécontent. Évidemment, c'était parce qu'on lui avait rendu beaucoup de choses... qu'il en attendait d'autres.

Pour ne pas sombrer dans le désespoir, il résolut de se jeter à corps perdu dans le travail et établit son programme. D'abord — et ce serait le plus facile —, faire aboutir le projet Metox à tout prix. Ensuite — et cela l'était moins — se débarrasser du *Kapitänleutnant* Geissler. Enfin, tant qu'il y était, pourquoi ne pas tenter une troisième démarche : demander d'être logé plus près des autres prisonniers, d'avoir un peu de compagnie. Ce serait probablement refusé, mais cela ne coûtait rien d'essayer.

Il prit sur la table de sa chambre une feuille de papier, chercha dans son balluchon le bout de crayon qu'il gardait avec ses autres trésors : une gomme, une petite règle à calcul et une carte postale de Berlin. C'était tout ce qu'on lui avait laissé emporter.

Après avoir dressé la liste des mesures à prendre le lendemain, il la considéra d'un œil critique. C'était peu de chose mais il avait l'impression d'avoir commencé à agir. Il se coucha aussitôt, se réveilla à la première heure, l'esprit clair. Sautant du lit, il examina de nouveau son programme et attendit impatiemment qu'on vienne le chercher pour l'amener à son travail.

A l'usine, il se rendit droit à son bureau, sortit deux « bleus » de l'appareil — l'un en français, l'autre en allemand —, les compara, établit une sorte de glossaire des termes techniques qu'il aurait à employer dans ses contacts avec le personnel français.

Ensuite vint la partie difficile à jouer.

Quand Geissler arriva — à huit heures précises comme toujours — David parvint à lui sourire avec chaleur, lui offrit un siège et se jeta à l'eau :

— *Herr Kapitänleutnant*, puis-je vous demander un grand service?

— Certainement, répondit l'officier, l'air sur ses gardes.

Freymann sourit à nouveau puis prit une expression sérieuse.

— Je dois étudier l'opération en profondeur, dit-il. Parler longuement aux techniciens. J'ai... j'ai aussi besoin de travailler à mon propre rythme — bref, d'être seul... Naturellement, je vous rendrai compte régulièrement de mes progrès, se hâta-t-il d'ajouter. Tous les jours, toutes les heures même, si vous voulez! Mais...

Geissler se leva avec un geste d'agent arrêtant la circulation et secoua la tête. Freymann sentit son cœur chavirer.

— N'en dites pas plus, déclara le *Kapitänleutnant*. Je comprends parfaitement. Si vous pensez obtenir seul de meilleurs résultats, je satisfais à votre requête.

L'officier claqua des talons et sortit, laissant le savant interdit. Jamais David n'aurait imaginé que ce serait si facile. Il se frotta les mains, envahi d'une exaltation comparable à celle qu'il avait ressentie autrefois lorsqu'il s'attaquait à un nouveau projet.

Maintenant il allait se battre avec la langue française. Il prit ses dossiers, quitta son bureau, évita soigneusement le directeur de l'usine, homme arrogant et démonstratif, se mit en quête du technicien en chef, un nommé Gallois. Il le trouva dans un coin du principal atelier, contemplant tristement des pièces posées sur un établi, et lui dit, dans son meilleur français :

— Bonjour. Je peux vous parler?

Gallois leva la tête, regarda derrière Freymann et dit :

— Pas de lieutenant, aujourd'hui?

— Non.

Le Français prit un air étonné.

— C'est vous le patron, alors?

« Si peu », voulut dire David... mais il ne trouva pas les mots.

— Non, ce sont *eux* les patrons.

— Ah! qu'est-ce que je peux faire pour vous?

— Pouvons-nous parler des problèmes du Metox? demanda David en articulant soigneusement.

— Certainement. A votre service.

David était content, il avait réussi à se faire comprendre.

Les deux hommes se dirigèrent vers le bureau d'études.

— Vous êtes allemand? fit soudain le Français.

— Oui.

Après un silence, le technicien reprit :

— Et vous travaillez pour la marine allemande?

— « Travailler? »... — David se mit à rire. — Je « travaille » pour ceux qui m'y obligent.

— Mais vous êtes leur employé?

Freymann fronça les sourcils : il ne connaissait pas le mot « employé ».

— Oui, ils vous paient, quoi, expliqua Gallois.

— Ah! non. Je suis un prisonnier, dit David avec un sourire triste.

Voyant l'air intrigué du Français, il ajouta :

— Un prisonnier, exactement comme... — il cherchait le mot pour « travailleurs » —... comme ceux qui sont venus avec moi dans le train.

— Ahhh! fit le technicien qui commençait à comprendre.

Le souvenir de ces malheureux revint à David; il fixa Gallois et lui demanda :

— Pourquoi on les a fait venir? Quel travail font-ils, tous ces gens?

— Ce sont des Polonais, ils construisent des abris pour les sous-marins. De gros blocs de béton pour protéger des bombes...

Il écarta les mains pour simuler une explosion. Ils poursuivirent leur chemin.

— Pourquoi êtes-vous prisonnier? demanda le Français.

— Je suis juif.

— Je vois.

Gallois hocha la tête et se tut. Quand les deux hommes furent devant les plans, il demanda :

— Que se passera-t-il si vous ne parvenez pas à régler les problèmes? Si ce Metox ne fonctionne pas parfaitement?

— Ah!... Je retourne probablement d'où je viens, répondit David avec un mouvement de tête dans la direction présumée de l'Allemagne. Mais n'ayez pas peur, nous allons réussir.

Ils commencèrent par examiner le problème de la connexion de l'antenne, puis passèrent à l'emplacement des tubes et à l'amplificateur projeté. A la surprise de Freymann, ils parvinrent à faire le tour des trois questions en moins d'une heure, en tombant à chaque fois d'accord sur les mesures à prendre. David était ravi, son français s'était étrangement amélioré, de façon spectaculaire.

— Un appareil simple, avec des problèmes simples, dit-il avec un grand sourire en repliant les plans. Je savais que nous pouvions nous en tirer!

Gallois hocha la tête, lentement.

— Pour ce genre de choses, on peut toujours s'en tirer, dit-il avec un sourire lugubre.

David le regarda un moment puis demanda soudain :

— Dites-moi, mon français était si mauvais quand je suis arrivé?

— Mauvais? marmonna le technicien en baissant les yeux.

— Oui. Personne ne me comprenait.

— Vous savez, nous ne comprenons jamais très bien les Allemands.

— Ah? s'étonna Freymann. — Des pensées troublantes lui traversèrent l'esprit. — Ces problèmes dont nous avons discuté... ajouta-t-il en lançant au Français un regard appuyé... les problèmes du Metox, pourquoi étiez-vous incapables de les régler avant?

— Les Allemands ne nous fournissent jamais les informations et le matériel dont nous avons besoin, répondit Gallois. Nous avons beau demander des centaines de fois...

— Je comprends, dit David en hochant lentement la tête.

Il songea à demander pourquoi les Allemands ne satisfaisaient pas ces requêtes mais s'en abstint : il y avait dans l'attitude de Gallois quelque chose qui n'encourageait pas les questions.

— Je suis sûr que le projet sera un grand succès! s'exclama le savant allemand avec fougue.

— Sans aucun doute, approuva le Français d'un ton froid.

Freymann retourna vite à son bureau en passant déjà en revue les lettres à écrire, les coups de téléphone à donner. Avec une légère surprise, il s'aperçut qu'il n'avait pas eu mal à l'estomac de la matinée et qu'il ne s'était jamais senti aussi bien depuis des mois.

Son remède, c'était le travail. Comme il le supposait, c'était exactement le traitement qu'il lui fallait.

CHAPITRE XVII

La canonnière à moteur 309 présentait deux caractéristiques : elle embarquait de l'eau et était aussi explosive qu'une bombe. Un vent de sud-ouest de force 6 mettait en évidence la première : filant à une vitesse réduite de treize nœuds, elle se cabrait comme un cheval sauvage. Toutes les trois ou quatre secondes, elle piquait du nez dans une vague et faisait s'élever, sur toute sa longueur de trente-cinq mètres, une muraille d'eau froide qui retombait sur la passerelle, découverte, trempant les quatre hommes qui scrutaient l'obscurité impénétrable.

Il y eut un choc plus fort, et un paquet de mer particulièrement énorme déferla sur l'avant. Instinctivement, Ashley baissa la tête derrière la vitre en verre armé de la passerelle. L'eau frappa celle-ci avec un bruit de claque, les embruns s'éparpillèrent dans toutes les directions. Ashley sentit un filet d'eau glacée couler dans son dos et songea que les choses auraient pu être pires : un *E-boat* [1] aurait pu tirer sur eux, mettant le feu au mélange parfait d'air et d'essence à haut indice d'octane contenu dans les réservoirs.

« Quelle belle explosion cela ferait ! se dit-il. Avec de jolies flammes orange. Et les Boches n'auraient pas à chercher de survivants, il n'y en aurait pas. Crémation instantanée. »

Tout bien considéré, il valait mieux être trempé.

Comme s'il lisait les pensées d'Ashley, Jones, le « patron », demanda en criant :

— Quand aurons-nous les nouveaux bateaux, commandant ?

— Ah oui, quand ? D'après le plan général, nous devrions déjà les avoir. Mais d'après le téléphone arabe, nous les aurons juste avant la fin de l'année.

— Il serait sacrément temps, dit Jones en essuyant l'eau salée sur ses lèvres. Cette vieille baille est plus trempée que Glasgow un samedi soir ! Si j'avais voulu être sous-marinier, je me serais porté volontaire.

— D'un autre côté, Jones, un navire à moteur Diesel, c'est mortellement ennuyeux : une passerelle protégée, des moteurs sûrs, un carburant non explosif... Plus d'aventure, quoi ! Et la première pinte avalée à Darmouth n'aurait plus du tout le même goût !

— Oh ! moi, après une promenade comme ça, je trouve que la limonade a le goût du champagne, commandant. Je me plaindrais pas

1. *E-boat* : appellation donnée par les Anglais à de grosses vedettes rapides allemandes (N.d.t.).

203

tellement du mauvais temps si ça n'avait pas été qu'on l'a eu tout ce foutu hiver, rétorqua le « patron ». Pas un jour sans, qu'on l'a eu. Pas un.

— C'est vrai, reconnut Ashley. Nous avons dû mal réciter nos prières.

En fait, il y avait eu des intermèdes de beau temps mais pendant la pleine lune, ou quand les moteurs de la 309 étaient en réparation, ou qu'il n'y avait pas d'opération prévue. Chaque fois qu'ils avaient pris la mer, il soufflait un vent de force 5 ou plus. Cela n'avait rien d'inhabituel dans la Manche en hiver mais le mauvais temps les ralentissait, ce qui était dangereux pour ce genre de travail. Prendre du retard à l'aller signifiait moins de temps pour embarquer les « colis » et un retour précipité afin d'atteindre les eaux côtières anglaises avant l'aube.

Ashley regarda les aiguilles lumineuses de sa montre : il était déjà 23 h 30 et il faudrait sans doute encore deux heures et demie pour parvenir au point de rendez-vous. En arrivant à 2 h ils n'auraient que trois quarts d'heure — une heure au maximum — pour embarquer les passagers, ce qui était extrêmement court. Avec un tel vent, il faudrait au moins vingt minutes au canot pour atteindre la plage. Cinq minutes ensuite pour embarquer les « colis »; et le retour, même avec vent arrière, prendrait encore un quart d'heure. Terriblement juste.

Par surcroît, Ashley avait l'impression que le vent fraîchissait.

Pendant tout l'hiver, ils avaient joué de malchance. D'abord, ils avaient eu un officier de navigation novice qui, lors d'une opération, les avait fait attendre trois heures sur une mauvaise plage. Une semaine plus tard, les moteurs avaient commencé à devenir capricieux. Le chef mécanicien, un Écossais du nom de McFee, se plaisait à répéter : « L'eau de mer et l'essence, ça va pas ensemble. » Malgré sa compétence, il ne parvenait pas à faire tourner ces satanés Hall Scott suralimentés quand ils n'en avaient pas envie et le mauvais temps les rendait plus lunatiques encore. « Comme une bonne femme sous la flotte », commentait McFee d'un ton méprisant. Une semaine plus tôt, les moteurs étaient tombés en panne à deux milles de la côte bretonne, juste au moment où on les remettait en route pour le retour. Le chef avait réussi à réparer celui de tribord et à lui faire donner une vitesse suffisante pour que la canonnière soit hors de vue de la terre avant l'aube. Finalement, les mécaniciens avaient trouvé de l'eau dans le système de refroidissement et l'avaient purgé; la canonnière avait repris sa vitesse normale et ils s'en étaient tirés, non sans qu'un *E-boat* ennemi leur eût flanqué une belle frousse.

Depuis, ils n'avaient cessé d'avoir des ennuis avec leurs moteurs, qu'il fallait constamment dorloter pour les garder en marche. En revanche, ils s'étaient débarrassés de l'officier de navigation inexpérimenté, ce qui était déjà quelque chose. Tout ce qu'il leur fallait maintenant, c'était un peu de beau temps.

Ashley passa la tête sur le côté de la vitre protectrice et fut confirmé dans son impression : le vent fraîchissait, le baromètre dégringolait, il en était sûr. Il prit le porte-voix, cria :

— Macleod! Où en est le baromètre?

— Le « Jimmy » est à l'infirmerie, commandant! répondit une voix. Ici, c'est Elliott.

— L'infirmerie! soupira Ashley. Bougre d'idiot... J'arrive! cria-t-il dans le porte-voix.

En descendant l'échelle de passerelle, Ashley sentit l'avant de la C.M. piquer dans une vague et se colla instinctivement contre la paroi, évitant ainsi le pire : au lieu de se déverser dans son cou, l'eau lui aspergea le dos. Poursuivant son chemin, il sentait l'humidité traverser son ciré et imprégner ses vêtements. A quoi donc servaient les cirés? Il parvint à la porte, l'ouvrit d'un coup sec, descendit aux emménagements où régnait un calme relatif. L'infirmerie n'était en fait qu'une couchette ordinaire se trouvant près du placard à pharmacie. L'enseigne de vaisseau y était étendu, le visage livide, la respiration haletante. Deux matelots lui ôtaient ses bottes, le couvraient d'une couverture. Voyant un seau noir de mauvais augure posé sur le sol, Ashley demanda à l'un d'eux :

— Qu'est-ce qu'il a?

— Il est malade, commandant. Il a dégobillé — et le reste...

Ashley s'approcha de la couchette.

— Alors, lieutenant, vous n'auriez pas pu trouver quelque chose de plus original? Je parie que vous avez forcé sur le champagne et le saumon fumé, hein?

— Désolé... j'ai dû manger quelque chose... répondit l'enseigne avec un accent canadien chantant. Ça ira mieux dans un moment, quand j'aurai...

Il se pencha soudain vers le seau et Ashley détourna les yeux; voir quelqu'un vomir lui soulevait toujours le cœur. Il attendit que Macleod soit allongé pour le regarder à nouveau.

— Vous feriez mieux de rester ici, Macleod. Je ne crois pas que vous soyez en forme pour quoi que ce soit.

— Non, ça va aller. Vraiment!

— Vous restez ici, c'est un ordre! Je me débrouillerai sans vous — très bien même, dit Ashley en souriant. Vous en serez étonné!

Quand Macleod ferma les yeux, Ashley cessa de sourire et entraîna un des matelots à l'écart.

— Surveillez-le bien, murmura-t-il. Température, pouls, etc. Il m'a l'air d'être dans un fichu état.

Ashley jura intérieurement en remontant sur le pont. Le Canadien était son meilleur homme, plein d'ardeur et très capable; il fallait qu'il soit vraiment mal en point pour descendre à l'infirmerie. En tout cas il faudrait trouver quelqu'un pour le remplacer à la tête du petit groupe qui se rendrait sur la plage. Macleod était le seul à parler couramment le français.

Outre lui-même, il n'y avait qu'un seul autre officier ancien à bord : Tusker, chargé de la navigation, un officier en retraite qui avait fait le siège des bureaux de l'Amirauté jusqu'à ce qu'on le reprenne dans le service actif. A la différence de son prédécesseur, c'était un brillant navigateur qui avait maintes fois réussi à faire passer la 309 par d'étroits chenaux, entre des récifs, par mauvais temps et sans aide à la navigation en vue, pour rallier quantité de points de « ramassage ».

Un seul problème : il avait quarante-cinq ans et boitait.

Ashley gagna l'avant en saisissant d'une main ferme toutes les prises s'offrant à lui. Le navire piquait du nez puis se redressait en tremblant et vibrant, prêt pour la vague suivante. Ashley pénétra dans ce qu'on appelait la chambre des cartes mais qui n'était en fait qu'une simple structure en bois construite sur le pont juste devant la passerelle. Il y trouva Tusker penché au-dessus de la table à cartes pliante — une simple planchette qui, lorsque le navire retombait lourdement de l'avant, justifiait cet adjectif. Comme d'habitude, il était plongé dans ses calculs. Du départ de Dartmouth au retour, il ne cessait de mesurer, de vérifier ses chiffres : courants, cap, vitesse, et l'heure estimée d'arrivée.

— Comment ça se présente, Tusker?

— Nous devrions atteindre les Vaches à 1 h 35 et jeter l'ancre à 2 h.

Le vieil officier prenait toujours pour point de repère deux gros rochers de forme curieuse — les Vaches — situés à trois milles de la plage. Il dirigeait la canonnière droit sur eux et, comme il aimait recaler son point estimé, il connaissait exactement sa position lorsque le bâtiment était presque dessus. Il n'avait jusqu'alors jamais manqué de les trouver, malgré le manque d'aides à la navigation. Il ne disposait, pour avoir confirmation de son estime, que d'un écho-sondeur égrenant son tic-tac dans un coin de la chambre des cartes.

Tusker essuya quelques gouttes tombées sur la couverture transparente protégeant la carte et déclara, en montrant un point du doigt :

— Nous avons traversé le Hurt Deep il y a quarante-cinq minutes. J'espère repérer le bord du plateau de Triagoz dans un peu plus d'une heure — à moins que nous devions encore ralentir?

— Non, il faut continuer à cette allure, quel que soit le temps. Sinon nous serions en retard. Tel que c'est, nous arriverons de justesse.

Les deux hommes s'agrippèrent mutuellement lorsque l'avant de la 309 s'éleva puis se mit à redescendre rapidement vers la vague suivante. Il y eut un bruit sourd, la coque trembla, des cascades d'eau déferlèrent sur la chambre des cartes, coulant le long des hublots, s'insinuant par les fentes du bois. Méthodiquement, Tusker essuya à nouveau les gouttes et reprit, en regardant la carte :

— Cela m'étonnerait qu'on file treize nœuds sur une mer pareille, même avec ce nombre de tours des hélices.

Ashley opina.

— J'ai pris un peu de marge à cause de l'état de la mer, mais je pense que vous avez raison, il faut quand même foncer. Une fois au plateau, nous serons sous le vent de terre, cela ira un peu mieux, répondit Ashley. A propos, Macleod est malade. Je descendrai à terre à sa place et vous me remplacerez jusqu'à mon retour.

Les sourcils de Turker se soulevèrent :

— N'est-ce pas un peu anormal? Envoyez donc Talbot ou Eddington sur la plage, ils s'en tireront parfaitement.

— Je préfère y aller moi-même, répliqua Ashley d'un ton sec, pour éviter toute discussion.

Il savait pertinemment qu'un commandant ne doit pas quitter son navire mais c'était en l'occurrence un tout petit bâtiment et les circonstances étaient inhabituelles.

— Il vaut mieux que Talbot et Eddington restent à bord, ajouta-t-il. Vous aurez besoin d'eux en cas d'accrochage. Il sera alors important que le personnel compétent soit à bord. Et puis... — il adressa un sourire de connivence à Turker — j'ai envie de jeter un coup d'œil à cette plage et de voir nos amis bretons.

— Comme vous voudrez, grommela Tusker sans conviction.

— Bon, voici mes instructions : vous attendrez jusqu'à 3 h 15 au plus tard, ensuite vous partirez, même si nous ne sommes pas revenus. Compris?

Le navigateur acquiesça de la tête.

— Au premier signe de pépins, appliquez la règle habituelle, reprit le commandant de la 309. Filez le plus vite possible. Le fait que je sois à terre ne change rien. D'accord?

— D'accord.

— Parfait.

La pluie qui s'était mise à tomber tambourinait à la vitre, se mélangeant avec les embruns salés pour former un vrai déluge.

— Bon Dieu! nous n'allons pas y voir grand-chose, murmura Ashley.

— Cela ne durera peut-être pas. Nous avons encore une heure devant nous avant de nous tracasser pour la visibilité.

— Si seulement on avait un peu de chance cette fois-ci, pour changer! soupira Ashley.

A 1 h 40 les Vaches n'étaient toujours pas en vue. Bien que les vagues fussent beaucoup moins fortes à l'abri de la terre, le temps ne s'était pas amélioré. Toutes les quatre ou cinq minutes tombaient des averses qui diminuaient encore la visibilité et transformaient l'obscurité en un mur noir.

Debout sur un côté de la passerelle, les dents serrées, Ashley scrutait la nuit. Il résista un moment à l'envie d'appeler à nouveau Tusker, mais pas longtemps; il empoigna le porte-voix.

— Tusker? Une idée de notre position?

— Conservez le cap cinq minutes, puis essayez de virer à l'est.

— C'est sacrément long, cinq minutes!

Ashley se rendait compte qu'il paraissait de mauvais poil; eh bien, il l'était.

— Assez pour nous amener aux Vaches, répondit calmement l'officier de navigation.

— Nous ne devrions pas déjà y être?

— Avec cette mer, nous avons perdu du temps...

— D'accord! Cinq minutes!

Ashley raccrocha le porte-voix et recommença à scruter le noir. Il avait maintenant quatre hommes sur la passerelle, qui guettaient comme lui n'importe quoi pouvant se présenter : rochers, côte, *E-boat*. Ils avaient parcouru cent milles pour chercher deux rochers au milieu de l'eau. C'était ridicule!

Rien. Pas même l'odeur familière de la terre. « Cette fois, Tusker s'est trompé », conclut Ashley.

La pluie cessa, d'étranges ombres nouvelles dansèrent dans la nuit. Ashley écarquillait les yeux... Il était encore impossible de distinguer ce qu'on voyait, mais la visibilité s'était améliorée.

— Commandant! Bâbord avant! Je crois voir quelque chose!

Tous tournèrent la tête dans la direction indiquée et regardèrent; un silence tendu régna sur la passerelle.

— Oui, commandant, fit la voix assurée du « patron ». C'est un rocher, on dirait. Un petit peu à bâbord de l'avant.

Cette fois, Ashley le vit. C'était bien un rocher — une des deux Vaches. Il poussa un long soupir, sentit son corps se détendre lentement.

— Bravo, Tusker! cria-t-il dans le porte-voix. Votre rocher vient d'apparaître par bâbord avant.

On le voyait, Dieu merci. Ashley avait toujours la hantise d'être perdu et de donner sur un brisant à fleur d'eau, sur lequel son bateau se serait ouvert. Il essayait de ne pas y penser, mais dans des nuits comme celle-ci, difficile de s'en empêcher...

Tusker prit quelques relèvements, et ils firent route vers la terre. Le vent soufflant de la côte, il porterait le bruit des moteurs de la canonnière loin des oreilles des sentinelles allemandes et Ashley décida de courir le risque d'une approche rapide de la terre. Le temps pressait, il était 1 h 50.

A deux milles de la côte, ils réduisirent la vitesse à cinq nœuds, cherchèrent les amers familiers, naviguèrent au jugé vers leur mouillage situé à un mille de la côte, entre les bras ouverts d'une grande baie rocheuse. Lorsqu'ils jetèrent l'ancre tenue par un filin de chanvre, il était 2 h 15, il leur restait une heure au maximum.

Située dans une anse de la partie ouest de la baie, la plage était flanquée d'une myriade de petits rochers. On avait déjà mis le *surfboat* à l'eau et deux marins attendaient sur le banc de nage, serrant des avirons dont la pelle était enveloppée de grosse toile.

Ashley sauta à bord, s'assit à l'arrière, posa à côté de lui un compas et la radio. A ses pieds se trouvait un nouvel appareil, l'hydrophone, qui, lorsqu'on mettrait son capteur dans l'eau, recevrait les signaux émis par l'écho-sondeur de la 309 et le guiderait vers elle. Cette nuit, ils en auraient besoin.

Le *surfboat* partit, ballotté par les vagues qui clapotaient contre son bordé, et bientôt la canonnière ne fut plus qu'une ombre dans les ténèbres. Ashley consulta sa montre : 2 h 22. Il ne pouvait s'empêcher de penser que cette fois-ci, ils arrivaient décidément de justesse.

Le tic-tac de l'horloge de la cheminée semblait rythmer les ronflements de tante Marie, qui dormait dans le fauteuil placé devant l'âtre.

Julie baissa les yeux vers le livre qu'elle tenait ouvert sur ses genoux, sans le lire, et écouta attentivement les autres bruits, les bruits de la nuit. Un vent fort faisait vibrer les vitres et gémissait doucement entre les maisons. La pluie, tombant en averses soudaines, tambourinait sur le toit de l'appentis, crépitait sur la vitre.

Elle écoutait, s'imaginant presque entendre le grondement du ressac dans la crique et le crissement d'embarcations s'échouant sur les galets; s'imaginant presque entendre les pas des guides conduisant les passagers de la ferme à la plage...

Elle revint à son livre en soupirant. Toujours cette imagination! Mais incapable de lire, elle continuait à penser aux hommes qui attendaient, au sentier abrupt allant à la plage. Elle n'y était pas retournée depuis cette fameuse nuit, quatre mois plus tôt, et le regrettait d'une certaine façon. Elle était cependant résolue à ne pas trop se mêler de ces activités car son instinct lui soufflait que, tôt ou tard, cela finirait en désastre. Et elle ne pouvait supporter l'idée de se faire prendre. Rien ne justifiait un tel risque.

Mais en même temps elle ne pouvait s'empêcher de s'inquiéter. Surtout cette nuit. Cette nuit, une atmosphère indéfinissable pesait, de dépression et de mauvais sort. Elle était incapable de dire pourquoi elle avait un sentiment de désespérance si fort que, après s'être mise au lit à dix heures et avoir cherché en vain le sommeil, elle était venue s'asseoir auprès de tante Marie et attendait. Evidemment un homme aurait ri de cette idée de « sentir » quelque chose, mais pour elle c'était presque palpable.

Sauf que maintenant, deux heures plus tard, elle n'en était pas aussi certaine. Il ne se passerait peut-être rien, après tout. Elle se frotta les yeux; elle commençait à être fatiguée, elle ferait mieux d'essayer de dormir.

Elle se trouvait bien là, près du poêle. Appuyant la tête contre le dossier du fauteuil, elle ferma les yeux. Dans un instant elle ferait l'effort d'aller au lit.

Brusquement elle tressaillit; elle venait d'entendre un léger bruit non identifiable, quelque chose d'insolite. Elle se leva, éteignit la vieille lampe à pétrole et ouvrit la porte.

Le vent bruissait et gémissait dans la cour de la ferme, une vache heurtait sans arrêt son bat-flanc dans l'étable, et puis, oui, il y avait bien *quelque chose*, mais quoi? Hommes, machines? Julie sentit son sang se glacer. Quoi que ce fût, il s'agissait d'une chose anormale.

Elle referma la porte, alluma une bougie, alla dans sa chambre se vêtir chaudement puis revint dans la cuisine, enfila un ciré, coiffa le béret de Jean et emprisonna ses longues mèches à l'intérieur.

Elle secoua doucement le bras de sa tante, qui se réveilla en sursaut :

— Hein? fit la vieille femme. Où vas-tu? Que se passe-t-il?

— Rien, ne t'inquiète pas. Il faut que je sorte, c'est tout. Seulement pour écouter et faire le guet, pour eux.

— Julie, n'y va pas, supplia tante Marie. Tu ne sais pas où sont les patrouilles, tu pourrais tomber sur une d'elles. N'y va pas, je te le demande!

— Je ferai attention... C'est juste pour m'assurer que tout va bien. Ne te tracasse pas.

Julie s'approcha de la porte, adressa un petit signe à sa tante et sortit rapidement dans la nuit. Quand ses yeux furent accoutumés à l'obscurité, elle fit silencieusement le tour de la maison et gagna la route.

Elle s'arrêta, tendit l'oreille : le bruit insolite avait disparu. Il n'y avait plus rien maintenant, que le bruissement des arbres et la plainte du vent. Elle n'en décida pas moins de poursuivre et après avoir marché cinq minutes d'un bon pas, elle se trouva à mi-chemin de la côte qui menait à la lande. Ses souliers ne faisaient aucun bruit sur la route. Elle avançait rapidement, les mains dans les poches, en songeant que du sommet de la falaise, elle se rendrait bien compte de ce qui se passait — s'il se passait quelque chose.

Tout à coup elle s'arrêta. Elle entendait à nouveau le bruit, une sorte de plainte lointaine, là-bas, vers le village. Il était le même que la plainte entendue dans son imagination. Des camions montant une pente — montant vers elle.

Glacée de peur, elle écoutait toujours, ne voulant y croire... le bruit de camions montant une côte. « Ah mon Dieu! »

Elle se mit à courir droit devant elle, dans le chemin étroit et obscur, vers le haut, sans s'arrêter jusqu'à ce que l'air lui brûle la gorge et que ses chaussures lui paraissent de plomb. Elle courait avec une détermination farouche : il fallait atteindre absolument le sommet de la falaise, absolument y arriver avant *eux*.

Elle avait l'impression que ses poumons allaient exploser, son cœur battait dans ses oreilles. Elle ne regardait pas en arrière — elle n'osait pas. Elle courait seulement. « Vas-y... vas-y... toujours, toujours... ne pense à rien... qu'aux camions! Ils montent! Mon Dieu, faites que j'arrive la première! » Pantelante, elle ralentit, s'exhorta de la voix à continuer : « Allez, allez! »

La lande, enfin. Des genêts s'accrochaient à ses vêtements, le sol accidenté se dérobait sous ses pieds. Elle trébucha, retrouva son équilibre, se remit aussitôt à courir. Dans le noir presque absolu, elle chercha à s'orienter. La falaise était longue, plusieurs sentiers en descendaient, tous semblables, et un seul était le bon!

A présent l'effort était trop dur, une douleur lui perçait la poitrine à chaque inspiration, ses jambes flageolaient, lui obéissaient à peine. Elle avançait tantôt courant, tantôt titubant. « Allez, allez! » sanglotait-elle.

Elle tomba, tendit les mains devant elle, trop tard et heurta le sol de la tête avec un bruit mat. Un moment étourdie, elle se força à se relever, se remit à avancer en chancelant.

Julie aperçut enfin l'étendue plus pâle de la mer au-dessus de la ligne sombre du bord de la falaise. Avec des larmes de soulagement, elle tourna la tête en tous sens. De quel côté? à droite? à gauche?

A droite. Elle se remit à courir, cherchant désespérément un repère connu. Elle aperçut un petit monticule, un creux... Oui, c'était le sentier. Julie s'arrêta, haletante, appela doucement. Pas de réponse. La sentinelle se trouvait peut-être un peu plus loin sur la falaise.

Elle hésita un moment puis commença à descendre vers le grondement du ressac. Elle dévala le sentier, moitié courant, moitié tombant, trébuchant sur les grosses pierres et cherchant de la main une prise sur la paroi rocheuse. Elle donna du menton contre la roche, entendit ses mâchoires claquer sèchement et sentit le goût chaud du sang dans sa bouche.

Elle parvint au bout du sentier, songea à sauter les deux mètres qui la séparaient encore de la plage mais renonça : elle était trop épuisée. Elle s'assit sur le sol, se laissa glisser, atterrit brutalement sur le côté.

Julie se remit lentement debout, avança sur les galets d'un pas chancelant. Elle était si fatiguée qu'elle avait presque oublié ce qu'elle venait faire. Elle appela à mi-voix, n'obtint pas de réponse, appela plus fort. Où étaient-ils? Personne n'attendait près du rocher où elle s'était assise la dernière fois. « Mon Dieu! pensa-t-elle, pourvu que je les trouve! Je vous en prie! »

Elle s'approcha de l'eau, entendit soudain une voix tout près et ne put retenir un cri.

— Saint-Brieuc! répéta la voix.

C'était sans doute un mot de passe dont elle ne connaissait pas la réponse. Tremblante de la tête aux pieds, elle cria :

— C'est moi, Julie Lescaux. Je ne connais pas le mot de passe mais je suis venue vous prévenir...

— Nous ne pouvons pas partir maintenant! Le *surfboat* est déjà en route!

Les hommes se regroupèrent nerveusement en silence puis tous se mirent à parler en même temps. Une voix finit par couvrir les autres et Julie la reconnut aussitôt pour celle du chef.

— Il faut filer tout de suite! glapissait-il d'une voix angoissée. Tout de suite! Il faut laisser tomber! Venez! Allons!

D'autres voix s'élevèrent; Julie eut un choc en reconnaissant celle de Jean; puis quelqu'un intervint avec autorité :

— Assez!

Le silence se fit, l'homme reprit d'un ton ferme :

— Que ceux qui veulent partir s'en aillent! Les autres attendront avec moi que les passagers soient embarqués.

Il y eut quelques murmures approbateurs mais le chef recommença à crier :

— C'est de la folie! Il faut partir immédiatement!

— Eh bien, va-t'en! répondit l'homme à la voix ferme.

Julie reconnut alors la voix de l'homme qui était venu s'asseoir près d'elle sur le rocher la première fois, un pêcheur nommé Gérard — comme elle l'avait appris par la suite — et qui habitait une petite anse de la baie voisine. Il s'approcha d'elle, lui tendit quelque chose.

— Tenez, Julie. La radio. Essayez d'entrer en contact avec eux, de les prévenir.

Elle prit la boîte oblongue, fit quelques pas chancelants vers un rocher, s'assit et s'efforça de se rappeler le mode d'emploi de l'appareil. Le corps tremblant encore de fatigue, elle tripota maladroitement les boutons, essaya celui de mise en marche. Avec le bruit des vagues et le mugissement du vent, il était difficile de savoir si l'appareil fonctionnait. Elle colla l'écouteur contre son oreille, entendit un grésillement. Elle tira l'antenne, appuya sur le bouton d'émission, appela :

— Allô?

Pas de réponse. Elle appela encore. Toujours rien. « Il y a quelque chose qui cloche », se dit-elle. En examinant les autres boutons, elle se souvint que l'officier lui avait parlé de deux fréquences différentes. Elle trouva un commutateur à coulisse, le fit glisser de droite à gauche, appela une troisième fois.

La radio grésilla et une voix faible se fit entendre au-dessus du bruit du ressac.

— Ici Bertie. Veuillez vous identifier. A vous.

Julie eut un petit choc de surprise, puis se souvint qu'elle devait dire quelque chose : le mot de passe. Mais pas de chance elle ne put se le rappeler. Elle appuya sur le bouton émission et dit :

— Ici la plage. Il y a du danger, les Allemands fouillent la falaise.

— Compris. Les nôtres sont déjà avec vous, n'est-ce pas ? A vous.

Un moment décontenancée, Julie comprit qu'elle avait établi le contact avec le navire, pas avec le canot. Elle balaya la plage du regard et vit qu'effectivement il se passait quelque chose. Les hommes s'étaient approchés de l'eau, devant une forme noire se détachant sur le blanc des vagues qui brisaient : le *surfboat*.

Elle appuya sur le bouton et répondit :

— Ils sont ici. Nous allons vous les renvoyer dès que possible.

Ne trouvant rien d'autre à ajouter, elle lâcha le bouton mais appuya presque aussitôt et dit :

— A vous.

Quand elle le lâcha à nouveau, l'homme du navire parlait déjà :

— ... court message au moment de leur départ. Terminé.

Julie se demanda quoi répondre ; mais « terminé » signifiait probablement que l'homme n'était plus à l'écoute. Elle comprit ce qu'il voulait ; ils désiraient savoir quand le *surfboat* quitterait la plage. Mieux valait ne plus rien dire pour ne pas créer de confusion.

Julie arrêta l'appareil, se leva et marcha en direction du *surfboat*, le corps penché pour résister au vent qui était extrêmement violent. Les vagues faisaient un tel fracas qu'on n'entendait rien d'autre et Julie songea : « Pourvu qu'il y ait un guetteur en haut de la falaise ! » En approchant du canot, elle vit une activité fébrile : des hommes en retiraient du matériel et enlevaient les avirons de leurs tolets. Horrifiée, elle s'aperçut que l'un d'eux était brisé. Puis les autres empoignèrent le rebord de la coque d'un côté et retournèrent l'embarcation, qui se vida de son eau ; Julie se rendit compte qu'avant cela, le bateau était à demi plein.

— Julie ! Par ici ! fit la voix de Gérard, avec un ton d'urgence et d'autorité.

Le pêcheur la rejoignit, la guida vers une silhouette qui se tenait un peu à l'écart et demanda :

— S'il vous plaît, expliquez-lui que les Allemands sont tout près !

Comprenant que l'homme était un marin britannique, Julie traduisit en anglais :

— Nous pensons que les Allemands sont aux environs. Ils fouillent la falaise. Ils savent peut-être que vous êtes ici. Il faut repartir vite, tout de suite !

La silhouette fit un pas vers la jeune femme, qui sentit une main ferme lui saisir le bras.

— Nous n'avons pas seulement un aviron cassé, dit l'homme. Il y a aussi un trou dans la coque ! Il faut trouver quelque chose pour le boucher, et vite !

Après avoir traduit pour Gérard, Julie répondit à son compatriote :

— Oui, il a compris.

Sans lui lâcher le bras, l'homme reprit :

— Dites-lui aussi que nous ne pourrons emmener que six passagers. La mer est trop mauvaise pour que nous en prenions plus.

Julie joua son rôle d'interprète, Gérard approuva d'un hochement de tête.

— Bien! Allons-y! dit l'officier anglais.

Le trio rejoignit les autres, qui s'étaient déjà mis au travail : déchirer un chandail pour en faire un bondon, lier ensemble avec de la corde les deux morceaux de l'aviron, choisir les passagers. Ils avaient si peu de temps. Julie restait debout, morte d'inquiétude. Au bout d'un moment elle entendit que l'on appelait. Le cri venait d'un des hommes demeurés en haut de la plage, qui se mit à courir vers le groupe, à toute vitesse.

— Une lumière, un signal! s'époumonait-il.

Saisie de peur, Julie se tourna vers la falaise, vit une faible lueur rouge clignoter dans le noir. Rouge comme du sang. Alerte! Pendant une seconde, le silence se fit puis la voix de Gérard s'éleva au-dessus du tonnerre du ressac.

— Il faut cacher le canot! Dans les rochers de la pointe, vite!

Tout le monde se précipita vers le *surfboat*, le tirant, le traînant le long de la plage.

L'officier britannique courut à Julie et lui saisit le bras.

— Mais qu'est-ce qui...?

— Les Allemands arrivent!

— Nom de Dieu! Jenkins, Turner! Prenez vos armes! Cachez le bateau et suivez ces hommes! cria l'Anglais à ses deux matelots.

L'embarcation était déjà à mi-chemin du haut de la plage. Le cœur sur les lèvres, Julie courut aussi vite qu'elle put sur les galets glissants, à la suite des ombres qui s'éloignaient rapidement vers les rochers.

Le temps qu'elle les rattrape, les hommes avaient dissimulé le bateau derrière un gros rocher et l'avaient recouvert d'algues. Ils se dispersèrent aussitôt et se cachèrent dans les crevasses ou les renfoncements.

Julie regarda autour d'elle et se retrouva seule. La panique commençait à la gagner. Où était Jean? et Gérard? Elle cherchait, éperdue, en direction des rochers, lorsque quelqu'un lui prit le bras et la guida.

— Oh! Jean! s'écria-t-elle.

— Tout va bien, assura l'oncle. Tout ce que nous avons à faire, c'est ne pas bouger. Glisse-toi là-dedans.

Il la poussa vers une crevasse, elle s'accroupit et s'aperçut qu'il ne l'avait pas suivie. Où était-il? Pourquoi n'était-il plus là?

— Jean? murmura-t-elle dans le noir.

Elle entendit une série de claquements métalliques et comprit, terrifiée, que les hommes vérifiaient leurs armes. Soudain l'oncle revint avec l'officier anglais, qu'il poussa dans la direction de Julie.

— Jean, où vas-tu? demanda-t-elle.

— Chez le voisin! Dans la crevasse d'à côté.

L'officier, qui s'était accroupi à côté d'elle, tira doucement la bretelle de la radio, que Julie avait passée à son épaule.

— Pardon, mais il faut que je prévienne le bateau, chuchota-t-il. La nôtre ne marche plus, elle a pris l'eau.

— Bien sûr, bredouilla la jeune femme, honteuse d'avoir cédé à la panique.

Elle passa la radio à l'officier, l'entendit manipuler les boutons. Il y eut un grésillement.

— Bertie, Bertie, ici Alfie. A vous.

N'obtenant pas de réponse, le Britannique appela une seconde fois, à nouveau en vain. Julie se sentit coupable de ne pas avoir pensé à prévenir le navire elle-même quand elle se trouvait encore sur la plage. Là-bas, à découvert, la liaison aurait probablement été établie. C'était stupide de sa part.

212

— Je suis désolée, commença-t-elle. J'au...
— Chuuut!

Elle se mordit les lèvres. Après plusieurs autres tentatives infructueuses, elle entendit le clic du commutateur qu'il fermait, et le léger choc de l'appareil reposé sur le sol; l'officier conclut d'un ton parfaitement calme :

— Décidément, ce n'est pas mon jour...

Puis il lui murmura à l'oreille :

— Excusez-moi de vous avoir interrompue grossièrement tout à l'heure, mais je croyais avoir entendu quelque chose.

— Ce n'est rien.

— Vous nous avez beaucoup aidés. Merci.

Elle fit un petit salut de la tête dans l'obscurité, puis se détourna pour écouter les bruits venant du rivage. Elle eut beau tendre l'oreille, il lui fut impossible d'entendre autre chose que le grondement des vagues. Ensuite, il y eut un raclement; c'était l'officier qui se penchait en avant; sa silhouette se détachait sur le ciel moins sombre; elle vit qu'il avait une arme à la main. Elle tenta de percer elle aussi l'obscurité impénétrable du bord de mer.

Au bout d'un long moment, elle se rendit compte qu'il s'était écoulé beaucoup de temps. Une demi-heure, plus sans doute. Et toujours rien; tout danger était peut-être écarté, après tout.

Elle entendit ensuite l'officier bouger; il se leva et s'avança jusqu'à ce qu'il fût debout, à l'avant des rochers. C'est alors qu'elle perçut un bruit, celui d'un moteur. Mais ce n'était pas un camion et le bruit ne venait pas de la falaise. Cela ressemblait au bruit d'un bateau de pêche mais en plus fort, en plus grave.

— Bon Dieu de nom de Dieu! jura le Britannique.

Il retourna près de Julie, qui crut l'entendre rire et se dit qu'elle avait mal entendu. Mais non, c'était bien un rire.

— Qu'y a-t-il? murmura-t-elle.

— Je crois que je viens de rater mon foutu bateau!

En ouvrant les yeux, Ashley découvrit au-dessus de lui, pendant au plafond, un modèle réduit d'avion en carton et en papier. Il tourna la tête, vit sur les murs des dessins aux couleurs vives représentant un tracteur, une voiture et deux vues de Paris. Une chambre d'enfant. Un tout jeune enfant, à en juger par la taille du lit, dont les jambes de Richard dépassaient. C'était sans doute parce qu'il avait froid aux pieds qu'il s'était réveillé.

Il regarda sa montre : neuf heures trente, G.M.T., une heure de plus en France. Il devait donc avoir dormi à peu près trois heures.

La veille, ils avaient attendu dans les rochers jusqu'à ce qu'un guetteur vienne les prévenir que les Allemands étaient partis. Il était alors cinq heures. Les Bretons avaient improvisé une brève réunion pour savoir qui se chargerait des aviateurs et qui recueillerait les trois nouveaux. Comme ils avaient discuté en breton, ou de temps en temps en français avec un très fort accent, Ashley n'avait rien compris. Il s'était alors adressé à la femme, qui lui avait expliqué que les deux matelots seraient cachés dans une maison sûre — elle avait refusé de lui dire où — et lui dans une autre. Il avait demandé à être avec ses hommes mais elle avait répondu, de façon plutôt sèche, qu'il n'y avait pas de place.

— Bon, alors dites-moi qui je dois suivre.

— Moi. Vous serez chez moi.

Il essaya de voir son visage dans l'obscurité.

— C'est vraiment très gentil...

— Vraiment pas. Il n'y a pas de place ailleurs, c'est tout.

Ashley avait senti qu'elle était fâchée et n'en voyait pas la raison. Il s'était dit qu'il valait mieux ne plus ouvrir la bouche. Il l'avait suivie en silence jusqu'au sommet de la colline puis à travers la lande. Elle avait gravi le sentier à un rythme forcené et avait ensuite ralenti, titubé. Il lui avait tendu la main pour l'empêcher de tomber, mais elle avait repoussé son aide, poliment et fermement.

En arrivant à la porte de derrière la maison, elle lui demanda d'attendre au-dehors. Une minute plus tard elle revint et le précéda dans une pièce chauffée et très obscure; une cuisine, supposa-t-il. Il attendit à nouveau pendant qu'elle disparaissait dans une chambre. Cette fois-ci elle mit plus de temps à revenir. Elle lui fit franchir une porte, monter un escalier étroit et raide jusqu'à une mansarde — celle où il se trouvait.

En le quittant, elle lui avait simplement recommandé :

— Ne faites pas de bruit et ne vous montrez pas à la fenêtre! Ah! vos vêtements sont trempés, je suppose. Laissez-les là, en haut de l'escalier.

Deux pensées avaient traversé son esprit avant qu'il ne s'endorme : la première, que quelqu'un venait de sortir de ce lit, car il était chaud; la deuxième, que la dame qui parlait anglais et était de méchante humeur n'appréciait pas de l'avoir chez elle, pas du tout, même.

Maintenant, dans la clarté matinale qui filtrait à travers une petite fenêtre, il refit des yeux le tour de la chambre, rentra ses pieds pour les mettre au chaud et attendit. Il ferait aussi bien de se remettre à dormir; il ne pouvait aller nulle part, surtout sans vêtements.

Brusquement il fut tout à fait éveillé; une porte avait claqué dans la pièce juste au-dessous; quelqu'un montait l'escalier. Il prit son pistolet posé par terre, le braqua vers la porte... Une tête encadrée de longs cheveux bruns apparut. C'était la fille. Elle lui apportait son petit déjeuner, la tête baissée vers le morceau de pain et la tasse fumante qu'elle portait, attentive à ne pas répandre le contenu de celle-ci. Elle s'approcha du lit et, se baissant, mit la tasse sur le plancher. Pour le pain, elle essaya de le placer en équilibre sur la tasse; mais c'était trop difficile, elle le posa sur le lit. Et puis elle leva les yeux vers lui, et Ashley s'aperçut avec stupeur qu'il la connaissait. Mais où diable l'avait-il déjà rencontrée? Il examina attentivement son visage dans l'espoir d'y trouver une réponse : yeux marron — cernés à cause de la nuit blanche —, traits réguliers, bouche charmante, peau d'une blancheur extraordinaire. Une jeune femme attirante — jolie même. Mais où l'avait-il déjà vue?

Ashley se rendit compte que la jeune femme, gênée par l'insistance de son regard, avait détourné les yeux et lui parlait :

— ... trouvé des vêtements pour vous, je vais vous les monter tout de suite. Les vôtres font trop marin anglais, au cas où on vous verrait. Et vous devez faire attention à ce qu'on ne vous voie pas : il y a des soldats allemands qui logent chez nous.

— Quoi?

Il cilla de stupéfaction.

— Oui, ils sont deux et dorment dans la maison même, sur le devant. Ils se lèvent à 6 h 30, partent à 7 et rentrent le soir pour dîner. Ils ressortent ensuite généralement prendre un verre, jusqu'à 10 heures.

— Je trouve ce voisinage un peu gênant, dit Ashley en fronçant les sourcils.

— L'avantage, c'est qu'on ne pensera jamais à vous chercher ici, argua Julie. Je pense que vous y êtes plus en sécurité qu'ailleurs.

— Je n'y avais pas songé, murmura l'officier, admiratif.

— Cela ne vous dispensera pas d'être prudent, reprit la jeune femme d'un ton sévère. Pas question de vous montrer, donc de sortir, ni de faire du bruit. Vous comprenez que c'est important?

Ashley s'assit dans le lit, regarda Julie.

— Je le comprends parfaitement. Je comprends aussi les risques que vous prenez et je vous en suis infiniment reconnaissant, croyez-moi.

— Tant que vous respecterez les règles, il n'y aura pas de problème.

Son ton ressemblait tant à celui d'une institutrice qu'Ashley ne put réprimer un sourire. Julie le remarqua et rougit.

— Bon, dit-elle en frottant nerveusement le devant de sa jupe, je vous apporte les vêtements.

La voyant à nouveau fâchée, il s'empressa de déclarer :

— Je vous suis vraiment très reconnaissant. Et désolé des ennuis que je vous cause.

Julie regarda longuement son « hôte » avant de répondre :

— Ne faites pas attention, je suis énervée. La nuit a été longue et... plusieurs personnes ont été arrêtées.

— Je suis navré.

— Deux hommes d'ici et un — d'ailleurs. Cela aurait pu être plus grave, bien sûr. Heureux qu'il n'y en ait pas eu plus.

— Ces hommes étaient au courant? demanda Ashley. Pour la plage, le bateau?...

— Oui.

— Alors... (Il ne savait comment formuler sa question.) Les Allemands pourraient leur arracher des informations?

— Peut-être, répondit Julie d'un ton hésitant.

— Dans ce cas... la plage que nous utilisons pourrait devenir dangereuse. Eh bien! — ajouta-t-il gaiement — il doit y en avoir d'autres pas loin d'ici. Nous allons organiser au plus tôt une nouvelle opération afin de vous débarrasser de nous!

Elle acquiesça de la tête; puis son front se plissa :

— Il y a un problème : l'un des hommes arrêtés était le chef, le seul à connaître l'opérateur radio, qui se trouve dans les environs de Paris. Établir un autre contact prendra du temps, en particulier si le radio doit se cacher ou se fait prendre...

Ashley soupira : l'idée de rester bloqué longtemps en Bretagne ne le séduisait guère. Ce qu'il voulait, c'était retrouver son bateau; il lui déplaisait de penser que la vieille baille était commandée par un autre, même si cet autre était Jimmy Macleod. Surtout s'il devait passer ses journées enfermé dans une chambre minuscule, quasiment comme un prisonnier. Qu'allait-il pouvoir faire toute la journée?

— Je suis désolée, dit Julie doucement, devinant ses pensées. Cela va être pénible pour vous. Je vous prêterai des livres — j'en ai en anglais. J'ai aussi un jeu de cribbage — si vous aimez ça, bien sûr.

— Étant donné les circonstances, je ne ferai pas le difficile! répondit Ashley en souriant.

Elle lui rendit son sourire et il la trouva fort jolie sans son expression sévère. Soudain la mémoire lui revint : c'était à Plymouth qu'il l'avait vue, et il l'avait emmenée sur son voilier. Quelle extraordinaire coïncidence!

Le regard scrutateur d'Ashley troublait Julie; elle se détourna et s'apprêta à s'éloigner :

— Attendez, s'écria-t-il, vous savez que nous nous sommes déjà rencontrés?

Le cœur de Julie se serra. Elle l'avait su dès que leurs regards s'étaient croisés, mais il lui avait fallu quelques minutes pour se remémorer les circonstances exactes de cette première rencontre. Et puis, elle s'était tout rappelé : l'après-midi de soleil, le bateau, le tour de la rade à la voile. Et maintenant son cœur se serrait parce qu'elle voulait oublier cela, et qu'il s'était souvenu. Elle se retourna et répondit d'un ton désinvolte :

— Vraiment?

— J'en suis sûr! Nous avons fait ensemble une promenade dans la rade de Plymouth.

— Vous croyez?

— Mais oui, fit-il, surpris qu'elle ne se souvînt pas. A bord de *Dancer*, mon bateau. Vous ne vous rappelez vraiment pas? insista-t-il, l'air mi-amusé, mi-vexé.

— Ah! oui, fit Julie, comme si la mémoire venait de lui revenir. Oui, je vois, maintenant. Il y a si longtemps...

— C'est vrai, convint Ashley en riant. — Il changea d'expression — Mais que faites-vous ici?

— Je vis avec mon oncle et ma tante.

— L'enfant, c'est le vôtre?

Julie hésita à répondre. Elle ne désirait pas qu'il sache quoi que ce soit sur Peter.

— Oui, finit-elle par répondre abruptement.

— Quel âge a-t-il... ou a-t-elle?

« D'abord les questions, ensuite le calcul mental, pensa Julie glacée. Il ne lui faudra pas longtemps pour tirer des conclusions. » Elle réfléchit rapidement, et jugea qu'il serait opportun de retirer quelques mois à son fils.

— Cinq ans, dit-elle. Il s'appelle Pierre, il est à l'école.

Le prénom, par contre, n'était pas vraiment un mensonge car depuis le début de l'Occupation, elle veillait à ce que tout le monde appelle l'enfant par la version française de son nom.

— Je suis impatient de le rencontrer, assura Ashley. Ne serait-ce que pour m'excuser de lui avoir pris son lit. Il n'était pas trop fâché, j'espère?

— Non, répondit Julie. (Le sentant prêt à poser d'autres questions, elle montra du doigt la tasse qu'elle avait posée par terre.) Votre café refroidit.

— Oh! s'exclama Ashley en se frappant le front d'un geste théâtral. — Ses yeux pétillaient de malice. — Je promets d'être un meilleur hôte à l'avenir!

Julie sourit faiblement, se dirigea vers la porte.

— Et votre mari, où est-il? demanda Ashley. Ici?

Elle s'arrêta sur la première marche et répondit, sans se retourner :

— Il n'y a pas de mari.

— Oh! je suis désolé...

Immédiatement, Julie regretta ce qu'elle venait de dire. Il allait sans doute croire qu'elle avait perdu son mari à la guerre. Mais ce serait une erreur de chercher à expliquer : il faudrait qu'elle en dise moins que la vérité et elle détestait mentir.

— Je vais chercher les vêtements, murmura-t-elle.

— Merci. Une chose encore...

— Oui?

— Je m'excuse, j'ai oublié votre prénom.

— Julie.

Elle pensa aussitôt qu'elle avait commis une nouvelle erreur en lui donnant son vrai nom. Il valait mieux qu'il en sache le moins possible sur elle au cas où il se ferait arrêter. Elle jugea que toute cette histoire était sans issue.

— Bien sûr : Julie... Je m'en souviens maintenant. Vous avez sans doute oublié le mien, vous aussi. Je m'appelle Richard. Richard Ashley.

— Oui, je me rappelle, dit-elle en descendant l'escalier.

— Julie? fit-il avec une grande douceur.

Elle s'arrêta, la gorge nouée. Il avait prononcé son nom d'une manière tellement familière, intime même.

— Oui?

— Je ferai tout mon possible pour respecter les règles mais je n'ai pas l'habitude de rester enfermé. Cela va me rendre dingue, j'en ai peur. Et ne pas savoir ce qui a pu arriver à mon bateau ne va pas arranger les choses. Ils sont capables d'avoir rencontré un *E-boat* sur le chemin du retour, est-ce que je sais?... Écoutez, si je deviens trop insupportable, dites-le-moi. N'hésitez pas à être sévère!

Julie ne put retenir un sourire.

— Entendu. Je vous le dirai.

— Merci! Pour ma part, reprit Richard d'un air solennel, je fais le serment d'être un élève obéissant, m'dame!

Il porta la main à son front en un salut railleur, et sourit en prenant un air penaud, une expression contrite sur le visage.

Julie n'ignorait pas qu'il se moquait un peu d'elle mais il le faisait si gentiment qu'elle ne pouvait lui en tenir rigueur. Et son regard était si amical... Elle sourit. A nouveau, elle rougit légèrement et descendit rapidement l'escalier.

CHAPITRE XVIII

« On reconnaît les Américains n'importe où, pensait Vasson. Ils paraissent tellement différents. Ils ont souvent les yeux bleus et les cheveux blonds — un peu comme les Allemands —, ils sont très grands — beaucoup ont plus de 1,80 mètre — et, surtout, ils ont l'air bien nourri. Les gens qui mangent beaucoup de viande ne ressemblent pas à ceux qui se bourrent de pain et de féculents. En fait, ils ressemblent aux bœufs bien gras dont ils se nourrissent. Ils ne se tiennent pas non plus de la même façon, ils se vautrent sur les banquettes des compartiments au lieu de s'asseoir bien droit comme les Français. Il y en a même qui ont les doigts tachés de jaune clair à cause de la nicotine, alors que les cigarettes françaises ou belges donnent une couleur plus sombre. Il faut vraiment que les Allemands soient aveugles, et fermés à tout ce qui n'est pas paperasserie, pour ne pas repérer, quand ils prennent le train, ces types manifestement étrangers. »

Ils étaient six, disséminés dans la voiture, six aviateurs abattus au-dessus de la Belgique et recueillis par des « amis ». Accompagnés de Vasson, leur guide, ils se rendaient à Paris où ils prendraient un autre train pour le Midi, avant de passer en Espagne par les Pyrénées.

Du moins, c'était ce qu'ils croyaient. « Ils sont tellement naïfs », pensa Vasson avec mépris.

Il y avait un septième homme, que l'on avait présenté aux Américains comme un Tchèque, pilote dans la R.A.F. Tchèque, il l'était presque — il était né près de la frontière germano-tchèque — mais il n'avait rien à voir avec la R.A.F., il travaillait pour Vasson. Et il lui apprendrait tout de la filière — nom des passeurs, emplacement de « planques » — de son point de départ à la frontière espagnole. C'était beaucoup demander à un seul homme mais Vasson l'avait préparé pendant quatre semaines et avait également fait arrêter sa femme et son enfant, à tout hasard...

Vasson parcourut à nouveau des yeux la voiture et l'un des aviateurs — un jeune Américain au visage poupin avec une affreuse coiffure en brosse — lui adressa un clin d'œil, auquel le Français répondit par un regard froid. Depuis Bruxelles, où Vasson avait pris le groupe en charge, le jeune écervelé lui avait posé des problèmes. Il s'était mis à mâcher du chewing-gum sans se soucier des autres passagers qui le regardaient, puis à bavarder en anglais à voix basse avec un de ses camarades, dont Vasson avait dû le séparer. Devant l'air fermé de Vasson, le jeune homme détourna les yeux et regarda par la fenêtre.

Le train approchait de la gare du Nord et Vasson songeait à quel point Paris lui manquait. Bruxelles était bien terne en comparaison. C'était la cinquième fois qu'il retournait en France pour une opération mais il n'y demeurait jamais longtemps et, cette fois, son séjour serait encore plus bref. Après avoir rencontré Kloffer, il repartirait aussitôt pour Bruxelles. Cependant, pour une fois, il n'en était pas mécontent, car à Bruxelles il y aurait du sport dans les prochaines quarante-huit heures.

Le train s'arrêta, Vasson se leva et les aviateurs, qui ne le quittaient pas des yeux, l'imitèrent. Le Français se mêla à la foule des passagers descendant le quai vers une barrière où deux policiers français contrôlaient les papiers, avec l'aide de deux *Feldgendarmen* qui examinaient le visage des gens. Vasson savait que tout se passerait bien, il avait arrangé l'affaire avec Kloffer.

L'un des gendarmes regarda les papiers de Vasson, les lui rendit aussitôt : il connaissait sa leçon.

Vasson pénétra dans le hall, le parcourut des yeux comme s'il cherchait quelqu'un, se retourna avec naturel et constata que tous les aviateurs avaient franchi le barrage. Il attendit qu'ils l'aient repéré puis sortit par la rue de Dunkerque et se dirigea vers un arrêt d'autobus, où attendaient seulement deux personnes. Quand les Américains l'eurent rejoint il murmura au chef du groupe :

— Je vous laisse. Une fille avec un chapeau violet prendra la relève. Au revoir.

Il se livra ensuite à une petite comédie, regarda sa montre, soupira, guetta l'arrivée de l'autobus puis secoua la tête et s'éloigna. Les autres Américains, indécis, se demandèrent s'ils devaient encore le suivre, mais voyant leur chef rester sur place, ils firent de même.

Vasson retourna à la gare, alla au guichet des réservations et se posta dans un coin d'où il pouvait surveiller l'arrêt d'autobus. Le guide qui devait prendre, cinq minutes plus tard, les passagers — les « colis », comme ils tenaient à être appelés — en charge arriva avec trois minutes de retard. C'était la même fille que les fois précédentes : une brune assez quelconque, plissant en permanence le front sous son chapeau violet. Elle attendit qu'un bus « République-Bastille » s'arrête, passa en tête de la file et monta, suivie par les aviateurs.

C'était une procédure classique : les deux guides ne se voyaient jamais et étaient incapables de s'identifier l'un l'autre. Vasson sourit en songeant que les chefs de la filière étaient probablement très fiers de leur méthode. Après tout, elle fonctionnait parfaitement — tant que tout le monde travaillait dans le même camp.

Quand le véhicule s'éloigna, Vasson vit le Tchèque assis à l'arrière, regardant tranquillement par la fenêtre. « Un excellent élément, décidément, ce garçon... il amènerait la marchandise à destination. » Pourtant, le Français avait demandé à Kloffer de faire suivre le groupe par un autre homme, à tout hasard. Vasson avait tenté de le repérer. Dans la file attendant l'autobus, il n'y avait personne de tel, c'était certain. Une voiture, alors? Mais aucune traction-avant noire en vue. Seule, une vieille Peugeot démarra et prit la même direction que l'autobus. Si c'était l'homme de Kloffer, les Allemands faisaient des progrès.

Vasson traversa le hall bondé, se dirigea vers la porte sans inscription située après les toilettes des hommes, près du bureau des services de sécurité des chemins de fer. Mais, au lieu de la pousser, il entra dans les toilettes, se retourna. Personne derrière lui. Il utilisa l'urinoir, ressortit, examina à nouveau le hall, prenant tout son temps pour bien le voir. Toujours personne. Il savait d'avance ne pas être suivi, mais mieux valait s'en assurer. Il s'approcha de la porte sans inscription et, après un dernier coup d'œil, pénétra dans une pièce où Kloffer l'attendait. Les hommes échangèrent un signe de tête, Vasson s'assit.

— Vous avez suivi ma suggestion? demanda-t-il.

— Oui, j'ai plusieurs personnes qui les suivent, répondit l'Allemand. En restant le plus loin possible.

— Pas vos gorilles habituels, j'espère?

— Ils feront leur travail, répliqua Kloffer, agacé.

L'aspect de ses hommes était entre eux un vieux sujet de désaccord.

— Ne vous inquiétez pas. Et le *vôtre*, il fera le sien? C'est beaucoup demander à une seule personne — et qui, en plus, n'est pas des miens.

— Tout ira bien tant qu'il pourra garder le contact. On lui a bien fait la leçon.

— Oui, aussi longtemps qu'il pourra...

— Il le fera.

— Parfait! Cette affaire est donc réglée...

— Oui.

Le seul regret de Vasson était de ne pouvoir assister à l'arrestation; il aurait aimé cela. Kloffer fixa sur lui un regard froid et dur :

— Du côté de Bruxelles, vous avez les choses en main?

— Je vous livrerai tout le monde dans trois jours.

— Vous avez identifié le chef?

— Oui. Enfin.

— Et...?

— Demain. Vous l'aurez demain.

Kloffer se leva en disant :

— Dès que vous aurez terminé là-bas, rentrez à Paris.

— C'était bien mon intention.

— Mais n'y restez pas trop longtemps et ne retournez pas à vos anciennes cachettes. Un cadavre ne me serait d'aucune utilité. Et vous seriez vite un cadavre, ajouta-t-il avec un petit sourire.

— Je commence à me demander si les autres me cherchent vraiment ou si vous dites cela simplement pour me faire peur.

— Il n'y a qu'un moyen de savoir si je mens, et il pourrait vous être fatal. En outre, si vous mouriez, vous ne pourriez pas dépenser le magot que vous accumulez patiemment. Ce serait dommage, non?

Vasson dissimula son irritation. Kloffer pensait qu'il n'y avait que l'argent qui l'intéressait, il était stupide. Mais il avait peut-être raison en ce qui concernait le danger qu'il courait, et il valait mieux quitter Paris que recevoir une balle dans le dos.

— D'accord; je ne resterai pas à Paris. Où m'enverrez-vous?

— Où? Qui sait? Nous verrons en temps utile, répondit Kloffer, savourant ce petit instant de triomphe.

« Vieille vache », pensa Vasson.

Kloffer se leva et mit son chapeau.

— Je peux, en tout cas, vous garantir que le travail sera intéressant et gratifiant.

« D'abord le bâton, ensuite la carotte... avec lui, jamais de surprise. »

— Au revoir, dit l'Allemand en se dirigeant vers la porte. J'espère que les résultats de Bruxelles seront excellents.

— J'espère que la contrepartie financière sera du même ordre, répliqua Vasson.

— Ne soyez pas trop cupide. Vous gagnez déjà beaucoup d'argent.

— Suis-je payé ce que je vaux? C'est toute la question.

— Vous pourriez ne rien valoir du tout, *Marseillais!*

Kloffer ouvrit la porte, émit un gloussement et ajouta :

— C'est toujours comme cela que je vous appelle : le Marseillais.

Puis il sortit en souriant. Quand la porte se referma, Vasson serra les poings et prit une profonde inspiration pour se calmer. « Ce salaud a dû envoyer mes empreintes dans tous les commissariats du pays, se dit-il. C'est la seule façon dont il a pu apprendre l'affaire. Tout ça à cause de cette sale bonne femme... Sans elle, il n'aurait jamais été fiché... C'était sa faute, à cette putain. »

Un frisson lui parcourut l'échine; il se leva. Il haïssait Kloffer parce qu'il savait. Mais un jour, il aurait Kloffer. Un jour...

Il consulta sa montre; dans dix minutes un train partait pour Bruxelles.

Arpentant le quai de la gare, il se mit à penser à son travail en Belgique; il revoyait l'air suffisant des intellectuels qui dirigeaient le réseau, et imaginait leur tête lorsqu'ils se rendraient compte qu'ils étaient trahis. C'était sa consolation.

Le train étant arrivé à Bruxelles avec du retard, Vasson se rendit directement au *Café Mirabeau* pour dîner. Le voyage lui avait creusé l'appétit. En outre, il y verrait peut-être Anne-Marie, qui lui donnerait les nouvelles, ou plutôt lui dirait qu'il n'y avait rien de nouveau. Car même en cas d'arrestations prématurées à Paris, personne ne pourrait être déjà au courant à Bruxelles.

Anne-Marie. Comme il aurait aimé s'en débarrasser! Quel poison elle était devenue! Lorsqu'il avait fait sa connaissance, il l'avait trouvée plutôt agréable et avait éprouvé un certain plaisir à faire sa conquête. Cela avait pris du temps parce qu'elle se méfiait : elle venait juste d'être libérée par Müller, elle se méfiait de tout. Mais il avait été patient et elle avait fini par lui faire totalement confiance, comme il l'avait prévu. Quand elle l'avait présenté à ses amis, ils lui avaient d'abord confié des petits boulots sans importance, comme transmettre des messages, faire des commissions, etc. Puis ils l'avaient enfin chargé d'accompagner des « colis ». C'était son examen de passage. Après quoi l'affaire était dans le sac.

Avec Anne-Marie, les ennuis avaient commencé un soir, dans sa chambre. Jusqu'à ce jour, elle lui plaisait. Mais elle avait tout gâché. Elle l'avait eu, en lui disant qu'elle l'aimait et désirait seulement le prendre dans ses bras. Ce qui était arrivé ensuite était de sa faute à elle. Elle s'était exhibée, montrant ses genoux, avec ses gros seins et son odeur de femelle... Il s'était laissé aller à la caresser, et voilà qu'elle était nue et qu'au lieu de rester contre lui, elle n'avait cessé de remuer, d'essayer de l'embrasser sur les lèvres. Finalement, il lui avait plaqué un bras contre le cou pour l'empêcher de bouger jusqu'à ce qu'il ait terminé.

Depuis, elle le dégoûtait, il supportait à peine de la voir, surtout quand elle le regardait avec ses grands yeux pleins de reproches. Que ne l'avait-elle laissé en paix? Il lui fallait pourtant surmonter sa répulsion pour ne pas gâcher tous les efforts qu'il avait fournis. Il en était presque malade; voir cette grosse poitrine, chaque fois qu'elle se penchait... « Enfin, se dit-il, en entrant dans le café, il n'y en a plus que pour un jour, c'est tout. Bien se rappeler cela. » Il serra les dents.

Elle était là, assise dans un coin, l'air soucieux, et il devina qu'elle l'avait attendu. Dès qu'il arriva près d'elle, elle demanda :

— Ça a été?

— Je crois.

— Tu n'en es pas sûr?

— Non. J'ai comme l'impression d'avoir été suivi...

Il valait mieux exprimer une certaine inquiétude, au cas où la nouvelle des arrestations de Paris parviendrait à Bruxelles avant qu'il en ait terminé.

— Tu te fais probablement des idées, fit Anne-Marie, rassurante, en lui caressant la main. Et *toi*, ça va?

Il fit un effort pour ne pas se dégager et répondit :

— Bien sûr. Pourquoi?

— Parce que... tu es si renfermé... si distant.

— Cela ne veut rien dire. Ne fais pas attention.

Le visage d'Anne-Marie s'éclaira un peu. Il se rendit compte avec mauvaise humeur qu'elle s'était méprise sur le sens de sa réponse.

— Je suis si contente! dit-elle. Je pensais... Franchement, je ne savais que penser après... tu sais quoi... J'étais déroutée.

— C'était seulement la fatigue, voilà tout.

— Mais tu avais l'air si fâché! J'étais torturée. Qu'avais-je fait de mal? Pourquoi étais-tu de si mauvaise humeur? Et pourquoi, oh! pourquoi, Paul, m'as-tu blessée?

— Je t'ai blessée? demanda-t-il avec impatience.

— Oui, oui vraiment.

Sa voix était pleine de reproches.

— Eh bien, c'était simplement la fatigue, je te l'ai dit. N'en parlons plus, veux-tu? Tu te fais un monde de peu de chose.

Elle le regarda d'un air malheureux.

— Vraiment, chéri, je ne sais que croire.

« Bon Dieu! Elle va continuer pendant des heures si je ne la fais pas taire », pensa Vasson.

— Chérie, je suis désolé pour ce qui s'est passé. J'étais bouleversé. J'ai connu une fille, je ne t'en ai jamais parlé... Elle est morte. Et chaque fois que... je repense à elle, et j'ai envie de mourir aussi.

Vasson prit un masque tragique en songeant que son petit numéro était réussi.

— Oh! je vois, murmura Anne-Marie. Je ne me doutais de rien...

Bon, elle avait gobé l'histoire, il était temps de changer de sujet.

— Je préfère ne pas en parler, tu comprends? dit Vasson.

Il avait toujours l'air triste. Mais il enchaîna rapidement :

— Comment ça va ici? Pas de problèmes?

— Non.

Il prit un air satisfait — il était satisfait. Puis il fronça le sourcil :

— Il y a une ou deux choses qui me tracassent, pourtant. Des questions de sécurité. J'aimerais en discuter avec Guy, ici ou ailleurs...

— Il faut absolument que ce soit Guy?

« Bien sûr, c'est lui le plus important de la bande », pensa Vasson.

— Oui, répondit-il. Et Patrice aussi. Tu pourrais arranger un rendez-vous pour demain matin onze heures?

— Je ne sais pas. En principe, on évite les réunions de plus de deux personnes... Ils voudront savoir pourquoi.

« Quelle idiote! » se dit Vasson, tellement furieux devant cette difficulté qu'il eut envie de l'étrangler. Il conserva son calme.

— Je suis vraiment inquiet, insista-il. Je pense qu'il est vraiment important de parler à fond avec eux de cette chose. Si je te dis que c'est très important, tu peux quand même me croire sur parole, non? Il faut qu'on tienne cette réunion.

— Bon, j'essaierai.

— Merci, dit Vasson en se levant.

— Où vas-tu? lui demanda-t-elle anxieusement.

— Mmm? Oh! je crois que je vais rentrer!

— Tu ne veux pas manger?

222

« Si, mais pas avec toi, répondit-il *in petto*. Tu me couperais l'appétit. »

— Non, je vais me coucher tout de suite. Je te verrai demain. Je compte sur toi pour le rendez-vous, hein?

Elle fit oui de la tête; elle était pâle et avait les traits tirés. Il vit qu'elle n'était pas convaincue. Il fallait être sûr; il ajouta :

— Après-demain, on pourrait aller à la campagne toute la journée. Ça te plairait? Je sens que j'ai besoin de me détendre, je suis surmené. On le fait? Après la réunion?

— Oui, j'aimerais.

Elle hésitait entre le soulagement et l'incertitude.

Il se força à lui sourire puis se retourna et s'éloigna. Bon Dieu! Quelle corvée! Mais n'importe quoi pour que cette garce soit contente, pour qu'elle soit tranquille jusqu'à après-demain. Le résultat en vaudrait la peine, il en était certain.

C'était une matinée exceptionnellement claire; l'air était transparent comme du cristal. Bien que ce fût encore l'hiver, il faisait assez bon pour que l'on puisse s'asseoir à une terrasse de café sans avoir froid. Vasson tourna son visage vers le soleil et pensa qu'il ne s'était jamais aussi bien senti. Il commanda un deuxième pastis, regarda sa montre : encore cinq minutes à attendre. Son pouls battait vite et il ressentait une délicieuse impression d'attente, de plaisir goûté d'avance. C'était ce qu'il y avait de meilleur dans tout cela.

Anne-Marie arriva la première. Elle venait vers lui, marchant sur le trottoir la tête baissée et l'air grave. Eh bien, elle pouvait s'inquiéter pour de bon aujourd'hui! Cette pensée amusa Vasson qui réprima un sourire. Elle l'aperçut, lui fit un signe de la main et se fraya un chemin entre les tables.

— Tout est arrangé? lui demanda-t-il dès qu'elle fut assise.

Elle acquiesça de la tête.

— Parfait, dit-il. Qu'est-ce que tu prends? Un Pernod? Un café? Oui? Va pour pour un café!

Elle le regardait, essayant de savoir de quelle humeur il était. Il lui adressa un grand sourire.

— Tu as l'air bien content aujourd'hui, dit-elle.

— Oui, il s'est produit quelque chose.

— Quoi donc?

— Chaque chose en son temps, répondit-il en levant la main.

Elle eut un mince sourire, mais ses yeux étaient interrogateurs. « Elle semble un peu méfiante », se dit-il. Mais cela ne l'inquiétait pas, il savait comment s'y prendre avec elle.

« Quelle stupide putain! » Il lui sourit de nouveau :

— Belle journée, hein?

— Oui.

Elle regardait nerveusement autour d'elle.

— Qu'y a-t-il?

— Oh! rien. Je suis un peu patraque, aujourd'hui. Je ne sais pas pourquoi.

Vasson la fixa intensément en se demandant si elle se doutait de quelque chose. Elle n'avait pourtant pas pu repérer les hommes de Müller, cachés dans une boutique de fleuriste du trottoir d'en face. « Non, elle a un tempérament à s'inquiéter sans raison », conclut-il finalement.

Patrice, le numéro deux de l'organisation, arriva ensuite. C'était un médecin, un de ceux qui travaillent pour les pauvres et les nécessiteux, ce qui lui donnait une brillante auréole. Vasson le vit arriver avec

223

satisfaction. Deux dans la poche et un autre qui allait venir. Le docteur approcha une chaise.

— Prendrez-vous quelque chose, cher ami? Un Pernod? demanda Vasson d'une voix engageante.

— Merci beaucoup, un café seulement, répondit Patrice aimablement, en échangeant un coup d'œil avec Anne-Marie.

Vasson comprit qu'il en faisait trop.

— On ne se voit pas souvent, ajouta-t-il, et c'est agréable de boire un verre entre amis.

Enfin ce fut le tour de Guy, le chef, que Vasson vit arriver de loin sur l'autre trottoir. Malgré son allure nonchalante, Guy avançait avec précaution, l'œil aux aguets. C'était un roublard, un adversaire digne de Vasson.

Le chef du réseau s'approcha de la table, regarda une dernière fois autour de lui avant de s'asseoir.

— Ah! voici un client qui prendra quelque chose. Qu'est-ce que je vous offre? lui demanda Vasson avec un grand sourire. Pastis, cognac?

— Nous boirons après, répondit Guy en le considérant d'un œil froid. Vous avez quelque chose à nous dire?

« Un vrai glaçon », pensa Vasson.

— De bonnes nouvelles! déclara-t-il d'un ton jovial.

— Je croyais que vous étiez inquiet.

— Oui, c'est exact aussi. — Vasson essaya de prendre un air grave de circonstance. — Mais, à vrai dire, c'est *vous* qui devriez l'être, fit Vasson.

Il était content de sa plaisanterie. Du coin de l'œil, il vit Müller et ses hommes sortir de la boutique du fleuriste.

« Dans une minute », pensa-t-il. De l'anxiété apparut dans le regard de Guy.

— Quel est le problème? Allez, expliquez-vous, dit celui-ci.

— Vous avez les Boches aux fesses!

Anne-Marie et les deux hommes regardèrent Vasson sidérés, attendant qu'il poursuive. Celui-ci haussa les sourcils et prit un air mystérieux. Les autres échangèrent des regards chargés d'incertitude et de crainte.

Vasson voyait derrière eux Müller et ses sbires en manteaux de cuir noir s'approcher en traversant la rangée extérieure de tables. Et juste avant qu'ils soient là, il sourit.

Les deux hommes comprirent presque en même temps, ils se dressèrent de leur chaise et jetèrent autour d'eux des regards affolés. Anne-Marie avait toujours le même air idiot.

En découvrant les manteaux de cuir noir qui convergeaient vers eux, ils se figèrent, comme des animaux pris au piège. Vasson espérait qu'ils ne tenteraient pas de fuir; il ne voulait pas attirer l'attention.

Ils se regardèrent l'un l'autre, la peur et une affreuse compréhension inscrites sur leur visage. Vasson vit avec satisfaction qu'ils n'essayaient pas de fuir. Ils se rassirent lentement et l'un après l'autre regardèrent Vasson.

— Bien, dit celui-ci. Maintenant, si vous me dites où je peux trouver Francine, tout ira bien... Si vous ne parlez pas, vos femmes, vos enfants seront arrêtés dans l'heure qui suivra.

— Salaud! explosa Anne-Marie. Sale porc!

Elle n'avait plus l'air abattu, ses yeux lançaient des éclairs.

Elle se mit à hurler, prit un cendrier, le brandit au-dessus de sa tête mais avant qu'elle ait pu le lancer, un des hommes de Müller intervint. Il y eut un craquement quand le poing ganté s'écrasa sur la pommette de la fille; le cendrier tomba par terre.

Tremblant de colère, Vasson se penchant en avant :

— Ça t'apprendra, petite garce! La prochaine fois, je te réduis la tête en bouillie!

Il se renversa à nouveau en arrière, prit une profonde inspiration avant de demander :

— Où est Francine?

Personne ne répondit. Les hommes avaient le regard perdu au loin, le visage triste. Seule Anne-Marie fixait Vasson. Ils ne parleraient pas. C'était sans importance; il enverrait un faux message à ce courrier et le prendrait ainsi à l'hameçon.

— Très bien, si vous voulez sacrifier vos familles...

Anne-Marie poussa alors un cri d'angoisse; un instant, Vasson crut qu'elle allait essayer de le griffer. Mais elle se rassit, une expression de haine et d'écœurement peinte sur son visage; elle répétait : « Ah mon Dieu! Ah mon Dieu! »

Vasson fit signe à un des Allemands de l'emmener. Elle hurla quand l'homme l'empoigna et pour éviter du grabuge supplémentaire, Vasson dit à Müller :

— Les autres aussi, vite!

Lorsque le docteur fut forcé de se lever, il se tourna vers Vasson et dit calmement :

— Je vous plains. Que Dieu vous pardonne!

Vasson se força à sourire :

— Pauvre bougre! lui répondit-il.

Après Guy et Patrice, les Allemands feignirent d'arrêter aussi Vasson, qui simula quelque résistance avant de se laisser entraîner vers la voiture.

Dans le bureau 900 du ministère de la Guerre, Smithe-Webb, de la section française du M 19, attendait des nouvelles. Depuis trois jours, Meteor, le plus important des réseaux d'évasion, celui qui disposait de deux opérateurs radio, n'avait pas donné signe de vie. Cela ne voulait rien dire en soi, il arrivait souvent que les radios aient des difficultés à transmettre, raisonnait le major. Mais c'était aussi le silence en Espagne, au terminus de la filière : depuis quatre jours, pas un seul pilote n'avait franchi la frontière.

En outre, certaines rumeurs émanant d'autres réseaux et d'agents du Special Operations Executive faisaient état d'un désastre dans la filière Meteor. Smithe-Webb ne pouvait qu'espérer qu'elles étaient fausses et attendre des informations.

Il en obtint à quatre heures de l'après-midi de la section Code et Message du bureau central du M 19, situé à Beaconsfield, dans la banlieue de Londres. Xavier, un des radios de Meteor, avait envoyé un message réclamant que des armes et de l'argent soient parachutés sous trois jours. Le code utilisé était le bon, et la « touche » de l'opérateur, qui identifie la manière personnelle de celui-ci d'émettre en morse, était sans aucun doute celle de Xavier mais il manquait quelque chose : une des deux erreurs intentionnelles que les radios avaient appris à glisser dans leurs messages. Un de ces deux contrôles de sécurité avait été omis. Le cœur de Smithe-Webb se serra.

Cela ne pouvait signifier qu'une chose : Xavier opérait sous contrôle allemand.

Au cours des jours suivants, d'autres informations vinrent confirmer les pires craintes de Smithe-Webb. Meteor était complètement démantelé, plus de cent cinquante personnes avaient été arrêtées. Des hommes et des femmes, des jeunes et des vieux. C'était bien un désastre. Quand la nouvelle devint officielle, les critiques plurent sur le bureau 900, provenant d'ennemis haut placés du service. Le chef du M 19 couvrit Smithe-Webb qui de toute façon n'avait cure de ce déferlement. Une seule chose l'intéressait : savoir comment cette catastrophe s'était produite afin d'empêcher qu'elle se renouvelle.

Le lendemain, ses prières furent exaucées par un long message du consulat britannique de Lisbonne : un homme se disant membre de la filière Meteor était arrivé au Portugal après avoir franchi les Pyrénées et séjourné dans les prisons espagnoles. Répondant au nom de code de Gaston, il avait opéré à Bruxelles. Avant de s'enfuir de la ville, il avait entendu dire qu'un traître se faisant appeler Lebrun était à l'origine du désastre. La rumeur émanait d'un homme qui aurait pris contact avec Guy, le chef du réseau, dans sa prison.

« Un traître infiltré, pensa Smithe-Webb en soupirant. Un des dangers dont il était le plus difficile de se garder. » Il allait réclamer des fonds pour former de nouveaux agents, qui seraient envoyés créer de nouvelles filières. Des hommes qui connaîtraient parfaitement les problèmes de sécurité.

Il décida immédiatement de ne pas tenter de reconstituer trop tôt une grande filière Belgique-Espagne, car les effets du démantèlement de Meteor se feraient longtemps sentir. Il vaudrait mieux, dans un premier temps, renforcer les petits réseaux existants, en particulier ceux opérant loin de l'ancien itinéraire de Meteor.

Smithe-Webb regarda sur une carte de la côte nord de la Bretagne ; là, la récente désorganisation n'avait été qu'une difficulté temporaire. La filière était toujours en état de fonctionner, les deux canonnières étaient intactes, même si Ashley et deux de ses hommes manquaient temporairement à l'appel.

Oui, le choix de la Bretagne s'imposait. Avec un nouveau chef, un nouveau système de sécurité, des opérations d'une ampleur beaucoup plus grande.

Il chercha un nom pour la nouvelle filière et la baptisa du nom de jeune fille de sa mère : ce serait le réseau Sheldon.

CHAPITRE XIX

Après un dernier coup d'œil à la pièce de devant, Tante Marie ferma la porte et adressa un signe de tête à sa nièce. Julie emplit une assiette de poisson bouilli, prit des couverts et passa prestement dans sa chambre; Tante Marie referma aussitôt la porte derrière elle.

En traversant la pièce et montant l'escalier étroit, Julie entendit des murmures, un rire étouffé provenant de la mansarde. Lorsque ses yeux arrivèrent au niveau du sol de celle-ci, elle aperçut deux têtes penchées sur un objet passionnant posé à terre.

Ils l'entendirent arriver et levèrent la tête. Richard sourit. Elle reçut ce regard et sourit à son tour. Quant à Peter, il accueillit l'arrivée de sa mère de façon prosaïque en lui disant de sa voix haut perchée :

— Regarde, maman, il est presque fini.

Obéissant à son fils, elle baissa les yeux vers le bateau modèle réduit posé par terre et dit :

— Il est vraiment beau, chéri. Superbe!

Richard se leva, tendit la main vers l'assiette.

— Je vous débarrasse? Cela a l'air trop bon pour que je le laisse refroidir.

— Oh! pardon! dit Julie en riant.

Richard souriait encore mais elle nota dans son regard une lueur attentive, inquisitrice, comme s'il essayait de la prendre en défaut dans quelque jeu qu'ils auraient joué ensemble. Elle détourna les yeux et lança à Peter, un peu trop brusquement :

— Allez, au dodo, jeune homme!

— Je suis pas fatigué! protesta l'enfant.

— C'est quand même l'heure de dormir.

— Oh! non. On allait juste mettre la cheminée, hein, Richard?

Peter prononçait le prénom à la française, comme sa mère, craignant qu'il ne le répète à l'école, le lui avait appris.

— Ça peut attendre jusqu'à demain, dit Ashley en prenant une mine sévère. Allez, jeune homme, obéissez à votre maman!

L'enfant fit la grimace puis acquiesça docilement et se leva. Julie tendit la main pour qu'il lui donne la sienne, mais il dit :

— Non, je veux marcher tout seul!

Julie soupira; quel petit animal indépendant, ce garçon, à six ans à peine! Elle jeta un coup d'œil à Richard et suivit Peter qui dévalait l'escalier à grand bruit.

C'était le moment des histoires avant de s'endormir. Elle les connaissait si bien qu'elle pouvait penser à autre chose en les racontant. Il y a trois semaines encore, elle laissait son esprit dériver vers des préoccupations ménagères : les courses, le raccommodage. Aujourd'hui...

Aujourd'hui, elle pensait à la soirée qu'elle allait passer.

Julie était fascinée par la vision du monde de Richard. Il trouvait la politique amusante, épithète que jamais un Français n'aurait accolée à ce mot. « Toute chose aussi sérieuse et aussi mal faite ne peut qu'être amusante », disait-il. Elle n'était pas certaine de partager son avis mais la façon dont il parlait la faisait rire — la plupart des choses qu'il disait la faisaient rire. Pourtant, à d'autres occasions, il savait être sérieux, ses yeux rieurs devenaient durs comme la pierre et Julie devinait qu'il pouvait faire preuve de détermination quand il le voulait. Par exemple, lorsqu'il s'agissait de sujets qui comptaient beaucoup pour lui : la loyauté, l'intégrité, le devoir. Quand il parlait de ce genre de choses, il lui semblait entendre un écolier appliqué — ou plutôt un preux de jadis : chevaleresque, honnête, sincère.

Toutefois, quand il parlait sérieusement, il ajoutait généralement, sans changer de ton, une énormité qui laissait Julie bouche bée. Ses remarques malicieuses l'avaient d'abord surprise, voire choquée, puis elle avait commencé à les trouver drôles et elle avait compris qu'il les faisait précisément pour l'amuser.

Il l'incitait aussi à parler d'elle-même, de ce en quoi elle croyait, de ce qui comptait pour elle. Elle n'était pas accoutumée aux longues discussions : les conversations dans la cuisine avec Tante Marie se réduisaient à des phrases courtes, presque monosyllabiques. Julie éprouva d'abord des difficultés à s'exprimer puis, peu à peu, les mots vinrent plus facilement.

— Un bisou, maman!

Elle se pencha pour embrasser la petite joue ronde.

— Bonne nuit, chéri. J'essaierai de ne pas te réveiller en me couchant.

— Bonne nuit, répondit Peter, déjà à moitié endormi.

Julie s'examina dans le miroir d'un œil critique, trouva pas mal du tout sa nouvelle coiffure — avec la raie sur le côté. Elle remonta l'escalier, heureuse et confiante, retrouva Richard qui finissait son repas. En la voyant, il repoussa son assiette et dit :

— Je prends du poids. Il faut arrêter de me nourrir aussi bien.

Elle s'assit sur le plancher, souriante.

— Je ne suis pas un cordon-bleu mais je fais de mon mieux.

— C'est merveilleux! s'exclama Richard.

Julie eut l'impression qu'il ne parlait pas de la nourriture et dit précipitamment :

— On fait une partie de cribbage ce soir? Il serait temps que vous me battiez en jouant honnêtement!

— M'accuseriez-vous de tricher?

— Oui! fit Julie en riant.

— Comment avez-vous deviné? dit Richard, avec une mine horrifiée.

— Parce que je gagne trop souvent.

— C'est une logique implacable! Bon, je promets de ne plus jamais tricher. Parole de scout!

Ce qui fit sourire Julie, parce qu'il ne pensait pas un mot de ce qu'il disait. Il la regarda, redevint sérieux et poursuivit en s'installant confortablement :

— Non, pas de cartes ce soir. Bavardons plutôt. Racontez-moi l'histoire de votre vie.

Prise de peur, Julie répondit aussitôt :

— Il n'y a rien à raconter. (Elle demeura un moment silencieuse, l'air gêné.) A propos, j'ai eu des nouvelles de vos hommes — je vous l'ai dit? Ils vont bien mais trouvent le temps long. Vous voulez leur faire parvenir un autre message?

— Cela peut attendre, répondit Ashley d'un ton distrait en regardant la jeune femme avec insistance.

— Par contre, toujours pas de nouvelles de là-bas, reprit précipitamment Julie. Il y a eu un gros coup dur à Paris, les opérateurs radio font le mort. Nous n'avons toujours pas pu envoyer de message.

— Ce coup dur, fit Richard en fronçant les sourcils, c'est lié à ce qui s'est passé ici?

— Apparemment non puisque notre... mésaventure s'est produite avant les événements de Paris. Le problème, ici, c'était sans doute que le chef parlait trop, et que c'est tombé dans de mauvaises oreilles.

— Mais aura-t-il parlé? A la Gestapo?

— Non. Dieu merci, il n'y a aucune possibilité là-dessus.

— Pourquoi?

— Eh bien, il est mort, voyez-vous. Alors qu'on le conduisait à Saint-Brieuc, au siège de la Gestapo.

— Il est mort... tout de suite?

« Il a compris, pensa Julie. Il a l'esprit vif. »

— Oui, répondit-elle calmement. Les Allemands l'ont trouvé mort à l'arrivée. De toute façon, il ne s'en serait pas sorti...

— C'est certain, opina Richard.

Julie avait été soulagée d'apprendre la mort du chef. Etonnant comme on pouvait être dur et réaliste quand la vie des siens était en jeu! Elle hocha la tête.

— Rien de tout cela ne serait arrivé si les gens d'ici avaient dirigé le réseau eux-mêmes, à leur façon.

— Si tant est que cela puisse vous aider, j'en parlerai en haut lieu à mon retour. A supposer que je rentre un jour...

— C'est désolant que nous n'ayons pas de nouvelles.

Richard se pencha vers Julie, lui toucha le bras.

— Ne vous en faites pas pour moi. A vrai dire, j'en suis plutôt content pour diverses raisons. J'ai beaucoup réfléchi — beaucoup plus que durant toutes ces dernières années. En outre, j'ai de grandes satisfactions à fabriquer cette maquette avec votre petit garçon. Et puis, bien sûr...

Il s'arrêta et lui lança un regard lourd de signification...

— ...c'est vraiment plutôt agréable d'être condamné à rester avec vous.

— Flatteur! fit Julie, secrètement ravie.

Après un silence, Ashley reprit tranquillement :

— Vous venez de détourner avec art la conversation, quand je vous ai demandé de me parler de vous. Voyons, Julie, ne soyez pas si mystérieuse!

— Non, répondit-elle doucement. Je ne suis pas prête à en parler. Excusez-moi.

Comme il insistait du regard, elle fut tentée de tout lui dire, mais se retint. Elle se leva, prit le jeu de cartes.

— Bon. Cribbage, alors, soupira-t-il.

Il gagna facilement la première partie.

— Vous voyez bien, dit Julie, quand vous faites attention, vous me battez chaque fois.

Il la laissa gagner la deuxième partie, puis la troisième; elle l'accusa de ne faire aucun effort. Il répliqua sans conviction :

— Mais si, j'en fais...

Elle savait que ce n'était pas vrai. Après quoi, Julie regarda sa montre et dit :

— Demain je travaille. Je dois aller me coucher. (Elle se leva, sourit.) Bonne nuit.

Elle fit demi-tour pour partir; mais il se leva et la retint par le bras.

— Julie... J'aimerais que vous me disiez...

Sa voix était très douce. Il soupira :

— Vous savez ce que je veux dire!

Il s'approcha d'elle, l'embrassa très doucement sur le front, ses lèvres l'effleurant à peine... Puis il se pencha, posa sa joue contre la sienne et murmura :

— Je vous désire tellement...

Elle se dégagea, demeura un moment immobile, la tête baissée, puis sans un mot se retourna brusquement et descendit l'escalier.

— Julie, appela-t-il.

Mais elle ne s'arrêta pas. Parvenue dans sa chambre, elle se déshabilla rapidement, se glissa aussitôt dans le lit à côté de Peter. Elle ferma les yeux en pensant : « Mon Dieu, aidez-moi à vivre ce moment. » Elle écouta les bruits venant de la mansarde; pendant plusieurs minutes Richard ne bougea pas, puis elle l'entendit marcher lentement et se mettre au lit.

Pendant longtemps elle demeura les yeux ouverts dans le noir, pleine de désirs et en même temps de détresse. Elle aussi le désirait, et de tout son cœur, mais c'était impossible. Il ne s'intéresserait plus à elle s'il savait la vérité. Il ne la respecterait plus. Ce serait une affreuse humiliation. « La vie, se dit-elle, est parfois très injuste. »

— Quelle tête vous avez! dit Richard.

— Merci beaucoup! répliqua Julie en réussissant à sourire du bout des lèvres.

Elle s'était réveillée avec une migraine qui avait duré toute la journée et se sentait mieux à présent, quoique très lasse. Elle posa l'assiette du dîner sur la valise servant de table et lança un coup d'œil à Richard, qu'elle n'avait pas revu depuis la veille. Prenant une profonde inspiration, elle lui dit :

— Si cela ne vous dérange pas, je redescends me coucher tout de suite. Je suis terriblement fatiguée.

Il se leva, le front plissé, lui prit la main.

— Julie, murmura-t-il, si je vous ai offensée hier soir... si c'est à cause de ce que je vous ai dit... j'en suis vraiment désolé.

— Pas du tout! répondit-elle en souriant. Je suis simplement fatiguée, vraiment.

Elle serra sa main plus fort.

— Eh bien, si c'est cela... (il n'en avait pas l'air certain) vous me jurez que je ne vous ai pas blessée?

— Franchement, dit Julie.

Elle était gênée parce qu'il lui tenait toujours la main.

— Si cela vous a indisposée, insista-t-il, je vous assure que c'est la dernière chose que... vous le savez, n'est-ce pas?

— Je le sais.

Il lui lâcha doucement la main, proposa d'un ton enjoué :

— Que diriez-vous d'un petit verre avant de dormir? J'ai troqué trois cigarettes contre une bouteille de vin avec votre oncle. Une bonne affaire, non? Mais je me demande pour qui... Juste un verre, pour me tenir compagnie. Vous vous sentirez mieux.

Julie était certaine que, si elle n'allait pas se coucher tout de suite, elle était capable de rester là toute la soirée.

— J'aimerais bien, mais... commença-t-elle. — Et puis elle baissa les yeux, et dit, avec un faible sourire : — D'accord.

Elle s'assit sur le plancher. Après avoir bu un peu de vin, elle se sentit effectivement mieux, tout à fait calme et de nouveau presque heureuse. Elle se surprit même à rire en écoutant les plaisanteries de Richard. Comme s'il ne s'était rien passé la veille. Pourtant tout avait changé. Ils parlaient des choses habituelles, il la regardait avec les mêmes yeux vivants et pétillants de malice, mais l'atmosphère était subtilement différente, les mots prononcés vingt-quatre heures plus tôt flottaient encore dans l'air. Le vin, dont Julie n'avait pas l'habitude, l'engourdissait agréablement.

— Il faut vraiment que j'aille me coucher, maintenant, dit-elle.

— Oui, mais attendez...

Richard se pencha, l'aida à se lever, souffla la bougie. Elle l'entendit traverser la pièce, et l'instant d'après un carré de faible lumière apparut lorsqu'il eut tiré le rideau de la fenêtre.

— Venez voir!

Julie s'approcha, découvrit un ciel constellé, drap de velours noir, piqueté d'aiguilles d'argent.

— A bord de *Dancer*, je restais des heures à regarder un ciel de nuit, chuchota Richard.

— C'est beau.

— Plus encore du pont d'un voilier, d'où l'on peut contempler toutes les constellations.

Ils restaient là, silencieux. Puis il dit pensivement :

— Après la guerre, je retournerai avec mon bateau aux endroits que j'aime.

— Aux Sorlingues?

— Comment le savez-vous?

— Eh bien... vous m'en avez sans doute parlé.

— Pas ici, en tout cas, dit Richard avec certitude. Vous vous êtes rappelé notre promenade, à Plymouth. Et dire que vous prétendiez ne pas vous souvenir de moi! J'étais vexé, vous savez. J'avais passé une très bonne journée avec vous et vous m'aviez désolé en m'annonçant que vous partiez.

Il lui toucha l'épaule, s'assit sur le lit et attendit qu'elle vînt à côté de lui dans l'obscurité. Il lui demanda :

— Racontez-moi. Sur vous.

— J'aime mieux pas, murmura-t-elle.

— Pourquoi? Vous croyez que je n'essaierai pas de comprendre? Rien de ce dont vous ne voulez pas parler ne changera quoi que ce soit, Julie. Ce ne peut être une chose si mal qu'elle... (il marqua un temps d'arrêt)... qu'elle change mes sentiments à votre égard. Vous connaissez mes sentiments, n'est-ce pas?

Julie ne put répondre. Il se rapprocha d'elle, lui prit la main.

— Dites-moi au moins... ce qu'est devenu votre mari.

« Tout ce que je pourrais dire serait accablant », songea Julie en fixant l'obscurité. Le passé était comme un dragon dressé devant elle, sa gueule crachant la honte, la faute et la damnation éternelle. Quoi qu'il prétende, il ne comprendra pas, il la méprisera. Elle poussa un soupir, regarda le ciel et déclara lentement :

— Peter n'a jamais connu son père. Je... je n'ai pas revu cet homme depuis la naissance de l'enfant.

— Cela prouve que c'est un imbécile, ou un fou, dit Richard en pressant doucement la main de Julie. Donc... il est peu probable qu'il réapparaisse.

— Très peu.

Sa voix dissimulait mal son amertume.

— Vous savez... — elle se mordit les lèvres — nous n'étions pas mariés, murmura-t-elle d'une voix si basse qu'il dut se pencher pour l'entendre.

Pendant un moment, il garda le silence et elle crut qu'elle avait vu juste, qu'il ne comprenait pas. Mais il passa un bras autour de ses épaules et dit avec vivacité :

— Cela n'a plus d'importance, maintenant. (Il lui caressa les cheveux d'un geste lent et doux.) Vous avez un gentil bambin, vous ne devez pas avoir honte.

— Oh! si! répliqua-t-elle en se dégageant. (Elle essuya les larmes qui coulaient sur ses joues, se moucha bruyamment.) Dans cette histoire, Peter est la seule chose dont je n'ai pas honte! ajouta-t-elle rageusement.

— Mais Julie, beaucoup de gens s'aiment et ont... bon... des relations sans être mariés. La société est terriblement hypocrite à cet égard : on dit que c'est interdit mais tout le monde le fait. Il ne faut pas se faire trop de souci... de souci du passé je veux dire. Ce n'est pas si important...

— Pour moi si! Et ce sera important pour Peter quand il grandira et qu'il saura. Non, j'ai commis une grave erreur, que je paierai d'une façon ou d'une autre pendant le reste de mes jours!

— Mais en quoi allez-vous payer pour cela? Personne n'exigera de vous une telle chose, Julie. Vous ne souffrirez que si vous le voulez bien. Pourquoi devriez-vous payer?

— Vous savez bien comment c'est. Les gens parlent, ils ne pardonnent rien.

— Ils savent, ici?

— Oh! ils ont deviné.

— Et ils vous acceptent quand même?

— Eh bien... oui.

— Vous voyez bien! Où est le problème? En tout cas, je peux vous assurer que pour moi cela n'a pas d'importance. (Il pressa de nouveau sa main.)

Elle prit une profonde respiration.

— Merci de me dire cela.

— Je suis sincère, affirma Richard en versant à Julie un autre verre de vin. C'est pour cela que vous êtes venue en Bretagne? Pour y avoir Peter?

— Oui... mais, s'il vous plaît, ne me posez plus de questions!

— D'accord. (Il caressa ses cheveux.) Je voulais seulement savoir si vous avez vécu ici tout ce temps? Avec votre oncle et votre tante?

— Oui.

— Pas très drôle.

— Du moins, j'ai été accueillie — ce qui n'était pas le cas chez moi.

— Ah! Vos parents n'admettaient pas?

— Ma mère, seulement. Mon père est mort. Nous ne nous parlons plus, ma mère et moi.

— Après la guerre, vous rentrerez en Angleterre, sans doute?

— Je ne sais pas. La guerre...

— Elle ne durera pas toujours.

— J'espère que non.

— Alors, vous pourriez peut-être revenir sur mon voilier? Faire une croisière. Cela vous plairait?

— Je suis un piètre marin.

— Je vous apprendrai.

232

— Je voulais dire...

— Je sais ce que vous vouliez dire, fit Richard en riant.

Il passa un bras autour des épaules de Julie et ils demeurèrent longtemps l'un contre l'autre, contemplant le ciel nocturne, parlant à voix basse. Richard finit par se lever et dit :

— Il faut aller vous coucher. Vous avez vraiment une pauvre mine!

— Merci!

Elle eut un faible sourire. Il prit son visage entre ses mains et l'embrassa longuement sur la bouche. Quand elle commença à descendre, il la rappela au milieu de l'escalier :

— Julie? Je suis heureux que vous m'ayez tout raconté.

Un peu plus tard, étendue sur son lit à côté de Peter, elle songea : « Peut-être qu'avec le temps tout pourra s'arranger, après tout. »

— Attention, la porte fait du bruit, murmura Peter à Richard.

Ashley tourna la poignée, entrouvrit la porte en s'efforçant de faire grincer les gonds le moins possible. Quand le passage fut assez grand, il se coula dans la cour obscure, voulut fermer derrière, sentit une résistance. C'était Peter.

— Hé! Qu'est-ce que tu fais?

— Je viens avec toi! répondit l'enfant.

— Sûrement pas! Allez, rentre.

Richard tenta de repousser le bambin à l'intérieur mais il se dégagea et s'élança dans la nuit. Ashley entendit le bruit de ses pas décroître au loin. Jurant entre ses dents, il referma la porte et partit dans la même direction, trébuchant légèrement quand son pied rencontrait un obstacle. Peter l'attendait à la barrière du pré s'étendant derrière la maison.

— Gagné, gagné! criait-il en sautant sur place.

— Ta mère te flanquera une belle fessée si elle l'apprend! grommela Richard. « Sans parler du savon qu'elle me passera », pensa-t-il.

Peter eut un soupir d'exaspération comme en ont les enfants quand ils s'adressent à des adultes bornés.

— Je viens souvent ici tout seul, déclara-t-il en montant sur la barrière. De toute façon, elle n'est pas encore rentrée du travail, elle n'en saura rien!

— La question n'est pas là. Nous pourrions nous faire prendre.

— Non. Les soldats ne viennent jamais ici. Viens, on monte sur la colline, on verra le phare.

Peter sauta de l'autre côté, attendit impatiemment que Richard escalade la barrière puis détala à nouveau dans l'herbe, petite tache sombre sur la grisaille d'une fin d'après-midi d'hiver. Renonçant à l'attraper, Richard marcha à grands pas derrière lui, étirant les muscles de ses jambes, respirant l'air frais, aspirant goulûment une délicieuse odeur de liberté.

Il en avait un immense besoin; il détestait être cloîtré, cela le rendait fou. Maintenant il savait ce que certains animaux ressentent, condamnés à la cage pour toujours. La mort lente.

Il accéléra, força l'allure pour sentir la sueur couler sur son corps et la fatigue peser dans ses membres.

Il ne voulait pas penser qu'il était enfermé pour longtemps encore. La seule compensation, bien sûr, c'était Julie. Elle l'avait intrigué dès le commencement. Elle avait une douce sérénité, un détachement du monde, qui le séduisaient. En même temps elle avait le rire facile, ce qu'il aimait aussi. Vraiment il aimait beaucoup de choses d'elle.

Mais les révélations de la dernière soirée avaient entraîné un changement subtil. Il en avait coûté à Julie de dire la vérité, c'était visible, et il l'admirait de l'avoir fait. Mais cela lui faisait ressentir — commer.: dire? — une sorte de responsabilité vis-à-vis d'elle, et il en était un peu effrayé.

Il savait qu'elle comptait toujours beaucoup pour lui, que rien n'avait changé ce sentiment. Et que rien n'avait changé le fait qu'il la désirait. Car, outre son charme, on sentait qu'elle était faite de chair, qu'elle avait besoin d'amour, ce qui la rendait très attirante. Qui plus est, il était certain qu'elle le désirait aussi.

Tout en marchant, il songeait que peut-être les responsabilités ne sont pas à repousser; qu'après tout, il fallait bien qu'elles viennent un jour ou l'autre.

— Hou-hou! fit une petite voix proche.

Ashley gravit les derniers mètres le séparant du muret bâti au sommet de la colline, regarda autour de lui sans voir l'enfant.

— Où es-tu, brigand?

Il entendit pouffer de l'autre côté du muret, se pencha par-dessus, saisit le garçonnet et l'expédia en l'air.

— Attrapé!

Peter gigota pour se libérer, Richard le tint prisonnier un moment puis le laissa tomber entre ses bras. L'enfant se renversa sur la poitrine de son ami et y demeura un instant immobile, pantelant. Richard l'étreignait en pensant que ce serait bon d'avoir un jour un enfant à lui. Puis Peter recommença à se trémousser, sauta à terre et dit :

— Viens, je vais te montrer la garenne.

Ils inspectèrent la garenne — encore qu'il n'y eût pas grand-chose à voir dans l'obscurité —, puis regardèrent le faisceau du phare qui n'éclairait aucun bateau; Ashley jugea que cette nuit il n'y avait pas de passage de convoi. En contemplant les ombres sombres de la mer, il pensa avec nostalgie à sa canonnière. Puis l'homme et l'enfant longèrent le muret et descendirent de l'autre côté de la colline.

Ce ne fut qu'en apercevant des phares sur la route que Richard prit conscience qu'ils étaient partis depuis longtemps. Il remonta en courant au sommet de la colline, vit que le véhicule s'était arrêté près de la maison. Peter le rejoignit, regarda lui aussi les phares, qui s'éteignirent.

— Les Allemands! les Allemands! s'écria l'enfant en agrippant la manche de Richard.

— Tu as raison, j'en ai peur, murmura Ashley.

Il prit la main de Peter, l'entraîna vers le muret en disant :

— J'ai l'impression qu'il vaut mieux attendre ici, tu ne penses pas?

Julie était malade d'inquiétude. Elle regarda à nouveau l'horloge : huit heures et demie, et toujours rien. Totalement immobile, les mains crispées sur son giron, elle fixait le mur sans le voir. Tante Marie était assise en face d'elle, le visage torturé par l'angoisse. Aucune des deux femmes n'osait parler, imaginer ce qui avait pu se passer.

De la pièce de devant leur parvint le bruit familier de pieds de chaise raclant le sol : les deux soldats avaient fini de dîner. Ils allaient sortir. Dès qu'elle entendit la porte se refermer derrière eux, Julie bondit à la porte de derrière, l'entrouvrit. Ce soir, les Allemands étaient venus avec un véhicule blindé, elle ignorait pourquoi. Elle fit une prière pour que Richard et Peter ne reviennent pas à ce moment.

Ils montèrent dans leur engin, claquèrent les portières. Le moteur démarra, les phares éclairèrent un coin de la cour puis balayèrent la campagne. Le véhicule s'éloigna, son bruit se perdit dans le lointain.

Julie enfila une veste, sortit et, lorsque ses yeux furent habitués à l'obscurité, traversa la cour et courut vers le pré : c'était sans doute par là que Richard et Peter étaient partis, ils ne seraient certainement pas allés sur la route.

Elle ouvrit la barrière, s'avança dans le pré et eut un sursaut. Deux silhouettes, une petite et une grande, couraient vers elle. Elle s'arrêta, tremblante de soulagement, puis fit un pas en avant, prit Peter dans ses bras et, sans un mot, retraversa le pré, la cour, la cuisine et alla directement à sa chambre.

— Pardon, maman, murmura l'enfant pendant qu'elle le déshabillait.

Julie pinça les lèvres et dit enfin :

— Je te préviens une fois pour toutes : ne recommence jamais plus, sinon tu recevras une telle fessée que tu ne pourras plus t'asseoir. Tu as compris ?

— Oui, maman.

Elle le borda dans le lit, éteignit la lumière, sortit sans rien ajouter. Dans la cuisine, elle alla vers la cheminée et alluma une cigarette d'une main tremblante, évitant de regarder Richard.

— Julie, je suis navré. Je voulais juste sortir une seconde mais...

La jeune femme fixait des yeux la cheminée en tirant nerveusement sur sa cigarette. Elle serrait les dents pour ne pas parler, craignant de ne pouvoir se contrôler.

— C'est Peter qui m'a suivi, reprit Ashley. Ce qui ne veut pas dire que je n'aurais pas dû l'en empêcher... (Il lui posa la main sur l'épaule.) Cela ne se reproduira plus.

Finalement, Julie répondit d'une voix sifflante :

— Nous avons fait de notre mieux, vous le savez, pour que votre situation soit supportable. Je sais bien que sortir quelques minutes à minuit, c'est moins amusant qu'une grande balade dans la campagne... Mais c'est aussi moins dangereux. Pour vous... et aussi pour nous ! (Elle bégayait presque de colère et secouait la tête.) Si vous saviez par quoi je suis passée cette dernière heure, vous... comprendriez !

— Je monte dans ma chambre, soupira Richard, comme s'il retournait en prison.

Prenant alors conscience que cette chambre était bel et bien une prison pour lui, Julie se retourna pour ajouter un mot moins dur, plus compréhensif, mais il était déjà parti.

Au bout d'un moment, elle alluma une bougie, monta l'étroit escalier. A travers les barreaux, elle le découvrit allongé sur le lit, contemplant le plafond. Arrivée en haut des marches :

— Je sais que c'est pénible pour vous, dit-elle calmement. Je le comprends. Mais cela ne devrait plus être long, maintenant. D'ici votre départ.

Il se leva, vint vers elle.

— Je vais devenir fou si ça doit durer encore longtemps. Vous le voyez bien, non ?

— Et je deviendrai folle si vous prenez encore de tels risques.

— C'est un marché, dit Richard avec un sourire triste. Je ferai tout pour ne pas encourir à nouveau vos foudres.

D'un ton ferme elle ajouta :

— C'est seulement parce que j'étais si inquiète que je me suis mise en colère.

— Merci.

— De rien, dit-elle en tournant les talons et en descendant l'escalier à la hâte.

La plupart des pommes de terre étaient à moitié pourries et Julie coupait méthodiquement les parties abîmées puis pelait les morceaux restants, aussi petits fussent-ils, et les jetait dans la marmite. On ne gaspillait rien.

Pendant ce temps, Tante Marie attendrissait le bœuf en le frappant avec un gros maillet de bois, jusqu'à ce que la pièce soit bien aplatie. On mangeait toujours de la viande le samedi soir et même souvent deux fois par semaine parce que l'oncle Jean élevait des poulets et des veaux. La plupart des gens n'avaient pas cette chance.

Tante Marie mit le bœuf dans un poêlon sur la cuisinière, ajouta de la graisse, de l'ail et des herbes, et laissa cuire à feu doux. Le parfum des herbes et de l'ail venant aux narines de Julie lui rappela que le lendemain était un dimanche et qu'elle pourrait passer toute la journée avec Richard.

Elle sourit, le regard fixé sur la marmite, ayant oublié les pommes de terre. Tante Marie l'observait, le front plissé.

— Julie, ton oncle rentrera un peu tard ce soir, annonça-t-elle. — Elle baissa la voix pour ajouter : — Je crois qu'il y a du nouveau.

— Du nouveau? demanda Julie vivement.

— De là-bas. Mais c'est seulement une impression. Je ne suis pas sûre. Mais j'ai pensé... Il fallait que je te prévienne.

Julie s'efforça de tenir la bride à ses pensées, qui s'emballaient déjà. Du nouveau... un bateau? Bientôt, sans doute. Ce qui voulait dire que Richard partirait, qu'elle resterait seule, qu'il serait en sécurité, et qu'elle serait malheureuse.

Après avoir mis Peter au lit, elle monta le voir et tandis qu'ils parlaient elle songeait : « Jamais ce ne sera mieux que maintenant, jamais je ne me sentirai aussi proche de quelqu'un, aussi passionnée, que je ne suis... »

Il était près de neuf heures du soir quand l'oncle Jean rentra. Richard était en train de parler de sa sœur qui était mariée et vivait dans le Sussex, quand brusquement Julie sursauta en entendant une porte s'ouvrir quelque part dans la maison.

— Qu'est-ce qu'il y a? demanda Richard.

— Rien. Juste mon oncle qui rentre. Je reviens tout de suite.

Julie descendit l'escalier et trouva Jean qui l'attendait déjà sur le seuil de la porte. Elle le suivit dans la cuisine.

— Ça y est! chuchota-t-il. Nous avons reçu le message. Un bateau viendra mercredi, à moins que le temps ne soit trop mauvais. Nous aurons confirmation le soir même seulement par un message de la B.B.C.

— Tout le monde partira en même temps? les aviateurs et les marins?

Jean fit oui de la tête, Julie lui pressa le bras en remerciement et retourna dans sa chambre. Elle ferma la porte, s'y adossa en songeant : « Mercredi... dans quatre jours seulement. »

Elle monta l'escalier, lentement, la tête baissée, et ne la releva qu'en arrivant en haut. Voyant son expression, Richard se leva et demanda, les sourcils froncés :

— Que se passe-t-il?

Julie se força à sourire et répondit avec entrain :

— Il semble que vous allez rentrer chez vous.

Il s'approcha d'elle, la prit dans ses bras.

— Quand?

— Dans la nuit de mercredi — si le temps le permet.

— Dieu soit loué! — Il se mit à rire. — C'est formidable! Formidable!

Il ferma les yeux, serra les poings, renversa la tête en arrière avec un large sourire de contentement.

— C'est magnifique!

Elle sourit et s'efforça d'avoir l'air contente pour lui. Il la prit dans ses bras :

— Julie, vous me manquerez...

Elle hocha la tête en silence.

— Mercredi... cela fait quatre jours, il faut que ce soient les quatre meilleurs jours que nous ayons jamais eus! Qu'en dites-vous? Nous allons faire la noce! Demain soir, je vous invite à dîner au *Ritz* — ce qui veut dire que je soutirerai à votre oncle une autre bouteille de vin et que nous mangerons *tous les deux* sur la valise. Lundi, nous...

Tandis qu'il parlait, elle le regardait en songeant : « Quatre jours seulement. » Elle tendit la main, lui caressa le visage. Il cessa de parler, sourit puis, voyant son expression, se pencha vers elle et l'embrassa sur la bouche. Doucement d'abord, plus fort ensuite, quand il sentit ses lèvres s'animer sous les siennes.

— J'ai envie de toi, Julie, dit-il.

Elle approcha sa bouche de son oreille, et murmura :

— Moi aussi!

Plus tard, elle pleura.

Il caressa sa joue; sentant ses larmes, Richard demanda :

— Julie! Julie! qu'y a-t-il?

— Rien, répondit-elle en pressant sa tête contre son épaule. Je suis si heureuse, voilà tout.

Il se tourna vers elle, lui caressa le dos en promenant sa main tout du long jusqu'au creux de ses reins. Puis il l'attira contre lui et l'embrassa de nouveau, très doucement, en murmurant :

— Julie, Julie... petite sotte chérie, ne pleure pas!

— Mais c'est parce que... c'était tellement bon!

— Oui, murmura Richard, qui la serra plus fort encore contre lui. N'est-ce pas que c'était bon?

Elle continua à sangloter doucement non seulement de bonheur mais aussi parce que les six dernières années lui apparaissaient pour ce qu'elles étaient vraiment : une longue plage désolée et solitaire, où régnait la routine : Peter, les repas, le travail, toutes les choses ordinaires de la vie...

— C'est fini? Plus de larmes?

— Non, répondit Julie en riant. Promis!

— C'est long, quatre jours, tu sais.

— Oui! Oui!

Elle lui embrassa les lèvres, la joue, glissa vers l'oreille.

— Julie, si tu continues comme ça...

Décontenancée, elle s'arrêta.

— Non! s'esclaffa Richard. Je voulais dire — continue! Surtout ne t'arrête pas!

Elle s'arrêta quand même parce qu'elle manquait totalement d'expérience, qu'elle ignorait comment devaient s'enchaîner les choses. Elle aurait voulu qu'il la guide, qu'il lui murmure à l'oreille...

Puis tout recommença, elle sentit à nouveau cette chaleur extraordinaire, ce plaisir incroyable.

Plus tard, beaucoup plus tard, étendue dans la pénombre, elle se dit que quoi qu'il arrive — et même après son départ — elle ne se sentirait plus jamais complètement seule.

CHAPITRE XX

C'était un triomphe.

La production était passée à cinquante appareils par semaine, tous en parfait état de marche, par surcroît. Freymann parcourut lentement la salle d'expédition, encombrée de caisses d'emballage portant chacune la mention « vérifié et accepté », avec un tampon et la signature du technicien responsable. C'était David qui avait eu l'idée de charger une seule personne de tester puis de plomber chaque appareil avant son expédition. Il avait instauré ce système, car celui-ci avait déjà prouvé son efficacité, et avait demandé — et obtenu — pour cette tâche un technicien de la marine allemande, parce qu'il voulait quelqu'un avec qui il pût communiquer facilement. Il ne l'avait pas demandé pour une autre raison et certainement pas parce qu'il se méfiait des techniciens français. L'idée de les soupçonner ne l'avait jamais effleuré.

Autre innovation — qui revenait cette fois au *Kapitänleutnant* Geissler mais que Freymann avait endossée et mise en œuvre —, chaque appareil était désormais placé sous la responsabilité d'une seule personne travaillant sur la chaîne de montage. En cas de défectuosité, c'était à elle qu'on renvoyait le Metox. Si l'appareil ne donnait toujours pas satisfaction après vingt-quatre heures, l'ouvrier concerné devait fournir des explications. Si le problème persistait, l'homme était renvoyé, ce qui mettait fin à son exemption spéciale portée sur ses papiers militaires. Tout le monde savait ce que cela pouvait entraîner : le Service du Travail Obligatoire.

Depuis six mois que David travaillait à l'usine, personne n'avait été renvoyé; en même temps, la production avait progressé en qualité et en quantité. Oui, c'était un triomphe. Le *Kapitänleutnant* Geissler était content. Sans doute, l'Amirauté l'était également. Et certainement les commandants des sous-marins étaient reconnaissants d'avoir des récepteurs Metox pour les prévenir de la venue des avions ennemis.

« Un triomphe, mais aussi la pire des choses que j'aie jamais faites », se dit Freymann en passant dans l'atelier principal. Il considéra la chaîne d'hommes au travail, dans laquelle il y avait une place vide. David ferma les yeux; la veille encore, l'un d'eux se tenait là, bien vivant.

Aujourd'hui, cet homme était mort. A cause de lui, David.

Trop absorbé par le défi qu'il voulait relever, trop grisé par sa nouvelle liberté d'action, David n'avait pas tout de suite compris que les ouvriers sabotaient le projet depuis le début. Il ne s'agissait pas de destructions patentes — circuits en trop ou tubes fracassés, par exemple

— mais plutôt de petits composants qui, sans raison apparente, fonctionnaient mal, de tubes qui grillaient. Freymann savait maintenant qu'on les avait branchés sur un voltage trop fort, ou que la polarité avait été inversée.

Il aurait dû comprendre plus tôt mais il n'avait pas *voulu* voir ce qui était pourtant évident. Et lorsque de légers soupçons avaient germé en lui, il les avait balayés en se disant que personne n'oserait courir un tel risque : le sabotage était puni de mort.

Quand les nouvelles mesures de David avaient été appliquées, les formes subtiles de sabotage avaient perdu leur efficacité et les ouvriers s'étaient vus contraints de recourir à des méthodes plus directes, plus dangereuses. Hier l'un d'eux s'était fait prendre. La peine encourue était la mort, et l'homme était mort.

David avait beau retourner le problème en tous sens, il ne pouvait s'empêcher de se sentir coupable.

Tandis qu'il fixait d'un œil sans expression la place vide dans la chaîne, un des ouvriers le regarda et Freymann détourna les yeux. Il ne pouvait soutenir ce regard, ni celui d'aucun de ces hommes. Pour eux, il ne valait sans doute guère mieux qu'un Nazi. Lui! Un Nazi!

Malade de honte, il sortit dans le couloir, faillit se heurter à Gallois, le chef des techniciens, qui le salua de la tête et s'écarta pour lui laisser le passage. David songea à lui parler mais se ravisa. Ce serait inutile. Le Français devait le mépriser, le juger encore pire qu'un simple Allemand. Il devait le considérer comme un traître!

David se dirigea rapidement vers le devant du bâtiment en marmonnant contre lui-même. Il descendit les marches du perron et se trouva sur l'allée, en pleine vue de la sentinelle. Il avait l'autorisation de le faire, de parcourir sous l'œil de la sentinelle la courte distance entre l'atelier et sa chambre. Pourquoi? Parce qu'on avait confiance en lui. Et pourquoi cette confiance? Parce qu'il avait montré qu'il était un bon Allemand, telle était la raison! Il eut un rire amer. Quelle ironie! David se dit qu'il aurait dû mourir dans le camp de concentration. C'eût été mieux pour tout le monde.

Il avança rapidement et arriva à un camp entouré de barbelés. Il y entra en passant devant la sentinelle, longea un ancien entrepôt servant à présent de casernement aux Polonais construisant les abris des *U-boote*, se dirigea vers la longue baraque en bois où logeaient les gardes. Freymann y avait un petit coin depuis que, avec l'accord de Geissler, il avait abandonné sa chambre solitaire dans la caserne de l'Arsenal. Il y était infiniment mieux, car, au moins, il avait là de la compagnie. Souvent il bavardait avec les gardes, content de pouvoir parler de nouveau allemand. Naturellement, ils lui envoyaient des piques; mais le plus souvent ils oubliaient qu'il était juif parce que cela les arrangeait — parfois ils avaient besoin d'un quatrième aux cartes. De son côté, David voulait ignorer qu'ils étaient des soldats et que chaque jour ils frappaient des Polonais.

Il entra dans l'alcôve aux cloisons de bois qui était la sienne, ferma la porte, se jeta sur le lit et se recroquevilla sur lui-même, les mains devant les yeux. Quelle infamie! quelle révoltante infamie... comme il était méprisable et égoïste, sans aucun principe d'honnêteté. Tous ces scrupules qu'il prétendait avoir au laboratoire du camp de concentration... Toute cette inquiétude de savoir si ce qu'il faisait était bien... Et qu'avait-il fait? Ce qu'on lui disait de faire. Le temps passant, il avait même été heureux d'obéir. Il avait travaillé de tout son cœur. Que lui était-il arrivé pour qu'il ait oublié? Comment avait-il pu en arriver là?

Maintenant il se rendait compte que peu à peu son besoin de sécurité avait pris le pas sur toute autre considération. Il n'avait plus pensé qu'à lui : à son état de santé, au prochain repas, à la nécessité de survivre, à préserver sa vie à tout prix.

« J'ai trahi tout et tout le monde, se dit-il. Ma race, ma petite Cécile, moi-même. Je n'ai aucune fierté. »

Après s'être longuement apitoyé sur lui-même, David pensa à l'avenir et alors il eut une idée. Elle lui vint subitement ; mais dès qu'il l'eut, il sut que c'était la solution. Il se leva, s'agenouilla sur le sol, passa une main dans le cadre métallique de son lit, sentit la forme familière du petit rouleau, le saisit et le serra fortement dans sa main.

Pas un instant il ne s'en était séparé au cours de son périple mais il avait presque oublié ce que cet objet signifiait vraiment. Il l'avait relégué dans un coin de son esprit, comme une chose pour plus tard ; un jour, quand la guerre serait finie il lui servirait de passeport pour la Grande-Bretagne ou l'Amérique, une espèce d'assurance pour ses vieux jours.

Mais aujourd'hui... Le tenant dans sa main, il se rappelait tous les plans et caractéristiques de l'appareil secret. Le radar à ondes courtes... Jamais l'Allemagne ne parviendrait à le mettre au point alors que les recherches dans cette direction avaient été abandonnées, les laboratoires fermés. Le Reich serait sans défense face à un ennemi qui le posséderait... Il était évident que le Metox ne servirait à rien contre un tel radar. Il eut un léger sourire. Tout le problème consistait donc à faire parvenir les résultats de ses travaux aux Britanniques, qui devraient, sur cette base, être capables de le fabriquer assez rapidement

Ce serait un acte de sabotage parfait. Les sous-marins seraient à la merci d'un tel appareil. D'un seul coup, tout le travail de David ici serait effacé... Il serra contre lui le petit rouleau. Levant les yeux au ciel, il dit à voix basse : « Mon Dieu, vous avez devant vous un misérable pécheur. Mais qui va tenter de faire de son mieux. Donnez-moi la force de réussir. Et si vous daignez me donner par surcroît une aide efficace, je vous en remercie. Sinon, alors, mon Dieu, j'aurai fait pour le mieux ! »

Freymann s'étendit à nouveau sur le lit en pensant : « Que peut faire un homme de mieux qu'être courageux au moins une fois dans sa vie ? »

David se rendait souvent à l'usine vers six heures du matin afin de travailler en paix et dans le silence pendant deux heures, avant l'arrivée des autres. Dans le calme du petit matin sa pensée était plus claire que plus tard dans la journée. Ce matin-là, il était arrivé encore plus tôt — et cependant il n'avait toujours pas décidé de ce qu'il allait faire.

Gallois ? Il devrait essayer du côté de Gallois. C'était l'évidence.

Si le technicien en chef n'était pas impliqué dans le sabotage, il devait au moins être au courant. Même s'il n'était pas dans le coup, il avait sûrement deviné. Oui, David allait essayer avec Gallois. Il se leva et alla d'un pas mal assuré à la porte d'une pièce voisine où un stagiaire travaillait devant une planche à dessin.

— Demandez à M. Gallois de venir me voir, voulez-vous ? dit Freymann.

Le jeune homme hocha la tête et sortit en direction de l'atelier d'assemblage. David retourna dans son bureau et s'assit, mal à l'aise. Des pas se firent entendre dans le couloir. De la sueur perla sur son front ; il sortit de sa poche un mouchoir pour l'essuyer. Tamponnant ses sourcils, il leva les yeux et vit Gallois, déjà entré dans la pièce et qui l'observait. David eut un sursaut de surprise ; se levant à moitié, il dit avec un faible sourire, en montrant un siège :

— Asseyez-vous, je vous prie.

Il se leva pour fermer la porte que le Français avait laissé ouverte.

— Beau temps, n'est-ce pas? fit David en retournant s'asseoir.

— Oui.

— La vie est tout de même plus agréable quand le soleil se montre?

Gallois opina de la tête, mais David pouvait voir qu'il ne s'intéressait pas du tout au temps.

Freymann reprit son souffle et poursuivit :

— Je... je voudrais vous parler d'une question assez délicate...

Le technicien avait le regard fixé vers le fond de la pièce, l'œil vide et l'air lointain. Il était évident qu'il n'était pas disposé à lui faciliter les choses.

— Voilà, poursuivit David. Vous avez sans doute l'impression que je tenais beaucoup à la réussite du projet... C'était vrai au début. J'y voyais une magnifique occasion d'exercer à nouveau mes capacités, de redonner un sens à ma vie. Vous comprenez cela?

Gallois eut un geste vague qui pouvait signifier : « Si vous le dites... »

David se pencha en avant :

— Je vous en prie... comprenez-vous cela?

— Oui, répondit le Français en haussant les épaules. Je sais que vous n'aviez pas le choix.

— J'ai travaillé d'arrache-pied pour réussir. (Il plissa le front et regarda ses mains.) J'avais oublié, voyez-vous. J'avais placé ma propre satisfaction au-dessus d'autres... considérations.

Le savant marqua une pause avant de continuer :

— Je comprends maintenant que c'était une erreur. Je n'aurais pas dû faire ce que j'ai fait, mettre tant de cœur à l'ouvrage. J'ai eu tort.

A présent, Gallois écoutait attentivement en scrutant le visage de David.

— Je... je voudrais vous aider, conclut Freymann.

Le Français demeura silencieux. « Il se méfie, pensa David. Et qui pourrait le lui reprocher? »

— Écoutez, reprit Freymann en se penchant en avant. Je sais parfaitement ce qui se passait ici avant mon arrivée : la plupart des appareils étaient délibérément sabotés. Pourtant je n'ai rien dit, ce qui prouve, malgré ce que vous pensez de moi, que j'ai de la sympathie pour votre cause.

Pas un muscle du visage de Gallois ne bougeait. Il était toujours de marbre. David aurait voulu du Français un signe, quelque marque d'encouragement. Ce silence de sphinx était pénible.

— Je comprends votre mutisme, dit Freymann. Après tout, pourquoi devriez-vous parler? Je ne peux que vous répéter que je désire vous aider... et que je suis en mesure de le faire d'une manière très concrète, très définie.

Soudain, le technicien bougea. Il se pencha en avant et s'éclaircit la voix :

— Monsieur Freymann, je ne sais d'où vous viennent des idées aussi étranges. Premièrement, il n'y a jamais eu de sabotage dans cette usine, si j'ose ainsi m'exprimer, c'est une idée absurde! Deuxièmement, jamais je ne me compromettrai dans des activités contraires aux intérêts de la maison. Je me demande pourquoi vous vous adressez à moi, monsieur, mais je vous assure que je ne peux vous aider.

Il se leva. David sauta sur ses pieds et fit le tour de son bureau.

— Je crois, dit Gallois, qu'il vaut mieux mettre un terme à cette conversation. Je ne peux pas vous aider. Ni personne ici. Nous sommes des travailleurs corrects. Nous ne voulons pas d'ennuis.

Il posa la main sur la poignée de la porte. David, indécis, restait immobile. Puis, au moment où Gallois ouvrait la porte, il le retint par le bras.

— Je vous en prie, vous ne comprenez pas, dit Freymann d'une voix implorante.

Il regarda avec anxiété dans le couloir pour voir si personne n'avait entendu. Le technicien referma lentement la porte.

— Qu'est-ce que je ne comprends pas exactement?

David pensa tristement : « Il va falloir que je lui dise! » Jamais il n'en avait parlé à âme qui vive. Tandis qu'il cherchait ses mots, une douleur aiguë lui perça l'estomac, la pièce parut basculer et il ouvrit la bouche, le souffle coupé. Il se sentit tomber et tendit un bras. Une main ferme le soutint et le guida jusqu'à une chaise, l'aida à s'asseoir. Il était courbé en deux, la tête sur les genoux.

— Mon médicament, balbutia-t-il. Sur le bureau...

David prit la fiole que le Français lui tendait, l'ouvrit, fit tomber trois pilules dans le creux de sa main, les mit dans sa bouche et croqua — leur effet était plus rapide de cette façon.

— Ça va? demanda Gallois.

— Ça ira mieux dans une minute. Seulement une minute... Ne partez pas, s'il vous plaît, murmura le savant en s'agrippant à la manche du technicien.

Un moment plus tard, quand la douleur se fut atténuée, il le lâcha, se prit la tête dans les mains et murmura :

— Ne me jugez pas trop sévèrement. Je vous demande simplement de m'écouter encore un peu... (Il s'appuya contre le dossier de la chaise, ferma les yeux; il se sentait très faible et son cœur battait la chamade.) C'est *moi* qui ai besoin de votre aide, non le contraire...

Il s'interrompit pour respirer profondément, ce qui calmait parfois la souffrance.

— Voici de quoi il s'agit... Avant de perdre mon poste en Allemagne, reprit-il, avant la guerre, j'ai découvert quelque chose. Un secret. Un secret qui pourrait être très, très important pour la guerre. Je suis le seul à le connaître — l'idée était de moi, voyez-vous.

Il s'arrêta pour regarder Gallois, s'assurer qu'il avait compris. Il pensa : « C'est maintenant l'instant de vérité. » Il se redressa et posa de nouveau la main sur le bras du Français.

— J'ai toujours désiré faire parvenir ma découverte aux Anglais mais je n'en ai pas eu l'occasion... Puis je suis venu ici et il m'a semblé plus facile de faire docilement mon travail. J'étais heureux de seulement être en vie. Après le camp de concentration, c'était une sorte de paradis, ici... Maintenant j'ai compris que je dois agir. Je ne peux pas rester passif comme avant. Si vous saviez ce qui se passe dans les camps! Il faut que je fasse quelque chose pour *eux*, voyez-vous. Je dois les aider d'une façon ou d'une autre, et c'est le seul moyen que j'aie.

Freymann leva vers Gallois un regard anxieux.

— Dites-moi... vous comprenez ce que je dis?

Le technicien baissa les yeux, comme pour se donner le temps de réfléchir. Lorsqu'il les releva, il avait un air fermé et ennuyé. Il poussa un soupir et dit d'une voix ferme :

— Cher Monsieur Freymann, je compatis à ce que vous avez souffert. J'aimerais sincèrement pouvoir faire quelque chose pour vous aider, mais vraiment, je ne vois pas quoi.

— Je veux seulement que ma découverte passe en Angleterre.

— Désolé, fit le Français d'un ton plus froid. Je ne peux vraiment rien faire.

Freymann fut soudain envahi d'une immense fatigue; effondré sur sa chaise, il pensa que tout cela n'avait servi à rien.

Après avoir jeté un coup d'œil derrière lui, Gallois poursuivit à voix basse :

— Vraiment, je crois que c'est très dangereux de parler de ça... Excusez-moi, mais franchement ce n'est pas sage. (Il s'approcha de la porte.) Est-ce que ça va mieux? Voulez-vous que je vous envoie quelqu'un?

David fit non de la tête, se prit le visage dans les mains. Quand il entendit la porte se refermer, il s'étendit sur le sol pour soulager la douleur de son estomac. Mais rien, il le savait, ne parviendrait à soulager la souffrance qu'il avait dans le cœur.

Une semaine plus tard, on annonça un nouveau projet : Goulvent, Pescard et Cie devait construire un gros radar de détection pouvant être monté sur des navires. Le travail de recherche avait été mené ailleurs, il suffirait d'assembler des pièces envoyées d'Allemagne.

Freymann avait encore cependant fort à faire pour mettre au point un programme d'essais et préparer l'équipement requis. Il se mit au travail avec acharnement parce qu'il ne supportait plus de rentrer dans sa chambre. Il avait cessé de jouer aux cartes avec les gardes. Il avait cessé de leur parler — à vrai dire, il ne parlait plus à personne. Tout ce qu'il demandait, c'était d'être seul. Dès qu'il y avait une discussion, il y coupait court. Il se montrait abrupt même avec Geissler.

Il se désintéressait des repas; il détestait aller les chercher à la cantine. Il savait que ce n'était pas bon pour lui — il ne se sentait pas en bonne santé — mais ne s'en souciait pas. Il haïssait son travail, sa vie. Il se haïssait lui-même.

Un jour, le *Kapitänleutnant* le convoqua à son bureau pour lui annoncer :

— Il semble qu'on vous réclame ailleurs, Herr Freymann. (Il prit sur son bureau une lettre et y jeta un coup d'œil.) On ne dit pas quand... Mais (il eut un sourire froid), comme nous avons encore besoin de vous ici, nous nous opposons à votre départ et nous avons transmis une demande en ce sens aux autorités compétentes. La réponse nous parviendra bientôt...

David regarda par-dessus l'épaule de l'officier. Par la fenêtre, entre deux bâtiments, il aperçut la mer, brumeuse ce jour-là, mais toujours belle.

— Où? fit-il d'un ton absent.

— Pardon?

— Où veut-on m'envoyer?

— Voyons... dit Geissler en regardant de nouveau la lettre. Ce n'est pas un projet de la Marine, ça, je le sais... Tout ce que j'ai là-dessus, c'est un code et un indicatif... Une seconde.

Il décrocha le téléphone, demanda le Q.G., posa quelques questions, raccrocha, toussa nerveusement avant de reprendre :

— Je ne peux malheureusement vous dire où exactement. Nous n'avons pas de détails; mais il semble, d'après l'indicatif, qu'il s'agirait d'un service relevant des S.S... Raison de plus, peut-être, pour que vous restiez ici.

« En Allemagne, pensa Freymann. Dans un camp, peut-être. De nouveau au trou. »

— Herr Freymann, je vous préviendrai dès que je serai moi-même informé de la décision prise. Entre-temps, nous devons continuer à préparer le nouveau projet, n'est-ce pas?

— Oui.

— Je ferai tout mon possible. J'essaierai de les persuader de vous laisser ici.

— Merci, dit le savant.

Geissler était sincère, mais il ne pourrait rien faire. Le soldat qui escortait David attendait; ils montèrent tous deux dans la fourgonnette pour effectuer le court trajet jusque chez Goulvent, Pescard et Cie.

La voiture l'y déposa devant la porte. Il monta à son bureau terminer le travail de la journée. Spécifications de nouveaux composants, détails du nouvel appareillage d'essai; un travail qu'aurait facilement pu faire une personne moins qualifiée. Demain matin, il commencerait à confier ce travail à quelqu'un d'autre.

Cette nuit-là, il dormit mal, pour la première fois depuis des mois. Il rêva qu'il était allongé sur une couchette rudimentaire, entre deux autres prisonniers agonisants. Un *Prominente* entra dans la baraque, leur ordonna d'aller à la carrière bien qu'il fît encore nuit. Le *Prominente* trouvait très amusant de les faire lever la nuit. Puis les coups commencèrent à pleuvoir...

Il se réveilla et ne dormit plus guère pendant le reste de la nuit. En outre, son estomac le faisait souffrir. Le lendemain matin, très tôt à son bureau, il dressa la liste des dispositions à prendre pour assurer la poursuite du travail après son départ. Fébrilement, il se mit à dresser des états des fonctions et des responsabilités, les groupant en diverses appellations et services. Il n'était encore que sept heures lorsqu'on frappa à la porte.

— Entrez.

C'était Gallois. « Bonjour », dit-il. Il s'assit.

— Vous tombez bien, dit David. Je voulais justement discuter du partage des fonctions entre vous et les autres après mon départ.

— Vous partez?

— C'est probable. Bon, quand ceci sera tapé, vous...

— Où vous envoie-t-on?

— Je n'en sais rien, répondit Freymann sèchement. Sans doute là d'où je viens.

— Mais vous avez bien fait votre travail... Ils ne sont pas satisfaits?

David se frotta les yeux. Il était mortellement fatigué et dut faire un effort pour répondre :

— Ah! vous ne comprenez pas leurs méthodes. Vous travaillez mal — on vous envoie dans un camp; vous travaillez bien — on vous y envoie aussi. Il n'y a pas de règles.

Gallois parut hésiter avant de demander :

— Vous continuerez à travailler dans l'électronique? Vous ferez quelque chose d'intéressant?

David haussa les épaules :

— Peut-être. C'est sans importance.

— Mais vous désirez certainement travailler?

— Ce que je désire ne compte pas. De toute façon, cela m'est égal, à présent.

Plus tard, dans la journée, il y eut une réunion générale sur le nouveau projet. L'atmosphère de la pièce, chaude et enfumée, engendrait la claustrophobie, et Freymann se montra particulièrement irritable. Ils étaient tous si lents à saisir les données de base qu'il devait leur expliquer les choses les plus simples. Il trouvait leur stupidité incroyable. Quand un jeune technicien posa une question idiote, David ferma les yeux un bref instant pour s'empêcher de crier et rétorqua entre ses dents :

— Vous ne comprenez donc absolument rien? Faut-il que vous soyez si bête, ou essayez-vous de créer des difficultés? Impossible de travailler avec des gens comme vous.

Tout le monde le regarda, et il se rendit compte qu'il avait crié quand même. Une seconde plus tard, son ulcère à l'estomac éclata, la douleur le frappa comme un coup de masse. C'était horrible, comme un feu intérieur. Freymann comprit aussitôt que ce serait différent des autres crises, qu'il ne pourrait s'empêcher de hurler. Et puis sa vision se troubla, un grand froid l'envahit et il se sentit glisser dans l'inconscience. C'était bienfaisant. C'était bon de s'évader. Calme et beauté perpétuels. Pendant cent ans, peut-être. Chaque fois que le feu revenait en lui, on pressait une chose noire contre son visage et il flottait à nouveau. Il aurait voulu dormir éternellement; le sommeil était doux, comme des nuages, flottant... Des fleurs, il y avait des fleurs. Et puis de nouveau de la blancheur, douce et aimable... Il aurait voulu dormir pour toujours.

On l'en empêchait. Un *Prominente* le battait, lui frappait le visage. Quelqu'un criait après lui. Il gémit, tenta de refermer les yeux. Mais la voix criait encore, une voix de femme. Elle parlait français :

— Allons, réveillez-vous, maintenant!

— Non, non! gémit-il.

La souffrance revenait. On le laissa dormir encore. Il avait gagné.

On lui frappa de nouveau le visage. Pourquoi ne le laissait-on pas tranquille? Maintenant la douleur ne s'arrêtait pas, elle l'empêcherait de dormir. Il murmura :

— J'ai mal. S'il vous plaît, quelque chose contre la douleur.

— Tout à l'heure, répondit la voix de femme. Quand vous serez bien réveillé.

David sortit de son sommeil uniquement parce que la douleur l'empêchait de dormir. On lui donna enfin un médicament, qui ne calma guère ses souffrances — rien ne parvenait à les calmer. Les jours se fondaient les uns dans les autres, il ne dormait que lorsque la douleur l'avait épuisé.

Puis un jour, en se réveillant, il s'aperçut qu'il avait bien dormi, que la douleur était beaucoup moins forte. Il s'assit dans le lit, laissa une infirmière lui faire boire un peu de lait allongé d'eau. Il se sentait mieux; un seul regret, c'était d'avoir à affronter de nouveau le monde.

Quelques jours plus tard, en ouvrant les yeux, il découvrit Gallois à son chevet.

— Comment ça va? lui demanda le Français avec un sourire.

David répondit ce que l'on dit toujours :

— Je vais très bien.

Après que les deux hommes eurent échangé quelques platitudes Freymann se sentit fatigué et Gallois partit. En s'endormant, le savant pensa qu'il aurait dû dire quelque chose au Français. Quelque chose d'important. Quoi? Il ne s'en souvenait plus.

Le lendemain, la mémoire lui revint. « Il est trop tard, maintenant », se dit-il. Mais non, il n'était pas trop tard; Gallois revint. Lorsqu'il pénétra dans la chambre, David, n'en croyant pas ses yeux, le fixa intensément et saisit les mains du Français.

— Comment ça va? redemanda celui-ci en souriant.

— Peu importe. Écoutez, je vous en prie. J'ai quelque chose à vous demander; une chose importante. (Il s'assit droit dans le lit.) Monsieur Gallois, lorsque je me suis adressé à vous il y a quelques semaines, vous m'avez répondu que vous ne pouviez pas m'aider. C'est sans doute vrai, mais je suis sûr que vous connaissez un moyen de faire passer en

Angleterre un petit paquet. Il contient les informations dont je vous ai parlé. J'aurais préféré les porter moi-même mais puisque c'est impossible, elles doivent partir seules.

Comme Gallois ouvrait la bouche, Freymann leva la main et poursuivit :

— Ne perdez pas votre temps en démentis. Que vous puissiez vous en charger personnellement ou non, là n'est pas la question. Revenez simplement me dire que vous pouvez le faire remettre à la personne adéquate. Je vous en prie!

Il se renversa sur l'oreiller, épuisé.

— Je la trouverai, dit Gallois d'une voix ferme.

David lui pressa les mains; il avait la certitude que le Français trouverait un moyen. Il s'endormit heureux.

Freymann reçut ensuite la visite de Geissler.

— Alors, s'occupe-t-on bien de vous ici? Je suis satisfait que nous ayons pu enfreindre le règlement pour vous mettre dans cet hôpital qui semble plutôt bien. Je suis sûr que vous êtes content ici?

— Ah oui. Il est très bien. Très bien.

Geissler avait un drôle d'air. David devina qu'il n'aimait pas la maladie. Et puis il finit par dire :

— Ce que j'ai pensé que vous aimeriez savoir, c'est que vous restez avec nous à Brest, Herr Freymann, c'est décidé. A condition naturellement que vous vous rétablissiez complètement... Ce que vous allez faire, n'est-ce pas, Herr Freymann?

Interdit, David hocha la tête.

— Bon! Eh bien, nous espérons vous revoir à votre bureau le plus tôt possible. En attendant, je vous souhaite une bonne santé!

Longtemps après le départ de Geissler, David eut les yeux rivés à la porte. Il allait rester... qui l'eût dit? Après avoir été tellement sûr d'être renvoyé au camp. C'était confondant. Un nouveau sursis — sa vie n'était qu'une succession de sursis. Et il ne savait ce qui était le pire : vivre dans l'espoir de la vie ou dans la certitude de la mort. Il n'éprouvait ni joie ni mécontentement. Si quelque chose l'ennuyait, c'étaient ces changements constants qui le mettaient à plat...

Le lendemain, une infirmière qu'il n'avait jamais vue entra dans la chambre. Tandis qu'elle faisait semblant de border les draps du lit, elle se mit à murmurer à son oreille. D'abord il ne saisit pas ce qu'elle disait. Puis, soudain, il comprit. Elle disait :

— J'ai un message pour vous! Vos amis pourront livrer les deux paquets. Ils précisent bien : *les deux* paquets.

Il joignit les mains et laissa la certitude pénétrer lentement en lui. Ses prières étaient exaucées. A lui aussi allait être permis son petit acte de sabotage.

CHAPITRE XXI

La vitrine de la librairie paraissait vide et froide. Julie poursuivit sa marche, les yeux baissés, jusqu'à ce qu'elle arrive à la porte de la boutique. Elle entra sans hésitation; une cloche tinta. L'homme, assis derrière la caisse, la scruta par-dessus ses lunettes.

— Je voudrais *La grande chance*, demanda Julie.

— De Maurik?

— Non, de Lefarge.

— Suivez-moi, dit le libraire en jetant un coup d'œil rapide à la ronde. Je vais voir s'il m'en reste un en réserve.

Il la conduisit derrière une lourde tenture, dans une arrière-boutique obscure; pendant un moment elle ne vit rien, puis elle distingua une silhouette, debout devant elle.

— Merci d'être venue, fit une voix.

— C'est tout naturel.

La silhouette s'approcha et Julie reconnut Maurice, le nouveau, venu d'Angleterre avec un opérateur radio nommé Jacques. Maurice l'entraîna vers le fond de la pièce, où il y avait un peu plus de lumière, et dit :

— Comme la dernière fois, si vous voulez bien. Ils sont deux.

Il parlait d'un ton assuré, tranquille, autoritaire, inspirant autant de confiance que son visage. Dès qu'il avait commencé à réorganiser le réseau, Julie avait compris qu'il serait l'homme de la situation. Il avait supprimé plusieurs passeurs, ramenant leur nombre à un petit groupe homogène. Un point de la plus haute importance : il était très, très prudent.

— Le premier est là, ajouta-t-il en désignant une porte donnant sur une autre petite pièce.

Il sourit :

— On y va?

— Oh! oui.

Maintenant c'était facile; pas comme la première fois.

Julie entra, s'assit à une petite table en face d'un jeune homme. Il avait bien l'air américain avec sa figure ronde et ses cheveux courts.

— D'où venez-vous? lui demanda-t-elle avec un sourire bref.

— De Milwaukee, m'dame.

— Dans quel Etat est-ce?

Elle regardait l'aviateur comme si elle savait exactement où se trouve Milwaukee.

— Dans le Wisconsin, m'dame, répondit le pilote.

Julie crut se rappeler que le Wisconsin se trouvait dans la région des Grands Lacs — dans le Middle West, en tout cas.

— Près de New York, non?

— Ça non, m'dame! s'esclaffa le jeune homme. Si quelqu'un du Wisconsin vous entendait dire ça! La grande ville la plus proche, c'est Chicago. New York se trouve à plus de quinze cents kilomètres.

Il rit de nouveau.

C'était un vrai pilote américain, aucun doute, mais Julie préféra prendre une dernière précaution.

— Vous serez de retour là-bas dans quatre semaines, promit-elle. Vous êtes content?

— Vous parlez! Ça fait plus d'un an que je n'ai pas revu ma famille.

— Eh bien, voyons. Nous sommes fin novembre, vous rentrerez juste à temps pour le *Thanksgiving Day* [1], n'est-ce pas?

Le jeune homme fronça les sourcils.

— Ah, non, m'dame. *Thanksgiving*, c'était il y a quatre jours.

Il secoua la tête :

— Non, y a pas moyen que je passe le *Thanksgiving* avec ma famille avant l'année prochaine, m'dame.

— Bien sûr, fit Julie en souriant. Attendez ici, on viendra vous chercher dans un moment.

Elle retourna dans l'arrière-boutique, annonça à Maurice :

— Pas de problème avec celui-là, j'en suis sûre.

— Bon.

Le nouveau chef de réseau parut satisfait; il lança par-dessus son épaule :

— Henri, conduis le premier à la cave et fais monter l'autre. Ne les laisse pas parler entre eux.

Julie attendit. C'était la troisième fois qu'on la chargeait de cette tâche et elle s'en acquittait à présent assez facilement. La première expérience avait été difficile : ne sachant quelles questions poser, elle avait remonté de plusieurs générations dans la généalogie d'une famille américaine avant de trouver le truc du *Thanksgiving*. A présent, l'interrogatoire ne durait guère plus de cinq minutes.

Des indicateurs, des mouchards, elle était bien certaine de n'en avoir pas encore laissé passer un. Dieu l'en garde!

Elle regarda Maurice s'appuyer contre une étagère de livres et allumer une cigarette. Il avait une quarantaine d'années, un corps trapu et devait être belge — elle en était quasiment certaine. Mais on ne posait pas de questions. Depuis les événements de l'hiver dernier, personne ne demandait plus rien. Il dirigeait le réseau d'une main ferme, sans risques inutiles, et tout le monde lui faisait confiance pour cette raison.

— L'autre doit être là, maintenant, dit-il. C'est lui qui nous inquiète. Il s'est présenté à Rennes en racontant qu'il était venu à pied du Nord. Une sacrée trotte, surtout sans aide... En plus, il a l'air très nerveux. Naturellement, nous avons vérifié avec Londres et tout concorde mais...

Julie hocha la tête, retourna dans la petite pièce. A son entrée, le deuxième pilote sursauta : effectivement, il était nerveux. Julie l'examina attentivement. Blond, les yeux bleus, la peau blanche; il paraissait très abattu. Elle lui posa les questions habituelles : nom, grade, matricule, escadrille, escadre, base aérienne — renseignements qui avaient

---

1. Fête américaine célébrée chaque année le quatrième jeudi de novembre. (*N.d.T.*)

déjà été vérifiés mais qui laissaient à Julie le temps de l'observer et de bien écouter sa voix.

L'homme parlait avec des inflexions curieuses, non pas un accent mais ce qui aurait pu en rester.

— D'où êtes-vous? demanda Julie.

— D'Omaha.

— Votre famille a toujours vécu là?

— Non.

Pas très loquace. Julie fit un nouvel essai :

— D'où venaient-ils, à l'origine?

— D'Europe.

— D'où exactement?

Le jeune garçon garda le silence et Julie pensa : « Oh, là, là! Celui-ci va être difficile. » Elle eut un pressentiment.

— D'Allemagne, peut-être? ajouta-t-elle.

Le jeune homme parut bouleversé.

— Nous y revoilà! Vous êtes comme les autres! s'écria-t-il.

— Que voulez-vous dire? fit Julie doucement.

— Ils...

Il ne pouvait plus parler; il secouait la tête. Enfin il dit :

— Ils me haïssent, ils me traitent de... Hun! Et vous, vous allez m'accuser d'être un espion allemand!

— Vos parents étaient allemands?

— Mais moi je suis américain! Je suis aussi américain que les autres! Je suppose qu'on vous a dit autre chose?

— Non. On ne m'a rien dit. Vraiment. Mais votre nom — Smith?

— Mes parents s'appelaient Schmidt. Ils ont émigré aux Etats-Unis il y a très longtemps et ont changé de nom il y a une quinzaine d'années.

— A peu près quand vous avez commencé à aller à l'école, sans doute. (Il paraissait n'avoir pas plus de vingt ans. Il acquiesça de la tête.) Où avez-vous fait vos études?

Julie posa toutes les questions auxquelles elle put penser : l'école, les colonies de vacances, le base-ball, les films qu'il avait vus, les petites amies (comme elle s'y attendait, il n'en avait pas eu beaucoup), la maison familiale. Elle ignorait si ses réponses étaient vraies, elle savait seulement qu'il avait un regard franc, qui s'éclairait quand il parlait de chez lui, et qu'il n'avait jamais hésité pour chercher une réponse.

Elle l'interrogea ensuite sur son voyage du Nord à Rennes. Il avait marché, dit-il, parce qu'il se sentait plus en sécurité en ne restant pas au même endroit. Ne se fiant pas aux gens des régions qu'il traversait, il avait évité les rencontres, préférant voler sa nourriture. Il décrivit les lieux par où il était passé, raconta comment il avait échappé de justesse à une patrouille en grimpant dans un arbre. Son récit semblait plausible et Julie ne voyait pas quelqu'un inventant une histoire aussi longue et aussi compliquée.

— Si tout se passe bien, vous rentrerez bientôt, déclara-t-elle. Dans un mois environ. Vous serez chez vous à la fin décembre.

Il sourit, et son visage en fut transformé.

— Oui? Ce sera vraiment dans si peu de temps?

« Voilà qui me change des autres », pensa Julie. La plupart se plaignaient de ne pas être embarqués en avion dès le lendemain.

— Si tout va bien, dit-elle. — Et, avec un sourire : — Mais vous n'arriverez pas à temps pour *Thanksgiving*, malheureusement...

— Ça m'est égal... Du moment que je retrouve mes parents...

« Zut! se dit Julie. Il n'a pas relevé ça... Il va falloir que je continue. »

— Hé! mais *Thanksgiving* vient juste de passer! fit soudain le jeune homme.

— Bien sûr! Où ai-je la tête? dit Julie en riant.

Elle sortit de la pièce, retrouva Maurice et les autres qui l'attendaient avec impatience, debout devant les rayonnages poussiéreux.

— Je crois que c'est un vrai pilote mais je ne peux rien garantir, déclara-t-elle.

Julie n'aimait guère donner des réponses de Normand mais il y avait une possibilité qu'elle ne pouvait exclure : le jeune homme aurait pu grandir aux Etats-Unis et rentrer en Allemagne juste avant la guerre. Il pouvait mentir effrontément.

— Il a passé son enfance en Amérique, c'est certain, dit-elle. Quant à savoir s'il a choisi d'y rester ou non... Ses parents étaient allemands.

— Bon, ça ira, trancha Maurice. On le garde donc avec les autres mais on le tient à l'œil. (Il se tourna vers Julie.) Merci de votre aide. C'est exactement ce dont nous avons besoin.

La jeune femme rougit de plaisir.

— Désolée de ne pouvoir être plus catégorique...

— Il vaut mieux avoir des doutes que commettre une bourde. Merci encore. Vous devriez partir maintenant. Faites attention.

Julie posa la main sur son bras.

— Vous ferez appel à moi, n'est-ce pas, quand le bateau viendra?

Maurice la regarda pensivement avant de répondre :

— Si vous voulez. Vous nous serez certainement utile mais il y aura des risques plus grands encore. Vous le savez?

— Oui, je le sais.

Il acquiesça de la tête. Julie fit au revoir de la main, puis alla écouter près de l'épais rideau. N'entendant rien, elle l'entrouvrit afin de jeter un coup d'œil dans la boutique. Il n'y avait pas de clients, seulement le libraire debout derrière la caisse. Elle lui adressa un bref signe de tête, sortit de la boutique et s'éloigna d'un pas nonchalant en résistant à la tentation de se retourner.

Elle regarda sa montre : l'heure qu'elle avait pour déjeuner était presque écoulée. Elle irait directement au bureau qui n'était pas loin, seulement à cinq minutes. Elle marchait calmement, ni trop vite ni trop lentement, à sa manière habituelle, jetant parfois un coup d'œil aux vitrines ou aux passants. Jamais elle n'aurait cru si difficile de paraître naturelle et elle se demandait si elle abusait qui que ce soit. Son cœur battait la chamade, elle avait l'impression que tout le monde la regardait. Décidément, elle ne s'y ferait jamais.

Lorsqu'elle arriva au bureau, tout était calme. Son chef était dehors pour l'après-midi. Elle termina quelques comptes et tapa trois lettres, puis considéra la pile de factures qui attendaient d'être classées. Elle détestait faire du classement; ce n'était pas urgent.

Elle préféra feuilleter son agenda, pour voir quelle était la date de la prochaine nuit sans lune... Celle où il viendrait.

Cela faisait six mois qu'elle n'avait pas vu Richard et elle ne cessait de penser à lui, sans toutefois pouvoir toujours se rappeler la forme exacte de son nez ou le timbre de sa voix. Ces détails n'avaient guère d'importance mais Richard en paraissait moins réel et elle en était effrayée. Parfois elle en arrivait à penser qu'elle ne le reverrait pas. Lui, ses hommes, et les aviateurs restés sur le carreau avaient enfin été récupérés en mars. Depuis, le bateau était revenu quatre fois en missions de routine. Chaque fois elle s'attendait à le revoir, mais il n'était pas à bord. Il lui avait envoyé des messages, généralement par l'officier se rendant sur la plage avec le canot.

Espère venir bientôt. Sois prudente.

Fais attention. Ne sais pas quand je pourrai venir.

En avril, quand les nuits étaient devenues trop courtes, le bateau avait cessé de venir. L'été avait paru interminable — non seulement pour Julie mais aux Bretons qui cachaient un nombre grandissant de pilotes. L'automne était revenu, apportant des messages comme les précédents, mais toujours pas de Richard. Peut-être ne reviendrait-il jamais. Mais elle continuerait à aller à la plage. Au cas où...

C'était la raison pour laquelle elle aidait Maurice — pour être certaine de pouvoir aller à la plage. Elle avait honte de ses motivations. Ou bien on était engagé ou on ne l'était pas. Il fallait se décider.

Mais tout de suite elle sut que c'était impossible. Elle ne pouvait faire un choix entre la sécurité de son fils et revoir Richard. Elle était trop gourmande : elle voulait les deux.

Plus tard. Elle prendrait une décision après avoir revu Richard. Oui, c'était la solution.

Elle eut un léger frisson et retourna à son classement.

Elle partit tôt du bureau. Il n'y avait plus de travail et, en prenant l'autocar de cinq heures, elle aurait une heure de plus à passer avec Peter avant qu'il aille au lit.

Pour aller à l'arrêt de l'autocar, elle en avait pour cinq minutes, mais elle craignait de le manquer. Elle courut un peu, jusqu'à être hors d'haleine. Elle arriva avec plusieurs minutes d'avance. Elle s'y affala sur un siège, essoufflée et en sueur. Pourquoi s'était-elle pressée? « Parce que je suis une combattante, pensa-t-elle en soupirant. Je ne changerai plus. »

Elle sortit *Ouest-Éclair* de son sac et se mit à le lire. Il n'avait que deux pages et était, supposait-elle, très censuré. Mais enfin mieux valait avoir quelques nouvelles que rien du tout. Elle sentit que quelqu'un s'asseyait à côté d'elle; l'autocar démarra.

— On quitte le travail bien tôt! murmura une voix à son oreille.

Julie sursauta, regarda à droite et à gauche, et poussa un soupir de soulagement en mettant ses mains sur son cœur.

— Michel! Tu m'as fait une frousse terrible!

— Mes excuses, dit-il avec un sourire plein d'entrain.

L'autocar s'arrêta au point de contrôle marquant le début de la Zone interdite, la région côtière où ne pouvaient pénétrer que les porteurs d'un laissez-passer spécial. Julie sortit ses papiers, jeta un coup d'œil sur ceux de Michel; elle vit qu'ils n'étaient pas établis à son véritable nom.

Quand les *Feldgendarmen* eurent contrôlé les laissez-passer et que le car eut redémarré, elle demanda à son cousin :

— Où étais-tu? Cela fait des mois qu'on ne t'a pas vu.

— A Morlaix, la plupart du temps.

— Mais je ne t'y ai pas rencontré. Je te croyais parti...

— Non, fit Michel, laconique.

Elle l'examina de nouveau.

— Et qu'est-ce que tu fais dans cet autocar, à vrai dire?

— Je vais dans la même direction que toi.

— Ah.

Elle ne lui demanda pas pourquoi. A Michel, elle n'aimait pas demander trop de détails. Il devait préparer un autre attentat contre les Allemands.

— Rassure-toi, je me tiendrai bien, dit Michel, devinant les pensées de Julie.

Elle jeta un coup d'œil discret par-dessus son épaule. Derrière étaient assises deux grosses paysannes avec des paniers de légumes sur les genoux. Devant, une jeune fille lisait un livre. Personne n'écoutait. Michel murmura :

— Il paraît qu'on est un peu mieux organisé, du côté de Tregasnou?

Julie se raidit. Quelle audace il avait! Elle demanda d'une voix calme :

— Que veux-tu dire?

— Il y a une nouvelle filière, non? Une nouvelle organisation pour faire partir des gens?

— Je ne suis pas au courant.

— Bien sûr. En tout cas, les problèmes de sécurité sont mieux traités : personne ne parle. C'est très bien.

Elle dit froidement :

— Alors comment as-tu entendu cette histoire? Si la sécurité est si bonne...

— Oh, des petites choses... J'ai surtout deviné. Et puis le silence.

— Le silence?

— Oui. Personne ne parle. Cela veut toujours dire qu'il se passe quelque chose! répondit Michel avec un sourire.

« Toujours aussi content de lui, pensa Julie. Mais il en sait moins qu'il le prétend, c'est l'essentiel. »

— S'il se passe quelque chose, je ne suis pas au courant, déclara-t-elle. Je me tiens très à l'écart de tout cela actuellement.

— Je l'espère. Ces types sont toujours des amateurs.

— Je ne le pense pas.

— Tu sembles bien certaine, dit Michel en posant sur sa cousine un regard inquisiteur.

— Je me suis fait une opinion, c'est tout.

Il l'observa un moment.

— Tu as changé, Julie.

Elle fronça le sourcil :

— Pourquoi dis-tu cela?

— Tu es plus... assurée. Tu n'étais pas comme ça avant.

— Voilà que tu portes encore des jugements.

— Oui. Je crois m'y entendre assez bien.

Julie poussa un soupir d'exaspération.

— Comme tu es sûr de toi. Et si peu tolérant pour les autres, Michel! C'est vraiment très pénible.

— Vois-tu, comme tout un chacun dans votre trou perdu, tu penses que ma politique est répugnante. Eh bien, je te le dis, après la guerre vous pleurerez. Vous vous retrouverez dans une France dirigée par des fascistes, exactement comme elle était avant l'arrivée des Allemands.

Julie hocha la tête.

— Là, tu vois, avec toi tout devient aussitôt une discussion politique. Je voulais seulement dire que... c'est très difficile de parler avec toi.

— Ah! Mais comme tu es devenue sûre de toi, Julie. Tu es une dame, très différente de celle que je connaissais. D'où tires-tu cette assurance? J'ai l'impression que tu te tiens beaucoup moins à l'écart que tu ne le prétends. Oui, tu sembles très occupée.

Comme elle détestait ses plaisanteries... Elle dit d'un ton impatient :

— Je suis toujours la même, Michel. Je n'ai pas changé.

— Si tu le dis, répliqua-t-il, l'air moqueur.

L'autocar s'arrêta à un village pour laisser d'autres passagers et repartit en cahotant. Comme la plupart des cars de la campagne bretonne, il avait connu des jours meilleurs.

— Cessons de nous chamailler, reprit Michel. Si tu veux savoir, j'ai pris l'autocar rien que pour te voir.

Julie coula un regard dans sa direction en s'interrogeant sur ce qu'il voulait dire. Avec un sourire malicieux, elle répondit :

— Tiens? J'ignorais que tu t'intéressais tellement à moi. Après tout, tu t'es débrouillé pour ne pas me voir pendant six mois.

— Non, répondit Michel avec agacement. Bon, je suis évidemment content de te voir mais aujourd'hui il s'agit d'autre chose.

— Ah oui?

— Que tu saches ou non qui est dans... les activités locales, tu connais forcément quelqu'un qui connaît quelqu'un... En tout cas, j'ai un message important pour eux. Si je te le donne, tu le transmettras?

— Pourquoi passer par moi? Tu ne peux pas l'envoyer... directement?

— Directement? Tu plaisantes! Il y a une guerre non déclarée entre ton équipe et la mienne. Tu ne le savais pas? Si les tiens nous dictaient leurs volontés, nous ne toucherions pas à un cheveu de la tête d'un Allemand. Ce n'est pas notre conception de la lutte.

— Lorsque vous tuez, il y a des représailles.

— Je croyais que nous n'allions plus discuter. Ecoute, tu es le meilleur contact dont je dispose. Passeras-tu le message, oui ou non?

Julie le regarda droit dans les yeux.

— Je ne peux rien te promettre... Enfin, si c'est important, je ferai de mon mieux, dit-elle en haussant les épaules.

— Je savais bien que tu étais dans le coup, dit Michel.

Julie eut envie de l'étrangler.

— Voici le message, poursuivit-il. Il y a, dans une usine de Brest, un savant, un Juif allemand, qui désire se réfugier en Angleterre. Il était dans un camp de concentration avant qu'on ne l'en extraie pour travailler dans cette usine sur un truc électronique. Théoriquement, il est prisonnier mais les Allemands ne le surveillent guère : il serait facile de le faire échapper. D'après lui, il a un secret, une invention quelconque qui pourrait être très utile aux Anglais. Il apporterait tous les éléments. Nos amis de l'usine ignorent si c'est vrai mais, secret ou pas, le type est, paraît-il, très fort dans sa partie, il serait utile de toute façon.

Julie plissait le front, essayant de tout enregistrer.

Michel s'interrompit, réfléchit.

— Ah! une dernière chose : il est souffrant, intransportable avant deux ou trois semaines. Les Allemands l'ont à moitié tué, au camp. Pourtant, ils l'ont traité avec plus de douceur que la plupart des autres Juifs. Généralement, ils les exterminent immédiatement. Tu savais ça? Ils les tuent tous, par milliers. Femmes, enfants, bébés...

— Ce n'est pas vrai, murmura Julie, horrifiée.

— Oh! si. A présent, ils embarquent les Juifs français par trains entiers... Ils ne reviendront jamais.

Julie contempla à travers la vitre la campagne, propre et honnête, se disant que ce ne pouvait être vrai.

— Bon, dit Michel, je peux considérer que le message a été reçu?

— Oui. Je crois que j'ai tout en tête.

— La question est la suivante : si nous le faisons échapper, pourrons-nous vous le remettre?

— Je... je demanderai.

— Bien.

Le car s'arrêta dans un autre village, puis repartit, cahotant sur les chemins étroits.

Julie regarda par la vitre en songeant que Michel ne lui avait probablement pas tout dit. Il avait le goût du secret. « Et ce savant... malade, à quel degré? » se demandait-elle. Ce pourrait être difficile de l'amener à la plage. En tout cas, il fallait prévenir immédiatement Maurice, qui saurait prendre une décision.

Ils approchaient de Tregasnou quand Michel murmura :

— Si tu as besoin de me joindre, je serai à mon ancien appartement pendant la semaine et à... Non, juste à l'appartement.

L'autocar s'arrêta au centre du village, les derniers passagers se levèrent, s'avancèrent dans l'allée d'un pas traînant.

— Si tu as besoin d'aide un jour — toi, personnellement —, viens me trouver, ajouta Michel d'un ton désinvolte, comme s'il proposait un repas au restaurant.

Pourtant Julie sentit qu'il était sérieux et sincère. «Quel homme compliqué! »

— D'accord, répondit-elle d'un ton vague.

Il se leva, descendit le premier, fit un bref signe de la main et s'éloigna.

Julie se hâta de monter la côte conduisant à la ferme. Elle se sentait déprimée. Quelle que soit la chose dont il s'agissait — même si elle était aussi honnête que le suggérait Michel —, l'idée de joindre les forces de ses amis et celles des autres l'inquiétait.

Elle poussa un soupir. Du moins ce n'était pas à elle de prendre la décision; c'était le problème de Maurice.

— On dit qu'on ne peut pas lui faire confiance, déclara Maurice en parcourant son auditoire des yeux.

Pendant un moment, on n'entendit que le bois craquant dans la cheminée puis quelqu'un argua :

— Quel motif aurait-il d'infiltrer notre réseau? Hein?

Jean soupira, ôta sa pipe de sa bouche et répondit :

— Va savoir! Michel a toujours été un extrémiste. Pour lui, tout ce qui sert la cause est justifié.

Julie ne put en supporter plus.

— Il ne nous trahirait pas, dit-elle à Maurice. J'en suis sûre. Nous sommes quand même de sa famille.

— Vous êtes parents? demanda Maurice.

— Cousins. Il venait souvent ici, dans le temps...

Après un autre silence, le chef du réseau conclut :

— Le problème, c'est ce qui se passe *avant* que nous ne prenions livraison du gars. Nous n'avons aucun moyen de savoir s'il est ce qu'on nous dit. Nous sommes forcés de croire les autres sur parole et si eux-mêmes se sont fait rouler... Nous serions sans défense, nous nous ferions cueillir au moment de la remise du «colis». Ce pourrait être le coup fourré parfait, quand on y réfléchit.

Tous les autres hochèrent la tête, à l'exception de Julie.

— Si c'est un agent de la Gestapo, pourquoi auraient-ils inventé cette histoire de maladie? Cela semble improbable... vous ne croyez pas?

Soudain, elle fut aussi incertaine que les trois autres.

Maurice poussa un grognement, se passa la main sur le visage.

— Si l'on voit les choses en noir, les Allemands ont peut-être besoin d'une ou deux semaines encore pour préparer leur homme, répondit-il.

Gérard, le pêcheur, prit la parole :

— Et si c'est un vrai savant? avec un vrai secret? Alors?

Brusquement Maurice frappa des mains sur ses genoux.

— Voici ce que je propose, dit-il. Nous demandons autant de détails sur cet Allemand que possible, nous vérifions avec Londres, à tout hasard : on ne sait jamais, ils pourraient avoir quelque chose sur lui si c'est vraiment une grosse tête. Ensuite... nous prendrons un maximum de précautions : une seule personne de chez nous pour prendre livraison, un bandeau sur les yeux du gars, une surveillance de vingt-quatre heures par jour...

— Alors, on marche?

— Nous y sommes obligés, dit Maurice. Julie, essayez d'avoir des renseignements supplémentaires sur le type et demandez aussi s'ils nous garantissent son authenticité.

— Entendu.

— Bon. Alors, c'est tout pour le moment.

Tous se levèrent. Gérard dit rapidement bonsoir et partit aussitôt; Maurice s'approcha de Julie et lui posa la main sur l'épaule.

— Je peux vous parler un moment?

— Bien sûr.

Il l'entraîna à l'autre bout de la pièce, la fit asseoir.

— Je suis préoccupé parce que vous vous retrouvez mêlée à tout cela sans peut-être l'avoir vraiment voulu. Si... si vous deviez changer d'avis, je le comprendrais parfaitement, vous n'auriez qu'à me le dire, et il n'y aura pas de récriminations.

Maurice lui demandait de choisir. Julie pensa à son fils endormi au premier, leva machinalement les yeux. Il n'y avait pas de réponse simple...

— Je ferai ce que je peux pour le moment, dit-elle. Je transmettrai le message aux autres, je rapporterai leur réponse. Ensuite, quand le savant sera en lieu sûr, je pourrai peut-être... en faire un peu moins.

Julie se reprochait déjà son indécision mais Maurice approuva d'un signe de tête.

— Très bien. Marchons comme ça. Mais je pense que nous devrions cesser d'utiliser votre vrai nom et vous trouver un pseudonyme. Marie-Claire, ça vous plaît?

— Euh... oui, fit Julie, surprise.

— Alors, va pour Marie-Claire.

« J'ai un faux nom », se dit Julie avec un léger frisson.

— Ah! j'oubliais le bateau, ajouta Maurice en se levant. Dimanche. Il vient dimanche. Vous nous aiderez à conduire les « colis » sur la plage?

— Oui. Pas de problème.

« Dimanche, pensa-t-elle. Dans trois jours. »

L'obscurité était faite d'un million de petits points qui dansaient et sautaient devant les yeux. On voyait un rocher se dessiner devant la mer; l'instant d'après, il avait disparu, faisant place à une masse noire tremblotante. Si l'on fixait trop longtemps les ténèbres, on se mettait à discerner d'étranges formes indistinctes qui bougeaient, s'enfuyaient, s'estompaient.

Julie songea que c'était une nuit idéale pour la canonnière : les sentinelles postées le long de la côte ne verraient pas plus loin que le bord de la falaise. Par surcroît, il n'y avait presque pas de vent, ce qui signifiait que la traversée serait rapide. Le bateau viendrait, elle le savait : à huit heures, la B.B.C. avait diffusé le message : *La Bénédictine est une liqueur douce.*

En tout cas, ce serait un grand soulagement quand tous les « colis » seraient expédiés. Ils étaient trente-neuf sur la plage en ce moment, nombre inquiétant dû au fait que les arrivées s'étaient multipliés au cours des dernières semaines. Beaucoup de pilotes avaient été aiguillés sur l'Espagne via Bordeaux mais ceux qu'on avait dirigés sur la filière bretonne (par le train Paris-Saint-Brieuc) avaient parfois dû rester cachés pendant un mois.

Maintenant, par miracle, tous se trouvaient sur la plage. Ils étaient agités et parlaient entre eux. Julie s'approcha et murmura : « Ne parlez pas, s'il vous plaît. La voix peut porter loin. »

— Combien de temps faudra-t-il attendre? demanda l'un d'eux.

— C'est impossible à dire. Soyez patients.

Ils se turent et Julie retourna à sa place. Elle était très calme, sûre que tout se passerait bien. Elle en avait le pressentiment.

Le silence se fit; on n'entendait plus que le murmure des vagues venant mourir sur le sable. Elle vit une ombre bouger — Gérard, probablement — puis une autre. Et elle entendit quelque chose, un infime et doux bruissement...

C'étaient eux.

Le cœur battant, elle concentra son attention sur ce qu'il fallait faire; elle passa parmi les groupes d'aviateurs disant à chacun :

— Vous verrez bientôt arriver deux petites embarcations, mais vous ne bougerez pas avant le signal. C'est compris?

Puis elle s'accroupit près d'eux et attendit. Quand enfin apparurent les *surfboats*, l'un après l'autre glissant vers la plage, deux formes noires se détachant sur la mer plus claire, Julie compta jusqu'à trente, se leva et appela doucement :

— Groupes 1 et 2?

Les hommes — quatorze au total — descendirent la plage à sa suite en direction des embarcations. Lorsqu'elle rejoignit les marins anglais venus à sa rencontre, Julie dirigea les pilotes vers l'une ou l'autre embarcation et les matelots se hâtèrent de les faire monter à bord et de pousser au large. Elle essaya de voir le visage de l'officier commandant la manœuvre mais elle savait déjà que ce n'était pas Richard. Ils étaient partis.

Vingt minutes plus tard, les embarcations revinrent. Julie appela deux autres groupes mais cette fois, les aviateurs n'écoutèrent pas ses instructions et se précipitèrent en trop grand nombre vers le premier *surfboat*. Il fallut faire descendre trois pilotes et les conduire au second, déjà chargé et qui attendait. Quand ces hommes y furent installés, l'embarcation prit le large.

Elle la regarda un moment s'éloigner, avant de faire demi-tour. Encore un voyage et ce serait terminé.

Quelqu'un se hâtait sur le sable dans sa direction. Gérard? Non, trop grand.

Soudain, elle devina et s'avança d'un pas hésitant, avec un petit rire... Richard la prit dans ses bras, la serra à l'étouffer. Elle sentit sa joue contre la sienne, retrouva avec une émotion violente le contact de sa peau, la saine odeur animale émanant de lui.

— Oh! tu m'as manqué, murmura-t-elle.

— Julie... dit-il.

Il se dégagea, essaya de voir le visage de la jeune femme dans l'obscurité.

— Nous avons si peu de temps! chuchota-t-il. Dis-moi d'abord : tu vas bien?

— Oui, oui! Je vais très bien.

— Tu n'es pas en danger? Je suis sûr que si!

— Non, tout le monde est prudent, maintenant. Je t'assure!

Elle rit, se dressa sur la pointe des pieds, passa ses bras autour du cou de Richard et l'embrassa. Il lui rendit son baiser avec passion puis se recula à nouveau.

— Ecoute, Julie, j'ai réfléchi. Il faut que tu rentres en Angleterre avec

Peter, par la canonnière. J'en ai discuté, tout le monde est d'accord.

Dans l'obscurité, elle fronça le sourcil.

— Quoi? mais je...

— Nous pouvons arranger ton départ pour le prochain voyage. Tu disparaîtras simplement, personne ne saura jamais où tu es passée et vous serez en sécurité, tous les deux. Julie, dis-moi que tu acceptes!

— Je... je ne sais pas. Je dois réfléchir.

— C'est la seule chose à faire, voyons! Tu cours des risques terribles, tu ne le comprends pas? Que se passera-t-il si tu te fais prendre?

— Oui, je... tu as sans doute raison.

Elle n'avait jamais songé à partir. L'idée ne lui était pas venue à l'esprit. Mais — elle ne pouvait l'expliquer — ce n'était pas aussi simple. Il insista.

— Promets-moi que tu viendras!

— Je ne sais pas, je ne sais pas! j'ai besoin de temps!

— Tu n'auras peut-être pas le temps...

Julie perçut la déception dans la voix de Richard. Elle comprenait; il avait dû tout préparer pendant des mois, et elle se montrait indécise.

— Je t'en prie, plaida-t-elle. Je t'aime de toute mon âme mais je dois réfléchir. Il y a ici ma famille, et les autres... C'est tellement soudain, Richard... s'il te plaît, laisse-moi un peu de temps. La prochaine fois que tu viendras, je te donnerai une réponse, je te le jure. Parce que tu reviendras, n'est-ce pas?

— Oui, oui... marmonna Richard, qui n'avait pas surmonté sa déception.

Julie le prit par le bras et s'assit sur le sable. Il s'assit à côté d'elle et l'entoura de son bras.

— Je croyais que tu voudrais... commença-t-il.

— Mais je le veux!

— Alors?

« Il a raison, pensa Julie. Je devrais partir, mettre Peter en sûreté. Je devrais être avec lui — je désire être avec lui. »

— Tu as peut-être raison, dit-elle. J'essaierai, c'est promis.

Richard la serra contre lui puis eut un petit rire.

— Parfait! Parfait! J'ai cru un moment que tu t'étais amourachée d'un beau et brun Français!

Elle rit doucement.

— Je lui ai couru après mais il n'a pas voulu de moi!

— Il est fou!

Ils se sourirent dans le noir. Quand le bruit assourdi des avirons enveloppés annonça le retour des embarcations, Julie pensa soudain aux pilotes qu'elle avait oubliés un instant. Elle se leva, dit à Richard qu'elle devait s'occuper des passagers et se mit à courir sur la plage avant qu'il ne pût répondre. Lorsqu'elle revint, elle trouva Richard près d'un des *surfboats*. Le temps pressait.

— Nous serons de retour dans une semaine, dit-il. Viens alors, Julie! Je t'en prie...

— J'essaierai!

Il l'embrassa, courut dans l'eau vers le bateau qui attendait. Et puis, il était parti, évanoui dans une obscurité qui était celle de la mer.

CHAPITRE XXII

La lune baignait d'une lumière argentée le manteau de nuages qui se trouvait à sept cents mètres d'altitude, sous le *Wellington*. Le pilote inclina la tête contre la vitre du cockpit, regarda en bas, vit avec satisfaction que le manteau nuageux s'épaississait. « Parfait, songea-t-il. Les *U-boote* se croiront à l'abri là-dessous. » Après un coup d'œil à sa montre, il demanda dans son micro :

— Combien de temps avant de faire demi-tour, Wally?

Il entendit un craquement dans ses écouteurs, puis la voix du navigateur :

— Quinze minutes, Commandant.

— Parfait.

Ils volaient vers la limite de la zone, cette nuit comme les autres avant. Huit cents milles au-dessus de l'Atlantique à l'ouest-sud-ouest; puis une route en zigzag dans la direction est-sud-est à travers le golfe de Gascogne vers la côte française, et retour en Angleterre. En cours de route, ils repéreraient peut-être un ou deux sous-marins; mais en général les *U-boote* étaient prévenus de leur arrivée.

C'était beaucoup plus facile l'année précédente, quand on avait commencé à équiper les avions de radars ASV. Lorsque les conditions étaient bonnes, il suffisait de brancher l'appareil et d'attendre les mots magiques : « Radar à Commandant. Objectif à treize milles sur bâbord. Gisement vingt degrés. » On virait ensuite pour se placer dans la partie la plus sombre du ciel et on approchait face à la lune, de façon que l'*U-boot* se profile parfaitement sur son sillon argenté. Quand l'ennemi vous avait repéré, il n'avait plus le temps de plonger — ni même de combattre. Le pilote avait alors eu un beau tableau de chasse : deux sous-marins certains et un probable.

Evidemment, ce n'avait pas toujours été aussi facile. Le radar était un peu capricieux; il n'aimait pas la pluie, la neige, le givre ou les grosses mers. Mais lorsque les conditions étaient bonnes, il fonctionnait très correctement.

Puis, tout avait changé. On repérait toujours aussi bien les sous-marins, mais le temps qu'on fonce dessus, ils avaient disparu. Une seule explication à ce phénomène qui se répétait constamment : l'ennemi disposait de détecteurs de radar. Cela devait se produire un jour, on le savait, mais c'était décourageant.

Le Commandant de la Région côtière finit par mettre au point une riposte : dès qu'un objectif était repéré, on arrêtait le balayage et on dirigeait le radar vers l'arrière, pour que ses ondes ne puissent être captées. On amenait ensuite l'avion lentement en position en faisant décrire au radar un cercle complet, une fois seulement par minute ou à peu près (afin de vérifier qu'on n'avait pas perdu la cible) et c'était seulement au moment de l'attaque qu'on branchait le radar en permanence. A un ou deux milles de l'objectif, on allumait les deux millions de bougies du projecteur Leigh et, si on ne repérait pas immédiatement le sous-marin, avec un peu de chance ses canonniers ne résistaient pas à la tentation de tirer sur la source lumineuse, vous guidant ainsi très obligeamment vers lui.

Cette tactique donnait des résultats mais une fois sur deux, les sous-marins parvenaient à s'échapper. Dans ce véritable jeu du chat et de la souris, cette dernière s'en tirait trop fréquemment à bon compte.

Il fallait reprendre l'avantage — et avec un peu de chance on devait y arriver. Il avait à son bord une nouvelle boîte à malices, un appareil expérimental, et il n'était pas peu fier que son coucou soit le premier du Coastal Command à en être équipé. C'était un radar d'un type entièrement nouveau appelé H2S, comme ce gaz empestant l'œuf pourri — s'il se rappelait correctement les cours de chimie du lycée. Il y avait quelque part en Angleterre un technicien du radar qui avait le sens de l'humour.

Avec cet appareil d'une précision extraordinaire dans *toutes* les directions, on pourrait *lire* la terre et la mer comme une carte.

Evidemment, les veilleurs radar le trouvaient sensationnel. Le navigateur aussi, car revenir à la côte avec cet appareil, c'était du gâteau. Toutefois il n'était monté sur l'avion que depuis trois jours et le pilote continuait à utiliser aussi l'ancien radar ASV, pour plus de sûreté.

Il regarda sa montre : plus que deux minutes avant le dernier virage et le début du voyage retour. Ils se trouvaient à présent bien à l'intérieur du golfe, à vingt milles seulement des côtes françaises, qu'ils longeraient jusqu'à Brest avant de rentrer.

Le *Wellington* vira, une heure s'écoula.

— Commandant à navigateur. La position, Wally ?

— Cinquante milles au sud-ouest de Lorient, Commandant.

Un bon coin de chasse, proche à la fois de Lorient et de Saint-Nazaire.

— Commandant à équipage. Redoublez de vigilance, maintenant — en bas *et* en haut.

Les chasseurs allemands ne posaient pas trop de problèmes au-dessus du golfe mais il valait mieux être prudent. Les accusés de réception des neuf membres de l'équipage arrivèrent l'un après l'autre dans les écouteurs du pilote, qui colla son nez contre la vitre et baissa les yeux vers la couche de nuages. Aucune chance de repérage visuel mais là-dessous, il devait y avoir un *U-boot*, peut-être même plusieurs.

Tout ce qu'il demandait, nom d'un chien, c'était d'en découdre avec un. Rien qu'un.

Le jeune officier regardait le long nez du sous-marin tailler une route d'écume blanche dans la mer sombre et ne parvenait pas vraiment à croire qu'on lui avait confié le commandement de ce beau monstre. Il avait juste vingt-six ans et n'était *Oberleutnant zur See* que depuis un an.

Il aurait voulu se sentir parfaitement sûr de lui — mais ce n'était pas possible. Comment aurait-il pu se comparer aux grands commandants de sous-marins qu'il admirait depuis longtemps ? à des hommes comme Gunther Prien qui fit entrer l'U 47 à Scapa Flow et y coula le *Royal Oak* ;

ou à Karl Fischer qui avait à son actif le plus grand tableau de chasse de navires coulés? C'était impossible.

Il leva les yeux vers le mince voile de nuages couvrant la lune, songea qu'il leur assurerait au moins une certaine protection. Protection nécessaire car les patrouilles aériennes ennemies quadrillaient le ciel, à présent. Au début de la guerre quand il n'était qu'un *Leutnant* sortant de l'école, les appareils ennemis étaient peu nombreux et attaquaient surtout de jour.

Cela faisait cinq heures qu'ils avaient quitté Saint-Nazaire, en retard à cause de problèmes mécaniques, et désorganisés en raison de changements de dernière minute dans l'équipage. La moitié des hommes provenait d'un autre sous-marin endommagé; et une dizaine étaient de nouvelles recrues qui n'avaient pas terminé l'entraînement. Le moins qu'on puisse dire, c'était peu satisfaisant. Dès qu'ils seraient sortis du golfe, il vérifierait la valeur des marins et les mettrait à un entraînement intensif. Cela ne vaudrait pas un équipage expérimenté et bien formé, mais il devrait faire avec ce qu'il avait.

Il regarda sa montre : encore sept heures d'obscurité, ce qui ne leur suffirait pas pour quitter le golfe. Il battit un moment la semelle pour se réchauffer : l'hiver était en avance, cette année.

L'officier de quart s'approcha, annonça :

— Signal radar, *Herr Oberleu.*

Le jeune commandant hocha la tête sans paraître particulièrement inquiet : le détecteur de radar ne cessait de grésiller et de siffler, à croire qu'il entendait des avions partout. L'appareil énervait tellement les commandants qu'ils donnaient souvent l'ordre de l'arrêter. Pourtant, il valait mieux vérifier, il avait une grande responsabilité maintenant.

Il passa de l'autre côté du kiosque et examina l'antenne; elle était d'un modèle qui devait être utilisé provisoirement quand les Britanniques avaient commencé à se servir du radar et que l'on avait aussitôt surnommé la Croix de Gascogne. Aujourd'hui, un an plus tard, on l'utilisait toujours. Celle-ci avait vu de meilleurs jours; on eût dit qu'elle avait été passée en hâte dans le panneau et qu'on l'avait rafistolée une douzaine de fois. Néanmoins le fragile bâti de bois était correctement en place et les conducteurs connectés. Rien à dire de ce côté. Après avoir adressé un signe de tête au second officier de quart le commandant descendit au poste central, où le spécialiste du Metox tournait les boutons de celui-ci. L'appareil émit un sifflement aigu et le technicien déclara :

— Je crois qu'il est déréglé, *Herr Oberleu.* Je le démonte pour jeter un coup d'œil? Naturellement il faudrait le débrancher un moment...

Le jeune officier songea une fraction de seconde à en référer au commandant puis se rappela que le commandant c'était *lui-même.* Il hésita, sentit sur lui les regards de ses hommes. Il *devait* prendre une décision.

— Non! ordonna-t-il enfin. Laissez-le branché jusqu'à ce que nous soyons sortis du golfe.

Il se retourna, s'approcha de la table à cartes pour se donner une contenance, attendit d'avoir recouvré son calme et remonta au kiosque.

Dans la baignoire, les hommes s'écartèrent avec déférence. Le jeune commandant se mit à scruter à l'avant sans désemparer. Il faisait de plus en plus sombre. Le couvert de nuages était plus épais, la lune et les étoiles avaient disparu. Parfait! Dans cette obscurité on était plus en sécurité, comme dans un cocon.

Brusquement son optimisme l'abandonna.

— Signal radar, commandant.

Il accusa réception d'un signe de tête.

— Un autre signal radar, commandant.

Il leva machinalement les yeux vers le ciel, et ne vit rien. La tension montait à bord du sous-marin, où dans le kiosque chacun attendait un autre signal : si les *bip* devenaient réguliers, il pouvait s'agir d'un avion...

— Interférence sur le Metox... Signal permanent.

« Décidément, cette saleté d'appareil est déréglé, se dit le jeune *Oberleutnant*. Il ne sert vraiment à rien. » On racontait dans les carrés d'officiers qu'il ne fonctionnait réellement bien que lorsque l'ennemi faisait son approche finale pour l'attaque. Cela laissait juste le temps d'alerter les canonniers et de tirer quelques rafales de 20 mm. Insuffisant mais mieux que rien.

— Le Metox fonctionne bien, plus de signal.

Il se détendit un peu, scruta les ténèbres. Cinq minutes s'écoulèrent sans que le poste central annonce un nouveau signal. Donc il n'y avait pas d'avion dans les parages.

Le pilote du *Wellington* commençait à penser qu'il rentrerait bredouille lorsqu'il entendit dans son casque :

— Radar à commandant. Objectif à vingt milles à tribord. Gisement dix degrés.

Une excitation familière monta en lui.

— Arrêtez le balayage, ordonna-t-il. Dirigez le radar sur l'arrière.

Il passa sur pilotage manuel, inclina l'appareil sur l'aile gauche, entamant automatiquement la manœuvre qui le mettrait en position de lune sur l'arrière.

— Radar à commandant. Nous n'arrêtons pas également l'H2S, n'est-ce pas ?

— Il capte l'objectif ?

— Fort et net, commandant. Il est même le seul : je n'ai rien sur le vieil appareil.

Bien sûr : la distance était de vingt milles. L'ASV avait rarement une telle portée.

— Alors laissez l'H2S en marche.

Le *Wellington* mit le cap au nord-ouest jusqu'à ce que le radar signale l'objectif exactement à l'est. Puis l'avion fit du nord-est jusqu'à ce que l'objectif se trouve au sud. A présent, le sous-marin serait à contre-jour de tout rayon de lune qui pourrait filtrer à travers les nuages. Il vira pour l'approche finale.

Jusque-là, tout allait bien. Le sous-marin — si c'en était un — n'avait pas encore plongé.

— Commandant à radar. Maintenez droit dessus, à présent.

— Compris.

— Vous le captez toujours ?

— Parfaitement, commandant.

C'était trop beau pour être vrai. Malgré le froid, le pilote avait les mains moites sur le manche à balai.

— Radar à commandant. Distance quatre milles. Droit devant.

Plus qu'une minute et demie, donc. Le pilote descendit à cent cinquante mètres d'altitude, l'avion creva le manteau de nuages.

— Radar à commandant. Objectif trois degrés à tribord.

Le pilote apporta la correction de cap nécessaire. L'objectif se dirigeait donc vers l'ouest, vers le large. Le *Wellington* descendit à cent mètres.

— Radar à commandant. Objectif droit devant, distance trois milles.

— Compris. Commandant à navigateur. Ouverture de la soute à bombes.

Normalement, on allumait le projecteur à deux milles de l'objectif mais, sûr de son coup, le pilote décida d'attendre encore.

« Pourvu que ce soit bien un *U-boot* et pas un foutu pêcheur faisant des heures supplémentaires! » se dit-il.

— Radar à commandant. Objectif droit devant, distance deux milles.

— Compris. Annoncez les distances tous les demi-milles.

— Entendu.

— Commandant à navigateur : le projecteur seulement à un mille. Copilote? Annoncez-moi régulièrement l'altitude et mettez-vous à gueuler si elle se rapproche trop de trente mètres.

— Bien, commandant.

— Radar à commandant. Un mille et demi, droit devant.

Le pilote scruta l'obscurité, ne vit absolument rien : ni lune, ni mer. Il était baigné de sueur, son cœur lui martelait la poitrine. L'avion était à quarante mètres d'altitude. Pourvu que ce soit un *U-boot*.

— Radar à commandant. Un mille et droit devant!

— Navigateur à commandant. Projecteur allumé!

Jaillissant de l'aile de droite, le puissant faisceau lumineux troua la nuit. Pendant un moment, le pilote ne vit rien. « Bon Dieu où est...! »

Un hurlement soudain : « Là! »

C'était bien un sous-marin. Noir, long, luisant. Un magnifique, grand et gros *U-boot*, rien que pour eux.

Avant même de lâcher les grenades sous-marines, le pilote sut que le submersible ne pourrait lui échapper. La belle bête noire était entièrement à sa merci.

Le jeune commandant se sentait vidé. Il ne s'était pas rendu compte de la tension qu'il avait subie. C'était sans doute une chose à quoi on s'habituait. Il se frotta les yeux, les rouvrit et crut un instant avoir perdu la vue. Il était aveuglé par la lumière...

— Ennemi à tribord quatre-vingt-dix! cria un matelot sur sa droite.

Il se retourna. Une énorme lumière jaillissait du ciel, une grosse boule de feu blanche qui éblouissait. Le sous-marin entier était dans un bain de méchante lumière froide. Le jeune officier eut envie d'ordonner d'éteindre cette lumière, afin qu'ils puissent se glisser dans l'obscurité et s'y cacher...

En même temps il entendit la plainte des moteurs se rapprocher.

— Feu! Feu! hurla-t-il. Toutes les pièces!

Au même moment, les mitrailleuses se mirent à crépiter, expédiant des balles traçantes vers la lumière. Celle-ci approchait toujours.

— Le projecteur! cria-t-il. Tirez sur le projecteur!

Il prit alors conscience qu'il était bien trop tard. La lumière était si proche, si aveuglante, elle emplissait le ciel; la sinistre plainte des moteurs se fit plus forte. Derrière le cercle lumineux apparut la forme noire de l'avion, immense; semblable à un oiseau de proie, se rapprochant inexorablement.

Saisi d'une rage aveugle, le jeune officier vociférait « Feu! feu! », comme si ses cris pouvaient fendre l'air pour aller éteindre la terrible lumière.

La plainte se fit rugissement, l'avion parut s'élever, son ventre noir fut soudain au-dessus de l'*Oberleutnant* qui brandit le poing en criant : « Noooooon! »

Le *Wellington* était passé; un instant le vacarme s'apaisa, la nuit retomba sur le sous-marin comme un manteau protecteur et le commandant allemand eut un moment d'espoir. Mais presque aussitôt il eut l'affreuse certitude que c'était fini.

Le bâtiment fut violemment secoué et le pont trembla; un grondement sourd s'amplifia en une explosion retentissante. Les oreilles déchirées par le fracas, il vacilla, sentit avec étonnement le pont se dérober sous ses pieds : le submersible basculait lentement à bâbord.

Le pont vibra une nouvelle fois et il y eut une autre explosion, beaucoup plus proche, dont le souffle le projeta contre la paroi du kiosque. Sa tête heurta le métal avec un bruit sourd. Puis de l'eau fut projetée dans ses yeux, dans sa bouche, ruissela sur son visage. Il cracha, s'étrangla, chercha sa respiration.

Soudain il pensa : « Je dois leur parler. » Il parvint à se remettre debout sur le pont de plus en plus incliné, s'agrippa au surbau et cria :
— Abandonnez le bateau !

Mais le tumulte couvrit sa voix. Des hommes couraient en hurlant; même s'ils l'entendaient, cela n'y changerait rien. Il s'apprêtait à crier à nouveau quand un spectacle étrange attira son attention. L'avant de l'*U-boot* se soulevait lentement, se dressait vers le ciel.

Il entendit une troisième explosion, celle-ci provenant de l'intérieur du bâtiment, et puis une autre encore. L'avant continuait à monter dans le ciel. Ce fut seulement quand il vit l'eau atteindre le kiosque qu'il comprit : ce n'était pas le bateau qui montait, mais l'arrière qui s'enfonçait, de plus en plus profondément.

Sur le pont, des marins essayaient de dégager les radeaux de sauvetage, d'ouvrir les panneaux d'écoutille qui demeuraient bloqués.

Un homme se mit à hurler...

Le commandant sentit l'eau lui glacer les jambes et constata, vaguement surpris, que la mer envahissait le kiosque. Quand il eut de l'eau jusqu'au cou, il se mit à nager. Il pensa à sa maison, à ses parents qu'il aimait et respectait beaucoup, et il pleura parce qu'il avait manqué à son devoir et qu'il avait terriblement peur de mourir.

Une vague le recouvrit, il avala de l'eau; elle était incroyablement froide, et il sut qu'il ne tiendrait plus longtemps.

En fait, il tint vingt minutes encore mais perdit conscience avant de couler. Il y a des morts plus horribles.

Dans les rues sombres et presque désertes de Berlin, la pluie et la neige fondue tombaient en une averse froide que le vent du nord rendait oblique. Une voiture d'état-major roulait lentement sur la chaussée glissante et non éclairée, que le chauffeur avait peine à distinguer derrière son pare-brise.

Depuis des semaines, il faisait mauvais temps. Tempête sur tempête, neige, températures polaires. Dönitz songea que les éléments eux-mêmes semblaient se liguer contre l'Allemagne. Stalingrad était assiégée, l'Armée battait en retraite. Sur mer, les *U-boote* remportaient des succès remarquables dans de très dures conditions. Il semblait que l'hiver ne finirait jamais.

Si l'amiral ne pouvait rien contre le temps, il avait bien l'intention de s'attaquer aux autres problèmes que connaissait la Marine allemande : absence totale de couverture aérienne pour ses sous-marins, pénurie d'acier pour les programmes de construction navale, dirigeants dont l'esprit était fixé sur le continent : Hitler n'avait pas encore pris conscience qu'il fallait gagner la guerre sur mer pour être victorieux sur terre. Toujours les mêmes problèmes.

Pourtant, Dönitz avait marqué des points. Demain, il ferait approuver par le Führer les attributions d'acier, et sur la question de la couverture aérienne il y avait aussi des progrès. Goering s'était montré courtois avec lui la dernière fois qu'ils s'étaient rencontrés au Quartier Général du Führer et c'était l'amiral que Hitler avait convié à déjeuner. Des signes prometteurs.

« Le pouvoir change tout! » songea Dönitz en caressant les larges bandes dorées de sa manche.

Il était commandant en chef de la Marine depuis que Raeder avait brusquement démissionné, trois semaines plus tôt, parce que Hitler avait décidé de désarmer les cuirassés, jugés « inutiles » par le Führer. En prenant ses fonctions, Dönitz s'était également opposé à cette décision — et avait obtenu gain de cause. Depuis, Hitler le traitait avec beaucoup de considération et de respect. Etrange justice!

Malheureusement, il était peut-être déjà trop tard pour réparer les graves erreurs commises. Cette histoire de radar, par exemple...

Schmidt avait réclamé d'urgence une réunion sur « un problème de radar », à laquelle Goering lui-même participerait. L'affaire devait être d'importance.

La voiture s'arrêta devant la Chancellerie. Dönitz en descendit et monta rapidement les marches conduisant à la première des vastes salles, deux officiers d'état-major sur ses talons. A l'origine, la réunion devait avoir lieu dans le bâtiment prétentieux abritant le Ministère de l'Air de Goering, mais la veille une bombe tombée à proximité en avait fracassé toutes les vitres. Et c'était Goering en personne qui avait promis que les bombardiers ennemis n'atteindraient jamais Berlin!

Les autres étaient déjà là et quand Dönitz entra, tous se levèrent, à l'exception de Goering qui trônait au bout de la table, son corps massif enfoncé dans un vaste fauteuil doré. Le ministre de l'Air sourit avec bienveillance à l'amiral, qui prit prudemment place à l'autre bout de la table, dans un fauteuil aussi imposant. Dönitz salua Goering de la tête et remarqua que celui-ci avait un regard étrange; il se rappela qu'il passait pour un toxicomane.

La réunion commença. Schmidt, qui était assis à la droite de Goering, semblait mal à l'aise et gardait les yeux baissés sur ses notes; il se mit à lire une déclaration soigneusement préparée. Au bout de quelques secondes, Dönitz sentit son poil se hérisser. Voici ce que disait Schmidt : « Dans les débris d'un avion ennemi abattu près de Rotterdam, le 12 février 1943, le personnel de la Luftwaffe a trouvé, au cours d'un examen de routine, une boîte gravement endommagée et couverte de sang. Comme elle ne ressemblait à rien de ce qu'on connaissait, on fit venir des experts mais ils ne parvinrent pas à trouver à quoi elle servait. Seul indice : les mots « Experimental Six » écrits au crayon sur le côté de la boîte... »

Schmidt tourna une page et poursuivit : « Le Commandant de la Luftwaffe ordonna que la boîte soit transportée à Berlin pour y être examinée, et le personnel de notre laboratoire s'en chargea. Malheureusement... (Schmidt prit un air encore plus contrit) la R.A.F. a bombardé le laboratoire il y a deux jours, tuant deux de mes collaborateurs et détruisant certaines pièces de ce que nous appelons maintenant l'appareil de Rotterdam. Nous avons fouillé les ruines, récupéré des éléments avec lesquels nous nous efforçons de reconstruire la boîte. »

— Herr Schmidt dispose maintenant d'un excellent laboratoire, intervint Goering. Nous l'avons fortifié pour que ce genre d'incident ne se reproduise plus.

Les officiers généraux de la Luftwaffe approuvèrent en silence. Dönitz attendait; il voulait connaître la suite.

Schmidt leva la tête pour voir si le ministre de l'Air avait terminé puis revint à son texte.

« Avec les composants actuellement en notre possession, il nous est impossible de reconstruire l'appareil au point de le faire fonctionner. Par conséquent nous ne pourrons connaître ses performances, sa portée ou ses caractéristiques, à moins d'en récupérer un autre, plus ou moins intact, sur un bombardier ennemi abattu. Il a été cependant possible d'aboutir à deux conclusions principales. Premièrement, il s'agit d'une forme de radar — que nous n'avions jamais vue auparavant. Deuxièmement, il utilise des ondes très courtes, peut-être d'une dizaine de centimètres seulement. »

La voix de Schmidt n'était presque plus qu'un murmure. Il avait les coudes sur la table et la tête dans les mains, de sorte qu'on ne voyait pas son visage.

Il y eut un long silence; les officiers de Dönitz regardaient leur chef avec attention. Goering tapotait pensivement son gros ventre.

Dönitz avait les yeux fixés sur Schmidt, mais ne le voyait pas; il était en esprit dans le golfe de Gascogne; il imaginait les bombardiers ennemis chassant, traquant, coulant ses sous-marins grâce à leur nouvel œil magique. Et sur les routes des convois, dans les immensités de l'Atlantique, les destroyers britanniques à l'affût, prêts à bondir sans avertissement...

— Pouvons-nous avoir plus de précisions? demanda-t-il d'une voix douce. Voulez-vous dire que ce type de radar nous est totalement inconnu?

Schmidt s'humecta les lèvres avant de murmurer :

— Oui.

— Pensez-vous qu'il soit très efficace?

— Nous n'avons pas de moyen de le savoir — pas encore.

— A supposer que les Britanniques en généralisent l'emploi, nous n'aurions aucune défense à leur opposer?

Schmidt se tortilla sur sa chaise, l'air mal à l'aise.

— Nous n'avons aucun moyen de le détecter, pour le moment.

— Le pourrons-nous un jour? demanda Dönitz en se penchant en avant.

— Cela prendra du temps. Il faut d'abord comprendre comment cet appareil fonctionne exactement. Sa conception repose sur des principes entièrement différents.

— Entièrement différents... répéta Dönitz. Je vois. Je ne vous demanderai pas pourquoi nous n'avons pas nous-mêmes fondé nos recherches sur ces principes *entièrement différents*!

Goering lança à Dönitz un mauvais regard.

— Puis-je vous rappeler, Amiral, que notre propre radar a donné d'excellents résultats, excepté, euh... dans ce domaine? Nous avons devancé la Grande-Bretagne et le reste du monde dans les systèmes d'alerte à distance. Pas un bombardier anglais ne s'approche de l'Allemagne sans que nous soyons prévenus!

— Oui, *Herr Reichsmarschall*, répondit Dönitz avec humeur. D'excellents résultats dans la défense du territoire, pas dans la protection des *U-boote*, ne croyez-vous pas?

Il y eut un silence gêné puis Goering tapa soudain sur la table en disant :

— Très juste! C'est pourquoi, mon cher amiral, j'ai pris toutes les dispositions pour que le problème de l'appareil de Rotterdam soit résolu le plus rapidement possible. D'abord, toutes les firmes travaillant dans ce domaine ont reçu l'ordre d'entamer des recherches! (Goering frappa de son poing droit la paume de sa main gauche pour donner plus de poids à ses propos.) En second lieu, nous libérerons du service actif toutes les personnes nécessaires, quel qu'en soit le nombre! Combien, Schmidt? Cinq mille? dix mille?

— Difficile de le dire encore, *Herr Reichsmarschall*, mais peut-être dix mille. Oui.

— Pourquoi autant? demanda Dönitz.

— Il faut orienter les recherches dans plusieurs directions, répondit Schmidt. Suivre de nombreuses pistes afin d'être sûr de trouver la bonne.

« Mon Dieu! pensa Dönitz. Ils sont dans le brouillard complet. »

— Combien de temps faudra-t-il pour mettre au point un système avertisseur?

— Pas trop longtemps, espérons-le.

— D'ici là, nous sommes sans défense, dit l'amiral en regardant Goering.

— Pas tout à fait! s'exclama la ministre de l'Air avec un sourire. Telefunken, qui n'a pas abandonné complètement les recherches sur d'autres longueurs d'onde, devrait pouvoir nous fournir un détecteur, très rapidement.

— Devrait pouvoir?...

— Nous vous tiendrons entièrement au courant, Amiral, soyez-en sûr.

— Oui, répondit sèchement Dönitz en pensant que ce serait sans doute comme d'habitude : le strict minimum accordé avec le moins d'empressement possible. — Et ce radar à ondes courtes... quels seraient ses avantages?

— Des dimensions restreintes, répondit Schmidt. Quant au reste, je ne peux rien avancer avant que nous n'ayons un appareil de Rotterdam en état de fonctionner.

— Dans combien de temps disposerons-nous aussi de ce type de radar?

Schmidt soupira avant de répondre :

— Un an et demi... Deux ans.

« Ou jamais... » Dönitz regarda avec mépris l'homme qui avait assuré, deux ans plus tôt, qu'un radar à ondes courtes était impossible. « Incapable! » pensa-t-il.

— La discussion est close, je suppose? dit Dönitz.

Il avait pourtant l'intention de la poursuivre en privé avec le Führer pour lui désigner le responsable de cette situation catastrophique.

Les participants commençaient à rassembler leurs notes quand un détail revint soudain à la mémoire de l'amiral.

— Schmidt? Lorsque vous nous avez fait une démonstration du radar, il y a bien longtemps, à bord du *Welle*...

— Oui, Amiral?

— Un de vos chercheurs, qui travaillait cette question depuis le début, m'a parlé du radar à ondes courtes. Selon lui, c'était... possible!

Schmidt blêmit.

— Je ne me souviens pas exactement...

— Moi si! C'était un petit homme corpulent, plein d'énergie. Un de *vos* hommes, Herr Schmidt. Je peux le faire rechercher, si vous voulez. Je reconnaîtrai son nom en le voyant. Je me rappelle lui avoir parlé; il était tout à fait catégorique à propos du radar à ondes courtes. Il m'a dit qu'on pouvait le faire. (Dönitz secoua la tête.) Je m'étonne que votre mémoire vous fasse défaut; vous sembliez fort agité à ce sujet, à l'époque.

L'atmosphère autour de la table était électrique. Il allait y avoir une bagarre, on le sentait.

— Ah! dit Schmidt comme s'il venait de se souvenir. Je crois voir de qui vous parlez. D'un nommé Freymann.

— Exactement, c'est l'homme en question.

— Amiral, nous avons déjà pensé à lui, naturellement. Il est d'évidence un des premiers à choisir! De fait il a été prévu pour faire partie de la principale équipe...

— Mais ses idées ne valaient pas la peine d'être creusées plus tôt?...

Schmidt parut blessé.

— Ce qu'étaient ses idées! Inapplicables, complètement folles! Je suis persuadé que l'appareil de Rotterdam n'a rien à voir avec les idées biscornues de Freymann!

— Je vois, murmura Dönitz, sans être convaincu. Et ce Freymann est sur le point de s'intégrer à votre équipe?

— Certainement. Nous avons adressé une demande.

— Une demande?

— Oui, aux S.S.

— Il est prisonnier?

— C'est un Juif.

— Où est-il détenu?

— Eh bien, nous venons d'apprendre qu'il travaille dans un établissement de la Marine, répondit Schmidt avec un petit sourire. A Brest, en France.

Il y eut un silence embarrassé.

— Et vous avez fait une demande?

— Par les voies appropriées.

— Je trouve surprenant, Herr Schmidt, aboya Dönitz, que cette demande n'ait pas été faite immédiatement, et à moi directement. Je suis sûr que si elle avait été adressée aux plus hautes instances possibles, Freymann travaillerait déjà avec vous!

Schmidt n'avait pas l'air d'être dans son assiette.

— Mais avant de comprendre la nature de l'appareil, nous ne pouvions savoir...

— Que cet homme a une importance capitale?

— En effet, murmura Schmidt.

— Reste-t-il quelque chose de ses travaux? Documents, rapports de recherches?

— Non, rien. Apparemment, tout a été égaré.

— J'espère que vous m'annoncerez très bientôt son arrivée! dit l'amiral d'un ton sec en se levant. Et que le programme de recherches avance à toute allure. D'ici là, bonjour!

Les autres participants se levèrent, commencèrent à quitter la salle. Le « Heil Hitler! » n'était désormais plus de rigueur.

Schmidt regarda Dönitz et soupira. « Quel cauchemar! » pensa-t-il. Et ce serait pire si Freymann n'apparaissait pas avec la solution. L'amiral avait vu juste en parlant de son « importance capitale ».

Sans Freymann, il faudrait des mois, des années. C'était dur à admettre pour Schmidt, mais ce petit Juif prétentieux constituait leur seul espoir.

CHAPITRE XXIII

— Comme vous voilà belle aujourd'hui, madame.

— Merci, madame.

Julie adressa un grand sourire à l'épicière et sortit, son panier sous le bras. Elle allait d'un pas vif en saluant de la tête ou de la main les personnes qu'elle croisait. Certains villageois la détaillaient avec curiosité : on n'avait jamais vu de femme en pantalon à Tregasnou. Il faut dire que peu de femmes avaient été aides-vachères jusque-là. Elle se sourit à elle-même. Ils s'y habitueraient vite.

Elle avait quitté son emploi peu avant Noël, et c'était une des meilleures choses qu'elle ait jamais faites. Maintenant, elle travaillait pour Jean. Levée à l'aube, elle s'échinait jusqu'au coucher du soleil sans autre salaire que le vivre et le couvert. Pourtant, elle jugeait qu'elle n'avait jamais été aussi bien payée et ne s'était jamais sentie aussi heureuse. La vie au grand air lui convenait, les efforts physiques la mettaient en forme et, surtout, elle voyait beaucoup plus son enfant. Elle regrettait de ne pas l'avoir fait plus tôt.

Quitter son travail à Morlaix avait été la seconde grande décision qu'elle avait prise — la première étant de retourner en Angleterre.

Estimant que disparaître du jour au lendemain ferait courir des risques à sa famille, elle avait résolu de suivre un plan soigneusement établi. D'abord quitter son travail à Morlaix, ensuite raconter partout qu'elle envisageait de partir pour Rennes — ou une autre grande ville. Il ne lui restait plus à présent qu'à partir au vu de tout le monde, avec bagages et scènes d'adieux.

Elle avait même fixé et annoncé à tous la date de son départ dans deux semaines.

Julie traversa le croisement, prit une route menant à la partie ouest du village. En face, une porte s'ouvrit et une vieille femme en costume breton sortit d'une petite maison basse. Sa haute coiffe à longs rubans s'inclinait vers l'avant. Elle marmonna : « On me dit que vous partez. Je pensais bien que vous vous en iriez tôt ou tard ».

Julie passa son chemin en souriant. « Vieille sotte », pensa-t-elle. Mais aujourd'hui, rien ne l'attristait. Elle était trop heureuse. Ce n'était pas seulement l'idée de ce voyage et de retrouver Richard; c'était la façon dont tout avait changé. Elle avait conscience d'avoir pris en main sa destinée. La décision avait été difficile, mais une fois prise, ç'avait été comme si l'on avait ôté un poids énorme de ses épaules.

Elle n'avait vu Richard que trois fois pendant tout l'hiver. Il avait fait un temps affreux. Parfois le bateau ne venait pas; parfois il était tellement en retard qu'il avait juste le temps d'embarquer quelques passagers. Certaines nuits elle devinait que Richard avait dû rester à bord à cause de très mauvaises conditions au mouillage. Lors de leur dernière rencontre, il l'avait pressée de partir immédiatement mais elle n'avait pas voulu prendre la place d'un pilote. Et puis Maurice et son groupe avaient besoin d'elle, ce qui lui importait beaucoup. Jamais auparavant elle ne s'était sentie vraiment utile, c'était agréable — elle devait le reconnaître. Ce n'eût pas été loyal de les laisser tomber; elle voulait être respectable et faire les choses correctement. Elle en aurait suffisamment fait en restant jusqu'à ce que le savant soit en état de partir. Ainsi, elle pourrait quitter la France la conscience tranquille.

Elle tourna dans une allée bordée de petites maisons, frappa d'un poing ferme à la porte de l'une d'entre elles et entra sans attendre de réponse. A l'intérieur, un vieux se chauffait devant l'âtre et elle lui lança un « Bonjour, monsieur » auquel il répondit d'un signe de tête.

Julie traversa la pièce, poussa une porte, pénétra dans une autre pièce où se trouvait déjà Maurice. Elle s'assit, sortit de sa poche une enveloppe, la lui tendit. Il l'ouvrit, en tira une carte d'identité et une petite boîte plate.

— J'ai apporté le tampon encreur, dit-elle en montrant la boîte. Il ne manque plus que l'empreinte du pouce et la photo. Ensuite, vous me rendrez la carte et je mettrai le cachet.

La carte portait en effet déjà un nom — fictif —, une date et un lieu de naissance.

Après celle-ci, il ne resterait que deux cartes. Maurice savait qu'elles étaient précieuses; il ne lui en aurait pas demandé une si ce n'avait été important.

— Nous allons faire ça dans un moment, dit Maurice.

Cela signifiait que le destinataire de la carte se trouvait dans la maison ou à proximité. Julie se demanda qui ce pouvait être, mais ne posa pas de question. Elle avait appris à ne pas en poser.

— D'abord le savant, reprit le chef du réseau. Quelles sont les nouvelles?

Julie résuma la brève conversation qu'elle avait eue la veille avec Michel.

— Tout est fixé pour la semaine prochaine mais je n'en sais pas davantage. Ils n'ont pas voulu me donner d'autres détails.

— Ils n'ont pas précisé la date?

— Non.

— Mais le savant est déjà sorti de l'hôpital?

— Oui.

— En état de se déplacer?

— Ils l'affirment.

— J'espère qu'ils ne se trompent pas, dit Maurice en faisant une grimace. Bon, il faut donc prévoir de le faire partir dans une dizaine de jours. Je ne veux pas qu'il traîne dans le secteur mais, d'autre part, je veux avoir la certitude qu'il est bien ce qu'il dit être... Il y a dans cette histoire quelque chose qui me chiffonne... Tu nous aideras à l'interroger? Tu as un don pour ça, tu sais.

Julie ne l'ignorait pas. Elle sourit.

— Merci. Oui, bien sûr, je vous aiderai si je peux.

— Il y aura aussi quelqu'un d'autre — pour nous aider, je veux dire. Un ami de Paris qui travaillait avec nous depuis quelque temps déjà, mais en amont de la filière.

Julie fronça les sourcils. Un étranger. Elle avait peur des inconnus.

— Pourquoi est-il venu ici? demanda-t-elle.

— Il s'est fait repérer l'autre jour à la gare Montparnasse et les Boches le cherchent. Rester à Paris est devenu trop dangereux pour lui.

Julie baissa les yeux, l'air malheureux. Quelles que soient les bonnes raisons, elle eût préféré que cet homme ne vienne pas ici. Maurice lui lança un regard interrogateur.

— Il nous sera utile, Marie-Claire. Il a travaillé avec le réseau Meteor, il a vu le genre de faux pilotes que les Allemands ont tenté de faire passer par la filière là-bas, et il connaît le traître, Lebrun. Apparemment, il s'était toujours méfié de lui. Il est très fort sur la sécurité.

— Comment nous a-t-il trouvés?

— Par un contact commun.

— Et... il est parfaitement sûr?

— J'ai vérifié soigneusement. D'abord l'ami commun l'a personnellement identifié, face à face et en présence d'un de nos « courriers »; ensuite, j'ai demandé des renseignements à Londres, où on le connaît bien.

Julie approuva de la tête.

— Ah bon!

— Depuis qu'il est chez nous, il a fait du très bon travail, je t'assure.

Julie eut un sourire bref. C'était bien. Elle s'inquiétait trop, comme d'habitude.

— Autant que tu le rencontres tout de suite, décida Maurice en se levant. Je l'appelle?

Elle le regarda avec surprise :

— Il est ici?

— Oui, dans la pièce à côté.

Il ouvrit la porte du fond, dit quelques mots, retourna s'asseoir. Julie demeurait dans l'expectative. Lentement, presque imperceptiblement, une ombre se projeta dans l'ouverture de la porte lorsque, sans un bruit, un homme apparut à contre-jour. Julie eut l'étrange sensation qu'il avait été là tout le temps, écoutant derrière la porte.

L'homme s'arrêta un instant, le visage dans l'ombre. Lorsqu'il s'avança, elle vit qu'il la dévisageait avec attention, d'un œil dur et inquisiteur. Puis sur ses lèvres vint un sourire amical, et dans ses yeux un peu de chaleur. Elle lui rendit machinalement son sourire, tendit la main.

— Roger... Marie-Claire, dit Maurice. (Ils s'assirent.) Maintenant, poursuivit Maurice, voyons les problèmes de sécurité. Je crois que nous devrions instaurer une série de vérifications en amont de la filière...

En écoutant, Julie coulait de temps à autre un regard vers l'inconnu. Il avait un visage mince, le teint jaunâtre, des cheveux bruns qui retombaient sur son front en mèches rebelles. Elle remarqua qu'il portait à la main gauche une grosse chevalière en or qui n'allait pas avec ses vêtements, très ordinaires. Il avait des yeux sombres, presque noirs, auxquels rien ne semblait échapper. A un certain moment, il les leva et regarda droit dans ceux de Julie. Elle détourna son regard aussitôt.

— ... Donc, Marie-Claire, tu prendrais les Américains et les Britanniques, toi, Roger, les autres nationalités. D'accord?

Julie acquiesça. D'une voix douce et grave, Roger demanda :

— Ceux qui sont cachés dans le coin ont déjà subi un interrogatoire?

— Oui.

— Pas de supposés Tchèques ou Polonais parmi eux?

— Non, aucun, répondit Maurice. Mais on nous a demandé de prendre un passager à la nationalité surprenante. Un Allemand, pas moins.

Julie regarda Roger, qui demeura impassible.

— Un Allemand? fit-il.

— Oui, mais un opposant, semble-t-il. Un Juif forcé de travailler pour la Marine allemande, à Brest. Il veut passer en Angleterre avec des documents de première importance.

— Quels documents si importants? demanda calmement Roger.

— Oh! une merveille scientifique de grande valeur, paraît-il. Nous ne connaissons pas les détails.

— Et il travaille dans un établissement dépendant de la Marine?

— Oui.

— Lequel?

Roger posait beaucoup de questions au goût de Julie mais c'était peut-être sa manière, peut-être l'habitude à Paris.

— Nous l'ignorons, répondit Maurice en haussant les épaules.

— Comment l'en sortira-t-on?

— Ça, c'est l'affaire de... nos amis.

— Cela me paraît plutôt risqué, déclara lentement Roger. J'aimerais beaucoup l'interroger.

— Naturellement! Nous voulons tous procéder à une vérification. Bon, restons-en là pour aujourd'hui, dit Maurice. A moins que vous n'ayez des questions...

Julie se tourna vers Roger, qui secoua négativement la tête. Elle fut sur le point de demander confirmation à Maurice des dispositions prises pour elle et Peter mais s'en abstint, le moment lui paraissant mal choisi.

Maurice prit la carte d'identité, la tendit à Roger en disant :

— Voici tes nouveaux papiers. Une petite empreinte digitale, s'il te plaît...

Julie regarda Roger rouler son pouce sur le tampon avant de l'appuyer sur la carte.

— La photo? rappela Maurice.

— Voilà, dit Roger en se fouillant les poches.

Il remit une petite photo au chef du réseau, qui la passa à Julie, avec la carte. Elle mit le tout dans la poche de son pantalon et se leva. Roger en fit autant et s'inclina légèrement. Une idée passa par la tête de Julie qui lui demanda :

— Dans l'affaire Meteor, comment avez-vous fait pour échapper aux Allemands?

— Un ami m'a prévenu juste à temps.

— Et les autres?

Roger secoua la tête en poussant un profond soupir.

— Morts, pour la plupart...

Il avait l'air sincèrement ému et Julie se sentit un peu coupable d'avoir posé cette question.

— Désolée, murmura-t-elle. Je...

— Non, il ne faut pas. C'est le prix que nous avons à payer parfois, n'est-ce pas? Ils connaissaient les risques qu'ils couraient. Tout ce que nous pouvons faire, c'est retenir la leçon.

— Bien sûr, approuva-t-elle.

Roger souriait à présent, son expression affligée avait disparu, mais Julie remarqua que son regard restait froid. Elle salua Maurice et annonça à Roger que sa carte serait prête dans une heure.

— Merci, madame, dit-il en s'inclinant.

Julie sortit de la maison et s'engagea dans l'allée. Elle avait perdu son allégresse. L'arrivée de Roger la troublait, parce qu'il était non seulement étranger au réseau, mais aussi un élément nouveau et que cela la rendait nerveuse.

Et puis il y avait autre chose. Quoi donc? Eh bien... il lui faisait peur. C'étaient ces yeux froids et aux aguets. Elle frissonna; enfonçant les mains dans ses poches, elle se hâta en direction de sa maison.

En la regardant partir, Vasson se demanda pourquoi elle se méfiait de lui. Parce qu'elle était de nature soupçonneuse, sans doute, se méfiant, comme les autres membres du réseau, de tout ce qui venait de l'extérieur. Ce n'était que cela parce que, après tout, elle n'avait aucune raison de le soupçonner. Non, elle était du genre sérieux, bien intentionnée, mais certainement pas très intelligente.

— Un bon élément, dit-il à Maurice.

— Oui, le meilleur, approuva celui-ci.

Vasson se rassit et attendit que le chef du réseau reprenne la parole. Il voulait se montrer parfaitement obéissant.

— J'essaierai d'avoir le reste de tes nouveaux papiers pour jeudi mais je ne peux rien promettre. D'ici là, ne bouge pas.

— J'ai encore mes propres papiers, je pourrais les utiliser.

— Non! tu t'en es servi à Paris, et on te connaît là-bas.

« Roger » en convint : le vrai propriétaire des papiers, un nommé Fougères, les avait effectivement utilisés à Paris avant de finir dans les geôles de Kloffer. Les hommes de l'Allemand avaient remplacé les photos de Fougères par celles de Vasson — un vrai travail de professionnel. Maurice prit un air sévère.

— Ce serait donc trop dangereux, dit-il. Non, tu restes ici jusqu'à ce que tes nouveaux papiers soient prêts. Si, comme tu le soupçonnes, on t'a bien repéré à la gare Montparnasse, on te recherche peut-être. Tu dois attendre.

Vasson hocha la tête d'un air pensif.

— Comme tu voudras.

Ce n'était pas un problème pour lui, qui avait trois autres jeux de papiers de rechange, lesquels feraient parfaitement l'affaire, au cas où il aurait besoin de filer loin du village. Quant à l'histoire de la gare Montparnasse, elle était inventée de toutes pièces, bien sûr.

— Lorsque tu auras tes papiers, nous t'enverrons à Morlaix ou Saint-Brieuc pour interroger les « colis » à leur descente de train.

Morlaix convenait parfaitement à Vasson : c'était là que se trouvait son « contact » local. « A présent, une petite touche de finesse », décida-t-il.

— Et les membres du réseau? Ils ont récemment fait l'objet d'une vérification?

— Non, mais ils sont presque tous avec moi depuis le début. Pour les nouveaux venus, je les vérifie soigneusement.

C'était exact. Maurice avait en effet gardé Vasson sous une étroite surveillance jusqu'à ce que son identité soit confirmée, d'abord par Londres (qui avait immédiatement donné le feu vert : Fougères était réellement membre du réseau Meteor) puis par le « contact » parisien, qui avait recommandé Roger au réseau breton. En fait, le contact se trouvait depuis deux semaines sous la coupe de Kloffer, qui retenait sa femme dans les sous-sols de l'immeuble de l'avenue Foch. En conséquence, l'homme avait fait ce qu'on exigeait de lui, et juré devant témoin que Vasson était bien Paul Fougères.

Vasson se leva, alla à la fenêtre.

— Que vais-je faire jusqu'à jeudi?

— Rien.

« Parfait, pensa Vasson. Cela me donne le temps dont j'ai besoin. Mais il ne faut pas que je reste coincé ici. »

— Enfermé ici? protesta-t-il. Je vais devenir fou. Je pourrai au moins me dégourdir les jambes un peu tous les soirs?

— Si c'est absolument nécessaire, accepta Maurice, de mauvaise grâce. En tout cas, ne quitte pas le village et évite les Allemands.

— Bien sûr, je ferai très attention.

C'était la vérité; il comptait effectuer la reconnaissance du village avec beaucoup d'attention.

Maurice se leva.

— Bien, je m'en vais. S'il y a un problème, laisse un message au café.

Après le départ de Maurice, Vasson resta immobile un instant, songeant que tout se passait fort bien, en dépit de quelques problèmes mineurs — inévitables. Il alluma une cigarette, dont il tira de longues bouffées. D'abord le réseau avait malheureusement un excellent système de sécurité. Maurice avait fait du bon travail. Impossible de faire passer un faux pilote américain ou britannique, surtout avec la fille pour les interroger. Un Tchèque, un Polonais? Tout le monde savait que c'était ainsi que Meteor était tombé : on ne pouvait reprendre deux fois le même truc. Non, pas de faux pilote.

Quels résultats pouvait-il obtenir à lui seul? Les Bretons étaient un milieu fermé, très méfiant avec les étrangers. Il faudrait dix ans pour les mettre en confiance, donc il ne fallait pas compter sur leurs confidences. Il ne serait pas facile de localiser les « planques » ou d'identifier plus de deux des « courriers » — Maurice y avait veillé.

Y avait-il d'autres possibilités? Beaucoup, en fait. Il pouvait prendre les organisateurs sans problème : Maurice, la fille, les hommes qui dirigeaient les opérations sur la plage. C'étaient eux, le gros gibier, en définitive. Ensuite, la Gestapo interviendrait, pour changer, et obtiendrait les noms du menu fretin. Cela ne ferait pas de mal aux Allemands de travailler un peu; il avait trop pris l'habitude de tout leur offrir sur un plateau.

L'opération serait moins nette et moins satisfaisante que pour Meteor mais après tout, quelle importance? Tant qu'il livrait le gros de la marchandise... Lorsqu'il aurait terminé ce travail, il serait très riche.

En tout cas, il allait devenir fou s'il restait trop longtemps dans cette maison. A part le bêlement des moutons et la plainte du vent, le silence était mortel. Et le froid! Jamais il n'avait eu aussi froid de sa vie. Ces gens n'avaient jamais entendu parler de chauffage dans les chambres, ou de bassinoire dans le lit. Quant à la nourriture... immangeable. C'était ici le foutu bout du monde!

Il allait frapper dur et vite, et puis il partirait, direction Paris. Kloffer pourrait tempêter tant qu'il voudrait, Vasson resterait à Paris. Cette fois, il rentrerait chez lui.

Il se leva et passa dans la chambre qu'on lui avait donnée, sale et malodorante. Un vrai trou à rats; infect!

Sous le lit, il y avait une bouteille de vin. Il but une gorgée au goulot. Il n'était pas question de sortir avant la nuit, mais, bon Dieu! comme le temps semblait long.

Il s'étendit sur le lit, regardant le plafond. Il se dit brusquement qu'il oubliait quelque chose. Ah oui, bien sûr! C'était l'autre histoire; le savant. Qu'allait-il bien pouvoir faire avec ça? Evidemment, il avait la possibilité de laisser tomber; mais si le Juif était vraiment quelqu'un d'important, cela vaudrait sans doute la peine de mettre quelque chose au point...

Le principal problème était de savoir exactement où se trouvait le type. Pas question de demander à Baum, son contact à Morlaix; l'imbécile ferait aussitôt tout capoter en allant à Brest poser des questions.

Non, ne pas mettre Baum dans le coup. Vasson prendrait la chose en main. En attendant, rien d'autre à faire qu'attendre. Il but à nouveau, avalant le liquide à grands traits. C'était la seule façon possible d'ingurgiter ce vin, qui était un vrai tord-boyaux. Puis il s'étendit sur le lit et dormit à poings fermés tout l'après-midi.

Au crépuscule il se leva, se coiffa d'une vieille casquette, mit sur l'épaule une musette d'ouvrier, dans sa poche ses papiers d'identité. Puis, après un coup d'œil prudent à l'extérieur, il se fondit dans la nuit.

L'aube était pâle, brumeuse et froide. Julie sortit dans la cour, respira l'air frais et regarda son haleine monter en longs panaches, dans le ciel d'un blanc d'opale.

— Maman, on prend vraiment la camionnette? demanda Peter, gambadant de joie.

— J'espère bien! L'oncle Jean l'a mise en route hier soir. Il paraît qu'elle marche; on va bien voir.

Julie ouvrit la porte de la grange, monta dans la vieille Peugeot, fit grimper Peter à côté d'elle, mit le contact et redescendit tourner la manivelle. A la quatrième tentative, le moteur toussa et démarra.

Elle se mit au volant, demanda à son fils :

— Tu as tes affaires pour l'école?

L'enfant acquiesça. Julie essuya ses mains à sa salopette, passa en première, traversa la cour et sortit. La camionnette cahotait sur le chemin et dans la traversée du hameau. Lorsqu'elle tenta de passer la seconde, la boîte de vitesses grinça. Julie fit un double débrayage, essaya à nouveau. Le moteur protesta, s'emballa puis retrouva un régime normal : la seconde était passée.

Julie poussa un soupir de soulagement, se tourna vers Peter, qui riait aux éclats.

— Je n'ai jamais prétendu être un bon chauffeur! s'exclama-t-elle, avant d'éclater de rire, elle aussi.

Elle reporta toute son attention sur la route. Jusqu'à Kernibon, c'était un chemin étroit à une seule voie, au travers de la campagne. Heureusement, il n'y avait guère de circulation, presque personne n'avait d'essence. Au bout de dix minutes, une étendue d'eau couverte de brume apparut : c'était la rivière de Morlaix. Julie regarda, sur l'autre rive, le village où Peter et elle avaient débarqué après leur terrible voyage en bateau de pêche. Cela semblait si loin dans le temps...

Elle trouva la ferme qu'elle cherchait, pénétra dans la cour et descendit de la camionnette. Le fermier s'approcha, grommela un bonjour avec une expression indiquant clairement qu'il n'avait jamais vu de femme en salopette. Il lui fit avancer la camionnette jusqu'à un appentis, dans lequel il entra pour ressortir un instant plus tard tirant au bout d'une corde un cochon qui protestait en poussant des cris aigus. Il fit monter l'animal dans la voiture en se servant d'une planche comme plan incliné. Puis il grogna de nouveau. Julie sourit, parce que ses grognements ressemblaient à ceux de son cochon; ou plutôt, de leur cochon maintenant. Il proposa, selon la coutume, une tasse de café que la jeune femme refusa. Elle remonta dans le véhicule, adressa au fermier un signe de la main et démarra.

— Maman, si on allait au village, juste une minute? demanda Peter.

— Pour quoi faire?

— Parce que je l'ai jamais vu.

Surprise, Julie se tourna vers son fils.

— Bien sûr, chéri! fit-elle, prise de remords. Mais nous ne resterons pas longtemps sinon tu arriveras en retard à l'école.

Ils descendirent une petite côte, le cochon poussant des grognements et des cris à l'arrière. Le village se réduisait à quelques maisons basses bâties autour d'un havre formé par une petite péninsule s'avançant dans l'estuaire. Une dizaine de bateaux de pêche y mouillaient; il semblait que certains venaient de rentrer et des hommes déchargeaient des paniers dans des barques collées contre la coque des bateaux.

Julie fit faire demi-tour à la camionnette et ils sortirent du véhicule.

— Tu vois, dit-elle. C'est encore plus petit que Tregasnou.

— Oh oui! s'exclama Peter, pour qui la petitesse semblait être une qualité. Regarde les bateaux! Ils vont loin, loin?

— Non, ils n'ont pas le droit.

Julie remarqua que tous les bateaux avaient des voiles serrées au mât : avec la pénurie de carburant, les pêcheurs devaient s'en remettre au vent, comme ils l'avaient fait naguère avant l'apparition du moteur.

L'attention de la jeune femme fut attirée par une silhouette qui venait de sortir de derrière une grange en pierre située de l'autre côté de la crique. Sa démarche avait quelque chose de familier...

L'homme se rapprocha, tourna entre deux maisons et disparut. Julie était déçue, mais il réapparut presque aussitôt poussant un vélo qu'il avait dû prendre dans l'allée. Julie fronça les sourcils : était-ce Michel?

L'homme monta sur sa bicyclette, se mit à rouler en direction de Julie, qui essayait de voir son visage. Il finit par tourner la tête vers elle, l'aperçut et faillit tomber.

C'était bien Michel, et il avait reconnu Julie lui aussi. Que pouvait-il faire ici? Il s'approcha d'elle, descendit de vélo. Son visage était grave et il ne souriait pas. D'un ton abrupt, il lui demanda :

— Que fais-tu ici?

— Je pourrais te poser la même question... Je suis venue chercher un cochon chez un fermier. Je travaille avec Jean, maintenant, tu sais!

— C'est ce que je vois, dit Michel en la détaillant.

Peter regardait, l'air mécontent. Julie ouvrit la portière et le souleva pour l'asseoir sur la banquette.

— Nous partions, dit-elle.

Michel s'avança, tint la portière ouverte pour Julie et murmura :

— Ne dis à personne que tu m'as vu ici. C'est un service que je te demande.

Elle monta dans la camionnette, examina le visage de Michel, qui lui parut encore plus tendu qu'à l'ordinaire. Avec ses grands cernes sous les yeux, il avait l'air de ne pas avoir dormi depuis des jours.

— Bon, si c'est ce que tu veux. Mais...

Elle détourna son regard.

— Quoi?

— Tu ne fais pas de bêtises, n'est-ce pas, Michel?

— Non, c'est promis...

— Alors, dans ce cas...

Julie mit le contact, redescendit avec la manivelle mais Michel la lui prit des mains et entreprit de faire partir le moteur. Quand il la lui rendit, elle se souvint tout à coup du savant et demanda :

— Rien de nouveau, concernant la... livraison?

— Non, rien de nouveau. Nous vous le remettrons bientôt, sain et sauf.

— Alors, au revoir...

Elle embraya. Michel hocha la tête, le visage fermé, l'air buté, et s'éloigna rapidement.

— Maman, pourquoi il est en colère? demanda Peter.

— Quoi? Oh! je n'en sais vraiment rien, chéri. Maintenant, vite à l'école!

Pendant tout le trajet, Julie ne cessa de se dire : « Il mijote quelque chose. J'en suis certaine. Ah, Michel! qu'est-ce que ça peut être encore? »

CHAPITRE XXIV

C'était une belle cérémonie d'adieu. La plupart des cadres y assistaient, ainsi que Geissler, naturellement, et Gallois.

L'officier leva la main pour réclamer l'attention et dit :

— Herr Freymann, nous sommes désolés de vous perdre mais je suis certain que vous serez satisfait de votre nouveau poste. C'est un grand honneur, un grand honneur !

Cette fois Geissler n'avait pas cru devoir contester l'ordre reçu, qui émanait du Haut Commandement lui-même, avec la mention « Très urgent ». Il sourit à David :

— Je suppose que vous retrouverez Berlin avec plaisir.

— Certainement.

Geissler inclina légèrement la tête à la manière germanique.

— Êtes-vous sûr que vous préférez rentrer à pied, Herr Freymann ?

— Oui, je vous remercie.

David sourit à la ronde, parcourut des yeux l'assistance mais ne put s'empêcher de revenir à Gallois. « J'espère que j'ai l'air aussi naturel que lui », se dit-il. Il en était malade.

Il se retourna et, la serviette serrée sous le bras, descendit lentement les marches. Le garde le reconnut et cilla légèrement, puis regarda ailleurs. Le cœur battant, David entama le court trajet menant au baraquement. Ce ne serait plus long, maintenant... Il imaginait la scène : une voiture s'approche, la portière s'ouvre, on le tire à l'intérieur, le véhicule repart en trombe. La sentinelle postée près de l'entrée hésite, comprend ce qui se passe, prend son fusil, épaule, tire alors que David n'est pas encore à l'abri de la voiture.

Résistant à l'envie de se retourner, Freymann continuait d'avancer lentement, pour donner le temps à la voiture d'arriver. Il arriva à la route d'accès qui longeait l'atelier. Il s'arrêta au bord du trottoir, regarda à droite et à gauche, traversa.

Maintenant, sûrement ! Parvenu sur l'autre trottoir, il ralentit encore. Mais ce lui était difficile de marcher si lentement. Il vacilla et manqua de perdre l'équilibre. Ses jambes étaient encore très faibles. Les portes du baraquement se rapprochaient, les gardes étaient presque visibles. S'il avançait davantage, cela deviendrait trop dangereux...

Il s'arrêta, s'appuya contre la clôture, comme s'il se reposait, et tendit l'oreille : pas de bruit de moteur, pas de voiture. Rien ne bougeait.

Ils ne venaient pas.

S'éloignant de la clôture, il se remit à marcher; presque aussitôt le poste de garde fut en vue. Les sentinelles le regardèrent approcher, le suivirent des yeux sans montrer d'intérêt particulier lorsqu'il franchit la grille, passant à côté d'elles comme il l'avait fait des centaines de fois.

Ils n'étaient pas venus.

D'un pas d'automate, Freymann se dirigea vers la baraque, ouvrit la porte, prit le couloir menant à sa chambre, s'assit sur son lit sans lâcher sa serviette et contempla le mur.

Pourtant le message avait dit qu'on viendrait le chercher. Il essaya de s'imaginer comment ils feraient. Peut-être serait-ce plus tard. Mais comment? C'était impossible de le sortir d'ici.

Alors, peut-être jamais. Auquel cas il serait déçu. Il pensa : « Je ne suis pas bon pour ce genre de choses. Je n'y comprends rien. »

Il devait partir pour Berlin tôt le matin, à sept heures. Il attendrait ce moment tout habillé, au cas où... Mais entre-temps il était fatigué; la marche, comme maintenant tout exercice physique, l'avait épuisé. Il s'étendit sur le lit.

Au bout d'un instant il se rassit, ouvrit sa serviette, prit un sandwich au fromage qu'il avait mis de côté pour le voyage. Il le mangea lentement, à petites bouchées. Puis il referma la serviette, s'étendit à nouveau et s'endormit.

Il se réveilla brusquement au milieu de la nuit et s'assit sur le lit. Il devait être une heure ou deux heures du matin. Il avait l'impression qu'un bruit l'avait tiré de son sommeil. Se levant, il alla à la fenêtre d'un pas mal affermi. Dehors, les contours des bâtiments étaient à peine visibles à la clarté de la lune. Rien ne bougeait.

Il allait se recoucher quand il sentit le plancher trembler. Il mit la main contre le mur pour s'y appuyer. Une lueur vive éclaira les parois de la chambre, un grondement sourd et lointain se fit entendre, la fenêtre vibra. Un nouvel éclat de lumière illumina le ciel nocturne.

« Un raid aérien, se dit-il. Et cette fois les Allemands n'ont même pas eu le temps de faire marcher les sirènes. »

Il y eut un autre éclair beaucoup plus proche, suivi de lueurs orange et jaunes intermittentes sur les bâtiments. Une bombe incendiaire? Mais pour David, il y avait quelque chose d'anormal dans tout cela. Qu'était-ce donc? Ah oui, il n'avait pas entendu le bourdonnement des bombardiers ni vu dans le ciel les faisceaux des projecteurs.

Une sirène mugit, tout près, des portes claquèrent à l'intérieur du baraquement, il y eut des bruits de piétinements, des hommes criaient. Un moment plus tard, les gardes se précipitèrent au-dehors et coururent en direction des lueurs.

David ouvrit la fenêtre, passa la tête à l'extérieur. C'était maintenant d'autres bruits, une sorte de roulement, comme si des gens frappaient des bâtons contre un mur. Des gens furieux. Des centaines de voix criaient, hurlaient. C'étaient les travailleurs polonais qui essayaient de s'échapper.

« Oh! non, non! » cria David. Il tapa du poing contre la cloison. Qu'essayaient-ils d'obtenir? Qu'espéraient-ils gagner? Cela signifiait la mort pour nombre d'entre eux. Désespéré, il murmura de nouveau : « Non, non! »

Du coin de l'œil, il perçut un mouvement sur la droite et tourna la tête : une ombre se glissait le long des bâtiments, pliée en deux. David se recula et regarda, immobile. La silhouette se mit à courir vers la fenêtre et le savant, effrayé, rentra à l'intérieur de la chambre. Une main puis une tête apparurent au-dessus de l'appui de fenêtre, David se plaqua contre la paroi.

— Freymann? demanda une voix inconnue.

— Oui.

— Vite, enjambez la fenêtre et suivez-moi. Vite!

David prit sa serviette et, la serrant sous son bras, s'approcha de la fenêtre.

— Vous êtes de...? dit-il oppressé.

— Pas de questions, ce n'est pas le moment. Venez immédiatement.

David considéra la hauteur de l'appui.

— Je ne pourrai jamais!

— Il le faut! souffla l'ombre.

Le savant donna sa serviette à celle-ci (qui la fit aussitôt disparaître), leva la jambe gauche et la passa à travers l'ouverture; il n'arrivait pas à faire passer la jambe droite, tant la fenêtre était étroite. Assis à califourchon sur le rebord, il sentit la buttée lui entrer dans la cuisse. Il s'arrêta un moment pour reprendre haleine.

— Allons! dit la silhouette sombre en le tirant par la manche.

— Mais oui, mais oui! Je fais ce que je peux.

David regarda au-dessous de lui... l'appui de fenêtre était à environ une hauteur d'homme au-dessus du sol.

— Il faudra que vous m'attrapiez, sinon je tomberai, dit-il.

L'homme parut acquiescer de la tête. David s'inclina vers l'extérieur, la jambe droite toujours sur le rebord; elle refusait de suivre.

— Vous me tenez?

— Oui, oui.

Il ne lui restait plus qu'à se laisser aller. Il se sentit choir, une main saisit son bras, son pied toucha le sol, suivi peu après de sa hanche et de son épaule. Puis sa tête heurta le ciment.

Il se releva, les jambes tremblantes, brossa son pantalon de la main. L'homme le prit par le bras, l'entraîna au bout du bâtiment, s'arrêta, puis se mit à courir. David suivait comme il pouvait mais était déjà hors d'haleine. Ses jambes étaient en coton et n'obéissaient plus; en outre, pour une raison inconnue, son bras droit semblait paralysé. Il s'aperçut alors avec inquiétude qu'ils se dirigeaient vers la partie est du camp dépourvue de sortie.

La clôture, normalement bien éclairée, était plongée dans l'obscurité. Ils se tapirent contre un petit appentis, attendirent. L'homme écoutait, aux aguets comme un chat. Freymann essayait de reprendre son souffle, la tête appuyée au mur. Ils repartirent; devant eux se dressait le grillage, à peine visible dans l'obscurité. L'homme chercha des yeux le long de celui-ci, entraîna David vers la droite, puis se mit à quatre pattes.

— Baissez-vous, dit-il à David.

Il lança la serviette à travers un trou de la clôture, puis poussa David qui avança à quatre pattes. L'homme suivit, ramassa la serviette, aida David à se remettre debout. Il lui saisit de nouveau le bras et se remit à courir, tirant Freymann vers la masse sombre d'un entrepôt.

— Pas si vite! haleta Freymann. Je vous en prie!

L'inconnu ralentit un peu. Ils longèrent trois bâtiments, parvinrent à une autre clôture, qui cette fois n'était pas trouée. David en estima la hauteur avec appréhension mais ils arrivèrent devant une grille ouverte, la franchirent et se retrouvèrent sur une route, où attendait un camion.

L'homme poussa Freymann vers l'arrière du véhicule, lui fit signe de grimper à l'intérieur.

— Je ne peux... je ne peux pas, fit le savant épuisé.

L'inconnu le prit par les jambes, le souleva et le fit basculer de l'autre côté du hayon. Freymann atterrit la tête la première sur un tas de choux, entendit quelque chose tomber à côté de lui : sa serviette, que l'homme venait de lancer dans le camion.

— Cachez-vous!

— Quoi?

— Cachez-vous sous les choux!

David prit sa serviette, rampa vers l'avant du camion, creusa un trou dans le tas en enlevant les choux un par un, s'allongea, remit les légumes en place sur son corps et ne bougea plus. Rester immobile était une chose facile; pour l'instant, il ne demandait que ça. Cinq minutes s'écoulèrent sans que le camion démarre. Perplexe, Freymann entendait l'agitation se poursuivre dans le camp et les bassins : bruits de moteur, cris dans le lointain, coups de feu intermittents. On tirait sans doute sur des Polonais.

Mais pourquoi le camion ne démarrait-il pas? « Partons, partons; si nous ne partons pas rapidement, nous ne partirons jamais. »

Au bout d'une demi-heure, David comprit que le camion ne bougerait pas avant un bon moment — pas avant l'aube, peut-être. On aurait pu le prévenir... Il finit par sombrer dans un sommeil troublé, se réveilla plusieurs fois et s'endormit à nouveau quand une lueur grise commençait à filtrer à travers les choux.

Un fracas se fit entendre derrière sa tête. Il s'éveilla en sursaut, le cœur battant. Quelqu'un se mit à siffler, il y eut un ronronnement et le moteur du camion démarra. Le véhicule s'ébranla et le siffleur chantonna : « Je rêve de toi, mon amour... »

Le camion s'arrêta et repartit à plusieurs reprises. Une fois David entendit le conducteur parler à quelqu'un, et puis ils poursuivirent leur route. Le conducteur se remit à siffler, mais doucement, et le tambourinement des roues devint un ronron continu.

Le silence se fit. David comprit que le camion était arrêté et le moteur coupé. Tendu, il attendit. Le conducteur siffla bruyamment. Il y eut un claquement de portière, des bruits de pas, le couinement des gonds du hayon qu'on rabattait. Après un moment de silence, une voix appela :

— Oh! l'ami! Nous sommes arrivés.

Ne sachant que faire, Freymann demeura coi.

— Descendez, reprit la voix. Vous ne risquez rien.

David repoussa les choux, essaya de bouger. Il était complètement ankylosé. S'accrochant au rebord du camion, il réussit à s'asseoir, cligna des yeux, vit que l'arrière du camion était tourné vers les portes d'une construction en bois. Un homme d'une quarantaine d'années, coiffé d'un vieille casquette, se tenait près du véhicule. En voyant David, il monta à l'intérieur, s'approcha, tendit la main.

— Je vais vous aider.

— Merci beaucoup, murmura David. Vous êtes bien aimable.

L'homme l'aida à se mettre debout, à marcher sur les choux jusqu'au hayon et à descendre. David constata qu'il se trouvait devant une grange. L'inconnu l'y fit rapidement entrer et le conduisit dans un coin de la bâtisse, derrière une pile de sacs.

— Attendez là.

— Merci, répéta Freymann en s'allongeant sur la paille.

L'homme s'éloignait déjà, il le rappela :

— Un moment! Dites-moi, qu'est-ce qui a brûlé, hier soir?

L'homme hésita et finit par répondre :

— Un dépôt de carburant.

— Et les Polonais? Pourquoi ont-ils essayé de s'échapper?

— Ils n'ont pas essayé.

— Mais le bruit...?

— Du bruit, rien d'autre.

— Pourquoi?

— Parce qu'on leur avait demandé d'en faire. Un service, en somme. Il vaut mieux que vous n'en sachiez pas plus.

L'homme sortit, ferma derrière lui les portes de la grange. David entendit le camion démarrer et s'éloigner lentement. Puis ce fut le silence. Étendu sur la paille, il essaya de dormir mais n'y parvint pas. Il demeura immobile à se reposer.

Beaucoup plus tard, il perçut un bruit et ouvrit les yeux. C'était le grincement d'une porte qu'on ouvrait. Quelqu'un entrait dans la grange. David se souleva sur un coude, mais ne put rien voir; la pile de sacs lui bouchait la vue de la porte. Quelqu'un s'approcha lentement; David le sentait avancer plus qu'il ne l'entendait. Enfin, très lentement, la personne apparut à ses yeux.

David se sentait défaillir. C'était un homme, le bas du visage masqué par un foulard.

— Retournez-vous, ordonna ce dernier d'un ton bourru.

David s'exécuta et presque aussitôt, l'homme lui noua un bandeau sur les yeux.

— Ne bougez que quand je vous le dirai, ajouta l'inconnu.

Freymann entendit un crissement de paille tandis que l'homme s'éloignait, puis ce fut le silence.

L'obscurité était effrayante, comme au fond d'un puits. Il essaya de se détendre. Ici, on ne lui voulait pas de mal.

L'estomac de David commençait à le faire souffrir; il avait besoin de nourriture. Ensuite, il entendit plusieurs voix, des bruits de pas. Quelqu'un s'approcha; la paille craqua lorsque la personne s'agenouilla ou s'assit à côté de lui.

— Bonjour, fit une voix de femme un peu essoufflée.

— Bonjour.

Il s'éclaircit la gorge.

— Comment vous sentez-vous? reprit la voix, chaude et amicale.

— Très bien, merci. Oui, très bien!

— Parfait. Nous, euh, avons appris que vous étiez souffrant.

— Oui, je l'étais. Mais je vais mieux maintenant.

— D'autres personnes vont nous rejoindre. Pour vous voir. Vous devrez répondre à quelques questions. C'est... indispensable.

« Des questions? » se dit Freymann, déçu. Il semblait qu'il allait subir un interrogatoire. Il ne lui était pas venu à l'esprit qu'on pourrait se méfier de lui.

— Bien sûr, murmura-t-il, sans conviction.

Il entendit un froissement de papier, sentit qu'on lui mettait quelque chose dans la main.

— Tenez, dit la femme. J'ai pensé que vous auriez peut-être faim.

— Oui, merci.

Julie le regarda mordre dans le sandwich au fromage, et eut de la pitié pour lui. Il avait l'air si perdu et ahuri qu'elle imaginait mal qu'il puisse être un espion allemand; il paraissait bien trop inoffensif pour cela. Il était certainement trop fragile pour lutter avec qui que ce soit; il n'aurait pas fait de mal à une mouche. Ses mains fines, aux veines apparentes, tremblaient un peu quand il portait la nourriture à sa bouche. Sous le bandeau, le visage était creusé de rides et légèrement bouffi — un peu comme une tête de chien. L'homme était plus faible et plus vieux qu'elle ne l'avait pensé, c'était cruel de lui faire subir un interrogatoire mais il n'y avait pas d'autre solution. Maurice ne tolérait aucune exception.

Elle regarda sa montre-bracelet. Les autres étaient en retard; mais elle devait attendre; c'eût été une faute de commencer l'interrogatoire sans eux.

Enfin elle entendit grincer la porte de la grange; elle vit entrer d'abord la silhouette trapue, aisément reconnaissable, de Maurice, puis celle plus haute et plus mince de Roger. Le chef du réseau s'approcha de Julie, l'interrogea du regard; elle fit signe que tout allait bien.

Satisfait, il se tourna vers le vieil homme assis sur la paille. Julie jeta un coup d'œil sur Roger; il approchait lentement, le regard rivé au bord de la pile de sacs. Brusquement il s'arrêta au milieu d'un pas, et Julie devina qu'il venait de voir l'Allemand. Il regarda fixement celui-ci un instant, puis prit un air désinvolte et s'appuya contre un poteau de bois. Ses yeux se posèrent sur ceux de Julie, qui détourna en hâte son regard. Elle s'y laissait toujours prendre.

Maurice, agenouillé près du vieillard, lui parlait à voix basse :

— L'interrogatoire est nécessaire pour votre propre protection, vous comprenez? »

Le vieil homme inclina la tête. Maurice poursuivit :

— Bon, dites-nous tout. D'abord votre nom et vos antécédents.

— Freymann David. J'ai vécu presque toute ma vie près de Berlin dans une banlieue appelée Hennigsdorf...

Du coin de l'œil, Julie vit Roger s'approcher et s'accroupir silencieusement derrière Maurice.

— ... Je travaillais sur les ondes radioélectriques. Mais peu avant la guerre, tout devint difficile. Parce que je suis juif. On m'a enfermé...

— Où? interrompit Maurice.

— Dans un camp nommé Dachau, près de Munich. J'y ai passé deux ou trois ans, je ne sais plus. On perd la notion du temps.

— Ensuite?

— On m'a conduit à Brest. On avait besoin de moi. Très peu de savants ont travaillé sur le radar.

— Qu'est-ce que c'est, un radar? demanda Roger.

Le savant soupira :

— Je vais essayer d'être simple. Cela consiste à... voir grâce aux ondes radio. La nuit, par mauvais temps. On voit l'écho de n'importe quel gros objet métallique : bateau, avion, etc. On connaît sa distance, son altitude dans le cas d'un avion. Rien ne peut vous échapper.

— C'est cette découverte que vous emportez avec vous? demanda Maurice.

— Non, le radar est déjà largement connu.

Il s'arrêta, comme s'il débattait en lui-même; ses mains s'agitaient nerveusement. Il finit par dire :

— Non, ce que je propose est une version améliorée, un appareil capable de montrer le réel comme une carte; d'en faire le dessin, presque. Ce sera un énorme avantage.

Maurice plissa le front :

— En quel sens?

— D'abord les Allemands ne pourront pas détecter ce type de radar comme ils le font pour les appareils actuels. Ils ne seront donc pas avertis de l'approche de l'ennemi. En second lieu, le nouveau radar donnera aux bombardiers les moindres détails du territoire survolé. Comme une carte, je le répète. Vous comprenez?

— Je crois.

Soudain le vieil homme se pencha en avant, chercha à tâtons le bras de Maurice, qui sembla surpris.

— Écoutez, vous n'avez pas la possibilité de savoir si je dis la vérité, n'est-ce pas?

Julie lança un rapide coup d'œil à Maurice, qui eut un léger sourire.

— Vous avez raison, je ne peux pas.

— Bon, mais vous le croyez que je suis juif?

— Eh bien... Oui.

— Pourquoi un Juif aiderait-il les Nazis, à votre avis?

— La force? La coercition?

— Exact. Mais je suis libre, à présent. Reste la coercition; cependant ils ne peuvent me menacer à travers ma famille. Elle m'a renié depuis longtemps.

— Rien ne le prouve, dit Maurice.

Freymann parut surpris.

— Ah!

Il s'arrêta, pris de court, puis acquiesça doucement:

— Oui, bien sûr.

Il paraissait si abattu que Julie se pencha pour lui tapoter l'épaule.

— Eh bien, toute la question est de savoir si vous me croyez ou non.

Il parlait avec calme et résignation. Julie eut envie de lui dire : « Je vous crois. »

— Des questions? fit Maurice en se tournant vers Julie et Roger.

La jeune femme demanda :

— Quand vous dites « ma famille », de qui parlez-vous?

— De ma femme, de ma fille.

— Votre femme vous a renié?

— Elle n'était pas juive.

— Et votre fille?

— Elle m'a sans doute oublié — et c'est mieux ainsi! répondit David, dont la voix se brisa. Elle était jolie, intelligente, vous savez. Elle avait tout pour elle. Cela valait mieux, voyez-vous. Beaucoup mieux.

— Pour quelle firme travailliez-vous à Brest? demanda Roger.

— Goulvent, Pescard et Cie.

— Sous quelle autorité allemande?

— La Marine, mais j'avais été prêté — si on peut dire — par les S.S.

— Et en Allemagne, pour qui travailliez-vous?

— La Société Gema.

Maurice se leva, fit signe aux deux autres de le suivre à l'autre bout de la grange.

— Alors? dit le chef du réseau.

— Je crois à sa sincérité, répondit Julie. Tout semble... régulier.

Tous deux se tournèrent vers Roger, qui gardait la tête baissée. Levant lentement les yeux vers Maurice, il déclara :

— Je le crois authentique.

— Moi aussi, conclut Maurice.

— Alors, il part? demanda Roger.

— Oui.

— Quand?

Maurice lança un regard sévère à Roger.

— Bientôt. Moins il y aura de gens à connaître la date, mieux ce sera. Je te préviendrai en temps utile.

Roger sourit mais Julie remarqua qu'il était contrarié. Elle mit la main sur le bras de Maurice.

— On ne pourrait pas lui enlever son bandeau? Au moins tant qu'il reste ici...

Maurice se caressa pensivement le menton mais Roger intervint :

— Non! il vaut mieux le lui laisser, c'est plus sûr!

Julie le fusilla du regard et se tourna à nouveau vers Maurice.

— Il est absolument inoffensif, j'en mettrais ma tête à couper. Je t'en prie.

— Bon, d'accord.

Julie courut vers le vieillard, qui se recroquevilla dans son coin en l'entendant.

— Tout va bien, le rassura la jeune femme. Je vais vous enlever votre bandeau.

— Merci. Vous êtes gentille.

Elle détacha le morceau d'étoffe, le savant cligna des yeux et les abrita de la main — de grands yeux sombres et tristes, comme ceux d'un chien perdu. Il lui sourit, et elle lui rendit son sourire.

— Je vous apporterai autre chose à manger plus tard, dit-elle. Si vous avez soif, demandez de l'eau à votre gardien.

— Merci, vous êtes vraiment très bonne.

Julie lui pressa rapidement la main avant de rejoindre les autres près de la porte. Maurice lui sourit, Roger évita son regard, se tourna pour coller son œil à une fente.

— Rien en vue? demanda Maurice.

Roger fit non de la tête, ouvrit la porte, sortit. Quand Julie passa devant lui, elle vit qu'il la fixait et fut stupéfaite de lire de la rage et de la haine dans ses yeux. « Pourquoi? se demanda-t-elle. Pour l'histoire du bandeau? C'était un incident sans importance... Alors quoi d'autre? » Elle se tourna vers Maurice mais il n'avait rien remarqué.

« Seigneur, se dit Julie, cet homme est terrifiant — et personne ne s'en doute que moi. »

Vasson se força à sourire pour cacher son irritation. La fille avait eu le dessus, il n'aimait pas cela.

— Je m'en vais, dit-il. Je passe par les champs.

— Mais tu connais la route? demanda Maurice d'un ton agressif.

— Je trouverai, ne t'inquiète pas. De toute façon, il est temps que je me repère. En cas d'ennui.

— Surtout ne parle à personne.

Vasson faillit donner libre cours à son exaspération : c'était la dixième fois que ce type lui faisait la même recommandation.

— Ne crains rien, je ne le ferai pas.

— Tu n'as pas l'accent du pays, tu comprends. On devine tout de suite que tu n'es pas d'ici.

— Mais ils ne diraient rien, n'est-ce pas? Étant donné que ce sont de bons Bretons...

Avant que Maurice puisse répondre, il avait tourné les talons et était parti. Il fit le tour de la grange, s'engagea dans un champ et le regretta aussitôt : la terre venait d'être labourée. Il poussa un juron et continua d'avancer, glissant et trébuchant sur le sol inégal.

Il arriva à la porte de la clôture, la franchit et s'arrêta. Il regarda derrière lui; personne... les autres revenaient par la route. Devant lui, personne non plus. A distance, sur sa droite, il percevait le faible bruit du ressac et les cris des goélands : la mer.

Il poursuivit son chemin en traversant plusieurs autres champs et finit par apercevoir le village, qu'il lui faudrait contourner pour rejoindre la route principale conduisant à Morlaix.

Il vint tout contre le muret qui lui cachait la route, regarda par-dessus celui-ci et l'escalada. Il s'apprêtait à franchir le muret d'en face, lorsqu'il s'arrêta : quelqu'un marchait en direction du village.

C'était la fille.

Elle l'avait vu. Il s'appuya contre le muret, attendit. Elle passa devant lui d'un pas rapide, la tête baissée, et il la suivit un moment des yeux.

« Ridicule, ce pantalon, pensa-t-il. Elle le porte sûrement pour qu'on voie bien bouger ses fesses, cette garce! »

Il sauta le muret, atterrit dans le pré où quelques moutons broutaient une herbe rare, non loin d'une ferme solitaire. Il décida de se rapprocher des bâtiments plutôt que de courir le risque de se faire repérer marchant à travers champs. Parvenu près d'une grange, il se coula le long d'un de ses murs, passa la tête au coin du bâtiment, découvrit une cour et, de l'autre côté, la maison d'habitation. Une clôture de fils de fer séparait la cour du pré. Il allait devoir avancer le long de la clôture, bien en vue de la ferme. Il attendit un moment pour s'assurer que tout était tranquille, s'apprêta à repartir mais se figea.

La fille venait de pénétrer dans la cour d'un pas lent, se dirigeant vers la ferme et regardant attentivement autour d'elle.

Il recula derrière le mur, se demandant si elle le cherchait des yeux. Il avança de nouveau la tête; elle était en train d'ouvrir la porte de derrière la maison. Elle jeta encore un regard à la ronde; il recula avant qu'elle l'ait vu.

Ensuite il entendit parler; sa voix à elle et une voix aiguë, celle d'un enfant. Il tendit le cou une fois de plus. Un petit garçon sautillait à côté d'elle. Elle lui prit la main et entra, après un dernier coup d'œil par-dessus son épaule. C'était clair : elle habitait là. Elle l'avait vu, tout à l'heure sur la route, et avait voulu lui cacher où elle allait. « Bon à savoir », se dit Vasson en souriant.

Il regarda sa montre : il ne lui restait que quinze minutes, il n'avait pas le temps de faire un détour pour ne pas être vu de la ferme. Il sortit donc tranquillement de derrière le mur et avança le long de la clôture, l'allure désinvolte. Il était certain qu'on l'observait.

Il passa le long de la maison, s'engagea dans le champ voisin, arriva près d'une borne de pierre sur laquelle il grimpa pour regarder derrière lui; il était hors de vue de la ferme. Il traversa encore un champ en diagonale, puis un autre, longea la lisière du village et arriva enfin à la grand-route de Morlaix, qui était déserte. Il marcha jusqu'à un petit croisement, s'arrêta et attendit. Au bout d'une demi-heure, il attendait toujours. « Rien d'étonnant, pensa-t-il. Dans ce sacré pays perdu, tout était toujours en retard. » Enfin, le petit autocar cabossé apparut en faisant rugir son moteur. Vasson fit signe au chauffeur, monta dans le véhicule, s'assit et songea que la journée ne se terminerait peut-être pas si mal si Baum l'invitait à déjeuner. Il y avait une seule chose qui le tourmentait : la fille. Elle avait des soupçons à son sujet, et il n'aimait pas ça, il n'aimait pas ça du tout.

— Maman, qu'est-ce que tu regardes? demanda Peter.
— Rien, chéri, dit Julie.

Elle quitta la fenêtre, alla à l'évier, commença à éplucher des pommes de terre pour le déjeuner. Jean entra dans la cuisine et dit :

— J'ai cru voir quelqu'un traverser par les champs.
— Ah! bon, fit Julie, qui garda les yeux baissés.

Jean étendit la main vers le dessus de cheminée pour prendre son tabac, se rappela qu'il n'en avait plus.

— Oui, j'en suis sûr... Ce devait être un des gars, hein?
— Probablement.

Elle ne répondit pas que c'était Roger qu'elle avait vu rôder autour de la maison, comme un chat. Elle frissonna en songeant : « Tout cela ne me plaît plus. Le plus tôt nous serons partis, Peter et moi, le mieux ce sera. » Ce ne serait plus long maintenant. On entrait dans la nouvelle lune, le bateau viendrait bientôt.

On frappa à la porte de derrière, Julie tressaillit et regarda son oncle.

Jean haussa les épaules, alla ouvrir. Michel entra, l'air furieux.

— Qu'y a-t-il? murmura la jeune femme.

— Je te pose la question, répliqua Michel avec aigreur.

Julie dit à Peter : « Va dans ta chambre. » Le garçonnet sortit. Elle se rassit.

— Allons, explique-toi, s'il te plaît.

Il prit une longue inspiration, tira une chaise à lui et déclara lentement, comme s'il faisait la leçon à un enfant désobéissant :

— La nuit dernière, à Brest... Les Allemands nous attendaient au dépôt de carburant. Trois de mes camarades sont morts. Trois! Nous n'avons pu mettre le feu qu'à une seule des cuves. Un vrai fiasco!

— Qu'avons-nous à voir avec cette opération? dit Julie d'un ton sec.

— C'était une diversion, bien sûr!

— Pour l'évasion du savant? s'exclama-t-elle, abasourdie. Vous avez monté cette opération rien que pour lui?

Michel écarta la question d'un geste de la main.

— Oui... Enfin, non... nous l'avions prévue de toute façon. Mais les Allemands nous attendaient. Ils nous attendaient! Comment savaient-ils, Julie, comment? Mes amis commencent à se poser des questions, ils...

— Je crois qu'il vaut mieux que tu n'ajoutes rien, coupa Julie en se levant. D'abord, personne chez nous ne connaissait la date de l'opération.

— Je te l'avais révélée!

— Tu m'avais simplement dit : à la fin de la semaine. Deuxièmement, nous ignorions que vous prépariez une diversion de ce genre. Enfin, le savant a bel et bien réussi à s'échapper : si les Allemands avaient été prévenus, ils l'en auraient empêché, je suppose.

Michel se leva, les traits durs, l'air mauvais.

— C'est la première fois que nous travaillons avec vous et, comme par hasard, nous sommes trahis! répliqua Michel. Voilà ce que disent mes camarades! Et aussi qu'ils savaient qu'on ne pouvait avoir confiance en vos gens, et que voilà le résultat. Ils disent de sales choses. Ils parlent de revanche. Qu'est-ce que je dois leur répondre?

Julie sentit la colère monter en elle.

— Tu leur diras ceci : qu'ils devraient chercher le traître parmi eux au lieu de nous prendre comme bouc émissaire! Parce que ce n'est pas un des nôtres!

Jean tapa énergiquement le bras de Michel avec le tuyau de sa pipe.

— Peut-être que des gens de chez toi ont saisi l'occasion, hein? peut-être voulaient-ils se débarrasser de certains de leurs chers camarades? Tout en nous faisant porter le chapeau...

Après un silence, Michel grommela :

— Bon, je ferai de mon mieux pour les convaincre. J'espère seulement... que vous dites la vérité. Et ne vous en prenez pas à moi si...

— Si quoi? demanda Julie froidement.

— Si on s'énerve!

— C'est déjà fait, je crois!

Elle alla à la porte, l'ouvrit toute grande et dit :

— Au revoir, Michel. Ne reviens plus jamais ici.

Après son départ, elle s'assit, effondrée. « Tout va mal de nouveau; c'est comme avant », se dit-elle.

Vasson avait aimé le pâté mais le steak aurait pu être plus tendre. Il ne le finit pas, repoussa son assiette, se renversa dans son fauteuil.

— Ça va mieux? demanda Baum en souriant. Je vais envoyer quelqu'un chercher de la tarte maison en face, si vous voulez. Elle est délicieuse.

— Et du bon fromage, aussi.

— Naturellement.

L'Allemand appuya sur un bouton en levant le petit doigt et le Français se dit qu'il devait être pédéraste. Baum continuait à sourire, ses épaisses lèvres entrouvertes laissaient voir des dents jaunâtres. Vasson s'avoua qu'à tout prendre il préférerait avoir à faire à Kloffer. Baum tapota le téléphone.

— Pas très efficace, la Marine, soupira-t-il. Cela fait combien de temps que nous avons téléphoné? Une demi-heure, au moins. Ils auraient déjà dû nous rappeler... (Il baissa les yeux vers ses notes.) Ce Freymann, c'est un Juif, je présume?

Vasson acquiesça.

— Alors je doute qu'il puisse avoir une grande importance. Cependant... (Il joignit l'extrémité de ses doigts.) Cependant, ce sera un plaisir de le ramener dans notre petit filet et de le renvoyer d'où il vient, conclut-il avec un sourire suave.

« Une vraie folle », songea Vasson.

Baum appuya de nouveau sur le bouton d'un geste impatient et s'écria :

— Mais, qu'est-ce que fait Schultz? Il vous faut votre dessert et votre fromage!

La porte s'ouvrit brusquement. Un jeune homme — Schultz, sans doute — entra dans le bureau, l'air de quelqu'un qui vient de voir un fantôme.

— *Herr Oberst!* Paris au téléphone! C'est le général Oberg!

Baum resta pétrifié un instant puis, avalant sa salive avec peine, il tendit lentement la main vers le combiné, le décrocha avec précaution, comme s'il était en verre.

— *Ja?* Ah! *Herr General!*

Au cours des minutes qui suivirent, il répéta « *Ja* » une dizaine de fois puis tourna la tête vers Vasson, l'air stupéfait.

Celui-ci devint attentif. Il s'agissait d'une chose importante le concernant. Et concernant Freymann. Sûrement Freymann.

Un torrent de mots allemands sortit de la bouche de Baum, qui remit ensuite avec précaution le combiné sur son support. Pendant quelques instants il considéra son visiteur en pinçant nerveusement les lèvres et annonça :

— C'était le général Oberg, le chef de le Gestapo pour toute la France...

Après avoir laissé à Vasson le temps d'assimiler l'information, il poursuivit :

— Il semble que ce Freymann soit important, tout compte fait. Extrêmement important, même! Il faut le récupérer, vous comprenez. C'est essentiel! Nous ne pouvons pas échouer.

Vasson sourit légèrement en se demandant comment il pourrait s'attribuer tout le mérite d'un éventuel succès. Il regarda Baum un moment et dit avec désinvolture :

— Rien n'est jamais gagné d'avance.

— Qu'entendez-vous par là? s'écria l'Allemand, cramoisi. Je croyais que vous aviez trouvé Freymann?

— Certainement. Mais si je dois compter sur vos hommes pour refermer le piège, ce n'est pas gagné d'avance. Vous ne croyez pas qu'il serait temps de dresser un plan?

Baum acquiesça avec force :

— Oui, oui! Tout ce que vous voudrez.

QUATRIÈME PARTIE

mars 1943

CHAPITRE XXV

Julie serra tante Marie contre elle en disant :
— Merci encore. Pour tout.
La vieille femme renifla, se dégagea.
— Allez, sauve-toi vite! bougonna-t-elle.
Julie l'embrassa sur la joue, prit Peter par la main et suivit Jean dans la cour obscure. Se penchant vers son fils, elle lui murmura :
— Ça va bien, mon chéri?
— Oui, maman, très bien.
Elle lui pressa la main; elle était fière de lui : pendant plusieurs semaines, elle lui avait raconté la même histoire qu'à tout le monde... Ils partaient pour Rennes. La veille seulement, informée de la venue du bateau, elle lui avait révélé la vérité et il l'avait acceptée sans protester. Il avait même prétendu en être très content, mais elle voyait bien qu'il était nerveux.

Elle resserra la bretelle du havresac qu'elle avait passé à son épaule et qui ne pesait guère : elle n'emportait presque rien. Peter avait, lui aussi, un sac contenant des vêtements de rechange, de la nourriture préparée par Tante Marie et quelques-uns de ses jouets préférés : un camion, des crayons de couleur et, bien entendu, le bateau fabriqué par Richard.

Ils partirent d'un pas vif sur la route, sous un fin crachin qui mouilla rapidement le visage de Julie. Elle enfonça son béret sur sa tête, mit une main sur la tête de Peter qui avait déjà relevé sa capuche. Julie avait pris des vêtements pratiques pour eux deux : des pantalons chauds et un blouson pour lui, des pantalons et une vareuse de cuir pour elle.

Tandis qu'ils montaient la longue côte, le crachin se transforma en forte pluie; le léger crépitement des gouttes d'eau faisait une douce mélopée dans le silence de la nuit. Julie eut soudain un doute sur le blouson de Peter; serait-il suffisant avec cette pluie? Elle verrait cela plus tard. Il se comportait bien, son fils, marchant d'un aussi bon pas que pouvaient le faire ses petites jambes.

Ils arrivèrent à la lande et obliquèrent à droite, gravirent une petite colline. Bientôt apparut une cabane de berger en pierre avec un toit d'ardoise.

Jean se baissa pour y entrer, Julie suivit, serrant fortement la main de Peter. Il faisait sombre à l'intérieur mais elle sut, en entendant des murmures et des toussotements voilés, que les autres étaient déjà là. Elle gagna à tâtons le fond de la cabane, s'assit par terre, attira Peter à côté d'elle et passa un bras autour de ses frêles épaules en disant :

— Ce ne sera pas long.

L'enfant chercha la main de sa mère, la saisit et la serra fortement. Julie étendit les jambes, heurta quelqu'un, s'excusa.

— Je vous en prie, répondit une voix qu'elle crut reconnaître.

— Herr Freymann? murmura-t-elle.

— Oui, c'est moi.

— Vous vous souvenez de moi? Dans la grange? Ça va, on s'est bien occupé de vous?

— Oui, oui. Merci beaucoup.

Elle sourit en se disant que c'était un brave homme, puis se demanda comment il parviendrait à descendre jusqu'à la plage. Peter se mit à tousser; elle le pressa contre elle et s'installa pour attendre. Elle se sentait oppressée, mal à l'aise mais s'efforçait de garder son calme. Arrive ce qui doit arriver... elle n'allait pas se tourmenter à l'avance. Elle se pencha vers Peter, lui embrassa les cheveux, ferma les yeux et essaya d'imaginer sa vie en Angleterre après une si longue absence.

Comme il n'y avait aucun endroit pour s'abriter au sommet de la falaise, Vasson commençait à être trempé. Il releva le col de sa veste, s'accroupit et écouta. Seuls le murmure de la mer et le crépitement régulier de la pluie troublaient le silence de la nuit. Ce n'était pas idéal pour l'affût — l'air était trop immobile — mais tout de même pas mauvais. Il regarda autour de lui sans rien voir qui pût trahir la présence de Baum. « Dieu merci, cet imbécile ne fera peut-être pas tout rater », se dit-il.

Dans une demi-heure, quand les passagers seraient sur la plage, il pourrait rejoindre l'Allemand et l'empêcher d'intervenir avant le bon moment. Comme toujours, le succès était affaire de minutage.

Ironie du sort, c'était la première fois que Maurice lui confiait la tâche extrêmement importante de monter la garde en haut de la falaise. Une promotion, en somme... Quel bon guetteur il était devenu! Maurice allait sûrement en être impressionné.

En attendant, la pluie traversait ses vêtements; il était trempé jusqu'aux os. En outre il faisait sacrément froid. Il poussa un juron.

Un nouveau tour d'horizon; toujours pas de Baum en vue; celui-ci devait suivre scrupuleusement le plan. Quelle heure pouvait-il être? Dans les onze heures. La première équipe allait arriver bientôt.

L'œil fixé sur la baie plongée dans l'obscurité, Vasson sourit d'aise en songeant au joli piège qu'il avait monté.

Quelqu'un entra dans la cabane et dit en anglais, avec un accent prononcé :

— Premier groupe!

— Hurrah! dit une voix, suivie d'un rire nerveux.

Il y eut un remue-ménage, des silhouettes se découpèrent devant la porte.

— C'est à nous? demanda le savant en saisissant le bras de Julie.

— Non, nous partirons seuls, en dernier.

Quelques minutes plus tard, ce fut le tour du second groupe puis Gérard, le pêcheur, revint les chercher.

— Prêts? murmura-t-il.

Julie se leva, aida Peter à se mettre debout, se pencha vers lui et lui demanda à l'oreille :

— Pas besoin de faire pipi avant de partir?

— Non, ça va, merci.

La petite voix lui sembla si peu assurée que Julie serra une dernière fois l'enfant contre elle. Puis elle sortit derrière Freymann, que le pêcheur soutenait. Jean attendait dehors, sous une pluie battante : c'était le moment des adieux. Sans rien dire, Julie lui passa les bras autour du cou et l'embrassa. Il lui tapota le dos, la repoussa doucement, s'accroupit auprès de Peter, le prit dans ses bras et murmura :

— Au revoir, petit.

Puis il se releva, fit demi-tour et partit en direction du village.

Julie se tamponna les yeux, entraîna Peter vers le sentier. Lorsqu'ils parvinrent au bord de la falaise, Gérard s'était déjà engagé dans le sentier et tendait la main au vieillard pour l'aider à descendre. En attendant de pouvoir les suivre, Julie regarda autour d'elle et vit une forme sombre, un homme accroupi à quelques mètres d'elle : « La sentinelle du haut de la falaise », se dit-elle. L'homme se releva, s'approcha, s'interposa entre Julie et le sentier.

— C'est le dernier ?

Julie reconnut la voix de Roger.

— Oui.

— Et le gosse, qu'est-ce qu'il fait là ?

— Il est avec moi.

— Pourquoi ?

— Nous partons tous les deux.

— Avec le bateau ?

— Oui. Laissez-moi passer, s'il vous plaît.

Roger attendit, eut un petit rire et dit :

— Bien sûr, allez-y.

Il étendit le bras et caressa la joue de Peter. Julie serra son fils contre elle, contourna Roger et s'engagea dans le raidillon.

Julie avançait lentement dans le sentier boueux ; lentement pour éviter que Peter glisse et prenne peur, et parce qu'il était de toute façon impossible de passer devant Gérard et le savant. Elle entendait le pêcheur encourager le vieil homme aux endroits difficiles ; celui-ci devait se demander dans quel guêpier il s'était fourré.

Elle glissa, ne parvint pas à se retenir et tomba sur la hanche. « Aïe ! » souffla-t-elle.

— Ça va, maman ? fit la voix anxieuse de Peter.

Elle se releva toute tremblante, rit nerveusement et répondit :

— Oui, chéri, ça va bien. Et toi ?

— Oui.

Elle se remit à avancer, plus lentement encore, jusqu'à ce qu'elle entende Gérard dire au savant : « Laissez-vous glisser », et qu'elle voie celui-ci arrêté en haut de la pente raide. Brusquement il disparut en direction de la tache claire de la plage.

Elle s'assit par terre, attendit que Peter s'assoie à côté d'elle.

— C'est la glissade dont je t'ai parlé, chuchota-t-elle. On y va ensemble ?

L'enfant acquiesça, Julie lui prit la main et sauta. Ils atterrirent sans problème sur les galets et elle songea avec soulagement qu'elle n'aurait plus jamais à descendre le sentier.

Elle se releva, aida Peter et rejoignit les deux autres qui les attendaient. Gérard se remit en route, suivi de Freymann. Julie considéra la silhouette courbée du savant, ses vêtements inadaptés, puis regarda Peter avançant, la tête baissée sous la pluie diluvienne, et se dit : « C'est absurde. »

— A quelle heure le bateau viendra-t-il, au plus tôt ? demanda-t-elle à Gérard.

— Pas avant une demi-heure. Je suppose, répondit le pêcheur.

— Alors je pourrais peut-être les amener tous deux là-bas, dans les rochers, suggéra Julie en montrant l'autre côté de la crique. Nous y serions un peu à l'abri.

— Bon, acquiesça le pêcheur après un temps d'hésitation. Je viendrai vous chercher le moment venu.

Elle se tourna vers les deux silhouettes pitoyables.

— Venez, un peu plus loin nous pourrons nous abriter un peu et être moins mouillés. Suivez-moi.

Ils s'éloignèrent tous les trois, Julie tenant Peter par la main, vers le bord de l'eau et le long de la plage. Elle essayait de se rappeler l'emplacement des rochers où elle s'était cachée, voilà tant de mois, mais ses souvenirs n'étaient pas très nets.

Ils arrivèrent à un endroit rocheux sur lequel il fallait avancer avec précaution. Julie se tourna vers Freymann :

— Ça va bien?

— Oui, j'y arrive. Ne vous inquiétez pas pour moi.

Maintenant, il y avait de gros blocs. Ce devait être par là, Julie en était certaine. Tout d'un coup elle reconnut l'aspect de certains rochers; faisant le tour de l'un d'entre eux, elle retrouva la crevasse dans laquelle elle s'était cachée avec Richard.

— Glissez-vous là-dedans! dit-elle, tout heureuse. Toi le premier, Peter.

C'était une bonne chose d'être venus là; les rochers s'incurvaient, formant un toit au-dessus de leurs têtes. S'ils prenaient soin d'éviter l'eau qui gouttait des surplombs, ils se trouvaient relativement au sec. Elle demanda gaiement :

— Ça va?

— Je suis un peu mouillé, maman, se plaignit Peter.

Julie toucha le pantalon et la veste de l'enfant.

— Juste un peu, chéri. Ce n'est rien, ça va sécher. Tu sais, les marins se font tout le temps mouiller...

— Richard se fait tout le temps mouiller?

— Je crois bien.

— Alors, ça va!

La voix de Peter était plus gaie. Julie se dit que leur aventure commençait à l'amuser.

— Et vous, monsieur Freymann? Êtes-vous bien?

— Très bien. Merci. Merci beaucoup.

Appuyé le dos au rocher, David ferma les yeux. Il sentait déjà la fatigue, bien que la nuit soit à peine entamée. Le pire — le voyage en bateau — était à venir. Encore un long chemin à faire.

Il tâta le sac attaché à ses reins. Tout devait être mouillé dedans; lui-même était trempé. Tant pis; ç'aurait pu être pire, bien pire. Il n'avait pas à se plaindre. Non, alors que ces gens étaient si gentils et si courageux.

Et qu'était l'inconfort lorsqu'on était un homme libre? Ha, ha! L'idée le réjouit. Un homme libre. Cela paraissait si merveilleux. Bien qu'il ne fût pas certain de savoir ce qu'était vraiment la liberté. Était-ce pouvoir faire ce dont on a envie? Ou était-ce la possibilité de s'accomplir dans le cadre d'une société aux structures rigides? Il venait de réfléchir longuement là-dessus tandis qu'il était caché dans la grange. Il ne connaissait toujours pas la réponse. Peut-être était-il sur le point de la trouver, peut-être la liberté était-elle une chose tangible, dont on avait une connaissance consciente. Comme ce serait agréable.

Il s'aperçut que le petit garçon ne tenait pas en place. C'est l'habitude des petits garçons. Il se pencha vers lui.

— Ce n'est pas amusant d'attendre, n'est-ce pas?

Le silence. David sentait les yeux de l'enfant fixés sur lui. « Il croit que je vais le manger », pensa-t-il.

— Quand j'avais ton âge, je jouais à un petit jeu avec des mots pour passer le temps.

Toujours pas de réponse.

— Veux-tu qu'on essaie?

— Oui, s'il vous plaît.

— Très bien. Alors, je commence.

Allongé sur le ventre, Vasson appuya trois fois sur le bouton de sa torche électrique et attendit, caché derrière une touffe d'herbe, la gorge serrée par la peur. Il essuya les gouttes de pluie coulant sur son visage, fit à nouveau le signal. « Qu'est-ce qu'ils fabriquent? se demanda-t-il. Certainement quelque idiotie. Où sont-ils, bon Dieu? »

Soudain, une petite lumière bleue clignota dans le noir : une, deux, trois fois.

Vasson se leva avec précaution, partit vers la gauche, approcha, en décrivant un demi-cercle, de l'endroit où il avait vu la lumière. Des silhouettes d'hommes casqués apparurent, se mirent à bouger, épaulèrent leur fusil. « Merde », se dit Vasson en plongeant vers le sol.

Quelqu'un s'avança, lui donna un coup de pied dans les côtes.

— Qu'est-ce que vous faites? fit la voix furieuse de Baum.

— Ordonnez-leur de baisser leur arme!

— Vous ne risquez rien, mon pauvre ami, répondit l'Allemand d'un ton méprisant. Vous ne croyez quand même pas qu'ils me tireraient dessus?

— Dites-leur de tourner leur fusil ailleurs! rétorqua Vasson en se relevant.

— Ne faites pas l'âne. On pourrait vous entendre.

— Gardez vos bêtes en laisse, c'est compris? fit le Français entre ses dents.

L'Allemand feignit de ne pas avoir entendu.

— Ils doivent être sur la plage, maintenant — toute la bande. Allons-y.

— Non! Nous attendons.

— Quoi?

— Vous voulez toute la bande, n'est-ce pas?

— Oui mais...

Vasson approcha son visage de celui de Baum et lui lança :

— *Alors, nous attendons*!

La canonnière glissait vers la côte, poussée par un seul moteur tournant au ralenti. « Enfin un peu de chance! » se dit Ashley en scrutant les ténèbres. Tout l'hiver, le temps avait été affreux, pour une fois la mer était calme.

Évidemment, la pluie les avait gênés, car elle diminuait la visibilité, mais elle était moins forte maintenant, et avec un peu de chance, elle cesserait avant qu'ils arrivent. De toute façon la pluie était préférable à une nuit trop claire, où l'on pouvait voir la lueur d'une cigarette à des centaines de mètres.

— Cap 165 degrés, dit la voix de Tusker, l'officier de navigation.

— Cap 165 degrés, répéta l'homme de barre avant de tourner la roue du gouvernail.

Tusker se mettrait sous peu à annoncer la profondeur du fond, et à cinq brasses, ils jetteraient l'ancre. Ashley sentait déjà la côte, une odeur mêlée de matière végétale et de terre.

Il avait la bouche sèche : un excès d'adrénaline sans doute, cette nuit.

C'était la pensée de Julie et de Peter attendant sur la plage. Après si longtemps.

Lorsqu'elle lui avait dit ne pouvoir partir avant un mois au moins, deux mois probablement, il avait d'abord été irrité. Alors qu'il avait tout organisé, le fait qu'elle n'ait pas voulu venir immédiatement l'avait surpris et quelque peu blessé. Par la suite, il avait compris le point de vue de Julie et l'avait admirée pour cela. Sans doute aurait-il fait comme elle : attendre que le travail soit terminé.

Son attente avait été très pénible. Aucune des personnes qu'il avait fréquentées au cours des derniers mois n'était comparable à Julie. Il lui avait fallu du temps pour se rendre compte à quel point il l'aimait. Enfin, il allait maintenant les ramener tous deux au pays, elle et Peter.

— Sept... sept... annonça Tusker. Six...

— Stoppez le moteur! ordonna Richard.

— Moteur stoppé, Commandant.

Ashley entendit un clapotis indiquant la présence d'un rocher à proximité.

— A gauche, vingt.

— A gauche, vingt, répéta l'homme de barre.

Richard vit défiler, à quelques mètres à tribord du bateau, la forme noire du rocher et la reconnut : le meilleur mouillage se trouvait un peu plus loin à l'est.

— Gouvernez au cap 80°, dit-il.

— Six... cinq... cinq... cinq...

Ashley attendit une minute encore avant de donner l'ordre de mouiller. On entendit un léger plouf, et le bruissement du cordage de chanvre qui se dévidait et filait dans le chaumard de l'étrave.

Tandis qu'il attendait que la canonnière fasse tête sur l'ancre, Ashley, debout, écoutait la nuit. A présent que la pluie avait cessé, l'immobilité de l'air amplifiait le moindre bruit : doux murmure du ressac dans la crique, écho de la houle grondant autour de rochers en partie immergés.

Ce soir, il faudrait être particulièrement silencieux, le plus léger bruit s'entendrait à des kilomètres.

Lorsque les marins eurent mis les embarcations à la mer, Richard sauta dans la première qui se dirigea silencieusement vers la plage. Il pensait à la femme et au petit garçon qui l'attendaient dans le noir, et se disait que lui aussi avait longtemps attendu ce moment.

Il devait être plus de minuit, la pluie avait cessé et Julie pouvait voir une partie de la plage. Dans la crevasse obscure, le jeu des mots était terminé depuis pas mal de temps. Peter dormait, la tête sur son sac, et le vieil homme, qui gardait le silence, devait en faire autant.

Elle se remit à scruter la nuit, ferma un instant les yeux pour les reposer : si l'on fixait trop longtemps l'obscurité, on commençait à discerner des formes imaginaires.

Pourtant...

Elle se raidit : il y avait *vraiment* quelque chose, une tache noire qui bougeait sur l'eau. Et là-bas, sur les galets, des silhouettes sombres descendaient en courant vers le rivage.

Le *surfboat* arrivait.

Julie leva les bras, laissa échapper un cri de joie qui éveilla Peter.

— Maman?

— Le bateau est là, chéri! Il est venu!

— C'est Richard? C'est vraiment lui?

Elle riait d'énervement...

— Oui, mon chéri.

Elle se rappela soudain le savant.

— Monsieur! le bateau est arrivé!

— Oui... oui. Je... C'est merveilleux. Oui.

— Restez ici, tous les deux, dit Julie avant de se glisser à quatre pattes hors de la crevasse, jusqu'à un rocher plat.

Elle se releva. Sortant de la nuit, le *surfboat* était vraiment là, accostant à la plage à ce moment précis; au pied de la falaise apparaissait la masse sombre du premier groupe de passagers que l'on rassemblait. Cinq minutes pour les embarquer, vingt autres pour faire l'aller-retour. *Une éternité.* Elle aurait voulu pouvoir se mettre à courir immédiatement vers la mer, mais il y avait Peter qu'elle ne pouvait laisser.

Elle riait dans sa surexcitation. Richard... Il était là, elle en était sûre. Il était venu lui-même, pour la voir plus vite. Elle avait envie de crier : « Je suis là, chéri, je suis là! »

Le canot atteignit la plage, des silhouettes sautèrent à terre, le groupe des passagers s'ébranla — trop lentement au goût de Julie. Elle aurait voulu les presser. Sur la rive on s'activait. Elle devina que l'on remettait l'embarcation à flot, prête à embarquer les passagers. Derrière celle-ci une autre forme sombre émergeait lentement de l'obscurité; ce devait être le second *surfboat*, approchant de la plage.

Julie suivait les opérations en songeant que, pour une fois, le temps était idéal. Tout se déroulait parfaitement, et elle ne pouvait s'empêcher de penser que le destin l'avait voulu ainsi : après les tempêtes de l'hiver, une nuit de mer calme, *rien que pour elle.*

Les passagers étaient enfin arrivés au bord de l'eau; dans un moment, le *surfboat* repartirait. « Vite, vite! pensait Julie, les poings serrés. Cette attente me tue. » Mais elle eut un petit rire de plaisir anticipé.

Soudain elle sursauta, puis se figea.

De la lumière. *De la lumière!* La scène, sous ses yeux, passa du négatif au positif, du noir au blanc.

Elle cligna des yeux, incrédule. Le canot et les hommes qui l'entouraient étaient pris dans un cercle de lumière vive. Mon Dieu!

L'éclatant faisceau blanc venait de la gauche — de la mer. Elle tourna vivement la tête de ce côté; le rayon lumineux provenait d'un point unique de la baie.

Julie poussa un faible cri. « Ils sont fous, sur le bateau! se dit-elle affolée. Que font-ils? Éteignez! Mais éteignez donc! »

Tout à coup un autre cône lumineux, provenant cette fois du haut de la falaise, balaya la crique d'un bout à l'autre, fouillant l'obscurité, poursuivant les silhouettes qui couraient.

Tac! Tac! On tirait du haut de la falaise. Presque aussitôt il y eut un boum! violent venant de la baie en même temps que jaillissaient des langues de flammes jaunes.

Julie comprit alors ce qui se passait : c'était un bateau *allemand* qui éclairait la plage, c'étaient des Allemands qui se trouvaient sur la falaise.

Un coup de feu éclata plus près, beaucoup plus près. Puis d'autres. Et des cris. Des hommes couraient ou prenaient position pour répondre au tir. Des hommes tombaient.

— *Non!* cria-t-elle, en pleurant de rage. Mon Dieu, je vous en prie, non!

Un second faisceau jaillit de la falaise, balayant la plage comme le premier, illuminant des hommes qui fuyaient, qui tombaient, qui parfois s'arrêtaient en levant les bras. Les rafales de mitraillette tirées de la plage ou de la falaise faisaient entendre un crépitement continu.

Le fracas submergeait la crique. Dans la lumière d'un des projecteurs, Julie vit un groupe d'hommes accroupis derrière l'embarcation et pointant leurs armes vers la falaise.

— Maman! Maman! cria Peter, accroché à la vareuse de sa mère. Maman! Reviens! Reviens ici, je t'en prie!

Pendant un moment, Julie ne comprit pas et demeura immobile puis elle se rendit compte que c'était son fils qui l'appelait. Elle recula lentement jusqu'à ce qu'elle sente la roche contre son dos. Sans quitter la plage des yeux, elle réintégra la petite grotte en murmurant : « Mon Dieu... Mon Dieu... » Elle enfouit son visage dans ses mains, se mit à pleurer de rage et de désespoir, à crier pour couvrir le terrible bruit. Peter l'étreignait, pleurant lui aussi.

Les rafales se firent intermittentes et finirent par cesser. Sur la mer, les canons s'étaient tus. Un bruit sourd de moteur s'éloigna et s'éteignit. Soudain il y eut un silence de mort.

Julie leva la tête, vit que la plage était toujours éclairée. Malgré sa peur, elle rampa au-dehors, regarda.

Des soldats allemands encerclaient la plage, braquant leurs armes sur un groupe d'hommes qui avaient les bras levés : Gérard, Maurice, Pierre... Beaucoup de pilotes.

Mais pas de silhouette en ciré coiffée d'une casquette d'officier de la Royal Navy...

Des corps gisaient, inertes, sur les galets et Julie les regarda, horrifiée, ses yeux allant de l'un à l'autre en craignant de découvrir une botte de marin, un duffle-coat...

S'apercevant soudain que le *surfboat* avait disparu, elle se raccrocha à un faible espoir. Richard avait réussi à s'enfuir!

Mais elle songea que la canonnière avait dû repartir dès les premiers coups de feu, qu'Ashley n'avait pu la rejoindre...

Des soldats couraient le long du rivage, épaulaient leur fusil, tiraient vers la mer, criaient... Une lumière éclairait la scène, venant à nouveau du large, mais beaucoup plus près qu'avant.

Le cœur de Julie s'arrêta. Dans l'eau, elle voyait des têtes; des hommes nageaient autour d'une coque à demi émergée : le *surfboat*. Les nageurs parurent hésiter un moment puis l'un d'eux plongea sous l'eau, refit surface à quelques mètres du canot. Mais la mer était trop calme, les Allemands le repérèrent aussitôt; on entendit claquer des coups de feu.

Julie se mordit le poignet, secoua violemment la tête. Le nageur solitaire leva le bras en signe de reddition, se dirigea vers la plage. Les quatre autres l'imitèrent et sortirent lentement de l'eau, les bras en l'air.

Julie le reconnut aussitôt. Elle le vit rejoindre ses compagnons, prendre leur tête. Un Allemand s'approcha, le fouilla rapidement, le poussa en avant d'un coup de crosse.

Richard se mêla aux autres prisonniers, regarda autour de lui et Julie comprit que c'était elle qu'il cherchait.

« Je suis ici, murmura-t-elle en sanglotant. Ici. »

Un soldat se mit à crier, poussa quelques prisonniers hors du groupe en leur montrant les morts et les blessés. Les hommes désignés chargèrent les corps de leurs camarades sur leur dos, rejoignirent le groupe. Il y eut d'autres cris, les prisonniers se mirent sur une file et prirent la direction du sentier, emportant les morts et les blessés.

La dernière vision qu'elle eut de lui fut lorsqu'il s'arrêta au pied de la falaise et jeta un coup d'œil rapide par-derrière. Les projecteurs s'éteignirent, il ne resta plus que les faibles lueurs des torches. Elle les regarda s'éloigner en montant lentement la pente. Puis elles disparurent à leur tour et l'obscurité fut complète.

« Mon Dieu, pardonnez-moi, murmura Julie dans le noir. Pardonnez-moi, je vous en prie! »

Elle frappa du poing sur la roche jusqu'à en avoir mal, parce qu'elle ne pouvait *rien faire* et qu'elle avait le terrible sentiment que tout était de sa faute.

En ouvrant les yeux, David vit une lumière grise et froide par l'ouverture entre les rochers. Il détestait l'aube. Il ne comprenait pas comment des gens pouvaient être en extase devant l'aurore. Le crépuscule était beaucoup plus beau. Il se retourna, constata que la jeune femme s'était enfin endormie. Pauvre petite! Comme elle avait dû souffrir. Les gens capturés sur la plage étaient ses amis, ses parents, peut-être même. Et l'enfant... si jeune pour voir des choses aussi terribles. Quel spectacle pour un enfant!

Et maintenant? Le chagrin avait mené la femme au bord de l'hystérie et il se demandait dans quel état elle se réveillerait.

Qui déciderait de ce qu'ils allaient faire? En tout cas, David n'en avait pas la moindre idée. Il regarda le ciel entre les rochers. Au moins il ne pleuvait plus.

La jeune femme remua, ouvrit les yeux. Elle avait une expression désespérée que Freymann reconnut pour l'avoir souvent vue dans les camps.

— Bonjour, dit-il à mi-voix pour ne pas réveiller l'enfant. Vous voulez manger quelque chose?

Elle le regarda tristement, le visage vide d'expression. Il lui sourit.

— J'ai... voyons, dit Freymann en fouillant dans son sac. Du fromage. *Toujours* du fromage! Je pense qu'un jour, je serai transformé en fromage. Du pain, bien sûr... Et une pomme! Nous la garderons pour notre jeune ami, je suis sûr qu'il en aura envie...

Elle regardait dans le vide sans l'écouter; David pouvait imaginer les tristes pensées qu'elle avait en tête; il reprit d'une voix plus ferme :

— Madame, il faut manger. *Ensuite*, nous réfléchirons. Ne pensons pas avant.

Julie hocha vaguement la tête, s'assit en s'efforçant de ne pas réveiller Peter dont la tête reposait sur ses genoux. David lui donna un morceau de fromage et une tranche de pain, la vit baisser les yeux vers le reste des vivres posé sur une feuille de papier à côté de lui. Devinant les pensées de Julie, il déclara :

— Ça va. Il en reste assez pour l'enfant et moi.

Elle se mit à manger, lentement d'abord puis avec avidité. Lorsqu'elle eut terminé, elle caressa les cheveux du petit garçon et Freymann vit qu'elle s'était remise à pleurer.

— Bon... examinons la situation, maintenant, dit-il. Faisons un plan.

Elle sortit de son apathie, s'essuya les yeux et acquiesça.

— Quelles solutions s'offrent à nous? reprit-il. D'abord... (Il prit le temps de réfléchir)... Pouvons-nous retourner tranquillement sur la plage?

Sans attendre sa réponse, il poursuivit :

— Non, bien sûr. Il y aura certainement des sentinelles, n'est-ce pas?

— Les Allemands ont un poste de garde sur la pointe et ils ont probablement laissé des sentinelles supplémentaires en haut du sentier.

Un silence; tous deux réfléchissaient. David suggéra :

— Peut-être la nuit, alors... Y a-t-il une autre voie d'accès au sommet de la falaise?

— Pas que je sache. La falaise est à pic et nous sommes coupés de la crique voisine.

Cette fois le silence fut plus long. « Je voudrais pouvoir trouver quelque chose, songeait David, pour elle. Parce que pour moi, ça n'a plus d'importance. Trop, c'est trop. »

Avec un rire amer, Julie conclut :

— Cela ne nous laisse guère le choix.

— Ne dites pas de bêtise! Nous trouverons un moyen. C'est quand on s'avoue vaincu que l'on perd.

— Peut-être, murmura la jeune femme avec un soupir.

— Comment vous appelez-vous?

— Hein? Ah, pardon... Julie. Une abréviation de Juliette.

— Eh bien, Julie, il *doit* y avoir une solution... vous ne croyez pas?

— Peut-être, répéta-t-elle, en haussant les épaules.

— Pour votre enfant.

Surprise et furieuse, elle jeta un regard dur au vieil homme puis se radoucit et hocha doucement la tête.

— Oui, pour Peter, dit-elle. Vous avez raison. Il faut trouver un moyen.

Elle se frotta le front. David remarqua qu'elle était totalement sortie de sa torpeur et que ses yeux reprenaient vie.

— Mais lequel? ajouta-t-elle.

Son visage prit une expression préoccupée; David en conclut qu'elle examinait les possibilités.

— Une diversion, peut-être? dit-il.

— Comment?

— On fait du bruit pour attirer leur attention et on en profite pour se sauver.

De la main il fit le geste de serpenter.

— Ça peut très bien marcher... je le sais!

— Vraiment? Oui... Vous avez peut-être raison. Je...

Elle s'interrompit brusquement, le visage livide, souleva la tête de Peter, se dégagea et rampa vers l'entrée de la crevasse. Une seconde plus tard, elle reculait, les yeux agrandis par la peur.

— Des soldats! Ils descendent le sentier!

Freymann parcourut leur cachette des yeux, l'estima trop facile à découvrir. Il saisit le bras de Julie.

— Vite! Il faut nous cacher ailleurs!

— Où?

— Mettez l'enfant sous un rocher, dans le sable...

— Oui!

Peter, qui s'était réveillé, jetait autour de lui un regard apeuré. David traversa la crevasse, sortit du côté opposé à la plage. La jeune femme suivit, le dépassa. Éperdue, elle regarda à droite et à gauche, saisit l'enfant qu'elle fit passer fébrilement par-dessus un rocher pour le mettre hors de vue.

Freymann les vit disparaître en songeant qu'il ne parviendrait pas à les suivre. Il allait devoir les abandonner, rester sur place. Il examina à nouveau la crevasse; non, ce n'était pas possible... on le trouverait sans tarder. Il rampa au-dehors, aperçut presque aussitôt une fissure plus étroite dans laquelle il se coula. « Celle-ci devrait faire l'affaire. Il le faudra bien », se dit-il en faisant la grimace.

Où aller?

Des rochers lisses, très éparpillés — nulle part où se cacher! Julie avait envie de hurler. Bientôt les gros blocs derrière lesquels elle se trouvait ne la cacheraient plus aux yeux des soldats, qui avançaient vers elle.

Nulle part! Elle regarda vers l'eau.

L'eau, peut-être...

Elle prit Peter par la main et se mit à courir, pliée en deux, dans une petite ravine allant à la mer.

— Chéri, nous allons devoir nous mouiller.

Elle grimpa sur un promontoire, regarda sous elle, vit, entre deux rochers, une sorte de trouée où l'eau dansait avec un léger clapotis. L'endroit ne paraissait pas trop profond et l'eau semblait s'enfoncer sous la roche en surplomb...

Elle prit son sac et celui de Peter, les dissimula dans une fissure et sauta en retenant sa respiration. L'eau, qui était glacée, lui monta jusqu'aux cuisses. Julie trébucha, trouva un endroit ferme sous ses pieds et se retourna vers Peter.

L'enfant se jeta dans les bras tendus de sa mère, qui tenta de le maintenir hors de l'eau mais il était trop lourd. Avant qu'elle n'ait pu bien le saisir, il glissa dans l'eau jusqu'à la taille. Elle vit que le froid coupait le souffle de son fils, et elle le prit dans ses bras.

Elle appuya Peter contre sa hanche, s'approcha de la paroi et s'y colla, sous un surplomb rocheux les cachant de tous côtés — excepté de la mer. Elle embrassa son petit garçon sur la joue, lui murmura à l'oreille :

— Je t'aime, mon chéri.

— Moi aussi je t'aime, maman, répondit Peter, qui tremblait déjà de froid.

Il tourna son visage vers elle et lui donna un baiser sur les lèvres.

« Combien de temps pourrons-nous tenir? songea Julie. Et la marée? » Elle l'avait complètement oubliée : « Mon Dieu! Peut-être montait-elle... »

Les secondes semblaient interminables, l'eau paraissait de plus en plus glacée. Elle serra plus fort contre elle le corps frissonnant de son enfant. Elle tenta d'estimer combien de temps s'était écoulé. « Sept minutes, huit... peut-être. »

Une pierre tomba dans l'eau non loin d'eux; puis un autre bruit, quelqu'un marchait sur les rochers. De lourdes bottes; elles approchaient... elles approchaient encore.

« Mon Dieu! »

Le craquement du cuir juste au-dessus de sa tête.

« Ferme les yeux... espère. »

Un autre craquement, un bruit de semelle raclant la roche.

« Ils s'éloignent! » Les lourdes bottes vont de rocher en rocher...

« Attends, c'est peut-être un piège! »

Un frisson violent agita le corps de Peter.

— Tout va bien, chéri, chuchota Julie à son oreille.

L'enfant hocha la tête mais il claquait des dents et avait la peau glacée.

« Mais il faut attendre... attendre encore. »

Julie attendit — vingt minutes peut-être. Un vent froid soufflant de la mer s'insinuait entre ses vêtements; Peter semblait de plus en plus lourd.

— Encore un peu... encore un peu, murmurait-elle.

Elle s'aperçut avec frayeur que l'eau atteignait maintenant sa taille : la marée montait.

Plus question d'attendre, il fallait partir.

— On s'en va, chéri, dit-elle au visage blême de son enfant.

Peter serrait les dents pour les empêcher de claquer. Elle s'écarta de la roche, regarda au-dessus d'elle : un ciel vide, pas d'Allemands.

Elle ne pouvait sortir de l'eau qu'en montant sur un rocher lisse — et c'était impossible avec Peter dans les bras.

— Je vais devoir te mettre dans l'eau, chéri. Pendant que je grimpe sur le rocher. Excuse-moi, mon chéri...

Sans un mot, le petit garçon se laissa glisser des bras de sa mère dans l'eau, qui montait jusqu'à sa poitrine. Il ferma les yeux un bref instant quand le froid l'enveloppa, les rouvrit.

— C'est bien, dit Julie. Il faut que je monte sur le rocher. Tu pourras me pousser?

Elle attendit que Peter prenne position derrière elle, plaça un pied dans une anfractuosité et se hissa, avec l'aide de Peter, qui poussait vaillamment derrière. La poitrine contre la roche, elle s'immobilisa, regarda autour d'elle : personne en vue.

Elle trouva une autre prise, acheva de grimper sur le rocher, se retourna, s'allongea sur le ventre, prit les mains de Peter et tira. Sans point d'appui, elle parvint à le soulever de quelques centimètres seulement et le laissa retomber dans l'eau. Les lèvres tremblantes, l'enfant se mit à pleurer silencieusement.

— Ne t'en fais pas, chéri... ça va aller!

Elle se releva, posa un pied sur le rocher voisin, se courba, tira à nouveau. Cette fois le corps de l'enfant s'arracha à l'eau, lentement. Quand il fut à mi-hauteur, elle haleta :

— Essaie de... trouver une... prise.

Le garçonnet posa un pied sur le rocher, se colla contre la paroi. Julie s'allongea à nouveau, tira à elle le petit corps ruisselant d'eau.

Elle se leva, récupéra les sacs et entraîna son fils vers la crevasse en disant :

— Viens vite, nous allons nous changer.

Elle remonta avec précaution en suivant la petite ravine. Personne. Puis ils arrivèrent sur le plateau rocheux, cachés des vues de la plage par les énormes blocs. Toujours personne.

Quand elle fut près de l'entrée de la crevasse, elle s'arrêta, scruta la pénombre, le cœur battant. Les Allemands avaient peut-être capturé le vieil homme...

— Eh bien, chère amie, ils sont partis! fit la voix du savant dont le visage fripé et souriant apparut, sortant de l'ombre. Ils sont tous remontés sur la falaise. Je suis content de vous voir sains et saufs.

— Partis? bredouilla Julie, avec un faible sourire.

— Ils ont abandonné les recherches! Ils pensent que nous nous sommes évanouis dans la nature. Nous sommes en sécurité.

« Le sommes-nous vraiment? se demanda Julie; ce n'est qu'un sursis. »

Une autre nuit commençait. Julie mordit dans le pain, se disant qu'elle devait prendre une décision. Ils avaient partagé les derniers vivres de Peter, la plus grande partie pour l'enfant et le reste pour le savant et elle. D'abord le vieil homme avait refusé d'en prendre, mais elle avait insisté. Ils avaient bu de l'eau saumâtre qui stagnait dans des creux de rocher.

Mais maintenant les vivres étaient épuisés. Peter avait mis ses seuls vêtements de rechange, qui n'étaient pas très chauds. Toute la journée il avait eu froid et des frissons. Il était probablement en train de s'enrhumer. Il fallait faire quelque chose, mais quoi? Que faire avec un enfant et un vieillard malade?

L'idée d'avoir à décider la rendait nerveuse; elle cherchait à retarder ce moment. Plus ils attendaient, plus ils auraient de chances... Les sentinelles ne resteraient pas indéfiniment sur la falaise. Peut-être...

Décision impossible à prendre. Peut-être attendre encore une journée?

Julie ferma les yeux et reprit la question à partir du début. Depuis le matin, Freymann et elle en avaient discuté une douzaine de fois. Le seul point dont ils aient décidé était de ne pas bouger de jour. Leur unique espoir résidait dans l'obscurité. David préconisait une tactique de diversion; il proposait de remonter seul le sentier et de courir, afin d'éloigner la sentinelle pendant que Julie et Peter s'échapperaient. Julie avait rétorqué que David serait aussitôt abattu et que les autres sentinelles accourraient à l'instant.

Après quoi, Freymann resta longtemps silencieux. Ensuite Julie lui posa des questions sur sa vie, et il lui parla de son enfance et des jours heureux de Berlin. Il ne raconta pas grand-chose sur ce qui s'était passé ensuite et elle n'insista pas.

— Et que ferez-vous en Angleterre? demanda-t-elle.

— Qui sait? J'ai appris à ne pas penser à l'avenir.

De nouveau il s'était tu, sauf pour demander à Julie de l'appeler David.

— J'essaierai, monsieur. (Elle rit.) C'est difficile de ne pas vous appeler monsieur. La seule personne de votre âge que j'appelle par son prénom, c'est mon oncle.

— Quel âge croyez-vous donc que j'ai?

— Eh bien... Pas tellement vieux. Oh! mon ami, je vous ai fait de la peine.

— Non, non.

— Quel âge avez-vous?

— Cinquante-deux ans, ou cinquante-trois... Je ne sais plus très bien.

— Ah! — Elle était étonnée; il faisait plus de soixante ans. — C'est ce que je pensais, ajouta-t-elle.

Il lui sourit parce qu'elle mentait par gentillesse. Puis il s'installa pour dormir; elle resta seule avec ses pensées. Maintenant il faisait nuit et penser ne lui avait pas apporté la solution.

— Maman, j'ai entendu un bruit, dit Peter en lui prenant la main.

Elle écouta, tendue. La nuit était très calme, silencieuse. Soudain un long sifflement, très faible, intermittent. C'était un homme qui sifflait. Les pensées se bousculèrent dans son esprit : des amis? des Allemands? Un piège astucieux? Oui, quel piège malin!

Le sifflement se rapprocha, la panique s'insinua en elle.

— Juliette? appela doucement une voix. Où es-tu?... Julie...

Elle se raidit : c'était sans doute un traquenard subtil...

— ... Julie... C'est moi, Michel.

La jeune femme poussa un long soupir, pressa le bras de Peter, se leva et sortit de la crevasse.

— Michel! appela-t-elle. Par ici! Nous sommes ici!

Quelques secondes plus tard, une silhouette sombre émergea de la nuit. Julie lui saisit le bras et se mit à sangloter de soulagement et de gratitude.

— Oh! Mon Dieu! Mon Dieu! hoquetait-elle.

— Vite! dit Michel avec rudesse. Combien êtes-vous?

— Trois, Peter, le vieil homme et moi.

— Quel vieil homme?

— Freymann, le savant.

— Ah!

Michel eut l'air contrarié.

— Ça t'ennuie?

— Il va nous ralentir, c'est tout.

— Il fera de son mieux, j'en suis sûre.

— Bon, alors en route. Nous devrons faire vite.

— Oui, oui. Je vais chercher les autres, dit Julie précipitamment.

(Elle retourna dans la crevasse.) Venez, nous partons. N'oubliez rien. Tu as ton sac, Peter?

— Oui, maman.

Elle ressortit la première, passa sur les rochers, et attendit que l'enfant et le vieillard la rejoignent, puis se mit à descendre en direction de la plage. Un grognement la fit se retourner : Freymann, à genoux sur un rocher, essayait de se relever. Elle lui tendit la main, l'aida à se mettre debout et le conduisit à l'endroit où Michel et Peter attendaient.

— Défense de parler, ordonna Michel avec brusquerie. Pas de bruit. Et il faudra rester en file indienne : Freymann derrière moi, ensuite Peter, et Julie pour fermer la marche.

— Et les gardes sur la falaise? demanda la jeune femme, qui venait de découvrir la mitraillette pendant à l'épaule de Michel.

— Il n'y aura pas de gardes si nous faisons vite.

Michel partit d'un pas rapide et Julie craignit que les deux autres soient incapables de suivre, mais Peter et David demeurèrent dans le sillage de Michel jusqu'au pied de la falaise.

Sur le sentier, ce fut une autre affaire, Freymann se mit à haleter après une dizaine de mètres seulement. «Jamais il ne parviendra en haut sans se reposer, se dit Julie. Et Peter non plus. »

Le vieil homme ralentit progressivement, s'arrêta, le souffle court, en balbutiant des excuses. Julie se pencha et caressa la joue de Peter. Après une courte pause, ils repartirent, beaucoup plus lentement, et en s'accordant régulièrement un instant de repos. Il leur fallut une vingtaine de minutes pour atteindre le sommet et Julie sentait grandir l'impatience de Michel.

A quelques mètres du haut, le jeune homme leur fit signe d'attendre, disparut en rampant. Julie se mit à prier. Il revint quelques instants plus tard, leur fit signe d'avancer. Julie parvint au sommet juste derrière Peter et, voyant Michel s'éloigner rapidement, elle saisit la main de l'enfant et se mit à courir. Son pied heurta quelque chose, elle trébucha, baissa les yeux, faillit se mettre à crier. C'était un cadavre portant un casque, celui de la sentinelle...

Elle courut, entraînant Peter, aperçut devant elle Freymann, qui se trouvait à nouveau en difficulté. Lorsqu'elle fut à sa hauteur, elle ralentit pour rester à ses côtés.

« Je ne peux pas continuer, pensait David. Ce n'est pas possible. Je vais leur demander de me laisser, je me débrouillerai seul. »

Il tituba, tomba à genoux, pantelant. La jeune femme s'arrêta, se pencha vers lui.

— Encore un effort, vous pouvez y arriver. Ce n'est plus loin, maintenant.

Les poumons en feu, il tenta de répondre mais ne parvenant pas à retrouver son souffle, il secoua la tête.

Le jeune homme revint sur ses pas :

— Debout! Vite! Il faut rejoindre la route. Allez!

— Partez... sans moi, bégaya David. N'attendez pas.

— On ne peut pas vous laisser, répliqua le jeune homme avec irritation. Vous nous feriez tous prendre.

Freymann n'avait pas vu la chose sous cet angle. Alors en avant... Il se releva, avança d'un pas chancelant. Le jeune homme cala son épaule sous le bras de David et, moitié le portant, moitié le tirant, repartit sur le sol accidenté. Bien que le terrain descendît à présent, David l'entendait souffler bruyamment et s'efforçait de se faire le moins lourd possible. Mais ses jambes étaient faibles et il n'arrivait pas à reprendre son souffle.

Finalement, lorsqu'ils parvinrent à un muret, David estima qu'il avait repris assez de forces pour avancer seul et se dégagea. Il enjamba l'obstacle, se retrouva dans un champ que les autres avaient déjà entrepris de traverser. Il les suivit d'un pas mal assuré. Bien que leur allure soit maintenant moins rapide — Michel avançait prudemment, comme un chat —, David savait qu'il ne pourrait aller beaucoup plus loin.

Il se rendit compte qu'à ce moment, personne ne faisait attention à lui. S'il se cachait là, nul ne le saurait et il ne les mettrait pas en danger.

Peu à peu il ralentit jusqu'à ce que les autres aient disparu dans l'obscurité. Et alors, doucement, avec soulagement, il tomba à genoux, s'étendit sur la terre en portant une main à sa poitrine douloureuse.

Constatant qu'ils passaient au nord du village, Julie se demanda où Michel les emmenait. A Morlaix, peut-être... Mais où les cacherait-il? Dans son appartement? Ce serait terriblement risqué. Où qu'ils aillent, ce serait risqué.

Elle se retourna, ne vit pas le savant et attendit. Il n'arrivait pas.

— Qu'est-ce qui se passe, bon Dieu? dit Michel en s'approchant.

— Freymann est à la traîne. Je vais le chercher.

— Nous n'avons pas le temps!

— Pas question de l'abandonner! Tiens, occupe-toi de Peter pendant ce temps-là.

Elle fit demi-tour, partit à grands pas dans l'obscurité, retourna au muret. Le vieil homme ne pouvait être loin...

Elle l'aperçut, gisant par terre, se précipita vers lui.

— David, David! Vous n'avez rien?

Elle le crut mort jusqu'au moment où il se mit à gémir :

— Désolé... Laissez-moi... ici.

— Pas question! Venez! Vous êtes trop important — et de toute façon, j'ai besoin de vous.

— Laissez-moi ici, je vous en prie...

— Mais les Allemands vous trouveront!

— Et alors? Tout ce qu'ils peuvent me faire, c'est me tuer.

— Non! Ils vous renverront en Allemagne pour vous faire travailler. Ils menaceront votre famille pour vous contraindre à obéir. Allons, allons, je vous en supplie!

Freymann ne bougea pas et Julie pensa qu'il avait renoncé à vivre. Enfin, il émit une plainte, se redressa et, avec l'aide de la jeune femme, se mit debout. Lentement, l'une soutenant l'autre, ils repartirent.

— Pressons! fit Michel en les voyant. Il faut vraiment se dépêcher!

Laissant le village derrière eux, ils marchèrent à travers champs vers le sud-ouest et Julie estima, au bout d'un moment, qu'ils devaient approcher de la petite route reliant Tregasnou à l'estuaire et à Kernibon. Lorsqu'ils l'auraient traversée, il n'y aurait plus que des terres cultivées, sur des kilomètres. Où Michel voulait-il les conduire? Le savant était épuisé, il respirait avec difficulté. Peter, fatigué lui aussi, le pauvre petit, commençait à traîner les pieds.

Une haie se dressa devant eux, dans laquelle une porte ouvrait sur la route. Michel disparut derrière la haie. Julie le suivit, se figea : il y avait quelqu'un d'autre, tapi dans l'ombre. La silhouette se détacha, s'avança vers la jeune femme, qui reconnut une apparence familière.

— Jean! s'écria-t-elle.

— Vite! A la camionnette! fit l'oncle en lui prenant le bras.

— La camionnette?

Il la conduisit à la vieille Peugeot garée dans l'obscurité, sous la haie, quelques mètres plus loin. Michel ouvrit la porte arrière, fit monter Freymann et Peter.

— Toi, Julie, tu prends le volant.

— Moi?

— Tu préfères tenir la Sten?

Elle mit un moment à comprendre qu'il parlait de la mitraillette — une arme inquiétante et laide dont elle n'aurait jamais su se servir. Elle se tourna vers son oncle, lui saisit la main et dit avec chaleur :

— Merci, Jean! Merci!

— C'est Michel qu'il faut remercier.

— Prends soin de Tante Marie. Et surtout, ne te fais pas prendre! Surtout!

— En route, grommela Jean. Le temps presse. Vite!

Après l'avoir serré dans ses bras, Julie monta dans la camionnette, s'installa au volant. Jean ouvrit la porte donnant sur la route, disparut un instant, puis revint et leur fit signe d'avancer. Michel tourna la manivelle, le vieux moteur démarra en pétaradant. Michel sauta à côté de Julie.

— Sors par la porte et tourne à droite. En avant, lui dit-il.

La gorge nouée, elle passa en première, embraya, et la camionnette bondit en avant. Julie donna un grand coup de volant, s'engagea sur la route plongée dans les ténèbres. Plus moyen de dire au revoir de la main à Jean.

— Je ne vois rien! s'écria-t-elle.

Michel tendit le bras vers le tableau de bord, appuya sur un bouton. Les phares s'allumèrent mais on les avait entourés d'espèces de capuchons, de sorte qu'ils ne projetaient qu'une faible lueur sur les murs ou les haies bordant la route. Le cou tendu, Julie accéléra. Un tournant surgit, elle faillit le manquer, donna un coup de volant brutal et heurta un mur avec l'aile gauche.

— Désolée...

— Continue!

Ils traversèrent un hameau, descendirent une côte vers un croisement. Julie s'apprêtait à demander quelle direction elle devait prendre quand Michel lui cria :

— Tout droit!

Elle ne leva pas le pied; la camionnette franchit en trombe le croisement. Michel regarda vivement à droite puis à gauche, passa la tête à la portière pour jeter un coup d'œil vers l'arrière.

— Rien... dit-il.

Une descente en direction de l'estuaire, Julie vit qu'ils approchaient de Kernibon. La route s'arrêtait un peu plus loin.

A l'entrée du village, Michel coupa le contact, le moteur s'arrêta et la Peugeot descendit la côte dans un étrange silence.

— Vers le port! dit Michel.

En bas de la pente, Julie résista à la tentation de donner un coup de frein; la camionnette roulait encore vite en traversant le village; elle poursuivit son chemin le long de la route longeant la crique. Elle finit par ralentir. Julie se rangea sur le côté, Michel descendit, alla ouvrir la porte arrière tandis que Julie essayait de maîtriser les tremblements qui la secouaient.

Elle sauta du véhicule, Peter accourut lui prendre la main, et ils suivirent Michel le long du petit port. Celui-ci s'assit soudain sur le bord de la digue, se laissa glisser et disparut.

Il y eut un léger bruit, des pas étouffés, et la voix de Michel monta vers eux :

— Le vieux d'abord!

Freymann s'approcha du bord, s'assit maladroitement et se mit lui aussi à descendre. Julie fit un pas en avant, vit une échelle de barreaux scellés dans la pierre, en bas de laquelle flottait un youyou. Elle expliqua à Peter comment descendre face au mur, lui recommanda de faire attention. Quand l'enfant fut à bord, elle se fit violence pour suivre le même chemin : sa peur du vide n'avait d'égale que sa haine des bateaux. Lorsque son pied toucha le youyou, elle s'y laissa tomber en perdant l'équilibre. Elle se meurtrit le tibia en arrivant au fond, mais serra les dents et ne dit rien. Michel prit la godille et éloigna l'embarcation du quai. Julie le regarda avec étonnement : jamais elle ne l'aurait cru capable de manœuvrer un bateau. Elle se souvint alors du jour où elle était venue ici acheter un cochon, quand elle l'avait surpris dans ce petit port et qu'il avait été si peu loquace. Comme il dirigeait l'embarcation vers les navires de pêche mouillés au centre de la crique, elle supposa qu'il avait l'intention de les cacher tous les trois à bord de l'un d'eux.

Lorsque le youyou fut accosté à l'un des plus petits navires de pêche, Michel aida Freymann à monter à bord. Ce fut ensuite au tour de Julie et de Peter, puis celui de Michel, qui amarra l'embarcation au bateau de pêche.

Julie examina celui-ci : c'était un petit bâtiment, non ponté, sans même un abri de timonerie. Pas un coin pour se cacher.

— Michel, on ne peut pas se cacher sur ce bateau! dit-elle.

— Non, mais on peut traverser.

— Traverser?

— Aller en Angleterre. C'est bien là que tu veux aller, n'est-ce pas?

Julie ouvrit de grands yeux; elle était stupéfaite.

— Oui, mais... là-dedans?

Le bateau était beaucoup plus petit que celui qu'elle avait pris à Morlaix, trois ans plus tôt. Hormis quelques planches clouées depuis l'avant jusqu'à mi-chemin du mât, il était entièrement découvert et Julie imaginait déjà les vagues s'y engouffrant.

— Oui, répondit simplement Michel. Voici des cirés — l'eau douce et le reste se trouvent à l'avant. Ce n'est pas grand-chose mais c'est tout ce que j'ai pu trouver. Viens que je t'explique, reprit-il en gagnant l'arrière. Ici, la barre pour gouverner, là, le compas. Je vais allumer la petite lampe à pétrole du compas mais il faudra la masquer jusqu'à ce que vous soyez loin de la côte. Il y a bien un moteur mais presque plus de carburant et, de toute façon, il fait trop de bruit pour que vous puissiez l'utiliser au départ. Autant vous en passer...

— Michel, qu'est-ce que tu racontes?

— Pour les voiles, c'est simple, il y en a une grande et une petite. Si vous avez le vent contraire, il vous faudra les deux sinon la grande suffira...

— *Michel! Qu'est-ce que tu dis?*

Il se tourna vers Julie et lui lança d'un ton sec :

— Désolé, je voudrais bien vous accompagner mais je ne peux pas. Il faut que je reste ici. Je ne peux faire plus pour toi, Julie.

— Non! non!...

Elle lui saisit le bras et tenta de lire son visage dans l'obscurité.

— Je ne peux pas! Je ne sais pas ce qu'il faut faire!

— Je hisserai les voiles, je resterai avec vous jusqu'à ce que vous soyez dans la baie. Ensuite, tout ce que vous aurez à faire, c'est maintenir le cap au nord...

— *Je ne peux pas!*

Il la prit par les épaules et la secoua doucement.

— Tu n'as pas le choix! Ce n'est pas l'idéal, je le reconnais, mais ça vaut mieux que de se faire prendre par la Gestapo.

Julie le regarda avec des yeux effarés. Elle répétait avec désespoir :

— Mais je ne connais rien aux bateaux!

— Je vous mettrai dans la bonne direction, je te l'ai dit... Bon, maintenant, en route, si nous voulons profiter de la marée.

Michel courut au mât, se mit à haler un cordage. Julie le regarda faire avec consternation.

— Maman, je pourrai t'aider, dit Peter. Richard m'a tout appris sur la navigation. Maman?

Elle baissa les yeux vers la petite figure pâle, et machinalement caressa les cheveux de son fils.

— Ah, mon chéri, je...

Et alors, elle se rappela ce que la Gestapo faisait aux enfants; tenant le visage de Peter dans ses mains, elle s'efforça de sourire.

— Nous ferons de notre mieux, chéri. Nous irons en Angleterre.

Mais, en même temps qu'elle prononçait ces mots, le désespoir l'envahissait. Peter fit oui de la tête et serra fortement la main de sa mère. Debout près du mât, Michel tirait sur un cordage. Elle entendit un claquement, vit une voile noire monter lentement le long du mât. Michel se pencha à l'avant, hala quelque chose, courut à l'arrière, détacha un cordage, se précipita sur la barre. Julie vit la terre s'éloigner, le bateau avait appareillé. Le claquement diminua, s'arrêta; elle leva les yeux vers la voile, dont la forme noire incurvée se détachait, immense, sur le ciel.

En voyant apparaître la sortie du petit port, Julie eut un mouvement de recul involontaire. Le bateau passa à un mètre du môle de brique, glissa rapidement vers l'immensité noire de la nuit.

Sentant la coque bouger sous ses pieds, Julie agrippa le bastingage. Elle avait déjà le mal de mer, le cauchemar commençait. Et elle ne connaissait rien de tout cela, absolument rien.

— Viens ici! appela Michel.

Elle traversa d'un pas hésitant, le rejoignit.

— Écoute bien, nous n'avons que cinq minutes. Il y a une torche dans le caisson à voiles qui se trouve derrière moi, et voici les imperméables dont je t'ai parlé. Tiens, prends la barre... Il faut pousser du côté opposé à celui où on veut aller. Tu t'habitueras... Maintenant, écoute *très* attentivement. Le cap...

La gorge serrée, Julie fixait l'obscurité. Au bout d'un moment, elle s'aperçut que Michel avait cessé de parler et qu'il s'était levé, lui abandonnant la barre.

— Bonne chance, Julie.

— Mais...

Il était en train de détacher quelque chose — l'amarre du youyou. Il enjamba le bordé.

Elle fut sur le point d'éclater en sanglots.

L'instant d'après, il était parti.

CHAPITRE XXVI

Vasson tendit la main vers le tableau, le toucha. Il représentait un tracteur, rouge vif et peint de façon naïve. Pas mal pour un enfant. Sans doute la mère avait-elle aidé à le faire. Il les imaginait assis côte à côte sur le plancher, absorbés par leur travail et heureux; il en éprouva de l'irritation et se détourna.

Il y avait également un modèle réduit d'avion pendu au plafond, un autre tableau et des vues de Paris. Rageusement, il arracha le dessus de lit; celui-ci n'était pas fait, les couvertures étaient proprement pliées, le traversin n'avait pas de housse.

Sous l'avant-toit se trouvait un coffre en bois. Vasson le tira à lui, souleva le couvercle, vida le contenu sur le plancher : quelques jouets, des vêtements, des vieux chiffons.

De la saloperie.

Au moment où il se dirigeait vers l'escalier, il heurta de la tête le modèle réduit d'avion accroché au plafond, le repoussa avec irritation. Le mince fil retenant la maquette se brisa, l'avion tomba sur le sol, Vasson l'écarta d'un coup de pied.

Il descendit dans la chambre au-dessous, celle de la femme, propre et bien rangée, le lit recouvert comme celui de l'enfant.

Elle entendait être absente pas mal de temps, la garce. Il inspecta les tiroirs de la commode; dans celui du haut étaient des sous-vêtements soigneusement pliés, entre lesquels se trouvaient des sachets exhalant des senteurs d'herbes. Il vida le tout sur le plancher. Dans le tiroir suivant, des blouses, des lainages — aucun intérêt. Avec impatience il tira violemment le tiroir du bas : des papiers, une carte d'alimentation, des lettres, une vieille photographie.

Il jeta un coup d'œil aux lettres mais elles étaient en anglais — langue qu'il ne connaissait pas — et signées « your mother ». La photo représentait deux personnes sur une plage : la fille, beaucoup plus jeune, quatorze ou quinze ans, très mince, son corps anguleux vêtu d'un maillot de bain à l'ancienne mode, peu seyant. Elle clignait des yeux à cause du soleil. A côté d'elle était une femme assez boulotte habillée d'une robe à fleurs. Au bas de la photo, quelqu'un avait écrit, toujours en anglais : *Mummy and me. Cawsand. 1929.*

Cawsand. Sans doute une plage d'Angleterre. Alors la fille n'était pas bretonne, mais anglaise, probablement un agent débarqué en France pour espionner. La supposition mit Vasson mal à l'aise : il avait l'impression qu'on l'avait joué.

Si Baum l'apprenait, il lui passerait un nouveau savon et Vasson avait déjà eu son compte à propos du savant. Non, il valait mieux ne rien lui dire. Vasson glissa dans sa poche la photo qui, d'ailleurs, ne donnait aucun indice sur le lieu où se trouvait actuellement la garce. Et c'est cela qu'il avait besoin de connaître. Car elle était sans doute la clef; elle était allée à la falaise avec le savant; elle devait le cacher.

Soudain il sursauta en entendant un cri affreux dans la pièce voisine. Il frissonna et, se faisant violence, s'approcha de la porte. Il hésita, mi-écœuré mi-fasciné par ce qu'il allait voir, finit par tourner la poignée et entra dans la cuisine.

Appuyé contre la cheminée, Baum contemplait ses ongles. A sa gauche, trois de ses hommes entouraient un fauteuil dans lequel une forme était assise, le visage en sang, le nez écrasé, les yeux réduits à des fentes entre les paupières violettes et les pommettes boursouflées. La vieille femme était méconnaissable.

Vasson adressa un regard interrogateur à Baum, qui répondit par une moue de dégoût : toujours rien.

Reportant son regard sur l'horrible spectacle, Vasson s'assit sur une chaise dans un coin.

— Où est la fille? cria un des tortionnaires dans l'oreille de la vieille femme.

Elle remua les lèvres, comme pour parler, garda la bouche grande ouverte sur ses gencives édentées et se mit à geindre.

L'homme faisant face au fauteuil dit quelque chose en allemand à son collègue qui acquiesça de la tête, mit la main dans une de ses poches et en tira deux morceaux de corde, dont ils attachèrent les mains de la vieille femme aux bras du fauteuil. Vasson remarqua que la corde n'enserrait pas le poignet mais toute la largeur de la main. Il passa sa langue sur ses lèvres devenues sèches.

— Où est la fille?

Nouveau gémissement. Chacun des Allemands saisit un des doigts de la femme, le rabattit lentement en arrière. Les yeux rougis de sang de la vieille prirent une expression d'incrédulité, puis elle poussa un grand cri qui emplit la pièce. Brusquement elle se convulsa, son corps arqué en avant, ses bras tirant sur les cordes, et se mit à hurler d'un long hurlement strident qui perçait les tympans. Vasson se boucha les oreilles. Elle cessa de crier; dans le silence on entendit un léger craquement, suivi d'un autre. Les hommes lâchèrent les deux doigts qui demeurèrent pointés en l'air, faisant un angle insolite avec le reste de la main.

La tête renversée en arrière, la vieille femme émit une longue et faible plainte.

— *Où est la fille?*

Elle ouvrit à nouveau la bouche mais rien n'en sortit et elle se mit à trembler, lentement d'abord puis de plus en plus rapidement, jusqu'à la frénésie, comme un animal fou. Mal à l'aise, Vasson détourna les yeux au moment où la femme perdait connaissance.

Baum se cala contre la cheminée et lança quelques mots en allemand à ses hommes, puis se tourna vers Vasson. Il faisait jouer les muscles de sa mâchoire sous la peau d'un rose malsain de ses joues.

— Nous n'avançons pas, dit-il avec irritation. Le plus affligeant, c'est que rien de tout cela n'aurait dû arriver!

— Si vos hommes avaient bien ratissé la plage, ils n'auraient laissé personne s'échapper, aboya le Français. Et pour commencer, si le savant avait été mieux surveillé par la marine, il ne se serait pas enfui.

— Ne joue pas au malin avec moi, petit maquereau, murmura

l'Allemand. — Il leva l'index. — Essaie seulement de me mettre l'affaire sur le dos et je t'étripe, espèce de marlou!

— Ne vous énervez pas, dit Vasson avec un bref sourire. Nous trouverons un moyen. Avec le mari de la vieille, par exemple...

— Ah! oui, le mari! s'exclama Baum, exaspéré. Et vous savez où il est, vous? Moi, je ne le vois pas!

Il se passa la main sur le front.

Baum avait raison; ils n'avaient rien. Personnellement, Vasson s'en moquait pas mal. Il en avait assez de cette histoire, mais ne tenait pas à servir de bouc émissaire, et avait le sentiment peu agréable que Baum essaierait de mettre l'échec sur son dos.

Il s'assit avec lassitude et alluma une cigarette. « C'est la faute de cette garce, songea-t-il. C'est elle qui a tout bousillé. »

La femme gémit, Baum fit signe à ses hommes de se remettre au travail. Au même instant, un bruit de bottes retentit dans la pièce de devant, la porte s'ouvrit, un soldat entra, salua, dit quelques mots en allemand. Les hommes regardèrent Baum avec une expression d'inquiétude. Celui-ci devint écarlate, se tourna vers Vasson et dit lentement en français :

— Je croyais que vous aviez pris tout le monde!

— Nous avons capturé la plupart d'entre eux, répondit Vasson en se tortillant sur son siège.

— Alors, pourquoi mes hommes se font-ils assassiner? beugla l'Allemand.

— Vos hommes? Où ça?

— Une sentinelle, sur la falaise. Ces sales cochons d'assassins!

« Pourquoi les Résistants étaient-ils retournés sur la plage? se demanda Vasson. Pourquoi diable...? » Il ferma les yeux, réfléchit. Il ne pouvait y avoir qu'une seule raison.

— Merde, lâcha-t-il à haute voix.

— Quoi?

— Ils sont restés là tout le temps, sur la plage.

— Impossible...

— Ils y étaient!

Baum lui lança un mauvais regard.

— Je ne vois pas comment...

— La ferme! Je réfléchis.

Vasson tenta d'imaginer où les amis de la femme avaient pu l'amener.

— Maintenant qu'ils ont récupéré la fille et le savant, dit-il, ils vont devoir les cacher quelque part, dans le secteur...

— Bravo! fit Baum, sarcastique. Mais *où*? Non, le seul moyen c'est de prendre des otages et de les fusiller demain. Vingt — non, trente, parmi les parents de ces assassins.

Baum commença à donner des ordres, mais Vasson savait que la méthode des otages prendrait trop de temps. Si seulement ils avaient le mari au lieu de la femme! Lui, connaissait sans doute l'endroit où se cachaient les autres.

« Bon Dieu de bon Dieu! Si près d'ici. » Il serra les poings et poussa un juron étouffé.

Un cri s'éleva à l'extérieur, la porte s'ouvrit de nouveau, un soldat fit entrer dans la cuisine un petit homme trapu âgé d'une soixantaine d'années et vêtu comme un paysan. En découvrant la forme ensanglantée, recroquevillée dans le fauteuil, il se précipita en avant et cria :

— Marie! Marie!

La vieille femme poussa un gémissement et l'homme s'écria : « Non, non! »

Comprenant aussitôt qui était celui-ci, Vasson éclata de rire. Ses prières avaient été exaucées. C'était vraiment de la chance.

Le vieil homme sanglotait éperdument. Vasson aurait bien aimé que Baum mette un terme à cela. L'Allemand fit un signe à ses sbires qui se saisirent du nouveau venu.

— Je vous en prie! je vous en prie! supplia-t-il en pleurant. Je vous en prie, laissez ma femme tranquille! Elle ne sait rien!

Baum attendait, appuyé contre la cheminée.

— Je vous en prie, reprit l'homme en sanglotant. Je me suis livré à vous parce qu'elle ne sait rien — rien du tout!

Il haletait et secouait la tête de côté et d'autre.

— Et vous, vous savez quelque chose? demanda Baum d'une voix calme.

Le paysan hocha lentement la tête en fermant les yeux. Son corps s'affaissa entre les deux tortionnaires.

— Oui, murmura-t-il. Je vous dirai tout ce que vous voulez savoir.

— Excellent, murmura Baum, les yeux baissés vers ses ongles et un léger sourire sur les lèvres. La petite est avec le savant?

— Oui.

— Et où sont-ils?

— Sur un bateau de pêche.

Un silence; le sourire de Baum s'éteignit.

— Où se trouve ce bateau?

— En mer. Mais je ne sais pas où il va.

— Vous ignorez où il va?

— Ils ne me l'ont pas dit.

— Je vois, dit Baum. Vous vous rendez compte que nous pouvons vous arracher cette information par un moyen ou un autre?

— C'est la vérité, je vous le jure! s'écria le vieil homme en secouant la tête avec force. Leur destination est l'Angleterre, je suppose, mais je ne sais pas où exactement...

— L'Angleterre, bien sûr! s'exclama Vasson. Ils ne pouvaient aller ailleurs!

Le vieux regarda Vasson pour la première fois, en se demandant qui il était.

— La fille était de là-bas, n'est-ce pas?

L'homme acquiesça.

— Qui d'autre se trouve à bord?

— Je ne sais pas trop...

— Freymann, le savant?

Il hésita.

— Oui.

— Et le petit garçon aussi?

— Oui, murmura le paysan, qui éclata en sanglots.

— Personne d'autre?

— Je n'ai entendu parler que de ces trois-là. C'est tout ce que je sais, je vous le jure. Laissez ma femme tranquille, je vous en supplie!

L'oncle Jean fit un pas vers la tante Marie mais les deux Allemands le retinrent. Baum s'approcha de Vasson, lui glissa à l'oreille:

— S'il ment, je peux le faire parler.

— Supposons que ce soit la vérité...

— Alors il me faudra prévenir le Haut Commandement, alerter les unités côtières, répondit Baum, l'air contrarié. Le bateau ne peut être loin.

« Espérons-le », pensa Vasson. Baum allait s'éloigner quand le Français lui posa une main sur le bras et murmura:

— Le vieux, vous allez le fusiller, n'est-ce pas?

310

— A la fin.

— Ne tardez pas trop. Il a vu mon visage.

Le téléphone éveilla Dönitz qui se redressa et décrocha à tâtons. Il devait être environ une heure, estima-t-il. Vraiment pas moyen de dormir.

— Berlin, Amiral, annonça la voix de son aide de camp. Le *Reichsmarschall* Goering à l'appareil.

Dönitz alluma la lumière; sur la ligne, des voix, des déclics; il attendit en lissant distraitement la couverture du lit.

— Amiral? dit enfin Goering. Quel temps fait-il à Paris? Ah! je vous envie vos petits voyages là-bas. C'est si beau, si tranquille!

« Il veut sans doute insinuer qu'il n'y a pas de bombardements comme à Berlin », pensa Dönitz.

— Comme j'aimerais que nous puissions établir tous nos postes de commandement à Paris! poursuivit Goering d'une voix pâteuse.

Dönitz soupira; le *Reichsmarschall* était drogué, une fois de plus.

— ... enfin, la vie sera bientôt plus paisible à Berlin mais d'ici là, il faut régler cette histoire de radar.

L'amiral, qui se demandait où son correspondant voulait en venir, marmonna un « certainement » qui n'engageait à rien.

— La bande d'imbéciles de Himmler a perdu un savant important, reprit Goering. Il faut le rattraper. Il est en mer.

— En mer? répéta l'amiral, interloqué.

Goering se lança dans une longue explication. A mesure que le maréchal parlait, Dönitz se figeait. Il voyait où voulait en venir son interlocuteur qui finit par dire :

— Il faut donc organiser les recherches. Quand pourrez-vous commencer, cher ami?

— C'est impossible, rétorqua Dönitz. Autant chercher une aiguille dans une meule de foin! Même si j'avais des unités disponibles, ce serait tout simplement perdre son temps...

— Vous m'avez mal compris, Amiral. Le Führer lui-même a ordonné ces recherches. C'est d'une importance capitale! Vous avez des vedettes, une énorme flotte de sous-marins... il vous sera certainement possible d'en détacher pour une affaire vitale.

La main crispée sur le téléphone, Dönitz répliqua sèchement :

— J'envisagerai les mesures à prendre quand l'ordre me parviendra directement du Quartier Général du Führer.

— Naturellement, cher ami. L'ordre vous sera transmis directement, je n'en doute pas.

Dönitz pensa que l'affaire devait être d'importance pour le maréchal; Goering ne lui avait jamais autant donné du « cher ami ». Dans ce cas...

— Quand je recevrai cet ordre — si je le reçois —, je réclamerai un soutien aérien, répliqua Dönitz d'une voix égale. Il faudra plusieurs patrouilles pour localiser ce bateau de pêche. C'est seulement ainsi que ce pourrait être faisable...

La voix pâteuse l'interrompit :

— Cher ami, c'est impossible, vous le savez bien. La Luftwaffe ne dispose plus d'aucune réserve, nous devons avant tout défendre l'Allemagne. En outre, dans la Manche... Non, je ne peux vous accorder aucune aide.

« Eh bien, non, se dit Dönitz, tu ne t'en tireras pas à aussi bon compte cette fois-ci. »

— Impossible de trouver ce bateau sans soutien aérien, répliqua-t-il d'un ton brusque. Ce serait aller à un échec certain. Il me faut absolument un appui aérien!

Après un silence, Goering céda de mauvaise grâce :

— Un appareil de reconnaissance, alors... Je vais voir. Vous savez, je ne demande pas mieux que de vous aider. Le Führer est très soucieux de cette affaire, voyez-vous, très soucieux... Vous allez nous retrouver ce savant, n'est-ce pas Dönitz ?

Question absurde. L'amiral répondit sans se compromettre :

— Je verrai ce que je peux faire.

— Parfait. Nous avons besoin de lui, rappelez-vous. Il nous faut aboutir dans cette histoire de radar, n'est-ce pas ? Il est essentiel de la régler, essentiel. Vous comprenez cela parfaitement, n'est-ce pas ?

— Oui, soupira Dönitz.

Comment ne l'aurait-il pas compris ? La veille, deux sous-marins avaient encore disparu.

— Pourquoi ce savant est-il tellement important ? ajouta-t-il.

— Ah ! il a travaillé il y a longtemps sur ce nouveau type d'appareil. Il le connaît. Il nous fera gagner beaucoup de temps.

Brusquement quelque chose se déclencha dans la tête de Dönitz :

— Son nom ? Quel est son nom ?

— Un moment... Mmm... Freymann. Il est juif, mais que voulez-vous...

Dönitz mit fin à la conversation, raccrocha. Ainsi, Freymann s'était échappé et Goering — ou plutôt Schmidt — voulait le récupérer. Si le responsable de la recherche scientifique avait jugé bon d'en référer à Hitler lui-même, l'affaire devait effectivement avoir une importance capitale. Schmidt s'était probablement rendu compte que Freymann avait été sur la bonne voie, dès le début... Le souvenir d'un jour très ancien revint à l'esprit de l'amiral : les expériences à bord du navire, l'étrange petit homme rondelet dont les idées bizarres fusaient comme des étincelles d'un feu de bois.

Il enfila sa veste d'uniforme par-dessus sa chemise, qu'il avait gardée, se rappela que Freymann travaillait dans un établissement dépendant de la Marine. « Pourvu que nous ne soyons pas responsables de son évasion ! » pensa-t-il. Avec un soupir, il boutonna sa veste, passa dans la pièce voisine, lança à son aide de camp qui s'était levé d'un bond :

— J'attends un ordre du quartier général du Führer, apportez-le-moi dès qu'il arrivera. Entre-temps, veuillez informer l'amiral Kohl que je lui demande de me rejoindre dans deux minutes, à la Salle des Opérations.

Il fallait respecter le protocole : commandant en chef du Groupe Ouest, Kohl était ici chez lui, dans son poste de commandement. Dönitz était un visiteur.

Ce dernier marqua un arrêt d'une minute, puis se rendit à la Salle des Opérations. Il devrait attendre l'ordre du Führer, mais on pouvait toujours examiner la tactique à employer. De toute façon, il savait que cet ordre allait arriver. Goering avait paru très sûr de lui.

A l'entrée de Dönitz dans la salle, l'amiral Kohl et ses collaborateurs se levèrent et s'approchèrent des vastes tables de positionnement, où des formes de bateau en bois figuraient les convois ennemis et chacun des navires allemands opérant actuellement dans l'Atlantique. Les formes noires représentant les *U-boote* étaient disséminées sur tout l'Océan, de la Méditerranée aux Antilles, des Iles du Cap-Vert à l'Islande. Jamais l'Allemagne n'avait eu autant de sous-marins en mer : cent dix sur un total de près de quatre cents. Enfin la flotte de submersibles avait presque l'ampleur que Dönitz avait toujours réclamée.

Il n'y avait pourtant pas un seul *U-boot* dans la Manche, où la marine allemande ne disposait que de *Schnellboote*, vedettes rapides lance-torpilles stationnées à Cherbourg et à Guernesey.

L'amiral Kohl attendait patiemment. Dönitz commença d'une voix calme :

— Nous devons monter une opération spéciale. Il s'agit de retrouver un bateau de pêche parti hier soir de cette région, quelque part près de la rivière de Morlaix, dit-il en désignant avec une baguette un point de la côte nord de la Bretagne. Nous ignorons l'heure exacte de son départ, nous savons qu'il se dirige vers l'Angleterre. Vers quelle destination exacte ? Là encore, nous l'ignorons, mais il faut à tout prix retrouver ce bateau.

Il y eut un silence et le grand amiral devina que les officiers échangeaient des regards derrière son dos. A ce moment, Kohl prit la parole :

— Le mieux serait d'utiliser les vedettes rapides. Werner, dit-il par-dessus son épaule, je veux le nombre de vedettes opérationnelles à Cherbourg et à Guernesey.

Les yeux baissés sur la gigantesque carte, Dönitz reprit :

— J'aimerais pouvoir vous donner sa route et sa vitesse, mais apparemment, nous ne disposons pas non plus de ces éléments...

Kohl comprit immédiatement où son supérieur voulait en venir :

— Nous pouvons quand même faire une estimation. C'est un bateau à moteur, amiral ?

— Peu probable. A moins qu'il ait réussi à voler du carburant : je crois savoir que nous inspectons régulièrement les bateaux de pêche pour voir s'ils n'emportent pas des quantités de fuel suspectes.

Le grand amiral se tourna vers un officier des renseignements qui confirma d'un signe de tête.

— Je suppose donc qu'ils naviguent à la voile, conclut Dönitz.

— Braun, la météo ? demanda Kohl.

On entendit un froissement de papier.

— Dans la Manche... Oui, vent de nord-est, Amiral. Dix nœuds, forçant ultérieurement, pouvant virer au nord.

— Nord-est ? fit Dönitz en fronçant les sourcils.

— C'est fréquent en mars, avec l'équinoxe.

— Alors, la vitesse du bateau, à votre avis ?

— Je dirais quatre nœuds, estima Kohl.

— Oui, je suis d'accord, approuva Dönitz.

Kohl poursuivit :

— La route ne peut être qu'à l'ouest du nord. Dans ces conditions, la destination la plus probable serait Falmouth. A l'ouest de ce port, il n'y a rien, quasiment.

Dönitz considéra la carte, se dit que le bateau ne pouvait prendre une direction plein nord pour rejoindre Plymouth. Kohl avait raison : le seul grand port situé dans une direction nord-ouest était Falmouth. Ensuite, il n'y avait plus que le cap Lizard, le cap Land's End [1] et plus à l'ouest encore les Sorlingues.

— Oui, acquiesça-t-il, Falmouth. En supposant que le bateau soit parti vers onze heures, il devrait se trouver maintenant dans ce secteur. (Il désigna un point situé à six milles de la côte.) Dans combien de temps, à votre avis, sera-t-il hors de portée des vedettes ?

— Elles n'opèrent généralement pas au-delà de quarante milles de la côte, dans cette zone, répondit Kohl. Les patrouilles aériennes ennemies sont très fréquentes...

— Quarante milles... Cela nous laisse donc jusqu'au début de la matinée. Le fuyard aura parcouru trente à quarante milles.

1. Pointe de Cornouailles (N.d.t.)

Kohl acquiesça.

— Donc les vedettes ne nous serviront pas à grand-chose, conclut abruptement Dönitz.

— Et la Luftwaffe? demanda Kohl. Aucune aide à espérer de ce côté-là, je suppose?

— On nous a promis un appareil de reconnaissance, répondit le grand amiral en gardant les yeux baissés vers la carte.

Personne ne dit mot. Un appui aérien, on en avait promis d'innombrables fois; promesse rarement tenue. Et quand elle était tenue, le rayon d'action des appareils était fort limité.

— Même si nous le recevons, ce soutien aérien ne suffira pas, ajouta Dönitz. Aussi aurons-nous à prévoir autre chose en plus.

Comme Kohl ne se décidait pas à avancer la seule solution possible, le grand amiral le fit à sa place :

— Il faudra envoyer un *U-boot*.

— L'affaire est si importante? soupira Kohl.

— Je crains que oui, répondit Dönitz.

Il n'y avait plus à présent ni fanfare ni comité d'accueil. Les sous-marins partaient et rentraient le plus discrètement possible, quittant ou réintégrant leurs sombres abris humides comme des serpents se coulant dans un trou. Les hommes avaient perdu le sourire : ceux de la vieille garde avaient presque tous disparu avec les sous-marins qui leur servaient de cercueil, et les nouvelles recrues avaient bien trop peur pour sourire.

Les hommes de Fischer faisaient pourtant exception. Ils considéraient leur commandant comme un dieu parce que, jusque-là, il les avait maintenus en vie. Ils étaient persuadés qu'il continuerait, ils avaient tout simplement foi en lui.

C'était une des raisons pour lesquelles Fischer avait perdu le sommeil malgré son extrême fatigue. Qui, sous le poids d'une telle responsabilité, aurait pu dormir?

Aussi était-il épuisé, alors que la patrouille ne faisait que commencer. Parti de Brest, l'U-319 avait mis le cap au sud-ouest pour gagner l'Atlantique Nord en décrivant une grande boucle. Il naviguait en surface, en compagnie de deux autres sous-marins : l'idée était qu'à trois, ils auraient de meilleures chances de survivre à une attaque aérienne. Pourtant, Fischer doutait que les sous-marins puissent s'échapper tous les trois en cas d'attaque ennemie concertée. Deux d'entre eux s'en tireraient peut-être — au mieux.

Il regarda la carte : ils ne se trouvaient qu'à soixante milles de Brest. Normalement, ils auraient dû être plus loin mais des ennuis de moteur de l'U-64 avaient retardé le départ. Cela signifiait qu'ils n'auraient pas quitté le golfe au lever du jour...

Le golfe, la Fosse Noire. Large, profonde, de plus en plus difficile à traverser. Le bon temps était fini depuis longtemps. Le nombre de navires ennemis coulés demeurait élevé, certes, mais Fischer n'éprouvait plus la même satisfaction, la même exaltation qu'auparavant. Ces sentiments avaient fait place à une espèce de désespoir.

— *Herr Kaleu*, un message du Q.G. de la flottille.

Fischer s'approcha de l'opérateur radio, qui introduisait le long texte reçu dans la machine à déchiffrer Enigma, tandis que son assistant notait les lettres en clair à mesure qu'elles apparaissaient. Fischer se pencha par-dessus leurs épaules, son cœur se mit à battre plus vite : c'était un message personnel de Dönitz, comme au bon vieux temps!

Il commença à le lire, fronça les sourcils. Quand le staccato des signaux morse eut cessé et que l'opérateur eut introduit les derniers dans la machine, Fischer prit la feuille portant le message, le relut lentement depuis le début.

Comme à son habitude, l'amiral commençait par une formule peu officielle : *Ici Dönitz. Content de vous parler à nouveau, Fischer.* Suivaient ensuite des détails sur une opération spéciale que l'amiral qualifiait de *prioritaire!* L'U-319 devait immédiatement mettre fin à sa patrouille pour se rendre à la vitesse maximale dans le secteur (ici, des coordonnées géographiques) afin d'intercepter un bateau de pêche devant se trouver en H17 P15 (autres coordonnées) à 0100 h et naviguant présentement à la voile, route supposée 330 et vitesse 4 nœuds. Il fallait s'emparer des occupants de l'embarcation sans leur faire de mal.

Après avoir accusé réception, l'U-319 devait respecter le silence radio, sauf en cas d'urgence. *Si quelqu'un est capable de réussir, c'est vous*, concluait Dönitz.

Fischer essayait de comprendre le sens de ce qu'on lui demandait. Mais il avait beau retourner la question, la chose lui paraissait incroyable.

Il se rendit à la table de navigation pour vérifier les coordonnées, mais avait déjà à peu près situé l'endroit : au beau milieu de cette foutue Manche! Si l'ordre était venu de quelqu'un d'autre, il aurait demandé une confirmation, des informations supplémentaires. Et Dönitz l'avait sans doute deviné puisqu'il avait pris la peine de s'adresser *personnellement* à Fischer. *Si quelqu'un est capable de réussir, c'est vous.* « J'espère que vous avez raison, Amiral », pensa le commandant.

Fischer revint près du radio pour lui dicter sa réponse : *Exécution immédiate. Je ferai de mon mieux.*

Puis il retourna à la table de navigation, sortit une carte à grande échelle de la Manche et vérifia à nouveau les coordonnées du message. La Kriegsmarine utilisait celles-ci pour des raisons de sécurité. Triton, le code des sous-marins, était naturellement sûr et la machine Enigma à toute épreuve mais lorsqu'on transmettait des informations capitales sur les positions de bâtiments allemands, ces coordonnées donnaient une garantie supplémentaire de secret.

— Incroyable, se dit à nouveau Fischer. Quelle fichue mission!

La zone de recherche s'étendait entre trente et quarante milles au sud-est de la pointe la plus méridionale de l'Angleterre — le cap Lizard.

Le commandant tira une ligne entre la dernière position de — il allait qualifier le bateau du mot « objectif », mais rectifia — de la « proie » et sa destination présumée : le port de Falmouth, situé au nord-est du cap Lizard. A l'intersection de la ligne et de la zone de recherche, il traça une croix, la montra à l'officier de navigation en disant :

— Le cap, s'il vous plaît, vers ce point-là.

Tandis que celui-ci se penchait sur la carte, Fischer ordonna à l'officier de quart :

— Signalez à l'U-64 et à l'U-402 que nous les quittons. Nous avons de nouvelles instructions.

Il revint à la carte :

— A combien sommes-nous du secteur de recherches?

— Cent dix milles exactement.

Fischer calcula que, en surface et à dix-sept nœuds, vitesse maximale possible, il mettrait sept heures pour y parvenir. Il regarda sa montre : 1 h 30, et le jour se lèverait à 7 h. Il n'aurait pas assez de temps, il devrait plonger à l'aube, alors qu'il resterait seize milles à franchir. La vitesse de plongée étant de sept nœuds, il pourrait arriver vers 9 h 30 au point marqué sur la carte.

« Pas mal, se dit-il. Si le bateau de pêche filait vraiment quatre nœuds, l'U-319 arriverait bien avant lui. Même s'il faisait six nœuds, le sous-marin serait encore sur les lieux en temps voulu. »

— Laissez culer pour parer l'arrière de l'U-64, puis virez à tribord, au cap...?

— 008 degrés, *Herr Kaleu*.

— 008 degrés, répétèrent l'officier de quart et l'homme de barre.

Fischer se tourna vers le chef mécanicien, qui se tenait dans la partie arrière du poste central.

— Donnez-moi tout ce que vous pouvez. Dix-sept nœuds, si vous y arrivez.

L'homme plissa le front mais Fischer put voir qu'il était ravi : il aimait les défis.

— Bien, *Herr Kaleu*. Je vais voir ce que je peux faire, dit-il avant de disparaître en direction du compartiment des moteurs.

— Prévenez-moi quand nous serons en route, demanda le commandant à l'officier de quart.

La confirmation vint quelques minutes plus tard et Fischer donna l'ordre de foncer à toute vitesse droit devant. Le bruit des diesels s'amplifia, des vibrations parcoururent la coque. Après avoir recommandé un redoublement d'attention des hommes de veille, le commandant, n'ayant plus rien à faire dans l'immédiat, retourna à la table de navigation et considéra le vaste espace blanc représentant la Manche.

Il y avait longtemps qu'un sous-marin allemand — le sien ou un autre — ne s'était aventuré dans ces eaux, que les Britanniques patrouillaient avec une trop grande efficacité. A quoi devait-il s'attendre? A toute la panoplie, sans doute : avions, vedettes lance-torpilles, dragueurs de mines...

C'était trop, beaucoup trop. Le seul élément favorable pour l'U-319 était que les Anglais ne croiraient pas les Allemands assez fous pour envoyer un sous-marin dans une zone où il serait particulièrement vulnérable.

Maigre avantage...

Du dehors, le bâtiment paraît solide, impénétrable, mais pas assez imposant cependant pour abriter le quartier général opérationnel de l'Amirauté britannique. Cela tient au fait qu'il s'agit pour l'essentiel d'un labyrinthe de bureaux souterrains protégés des bombardements par des murs et des plafonds en béton épais de plusieurs dizaines de centimètres. Rien de surprenant, donc, à ce qu'on l'appelle la Citadelle. Elle se trouve au centre de Londres, près des bâtiments principaux de l'Amirauté, auxquels elle est reliée par des couloirs souterrains. Au cœur de la Citadelle, deux vastes pièces communicantes ressemblant à des salles de billard; dans chacune d'elles, des tables d'un mètre carré environ portant de grandes cartes éclairées par des lampes suspendues au plafond, allumées jour et nuit.

Pendant la guerre, la première salle était celle où l'on représentait les mouvements de tous les bâtiments de surface, alliés ou ennemis, ainsi que l'activité aérienne s'y rapportant. La seconde était la Salle de Repérage des Sous-marins, où l'on suivait les mouvements des submersibles allemands dans l'Atlantique.

Et contrairement à ce que pensaient les Allemands, on les suivait remarquablement bien.

Ce soir-là, l'officier de garde avait de quoi s'occuper. Si le personnel de jour se chargeait principalement de l'interprétation des données, beaucoup d'informations parvenaient de nuit et l'officier de service avait mission de décider de ce qui requérait une attention immédiate, et de trier les renseignements afin qu'ils soient prêts à être analysés le lendemain matin.

Il avait sous ses ordres trois collaborateurs qui regroupaient les informations en diverses catégories selon les faits déjà connus. Ils disposaient de cinq sources : les repérages visuels, les observations des radars d'avion, les radiogoniomètres, le Special Intelligence et un système combinant toutes les informations disponibles. Les goniomètres étaient très efficaces lorsqu'un sous-marin émettait pendant un temps assez long. Les diverses stations du pays pouvaient alors effectuer des relèvements croisés et localiser la source du message.

Mais c'était surtout le Special Intelligence qui contribuait au repérage des *U-boote*. Les informations fournies — qu'on appelait aussi messages Ultra — provenaient de Bletchley Park, l'Ecole gouvernementale des Codes et du Chiffre. Personne, hors de Bletchley Park, ne savait comment leurs grosses têtes étaient venues à bout des codes allemands mais elles y étaient bel et bien parvenues — même s'il fallait généralement une journée, parfois plus, pour déchiffrer un message. Quelques mois auparavant, les Allemands avaient changé de codes et la source s'était momentanément tarie mais les grosses têtes s'étaient remises au travail et le flot d'informations avait repris.

Parfois les messages décodés arrivaient quelques heures après avoir été captés. L'ancien juriste qui dirigeait le service les transmettait alors rapidement aux commandements naval et aérien. On détournait les convois de l'itinéraire où les attendaient les meutes de loups — à condition toutefois d'avoir l'accord des hommes politiques. Parfois, ceux-ci le refusaient par crainte de faire comprendre aux Allemands que leurs codes avaient été percés à jour.

Le plus souvent, les informations parvenaient après un délai de vingt-quatre heures et le chef du service devait prendre une décision en essayant de deviner ce que les sous-marins avaient fait pendant ce temps. Après vérification, ses suppositions se révélaient souvent exactes : c'était un homme étonnant.

Pour la première fois en une heure, l'officier de service de nuit feuilleta les messages Ultra reçus à 2 h. Rien de spécial : instructions de routine du Q.G. allemand, brefs accusés de réception des *U-boote*. Il avait comparé les indicatifs d'appel des *U-boote* avec ceux des sous-marins ennemis que l'on savait être en mer. Tous concordaient.

Une *téléprincesse* — une des filles travaillant sur les téléscripteurs — entra et posa devant lui un télex en provenance de Bletchley Park : un message décodé envoyé au Q.G. des *U-boote* par un escorteur. A 23 h, ce bâtiment rendait compte qu'il avait quitté trois sous-marins au point T3, la bouée marquant la fin du chenal dragué de sortie de Brest.

L'officier se leva, prit trois maquettes sur lesquelles il inscrivit les appellations des trois sous-marins : U-64, U-402 et U-319. Puis il calcula la distance approximative que les submersibles avaient parcouru depuis 23 h et plaça les maquettes sur la carte à une cinquantaine de milles à l'ouest de Brest.

U-319. Avant même de consulter sa liste, l'officier se rappela que c'était le sous-marin de Fischer. Oui, c'était bien cela. U-319, commandant : Karl Fischer; flottille : neuvième; base : Brest.

Fischer, excellent commandant, héros de la marine allemande, était bien connu de l'Amirauté.

« Si seulement je savais où va cet animal! » songea l'officier britannique. Parfois on le découvrait trop tard, parfois pas du tout.

Le téléphone sonna, c'était Bletchley Park. L'officier écouta attentivement, posa quelques questions, raccrocha, regarda pensivement la carte. Le Q.G. allemand avait envoyé, sur la fréquence des sous-marins de l'Atlantique, un message d'une longueur inhabituelle, qui venait d'être intercepté et ne serait pas décodé avant plusieurs heures. Mais il était précédé d'un signal indiquant une priorité absolue. Le fait était assez inhabituel pour que Bletchley en informe l'officier de service.

Celui-ci se demanda de quoi il pouvait s'agir. Car il se passait quelque chose. Peut-être les Allemands avaient-ils connaissance de la position d'un convoi; peut-être mettaient-ils en œuvre une nouvelle stratégie...

Il regarda attentivement la carte, comme si elle avait pu lui donner la réponse. Mais la réponse, seul le décodage la donnerait.

Et, comme d'habitude, cela prendrait du temps.

CHAPITRE XXVII

« Nord quart nord-ouest... Où était-ce? Encore *disparu*! »

Penchée au-dessus du compas faiblement éclairé, Julie essayait d'en déchiffrer les lettres malgré les mouvements du bateau. Celui-ci dansait et elle dut s'appuyer d'une main au montant qui portait le compas.

« Vite! Dans quel sens? dans quel sens? »

Réfléchir. Il indiquait O, donc ouest; le nord était à droite. Par conséquent, il fallait que la rose tourne — « dans quel sens? » Elle avait envie de hurler, elle n'y arriverait jamais.

Elle tira rageusement la barre vers elle, regarda la rose des vents, qui hésita puis tourna lentement vers le nord. Julie poussa un soupir de soulagement, se concentra à nouveau. *Nord quart nord-ouest, pendant une heure. Ne pas oublier. Nord quart nord-ouest.*

Le problème, c'était le compas qui n'arrêtait pas d'osciller, qui bougeait dans la direction opposée à celle que l'on attendait — comme la barre, d'ailleurs!

Nord quart nord-ouest pendant une heure, ensuite tu seras sauvée.

Ensuite tu seras sauvée... Il y avait donc des dangers qui la menaçaient si elle s'écartait de cette route. Des rochers, des hauts-fonds, des îles... Elle se rappelait avoir vu par temps clair, dans l'estuaire, des rochers et, plus loin, les tours noires de balises indiquant des bancs cachés.

Julie serra les dents, baissa les yeux vers la rose qui ne cessait d'osciller. Elle avait beau essayer, impossible de la maintenir exactement sur la division N 1/4 NO. Le mieux qu'elle puisse faire était que cette division demeure au centre de l'oscillation. Même ainsi, dès qu'elle détournait les yeux un moment, le N 1/4 NO partait à la dérive.

Elle tira la barre vers elle, s'aperçut que la rose partait du mauvais côté. « Mon Dieu! » Elle repoussa la barre, le « N » vint en tournant vers l'axe du compas. Trop loin... elle tira de nouveau sur la barre jusqu'à ce que le N 1/4 NO s'arrête un moment devant le repère... avant de le dépasser inexorablement.

— Sale truc! s'écria Julie.

Elle s'efforça au calme, ferma les yeux, les rouvrit, respira profondément. Enfin le compas indiquait une direction, oscillant autour du nord quart nord-ouest. Elle se souvint d'une chose qu'avait dite Richard au sujet de bateaux qui avaient un sens à eux, un équilibre... mais elle ne voyait rien de cela, rien du tout!

Entendant une plainte, elle leva les yeux, regarda vers l'avant.

— Peter? Peter? Ça va, chéri?

— Maman! — Il avait des sanglots dans la voix — Maman, j'ai très froid!

— Oui, chéri, je sais, mais...

Pouvait-elle abandonner la barre? Non, c'était trop risqué, même pour un moment.

— Chéri, essaie de te mettre sous les planches, tout à l'avant, cria-t-elle, et regarde dans ton sac.

— Quoi? dit la voix lointaine et plaintive de Peter.

Le cap avait déjà changé; elle tira d'un coup sec sur la barre.

— Dans ton sac! Il y a un autre chandail!

— Quoi?

Les mains crispées sur la barre, Julie s'efforça de ne pas hurler. Elle lui dit avec irritation :

— Tu vas faire ce que je te dis?

Après un silence, le petit garçon répondit :

— Je l'ai trouvé.

D'une voix plus calme, sa mère reprit :

— Enlève ton blouson, passe le chandail et file... non, remets d'abord ton blouson et file à quatre pattes sous les planches. Tu auras plus chaud là-bas. Dis-moi quand tu y seras.

— D'accord.

Julie se demanda comment allait le vieux savant, qui demeurait silencieux. Elle songea à l'appeler puis décida de s'occuper de lui plus tard. Elle avait d'autres préoccupations plus urgentes.

Le bateau roula tout à coup et Julie s'agrippa de nouveau au montant du compas. La peur lui fit battre le cœur : les vagues étaient à présent plus grosses, elle en était sûre. Elle eut un frisson et baissa les yeux vers la rose; le bateau s'était considérablement écarté de sa route. Elle tira brusquement sur la barre. «C'est sans espoir, se dit-elle. Je n'y parviendrai jamais seule. Mon Dieu! Comment Michel a-t-il pu penser que j'y arriverais? Si seulement il y avait ici quelqu'un d'autre! »

« Richard... surtout Richard; pourquoi ne serait-ce pas lui qui soit ici? Il saurait exactement quoi faire. Il avait évidemment fait cela quantité de fois. » Cette pensée donna à Julie un peu de courage. Elle essaya de se rappeler les autres choses qu'il avait dites à propos de la navigation à voile, des choses qui pourraient l'aider... Mais elle ne put se souvenir de rien de très utile; il avait parlé de compas et de routes; mais pas expliqué comment on tenait un cap en pratique, et encore moins comment on manœuvrait les voiles.

Le vent lui porta la voix de Peter :

— Maman, j'y suis!

— Très bien. Essaie de dormir un peu, chéri.

— D'accord.

Elle reporta son attention sur le compas. «Seigneur! » Il indiquait maintenant le nord quart nord-ouest; elle partit d'un rire nerveux.

Il faisait nuit noire, le ciel était à peine moins sombre que la mer. Julie écarquillait les yeux, tentant de discerner des formes — quelque chose, n'importe quoi. Mais il n'y avait ni distance, ni perspective et, au bout d'un moment, l'obscurité sembla se dresser devant elle comme une muraille.

Elle baissa précipitamment les yeux vers le compas. N.O. Elle tira la barre à elle. N-N.O. Puis une brusque embardée vers N; Julie poussa la barre en sens inverse. Nord quart nord-ouest, enfin. «Reste là! »

Elle releva les yeux. Un frisson la parcourut; l'obscurité était fantomatique. Effrayante. Lui donnant l'impression d'être loin de tout comme au sommet d'une montagne, d'être absolument seule. Il y avait aussi le silence; bien que rempli du murmure du vent, du bruissement de l'eau et parfois de la claque d'une vague contre la coque, il était, lui aussi, fantomatique.

Elle n'arrêtait pas de grelotter; il faisait extrêmement froid, elle s'en rendit compte avec une légère surprise. Mais ce n'était pas le moment de chercher un chandail. Plus tard, plus tard.

Nord quart nord-ouest pendant une heure, ensuite tu seras sauvée...

Combien de temps s'était écoulé? Elle n'en avait pas la moindre idée. Elle approcha sa montre du compas, essaya de voir les aiguilles à la faible lueur émise par la lampe. C'était une montre de femme avec un cadran sans chiffres, ridiculement petit. Quelle stupidité! Elle approcha son visage, finit par distinguer les aiguilles. Minuit?

Une heure était passée!

Le compas fit un brusque écart; elle tira la barre vers elle. « Zut! Le mauvais sens! Pourquoi fallait-il actionner ce sacré machin à rebours! »

« Voilà : N 1/4 NO. » Elle mit à nouveau son poignet contre le compas et, tout en maintenant fermement la barre, rapprocha son visage de la lumière tremblotante. Il lui fallut une demi-minute pour être vraiment sûre. Mais oui, il était presque minuit.

Julie décida d'attendre encore une dizaine de minutes, pour plus de sécurité. Elle se dit qu'elle avait gagné la première manche et que c'était déjà beaucoup d'en être arrivée là. « Richard serait fier de moi! » pensa-t-elle, moitié souriante moitié triste.

Elle le revit encadré par des soldats allemands et sombra à nouveau dans le désespoir.

« *N'y pense pas... n'y pense pas...* »

Elle baissa les yeux vers le compas, il avait disparu.

Elle eut un coup au cœur, sa gorge se serra. Disparu... la lumière!... La lumière était éteinte! Complètement.

« Mon Dieu, non! » s'écria-t-elle.

Elle porta une main à sa bouche. « Qu'est-ce que je peux faire? La rallumer? Je n'ai pas d'allumettes. Réfléchis... Que t'a dit Michel? Il a parlé de quelque chose... Une torche, oui! Où? Dans une caisse. » Elle s'agenouilla en gardant une main sur la barre, tâtonna autour d'elle. Rien. De l'autre côté peut-être... Les planches du fond, une corde... plus à l'arrière...

Sa main toucha une surface de bois verticale, remonta vers un rebord, un couvercle. C'était bien une caisse, dont elle se mit à explorer le contenu : des cordages, une boîte métallique... un objet cylindrique. Elle étouffa un cri de triomphe, se releva, trouva le bouton de la torche. Un étroit faisceau de lumière jaune troua les ténèbres, l'aveugla à demi. Elle éteignit aussitôt, fouilla à nouveau dans la caisse, finit par trouver ce qu'elle cherchait : un chiffon dont elle enveloppa la torche. Prenant soin de la braquer vers le bas, elle l'alluma à nouveau. C'était beaucoup mieux : le faisceau était réduit à une tache lumineuse, qu'elle approcha du compas. N.-N.O. : le bateau ne s'était pas tellement écarté de sa route. Julie tira sur la barre, la rose des vents vint au nord quart nord-ouest. « Enfin! »

Julie éteignit la torche : il ne fallait pas user les piles trop vite.

Elle laissa son corps se détendre. Le bateau s'inclina légèrement, elle fit un pas en arrière pour recouvrer l'équilibre, sentit contre ses jambes quelque chose de dur, tâta de la main, s'aperçut que c'était un siège. Bien sûr : un siège pour l'homme de barre. Elle s'assit, posa un pied contre le socle du compas. C'était beaucoup plus confortable et elle eut presque envie de rire.

« S'était-il écoulé une heure et quart? se demanda-t-elle. Probablement non; mieux valait attendre encore. »

Elle se concentra sur la tenue de la route, cherchant à garder le cap sans être obligée trop souvent d'allumer la torche. Parfois, elle y arrivait, parfois non. La plupart du temps elle regardait vers l'avant en essayant de percer l'obscurité qui se dressait devant elle.

A la lueur de la lampe torche, Julie vit qu'il était minuit vingt. Levant les yeux au ciel, elle dit : « Merci, mon Dieu! » et fut sur le point d'annoncer la nouvelle à Peter, mais se ravisa; il devait dormir en ce moment.

« Et maintenant? Qu'avait dit Michel? *Ensuite, n'importe quoi entre nord-nord-ouest et nord-est*... A moins que ce soit entre nord-ouest et nord-est? » Elle ne se rappelait plus. « Non, il avait certainement dit entre NNO et NE. »

Julie sortit un filin de la caisse et, appuyant la barre contre son genou, entreprit de le dérouler. Bien que le froid eût engourdi ses doigts, elle parvint à faire une boucle autour de la barre. Puis elle chercha le long de la coque un point d'attache et finit par trouver, sur le dessus de la lisse, une sorte de petite barre en bois pointue aux deux bouts. Elle ne s'en rappelait pas le nom mais savait qu'on l'utilisait pour amarrer un cordage — ce qu'elle fit.

Elle prit ensuite l'autre extrémité du filin et la fixa de l'autre côté du bateau à une barre en bois identique. Puis, elle revint au compas qui tournait lentement du NNO au NO. Elle donna du mou d'un côté, serra de l'autre pour déplacer légèrement la barre. La rose s'arrêta sur NO. Elle donna un peu plus de mou à droite; le cap passa au NNO; elle fixa de nouveau le filin. La route se maintint. A peu près.

La torche à la main, elle alla à l'avant en passant à bâbord, s'agenouilla sous l'embryon de pont et découvrit Peter, roulé en boule sur le plancher, dormant paisiblement. Elle tâta la joue de son fils; elle n'était pas glacée, mais moins chaude qu'aurait désiré Julie. Elle promena sa lampe autour d'elle, aperçut, dans la pointe même de l'avant, des sacs vides pliés sous un casier à langoustes. Elle les dégagea — il y en avait quatre —, recula à quatre pattes et en étendit deux sur son enfant. Au vieil homme, maintenant. Il devait se trouver quelque part à droite. Julie était encore éblouie de la lumière de la torche; elle dut attendre que ses yeux soient habitués à l'obscurité. Elle le vit alors : une forme sombre recroquevillée contre le pavois, parfaitement immobile. Elle s'agenouilla près de lui, demanda d'une voix hésitante :

— Ça va?

Pas de réponse. Elle tendit la main, le toucha. Il poussa un faible gémissement et Julie pensa : « Dieu merci, il est vivant! »

— Ça va? répéta-t-elle.

— Hein? Oh... — La voix était faible et enrouée — Oui, oui, répondit Freymann en s'efforçant de rire. Je ne suis plus très jeune, voilà tout.

— Excusez-moi, je ne voulais pas vous réveiller. Désolée.

— Ne vous excusez pas, ma chère enfant, je vous en prie. C'est moi qui suis désolé de ne pouvoir vous aider. Plus tard, peut-être...

— Reposez-vous, ne vous inquiétez pas pour moi. Franchement, je peux me débrouiller seule. Tenez, dit Julie en le recouvrant avec les sacs. Etes-vous bien ici ou voulez-vous aller à l'avant? C'est un peu plus abrité...

— Non merci, ça va. Merci beaucoup.

Il y eut une claque brutale d'une vague contre le bordé.

— Je dois reprendre la barre. Appelez si vous avez besoin de moi.

Elle était partie. David enroula les sacs plus serrés autour de ses jambes. Il n'aimait pas se sentir aussi malade. Fermant les yeux, il appuya la tête contre le pavois. Aussitôt celle-ci se mit à tourner et il fut pris de vertiges. Il rouvrit les yeux; le bateau roulait doucement d'un bord sur l'autre. « S'il continue à bouger, se dit David avec appréhension, je vais avoir le mal de mer. »

Il eut une légère éructation et ressentit une douleur à l'estomac. Il allait devoir supporter cela aussi! Vraiment, cet estomac choisissait bien son moment.

Il referma les yeux, essaya de rester la tête penchée d'un côté, et puis pensa qu'étendu, il serait mieux. Prenant le sac pendu à sa taille, il fouilla dedans et trouva ses tablettes. Il en avala une et se coucha sur le pont, le sac sous la tête. Oui, c'était mieux. Couché, il souffrait moins. Peut-être même pourrait-il dormir.

Il irait encore mieux plus tard; il donnerait alors un coup de main à Julie.

Elle détacha la barre, remit le bateau sur la bonne route et poussa presque aussitôt un soupir de contrariété : elle n'en avait pas profité pour prendre un chandail. Peut-être n'était-ce pas nécessaire, il semblait faire moins froid. Elle se souvint de cette affreuse journée de 1940 sur le chalutier, et aussi de ce que Richard lui avait dit un jour : en mer, le froid est encore plus dangereux que les vagues.

Elle rattacha la barre et retourna à l'avant; son sac était à côté de Peter à l'abri des planches. Elle supposa que Michel l'avait mis là au cas où il pleuvrait. Elle défit la courroie, tâta à l'intérieur et trouva le gros chandail de laine qu'elle mit par-dessous sa veste de cuir. Déjà elle avait plus chaud. Il y avait également dans le sac un foulard dont elle entoura sa tête. Après un coup d'œil à Peter, qui continuait à dormir, elle revint à la barre, alluma la torche, l'approcha du compas et éclata de rire : le bateau suivait une route nord quart nord-ouest. Aussi jugea-t-elle préférable de le laisser naviguer seul; il tenait le cap beaucoup mieux qu'avec elle au gouvernail. Elle s'assit sur le siège de l'homme de barre et réfléchit.

« Quelle était la largeur de la Manche? Combien de temps la traversée durerait-elle? Elle n'en avait pas la moindre idée. Pas brillant! Voyons, la Manche faisait au moins cent cinquante kilomètres de large à cet endroit — trois cents, peut-être. Disons deux cents. A quelle vitesse progressait-elle? Dieu seul le savait! Il lui semblait que le bateau allait très vite, peut-être vingt kilomètres à l'heure. Non, c'était vraiment beaucoup. Quelle est la vitesse d'un marcheur à pied? Six kilomètres à l'heure? Le bateau allait un peu plus vite. En supposant qu'il couvrît huit kilomètres en une heure, il lui faudrait... » Julie n'avait jamais été forte en calcul mental à l'école. « Deux cents divisés par huit? » Elle finit par trouver : « Vingt-cinq. C'est bien ça... Huit fois vingt-cinq font deux cents. Vingt-cinq heures, donc; disons vingt-quatre. »

« Toute une journée en mer, pensa-t-elle, découragée, une journée où elle serait aussi visible qu'un poisson rouge dans un bocal. A la merci des patrouilleurs allemands, des avions... ensuite une bonne partie de la nuit suivante, quand le bateau approcherait de la terre. Comment saurait-elle où se trouve la côte? Comment empêcherait-elle le navire de s'y fracasser? »

« Je n'y arriverai jamais! pensa-t-elle. Je ne pourrai pas! »

Elle se mit à pleurer silencieusement à chaudes larmes qui roulaient sur ses joues. Tout allait si mal : c'était une chose terrible. Tous les gens du village pris, tués ou plus probablement torturés; Richard prisonnier. Et elle, seule en pleine mer avec un enfant et un vieillard qui comptaient sur elle! Elle, qui ne connaissait rien aux bateaux!

Elle essuya ses larmes d'un geste rageur en se disant que pleurer ne l'avancerait à rien.

Plus tard, Julie se rendit compte que beaucoup de temps venait de s'écouler — certainement plusieurs heures. Hors les moments où elle éclairait le compas avec la torche, son esprit allait de ce qui s'était passé sur la plage au cauchemar dans lequel elle était plongée maintenant. Les événements s'enchevêtraient comme dans un mauvais rêve.

Elle somnola un peu, malaisément juchée sur le siège, d'affreux tableaux défilant dans sa tête, la plage et le bateau mêlés en une vision horrible et fantastique de mer, de lumières aveuglantes, de rage et de souffrance. Les Allemands emmenaient tout le monde... Jean, Tante Marie, Peter; *même Peter.*

Elle se réveilla en sursaut, regarda autour d'elle sans voir, se demandant ce qui l'avait éveillée. Le bateau poursuivait sa route, l'eau bruissait et glougloutait le long de la coque. Le ciel, dégagé à présent, était semé d'étoiles sur lesquelles se détachait, en noir, la voile. Mais il y avait un autre changement qu'elle ne parvenait pas à définir. Elle éclaira le compas : N.O. La route s'était un peu modifiée mais il y avait autre chose.

Soudain elle eut la réponse : le vent avait beaucoup fraîchi; il glaçait son visage et tirait sur son foulard. D'en haut venait un frémissement étouffé, comme si des centaines d'oiseaux battaient des ailes. De temps à autre, il y avait un grincement de bois frottant contre du bois. Les mouvements du bateau étaient beaucoup plus rapides et, au lieu de se balancer doucement d'un bord à l'autre, il demeurait légèrement incliné sur le côté, tandis que l'avant montait et descendait, comme un cheval à bascule.

La proue retomba sur une vague avec un claquement et Julie comprit que c'était ce bruit qui l'avait éveillée. Des embruns s'élevèrent dans l'air, retombèrent sur son visage. Prise de frissons, Julie dirigea à nouveau la lumière vers le compas : toujours nord-ouest mais avec une tendance à virer vers l'ouest. Elle détacha la barre et la manœuvra jusqu'à ce que la rose indique un cap plus près du nord.

Immédiatement, le bruissement d'ailes de la voile se changea en claquement et des bruits secs et violents se firent entendre près de la tête de Julie, comme si l'on secouait rageusement quelque chose. Elle ramena la barre à sa position antérieure, le claquement cessa mais le compas indiqua une route tendant davantage vers l'ouest. Michel avait bien précisé qu'elle devait rester entre nord-nord-ouest et nord-est; elle était nettement en dehors.

Que faire? Elle gardait la barre à la main, indécise. Elle pouvait laisser le bateau à ce cap mais c'était certainement mauvais. Donc, il fallait empêcher la voile de claquer. Mais comment? Elle tenta une nouvelle fois de revenir en route au nord mais la voile se remit à faséyer, plus fort que jamais. « La vache! » Elle poussa vite la barre à droite. Le claquement s'arrêta. Julie reprit son souffle.

Elle gouverna longtemps au nord-ouest, la main sur la barre sans parvenir à prendre une décision. Elle avait bien compris qu'il fallait faire quelque chose à la voile, mais quoi? Et si elle ne le faisait pas, elle allait probablement passer à côté de l'Angleterre.

Situation impossible.

Comme elle ne pouvait rien faire d'autre, elle continua au nord-ouest, ne cessant de se dire : « Je suis nulle! Lamentablement nulle! »

Peut-être qu'à la longue, le vent tournerait.

Au bout de quelques heures, elle s'aperçut qu'elle distinguait le bordé du bateau sur une longueur qui augmentait peu à peu, puis l'avant comme une tache sombre se détachant sur du gris, puis la mer elle-même, les vagues comme des rides grises. Sur sa droite apparut une fine ligne de lumière s'étirant d'un bout à l'autre de l'horizon. Julie eut un petit choc quand elle comprit que c'était effectivement l'horizon. La pâle lumière semblait s'infiltrer peu à peu dans le ciel, devenait d'un jaune cristallin, couleur de primevère pâle. Une à une, les étoiles disparurent et le ciel tout entier fut un dôme de clarté au-dessus de sa tête.

L'aube. Elle venait trop tôt.

Machinalement, Julie se retourna mais ne vit rien : il faisait encore trop sombre derrière elle. Une demi-heure plus tard, l'horizon commença aussi à s'éclaircir au sud, ligne grise à l'arrière du bateau. Julie regarda attentivement : pas de terre en vue, ils se trouvaient loin des côtes bretonnes — c'était déjà quelque chose.

Elle fut moins satisfaite en considérant la vaste étendue d'eau froide et hostile qui la cernait. La mer lui parut immense. Sur l'avant, la forme de Peter était bien visible, pelotonnée sous les sacs. Il dormait à poings fermés. De même le vieil homme, plus à droite, contre le pavois du bateau. Parfait. Rien d'étonnant que tout le monde soit fatigué.

Avec lassitude elle baissa les yeux vers le compas, visible à présent dans la lumière grise de l'aurore. Toujours nord-ouest, toujours une mauvaise route.

Il fallait faire quelque chose... Un moment encore, Julie demeura à la barre, paralysée. Et puis elle se força à se lever. Il était temps de passer là l'action.

— Bon! s'exclama-t-elle.

Serrant les dents, elle attacha la barre et examina les cordages qui étaient lovés ou amarrés en divers points du bâtiment. Il y avait deux voiles : la première, grande et presque carrée, était fixée au mât par sa bordure avant, à une longue barre de bois par sa bordure inférieure, à une autre barre dressée et plus courte par sa bordure supérieure, le quatrième côté — l'arrière — demeurant libre. A l'avant du mât, il y avait une petite voile triangulaire fixée à une sorte de poteau pointu dépassant l'avant du bateau. La mémoire lui revint : on appelait ce poteau un beaupré.

D'abord la grand-voile. Julie remarqua un cordage qui semblait servir à la changer de position et qui faisait un aller et retour en passant dans deux poulies en bois. Elle se demanda pourquoi — peut-être pour faciliter la manœuvre.

L'extrémité du cordage était enroulée autour d'une chose en bois pour le tenir — appelait-on ça une « attache »? Julie commença à désenrouler le cordage, s'arrêta, le cœur battant, puis défit lentement le dernier tour.

Il y eut soudain une violente secousse et le filin faillit lui échapper des mains. Elle poussa un cri, tenta de le retenir en prenant un second tour de celui-ci autour de l'attache de fixation; au même moment le cordage se tendit avec une nouvelle secousse, entraînant la main de Julie contre le bois dur de l'attache. La douleur lui coupa le souffle.

« Ah, quelle douleur! » Elle lâcha tout.

Avec un sifflement, le cordage fila en dévidant la glène. On eût dit un serpent furieux se jetant sur la voile. L'instant d'après Julie entendit un bruit terrible de toile qui battait, de poulies qui cliquetaient. Levant les yeux, elle vit que la voile était comme folle, claquant frénétiquement, battant d'avant en arrière au point de faire vibrer tout le bateau.

Julie, égarée, contemplait ce spectacle. Elle porta ses mains à ses oreilles pour ne plus entendre le vacarme, jeta autour d'elle un regard désespéré.

Les mains tremblantes, elle saisit le filin dont il restait encore un bout lové en glène, et tira dessus avec précaution.

— Maman!

Peter, qui se trouvait à côté d'elle, observait la scène en se frottant un œil.

— Tu crois pas qu'il faudrait la rentrer? demanda l'enfant.

Julie secoua la tête puis s'efforça de sourire et répondit d'une voix lasse :

— Oui, Peter, il faudrait.

— Alors je vais t'aider.

Il criait pour se faire entendre par-dessus le claquement de la voile.

— Ne touche pas à ça! s'écria Julie. Laisse, laisse-le!

Voyant la mine déconfite de Peter, elle ajouta aussitôt en soupirant :

— Excuse-moi, je suis fatiguée, mon amour. Cela ira mieux dans un moment.

Essuyant ses yeux avec sa manche, elle ajouta tristement :

— L'ennui, vois-tu, c'est que je ne sais pas *comment* la rentrer.

— Tu passes le cordage sous le taquet.

— Le taquet?

— Oui, dit Peter en montrant la chose en bois pour attacher. Ça s'appelle un taquet, c'est Richard qui me l'a appris. On tourne le cordage autour pour moins sentir la tension, il m'a dit....

— Merci, chéri! s'exclama Julie. (Elle l'aurait embrassé!) Nous allons essayer!

Elle tira sur le filin avec l'aide assez peu efficace de Peter. Au bout d'un moment le cordage imprima une traction à ses mains; elle le glissa sous la branche inférieure du taquet, le coinça et put reprendre sa respiration avant de recommencer à tirer. Quand elle eut renouvelé plusieurs fois l'opération, la voile claqua un peu moins.

Elle eut alors l'idée de se placer de l'autre côté du bateau et de faire un retour avec la partie du cordage sortant du taquet. Cela allait beaucoup mieux, le filin donnait moins de secousses dans ses mains. Puis elle recommença à tirer jusqu'à ce qu'elle ne puisse plus le tendre davantage, même en y mettant toutes ses forces. Haletante, elle s'accorda un instant de repos.

Soudain le claquement reprit de plus belle et Julie s'aperçut avec stupeur que le cordage avait du mou. Elle tira frénétiquement, embra-quant une grande longueur jusqu'à ce qu'il soit de nouveau tendu, et vite fit plusieurs tours sur le taquet. Le bruit cessa, la voile était de nouveau pleine. Quelques instants plus tard, le claquement recommença, Julie tira vite sur le filin.

Elle leva les yeux vers la voile à nouveau gonflée par le vent. Ravie, Julie attacha le cordage, regarda le compas : nord quart nord-ouest ou à peu près. Un miracle!

Comment avait-elle fait? Elle n'en avait pas la moindre idée. Puis le bruit de battement reprit et Julie découvrit que la barre s'était détachée. Elle la saisit, remit le bateau au cap voulu et sourit à Peter. Peu importait de savoir comment, mais elle était arrivée à avoir en même temps la voile pleine et la bonne route.

Elle passa sur l'avant du bateau et chercha le filin avec lequel on bordait la petite voile. L'ayant trouvé, elle le détacha tout en surveillant celle-ci d'un œil inquiet. Mais le cordage fut beaucoup plus facile à embraquer que celui de la grande voile.

— Je vais finir par faire un bon marin! lança-t-elle gaiement à Peter, en détachant le filin qui amarrait la barre.

L'enfant s'approcha, prit la main de sa mère.

— Maman, j'ai faim. Je voudrais mon petit déjeuner.

Julie perdit sa gaieté. Le petit déjeuner; elle n'y avait pas pensé. Michel avait parlé d'eau, pas de nourriture... Elle poussa un soupir.

Comment dire à un petit garçon de sept ans qu'il n'y a rien à manger?

— Il n'y a pas de petit déjeuner, chéri. Il va falloir attendre que nous arrivions en Angleterre.

Elle serra la main de Peter.

— Sans rien manger? demanda-t-il d'une petite voix.

Julie détourna son regard; elle essaya de se montrer pleine d'entrain.

— Sans rien manger. Nous avons fini les provisions sur la plage, tu te rappelles?

— Il y en a peut-être sur le bateau quelque part...

« C'est peu probable », pensa Julie. Elle soupira de nouveau.

— Peut-être, dit-elle. Si tu cherchais?

L'enfant acquiesça avec animation et, s'agenouillant, se mit à fouiller dans la caisse où Julie avait trouvé la torche. « Au moins, cela l'occupera un moment », songea-t-elle.

Un mouvement attira son attention, elle tourna la tête et vit le vieil homme penché par-dessus la lisse, la tête baissée comme s'il contemplait l'eau. Julie se demanda un moment ce qu'il faisait puis comprit en l'entendant hoqueter et détourna les yeux.

C'était extraordinaire : elle avait complètement oublié qu'elle était sujette au mal de mer!

Il y eut un bruit sourd à l'avant, un fin rideau d'embruns s'envola et vint frapper son visage. Le vent avait à nouveau fraîchi. La réaction de la barre était différente; elle avait son propre mouvement et résistait lorsque Julie voulait remettre le bateau sur la bonne route. D'autre part, celui-ci allait plus vite. Peut-être les calculs de Julie étaient-ils erronés, peut-être arriveraient-ils en Angleterre avant la tombée du jour. L'idée que le vent se renforçait l'emplissait d'appréhension, mais après tout, cela pouvait être une chance.

De l'avant lui parvint un cri de guerre. Julie tendit le cou. Peter était près du mât, gesticulant comme un fou. Qu'est-ce qui pouvait bien l'exciter ainsi?

Il émergea du fond du bateau, un sac à la main et arriva en zigzaguant auprès de sa mère aux pieds de qui il laissa tomber le sac en s'écriant triomphalement :

— A manger!

— A manger?

— Oui, maman! Des boîtes de conserves : du poisson, du bœuf, des petits pois...

— Bonté divine!

Julie ouvrit des yeux ronds lorsque Peter montra une dizaine de boîtes un peu rouillées mais qui semblaient tout à fait bonnes. C'était vraiment curieux : que Michel eût un bateau, passe encore, mais qu'il y eût de la nourriture...

Julie comprit soudain : son cousin avait acheté ce bateau au cas où il devrait *lui-même* s'enfuir. Il avait tout prévu : de l'eau, des vivres, et même la route à suivre pour gagner l'Angleterre. Il avait tout préparé... et le lui avait ensuite offert.

L'avant du bateau heurta une vague, des embruns aspergèrent la veste de Julie.

— Va mettre le sac à l'avant pour qu'il ne soit pas mouillé, dit-elle à Peter. Tu peux rester là-bas et manger quelque chose si tu veux.

— Mais ça bouge trop, là-bas. Je peux pas rester ici? dit-il d'un ton geignard.

C'était la fatigue.

— Eh bien... Bon, d'accord. Nous mangerons ici ensemble. Regarde dans la caisse s'il y a un ouvre-boîte, un couteau ou autre chose.

Peter se pencha, fouilla dans la caisse, releva la tête, tourna vers sa mère un regard découragé.

— Il n'y a que ça, dit-il en lui montrant un gros clou.

— Cherche à l'avant, alors.

— Il faut dire à l'étrave; c'est le nom correct.

Julie fut sur le point de lui tirer les oreilles.

— Ne discute pas avec moi, cria-t-elle. Va voir; c'est tout.

Il partit et aussitôt Julie regretta de s'être fâchée; elle aussi était fatiguée et affamée. Brusquement, l'avant du bateau s'éleva, puis replongea. Encore des embruns, plus abondants cette fois et glacés; elle sentit l'eau couler dans son pantalon. Le vent aussi était plus froid; malgré le chandail supplémentaire, elle frissonnait.

Peter revenait, l'eau dégoulinant de ses cheveux.

— Chéri, tu es trempé!

— Il y avait une grosse vague! fit-il en se mettant à pleurer.

— Viens, nous allons manger.

Peter sanglota de plus belle :

— J'ai pas trouvé d'ouvre-boîte!

Julie prit une longue inspiration et répondit calmement :

— Nous nous servirons du clou. Cela fera l'affaire.

Coinçant la barre avec son dos, elle prit une boîte de conserve, l'appuya contre sa jambe, s'efforça de percer le métal avec le clou. A la troisième tentative, la pointe glissa, s'enfonça dans sa cuisse. C'était sans espoir.

Dieu, qu'elle se sentait lasse!

Elle plongea la main dans le sac à la recherche d'une boîte moins rétive — des sardines, par exemple, avec une clef sur la boîte. Elle tâtonna, mit la main sur un long objet métallique — un ouvre-boîte. « Bien sûr! » se dit-elle en se frappant le front. A l'endroit où n'importe quelle personne sensée l'aurait mis.

Elle ouvrit une boîte de bœuf, une autre de pilchards.

— Quand tu auras mangé, Peter, tu iras demander à Monsieur Freymann s'il veut quelque chose.

L'enfant hocha la tête sans cesser de mâcher. Julie leva les yeux, s'aperçut que le savant avait quitté le bastingage pour s'allonger de nouveau. Il avait le visage livide et ne désirait probablement pas manger. Un peu d'eau peut-être...

Où était donc cette eau dont Michel avait parlé? Dieu le savait!

Julie fourra un pilchard dans sa bouche, découvrit avec surprise qu'elle mourait de faim. Elle ouvrit une boîte de pommes de terre, en dévora la moitié avant de la passer à Peter.

Nouveau coup sourd contre la coque. A présent, l'eau passait plus fréquemment par-dessus l'étrave et Julie se demanda si c'était dangereux. Elle se souvint que lors de leur première tentative pour passer en Angleterre, le grand bateau de pêche avait reçu des trombes d'eau sans que l'équipage parût s'en inquiéter.

Une gerbe d'écume aspergea le visage de Peter, que sa mère attira vers le bord le plus élevé du bâtiment, moins exposé aux embruns. En se déplaçant elle aussi de ce côté, elle s'aperçut que le bateau s'inclinait plus encore qu'elle ne le pensait : le mât faisait un angle important avec la verticale, et chaque risée augmentait la gîte; qu'y avait-il donc pour l'empêcher de chavirer?

Le souvenir lointain de sa promenade en mer avec Richard lui revint en mémoire. Ce jour-là, le voilier avait fortement donné de la bande. Elle se rappelait s'être accrochée au bordé, terrifiée. Mais *lui*, il ne s'en était pas soucié, pas le moins du monde.

— Richard, murmura-t-elle, pourquoi n'es-tu pas avec moi?

Il y eut un plouf et un bruissement. L'eau courait le long du côté où le bateau penchait. Prise de panique, Julie pensa aussitôt : « Nous coulons ! »

— Mon Dieu! gémit-elle en étreignant Peter.

— Ce n'est rien, maman, elle va partir par les dalots.

— Les dalots?

Julie regarda son fils stupéfaite.

— Oui. Richard me l'a expliqué quand nous avons fabriqué la maquette. Ce sont des trous sur les côtés, pour laisser l'eau sortir.

— ... laisser l'eau sortir...

Fascinée, Julie regarda l'eau s'écouler par les petites fentes en gargouillant. Un moment plus tard, le bateau s'inclina de nouveau, l'eau envahit de nouveau le pont... et s'écoula sans difficulté, comme la fois précédente.

— Qu'est-ce qu'il t'a encore dit, Richard? demanda Julie à son fils.

Peter parut décontenancé et Julie comprit qu'elle s'y était mal prise. Elle fit une nouvelle tentative :

— Il t'a expliqué ce qu'il faut faire quand le vent est fort?

L'enfant plissa le front :

— Heu, eh bien, je sais ce qu'il faut faire dans une tempête.

— Dis-moi, chéri!

— On réduit la voile!

— Et puis?

— On prend des ris! C'est ça qu'on fait.

— Des ris... c'est bien ce qu'il t'a dit?

— Oui.

Julie se creusa la tête; elle n'avait aucun idée de ce que cela pouvait signifier. Elle regarda Peter qui continuait à réfléchir; elle lisait cela sur sa figure.

— On fait descendre un peu la voile et on attache le morceau qui pend avec les petites cordes accrochées à la voile, dit enfin le petit garçon. Richard me l'a montré sur un dessin.

— Je vois, fit Julie.

En fait, elle ne voyait pas très bien mais elle aurait au moins une vague idée de ce qu'il faudrait faire si la situation s'aggravait. Mais quand devait-on considérer que le vent soufflait en tempête? Comment savait-on qu'il fallait prendre des... des ris?

Julie avait mal à la tête, elle ne parvenait pas à se concentrer. Tant pis. « Une chose à la fois, décida-t-elle. Nous n'aurons peut-être pas de tempête. » Elle se cala sur le siège de l'homme de barre et s'exhorta à l'optimisme : après tout, les choses auraient pu aller plus mal.

A ce moment précis, Freymann poussa un cri de souffrance et le bourdonnement d'un avion se fit entendre, loin dans l'est.

CHAPITRE XXVIII

Le vent soufflait du nord-est et fraîchissait.

Abandonnant le périscope, Fischer s'approcha de la table de navigation. Sa « proie » n'essayerait probablement pas de rallier Plymouth : cette route aurait été trop près du vent ; trop inconfortable et trop lente.

La destination du bateau serait donc Falmouth et il fallait réviser en hausse l'estimation de sa vitesse. Avec ce vent, même un petit bateau filerait plus de quatre nœuds. Cinq, voire davantage.

Fischer traça deux croix sur la route supposée de la proie : la première indiquant la position de celle-ci si elle filait six nœuds, la seconde pour une vitesse de quatre nœuds. La distance entre les deux points était de vingt milles nautiques.

La route, à présent. Si le bateau s'en écartait, où irait-il ? Vers l'ouest, vraisemblablement, à cause de ce vent plus frais. Le commandant traça donc une seconde ligne à l'ouest de la première et faisant avec elle un angle de dix degrés. Ce qui donnait un rectangle allongé d'une centaine de milles carrés.

Un sacré morceau de mer...

Comme il était impossible de le fouiller en son entier, le mieux serait d'aller et venir en travers de la route supposée de la proie et d'attendre que celle-ci vienne à lui. Une chasse à l'affût.

Si le bateau avait filé constamment six nœuds — ce qui était fort improbable — il venait d'entrer dans le périmètre de recherche ; si sa vitesse n'était que de quatre nœuds, il y parviendrait dans cinq heures, à 15 h environ.

Une chasse à l'affût...

Attendre...

Fischer considéra la carte, conclut qu'il ne risquait guère de rencontrer des bâtiments de surface ennemis : l'U-319 se trouvait dans le no man's land officieux situé entre la Grande-Bretagne et la France. Mais plus près de l'Angleterre, il y aurait sans doute beaucoup de navires — dragueurs de mines, convois côtiers — et peut-être même des champs de mines pour protéger les voies maritimes. D'après la carte, une zone minée s'étendait immédiatement au nord de sa position mais Fischer était assez sceptique ; selon toute vraisemblance, l'information était périmée — si tant est qu'elle eût été exacte un jour.

Dans le ciel, par contre, il n'y avait pas de no man's land. Le ciel était à tout le monde — et dans ce secteur, il était plutôt anglais. C'était une des raisons pour lesquelles les *U-boote* n'opéraient plus désormais dans la Manche.

L'air songeur, Fischer retourna d'un pas lent près du périscope de recherche, qu'un jeune matelot tournait lentement, l'œil collé à l'appareil. Le commandant l'observa un moment en se demandant ce qui se passerait s'ils trouvaient le bateau. Pour en capturer les passagers, il faudrait faire surface et l'opération prendrait au moins quinze à vingt minutes. Rester tout ce temps en surface en plein jour, c'était terriblement long.

« Bon Dieu! Quelle opération! »

Le périscope cessa de tourner, le matelot s'écria :

— Avion au gisement 045! Distance quatre à cinq milles!

Fischer écarta le jeune homme pour regarder lui-même. C'était un Catalina ou un appareil de ce genre — en tout cas un avion ennemi qui se rapprochait.

— Rentrez le périscope, ordonna-t-il. Virez quarante-cinq degrés à tribord!

Un quart d'heure — il attendrait un quart d'heure avant de regarder à nouveau.

Cinq minutes plus tard, il ordonna de nouveau :

— Quarante-cinq degrés à tribord!

L'ordre fut répété en écho deux fois.

L'attente commença et, par habitude, l'équipage prit le « Régime Silence » — comme si l'U-319 était pourchassé par un navire. Chacun se taisait, on n'entendait que le ronronnement des moteurs électriques.

Au bout d'un long moment, Fischer regarda sa montre. Il était temps de jeter un coup d'œil :

— Sortez le périscope.

L'appareil monta avec un sifflement, le commandant abaissa les poignées repliables, regarda dans l'oculaire, décrivit un cercle rapidement — rien —, un autre plus lentement — toujours rien. L'avion était parti.

Sans doute un simple vol de reconnaissance, conclut Fischer. Il était peu probable qu'ils aient été repérés.

Encore deux tours d'horizon au périscope; pas de bateau de pêche en vue.

— Reprenez la route. Reprenez les « postes de patrouille ».

Les hommes se détendirent, se remirent à se déplacer. Fischer inspecta de nouveau l'horizon. La mer était nettement plus houleuse. D'un côté, cela rendait le périscope moins repérable; de l'autre, il serait plus difficile de voir la proie...

Si du moins celle-ci arrivait à leur portée.

— Message radio, *Herr Kaleu*.

En reprenant les postes de patrouille, on avait à nouveau sorti l'antenne, elle aussi télescopique. Fischer s'approcha du radio, qui tapait sur la machine Enigma le message reçu, détacha la bande de papier portant le texte décodé.

— Surtout aucun accusé de réception! dit-il.

Il se dirigea vers la table de navigation en jubilant intérieurement : l'objectif avait été repéré par un de leurs propres avions de reconnaissance! Cela signifiait que la position communiquée ne serait pas très précise — le point fait en l'air l'était rarement — mais c'était beaucoup mieux que rien.

Il reporta les coordonnées sur la carte, traça une croix au crayon et inscrivit : Vu à cet endroit à 09 30.

Lent; beaucoup plus lent qu'il ne le supposait; presque au bord inférieur du périmètre qu'il avait délimité; et à l'ouest, nettement à l'ouest! Il fronça les sourcils. Quelle était donc sa destination? Et cette faible vitesse était également surprenante; le point donnait une vitesse moyenne de quatre nœuds. Peut-être le bateau avait-il appareillé plus tard qu'on ne le pensait, peut-être cette position donnée était-elle erronée... Hypothèses.

En tout cas, l'U-319 devait prendre position plus à l'ouest sur la route de la proie.

Ensuite?

Ensuite, ce serait encore l'affût. Rien n'était changé.

* * *

Dans la Salle de Repérage des Sous-marins, le chef du service épluchait les informations reçues pendant la nuit. Il les pesait soigneusement et, en estimant la vitesse et la route probables des divers navires, essayait de calculer où pourraient se constituer les meutes de loups.

Le problème devenait de plus en plus ardu. C'était d'abord une question de nombre : les Allemands disposaient à présent de quatre cents U-boote, dont deux cent cinquante opérationnels et probablement plus d'une centaine en mer. Il était quasi impossible de les suivre tous à la trace, malgré les efforts déployés par le personnel du service. Surtout maintenant.

Il se rappela les chiffres consternants avancés au cours de la réunion du matin (vingt et un bâtiments perdus pour deux convois seulement) et les paroles du chef d'état-major adjoint : *Nous sommes à un moment crucial de la bataille de l'Atlantique.* Le problème était simple : si on ne chassait pas les U-boote, les convois ne passeraient plus.

Nul besoin de souligner les conséquences qui en découleraient.

Pour écarter la menace, une nouvelle tactique avait été mise au point : on utiliserait au maximum les informations Ultra et les convois seraient détournés des meutes postées en embuscade; en outre, tous les convois recevraient une protection totale de formations de soutien; enfin, on accélérerait la production du nouveau radar H2S (dont les essais s'étaient révélés positifs) afin d'en équiper tous les bombardiers du Coastal Command.

« Cette fois, ça passe ou ça casse », songea le chef du service. C'est la dernière manche. Et Dönitz doit le savoir, lui aussi.

Au fil des années, le Britannique avait appris à comprendre comment fonctionnait l'esprit de l'Allemand. La tactique des U-boote reflétait les conceptions de Dönitz, ses penchants en matière de stratégie, son plan d'ensemble. Un an plus tôt, quand les patrouilles aériennes et le radar avaient rendu la situation trop difficile pour les sous-marins allemands dans l'Atlantique Nord, le grand amiral avait fait transférer ses plus grosses unités dans le sud — décision que l'officier anglais avait prévue. Lorsque l'Atlantique Sud était à son tour devenu moins accueillant pour ses *loups gris,* Dönitz les avait envoyés près des côtes américaines. Là encore, l'Anglais avait prévu la manœuvre, parce qu'il en aurait fait autant.

A présent Dönitz avait ramené toutes ses forces dans l'Atlantique Nord. Pour lui aussi, c'était la dernière manche. Mais pour le chef, ce n'était pas une mince affaire que de tenir à jour le tableau de repérage. Son personnel de jour consistait en onze hommes pour le pointage des routes et six pour porter les relèvements gonio — ce n'était pas trop pour traiter autant de U-boote.

Il réexamina le journal de la nuit et les messages décodés. La routine ordinaire. Aucune évidence de formation d'une nouvelle meute. La seule chose inhabituelle, c'était le long message urgent envoyé à 1 h 15. Dix minutes plus tard, on avait capté sur la fréquence des *U-boote* un bref message — sans doute un accusé de réception — trop court pour que les goniomètres puissent donner une position précise. On pouvait cependant estimer que le sous-marin se trouvait dans le golfe de Gascogne.

Un seul accusé de réception, un seul sous-marin concerné, donc... Curieux. Un changement d'instructions, peut-être? Une nouvelle destination?

Les décodages Ultra lui fourniraient la réponse.

Une heure plus tard, il en reçut une énorme pile, brefs pour la plupart : accusés de réception, rapports faisant état d'avaries, d'attaques couronnées de succès — ces derniers trop nombreux, beaucoup trop nombreux... Il les passa à ses collaborateurs, se réserva le long message, le lut avec un étonnement croissant.

Qu'est-ce que cela voulait dire? Un bateau de pêche, des passagers à capturer sans leur faire de mal... Stupéfiant.

Il s'approcha d'une table supportant une grande carte portant une grille de références. Au début de la guerre, les Allemands ne s'étaient pas donné la peine de coder les coordonnées qu'ils utilisaient et il avait suffi d'obtenir une carte allemande pour lire directement les positions. A présent, l'ennemi utilisait un code qui changeait chaque mois et il fallait parfois assez longtemps pour le percer à jour. Pour le moment, on tâtonnait, le code venait juste d'être modifié.

Des références codées; le message contenait une douzaine de ces sacrés machins. Certaines étaient familières et il savait qu'elles se trouvaient dans le golfe de Gascogne. D'autres étaient nouvelles — H24P15, par exemple. Il se souvenait d'avoir déjà vu les lettres H et P mais jamais avec ces nombres ni combinées de cette façon. Conclusion : le sous-marin était envoyé vers une destination inhabituelle : ni l'Atlantique, ni le Groenland ni l'Islande.

A la recherche d'un bateau de pêche... La côte du golfe de Gascogne? Possible; mais là encore, les coordonnées ne semblaient pas correspondre, ne ressemblant en aucune façon à celles utilisées dans ce secteur par des sous-marins qui parfois, à la suite d'attaques des Alliés, réclamaient de l'aide.

Alors les côtes du nord de la France?

Aucun *U-boot* ne s'aventurait plus dans la Manche depuis longtemps. Trop dangereux, pas assez de convois pour que le risque en vaille la peine.

Le front plissé, il relut à nouveau le message. Les Allemands supposaient que le bateau de pêche se dirigeait vers un endroit aux coordonnées assez similaires (mêmes lettres, nombres pas trop éloignés) à celles de l'endroit où on l'avait localisé une première fois. Une destination proche de celui-ci alors? Le second point pouvait aussi bien être un port qu'un lieu de rendez-vous en pleine mer...

Le chef du service de Repérage appela une de ses assistantes, la chargea de demander aux diverses organisations de Résistance si elles savaient quoi que ce soit sur ce bateau de pêche. Puis il revint aux coordonnées.

En supposant que la première partie de chaque paire de coordonnées indiquât la latitude, la seconde position était située au nord de la première *si* le code suivait le système habituel, les nombres grandissant à mesure que l'on s'écartait de l'équateur...

Cela faisait beaucoup de suppositions.

Mais si elles étaient fondées, le bateau de pêche remontait vers le nord.

Sa destination se trouvait-elle au nord de Bordeaux, par exemple? Non, les coordonnées auraient été familières et le chef du Repérage inclinait d'instinct à écarter cette hypothèse. Les Allemands n'enverraient jamais un *U-boot* à la poursuite d'un pêcheur essayant de se rendre dans une autre partie de la Zone Occupée, ou en Espagne. Un patrouilleur côtier, ou mieux, une vedette rapide feraient l'affaire.

Mais bien sûr : La réponse était là!

Ils avaient envoyé un sous-marin. Pas un autre bâtiment...

Pourquoi?

La mission était importante, certes, Dönitz l'avait souligné dans son message, mais il devait y avoir une autre raison. Le bateau de pêche se rendait probablement dans une zone où un bâtiment de surface allemand ne pouvait pas aller. En territoire ennemi, par exemple. Ou *au-delà* du territoire ennemi, là où les patrouilles aériennes représentaient un grave danger. Mais oui, mais oui.

Dans la Manche.

C'était la seule possibilité.

Mais où exactement? Dans la partie est de la Manche? Non. Quelle que fût l'importance de l'opération, Dönitz ne confierait jamais à ses sous-mariniers une mission-suicide. Un *U-boot* n'aurait aucune chance dans les eaux peu profondes de la Manche Est.

L'ouest, alors? Pourquoi pas?

Le chef du Repérage des Sous-marins regarda la pendule au mur. La décision devait être prise rapidement. Il alla à la grande carte, prit la maquette représentant l'U-319, que l'officier de nuit avait placée à la sortie de Brest et la posa au milieu de la Manche, au sud de Plymouth.

Puis il décrocha le téléphone et demanda le Coastal Command. Bien sûr, il pouvait se tromper grossièrement et envoyer les gars du C.C. sur une fausse piste mais la conclusion du message de Dönitz l'incitait à penser qu'il voyait juste : *Si quelqu'un est capable de réussir, c'est vous.*

Il ne pouvait y avoir qu'une raison pour que l'amiral ait dit cela. C'est qu'il demandait l'impossible à son commandant, il l'envoyait dans les griffes du lion.

CHAPITRE XXIX

— Réveillez-vous! s'il vous plaît, réveillez-vous!

Julie se décida à le gifler. « Affreux, mais il n'y avait pas d'autre moyen. »

— Monsieur Freymann! David! David! Réveillez-vous!

Le vieil homme remua légèrement. En désespoir de cause, elle approcha sa bouche de son oreille et cria :

— Il faut bouger...

Il y eut un choc violent contre l'étrave; un instant après, un paquet d'embruns s'envola de l'avant. Julie baissa la tête, mais trop tard; l'eau dégoulina dans son cou. Le vieil homme fut inondé lui aussi. L'eau froide le réveilla; il battit des paupières.

— Il faut aller à l'avant, dit Julie. Sinon vous serez trempé!

David posa sur elle un regard vide, hocha faiblement la tête. La douleur lui fit refermer les yeux. Julie lui prit le bras, l'assit et entreprit de le tirer vers l'avant. Au début, il l'aida comme il pouvait puis il se laissa complètement aller et elle sentit son corps peser contre sa jambe. Son visage était livide et tordu par la souffrance. Elle s'agenouilla, lui passa un bras autour des épaules et attendit. Le bateau heurta à nouveau une vague, l'inévitable déluge d'embruns glacés s'abattit sur eux.

Julie se releva, tenta de traîner le vieillard mais il était lourd et elle gardait difficilement l'équilibre du fait des mouvements du bateau. Hors d'haleine, elle se baissa de nouveau, cria d'un ton désespéré :

— Essayez encore, David! *Essayez!* je vous en prie.

Il fit un tout petit signe de tête; elle se remit à le tirer et sentit qu'il aidait à nouveau. Ils purent enfin atteindre le refuge du coin de l'avant, sous les planches. Les mouvements du bateau y étaient plus violents et Julie eut quelques haut-le-cœur, mais au moins, David était au sec.

— Encore un peu, vous serez mieux, dit-elle.

Freymann fit un dernier effort pour aider la jeune femme à l'installer contre des rouleaux de cordage et s'allongea, les yeux fermés. Elle le couvrit de sacs, plaça un morceau de prélart roulé sous sa tête. En lui caressant le front, elle murmura :

— Désolée pour la gifle...

Mais il ne l'entendit pas, il avait à nouveau perdu conscience. Julie l'examina avec anxiété; il était d'une pâleur mortelle, tirant presque sur le vert; sa respiration était courte et saccadée; il semblait suffoquer.

« Son médicament... il avait parlé de son médicament. » Elle chercha dans le sac de Freymann, trouva une petite fiole à demi pleine de tablettes blanches. Comme la bouteille ne portait ni étiquette ni instructions, elle décida de lui en donner deux.

De l'eau — il lui fallait de l'eau.

Près du casier à langoustes, elle trouva une bonbonne entourée d'osier, en goûta le contenu en y trempant un doigt : c'était de l'eau.

Elle glissa les tablettes dans la bouche du vieil homme, porta le goulot de la bonbonne à ses lèvres, essaya de l'incliner : elle était trop lourde. Julie plaça la tête de David contre sa poitrine, souleva la bonbonne à deux mains. L'eau ruissela partout; un peu de liquide coula dans la bouche de Freymann qui gémit, hoqueta et toussa.

Julie lui tapota le dos, regarda sa bouche et vit qu'il avait avalé les tablettes.

A peine s'était-elle réjouie de cette petite victoire, que le savant porta la main à l'estomac, se tourna sur le côté et vomit sur la jambe de Julie.

Prise de nausée, elle se leva rapidement, s'approcha du bastingage, déglutit et respira une bouffée d'air salin. Elle offrit son visage au vent, regarda l'horizon et se sentit mieux au bout d'un moment. Puis elle se tourna vers Freymann qui avait cessé de hoqueter, mais elle ne put se résoudre à venir près de lui. Pas tout de suite...

Agrippant d'une main la lisse, Julie retourna vers la barre en marchant avec précaution sur le plancher incliné. Peter était pelotonné contre le bordé du bateau, tout à fait à l'arrière, du côté relevé. Il dormait avec une expression un peu renfrognée sur sa figure pâlotte. Elle regarda le compas : la route s'était légèrement inclinée vers l'ouest. Dès qu'elle commença à modifier le réglage des deux filins qui amarraient la barre, la route fut quelque peu rectifiée, mais les voiles commencèrent à faséyer. Si elle allait plus loin, elles se mettraient à battre et il faudrait à nouveau les ajuster. Cela attendrait : avec un peu de chance, ce ne serait peut-être pas nécessaire, et de toute façon, elle n'en avait pas le courage pour le moment.

Elle scruta le ciel : pas de trace de l'avion. C'était curieux. Le pilote avait vu le bateau, elle en était sûre, et pourtant il n'avait pas piqué pour leur tirer dessus ou simplement pour les regarder de plus près. Il s'était contenté de virer légèrement et de passer presque au-dessus d'eux.

Julie s'était jetée sur Peter afin de le protéger de son corps mais il n'y avait pas eu de crépitement de balles. L'avion était resté à haute altitude et son faible ronronnement s'était lentement éloigné.

Elle n'y comprenait rien.

Inutile de s'inquiéter. L'avion n'était pas revenu, c'était le principal.

Elle regarda sa montre : presque midi. Ses yeux étaient douloureux et elle avait l'impression qu'un cercle de fer lui serrait la tête. Il faudrait qu'elle dorme, à un moment ou à un autre, mais pour l'instant, elle se sentait étrangement éveillée et avait plutôt envie de faire quelque chose, comme si le simple fait d'être active réglerait tous ses problèmes.

Les travaux ménagers. Elle allait faire le ménage — comme à la maison. D'abord la lampe du compas, qu'il fallait réparer. Comment? elle n'en avait pas la moindre idée, mais elle pouvait toujours jeter un coup d'œil.

Sur le côté du compas, monté sur le socle en cuivre, il y avait un petit volet, tenu par un écrou à oreilles qu'elle desserra facilement. Elle regarda, vit une mèche, la toucha : elle était sèche, il n'y avait plus de pétrole. Finalement, c'était peut-être très simple.

Il y avait sûrement un bouchon de remplissage; elle regarda par l'ouverture, et se redressa vivement parce que son estomac commençait à chavirer. Elle respira l'air frais, regarda de nouveau. Rien.

Le front soucieux, Julie chercha à droite et à gauche sur la monture du compas. Soudain elle le vit : il était là, sur l'avant de la monture ; un petit bouchon de cuivre qui, une fois dévissé, exhala une odeur de pétrole. Elle mit son doigt dans l'ouverture... pas de trace de liquide. Elle avait deviné juste : la lampe était seulement à sec !

Julie regarda dans la caisse où elle avait trouvé la torche : c'était là que le carburant devait être...

Il n'y était pas.

Elle retourna à l'avant, en choisissant un moment propice entre les projections d'embruns. David paraissait dormir tranquillement ; elle mit une main sur son front, qui était moins froid. Mais il avait toujours un teint affreux. Julie aurait voulu faire quelque chose pour lui.

Elle s'accroupit pour regarder sous les planches de l'avant, vit une autre bonbonne entourée d'osier qu'elle s'empressa d'ouvrir. C'était aussi de l'eau. Elle fouilla sous les casiers à langoustes, les cordages et la bâche : rien.

En revenant à l'arrière, elle remarqua, au milieu du bateau, une sorte de cube émergeant du plancher et fermé par un couvercle. Sans doute l'accès à la cale où l'on mettait le poisson. Y trouverait-elle du pétrole ? Elle pouvait toujours jeter un coup d'œil.

Le couvercle était maintenu fermé par des pattes ; en essayant de l'ouvrir, Julie se cassa un ongle. Les pattes étaient coincées ; il fallait quelque chose pour faire levier. Peut-être le gros clou, celui que Peter avait trouvé dans la caisse ?

Il y était toujours ; elle le passa sous une patte et tira : elle s'ouvrit. Victoire ! Les autres pattes cédèrent aussi. Quant au couvercle, il était fort lourd ; cependant, en le poussant du côté où penchait le bateau, elle réussit à le faire glisser sur le côté. Elle regarda à l'intérieur et s'aperçut avec stupéfaction que la cale était pleine d'eau.

Des embruns s'abattirent sur le dos de Julie ; elle ne s'en aperçut même pas, fascinée qu'elle était par la vue du torrent qui courait dans le fond, d'un bord à l'autre et puis en sens inverse en suivant les mouvements du roulis. Par moments, l'eau s'écoulait avec un bruit de cataracte ; ensuite, lorsque le bateau se trouvait sur la crête d'une vague, elle marquait un temps d'arrêt avant de repartir à toute vitesse en sens inverse.

Et il y en avait des tonnes. Julie se demanda depuis combien de temps elle était là, et à quelle cadence elle entrait dans la cale.

— Maman !

Peter était debout à l'arrière, près du bordé et à l'abri des embruns.

— Maman ! appela-t-il à nouveau.

Il avait un air malheureux. Elle se leva, s'approcha de l'enfant. Un paquet d'eau déferla, s'engouffra en partie dans la cale et Julie se dit qu'elle devrait remettre le panneau en place. Mais il y avait déjà tant d'eau. Un peu plus ou un peu moins !

— Maman, j'ai besoin de faire caca...

— Oui, chéri, soupira la mère.

— Mais où, maman ?

— Ah !

Julie n'avait pas pensé à ce problème. Jusqu'à présent, il avait suffi d'utiliser les dalots... Un seau — cela ferait l'affaire. Elle regarda autour d'elle, vit à la mine de Peter qu'il y avait urgence.

— Attends.

Elle fouilla de nouveau la caisse, alla à l'avant. Il devait bien y avoir un seau quelque part...

Pas de seau. Elle trouva cependant une grande boîte en fer-blanc remplie d'appareils de pêche, la vida et revint précipitamment vers son fils, qui pleurnichait :

— Vite, maman. Vite!

L'opération terminée, Peter réclama du papier.

— Attends.

«Du papier... du papier sur un bateau — se répétait Julie en cherchant partout. — Non, il serait mouillé tout de suite. Un chiffon peut-être. »

Une fois de plus, l'inspection du contenu de la caisse fut infructueuse et c'est à l'avant que la jeune femme dénicha un chiffon noir et huileux.

Lorsqu'elle repartit vers l'arrière, Freymann l'arrêta au passage.

— S'il vous plaît, il faut... que je vous parle... Très important... Je vous en prie.

— Oui, oui! répondit Julie, agacée. Dans une minute, je vous promets.

Elle se reprocha aussitôt sa brusquerie et poursuivit plus doucement :

— Pardon... Je reviens tout de suite, mais il faut que je porte quelque chose à mon fils. D'accord?

En repartant vers l'arrière pour, au moins, la vingtième fois, Julie se dit : « L'essentiel, c'est de garder le moral, voilà tout. »

David la regarda s'éloigner; elle avait l'air inquiet. Peut-être que tout n'allait pas tellement bien. Il fit un effort pour garder les yeux ouverts. Il ne devait pas se laisser aller; pas encore; pas avant de lui avoir parlé, de lui avoir remis une certaine chose. Après, il n'en aurait peut-être plus la force. La douleur l'épuisait, rongeait son corps, il n'avait plus le courage de lutter. Il aurait voulu se laisser glisser, sombrer dans l'inconscience et ne plus jamais avoir mal...

Mais d'abord, il devait parler à la jeune femme. Ensuite... il fermerait alors les yeux et s'évaderait. Il n'y aurait plus de souffrance, seulement la paix. Mais pas encore! Ne pas se laisser aller... Pas encore.

Quand Julie revint près de David, elle le trouva endormi. Ce qu'il avait à dire attendrait; elle lui parlerait dès son réveil. Pour le moment, il fallait s'occuper de l'eau de la cale. Dans les romans qu'elle avait lus, les marins « actionnaient les pompes » mais ce bateau était-il assez grand pour en être équipé? Et si oui, où se trouvaient-elles?

Elle inspecta le pont. Elle ne vit rien qui ressemblât de près ou de loin à une pompe.

Julie regarda un moment par l'écoutille puis se résolut à descendre dans cette obscurité, la torche à la main. Elle trouva un appui pour son poids et se laissa glisser dans l'eau, qui lui monta aux mollets. Aussitôt elle regretta de ne pas avoir enlevé ses chaussures. Trop tard, maintenant.

A la lumière de la torche, elle découvrit une coque vide. Pliée en deux, elle promena le faisceau de la lampe vers l'étrave. Rien d'autre que la charpente de bois, et au milieu, le mât sortant du pont. Vers l'arrière, rien non plus. Elle s'accroupit, alla à l'avant, vit l'eau tournoyer autour d'une masse sombre : la chaîne de l'ancre posée en tas sur le plancher.

Pas de pétrole; pas de pompe.

Un coup de roulis déséquilibra Julie, qui se retint au mât. Elle réprima un haut-le-cœur, se dit qu'elle devait vite remonter. En lâchant le mât, elle sentit contre sa main quelque chose de froid. *Il faut que je remonte...* Elle avala sa salive, braqua la torche vers le mât, vit un tuyau courant le long de celui-ci jusqu'au fond du bateau où il disparaissait dans l'eau sale. Le cœur sur les lèvres, elle dirigea le faisceau de la torche vers le haut; le tuyau accompagnait le mât jusqu'à la surface inférieure du pont, contre laquelle il courait ensuite horizontalement sur une courte distance et aboutissait à un gros objet métallique suspendu à un barrot.

Je vais vomir.

Julie agrippa précipitamment le bord de l'écoutille, se hissa sur le pont, courut au bastingage du bord sous le vent; rien ne pouvait plus empêcher ce qui devait arriver.

Quelques instants plus tard, l'estomac soulagé, elle gagna l'arrière en titubant, se laissa tomber sur le siège de l'homme de barre et appuya sa tête sur le compas, attendant que le malaise soit passé. Ce serait si facile de s'endormir là, de tout laisser aller.

Au bout de cinq minutes, elle se releva et, encore chancelante, retourna près du mât. Sur la gauche, juste au-dessus, sans doute, de l'objet métallique qu'elle avait vu dans la cale, il y avait une sorte de montant, gros et court, encastré dans les planches du pont. Julie l'avait pris pour une simple bitte d'amarrage mais elle remarqua cette fois qu'il avait un manchon et des pièces qui de toute évidence étaient mobiles.

Des embruns glacés s'envolèrent et vinrent s'écraser sur sa joue. A quatre pattes, elle examina de plus près cet appareil mécanique, dont le manchon était certainement destiné à recevoir un levier.

Un levier... Elle était fatiguée de chercher des choses. Sans conviction, elle regarda autour d'elle et vit, juste sous son nez, une longue barre de fer fixée au mât par deux attaches. Elle la saisit, en glissa l'extrémité dans le manchon : elle s'emboîtait parfaitement.

Julie replaça le panneau sur l'écoutille, s'assit dessus et se mit à actionner le levier d'avant en arrière, facilement d'abord puis avec difficulté. Elle comprit qu'elle commençait seulement à aspirer de l'eau. Ayant pris une bonne cadence de pompage, elle se demanda combien de temps il lui faudrait pour vider la cale.

La pompe se trouvait dans la partie du bateau la plus exposée aux embruns et Julie sentait l'eau s'insinuer dans son cou, sous ses vêtements qui étaient trempés et collaient à sa peau. Mais du moins, elle se réchauffait en pompant. Et puis c'était amusant. « On peut arriver à rendre agréable n'importe quoi », se dit-elle.

Au bout d'une demi-heure, elle souleva le panneau, braqua la torche vers le fond. Toujours des tonnes d'eau. Elle s'y attendait à moitié. Elle se remit à pomper, en essayant de chasser de son cerveau tout ce qui n'était pas l'objet du moment : le pompage. Mais elle ne pouvait empêcher sa pensée de vagabonder, d'aller à sa maison, à Jean, tante Marie, et à *lui*...

Elle se mit ensuite à chanter pour se donner du courage, jusqu'à ce qu'elle soit à court de chansons.

Quand elle commença à avoir mal au dos, elle s'accorda un moment de repos et comprit, en se remettant à pomper, que c'était une erreur : elle avait deux fois plus mal à présent.

Puis ses mains se couvrirent d'ampoules et elle dut arrêter. Elle souleva péniblement le panneau, jeta un œil dans la cale : il n'y avait presque plus d'eau. Satisfaite, elle enveloppa ses mains de chiffons, recommença à pomper jusqu'à ce qu'un bruit de succion lui annonce enfin que la cale était vide.

Elle replaça le levier contre le mât, et retourna s'asseoir à la barre. Nord-ouest, indiquait le compas. *Trop à l'ouest.* Julie posa la tête contre le globe de verre, ferma les yeux. Une petite main se glissa dans la sienne.

— Maman, ça va?

— Très bien, chéri, mentit Julie.

— J'ai ouvert une autre boîte de conserve. Tu dois avoir faim après tous ces efforts.

Elle entoura de ses bras la taille de Peter, appuya la tête contre sa poitrine et murmura d'une voix étranglée :

— Merci, mon trésor.

Une plainte lui fit lever les yeux. C'était David, qui agitait faiblement la main dans sa direction. Il voulait sans doute un peu d'eau. Se reprochant de l'avoir oublié, Julie se mit lentement debout et entreprit une fois de plus le long voyage vers l'avant, sous la douche des embruns.

Enfin elle venait!

David la regardait s'approcher, en priant ardemment qu'elle termine sans encombre son parcours mal assuré sur le pont mouvant. Elle s'arrêta à mi-chemin, et il eut peur qu'elle change d'idée; mais après avoir attendu une trêve des vagues et des embruns, elle se remit en route, titubant légèrement à un moment où le bateau fit un brusque plongeon de l'avant.

Dès qu'elle s'agenouilla auprès de lui, Freymann lui saisit la main et la trouva anormalement chaude. La chevelure trempée de Julie collait à son front, son visage était un masque blême avec pour seules taches de couleur le rouge des pommettes, sans doute enfiévrées, et les larges cernes entourant les yeux gonflés. Elle paraissait épuisée.

— Vous devriez vous reposer, dit-il en lui tapotant la main. Un peu...

Elle eut un sourire qui la transfigura et répondit :

— Ne vous inquiétez pas pour moi. Je suis en forme et en bonne santé. C'est vous qui devez faire attention. Voulez-vous de l'eau? Vous en avez sans doute grande envie.

Elle souleva la grosse bonbonne et la tint au-dessus de ses lèvres. Après avoir bu goulûment, Freymann ouvrit le sac qu'il portait à la ceinture, en sortit un petit paquet et dit, en tenant la main de Julie et d'un ton concentré :

— Vous vous rappelez... dans le champ... quand vous êtes revenue me chercher. Je veux vous remercier.

— Ne dites pas de sottises. Evidemment, je suis revenue. Je ne pouvais pas vous laisser, n'est-ce pas?

— A ce moment... eh bien... — Il eut un accès de toux, respira profondément pour reprendre haleine... — J'avais envie de... renoncer, mais je suis content de ne pas l'avoir fait. Vous voyez...

Un spasme particulièrement douloureux le fit s'interrompre.

— Ça va? demanda Julie en lui pressant la main.

Dès qu'il put, il poursuivit :

— Oui, oui... Vous aviez raison, ils m'auraient forcé à travailler pour eux. Ils auraient retrouvé ma petite Cécile, ils m'auraient menacé... Comme ça, je la protège — je le lui avais promis. Je vous en remercie.

Julie voulut protester mais il l'interrompit :

— Dans ce paquet, il y a tout. Mes idées, les plans, les caractéristiques. Prenez-le. Au cas où il m'arriverait quelque chose...

— Il ne vous arrivera rien.

Freymann secoua la tête avec irritation.

— Promettez-moi de... le garder... de le remettre en bonnes mains. En bonnes mains, vous comprenez?

Elle parut d'abord ne pas vouloir accepter, puis hocha doucement la tête et, considérant pensivement le petit rouleau, le soupesa dans sa main. Enfin elle se décida et, se tournant de côté, le glissa sous ses vêtements.

Freymann poussa un soupir de soulagement : il se sentait enfin libéré comme d'un grand poids sur les épaules. Il pouvait dormir maintenant pour de bon. En pressant la main de la jeune femme, il murmura :

— Vous êtes très gentille.

Elle se pencha vers lui, l'embrassa sur la joue, lui caressa le front et lui demanda :

— Voulez-vous vos tablettes?

— Elles me donnent envie de vomir... D'ailleurs, j'ai moins mal, maintenant...

C'était faux, il souffrait encore terriblement mais il ne voulait pas l'inquiéter davantage.

— Vous savez, je devrais vous remercier, moi aussi, dit Julie songeuse. Vous m'avez aidée à reprendre le dessus, dans la crevasse. Sans vous, je ne me serais pas ressaisie... Je regrette seulement de vous avoir entraîné dans cette aventure.

Elle soupira en détournant les yeux, pensant qu'elle avait échoué.

— Non, dit David avec force... Non, nous tentons, et c'est ce qui compte. Vous devez comprendre que tenter est plus important que tout! que tout!

— Peut-être, dit Julie. Essayez de dormir, maintenant.

Elle l'embrassa à nouveau doucement sur la joue.

— Souvenez-vous, murmura David. Ne jamais renoncer.

— C'est vrai! dit Julie en riant.

Elle lui serra la main, se releva et repartit vers l'arrière.

Il laissa sa tête retomber, ferma les yeux. Sa conscience était tranquille, il avait fait ce qu'il fallait faire. Il pouvait enfin dormir en paix.

Après son esprit, c'était son corps qui refusait de fonctionner. En retournant à l'arrière, Julie eut l'impression que tous ses muscles criaient grâce. Elle pouvait à peine bouger le cou et chaque fois qu'elle tournait la tête, une douleur lui vrillait les tempes.

Peter sourit en la voyant s'approcher.

— Viens, maman! Tu n'as encore rien mangé. Je t'ai gardé ton déjeuner!

Elle s'assit près de lui, à l'abri du pavois, grignota sans appétit.

— Tu vas aller mieux, n'est-ce pas, maman?

— Certainement. Je suis fatiguée, c'est tout.

— Tu devrais dormir, je prendrai le quart.

Une expression de Richard, sans doute. Elle s'apprêtait à dire non quand elle pensa : « Pourquoi pas? » Le bateau naviguait tout seul, Peter serait sans doute plus vigilant qu'elle, morte de fatigue. Oui, pourquoi pas?

En avalant une bouchée, elle regarda son fils, songeant que c'était une responsabilité bien lourde pour un enfant de sept ans. Mais dans quelques heures, il ferait nuit, il faudrait alors qu'elle reste éveillée et elle n'en serait jamais capable si elle ne dormait pas un peu auparavant.

— Chéri... commença-t-elle d'un ton hésitant. Tu me promets de me réveiller *immédiatement* si tu vois quoi que ce soit?

Peter fit oui avec sa petite tête.

— Ou si le temps change, avec des nuages noirs ou plus d'embruns, ou la pluie...?

— Oui, maman.

— Si tu vois un bateau ou quelque chose sur l'eau, ou un avion, tu me réveilles, n'est-ce pas?

— Je te promets, maman.

— N'importe quoi...

— Ne t'inquiète pas, maman, je ferai une très bonne veille!

Avec un sourire épanoui, l'enfant s'installa à la barre. Julie se leva, regarda longuement autour d'elle. Le ciel était encore clair mais une légère brume montait à l'horizon. La mer semblait toujours aussi vaste, aussi impossible à traverser.

Une bonne veille... Elle s'étendit sur le pont, la tête sur son bras replié, en se demandant si Peter avait appris ce mot-là aussi avec Richard. Richard. Il avait dû affronter cela mille fois — le froid, l'humidité, la fatigue. Cette pensée la réconforta. Et puis elle le vit dans un cadre différent; dans une cellule de prison, ayant faim, ayant froid, brûlant d'être libre; elle essaya de vite chasser cette vision de son esprit avant de penser à des choses pires.

Elle ferma les yeux, mais pendant longtemps son corps refusa de se détendre. Elle s'endormait par moments, et se réveillait en sursaut la tête pleine de pensées décousues. Enfin, avant de sombrer dans un profond sommeil, elle se rappela qu'elle n'avait pas corrigé la route du bateau, qui se dirigeait trop à l'ouest.

Une aiguille dans une meule de foin.

CHAPITRE XXX

Une aiguille dans une meule de foin...

Et pourtant, pourtant...

De l'index, Fischer suivit le trajet du bateau de pêche depuis Morlaix jusqu'à l'endroit où l'avion l'avait repéré, continua dans la même direction prolongée. Son doigt s'arrêta entre les Sorlingues et Land's End... Il avait beau vérifier et revérifier cette position future, le résultat était toujours le même.

C'était à n'y rien comprendre. Où allait ce bateau? Pourquoi doubler la pointe et remonter ensuite la côte nord de Cornouailles avec un vent contraire? Quelles autres destinations pouvait-il avoir? Le Pays de Galles? L'Irlande? Pour le Pays de Galles, cela ne servirait à rien. L'Irlande alors? C'était une possibilité, dans le cas où les passagers du bateau chercheraient la sécurité d'un pays neutre. En y réfléchissant, l'affaire prenait une teinte politique... Fischer jugea que cette destination était la plus vraisemblable.

Pourtant, il y avait encore quelque chose d'anormal. Si le bateau n'avait pas changé de cap, pourquoi n'avait-il pas encore été aperçu?

L'U-319 zigzaguait sur quatre milles de part et d'autre de la route supposée de la proie. La visibilité était toujours bonne. Avec le périscope de recherche, on ne pouvait manquer un bâtiment, si petit fût-il, à quatre milles de distance. Le bateau devait avoir un mât, des voiles se dessinant clairement sur l'horizon!

Et même dans le pire des cas, celui où l'U-319 s'écarterait de la proie au moment où elle pénétrait dans la zone de recherches, et où le bateau de pêche se trouverait à quatre milles en dehors de la route prévue, le sous-marin le retrouverait au retour parce que chaque branche de ses zigzags le refaisait passer en des points peu éloignés l'un de l'autre.

Donc ils auraient dû le voir; mais ils ne l'avaient pas vu.

Fischer poussa un soupir. Dans le poste central, le silence n'était troublé que par le ronronnement des moteurs électriques. Les hommes étaient à leur poste et, appliqués à leur travail, n'échangeaient que d'occasionnels murmures. Un marin tournait lentement le périscope, l'œil rivé à l'oculaire.

Fischer se demanda depuis combien de temps il n'avait pas dormi. Plus de trente heures, probablement. Tôt dans la matinée il avait essayé de dormir, mais n'avait pu que somnoler quelques instants. En tout cas, il ne parviendrait pas à fermer l'œil avant que la chasse ne soit terminée, il le savait. Une fois la nuit tombée, lorsqu'il serait sûr de ne plus pouvoir trouver le bateau, il se reposerait. Impossible de chercher une embarcation dans le noir. Tout ce qu'il pourrait faire serait de poster le sous-marin sur la route du bateau et d'attendre son passage, à l'aube. Mais la marge d'erreur serait alors énorme : la proie aurait pu entre-temps changer dix fois de direction.

Une aiguille dans une meule de foin...

Dans le poste central des hommes se déplacèrent, parlèrent entre eux à voix basse. C'était le changement de bordée de quart. Il était 16 heures. Fischer eut envie d'aller jeter un coup d'œil au périscope ; il n'en fit rien parce que le servant du nouveau quart s'y installait. Peut-être irait-il regarder un peu plus tard, quand cet homme aurait terminé son premier tour d'horizon. Il y avait de la superstition là-dedans : le commandant avait le sentiment que, s'il s'empêchait de jeter un coup d'œil, le bateau aurait plus de chances d'être aperçu. Ridicule, bien sûr...

Il alla faire un tour au compartiment des moteurs. Quand le chef mécanicien le vit arriver, il essuya ses mains à un torchon huileux et se porta à sa rencontre. A ce moment, Fischer perçut une exclamation, un bruit de voix venant du poste central ; il revint sur ses pas en songeant : « Pas de klaxon, donc pas d'avion. Quoi alors ? »

Le premier officier de quart était au périscope ; Fischer lui tapa sur l'épaule. L'officier s'effaça en disant :

— Un petit bateau, gisement 280, *Herr Kaleu* !

Fischer mit l'œil à l'oculaire. D'abord il ne vit que des vagues, une mer plus houleuse que quelques heures auparavant. Il vérifia le gisement — 280 degrés — et attendit. Une vague arriva dans son champ de vision, puis retomba.

Là !

— Sortez le périscope d'attaque !

L'appareil, beaucoup plus gros que le périscope de recherche, s'éleva des entrailles du sous-marin avec un sifflement. Le périscope de recherche avait un large champ de vision, mais un pouvoir grossissant limité ; pour l'appareil d'attaque, c'était l'inverse : faible champ de vision, grossissement important. Fischer abaissa les poignées, approcha un œil de l'oculaire.

Oui, c'était bien un petit bateau. Sous voiles, à un peu plus de quatre milles, probablement. La coque était presque entièrement cachée par les vagues mais la grand-voile se détachait nettement, petite forme sombre et incurvée, sur l'éclat doré du ciel dans l'ouest.

La proie se dirigeait vers le nord.

Après un bref moment de satisfaction, la prudence naturelle de Fischer reprit le dessus : et si c'était un bateau de pêche anglais ? Peu vraisemblable au milieu de la Manche. Ou une *autre* embarcation française ? Non, la coïncidence serait trop extraordinaire.

Ce ne pouvait être que la proie, il fallait maintenant la capturer. Il approcherait en plongée, ferait surface à la dernière minute pour prendre les passagers par surprise et ne leur laisser aucune chance de résister. Fischer voulait éviter de combattre non seulement parce qu'il ne devait faire aucun mal aux occupants du bateau mais aussi parce qu'il fallait boucler l'opération le plus vite possible. L'idée de faire surface en plein jour dans un secteur aussi dangereux ne le séduisait guère mais il n'avait pas d'autre solution.

Par mesure de précaution, il balaya l'horizon. Pas d'autre navire. Avec le périscope d'attaque, on ne voyait qu'une faible partie du ciel.

Il laissa la place à l'officier de quart.

Maintenant il était temps de se rapprocher de la proie. « Route au... » commença-t-il. Il s'arrêta brusquement. Quelque chose n'allait pas, qu'il identifia rapidement : l'idiot en poste au périscope de recherche ne faisait pas le tour de l'horizon, ne fouillait pas le ciel.

— Le ciel! Balaie le ciel! cria-t-il avec colère.

L'homme sursauta, obéit à l'ordre.

« Crétin! » pesta intérieurement le commandant. C'est comme cela qu'on se fait prendre... Un avion pouvait repérer le sillage des deux périscopes à une sacrée distance.

Mais le fautif était d'ordinaire un excellent matelot et Fischer décida d'être indulgent. Au moment où il allait redonner l'ordre de changer de route, un cri s'éleva :

— Avion ennemi!

— Rentrez les périscopes! dit automatiquement le commandant. Plongée profonde! Route quarante-cinq degrés plus à droite!

Fischer ne savait pas si l'avion était près ou loin, s'il se présentait pour lâcher ses bombes, mais ne voulait prendre aucun risque. Revenu à grandes enjambées à la carte, il vérifia la profondeur de l'eau à l'endroit où il se trouvait.

— Immersion trente mètres! aboya-t-il.

Au bout de quelques secondes qui parurent fort longues, le sous-marin commença à réagir aux barres de plongée; son avant s'inclina et il s'enfonça lentement, silencieusement dans les profondeurs de la mer.

Les hommes, tendus, agrippèrent la poignée la plus proche, attendirent l'explosion des charges sous-marines. Dans le silence qui durait, le timonier annonçait d'une voix calme la profondeur :

— Quinze mètres... dix-huit mètres... vingt mètres...

— Route plus à droite de quarante-cinq degrés.

— Quarante-cinq degrés plus à droite, *Herr Kaleu*.

Enfin, le timonier annonça :

— Profondeur, trente mètres.

Fischer poussa un soupir, les hommes se détendirent, échangèrent des regards : ils étaient en sécurité.

— Toi! aboya le commandant au marin qui était au périscope de recherche.

Livide, le matelot approcha.

— Distance et gisement de l'avion ennemi?

Il tremblait comme une feuille.

— *Distance et gisement de l'avion ennemi*? redit le commandant.

L'homme ouvrit la bouche, jeta autour de lui des regards de lapin apeuré. Fischer leva le bras et le gifla. L'homme recula et Fischer crut un moment qu'il allait éclater en sanglots. Il répéta d'une voix plus calme :

— Distance et position de l'avion ennemi.

Le matelot se ressaisit et dit d'une voix entrecoupée :

— Sur notre arrière, *Herr Kaleu*. Non, légèrement à tribord... gisement... Je... Je ne suis pas sûr...

Il tremblait de nouveau.

— Mais c'était un appareil britannique?

— Oh! oui... Un Catalina, je crois.

— Il se dirigeait vers nous?

— Oui! Oh oui! Droit sur nous, il venait droit sur nous.

— Il piquait vers nous?

— Oui, oui! Cap sur nous! A un demi-mille environ — non, moins. Moins!

Fischer hocha la tête et dit avec brusquerie :

— Retourne à ton poste et reprends-toi.

Puis il revint à la table de navigation et se pencha au-dessus de la carte. « S'il nous a vus, cela change tout, pensa-t-il, découragé. L'ennemi va envoyer d'autres avions, peut-être même des patrouilleurs... » C'est le sous-marin qui allait être le gibier, maintenant.

Il aurait fallu rester en plongée, s'éclipser rapidement, mais les ordres étaient clairs : il devait à tout prix capturer le bateau. Bon Dieu! Être à la fois si près et si loin. Il voyait dans son esprit la proie continuer à faire route, sans se douter de rien, victime sur le point d'être prise et cependant hors d'atteinte. De quoi devenir fou!

Il n'osait pas faire surface pour le moment, ni même remonter à profondeur périscopique pour jeter un coup d'œil. Pas encore; il décida d'attendre une demi-heure — le temps que le pilote de l'avion renonce à le chercher. Et s'il n'avait pas renoncé, tant pis! il fallait prendre des risques pour ne pas laisser échapper la proie.

Fischer trompa l'attente en calculant et recalculant la vitesse et la direction requises pour demeurer sur l'arrière du bateau. Cette fois encore, celui-ci était légèrement à l'ouest de la ligne qu'il avait tracée — ce qui signifiait peut-être que le vent refusait. Le commandant traça une autre ligne, se replongea dans ses calculs.

Au bout d'une heure, il vérifia avec le sonar qu'il n'y avait pas de bruit d'hélice à proximité et donna l'ordre de remonter à profondeur périscopique. On entendit le sifflement assourdi de l'air chassant l'eau des ballasts.

— ... vingt-cinq mètres... vingt... quinze...

L'U-319 se stabilisa, le timonier annonça enfin :

— Profondeur périscopique!

Fischer hissa le périscope de recherche, et, le cœur battant, colla l'œil à l'appareil. « Pourvu qu'il soit encore là! » pensa-t-il.

Elle était bien loin, quelque part à la campagne, étendue sur le plancher dur d'une grange. Près d'elle, il y avait de la paille sur laquelle elle aurait été mieux mais ses membres refusaient de bouger. Son corps était lourd comme une pierre, inerte. Pour une raison inexplicable, la grange bougeait, son plancher s'inclinait curieusement. Cet endroit était étrange. Et voici qu'on la secouait. Un animal — un gros... peut-être une vache! — donnait des coups de tête contre son bras; il était de plus en plus agité.

— Maman, maman! réveille-toi!

Julie ouvrit les yeux et, aveuglée par la lumière, les referma aussitôt. La réalité commença à s'insinuer dans son esprit; la conscience qu'un vrai cauchemar l'attendait, inévitable et prêt à fondre sur elle si elle s'éveillait. Elle s'accrocha à l'image de la grange, de la paille...

— Maman! Réveille-toi, s'il te plaît! Il y a un avion!

Julie ouvrit à nouveau les yeux, grogna, se passa la main sur le visage et s'assit. Une douleur lui transperça le crâne quand elle se redressa. Elle agrippa le bastingage, se leva. Son mal de tête prit un rythme de sourds élancements qui lui donnaient une légère nausée.

— Un avion? Où?

Elle regardait de tous côtés, mais ses yeux refusaient de se focaliser.

— Là-bas! dit Peter en pointant le doigt vers la droite.

Au bout de quelques secondes, Julie découvrit un petit point noir juste au-dessus de l'horizon. Il semblait très loin, faisant route au nord et prenant de la hauteur. Il parut un moment immobile et Julie comprit qu'il virait. Elle se frotta les yeux, regarda à nouveau. L'avion s'éloigna, décrivit une large courbe puis fit route vers le bateau. Julie pensa un instant que le pilote les avait repérés et fonçait sur eux, mais l'appareil s'inclina sur une aile et s'éloigna, cap au sud. Il répéta la manœuvre à plusieurs reprises.

Accroché à la veste de sa mère, Peter gémit :

— Maman, j'ai faim... et je veux dormir...

L'enfant avait les traits tirés, le regard un peu effrayé. Il s'était bien débrouillé, à tout prendre.

— Bien sûr, chéri, dit Julie d'une voix qu'elle voulait sinon gaie, du moins rassurante. Nous allons ouvrir une boîte ou deux puis tu te coucheras.

Elle se pencha vers le sac contenant les vivres, eut un haut-le-cœur. Les mouvements de bascule du bateau étaient à présent plus forts. Elle donna rapidement à manger à Peter, l'installa à l'arrière contre le haut bordé de bois, à l'abri du vent et des embruns.

Elle massa un moment ses tempes douloureuses, chercha l'avion : il avait disparu. Longtemps elle regarda, mais il ne revint pas. Peut-être était-ce un avion allemand. Elle remarqua que le ciel s'était couvert, avec, en altitude, un plafond ininterrompu de nuages blancs, et au-dessous des nuées noires menaçantes qui fuyaient à grande vitesse. La mer avait pris une couleur grise, inquiétante. Les vagues montaient inlassablement à l'assaut du bateau, se brisaient avec fracas. Leur procession continue hypnotisait Julie.

Elle détourna les yeux. « Il faut que je pense... David. » Elle partit vers l'avant, essayant sans succès d'éviter les embruns, et en revanche heurtant violemment le mât au passage. Freymann paraissait plutôt mieux; il respirait normalement et n'était pas glacé. Soutenant sa tête, elle porta la bonbonne d'eau à ses lèvres; ce n'était pas commode avec les mouvements de plus en plus accentués de l'avant du bateau. Lorsque le vieil homme eut assez bu, il s'allongea de nouveau contre la glène de cordage et ferma les yeux.

Julie sentit monter le mal de mer. Elle se précipita à la barre en titubant, tandis qu'un paquet d'eau escaladait le bordé et inondait ses jambes à travers son pantalon. « Ne pense pas au mal de mer! s'ordonna-t-elle. Réveille-toi. »

Elle consulta le compas. Ouest-nord-ouest : encore en dehors de la route, trop à l'ouest. C'était peut-être une bonne chose : en se dirigeant trop à l'ouest, elle s'écarterait sans doute de la côte et ne risquerait pas de s'échouer pendant la nuit. Elle attendrait qu'il fasse à nouveau jour pour revenir vers la terre. Cela résoudrait quantité de problèmes. Oui; elle laisserait le bateau aller où il voudrait. Comme ça pas de terre, pas de bagarre avec les voiles, pas d'ennuis. Elle se sentit un peu moins abattue.

Julie regarda sa montre : cinq heures et demie, elle n'avait donc dormi que deux heures. Pas étonnant qu'elle soit en si piteux état... Elle tremblait de froid, son mal de tête la martelait toujours.

Elle s'assit à la barre, regardant la grisaille à l'avant, et l'étrave qui s'élevait et retombait devant les vagues. Sa nausée cessa. Elle sombra dans une somnolence dont ne la tiraient que les coups de roulis quand ils menaçaient de la jeter hors du siège. Elle s'éveillait alors en sursaut et recommençait à fixer la ligne grise de l'horizon, qui semblait de plus en plus distant. Elle aurait dû faire une bonne veille, mais qu'elle voie ou non des bateaux ne l'intéressait pas.

« Tout m'est égal, pensait-elle. Je veux seulement que cela finisse. Je veux arriver quelque part, *n'importe où*... que cela finisse, c'est tout. »

Elle retomba dans sa somnolence, fut réveillée par la gifle froide des embruns. C'était la première fois que l'eau atteignait l'arrière du bateau. Désorientée, Julie regarda autour d'elle. Le pont était encore plus incliné, de l'eau courait le long de son bord le plus bas; l'avant s'enfonçait plus profondément dans les vagues, soulevant des paquets d'eau qui, sous l'effet du vent, étaient projetés en diagonale au-dessus du pont et retombaient en ruisselant jusqu'aux dalots. A chaque vague qu'il heurtait, le navire vibrait, semblait s'immobiliser un instant pour se débarrasser du poids de l'eau avant de remonter affronter la vague suivante. Le mât penchait fortement, la grand-voile faisait sac, tendue et raidie, sauf son bord arrière qui battait violemment.

Un coup de roulis soudain amena presque la lisse au niveau de l'eau mais le bateau se redressa un peu. Un autre coup de roulis le pencha à nouveau et Julie crut cette fois qu'il allait chavirer. Peut-être fallait-il prendre des ris pour ralentir le bateau...

Elle regarda avec désespoir l'énorme renflement de la voile : par où commencer? Elle n'en avait pas la moindre idée. Jamais elle ne parviendrait à quoi que ce soit tant que le bateau filerait à cette allure, comme un animal fou furieux.

Le spectacle l'effrayait; au bout d'un certain temps elle comprit ce qui le rendait si terrible. C'est que tout devenait plus gris, la visibilité diminuait, les couleurs sombres étaient plus noires. L'horizon était un voile d'un gris sans formes, mêlant le gris de la mer à celui du ciel. L'avant commençait à s'estomper...

« J'aurais dû faire quelque chose, j'aurais vraiment dû, mais pas dans le noir — se dit Julie. — Pas dans le noir... »

A mesure que la nuit tombait, la peur s'insinua en elle, s'empara de son esprit et la cloua sur le siège de l'homme de barre.

A deux cents milles de là, dans l'Atlantique, le *Liberator* glissait dans le ciel au-dessus d'une mer de plus en plus sombre. Depuis quatre heures déjà, l'avion patrouillait en zigzag sur la route supposée de sous-marins allemands, remontant au nord vers leurs terrains de chasse. Encore trois heures de recherche. Soudain le radio reçut un message; quelques minutes plus tard, l'avion abandonnait sa mission de patrouille et, s'inclinant fortement sur une aile, mettait le cap à l'est. Il se dirigea en premier lieu vers une position où un *U-boot* avait été repéré : à trente milles au sud-sud-est de la pointe de Cornouailles. Ensuite, quand le pilote eut réfléchi et que le navigateur eut effectué ses calculs, il obliqua vers la côte anglaise. En plongée, le sous-marin ne filait pas plus de sept nœuds et s'il continuait à se diriger vers le nord, comme le précisait le message, il pourrait être intercepté près de la côte.

Où exactement? C'était une autre affaire. Apparemment, le sous-marin suivait un petit bateau de pêche dont on ignorait la destination. Falmouth? L'Irlande? Ailleurs encore?

Le pilote conclut qu'il lui faudrait longer toute la côte, à cinq milles au large, survoler le chenal séparant Land's End des Sorlingues, puis le cap Lizard et les abords de Falmouth. Il n'aurait pas le temps de faire grand-chose de plus, surtout avec le vent contraire qui forçait. Une chose était sûre : l'*U-boot* devrait, à un moment ou un autre de la nuit, faire surface pour renouveler l'air et recharger les batteries. Cette opération durait assez longtemps; il y avait peut-être une chance de le surprendre en surface...

Mais où fallait-il commencer à chercher? Jusqu'où le sous-marin était-il allé en direction de l'ouest? Le pilote se décida et dit au navigateur :

— La route vers les Sorlingues, s'il vous plaît. Nous les prendrons comme point de départ et nous volerons vers l'est.

Les Sorlingues. Elles sont au bout du monde, loin de toute terre, éparpillement de roches et d'îlots à l'écart des grands courants de la vie en Grande-Bretagne. Sur une carte, ce ne sont que des points situés à vingt milles nautiques à l'ouest-sud-ouest du cap Land's End, perdus dans l'immensité marine, derniers fragments de terre avant trois mille milles d'océan.

La plupart de ces îles n'ont pas de nom, mais les marins les connaissent et les repèrent bien. Lorsqu'ils arrivent du large, en route vers les grands ports de l'Europe du Nord, les navires doivent chercher leur chemin pour pénétrer dans la Manche, entre la côte découpée de Bretagne au sud, et les Sorlingues au nord, annonciatrices de la terre anglaise. Pour nombre d'entre eux, c'est le premier atterrage depuis des milliers de milles. Même par beau temps la navigation est parfois pleine d'incertitudes, par tempête ou brume, les possibilités d'erreur augmentent considérablement. Alors, le navigateur ne peut que faire ses calculs, estimer son point — et ensuite espérer et prier le Seigneur.

Il a raison de prier. Car les Sorlingues sont là, attendant l'imprudent, promptes à le prendre au piège et peu disposées à le libérer.

Ces îles sont très basses sur l'eau — cinquante mètres en leur point le plus élevé — et donc difficiles à voir de loin. Par mauvais temps on peut s'en trouver tout près, et même entendre les brisants, avant de les avoir aperçues.

Des navires y ont couru à leur perte en raison du vent qui souffle de l'ouest, la plupart du temps, qui les pousse vers le port à grande vitesse hâtant le retour chez eux des marins. Ceux-ci en sont heureux, mais il ne faut pas que le navigateur se soit trompé dans ses calculs; alors le vent précipite le bâtiment sur les récifs à fleur d'eau; une masse grise de rochers dentelés est soudain aperçue droit devant, on entend le grondement du ressac sur les bancs, le navire essaie de virer. Mais il est trop tard; il ne peut s'échapper. Le vent le pousse toujours plus avant sur les récifs jusqu'à ce qu'il s'y écrase lourdement, que les pointes des rocs mordent dans sa coque, le disloquent, l'achèvent...

Il y a tant de naufrages sur ces îles que les habitants ne les comptent même plus. Pas une année ne s'écoule sans qu'un ou deux navires — et jusqu'à une douzaine en mauvaise année — ne trouvent une fin solitaire sur quelque haut-fond qui les borde.

Les insulaires ont une attitude d'hommes réalistes devant les naufrages. Le Seigneur prend, le Seigneur donne... Les sauvetages rapportent de l'argent, et parfois il y a de bonnes choses à récupérer le long des plages blanches... Qui ne profiterait de ce qui est donné?

Mais d'abord, ils sauvent les gens. Avec courage, et parfois par vent de tempête, ils sortent dans leurs barques non pontées — les *gigs* — et rament vers le navire en perdition pour ramener tous ceux qu'ils peuvent.

Cinq îles sont habitées, dont quatre forment un cercle autour d'un goulet peu profond qui était émergé il y a plus de deux mille ans. La plus peuplée est St Mary, qui est aussi la plus grande avec ses cinq kilomètres de largeur. Au nord du goulet sont Bryher et Tresco, séparées par une petite anse qui est le port secret de New Grimsby, où des embarcations peuvent se cacher.

Chaque île a deux faces différentes, comme une pièce de monnaie. Celle au vent, nue et sans arbres, fouettée par le vent et l'écume salée, ne voit pousser dans le sol tourbeux que des ajoncs, des bruyères et des fleurs résistantes. Tandis que les pentes à l'abri de la terre et protégées par de hautes haies sont étonnamment fertiles, et produisent des céréales et de l'herbe à pâturages.

La cinquième île habitée et la plus petite, St Agnes, qui se trouve au sud-ouest de St Mary, est semblable aux autres et pourtant différente. Étant en dehors du cercle formé par les quatre autres, elle est entourée d'eau profonde et donne une sensation d'isolement. Sa bordure ouest, escarpée et parsemée de blocs erratiques en granit rouge et argenté, marque ce que les Anciens croyaient être le bout du monde.

Ou presque... Parce que la terre ne se termine pas tout à fait là. Si on peut appeler terre les nombreux îlots, rochers et bancs qui s'étendent au sud-ouest sur une distance de quatre milles nautiques. Certains disent qu'il y a cinquante îlots, d'autres parlent de cent. Quant aux rochers, nul n'a essayé de les compter. Sur les plus grands nichent des colonies d'oiseaux de mer — pétrels, puffins, goélands. Certains rochers sont colorés en gris verdâtre par des lichens et par une pauvre végétation; mais la plupart sont nus; lavé par des milliers de tempêtes, le granit argenté n'est visité que par les phoques qui viennent se reposer dans les creux des rochers avant de replonger dans les vagues qui roulent sans trêve.

Dans la partie la plus à l'ouest s'étendent des bancs dont seule la mer qui brise révèle la position. Par tempête, de hauts rideaux d'écume montent dans les airs — redoutable indication pour celui qui a la chance de les voir. Des bancs, c'est le nom que leur donnent les gens d'ici, bien que le terme de récifs soit plus approprié. Bien des coques s'y sont brisées; certains bateaux ont coulé aussitôt; d'autres ont longtemps tossé, mourant lentement et répandant leur cargaison pendant plusieurs jours.

Il y a bien longtemps, la Royal Navy a perdu quinze navires de ligne sur ces Western Rocks; deux mille hommes ont péri noyés. Et voilà un peu plus de cent ans, à la grande époque des *steamers*, un paquebot s'est brisé sur le banc Retarrier, entraînant la perte de trois cents vies humaines.

Il fallait arrêter ce carnage. On a décidé de construire un phare sur le Bishop Rock, le dernier rocher avant l'Atlantique, avant la sécurité des profondeurs du grand large. C'est malheureusement un petit rocher de quelques mètres carrés. Mais on n'avait pas le choix; il était le plus grand. Trois tentatives furent faites; à la première, la mer emporta la construction avant même que le phare soit allumé; à la deuxième, la construction resta debout mais les tempêtes hivernales la mirent à mal. Pour finir, on construisit la troisième autour de la seconde parce que c'était plus facile — bien que rien ne puisse être qualifié de facile dans ce lieu désolé et battu par les vents. Il fallut des années d'efforts surhumains pour édifier cette puissante tour.

Elle s'élève maintenant au-dessus de la mer, haute et fière; elle résiste même aux vagues qui déferlent par-dessus ses quarante-neuf mètres d'altitude. C'est le plus haut phare de Grande-Bretagne, et le plus solitaire.

Pour les navigateurs, c'est une vraie bénédiction; dans de bonnes conditions il se voit à dix-huit milles marins, et même par temps bouché il est visible avant que l'on en soit trop près. En cas de brouillard, il est muni d'une sirène de brume. Les marins l'aiment; ils ont pris l'habitude de demander à quelle distance leur bateau se trouve du Bishop, ou dans combien de temps il arrivera au Bishop. Pour eux, le Bishop signifie le chez-soi.

Ce phare est une vraie bénédiction... Lorsqu'il est allumé, évidemment.

Mais cette nuit, comme presque toutes les nuits pendant la guerre, il ne l'est pas. C'est seulement au passage d'un convoi qu'il émet deux éclats toutes les quinze secondes, et à puissance réduite.

Cette nuit, il n'y a pas de convoi. Le feu est éteint, les lentilles ne tournent pas.

Les Western Rocks sont dans l'obscurité totale, comme ils l'avaient toujours été avant que les hommes aient eu l'audace de construire le phare.

CHAPITRE XXXI

Bon sang de bon sang!

Il n'avait pas retrouvé le bateau.

Fischer n'y comprenait rien. Avait-il mal estimé la distance? Le bateau avait-il changé de direction pendant que l'U-319 se cachait pour échapper à l'avion? En tout cas, lorsqu'il était remonté à profondeur périscopique, il n'avait pas vu trace de sa proie.

Supposant que le bateau avait pris de l'avance, il avait ordonné de foncer à toute vitesse vers le nord-ouest.

Mais rien; rien de rien. Il était resté lui-même au périscope, scrutant l'horizon jusqu'à ce que les vagues semblent danser devant ses yeux.

Mais rien. Ensuite, l'obscurité était tombée. Furieux, Fischer était retourné à la table de navigation, avait à nouveau calculé la route du bateau, avec cette fois une légère dérive à l'ouest. Il avait tenu compte des effets de la marée, dont le courant porterait aussi à l'ouest pendant les prochaines heures.

Cette fois, la ligne qu'il traçait passait par les Sorlingues.

Avec un soupir, il se dit qu'il aurait dû envisager cette possibilité auparavant. A première vue, c'était une destination curieuse mais, à la réflexion, fort judicieuse : personne n'y aurait songé. Ceux qui se trouvaient dans ce bateau ne manquaient ni d'intelligence ni d'audace, il devait le reconnaître. Cela ne l'empêcherait pas de les pourchasser impitoyablement, jusqu'aux rochers si c'était nécessaire.

Un seul problème : le petit bateau atteindrait les îles avant l'aube et, si son capitaine les connaissait bien, il prendrait peut-être le risque de s'y glisser dans le noir, échappant ainsi à Fischer. Si, par contre, elles ne lui étaient pas familières, il attendrait la levée du jour pour ne pas courir le risque de s'y fracasser.

Fischer était prêt à parier que le capitaine n'était pas familier des îles. Il l'aurait donc à l'aube, quand celui-ci tenterait de s'y faufiler. Mais le sous-marin devrait s'en approcher beaucoup. Fischer se tourna vers son jeune officier de navigation, lui demanda une carte des Sorlingues — la plus détaillée possible. Entre-temps, un autre problème se posait : il faudrait faire surface pour recharger les batteries, et aussi les bouteilles d'air comprimé pour les besoins en plongée. Il n'avait pas le choix; déjà la puissance des moteurs électriques avait baissé.

Il appela le chef mécanicien, calcula avec lui le temps de charge minimal qu'il leur faudrait.

Six heures. Le jour se levant à 7 heures, il devrait faire surface à 0 h 30 au plus tard.

Six heures! C'était terriblement long. Il frissonna involontairement.

Il eut alors une idée qui n'éliminerait pas totalement le danger mais le réduirait considérablement.

C'était risqué, très risqué... mais c'était le seul moyen.

L'officier de navigation apporta une carte représentant un secteur s'étendant de Falmouth aux Sorlingues. Les îles n'y étaient pas reproduites avec autant de précision que le commandant l'aurait souhaité mais la carte ferait quand même l'affaire.

— Il faut trouver un endroit proche des îles où les rochers ne constituent pas un danger, et assez près de celles-ci pour qu'on puisse nous prendre pour un rocher, dit Fischer. Vous voyez, un endroit... où nous dissimuler.

L'eau surgissait de la nuit, balayait le pont, inondait tout. Malgré son imperméable, Julie était trempée jusqu'aux os. Elle avait mal aux yeux, ses paupières collaient comme si on les avait enduites de glu, ses lèvres étaient gonflées, crevassées par le sel. Elle ne prenait même plus la peine de baisser la tête quand le bateau heurtait une vague.

La barre, qu'elle tenait à présent, tressautait dans sa main. Depuis que le vent avait forci, il n'était plus question de maintenir le cap en la bloquant. D'ailleurs, Julie ne savait plus très bien dans quelle direction elle allait : impossible de lire le compas, elle avait complètement oublié de chercher le pétrole pour la lampe. Il était trop tard, maintenant. De temps à autre, elle approchait la torche de la rose mais sa lumière était de plus en plus faible et le compas de plus en plus difficile à lire. Et lorsqu'elle y parvenait, elle constatait que le bateau faisait n'importe quelle route. Dieu seul savait où ils allaient. Mais cela semblait n'avoir plus grande importance.

C'était si tentant de laisser son esprit s'évader dans le néant...

Les mouvements du bateau, le grondement des vagues et le sifflement du vent avaient quelque chose d'hypnotique et la plongeaient dans une espèce de torpeur. L'obscurité était une amie, un cocon qui l'entourait et la protégeait...

Ses paupières se fermèrent, sa tête tomba en avant. Elle s'éveilla brusquement; Dieu comme sa tête lui faisait mal!... Elle se demanda comment était Peter. Et David? Depuis des heures elle ne les avait pas entendus... elle devrait aller les voir mais c'était tellement plus facile de rester assise, sans bouger, et de laisser son esprit partir à la dérive.

Elle se rendait vaguement compte que la fatigue et le froid avaient paralysé son cerveau et annihilé sa volonté. Elle avait honte de renoncer mais était incapable de remuer, d'agir. Plongée dans une sorte de transe, elle croyait confusément qu'en ne bougeant pas, en refusant la réalité, elle réussirait à chasser le cauchemar. Elle songea : « Je voudrais pomper l'eau, je voudrais aller voir David et Peter... Je voudrais... Mais c'est plus sûr de rester ici — et, mon Dieu, plus facile aussi. Et je dois barrer, n'est-ce pas? Et si les autres avaient eu besoin de moi, ils m'auraient appelée, n'est-ce pas? Et je suis fatiguée... je ne peux pas faire plus! »

Un bruit l'arracha à sa somnolence — un bruit fort, qu'elle entendit distinctement par-dessus le gémissement incessant du vent. Un bruit de *déchirure*... Une seconde après, de violents claquements.

Les voiles? Le mât?...

— Mon Dieu! murmura-t-elle en se levant, prise de panique. Que faire? Au nom du ciel, que faire?

— Maman, maman! cria Peter.

Il hurlait presque.

— Tout va bien! répondit Julie. Reste tranquille.

353

Que faire?

Le cordage était toujours enroulé autour de la barre; elle en amarra une extrémité au taquet du côté au vent, puis elle passa avec précaution au côté sous le vent et amarra l'autre extrémité au taquet de ce bord.

Les claquements et raclements étaient assourdissants; la lampe torche dans la poche, Julie partit vers l'avant, le long du bord relevé du bateau. Elle tâtonna dans le noir à la recherche du mât, le trouva. Il vibrait violemment mais il était toujours en place. C'était déjà quelque chose.

Une avalanche d'embruns se déversa sur la jeune femme qui toussa, cracha, s'essuya les yeux avec sa manche. Elle alluma la torche, la braqua vers la grand-voile... ou ce qui en restait. Une grande déchirure la balafrait d'un bout à l'autre et les morceaux de toile battaient follement, secouant les espars comme un chien fait d'un lapin qu'il a pris dans sa gueule.

Il fallait amener la voile... et le reste: la toile déchirée, la longue perche en bois qui en bordait le bas, la plus petite en haut. Julie examina les extrémités des deux espars: ils étaient maintenus par des cordages qui devaient se rattacher ici, au pied du mât.

Mais lesquels? Il y avait au moins une douzaine de filins fixés à des taquets, sur une structure en bois située à la base du mât.

Un seul moyen: procéder par tâtonnements. Elle dénoua un cordage, défit doucement la dernière boucle du taquet. Rien: le filin n'était pas tendu. Elle en essaya un autre. Ah! il y avait de la tension. Elle regarda si la grand-voile avait bougé: non, pas du tout. Sans savoir pourquoi, elle braqua la torche vers l'avant et découvrit que la petite voile était à moitié descendue. « Zut! » Elle la hissa de nouveau du mieux qu'elle put, tenta un troisième essai. Cette fois, l'extrémité de l'espar du bas descendit. « Bon, se dit Julie, je retiens celui-ci et je cherche les cordages correspondant à la petite barre du haut. »

Elle finit par trouver un des bons filins, et l'un des bouts de la petite barre descendit jusqu'à presque toucher l'eau. L'autre bout, maintenant — celui qui rejoignait le mât. Triomphante, elle trouva aussi le filin voulu.

Finalement, elle parvint à amener les deux espars, qui demeuraient suspendus à quelques dizaines de centimètres de l'eau, mais largement à l'extérieur de la coque. Il fallait trouver un moyen pour les rentrer...

Julie retourna à l'arrière, tira sur le cordage avec lequel elle avait réglé la grand-voile. Il était à présent beaucoup moins tendu et, à la surprise de la jeune femme, l'espar inférieur rentra docilement. Elle le fit descendre prudemment sur le pont puis, haletante, leva les yeux vers le petit espar. Il n'y avait pas de cordage reliant son extrémité au bateau, elle ne voyait pas comment le rentrer.

Un brusque coup de roulis le ramena au-dessus du pont et Julie parvint presque à le saisir avant qu'il ne reparte. Elle attendit qu'il revienne. « Non, pas assez près... » La fois suivante, l'espar revint avec une telle force que Julie faillit tomber. Elle s'y agrippa, fut projetée contre le flanc du bateau quand celui-ci roula sur l'autre bord. Julie tint bon, chercha à tâtons le long de l'espar, trouva un cordage qui y était attaché et s'en saisit. Un nouveau coup de roulis entraîna l'espar et Julie vers le bastingage, le cordage mordit dans la chair de la jeune femme. Un mouvement du bateau dans l'autre sens rentra la petite barre une nouvelle fois, Julie recula précipitamment, trouva un taquet à la base du mât et y attacha le cordage avant que l'espar n'ait eu le temps de repartir.

Puis elle passa de l'autre côté du mât, retrouva le cordage correspondant et abaissa l'espar sur le pont.

Victoire! Pantelante, elle s'adossa au mât, se sourit à elle-même dans l'obscurité. Elle avait entrepris quelque chose. Et réussi... « Bravo! » s'exclama-t-elle.

Elle défit le filin qui servait à hisser la petite voile de l'avant et l'embraqua un peu plus, puis se frotta les mains. Et maintenant? Quoi d'autre à faire? Elle avait l'impression, un peu ridicule, qu'elle pouvait désormais s'attaquer à n'importe quoi, que tout serait facile. D'abord, David, décida-t-elle.

Julie alla à l'avant et braqua la faible lueur jaune de la torche vers la zone abritée par les planches. C'était assez sec en cet endroit, grâce au ciel. David était éveillé, les yeux grands ouverts, l'air ahuri. Il tenta de sourire, mais c'était un grand effort.

— Désolé... peux pas aider, balbutia-t-il.

— Ne dites pas de sottises. Inutile de vous faire du souci! Reposez-vous.

En lui donnant à boire, elle remarqua une tache sombre sur sa manche : du vomi. Et puis, horrifiée, elle en vit une autre : du sang.

— Vous allez bien, David? Oh, David?

— Je... vais très bien.

Mais ce n'était pas vrai, elle pouvait le voir. Elle secoua tristement la tête.

— Mon Dieu! fit-elle. Je n'aurais jamais dû vous laisser venir.

— Si, si. Je suis content, très content... J'ai toujours voulu connaître l'Angleterre. Nous en sommes encore loin?

— Je l'ignore, murmura Julie.

Le savant hocha faiblement la tête avant de fermer les yeux. Julie le regarda un moment avec inquiétude puis remonta les sacs sous son menton et retourna à l'arrière.

Peter, maintenant. Recroquevillé dans un coin du pont, l'enfant sanglotait en silence. Elle le prit dans ses bras, le serra contre elle et lui chuchota à l'oreille des paroles qui finirent par le calmer. Elle rajusta sa vareuse de façon qu'il soit mieux protégé des embruns, et revint à la barre, éclaira le compas avec la torche.

« Nord-ouest, à peu près — pas mal... pas mal du tout! »

Elle mit un moment à s'apercevoir d'un changement; le bateau montait beaucoup mieux à la vague, le pont était moins incliné et moins d'eau embarquait. La barre tressautait moins et les cordages qui l'attachaient maintenaient à nouveau le navire sur la bonne route. Pourtant le vent n'avait pas faibli. Julie percevait vaguement que la perte de la grand-voile avait peut-être paradoxalement amélioré la situation.

« Au travail, au travail! » se dit-elle, jubilant presque. Il fallait à nouveau pomper, c'était essentiel, mais auparavant, elle voulut s'occuper d'une chose qu'elle remettait depuis des heures. Elle détacha les deux bouées de sauvetage fixées à l'arrière, de part et d'autre de la barre, en passa une autour du cou de Peter endormi et porta l'autre à David; elle la passa autour de lui. Il n'y en avait pas de troisième pour elle.

Elle alla à la pompe, glissa le levier dans le manchon et se mit à l'actionner, en chantant à voix haute pour accompagner le mouvement. De temps à autre, elle éclatait de rire : curieusement, elle se sentait heureuse.

Cette fois, le pompage dura plus d'une heure. Elle mourait de chaleur et transpirait dans ses vêtements qui collaient à sa peau. Son dos lui faisait très mal, mais elle se forçait à travailler de plus en plus dur.

Faisant une courte pause dans son pompage sans fin, elle songea : « J'ai trouvé le secret de tout ceci — peut-être est-ce le secret en toutes choses. Ne jamais se rendre! Ne jamais abandonner! Richard aurait agi de même; le défi lui aurait plu... Maurice également... Oui, c'est le secret, ne jamais abandonner! »

Lorsque ce fut fini, que la pompe n'aspira plus que de l'air, elle revint en vacillant à l'arrière et se laissa choir sur le siège du timonier. « Il y avait encore une chose, pensa-t-elle. Ah oui, ce qu'avait dit David... Au sujet de leur arrivée... Quand? avait-il demandé. »

Elle n'en avait aucune idée. Si la traversée prenait bien vingt-quatre heures, comme elle l'avait estimé, ils devraient arriver *maintenant*...

Mais la perte de la grand-voile avait beaucoup réduit leur vitesse et, de toute façon, le bateau s'était tellement écarté vers l'ouest qu'il passerait au large de la côte. C'était d'ailleurs préférable.

S'était-il *suffisamment* écarté pour éviter les rochers? Suivre une route nord-ouest n'était peut-être pas tout à fait sans risques, finalement. Julie décida d'obliquer davantage vers l'ouest à tout hasard. Oui, c'était ce qu'il y avait de plus sûr : suivre une route ouest-nord-ouest, au moins jusqu'à l'aurore, puis revenir vers l'est.

Elle décida de reprendre la barre mais avant de la détacher, elle prit un cordage dans la caisse, en attacha une extrémité autour de la taille de Peter, l'autre autour de la sienne. Ce n'était peut-être pas très judicieux : si elle coulait, ne risquait-elle pas de l'entraîner avec elle?

Mais elle voulait qu'ils restent ensemble, quoi qu'il arrive. Elle ne supportait pas l'idée que la mer puisse lui arracher son enfant.

— J'irai où tu iras, murmura-t-elle au petit garçon endormi.

Puis elle détacha la barre et mit le bateau sur sa nouvelle route.

— Radar, qu'avez-vous sur votre écran?

— Les Sorlingues, Commandant. Nettes et brillantes comme des petites étoiles.

— Distance?

— Bishop Rock est à dix milles, relèvement 030.

— Comment est l'image?

— Bonne. Il y a un vent fort — vingt-cinq nœuds, environ — mais je n'ai pas trop de parasites. Les vagues ne sont pas très grandes, probablement parce que le vent souffle de la terre, maintenant.

— Parfait! Taff?

— Oui, Commandant?

— Quand nous serons à cinq milles de Bishop Rock, vous me donnerez le cap pour un point situé à cinq milles au sud du Lizard et nous remonterons ensuite vers Falmouth.

— Compris, Commandant.

— Radar, prévenez-moi dès que vous verrez quelque chose, même si c'est très petit.

— Entendu, Commandant. J'écarquille tellement les yeux qu'on dirait des boules de loto.

Le pilote sourit, regarda en bas où tout était noir d'encre et se demanda ce que faisait le sous-marin à ce moment précis. Rentrait-il à sa base? Se glissait-il entre les Sorlingues et la pointe de Cornouailles. Se cachait-il près de la côte?

Peut-être l'avion aurait-il le temps d'effectuer plus d'un passage. « Dans ce cas, se dit le pilote, j'en ferai un plus au sud, ensuite une recherche au nord des îles. » Il déciderait le moment venu.

L'interphone grésilla.

— Radar à Commandant. Un contact à dix milles sur tribord, gisement vingt degrés.

Le pilote s'humecta les lèvres.

— Quelle position par rapport aux îles?

— Cinq milles au sud de St Mary, mais c'est vraiment un tout petit point, Commandant. Ça n'a pas l'air d'être un *U-boot*... Bien que je ne puisse l'affirmer.

— Tenez-le à l'œil. Taff?

— Commandant?

— Donnez-moi la route pour ce point.

— Compris.

— Radio?

— Oui, Commandant.

— Nous a-t-on notifié la présence de navires ennemis dans ce secteur?

— Non, Commandant. Ni convois, ni canonnières, ni vedettes lance-torpilles...

— Radar, cela pourrait être une mine?

— Je ne crois pas. D'ailleurs, nous ne captons généralement pas ce qui est aussi bas sur l'eau.

— Mais c'est certainement un bateau?

— Oh! oui. Aucun doute.

Depuis que l'avion était équipé du nouveau radar H2S, le pilote faisait entière confiance à l'opérateur radar.

— Radio à Commandant.

— Je vous écoute.

— On nous a informés que l'*U-boot* poursuit une petite embarcation. C'est peut-être elle que nous avons repérée.

C'était exactement la réflexion que le pilote venait de se faire. Mais dans ce cas, où était le sous-marin?

— Taff à Commandant, dit la voix du navigateur dans les écouteurs. Route vers l'objectif au 055, distance dix milles.

Le pilote passa sur commande manuelle, changea la direction de l'appareil et réduisit l'altitude. Il échangea un regard avec Reid, le copilote, et dit dans le micro :

— Autant aller voir.

— Certainement!

Mais le pilote avait un pressentiment qui n'était pas bon. Quelque chose lui disait qu'il ne s'agissait pas du sous-marin.

— Distance cinq mille, Commandant.

En amenant l'avion à deux cents mètres d'altitude, il sentit naître en lui l'excitation familière de la chasse.

— Radar à Commandant. Je perds peut-être la boule mais...

— Accouchez!

— J'ai un rocher qui bouge, juste au sud de St Agnès. Tout près... mais il *bouge*, Commandant.

— Dimensions de l'objet?

— Plus grand que le premier mais relativement petit quand même. Pas un gros bateau, en tout cas. Cela pourrait être un sous-marin.

« Nom de Dieu! C'est ça, pensa le pilote. Le salaud ce cache! »

— Taff, guidez-moi vers ce second objectif. Reid, veillez aux rochers. Ils sont hauts, Navigateur?

— Si nous volons du sud-est au nord-ouest, il n'y a rien au-dessus de vingt-cinq mètres.

— Bon! Guidez-moi dessus.

Le pilote décida de foncer droit sur la cible, d'allumer le projecteur à un mille de distance. Ensuite... Boum!

C'était le sous-marin, il en était sûr. Le saligaud essayait de se cacher mais avec le nouveau radar, il n'y avait plus de cachette possible pour les *U-boote*.

L'eau courait de part et d'autre de la longue et mince étrave, créant de grands sillons phosphorescents s'écoulant en ruisseaux d'argent dans les ténèbres.

Normalement, cette phosphorescence aurait inquiété Fischer mais son sous-marin avançait si lentement que son sillage, presque inexistant, ne pouvait révéler sa présence. Par surcroît la mer était agitée et la trace luminescente de l'U-319 ne se distinguerait pas des crêtes de vague striant la nuit de reflets blancs et argentés.

Fischer frissonna sous la morsure du vent froid de nord-est, resserra son écharpe autour de son cou et cria en direction de l'écoutille :

— Position ?

— Un demi-mille au sud de l'île de St Agnes, répondit une voix lointaine montant des profondeurs.

Fischer scrutait l'obscurité, bien qu'il n'y eût rien à voir. Il espérait que son officier de navigation ne se trompait pas : après être resté longtemps sans faire le point — en vue de terre ou observé — il était difficile d'estimer la position avec certitude. L'officier de navigation avait obtenu ce qu'il considérait comme de bons relèvements de radiophares émettant de la côte française, mais le commandant n'en avait pas moins demandé aux veilleurs d'être attentifs aux taches blanches d'écume annonçant la présence de hauts-fonds.

Ces îles, c'était le diable et son train ; une multitude de rochers et d'îlots éparpillés, en particulier dans la partie sud-ouest où se trouvait le sous-marin. Et les rochers s'élevant abruptement du fond de la mer, on ne pouvait être prévenu en sondant. Seuls les brisants les avertiraient...

L'U-319 décrivait de petits cercles à vitesse réduite (quatre nœuds) dans une zone située entre un mille et un demi-mille au sud de St Agnes. Il était en surface depuis une heure, il en restait cinq à attendre. Un temps sacrément long... Fischer détestait être en surface dans un endroit comme celui-ci, il en devenait nerveux. Il espérait cependant que pour les radars ennemis, son sous-marin ne serait rien d'autre qu'un point minuscule, un rocher parmi la myriade de petits tops lumineux représentant les Sorlingues sur l'écran du radar.

Il arpentait l'étroite passerelle lorsqu'il lui prit la fantaisie de descendre jeter un rapide coup d'œil à la carte. En haut, il n'y avait rien à voir, de toute façon. Il se laissa glisser le long de l'échelle du kiosque, se rendit à la table de navigation sans même prendre le temps d'ôter son ciré.

Juste avant l'aube, vers six heures, il posterait l'U-319 à l'entrée de St Mary's Sound et attendrait la proie, qui serait obligée de passer par là. C'était apparemment le seul accès aux îles — du moins le seul accès *sûr*.

Puis il s'emparerait rapidement des passagers. Une fois repéré, l'enfer se déchaînerait et il aurait cinq minutes devant lui, dix au maximum. Ce qui laissait peu de chances. Mais y avait-il un autre moyen ? Il se mit à ruminer les possibilités.

Il y eut un appel assourdi. Fischer tendit l'oreille. Puis un cri... il sentit son sang se glacer. Le beuglement du klaxon déchira le silence de façon incongrue. Deux fois.

— Aux postes de plongée ! de plongée ! de plongée !

Ce fut ensuite une sarabande de bruits. Des hommes couraient vers l'avant pour faire abaisser le nez de l'*U-boot*, les hommes de veille dégringolaient de la baignoire, d'autres s'affairaient dans le poste central, tournant des vannes d'arrêt, actionnant des leviers, annonçant qu'ils avaient effectué telle ou telle manœuvre. Les purges des ballasts s'ouvrirent, l'air en sortit en sifflant. Fischer avait les yeux fixés sur le cadran de l'indicateur de profondeur, qui ne se décidait pas à descendre...

« Sacré bon Dieu! » Le commandant se souvint qu'ils marchaient seulement à quatre nœuds et que, à cette vitesse, la plongée serait interminable. Tout semblait se dérouler au ralenti.

Quinze secondes...

Le dernier homme descendit du kiosque; le panneau se ferma avec un bruit métallique. L'indicateur de profondeur commença à bouger — enfin! « Plus vite, plus vite » avait envie de crier Fischer. L'eau devait à peine lécher le kiosque. « Un mètre! quelle lenteur! »

Vingt secondes...

Par-dessus l'épaule du timonier, Fischer vérifia que le manche était complètement en avant, les barres de plongée à l'angle maximal, dirigeant le nez du sous-marin vers le bas. Plus bas, plus bas, mais si lentement! Il y avait de quoi devenir fou.

Trente secondes...

Normalement, ils auraient dû être en sécurité. Profondeur : quatre mètres, kiosque recouvert — ce n'était pas assez profond! Le sous-marin descendait un peu plus vite à présent. Huit mètres... presque à profondeur périscopique.

Quarante secondes...

Peut-être réussiraient-ils à s'en tirer, finalement.

C'est alors que le temps s'arrêta, l'U-319 fut projeté vers la surface. Son côté bâbord montait, montait encore, se tordant latéralement et de bas en haut à l'avant du sous-marin.

Fischer sentit avec surprise le sol s'élever sous ses pieds; puis le poste central se mit à tourner et il comprit qu'il tombait.

Une formidable explosion retentit à ses oreilles, se répercuta dans son cerveau. Il entendit des appels; des bruits sourds pénétraient avec difficulté dans les oreilles qui tintaient. Des hommes étaient étendus sur le plancher, essayant de saisir une prise. Haletant, Fischer se releva, ouvrit la bouche pour crier, rien n'en sortit. Il fit une deuxième tentative :

— Compte rendu des avaries!

Les réponses mirent un certain temps à lui parvenir.

— Voie d'eau à l'avant. Porte étanche fermée!

— Voie d'eau au poste d'équipage!

L'avant redescendait après son étrange montée, et s'enfonçait. Si on ne lui redonnait pas plus de flottabilité, le sous-marin coulerait comme une pierre.

— Chassez dans les caisses d'assiette avant! ordonna Fischer.

— Profondeur vingt mètres!

Le submersible continuait à s'enfoncer. Fischer avala sa salive.

— Caisses d'assiette avant chassées!

— Chassez dans les caisses d'assiette arrière!

La manœuvre était risquée mais il valait mieux remonter par l'arrière que continuer à tomber aussi vite.

Des matelots se ruèrent hors du poste d'équipage, s'entassèrent plus à l'arrière. Après le passage du dernier, on ferma et on verrouilla la porte étanche.

— L'eau monte rapidement dans le poste d'équipage, *Herr Kaleu.* Nous n'avons pas pu aveugler la voie d'eau.

Les yeux de Fischer étaient rivés à l'indicateur de profondeur. L'U-319 descendait toujours.

— Caisses d'assiette arrière chassées!

Trente mètres... trente-trois... La descente continuait, et ils avaient envoyé de l'air comprimé dans tous les ballasts. Le nez du sous-marin s'inclinait de plus en plus vers le bas.

Fischer alla consulter la carte : quelle profondeur à cet endroit? Soixante-huit mètres... Bon Dieu, ils allaient heurter le fond durement.

Quarante mètres... Il essaya de réfléchir : « Que faire d'autre? » Voyant les hommes qui s'étaient agglomérés là, venant des tranches avant :

— Tous à l'arrière, tonna-t-il.

Ceux-ci, le visage pâle et l'air égaré, obtempérèrent, s'agrippant aux mains courantes pour gravir la pente en direction des compartiments de l'arrière. L'avant n'en continua pas moins à s'incliner.

Cinquante mètres...

— Accrochez-vous!

Les matelots se recroquevillèrent contre les cloisons, le silence se fit. Ceux qui pouvaient voir l'indicateur de profondeur fixaient sur lui des yeux dilatés d'effroi.

Cinquante-cinq... Soixante...

Le choc se produisit à soixante et un mètres, l'impact repoussa vers l'arrière les premiers cinq mètres de l'étrave, déchirant le compartiment avant déjà endommagé et accélérant l'entrée d'eau. Fischer eut le souffle coupé, sa tête heurta violemment une surface métallique. Dans le silence qui suivit, il entendit des gémissements, le sifflement de l'air s'échappant de tuyaux crevés. Il se releva en s'appuyant à une cloison, constata que le sous-marin penchait encore.

L'U-319 s'était fiché dans le fond de la mer, faisant un angle de quarante-cinq degrés environ avec l'horizontale.

Le submersible bougeait, il tournait lentement sur lui-même vers bâbord.

Fischer essuya le sang qui lui coulait dans les yeux, regarda autour de lui, examina la cloison séparant le poste central du poste d'équipage : la porte étanche était toujours fermée mais de l'eau sortait en éventail de la cloison même. Il se laissa glisser en bas de la pente jusqu'à la cloison et mit la main sur la paroi métallique : l'eau giclait d'une large fissure qui courait du haut de la cloison jusqu'au plancher. Il la regarda longtemps, puis détourna les yeux.

Les hommes l'observaient, patients et passifs. Un sous-marinier venant de l'arrière annonça :

— Voie d'eau au compartiment des moteurs, *Herr Kaleu*. Nous essayons de l'aveugler.

On ne pouvait sauver le bâtiment. On essaierait, bien sûr, mais c'était sans espoir. Fischer le savait. Pas question non plus de quitter l'*U-boot* : de cette profondeur, personne n'était jamais remonté vivant. Le commandant regarda silencieusement ses hommes; pour le moment il ne pouvait rien leur dire. Plus tard, peut-être trouverait-il les mots qu'il fallait, les mots pour les préparer à ce qui les attendait.

Ils lui avaient fait confiance. Encore maintenant, ils espéraient qu'il les tirerait de là et il ne pouvait que leur dire : *Mes amis, je ne peux rien faire pour vous...*

Ils mettraient une journée à mourir, peut-être plus, selon le temps que durerait leur réserve d'air.

Mais il regarda l'eau qui commençait déjà à envahir le poste et songea : « Non, ce sera plus rapide, nous serons noyés avant. »

Il secoua la tête et sourit affectueusement à ses hommes, qui attendaient courageusement sans se plaindre. « Je n'ai jamais été un dieu, aurait-il voulu leur dire. Pourquoi l'avez-vous cru? »

Mais ils le savaient, désormais. Ils le voyaient sur son visage et, un par un, détournaient les yeux.

« Il suffit de tenir jusqu'à l'aube, se disait Julie. Ensuite, je verrai la terre — ou un avion, un navire. De l'aide, sous une forme ou une autre. » Elle imaginait déjà l'immense soulagement qu'elle éprouverait. Et la paix.

Elle finit par s'endormir, vit en rêve un petit cottage, tout seul en haut d'une colline avec, dans le lointain, une merveilleuse vue de la mer qui étincelait au soleil. Le cottage était tout blanc et entouré d'un jardin avec des bordures de fleurs aux couleurs tendres. Assises dans ce jardin, deux personnes : l'une était elle-même, l'autre était Richard. Ils étaient là depuis longtemps ; ils vivaient dans le cottage et étaient heureux.

La vision était extraordinairement nette. Elle aurait voulu la conserver, mais d'autres tableaux vinrent la remplacer : une petite maison avec une terrasse — celle de sa mère —, une falaise sur laquelle se promenaient son oncle et sa tante, un bal à Plymouth... Et puis tout se brouilla ; des gens se moquaient d'elle et la montraient du doigt. C'était un vrai cauchemar... Ensuite elle se trouvait sur un étrange bateau sans barre et qui dérivait sur la mer...

Elle se réveilla, alluma la torche, regarda le compas et remit le bateau sur la bonne route. Puis elle regarda autour d'elle : rien n'avait changé. Il faisait toujours aussi noir et elle distinguait à peine la forme de Peter, roulé en boule à l'arrière contre le flanc du bateau

Et alors elle entendit. C'était un bruit si faible et indistinct qu'elle crut d'abord s'être trompée. Les sens en alerte elle scruta la nuit. De nouveau ce quelque chose... Très faible... Un murmure ? Plutôt un bruissement d'eau. Elle se leva. D'où venait-il ?

Elle regarda nerveusement autour d'elle. Le bruit semblait provenir de partout à la fois. De l'avant plus particulièrement ?

Il s'estompa, mourut. Peut-être l'avait-elle simplement imaginé...

Non ! Cela recommençait. C'était une sorte de tonnerre amorti de grondement sourd qui roulait et s'éteignait. Paralysée par la peur, elle ne bougeait pas. De nouveau, elle l'entendit. Tout près, tout près. Terrifiée, elle porta une main à sa bouche.

Soudain elle le vit et faillit crier. Une tache blanche qui grandissait et s'étalait en un long miroitement.

Mon Dieu ! Mon Dieu !

C'était de l'eau — blanche, qui bondissait, montait, retombait. Une grande ligne barrant la mer devant elle.

Julie tira la barre vers elle, à fond, jusqu'à ne plus pouvoir la tirer plus loin.

« Vire, vire, je t'en prie. » Elle tirait la barre au point que ses mains lui faisaient mal. Le bateau tourna, heurta une vague et prit une gîte, qui projeta la jeune femme sur le côté, contre le bordé. Elle agrippa le bastingage, regarda derrière elle.

L'eau écumante montait à l'assaut de parois noires sur lesquelles elle se brisait. Fascinée, paralysée de peur, Julie contempla un moment le sinistre spectacle puis se ressaisit, chercha à tâtons la barre qu'elle avait lâchée, l'empoigna et s'aperçut qu'elle était totalement désorientée.

Les brisants se trouvaient maintenant à sa droite. Avec un faible gémissement, Julie regarda autour d'elle. Il fallait tourner encore, s'éloigner, repartir vers la haute mer.

Elle tira sur la barre, se retourna à nouveau : l'eau écumante était derrière elle. Oui, derrière, c'était ce qu'il fallait.

— Va-t'en ! Va-t'en ! cria-t-elle.

Pendant un moment, la ligne blanche parut tirer le bateau en arrière mais elle finit par s'éloigner et virer au gris.

Julie s'effondra sur le siège, toute secouée et murmurant : « Oh! Oh... »

Un bruit lui fit relever la tête; un grondement de chute d'eau. Son sang se glaça. Quelqu'un poussa un cri; elle se rendit compte que c'était elle.

Devant la proue se dressait un mur d'eau blanche et argent qui se précipitait vers Julie. Une vague s'éleva, de plus en plus haut, le petit bateau fonça droit vers une masse noire qui montait dans le ciel, plus sombre que la nuit.

Elle tira désespérément sur la barre sans parvenir à arrêter l'inexorable ruée en avant du bateau. La masse noire grandissait, venant à toute vitesse à la rencontre de celui-ci.

Elle poussa un nouveau cri, tendit la main vers l'endroit où Peter devait se trouver. Brusquement, elle se sentit précipitée en avant, soulevée. Elle tournoya en l'air, puis atterrit sur quelque chose de dur qui entra profondément dans son dos.

— *Peter!* hurla-t-elle.

Un déluge s'abattit sur elle, inonda le bateau. Julie s'agrippa à quelque chose, ferma les yeux. L'eau se déversait sur sa tête avec un bruit de tonnerre, entrait dans ses yeux et ses oreilles, cherchait à l'entraîner. *« Tiens bon, tiens bon. »* Elle tint la prise jusqu'à ce que ses bras soient douloureux.

L'eau reflua dans un grand bruit, comme si elle reprenait sa respiration avant l'assaut suivant. Julie aspira une bouffée d'air, voulut ramper vers l'arrière, vers Peter, mais la corde attachée autour de sa taille la retint.

— Lâche-moi! cria-t-elle.

Elle essaya de la détacher et se souvint tout à coup : *la corde, c'était Peter.*

— *Pe-ter!*

Elle glissa sur le pont dans la direction de la corde, tâtonna, sentit sous sa main quelque chose de mou qu'elle voulut saisir au moment où la vague suivante déferlait, la projetant sur le côté. Elle chercha encore dans l'eau, trouva son fils, l'enlaça, l'attira contre son corps. Elle le serrait, l'enlaçait tandis que la vague les entraînait vers l'avant, les bousculant tout du long dans un grand fracas, en avant, en avant. Sa tête heurta un objet dur, elle avala de l'eau. Puis ils repartirent dans l'autre sens, en arrière, en arrière.

Julie s'accrochait à Peter. Elle était prête à mourir pour lui, elle voulait mourir pour lui, la chair de sa chair. Elle aurait empêché l'eau d'avancer avec ses mains nues, elle se serait battue contre les rochers avec ses poings, et tué tout homme qui se serait dressé sur sa route.

Et maintenant la vague les ramenait vers l'avant, plus vite cette fois et plus brutalement, une grande vague qui accourait pour déferler sur le granit inébranlable, sur le roc solide qui allait briser l'impudente, comme il en avait brisé des milliers d'autres auparavant.

Julie se rendit compte que le pont du bateau avait disparu, qu'il n'y avait plus sous eux qu'un tourbillon les tirant vers le fond. Elle avala à nouveau de l'eau, essaya de respirer, s'étrangla, ouvrit la bouche toute grande, aspira un peu d'air, avala encore de l'eau, eut l'impression que la mer l'avait engloutie et se débattit pour refaire surface.

Et toujours les vagues déferlaient vers l'avant. Et toujours elle s'accrochait à Peter. Une grande cataracte l'emporta. En un éclair, elle vit se dérouler sa vie avec toutes ses joies et tout son bonheur.

Son dos heurta quelque chose si violemment que son menton vint frapper sa poitrine et que l'air fut expulsé de ses poumons. L'eau la traîna contre une surface dure, rugueuse qui la blessait. Puis tout s'estompa, elle se mit à dériver doucement, dans un monde pourpre, blanc et noir. Elle s'en allait...

Dans un moment de lucidité, elle sentit une terrible douleur au flanc, comme si un poids énorme l'écrasait. Une dernière fois, elle murmura le nom de son enfant et sombra de nouveau... dans un nuage qui l'enveloppa, apaisant toutes ses souffrances. De nouveau tout était bien...

« Quelle chose étrange pour moi de mourir en mer », pensa David

Le bateau roula, s'enfonça, sa coque raclait bruyamment le granit.

Les vagues, de plus en plus hautes, déferlaient sur la proue dressée, tiraient David par les jambes.

« Je suis prêt pour le moment où tu viendras », se dit Freymann. Il avait fait sa dernière prière, s'était réconcilié avec Dieu. Il revoyait à présent sa petite maison en Allemagne, telle qu'elle était dans les jours où ils étaient si heureux. Il la vit d'abord au temps où Cécile était toute petite; il se rappelait ses mains potelées essayant d'attraper le nez de son père; ils étaient tous les trois dans le jardin...

Une vague retomba sur sa poitrine et recouvrit sa tête d'écume; il se sentit aspiré mais parvint à se raccrocher. Etait-ce la fin? Non, pas encore. La fin viendrait quand il n'aurait plus la force de se cramponner.

Il songeait encore à sa petite fille quand le moment vint. Une vague plus forte que les autres balaya le pont avec un bruit de tonnerre, et en se retirant l'obligea à lâcher prise et l'emporta.

« Enfin libre! » D'une certaine manière.

Freymann se laissa aller et attendit, soutenu par la bouée. L'eau envahit son nez, sa bouche, le fit hoqueter. Il lutta pour reprendre sa respiration. Il était un peu déçu; il avait cru que ce serait plus facile, simplement fermer les yeux et attendre.

Mais finalement le combat pour retrouver le souffle fut perdu; il n'en avait plus la force. Il sentit que c'était la fin.

Pendant un court instant, une douce brise lui caressa le visage; puis une vague déferla et lui emplit la bouche; il sut qu'il ne lutterait plus.

La bouée glissa de ses épaules et il coula lentement. Dans les tout derniers moments, il fut pris de panique mais se calma en se disant qu'il avait de la chance : ses tourments prenaient fin.

CHAPITRE XXXII

Joe Treleaven huma l'air, le trouva froid. Froid pour mars, froid pour les îles. Il enfila un gros chandail, se baissa, essuya la buée de la lucarne basse et regarda au-dehors.

C'était le lever du jour, la lumière de l'aurore était transparente et dure comme un diamant, le ciel formait un dôme jaune au-dessus du noir de la mer. « Il fera froid toute la journée », se dit Joe.

Le vent d'est. Il hocha la tête et descendit l'escalier conduisant à la cuisine du cottage; seul le vent d'est pouvait refroidir ainsi St Agnes. Peut-être que s'être mis à la culture des légumes n'était pas une mauvaise chose, finalement. Avant la guerre, il ne cultivait que des fleurs, et les fleurs n'aimaient guère le temps frisquet.

Pourtant, les bulbes continuaient à pousser, il n'y avait rien à faire. Et maintenant que le transport de fleurs était interdit, elles atteignaient des prix incroyables au marché noir avait-il entendu dire. Quatre livres un cageot de jonquilles! De quoi nourrir son homme tout un mois.

Il fourgonna dans le poêle, augmenta le tirage et remit du charbon. Puis il prit la bouilloire, ouvrit la porte, sortit dans la cour et s'arrêta un moment, comme il le faisait toujours pour contempler les Western Rocks. Le vent qui avait soufflé la veille était tombé, l'air était calme : ce serait peut-être un bon jour pour la pêche. S'il n'allait pas ramasser des algues pour les cochons, il sortirait le bateau et irait pêcher la carangue.

Joe remplit la bouilloire au tonneau d'eau, revint à la cuisine, se prépara un petit déjeuner de porridge et de thé puis passa sa veste et ressortit pour donner à manger aux bêtes. A son approche, les porcs commencèrent à s'agiter et à pousser des grognements. Il leur donna l'habituel mélange de légumes et de varech et jeta aux poulets une poignée de grains.

Le soleil, déjà haut dans le ciel, illuminait les haies de tamaris d'un vert étincelant. Au-delà des champs et de la côte très découpée, les contours lointains des rochers déchiquetés avaient des reflets dorés sur le jaune plus pâle de la mer.

Entendant un bourdonnement lointain dans le ciel, Joe plissa les yeux et aperçut l'éclair d'une carlingue d'avion au-dessus du phare du Bishop qui semblait une aiguille. Après que l'appareil eut disparu vers le sud, Treleaven demeura un moment à regarder le ciel, à prendre le pouls du temps. Non, finalement il valait mieux ramasser du varech qu'aller à la pêche — même si c'était moins amusant.

Il s'apprêtait à faire demi-tour quand quelque chose attira son attention. Il fixa longuement les rochers, en fronçant les sourcils, puis rentra d'un pas lent et pensif au cottage.

Il traversa la cuisine, passa dans la pièce de devant et prit sur le dessus de cheminée une vieille lunette que sa famille possédait depuis très longtemps et qui devait provenir d'un naufrage — quoique personne ne l'eût jamais avoué.

Retraversant la cuisine, il gravit l'escalier et entra dans la chambre. La lucarne, qui n'avait pas été ouverte de tout l'hiver et était déformée par l'humidité, résista un moment à ses efforts puis finit par céder. Joe braqua la lunette vers les rochers, regarda un long moment. Puis il replia l'instrument, redescendit à la cuisine, prit derrière la porte un long ciré noir, un suroît, une écharpe, posa le tout sur la table et troqua ses bottes de fermier contre de hautes bottes de marin. Il mit ensuite les vêtements sous son bras, sortit et prit le chemin menant à Lower Town, un des quatre villages de St Agnes.

Arrivé à l'entrée du hameau, il alla droit à une maison située près de la plage, frappa à la porte. Un homme apparut.

— B'jour, Jeremiah, dit Joe.

— B'jour, Joe, répondit l'homme en regardant les cirés.

— Y a quèque chose su' les rochers.

Jeremiah hocha la tête et, sans autre commentaire, rentra dans le cottage. Il revint un moment plus tard avec des cirés et les deux hommes descendirent vers la plage, s'approchèrent d'un gros canot ventru posé en haut d'un long slip en ciment.

Sans dire un mot, ils jetèrent les cirés dans l'embarcation, firent glisser celle-ci jusqu'à l'eau, sautèrent à bord, encastrèrent les avirons dans les dames et se mirent à souquer.

Une fois hors de la crique, ils traversèrent le Smith Sound, passèrent entre les rochers bas de Hellweathers et prirent au large la direction du principal groupe des Western Rocks, distant de deux milles.

Les deux hommes ramaient silencieusement, concentrés chacun sur la cadence lente et régulière de son coup d'aviron. Il y avait de la houle — un reste du coup de vent de la nuit — mais la surface même de l'eau n'était ridée par aucune brise et la proue du canot fendait avec netteté une mer pareille à un miroir.

Joe était sur le banc de nage de l'avant, la meilleure place pour piloter. Il avait senti la poussée de la marée en passant par le goulet des Hellweathers et de temps à autre, il regardait par-dessus son épaule pour vérifier sa position par rapport aux rochers vers lesquels il se dirigeait. Le canot parvint à la hauteur de Melledgan et du banc Muncoy, au sud, et au bout d'un quart d'heure, Joe vit du coin de l'œil les contours de Gorregan et des Rags. Ce n'était plus très loin.

Il s'arrêta de ramer, se tourna pour regarder attentivement les rochers. Jeremiah s'arrêta lui aussi et demanda :

— Où tu crois que c'est, Joe?

— Rosevean, je crois bien. Commençons par là, en tout cas.

Ils se remirent à tirer sur les avirons. Les deux hommes avaient de nombreuses fois fouillé les rochers ensemble. Avant la guerre, ils avaient trouvé l'épave d'un petit bateau et, sur l'un des rochers les plus hauts, le cadavre d'un homme, à genoux, les mains jointes comme dans une prière, la tête tournée vers le puissant phare de Bishop dont il semblait attendre le salut. Il était froid, raide comme une planche, et ils avaient eu un mal du diable à le déplier.

Joe trévira son aviron pour faire venir le bateau sur bâbord, cap entre les Rags et Rosevear. Quand l'îlot fut par le travers, Treleaven ralentit la cadence, inspecta la surface rocheuse et ne vit que des goélands, des touffes d'herbe aux cuillers poussant çà et là entre les rochers déchiquetés.

Le canot continua sa route vers le sud, passa près d'un groupe de petits rochers, se dirigea vers l'îlot de Rosevean, un peu plus haut que Rosevear mais plus petit et totalement nu.

Les deux hommes cessèrent de ramer, laissèrent le canot perdre de sa vitesse. On n'entendait que le grondement de la mer s'élevant vers le rocher, retombant dans les crevasses avec un bruit de cascade. Jeremiah désigna du doigt quelque chose dans l'écume blanche au pied du rocher. Du bois, peut-être.

Le canot continuait à avancer; lorsqu'il fut à la hauteur de l'îlot, ils découvrirent d'autres débris flottant sur l'eau et qui ressemblaient aussi à des morceaux de bois. Ils examinèrent la surface accidentée du rocher et ce fut Joe qui repéra le premier ce qu'il avait vu de chez lui : une grande tache sombre se détachant sur la roche plus claire. Ils s'approchèrent et virent qu'il s'agissait d'un lambeau de toile d'un noir rougeâtre accroché à un éperon rocheux, à cinq mètres au-dessus de la mer.

Ils commencèrent à tourner autour de l'îlot, les yeux toujours fixés sur le rocher. Il y avait autre chose, encore à une certaine hauteur, mais rouge vif. A mesure que le canot avançait, la forme devint familière : c'était le tableau arrière d'un petit bateau.

— On va voir.

Les deux hommes approchèrent le canot d'une corniche sur laquelle on pouvait sauter.

— J'y vais, dit Joe.

Il rentra son aviron et, pendant que Jeremiah manœuvrait pour approcher, il se leva, attendit que la houle fasse descendre le canot, posa un pied sur le banc de nage pendant la remontée et passa sur la corniche juste avant que le canot ne redescende.

La ravine menant au sommet présentait un passage difficile mais Joe connaissait les prises. Parvenu en haut, il traversa le rocher pour aller du côté de la tache rouge, s'approcha du bord, regarda : c'était bien un débris d'épave. Un bateau de pêche, à en juger par la couleur vive. Français, probablement, à voir les dessins.

Il examina ensuite de plus près le lambeau de toile : c'était un morceau de voile, encore attaché à sa corne, elle-même suspendue à une drisse enroulée autour de l'éperon rocheux. Mais ce n'était pas tout.

Entre les rochers, dans les petites mares ou sur les rocs plats, Joe aperçut des débris de toutes sortes : cordages, lambeaux de voile, fragments de coque — et même une bouée.

Le petit bateau s'était fracassé en mille morceaux.

Joe continua de monter aussi près du bord qu'il osât, inspectant les crevasses et les ravines au-dessous. Ayant atteint la face nord de l'îlot, il fit demi-tour. Cela ne valait pas la peine de risquer sa peau.

Au même moment il fit une découverte : un objet noir, ayant la forme d'un sac, étendu sur un petit éperon; sous lui, il y avait quelque chose d'autre. Il s'approcha autant qu'il put de manière à être directement au-dessus du sac, regarda un long moment et murmura :

— Les pauvres!

Il grimpa à nouveau au sommet de l'îlot, fit signe à Jeremiah d'amener le canot du côté est et retourna à l'endroit d'où il avait fait cette découverte. Le visage tourné vers la roche, il entreprit de descendre, lentement et avec prudence, s'arrêta, regarda en bas pour estimer sa position. Oui, il y avait au moins un cadavre, et peut-être un deuxième.

La dernière partie de la descente, presque à pic, fut difficile. Joe trouva un point d'appui assez bas et sauta, attendit de voir le canot apparaître, agita le bras jusqu'à ce que Jeremiah l'aperçoive, puis s'approcha des corps.

Il s'agenouilla près d'une femme dont le corps était arqué en arrière autour d'une pointe rocheuse, comme si le petit éperon avait empêché les vagues de l'entraîner vers la mer.

A côté gisait un enfant de sept ou huit ans, le visage blême, les yeux clos.

Ils étaient liés l'un à l'autre par une corde.

Joe posa la main sur le front de la femme qui était froid. Il chercha la carotide à la base du cou. Pas de pouls... Si! une pulsation très faible.

Il redressa la femme, l'étendit sur le dos, vit qu'elle avait une vilaine blessure au crâne. Il lui frotta vigoureusement les mains, lui tapota les joues, tâta à nouveau son cou : le pouls demeurait très faible.

Un mouvement attira l'attention de Joe, qui tourna la tête et vit avec stupeur que l'enfant avait ouvert les yeux. Il s'approcha de lui, lui prit la main : elle était glacée. Il tapota les petites joues livides, frotta les mains avec rudesse, presque avec rage. Les yeux au regard fixe clignèrent plusieurs fois.

— Ça va aller, maintenant, mon gars, dit Joe. Tu m'entends? Je vais bientôt te donner quelque chose de chaud. D'accord?

L'enfant continuait à fixer le vide. Joe se tourna vers le canot, cria quelques mots à Jeremiah, qui lui envoya une corde. Quelques minutes plus tard, Treleaven hissait sur le rocher les cirés et un vieux morceau de voile qu'ils gardaient à bord. Joe enleva son chandail, en recouvrit l'enfant et étendit par-dessus l'un des cirés. Puis il revint à la femme et fit de même avec le morceau de voile et le ciré de Jeremiah.

— Il faudra quatre hommes, cria Joe en direction du canot. Une autre barque, des vêtements chauds et une planche pour les descendre.

Jeremiah acquiesça et repartit vers St Agnes. Joe retourna auprès de la femme et recommença à lui masser les mains et à lui tapoter les joues. Bien que le traitement ne donnât pas de résultat, il continua un moment. C'était sans doute la blessure à la tête qui l'empêchait de reprendre conscience.

Il se tourna vers l'enfant qui, cette fois, le regarda s'approcher.

— Bonjour, petit gars.

Les yeux remplis de frayeur, le garçonnet jeta autour de lui des regards éperdus, comme s'il venait de découvrir où il se trouvait. Ses lèvres remuèrent mais il ne put parler tant il claquait des dents.

— Ne t'en fais pas. Bientôt, tu auras chaud, dit Joe avec un sourire.

— Maman! finit par dire l'enfant en tentant de se rapprocher de la femme.

Joe le repoussa doucement et dit :

— Elle s'en tirera, t'inquiète pas.

— Maman!

L'enfant sanglotait maintenant.

— Il y avait quelqu'un d'autre avec vous, sur le bateau? Tu peux me le dire?

Le visage tordu de désespoir l'enfant pleurait, un flot de larmes coulait sur ses joues.

— M...Maman! Laissez-moi! Je veux m-ma Maman.

Joe ne savait que faire, il n'avait pas l'habitude des enfants. D'une pression douce mais ferme, il obligea le petit garçon à rester couché; il ne voulait pas le voir se précipiter à droite et à gauche.

— Il vaut mieux la laisser tranquille. Elle n'est pas très bien, vois-tu.

L'enfant était blanc de rage maintenant.

— Allez-vous-en! méchant! méchant! laissez-nous tranquilles.

Surpris, Joe battit en retraite :

— Bon, eh ben... tu promets de ne pas lui toucher la tête, d'accord?

— O-Oui!

— Alors, ça va.

L'enfant se mit à quatre pattes, s'approcha de la femme inconsciente, noua les bras autour de sa taille, appuya sa tête contre son flanc et commença à lui parler en murmurant, comme si elle pouvait l'entendre.

« Ça, alors! » se dit Treleaven en secouant la tête. Il couvrit à nouveau le petit garçon avec le ciré, attendit qu'il soit calmé et lui demanda de nouveau :

— Il y avait d'autres personnes avec vous?

L'enfant tourna la tête vers lui et, cette fois, acquiesça d'un hochement de tête.

— Oui? Combien?

Le gamin détourna les yeux et Joe crut qu'il ne répondrait pas. Finalement, l'enfant bredouilla :

— D-David.

— Il y avait un nommé David à bord?

Le garçonnet ferma les yeux, se blottit plus étroitement contre sa mère.

— Personne d'autre? insista Joe.

L'enfant répondit quelque chose que Joe ne comprit pas.

— Qu'est-ce que tu dis?

— Personne d'autre, répéta l'enfant dans un murmure.

Joe lui tapota le dos pour le rassurer, chercha des paroles réconfortantes qu'il ne trouva pas et marmonna finalement :

— Te tracasse pas. Nous le retrouverons. D'une manière ou d'une autre.

On retrouva effectivement Freymann quatre jours plus tard. Quand son cadavre, gonflé de gaz, remonta à la surface.

CINQUIÈME PARTIE

mai 1943 — juin 1945

CHAPITRE XXXIII

La voiture s'arrêta, bloquée par un tas de débris barrant la rue : une rangée d'immeubles avait été presque totalement détruite et l'épaisse fumée montant des ruines, dans la lumière de l'aube, contrastait étrangement avec les fleurs roses de l'unique cerisier rescapé.

— Je continue à pied, décida Dönitz.

Le chauffeur sauta de son siège, ouvrit la portière arrière au grand amiral qui partit d'un pas vif, son aide de camp sur ses talons. L'hôtel *Am Steinplatz* se trouvait juste au coin de la rue. C'était un des derniers qui fût encore debout dans le centre de Berlin.

Dönitz pénétra dans l'immeuble, se rendit au sous-sol mais au lieu d'aller directement à la salle de repérage, comme il le faisait d'habitude, il passa d'abord à son bureau, referma la porte derrière lui.

Il avait besoin de réfléchir : c'était le jour de la décision.

En s'asseyant, il commença à prendre connaissance des statistiques déposées sur son bureau. En vingt et un jours (soit depuis le début du mois de mai) l'arme sous-marine allemande avait envoyé par le fond des navires ennemis représentant un total de 200 000 tonnes — chiffre légèrement inférieur à ceux des trois mois précédents mais néanmoins fort honorable, tout bien considéré...

Son regard sauta au chapitre intitulé : « Pertes en sous-marins »... trente et un *U-boote* perdus, dans le même laps de temps.

C'était sans précédent, c'était un désastre.

Trente et un! Ces navires avaient disparu en plein Atlantique, ou au large de l'Islande, ou comme toujours dans le golfe de Gascogne : le danger était partout.

Trente et un! Dönitz serra les dents en essayant de ne pas imaginer la mort qu'avaient connue ses hommes, et en particulier l'un d'entre eux, celui si cher à son cœur... Il fit un effort pour ramener ses pensées sur le problème qui se posait à lui. Quelle était la solution? Personne n'avait pu lui dire quel système exactement les Alliés employaient; personne n'avait proposé de contre-mesures. Les Britanniques avaient peut-être des espions dans la Kriegsmarine même; peut-être avaient-ils réussi à percer à jour les codes allemands...

L'appareil de Rotterdam, que Schmidt et son équipe s'efforçaient toujours de reconstruire, était peut-être la clef de l'énigme.

Dönitz inclinait à le croire mais personne n'était en mesure de lui donner une réponse sûre. Et ses hommes continuaient à mourir. Les marins avaient inventé un mot pour ce qui se passait. Ils appelaient cela la Foudre. Le mois de mai était en train de devenir le mois de la Foudre.

Que pouvait-il faire pour arrêter l'hécatombe? Cette question, il se l'était posée toute la nuit, ainsi que presque tout le jour précédent. Et la réponse était toujours la même.

Rien. En tout cas, rien directement.

Il regarda les murs de son bureau souterrain, où il était à l'abri. Chef de la marine allemande, il était incapable de protéger ses hommes. Il avait fait de son mieux, mais ce n'avait pas suffi.

Avec un soupir, il se résigna à prendre la seule décision possible : retirer toutes ses meutes de l'Atlantique Nord. Il l'avait ruminée toute la nuit; maintenant il avait la certitude. Il ne pouvait continuer à envoyer ses marins à la mort. Rien ne pouvait justifier cela.

Ce retrait aurait de graves conséquences puisqu'il permettrait aux Alliés d'envisager un débarquement en Europe et leur offrirait les moyens de le faire. Dès que les convois partis d'Amérique du Nord pourraient traverser l'océan sans encombre, l'ennemi commencerait à accumuler les stocks d'armes et de matériel. Rien ensuite ne l'arrêterait.

Dönitz avait expliqué le problème à Hitler mais n'était pas certain que ce dernier ait pleinement saisi toutes ses implications. Cependant, le Führer s'était montré suffisamment alarmé pour réclamer à Goering un rapport concernant les recherches effectuées sur l'appareil de Rotterdam. Comme à ordinaire, Goering avait éludé la question en répondant que les radars n'étaient probablement pas à l'origine des difficultés actuelles.

Depuis, la catastrophe avait pris de nouvelles dimensions et le retrait des *U-boote* constituait la seule issue.

Il n'avait pas le choix. Plus tard, peut-être, quand les hommes de science auraient trouvé une riposte, il renverrait ses loups gris dans l'Atlantique Nord...

Dönitz se renversa dans son fauteuil, décrocha le téléphone.

— Henker? Réunion des amiraux dans cinq minutes.

Quand l'aide de camp eut répété l'ordre, le grand amiral reprit :

— Quoi d'autre, ce matin?

— Rendez-vous avec Herr Scheer à onze heures, pour discuter du retard pris dans le programme de construction des *U-boote*, amiral. Ensuite, le courrier général. Et plusieurs lettres de condoléances.

— Combien?

— Cinq, amiral.

— Merci, dit Dönitz avant de raccrocher.

Il avait pour habitude d'écrire personnellement aux familles des commandants disparus, même si ses fonctions actuelles l'en dispensaient. Il l'avait fait par le passé, il continuait à le faire.

Cinq lettres; il en avait déjà envoyé dix dans la semaine. Et il devait aussi écrire à sa femme; lorsqu'il lui avait annoncé la disparition d'un premier fils, cela n'avait pas été aussi dur qu'aujourd'hui où il devenait de plus en plus difficile de trouver les mots appropriés.

Il mit son visage dans ses mains. Naguère il était toujours arrivé à ne pas penser à ses fils. Il avait pris soin de les chasser de son esprit afin de ne les favoriser en rien. On ne devait pas laisser le sentiment obnubiler votre jugement; on ne devait pas s'informer de tel ou tel sous-marin particulier parce qu'il portait votre chair.

Mais aujourd'hui — il aurait voulu penser à eux plus souvent. Il aurait voulu les voir plus fréquemment.

Aujourd'hui, un deuxième avait disparu; il devait l'annoncer à sa femme; il lui serait impossible de trouver les mots pour le dire.

Il se redressa, prit une profonde inspiration. En un sens, tous les sous-mariniers étaient ses enfants; maintenant il devait faire du mieux possible pour éviter leur mort.

On frappa à la porte. Dönitz sursauta, sortit en hâte son mouchoir de sa poche pour essuyer ses yeux où quelque grain de poussière avait sans doute pénétré. L'officier d'état-major passa la tête et annonça :

— Tout le monde est là pour la réunion, amiral.

Dönitz fit un signe de tête, se leva et, rectifiant sa tenue, sortit de la pièce.

— Pour ce travail, vous resterez à Paris.

— Je croyais Paris trop dangereux pour moi, objecta Vasson.

— Le temps passe, les gens oublient, dit Kloffer avec un haussement d'épaules. Vous vous inquiétez trop.

« Eux n'oublient pas », pensa Vasson.

De l'arrière de la Citroën de l'Allemand, garée dans une rue proche de l'Étoile, le Français regardait les passants et leur trouvait une expression plus optimiste, plus résolue. L'atmosphère de la ville n'était plus au désespoir.

— Il s'agit encore d'étudiants, poursuivit Kloffer. De communistes, d'agitateurs, comme d'habit...

— Avant d'en discuter, coupa Vasson d'une voix ferme, j'aimerais aborder la question du paiement. J'attends encore le solde pour l'affaire de Bretagne.

Kloffer lui lança un regard dur; ses yeux brillaient de colère.

— Un beau gâchis! rétorqua-t-il. Et de votre faute! Je vous conseille vivement de ne plus me parler de cet argent, sinon je finirai par perdre patience!

Pendant un moment la fureur empêcha Vasson de dire un mot. Puis il retrouva la parole.

— Je n'ai rien à voir dans cet échec, je vous l'ai dit. C'est Baum, ce sale pédéraste, qui est responsable.

— Et nous devons vous croire sur parole, Vasson? En tout cas, pour les gens de Berlin, le responsable, c'est vous.

Le Français serra les dents : il avait horreur que Kloffer l'appelle par son vrai nom.

— Dois-je comprendre que je ne serai pas payé? parvint-il à articuler.

— Exact, répondit Kloffer d'un ton calme mais avec une pointe d'impatience.

— Je vois, dit le traître, qui se mit à regarder devant lui, l'air impassible.

C'était la seule chose qu'il ne pardonnait pas : ne pas être payé.

— Bon, reprenons. Où en étions-nous?

— Un dernier détail, interrompit Vasson. Pour ce travail-ci, je serai payé?

Après une hésitation presque imperceptible, l'Allemand répondit :

— Naturellement.

Vasson sentit qu'il lui cachait quelque chose.

— Quelles sont les conditions?

— Les meilleures possibles, étant donné les circonstances.

« Ce salaud essaie de m'avoir », pensa Vasson.

— C'est-à-dire?

— Plus d'or. Il n'y en a plus.

Vasson demeura silencieux.

— D'ailleurs, le travail sera simple et ne vous prendra pas plus d'une semaine. Vous recevrez cinq mille francs en une seule fois, après conclusion de l'affaire.

« Des clopinettes... » se dit le Français, qui contint sa colère.

— Dites-moi, demanda-t-il avec circonspection, est-ce que je vaux moins qu'avant... Ou bien pensez-vous maintenant pouvoir m'exploiter?

— C'est votre prix qui a baissé. C'est tout.

— Je vois.

— Il faudrait être aveugle pour ne pas voir, Marseillais! Vous devriez comprendre que les choses ont changé, vous n'êtes plus... Nous avons moins besoin de vous. Nous avons d'autres méthodes... et d'autres hommes, meilleurs ou aussi bons que vous.

« Il ment, pensa Vasson, pour ce qui est des autres. Personne n'est meilleur que moi. Quant aux méthodes, elles sont plus brutales, tout simplement, et moins efficaces. »

Il y eut un silence. Kloffer lui lança un coup d'œil.

— Alors, nous pouvons commencer? demanda-t-il.

Sans attendre la réponse, il exposa les données de l'affaire. Vasson écoutait d'une oreille distraite en songeant déjà à un plan qui lui permettrait d'échapper à Kloffer. Quand l'Allemand eut terminé, le Français demanda d'un air détaché :

— Fougères est mort?

— Qui est-ce, Fougères? dit Kloffer avec irritation.

— Un membre parisien du réseau Meteor dont j'ai utilisé l'identité en Bretagne.

— Ah! oui... Oui, il doit être mort, je crois bien.

— Et l'autre? celui qui a juré que j'étais Fougères?

— Mort aussi! Pourquoi toutes ces questions?

— J'aime les choses claires et nettes, répondit Vasson avec l'ombre d'un sourire.

— Dites plutôt que vous avez peur! répliqua Kloffer, amusé.

— Pas du tout.

— Pourtant vous devriez.

— Je croyais que Paris n'était plus dangereux pour moi, avez-vous dit.

— Pour vous, c'est dangereux partout, déclara l'Allemand en tirant de sa manche un mouchoir en soie. Mais ne vous inquiétez pas, nous vous protégerons.

« Encore un mensonge », pensa Vasson. Il savait bien qu'ils ne le protégeraient jamais.

— Tout est clair, pas de questions? reprit Kloffer.

— Pas de questions.

— Quel changement!... Vous ne songez pas à faire une bêtise, n'est-ce pas?

— De quel genre?

— Vous enfuir, par exemple.

— Vous m'avez toujours dit que vous me retrouveriez n'importe où!

— Oui. Et ne l'oubliez pas, Monsieur Paul Vasson, répondit lentement Kloffer.

Vasson lui adressa un sourire, tout en pensant : « Au revoir, espèce de salaud. Puisses-tu crever! »

Dès son arrivée dans l'appartement de la porte d'Auteuil, Vasson se mit fébrilement au travail. Il descendit les trois valises du haut de l'armoire, prit dans celle-ci et dans la commode ses plus beaux vêtements qu'il plaça dans la première, des habits de travail bon marché qu'il portait à Paris dans la seconde, et ceux qu'il avait en Bretagne dans la troisième — la plus miteuse.

Puis il sortit un tiroir de la commode, le retourna, décolla du fond un paquet plat contenant deux jeux de papiers d'identité. Il rangea dans son portefeuille celui qu'il n'avait jamais utilisé, plaça dans un cendrier le second, établi au nom de Fougères, et y mit le feu d'une main tremblante. Quand les flammes commencèrent à monter, il y ajouta les papiers dont il s'était servi depuis son retour à Paris et regarda le feu les dévorer. Il versa ensuite les cendres dans un paquet de cigarettes vide qu'il jeta dans la poubelle.

Après avoir fermé les valises, il en prit deux qu'il descendit au rez-de-chaussée et déposa près de la porte de l'immeuble. Il remonta ensuite chercher la troisième et, après un dernier coup d'œil à l'appartement, ferma celui-ci à double tour. Un peu essoufflé, il frappa à la porte de la concierge.

— Je dois partir d'urgence, déclara-t-il. Je ne reviendrai pas. Nos comptes sont à jour?

— Je crois, répondit la vieille.

Cela voulait dire qu'elle en était sûre et qu'il ne devait rien.

— Tenez, prenez ceci, reprit Vasson en poussant vers elle la valise cabossée. Ce sont de vieux vêtements dont je n'ai plus besoin. Ça pourra servir à quelqu'un.

Il souleva les deux autres valises, sortit, gagna à pied l'endroit, assez éloigné, où il avait garé sa voiture. Après avoir mis les bagages dans le coffre, il s'installa au volant, attendit d'avoir recouvré son calme pour démarrer et prendre la route familière de Sèvres. Parvenu rue du Vieux-Moulin, il passa lentement devant le numéro 22, pour jeter son coup d'œil habituel, fit le tour du pâté de maisons, repassa devant le 22 puis s'arrrêta deux cents mètres plus loin et marcha jusqu'à la villa.

Le silence qui régnait et la décrépitude de la maison rendaient l'atmosphère macabre. Vasson hâta sa marche; le bruit de ses pas résonnait horriblement fort sur le gravier de l'allée. Il parcourut les derniers mètres sur la pointe des pieds, s'arrêta à la porte du sous-sol et écouta.

Pas un bruit. Il entra et alla au studio, prit sous une étagère un des deux jeux de papiers dont Kloffer ne connaissait pas l'existence et le glissa dans sa poche. Ces papiers ne comportaient ni photo ni empreinte du pouce, juste le nom d'un jeune émigré né aux Antilles, décédé peu après son arrivée en France et dont les autorités ignoraient la mort. C'était une pièce d'identité parfaite; il avait fallu à Vasson de longues recherches pour la trouver.

Il prit ensuite le couloir menant à la remise, déplaça la table, creusa le sol jusqu'à ce qu'il eût trouvé le sac imperméable contenant tout l'argent liquide qu'il avait gardé : soixante mille francs, qu'il fourra dans sa poche. Cela lui permettrait de tenir un an, au besoin.

Il y avait au fond du trou, dans un autre sac, un revolver Enfield n°2 et douze balles qu'il avait obtenus d'un membre du réseau Meteor. Il considéra l'arme pensivement. Jamais il ne s'était servi d'une arme mais il se savait capable de le faire en cas de besoin. L'image de Kloffer lui apparut et sans plus hésiter, il chargea le revolver, le mit dans une poche avec les balles qui restaient.

Il reboucha le trou, tassa la terre, laissa un message et de l'argent pour la propriétaire avant de sortir.

A présent la voiture. Il roula jusqu'à la Seine, se gara sur le quai et réfléchit. Combien de temps Kloffer mettrait-il à comprendre? Un jour? deux jours? plus, peut-être? A moins que l'Allemand n'eût déjà des soupçons...

Il descendit de voiture, ferma les portières à clef, prit les valises dans le coffre, jeta les clefs du véhicule dans l'eau et se rendit à pied au boulevard le plus proche, où il attendit un vélo-taxi. Il se fit conduire dans Paris, gare d'Orléans, déposa ses bagages à la consigne, regarda la grande horloge du hall : quatre heures. Avec un peu de chance...

Il pénétra dans une cabine téléphonique, décrocha, sortit un morceau de papier de son portefeuille et demanda le numéro qui y était inscrit. Le cœur battant, il serrait l'appareil en retenant sa respiration.

Quelqu'un répondit : c'était la personne à laquelle il voulait parler. Après avoir rapidement fixé une heure et un lieu de rendez-vous, Vasson raccrocha, les mains moites de sueur.

Il avala un pastis au buffet de la gare, prit le métro, changea plusieurs fois avant de descendre place Gambetta et déambula un moment dans les rues populaires du vingtième, en cherchant un garni. Il finit par trouver ce qu'il lui fallait : la concierge était ivre et ne prit même pas la peine de le regarder.

Cependant, il crut un moment s'être trompé sur elle, et qu'elle allait se montrer indiscrète; car lorsqu'il redescendit, elle lui demanda sa profession.

— Portier, dit-il.

Elle parut satisfaite.

— Je ne veux pas de gens qui me fassent des ennuis, c'est tout!

— Vous n'aurez pas d'ennuis.

Il paya la chambre et sortit rapidement.

Comme il restait quatre heures à attendre avant le rendez-vous, il entra dans un restaurant, mangea peu et but beaucoup : il voulait être soûl à dix heures. Il absorba une bouteille de vin et plusieurs verres de cognac, sous l'œil désapprobateur du serveur.

A neuf heures et demie, il prit un vélo-taxi qui le déposa porte de Pantin, marcha un peu et sentit que l'air frais de la nuit dissipait son ivresse : il n'avait pas assez bu au restaurant.

« Nom de Dieu! » dit-il à haute voix.

Il suivit les indications qu'on lui avait données : passer le marché, descendre jusqu'au canal, tourner à gauche; l'entrepôt se trouvait à quelques mètres sur la droite.

Comme la personne avec qui il avait rendez-vous n'était pas encore arrivée, Vasson se mit à faire les cent pas; il se sentait la tête vide. Il essaya de réfléchir sérieusement. Avait-il laissé derrière lui quelque chose qui pût mettre Kloffer sur sa piste? Non, il n'avait rien oublié, Kloffer ne le retrouverait jamais.

L'Allemand s'était cru malin en croyant qu'il était bon à jeter aux chiens, mais il avait perdu. Après ce qui allait se passer cette nuit... La pensée de ce qui allait se faire lui retourna l'estomac.

Vasson sursauta en entendant un bruit. Un homme massif, à la tête presque carrée et aux larges épaules, sortit de l'ombre. A la lueur de la lune, Vasson distingua vaguement le visage, le nez cassé. L'homme avait bien l'air de ce qu'il était : un ancien boxeur.

— Salut, fit-il.

— Salut, répondit Vasson en le regardant, comme hypnotisé.

— Vous êtes sûr de c'que vous voulez?

— Naturellement! dit Vasson avec un rire nerveux.

— Qu'est-ce que vous voulez exactement?

— Q'est-ce que vous proposez?

Question si ridicule que Vasson en rit lui-même, d'un rire nerveux qu'il ne pouvait arrêter.

— Vous voulez avoir une tête très différente?

— Complètement différente.

— Et le fric?

— Voici.

Vasson plongea la main dans une de ses poches, jeta quelques billets par terre et reprit :

— Un moment !

— Oui ?

— Je ne veux rien sentir.

— Bon.

Voyant l'homme s'avancer vers lui, Vasson prit peur et ses genoux se mirent à trembler ; il ferma les yeux. « Mon Dieu pourvu que ce soit rapide et pas trop douloureux ! » se dit-il.

Ses souhaits furent exaucés : une fraction de seconde plus tard, le poing droit du boxeur s'écrasa sur le visage de Vasson qui ne sentit plus rien après le premier choc.

L'homme avait mis toute sa force dans ce coup. Ses cent kilos de muscles avaient lancé son poing dans la joue gauche de Vasson, dont il avait brisé l'os. Vasson avait été projeté à terre, sa tête avait heurté une pierre et il avait perdu connaissance.

L'homme compléta ensuite le travail tranquillement. Il redressa le « client », cogna deux ou trois fois sur le nez pour le casser proprement, fit éclater la pommette droite pour l'assortir à la gauche, s'arrêta pour examiner le résultat et décida d'ajouter une fracture de la mâchoire.

Pour les yeux, il ne pouvait pas faire grand-chose, naturellement, mais il s'appliqua à fendre les arcades sourcilières en plusieurs endroits.

Enfin satisfait et ne pouvant faire mieux sans risque d'hémorragie interne, il coucha Vasson sur le flanc pour qu'il ne risque pas de s'étouffer dans son sang et s'éloigna.

En arrivant à la boîte de nuit où il travaillait, l'ancien boxeur téléphona à un prêtre qu'il connaissait et, déguisant sa voix, l'informa qu'un homme gravement blessé gisait le long du canal et ne pouvait pas, pour des raisons politiques, être soigné dans un hôpital.

Ce n'était pas par humanité qu'il agissait ainsi : il n'avait encore jamais tué personne et ne tenait pas à commencer même par accident. Et puis il oublia tout cela, ce qui était une erreur.

Mais Vasson ne lui pardonna jamais d'avoir prévenu un prêtre et trois semaines plus tard, le boxeur fut retrouvé mort dans une ruelle, une balle de neuf millimètres dans le dos.

CHAPITRE XXXIV

Au bureau de poste de St Mary, les gens faisaient patiemment la queue sans protester contre la lenteur de l'employée, plus apathique que jamais. Vint le tour de Julie :

— Bonjour, vous avez quelque chose pour moi?

— Quel nom?

Julie pensa que, depuis le temps, l'employée aurait dû le savoir mais répondit calmement :

— Lescaux. Madame Lescaux.

C'était ainsi que le major du M 19 l'avait appelée dans sa première lettre.

L'employée inspecta le casier mais avant même qu'elle se retourne, Julie savait déjà qu'il n'y avait rien pour elle.

— Désolée, madame, euh.. Lescôô.

Julie parvint à sourire, remercia l'employée, sortit dans la rue principale et s'arrêta un bref instant pour humer l'air frais du mois de mai. Puis elle passa sur le trottoir d'en face et continua à marcher d'un pas lent, les yeux baissés, le visage triste.

Chaque jour, c'était la même chose : pas de lettre. Des doutes accrus. Moins d'espoir. Chaque jour, il devenait plus difficile d'être gaie, d'aimer la vie.

— Bonjour! fit une voix.

Julie sursauta et leva les yeux; c'était un des marins du bac reliant St Mary aux îles voisines. Elle fit un signe de tête amical et se força à sourire. L'homme se dandina d'un pied sur l'autre et demanda gentiment :

— Le p'tit gars va bien?

— Oui merci. Il est en bonne santé.

— Les jeunots... c'est étonnant comme ça reprend vite du poil de la bête.

— Oui, acquiesça Julie.

« Sauf qu'il ne s'en remettra jamais », pensa-t-elle. Après le sauvetage, il avait apparemment surmonté le choc, même quand elle lui avait appris la mort de David. Mais plus tard, lorsque la lettre était arrivée, qu'elle lui avait parlé de Jean et des autres, il avait changé. Il était devenu plus taciturne, plus nerveux. Ce n'était plus le même Peter.

— Vous restez encore un moment avec nous?

Julie hésita :

— Euh, oui, je crois.

— Vous serez toujours la bienvenue ici, marmonna le marin, l'air gêné.

— Merci.

— A un de ces jours, alors.

— Au revoir. — Elle lui sourit — Et merci encore.

La jeune femme s'éloigna avec soulagement. Les îliens, qui s'étaient tous montrés très gentils avec elle, devaient prendre son attitude pour de l'ingratitude mais elle fuyait toute compagnie, se sentant incapable de faire la conversation et, par-dessus tout, de parler de la guerre. Elle voulait seulement qu'on la laisse tranquille.

Elle grimpa vivement en haut de la colline surplombant Hugh Town, s'assit par terre, les bras autour des genoux, et contempla le paysage. Elle venait souvent à cet endroit l'après-midi, en attendant que Peter sorte de l'école. La vue était splendide; on découvrait le port de St Mary et, plus loin à l'ouest, l'étendue parsemée de rochers conduisant à la haute mer. Au nord, les eaux d'un bleu méditerranéen de St Mary's Road et l'île de Tresco, d'un vert vif bordé de jaune; au-delà, l'île Bryher, plus sévère, moins brillante. Des rumeurs circulaient au sujet de ces îles. On racontait que des bateaux de pêche peints à la française surgissaient parfois de la haute mer, traversaient le détroit, se coulaient entre Tresco et Bryher pour prendre la direction de New Grimsby Harbour. Les gens de l'endroit les appelaient « les bateaux mystères ».

Richard avait un jour fait allusion à des opérations secrètes se déroulant aux Sorlingues, dans lesquelles il avait sans doute été impliqué.

Richard. Elle ne cessait de penser à lui. Elle se demandait où il pouvait être. Dans quelque lieu secret ou dans un camp de prisonniers de guerre? Dans ses moments de dépression, Julie le voyait mort.

Elle pensait aussi à Jean, à Maurice, aux autres, à ce qu'ils avaient dû subir avant de mourir. C'était pour elle un affreux tourment. Mais ce qui lui faisait le plus de mal, c'était l'idée qu'on les avait oubliés déjà, elle et eux.

Sinon, comment expliquer qu'elle ne reçût plus de nouvelles.

Elle tira la lettre de son sac, la lut pour la centième fois, peut-être. Elle en détestait à présent le ton froid, impassible, *britannique*, en un mot : « Chère Madame Lescaux... Merci du long entretien que nous avons eu... très utile... contribuera à éviter d'autres pertes... regrette de devoir vous informer... votre oncle Jean Lescaux mort à la prison de Rennes début avril... avec l'agent connu sous le nom de Maurice et au moins dix autres... Pas de nouvelles de votre tante... Bien entendu, nous vous tiendrons au courant si... Profonds regrets... Vous vous étiez également enquise du lieutenant de vaisseau Ashley. Il a été porté manquant. Nous ignorons s'il se trouve dans un camp de prisonniers, ou s'il est détenu par la Sécurité allemande. En fait, nous n'avons aucune information à son sujet... Encore une fois, désolé... Naturellement, si nous avons des nouvelles, nous vous tiendrons au courant. Une chose qui vous intéressera pourtant. Le paquet que vous m'avez remis a été transmis aux services compétents qui lui ont apporté la plus grande attention. »

« Signé : Major A.E. Smithe-Webb. »

Elle rangea la lettre, se leva, remonta une allée étroite menant à un vieux fort juché sur la colline.

« Nous vous tiendrons au courant... » Depuis, quatre semaines s'étaient écoulées et elle n'avait rien reçu. Elle en devenait folle; elle ne pouvait croire qu'il n'y avait *aucune* nouvelle. Quelque chose devait tout de même avoir filtré depuis l'autre côté; sinon de tante Marie, au moins des survivants du réseau.

Et du traître.

Car il y avait un traître, ce n'était pas possible autrement.

Et elle savait qui c'était.

Elle n'avait pas de preuve, bien sûr, mais elle le savait.

Le major froid et calme ne l'avait pas crue. Il l'avait écoutée patiemment, puis avait émis des doutes, poliment mais fermement. Il avait souligné que « Roger » (de son vrai nom Paul Fougères) avait fait l'objet d'une enquête minutieuse, que Maurice lui-même l'avait identifié. Peut-être quelqu'un d'autre, avait suggéré le major.

La pente de la colline raidissait mais Julie avançait au même rythme. Elle recherchait l'effort physique, cela l'aidait à s'endormir, le soir. Elle s'assit sur les remparts, tourna la tête vers le chaud soleil. Des tapis de fleurs roses, jaunes ou blanches couvraient à présent la lande et les îles avaient perdu leur aspect désolé. Mais aucune beauté de la nature ne pouvait faire oublier. De la colline, on voyait l'extrémité de St Agnes, les premiers Western Rocks. Difficile, par ce temps superbe, de penser qu'il s'agissait des mêmes rochers...

On avait enterré David dans le petit cimetière, plein de silence et d'ombrage, de Porth Hellick, dans la partie sud de St Mary, auprès d'autres naufragés de jadis. Tous les deux jours environ, Julie se rendait sur la tombe et y déposait un bouquet de fleurs sauvages qu'elle avait cueillies en route. Seule l'idée qu'elle avait respecté les dernières volontés du vieillard en remettant son paquet atténuait un peu son sentiment de culpabilité; c'était sa consolation.

Quatre heures moins le quart : il était temps d'aller chercher Peter à l'école. Elle redescendit l'allée, prit la direction de la ville et se mêla aux autres mères attendant devant les grilles. A quatre heures précises, les enfants sortirent en courant et en riant; Peter, un peu à l'écart, marchait lentement. Il paraissait si solitaire que le cœur de Julie se serra. En voyant sa mère, il pressa le pas, fit un petit signe.

— Comment cela s'est-il passé, aujourd'hui? demanda-t-elle en se penchant pour l'embrasser.

— Bien.

Ils partirent à pas lents vers le centre du bourg.

— Qu'est-ce que vous avez appris?

— On a fait de l'orthographe, du calcul...

— Le calcul, tu n'aimes pas beaucoup ça?

— Si, si, répondit l'enfant d'un ton indifférent.

Ils poursuivirent leur chemin en silence, puis Julie demanda :

— Qu'est-ce qu'il y a, Peter?

— Rien.

Cependant elle voyait bien qu'il était tourmenté par quelque chose.

— Allons, il vaut mieux me le dire.

L'enfant finit par répondre :

— J'ai fait un mauvais rêve.

— Pourquoi ne me l'as-tu pas dit plus tôt? Qu'est-ce que c'était?

Peter baissa la tête; elle vit qu'il ne répondrait pas. Comme ils arrivaient près de la pension où ils logeaient, elle décida de ne pas rentrer avant de l'avoir fait parler. Elle aperçut la mer qui miroitait entre deux maisons, au bas d'un chemin.

— Allons nous promener un peu au bord de l'eau, proposa-t-elle.

Ils prirent un sentier conduisant à la mer, s'assirent sur la jetée.

— De quoi as-tu rêvé, Peter?

— D'oncle Jean. Et de tante Marie, finit par murmurer le petit garçon.

— C'était un mauvais rêve?

— Il y avait... — La petite voix se brisa. — Les Allemands les emmenaient.

Julie contempla le port en silence. Elle aussi faisait souvent ce genre de rêve.

— Maman, c'est là qu'elle est, tante Marie? demanda soudain Peter. Avec les Allemands?

— Je n'en sais rien, répondit doucement Julie. Je voudrais bien le savoir.

Retombé dans son mutisme, l'enfant tapotait du bout des doigts la pierre de la jetée.

— Peter, si j'allais à Londres, tu pourrais te débrouiller seul quelques jours? Mrs Eldon s'occuperait de toi.

— Non, ne t'en va pas, maman. S'il te plaît!

— Pour quelques jours seulement, dit Julie en lui prenant la main. Je... je vais essayer d'avoir des nouvelles de tante Marie — et peut-être aussi de Richard. Je ne serai pas longue, je te le promets. Il faut que je sache, tu comprends?

Voyant son air abattu, elle ajouta d'un ton joyeux :

— Et comme tu as terminé *Swallows and Amazons*, j'emprunterai un autre Arthur Ransome pour toi avant de partir. Qu'est-ce que tu dis de ça?

Peter eut un pâle sourire.

— Mais d'abord, tu vas m'aider à envoyer un télégramme, conclut-elle.

Elle se leva, prit la main de Peter et l'entraîna vers la poste. Pour la première fois depuis un mois, elle se sentait d'humeur presque joyeuse.

Smithe-Webb jeta un coup d'œil à sa montre, se demandant si elle allait bientôt arriver. Le télégramme avait été très précis.

Dix minutes plus tard, elle était là. Dès qu'elle fut annoncée, Smithe-Webb et Forbes, son assistant, descendirent dans le hall d'entrée. Ils n'eurent aucun mal à la reconnaître. Mince et nerveuse, elle portait une robe élimée et trop grande pour elle dans laquelle elle paraissait particulièrement vulnérable. « Des vêtements de réfugiée », pensa le major.

— Mrs Lescaux?

En alerte comme un chat, elle se retourna. Smithe-Webb remarqua tout de suite la blessure de sa tête; bien que cicatrisée, elle était encore très visible.

Il lui tendit la main; elle la serra, le regardant de ses yeux sombres.

— Pas de nouvelles, j'en ai peur, déclara Smithe-Webb sans préambule.

Devant la mine atterrée de la jeune femme, il ajouta :

— Il y a un appartement pas loin d'ici que nous utilisons de temps à autre. Allons-y, nous y serons mieux pour parler.

Il la prit par le coude et la guida vers la sortie tandis que Forbes partait en avant chercher un taxi.

Pendant le trajet, elle demeura silencieuse, regardant tristement par la vitre.

— Comment va votre tête? s'enquit poliment le major. Tout à fait guérie, maintenant?

Julie marmonna une vague réponse et Smithe-Webb n'essaya plus de faire la conversation.

L'appartement était situé au quatrième étage d'un immeuble cossu du quartier de Victoria. Forbes ouvrit la porte, proposa d'un ton jovial :

— Une tasse de café?

Smithe-Webb conduisit la jeune femme au salon, la fit asseoir.

— Alors, du café?

Elle était si mince et si pâle qu'il demanda :

— Voulez-vous manger quelque chose?

— Oh! si cela ne vous dérange pas...

Comme il le soupçonnait, elle n'avait pas pris de petit déjeuner. Il chargea Forbes de préparer un sandwich, sortit de sa poche sa pipe, sa blague à tabac et, après le rituel du bourrage et de l'allumage, observa la jeune femme à travers la fumée.

Elle avait l'air déprimé mais devait être plutôt belle quand elle souriait, avec ses yeux ravissants, sa peau blanche, sa bouche sensuelle. Pour le moment, elle ne souriait pas du tout.

— Aucune nouvelle, alors? demanda-t-elle en le fixant intensément.

— Non, je suis navré. Nous avons fait une demande concernant votre tante mais... Comme nous n'avons personne sur place, cela prend du temps.

— Oui, je comprends. Et Richard Ashley?

Le major examina le fourneau de sa pipe en fronçant les sourcils.

— Je dois avouer que... cette absence de nouvelles m'inquiète. Il ne figure toujours pas sur la liste des prisonniers de guerre.

— Alors il est dans les prisons de la Gestapo.

— Ce n'est pas du tout sûr. Il a pu se passer toutes sortes de choses...

— Oui.

Quand Forbes posa café et sandwich devant la jeune femme, elle demeura immobile, assise au bord de son fauteuil.

— Il faut manger! l'exhorta Smithe-Webb en se levant et mettant le plateau sur ses genoux.

Elle prit distraitement le sandwich, mordit dedans. Le goût de la nourriture l'arracha à ses pensées et elle se mit à mastiquer.

— Major? dit-elle.

— Oui, Mrs Lescaux.

Les yeux de Julie étaient de nouveau durs et brillants.

— Et « Roger »? demanda-t-elle. Je veux dire Paul Fougères? Pas de nouvelles non plus?

— Il semble qu'il ait été exécuté récemment à Paris.

— Vous en êtes certain?

— Pas tout à fait... Il est difficile d'être absolument sûr de quoi que ce soit. Vous pensez toujours que c'est lui le traître?

— Oh! oui.

Le major haussa les sourcils mais garda le silence.

— Je le *sais*, poursuivit Julie. Vous en aurez confirmation dès que le contact sera établi avec la Bretagne, j'en suis sûre. Ils doivent connaître la vérité, là-bas, maintenant. On finit toujours par savoir...

Smithe-Webb s'éclaircit la voix et dit :

— J'ai reçu quelques informations par, euh, une autre organisation de Rennes, et apparemment, personne ne sait rien de certain.

— Rien du tout?

— Il n'est même pas sûr qu'il y ait eu trahison.

Elle le regarda fixement, comme frappée de stupeur.

— Mais c'est impossible autrement! Vous ne pouvez pas obtenir d'autres informations? Quelqu'un doit bien être au courant...

On sonna à la porte, Forbes alla ouvrir. Smithe-Webb parut soulagé.

— C'est un type du département scientifique de l'Intelligence Service qui aimerait vous poser encore quelques questions, expliqua le major.

— Sur le paquet?

— Je le suppose.

— Bon.

Le scientifique de l'I.S. était un homme rondouillet au crâne dégarni, avec des lunettes à verre épais — une véritable caricature. Il serra la main de la jeune femme chaleureusement, se laissa tomber dans un fauteuil et déclara :

— Je suis plutôt un homme de science qu'un officier de renseignements. J'aimerais vous poser une ou deux questions, si cela ne vous dérange pas, madame...

— Je vous en prie.

L'homme ajusta ses lunettes sur son nez avant d'attaquer :

— Quand Freymann vous a parlé de, euh, de l'appareil, que vous a-t-il dit exactement? A-t-il expliqué, par exemple, comment il était entré en possession des plans?

Julie réfléchit puis répondit :

— Ainsi que je l'ai déjà dit au major, c'étaient ses propres plans; si j'ai bien compris, ils étaient de lui seul.

— Quelqu'un d'autre connaissait-il ses travaux?

— Il donnait l'*impression* que personne, en dehors de lui, n'était au courant, mais je ne peux rien affirmer.

— Vous a-t-il dit s'il avait détruit des doubles des plans, ou quelque chose de ce genre?

— Je ne m'en souviens pas. Le major — et d'autres à qui j'ai parlé avant — m'ont déjà posé toutes ces questions. Je regrette mais je ne me rappelle toujours pas.

— Vous veniez alors de subir un grand choc, argua le scientifique. Certains détails auraient pu vous revenir en mémoire, maintenant que vous êtes complètement remise.

— Non, désolée. Est-ce vraiment important?

— Très important.

Julie réfléchit et dit :

— Je suppose que vous voulez savoir si les Allemands se sont emparés de cette idée.

— C'est exactement ce que nous aimerions connaître.

— Ce qui signifie que David avait découvert quelque chose d'intéressant?

— Exact.

— Comme je suis contente! Je suis si contente!

Pour la première fois, Smithe-Webb la vit sourire et la trouva complètement transformée.

— Quelque chose d'utile pour l'Angleterre? demanda-t-elle. Pour son effort de guerre?

L'homme de l'I.S. s'humecta nerveusement les lèvres et se tourna vers le major, comme pour solliciter son aide.

— Euh... Eh bien, oui. En un sens.

Il regarda ses pieds, l'air gêné.

« L'imbécile, il a tout gâché! » pensa Smithe-Webb.

— Comment cela, « en un sens »? fit la jeune femme, l'air confondu. Elle jeta un regard interrogateur à Smithe-Webb, puis revint au scientifique.

— Vous ne pouvez pas utiliser son idée? J'avais cru comprendre...

— Non, excusez-moi. Bien sûr que nous pouvons l'utiliser!

— Vous ne me dites pas la vérité!

— Ce qu'il faut peut-être préciser, intervint le major, c'est que nous possédons déjà ce type de radar. Cela ne réduit en rien l'importance de ce que vous avez accompli, s'empressa-t-il d'ajouter. Vous avez empêché les Allemands de mettre la main sur Freymann et son secret, et c'est *réellement capital.*

383

Julie le regarda avec une expression d'incompréhension complète.

— Voyez-vous, il était de première importance que Freymann quitte la France, poursuivit l'homme du M 19. Sinon les Allemands lui auraient arraché son secret par la torture ou bien ils se seraient servis de sa famille comme d'otages, et l'auraient obligé à travailler pour eux. Vous voyez donc...

— Tout cela pour rien, murmura Julie.

— Non, Mrs Lescaux. Sincèrement...

Smithe-Webb lança au scientifique, avec une pointe d'irritation :

— Expliquez-lui, mon vieux!

— Le major a raison, dit l'officier de l'I.S. en battant nerveusement des paupières. Le fait que les Allemands n'aient pas ce radar nous donne un avantage énorme. Nous bombardons leurs villes avec une grande précision, nous détectons leurs sous-marins en surface sans qu'ils puissent nous rendre la pareille. Comprenez-vous?

— Mais il y avait d'autres moyens! s'écria Julie avec amertume. Il aurait suffi de détruire les plans, de le cacher pour que les Allemands ne puissent s'emparer de lui! Maintenant, il est mort, après une si dure épreuve!

Elle se couvrit le visage d'une main.

Le scientifique se leva, la mine perplexe et vaguement inquiète.

— Il vaut mieux que vous partiez, mon vieux, chuchota le major.

Ce que fit l'officier de l'I.S. Après quoi Smithe-Webb s'assit près de la jeune femme et lui tapota le bras.

— Voyons, pourquoi raconterions-nous des histoires? dit-il. Ce qu'a fait Freymann est véritablement important. Vous me croyez, n'est-ce pas?

Elle prit une profonde inspiration, leva la tête et finit par acquiescer d'une voix lasse :

— Oui, je vous crois. J'aurais tellement voulu que... que sa découverte soit utile, de manière positive. Je le voulais pour *lui*... Je... — Elle poussa un soupir. — Je voulais qu'il en ait la gloire.

— Je comprends. Oui, je vois bien. Mais ce qu'il a fait est très positif — et très courageux. Il a emporté son secret à la barbe des Allemands, qui ne se le pardonneront sans doute pas quand ils l'apprendront.

Forbes emplit à nouveau les tasses et Julie but pensivement son café en fixant le mur des yeux, l'air absent. Soudain, elle reposa sa tasse, regarda le major d'un œil ferme.

— Renvoyez-moi là-bas. Je veux retourner en France.

« Nous y voilà, pensa Smithe-Webb. Je m'y attendais. » Il poussa un soupir.

— Mrs Lescaux, ce ne serait pas très sage. Réfléchissez. Vous figurez sans doute sur la liste des personnes les plus recherchées par la Gestapo. Les Allemands ont votre photo, votre signalement. Si vous remettez les pieds en Bretagne, ils vous prendront immédiatement.

Elle plissa le front.

— Mais...

— D'ailleurs, que feriez-vous là-bas? Réfléchissez-y.

— Ce que je ferais? s'écria-t-elle. Je retrouverais les autres, je reconstituerais le réseau, je...

— Démasquerais le traître?

Julie ouvrit la bouche, hésita et répondit finalement d'une voix ferme :

— Oui, si je le peux.

— Sans vouloir vous offenser, je ne crois pas qu'il soit sage de chercher seule à le retrouver. Quant à reconstituer le réseau, il n'en est pas question, je le crains. Nous ne voulons pas faire courir deux fois des risques aussi grands au même village. En fait — je ne devrais pas vous le dire — nous projetons d'opérer à un autre endroit de la côte. Vous voyez, il n'y aurait vraiment pas de travail pour vous. Sinon, je vous aurais choisie en priorité, croyez-le bien.

— Vous ne voulez donc pas m'envoyer là-bas?

— Non.

— Même avec un entraînement spécial? La radio, les armes...

— Non.

— Et dans une autre région? Loin de Tregasnou, loin de la Bretagne!

— Non, Mrs Lescaux, répondit le major avec fermeté. Vous ne comprenez pas. On ne confie pas une nouvelle mission à quelqu'un qui a eu des ennuis, quel qu'il soit : agent venu de l'extérieur ou résistant. C'est une règle absolue. Ce serait trop dangereux pour *les autres*.

— Je vois, dit Julie à voix basse.

Elle se leva; alla à la fenêtre, regarda au-dehors un long moment. Elle finit par se retourner et lança d'un ton plutôt agressif :

— Ne vous imaginez pas que je vais renoncer. J'essaierai encore, vous savez. Les Français Libres accepteront peut-être de m'utiliser.

— Personne ne va en France sans l'autorisation de mes supérieurs, et je crains fort qu'ils ne vous l'accordent pas.

Julie courba le dos. Le major avait de la peine pour elle, mais il fallait qu'elle accepte les faits; cela valait mieux.

— Très bien, dit-elle calmement. Très bien. Mais promettez-moi de m'envoyer là-bas dès que ce sera possible, dès que les Allemands seront partis.

Il se leva et secoua la tête.

— C'est une promesse difficile à faire...

Elle s'approcha de lui.

— Je vous en prie! Promettez-moi d'essayer. Je vous en prie!

— Eh bien, disons que je ferai de mon mieux. Mais j'entrevois comment ce sera après le débarquement; on expédiera des tonnes de matériel, il n'y aura pas de place pour des passagers.

— Je me débrouillerai pour traverser. Promettez-moi simplement de m'obtenir les papiers ou l'autorisation nécessaires. *S'il vous plaît!*

Elle se tenait près du major et le regardait avec ses beaux yeux sombres. Soudain elle eut un petit sourire, gentil et touchant. Smithe-Webb se sentit fléchir : après tout, elle avait fait preuve d'un grand courage, le M19 avait une dette envers elle.

— D'accord, je ferai tout mon possible, dit-il. Mais je ne vous promets rien!

Julie lui saisit les mains.

— Merci! Merci!

— Il vous faudra peut-être attendre longtemps, vous savez.

Elle hocha lentement la tête.

— Oui, je sais. Un an? On dit que le débarquement aura lieu dans un an...

— Un peu plus, peut-être.

— J'attendrai le temps qu'il faudra, dit Julie.

CHAPITRE XXXV

Un an et quatre mois s'étaient écoulés. En septembre 1944, le huitième Corps de la Troisième Armée de Patton avait balayé les Allemands, qui s'étaient retranchés dans les villes fortifiées de Brest, Saint-Nazaire, Lorient, afin de poursuivre le combat.

La campagne bretonne semblait peu touchée : çà et là une jeep retournée, une route barrée par un cratère de bombe. Mais les champs eux-mêmes avaient la couleur dorée des tardives moissons. On n'y voyait d'autres dégâts que quelques traces de pneus.

Les villes, par contre, portaient la marque de la guerre : ruines d'une maison écrasée par un obus, façades criblées de balles, boutiques désertes, presque totalement dépourvues de marchandises. Partout des ruines. Les gens aussi étaient différents : amaigris, endurcis, conscients que leurs malheurs n'étaient pas près de se terminer. Il faudrait du temps avant que la prospérité revienne.

Après le départ des Allemands, les vieilles blessures se rouvrirent. On pleura publiquement ceux qui avaient été déportés, torturés, assassinés; on porta le deuil des otages, des innocents, des enfants, de la fierté perdue au cours de quatre années d'une humiliante occupation.

Certains supportaient mal la nouvelle invasion, les petits groupes de soldats américains bien nourris et arrogants qui avaient remplacé les Allemands dans les rues et les cafés. Si pleins de jactance, si étrangers, si bêtes, ces jeunes militaires ne voyaient pas que les Français voulaient simplement qu'on les laisse s'occuper seuls de leur vie, de leurs affaires.

Il y eut des récriminations, souvent amères. Contre ceux qui n'avaient rien fait, contre ceux qui avaient *collaboré;* et pas seulement ceux que l'on savait avoir collaboré, mais aussi ceux qui avaient, peut-être, ou auraient pu collaborer. Ce fut le temps des rumeurs, des insinuations, des suppositions; ce fut aussi le temps des règlements de comptes. On désignait du doigt ennemis et rivaux, innocents ou coupables; on rasait le crâne de femmes qui avaient couché avec des Allemands; on retrouvait dans les ruelles des cadavres d'hommes sommairement exécutés.

La plupart des gens se réjouissaient bien entendu de la liberté reconquise et voyaient l'avenir avec optimisme; mais pour beaucoup, la Libération apportait de nouvelles incertitudes, une amertume accrue et parfois une soif de vengeance.

Fait étonnant, le vieil autocar roulait encore, mais seulement deux fois par jour à présent à cause du manque d'essence. Il avançait lentement sur les routes de campagne, grinçant plus que jamais. A voir la façon dont il bringueballait et cahotait, on pouvait penser qu'une partie de sa mécanique avait rendu l'âme.

Julie était contente : elle aurait voulu que rien n'ait changé, pas même le vieux tacot. Elle s'était assise près d'une vitre, à une place qu'elle avait souvent occupée auparavant, dans ses innombrables aller et retour de Morlaix, et cela lui donnait l'impression d'être chez elle.

Quand le véhicule gravit en se traînant la côte de la route de Tregasnou, elle contempla le paysage familier et éprouva un sentiment d'irréalité, peut-être parce qu'elle avait longtemps rêvé de ce moment.

L'autocar s'arrêta, Julie prit sa valise et descendit.

La guerre semblait avoir épargné le village, dont les petites maisons grises se serraient l'une contre l'autre, aussi frileusement et intimement que toujours.

Il n'y avait personne en vue, pas même cette vieille curieuse de Mme Gres, qui surveillait toutes les allées et venues. Julie se dirigea vers le café, s'arrêta à la porte. Elle n'y était encore jamais entrée. Cette fois-ci, elle en franchit le seuil sans hésitation.

Il faisait si sombre à l'intérieur que d'abord elle ne vit rien. Et puis, au moment où elle posait sa valise, elle découvrit le patron debout derrière son comptoir. Il leva la tête, la regarda un moment en silence puis la reconnut.

— Madame Lescaux! Quel plaisir de vous revoir!

Julie sourit, parcourut la salle des yeux. Aussi étonnant que ce fût, l'endroit n'avait rien d'effrayant. Hormis deux clients attablés dans un coin devant une tasse de café, il était désert. La jeune femme s'approcha du comptoir.

— Quel plaisir, madame! répéta le patron. Je vous offre quelque chose? Un petit Pernod? Je n'ai pas de cognac, hélas!

— Non, je ne veux rien. Merci quand même... Savez-vous... où est ma tante?

Le visage du tenancier s'assombrit.

— Elle est chez madame Boulet, dit-il en baissant les yeux.

— Comment va-t-elle?

Il hocha la tête.

— Pas très bien... Elle, euh — il baissa la voix et prit un ton confidentiel — ... elle s'est refermée sur elle-même, si vous voyez ce que je veux dire. Mais elle est bien soignée, ça! Madame Boulet s'occupe d'elle comme une sainte! Comme une sainte!

Julie ne fut pas surprise : le War Office l'en avait informée par lettre, un an plus tôt.

— Elle reconnaît les gens?

Le tenancier du café fit la moue.

— Ben, d'habitude, non... Mais vous, je suis sûr qu'elle vous reconnaîtra!

«C'est seulement pour me faire plaisir qu'il dit ça», pensa Julie.

— Et qu'est devenue... l'ancienne équipe?

Elle vit qu'il comprenait bien de quoi elle parlait; elle poursuivit :

— S'il y en a encore, je voudrais... entrer en contact.

— Ah! la plupart ont été pris, il y a plus d'un an, déjà.

— Oui, je le sais, mais est-ce qu'il en reste?

Le patron réfléchit un moment avant de répondre :

— Il y a le vieux Rannou, en haut de la colline — c'était une « planque », chez lui... Il y a aussi le docteur Le Page, à Plougat. Des tas d'Américains sont passés par chez lui... Mais c'est à peu près tout, je crois bien.

Julie ne connaissait aucun des deux noms : le système de cloisonnement mis en place par Maurice avait été efficace.

— Mais ceux d'ici? insista-t-elle. Ceux du village?

— Non, murmura le cafetier. Non, madame. Tous pris. Un triste jour, que ça a été... Un triste jour.

— Savez-vous ce que sont devenus les marins anglais de la canonnière?

— On n'a jamais plus entendu parler d'eux. Ils ont sans doute été emmenés à Rennes avec les autres. Personne ne les a revus.

Julie n'avait rien appris de nouveau. Apparemment tout s'était passé à Rennes : c'était là que la Gestapo avait massacré Jean, Maurice et les autres, là aussi peut-être que Richard... Elle devrait commencer par Rennes.

— Merci, dit-elle. Je vais voir ma tante, maintenant... Ah! autre chose. La ferme de mon oncle, qu'est-elle devenue?

— Les voisins s'occupent des bêtes et des champs, mais la maison est vide.

— Ah oui.

Elle voyait en esprit la maison déserte, froide et humide. Elle s'éloigna du comptoir.

— Eh bien, je m'en vais voir ma tante.

— Bien sûr, dit le patron en hochant la tête. Il doit y avoir un bout de temps que vous ne l'avez pas vue. Depuis que vous êtes partie.

— Dix-huit mois.

— Un bout de temps.

« Oui, songea Julie avec amertume. Trop longtemps, beaucoup trop. »

— Eh bien, au revoir, dit-elle. Et merci.

Comme elle reprenait sa valise, qu'elle avait laissée près de la porte, elle entendit le patron s'approcher et crut qu'il voulait l'aider à la porter mais il lui saisit le bras et le serra fortement.

Elle le regarda avec surprise; il était très excité, ses yeux brillaient.

— Quoi donc? demanda-t-elle.

— J'oubliais de vous dire. Une bonne nouvelle!

— Ah oui?

Elle leva les sourcils.

— Le traître! Le traître!

— Dites! Dites!

Le cœur de Julie battait la chamade.

— On l'a eu!

Bouche bée, elle le regardait, incrédule.

— On l'a eu?

— Oui, il a été inculpé à Rennes, il y a une semaine. On l'a pris à Paris, juste avant qu'il ne puisse se débiner. Mais il était pisté. Pas d'histoire, on l'a ramené à Rennes. Maintenant, il va payer! conclut le cafetier en se passant une main en travers de la gorge. Ha! ha! Il va payer!

— Qui est-ce?

Il sourit, ouvrit la bouche pour répondre, mais soudain changea d'expression.

— Je ne me souvenais plus, balbutia-t-il. Oh! excusez-moi. Madame, préparez-vous à recevoir un choc...

Elle approcha son visage tout près du sien!

— Qui? cria-t-elle.

— C'est Michel. Le communiste. Michel Le Goff, votre cousin.

Aucune des lourdes portes ne voulait s'ouvrir. Le gond supérieur de celle de droite étant cassé, elle s'était affaissée et coincée contre celle de gauche.

Le vieux comte poussa vainement une dernière fois, se redressa, haletant. Il avait soixante-douze ans et son âge se rappelait à lui. Autrefois, les cochers et les valets ouvraient les portes devant lui; autrefois, on aurait tout de suite remplacé la charnière brisée.

C'était sans espoir : les portes n'avaient pas été ouvertes depuis le début de la guerre, il n'y arriverait jamais. Décidant d'utiliser celle de derrière, il fit lentement le tour de la remise qui, comme les écuries et la maison du jardinier, était séparée du château par une longue haie, jadis soigneusement taillée mais poussant à présent dans tous les sens.

Par un trou de la haie, le comte remarqua qu'un autre morceau de gouttière s'était détaché du mur du château. Il aurait fallu réparer mais cela coûtait de l'argent et il n'en avait plus.

En ouvrant la petite porte de la remise, il se demanda une nouvelle fois où était passée sa fortune.

Il entra; à l'intérieur régnait l'obscurité. Il craqua une allumette. C'est d'une lampe à pétrole qu'il avait besoin. Il retourna au château, fouilla des pièces vides et poussiéreuses, finit par en trouver une qu'il mit vingt minutes à nettoyer, ébarber la mèche, remplir.

Revenu à la remise, il alluma la lampe et examina l'immense bâche, verte autrefois, aujourd'hui grise de poussière, recouvrant une masse imposante placée au milieu de la pièce.

Le comte n'était pas venu ici depuis longtemps. Il avait presque oublié la remise et ce qu'elle contenait. Il considéra la bâche d'un œil songeur. Autant valait l'enlever et se mettre au travail tout de suite. Avant la guerre, il ne s'était jamais servi d'un plumeau ou d'un chiffon; mais depuis qu'il n'avait plus de domestique, il était obligé de faire toutes sortes de choses, même de la cuisine et du lavage.

Il posa la lampe, tira la bâche pour la faire tomber et se recula. Pas mal, pas mal du tout — beaucoup mieux qu'il ne l'espérait.

La carrosserie de la voiture miroitait à la lueur de la lampe, sa peinture d'un rouge rubis sombre lançait des feux qui éclairaient la remise obscure. C'était une Delage D8 120 décapotable, si longue qu'elle allait presque du mur du fond à la porte de la remise. Sa dernière folie d'avant la guerre. Il l'avait achetée en 1937, l'année où il avait installé Elfie, la merveilleuse Elfie, dans un appartement de l'avenue Foch.

Il avait peut-être été un peu extravagant, finalement.

Le comte prit un chiffon, le passa sur les ailes et le capot puis examina la voiture d'un œil critique. Une fois les chromes astiqués, elle aurait fière allure et il pourrait peut-être en demander cinquante mille francs : l'homme avait l'air vraiment intéressé.

Voilà de l'argent qui le remettrait bien à flot.

Entendant au-dehors des roues crisser sur le gravier, il s'essuya rapidement les mains et sortit dans l'allée carrossable. Le taxi du village, équipé d'un gazogène comme de nombreux autres véhicules, était arrêté. Un homme jeune et bien vêtu en descendit, dit quelques mots au chauffeur et se retourna au bruit de pas du comte.

Le vieil aristocrate sursauta. Quel visage extraordinaire! qui semblait avoir subi un jour d'horribles blessures. Le nez avait été manifestement cassé, les pommettes et la mâchoire, de guingois, lui donnaient un air curieusement tordu. De fines cicatrices blanches couraient le long des sourcils noirs et une balafre plus large barrait l'une des joues.

— M. Lelouche, je suppose? dit le comte en tendant la main.

— Oui.

L'homme parut hésiter, serra brièvement la main tendue et demanda aussitôt :

— Où est la voiture?

— Là-dedans, répondit le vieillard en montrant la remise. Malheureusement, je n'ai pas réussi à ouvrir les portes. Je n'ai plus de domestiques, vous comprenez. Si vous le voulez bien, nous allons faire le tour par le côté...

— Non, coupa froidement l'acheteur éventuel. Ouvrons les portes.

Il fit signe au chauffeur de taxi, souleva avec son aide la porte au gond cassé et l'ouvrit. L'ouverture de l'autre vantail se fit sans effort.

Au soleil du matin, la couleur de la Delage parut plus claire, presque bordeaux. Le comte remarqua qu'il n'avait pas enlevé toute la poussière et que les chromes manquaient décidément d'éclat. Il aurait dû la préparer la veille.

— De quelle année est-elle?

— 1937. Je l'ai achetée la même année. Neuve. Je m'en suis très peu servi.

— Il y a longtemps qu'elle est là?

— Depuis la guerre... Mais elle a toujours été bien entretenue, se hâta d'ajouter le comte. Vérifiée, nettoyée et le reste.

C'était un mensonge; mais il faut bien broder un peu.

— La carrosserie est de Letourneur et Marchand?

— Certainement! C'est ce qu'on faisait de mieux.

L'homme fit le tour de la voiture, les yeux brillants, caressa de la main ses lignes élancées.

— Elle est en état de marche?

— Normalement...

Le visiteur leva les sourcils, et le comte eut le sentiment que celui-ci ne croyait pas un mot de ce qu'il lui avait raconté. Son optimisme commença à fondre; peut-être ce garçon ne lui offrirait-il pas un aussi bon prix qu'il avait espéré.

Lelouche ouvrit la portière avant gauche, se pencha à l'intérieur, desserra le frein à main, referma la portière et poussa la Delage hors de la remise.

— La batterie est à plat, je suppose? dit-il après avoir repris haleine.

— Je... euh... je ne sais pas.

L'homme remonta dans la voiture, prit la manivelle, la tendit au chauffeur de taxi qui essaya vainement de faire démarrer le moteur.

— Vous pouvez aller chercher un mécanicien en ville? demanda Lelouche.

Le chauffeur acquiesça, partit recharger son gazogène.

— Si nous discutions du prix? proposa l'acheteur au comte. A supposer que votre voiture finisse par démarrer... un jour.

Il semblait en douter.

Le vieillard calculait que, étant donné l'état du moteur, il demanderait quarante-cinq mille francs. Il l'avait payée deux fois plus cher sept ans plus tôt mais les prix avaient doublé depuis. En francs constants, cela ferait à peu près le quart du prix d'achat. Cela semblait correct.

Le taxi partit en pétaradant. Les deux interlocuteurs prirent l'allée en direction du château, marchant lentement. Lelouche réfléchissait. Brusquement, il dit :

— Je vous.en offre vingt mille.

Le sang du comte ne fit qu'un tour. Il avait peine à en croire ses oreilles.

— Vingt? Mais elle en vaut au moins... au moins cinquante!

— Certainement pas, répliqua l'acheteur avec calme et assurance.

— Je ne descendrai pas au-dessous de quarante-cinq mille, riposta courageusement le comte.

L'autre s'arrêta. Il y avait du mépris dans ses yeux durs.

— Dommage! Je ne pense pas que vous trouviez beaucoup d'acheteurs en ce moment, même à un prix raisonnable. Encore moins à ce prix peu réaliste. Actuellement, les voitures ne se vendent pas du tout.

Il avait raison, et le comte le savait; celui-ci était furieux.

Lelouche regarda la façade décrépie du château sans paraître s'y intéresser et ajouta :

— Il faudra être un peu plus réaliste si vous voulez faire affaire avec moi.

— Très bien, soupira le vieillard. Mais vingt mille... pas question! Quel est votre dernier prix?

— Vingt-cinq mille — et je suis généreux. La voiture ne vaut pas plus. C'est mon dernier mot.

Le comte avala sa salive avec peine. C'était ridicule... une véritable insulte! Mais il avait besoin d'argent. Il ne pouvait continuer à vivre ici dans l'indigence; il voulait revenir à Paris, retrouver ses amis, vivre confortablement dans un appartement chic. Ce n'était pas à son âge qu'il changerait.

Cela faisait deux mois qu'il mettait des annonces dans *L'Auto* et ce Lelouche était la première personne intéressée. Il secoua la tête.

— Quarante mille, monsieur. Pas un sou de moins.

— Quand je dis vingt-cinq, c'est vingt-cinq, dit l'homme avec un regard dur avant de tourner les talons.

Consterné, l'aristocrate le regarda s'éloigner en direction de la remise, le vit s'arrêter et s'appuyer contre le mur. Le vieillard avait perdu, il le savait; il attendit néanmoins quelques minutes puis s'approcha en mettant dans sa démarche le plus de dignité qu'il pût.

— Trente-cinq.

— J'ai dit vingt-cinq, soupira Lelouche.

— Bon, bon!

Le comte en aurait pleuré. Quelle perte! Une si belle voiture, ne plus rien valoir! Des larmes de colère et d'humiliation vinrent à ses yeux. Il les ravala, s'efforça de se composer un maintien. Et comme il était bien né et que le savoir-vivre était tout, il dit avec un sourire :

— Eh bien, monsieur, vous êtes terriblement dur en affaires.

— Vraiment? fit le jeune homme en haussant les épaules.

Pendant plusieurs minutes, le comte demeura silencieux; il pensait à ce que représentait, sept ans auparavant, la somme que lui avait coûtée sa voiture, comparée au peu de chose qu'étaient vingt-cinq mille francs aujourd'hui.

Lelouche fit à nouveau le tour de la Delage, rabattit la capote, s'installa au volant. Pour meubler le silence, le vieillard lui demanda, plus par politesse que par intérêt :

— Vous pourrez vous procurer assez d'essence pour la faire rouler?

— J'ai économisé mes tickets.

Habitué par une vie de mondanités à faire la conversation, l'aristocrate reprit :

— On manque de tout. Ces quatre années ont été longues. La guerre a-t-elle été pénible pour vous, monsieur Lelouche?

— Comme pour tout le monde, répondit le visiteur en baissant les yeux.

— Vous avez combattu?

Le jeune homme hésita, comme par modestie, et finit par acquiescer.

— Je m'en doutais à voir votre visage, si vous voulez bien me pardonner cette remarque.

Nouveau silence. Bien qu'il fût difficile de dialoguer avec ce jeune homme, le comte persévéra. Il voulait montrer qu'il était au-dessus de sentiments aussi mesquins qu'un ressentiment ou une blessure d'amour-propre.

— Dans quelle arme étiez-vous?

— L'aviation. J'avais rejoint les forces britanniques.

Avec soulagement, le comte vit alors apparaître le taxi au bout de l'allée. En une heure, le mécanicien nettoya les bougies et les vis platinées, changea l'huile, régla l'allumage. Par bonheur, aucune pièce importante n'était à remplacer. Il referma le capot, s'essuya les mains et empoigna la manivelle avec une certaine solennité. La Delage démarra au premier tour, le moteur ronronna comme un gros chat bien nourri.

Elle semblait finalement en parfait état, ce qui ne fit qu'accroître l'amertume du comte. L'acheteur s'approcha de lui et, sans un mot, détacha vingt-cinq billets de mille francs d'une liasse qui en contenait au moins cinquante.

— Il faudrait un acte de vente, fit observer le vieillard en prenant l'argent.

— J'en ai un, répondit Lelouche.

Il sortit un papier de sa poche, le déplia, le posa sur le capot de la voiture, y écrivit quelque chose puis dit au comte en lui tendant son stylo :

— Signez ici.

Celui-ci examina le document : c'était bien un acte de vente. A son nom, Lelouche, à son adresse à Paris, déjà inscrits, l'acheteur venait d'ajouter les caractéristiques de la voiture, le nom et l'adresse du comte ainsi que la date.

— Il m'en faudrait une copie, réclama l'aristocrate. Ou au moins un papier établissant les conditions de la vente.

Lelouche parut contrarié.

— Bon, grogna-t-il.

Il détacha une feuille d'un calepin, y nota les détails de la transaction et la remit au comte.

— Je vais chercher les papiers de la voiture, soupira ce dernier.

Il alla au château, revint avec la carte grise de la Delage qu'il donna au nouveau propriétaire.

Le jeune homme monta dans le véhicule, démarra et ce ne fut qu'en voyant disparaître la Delage au bout de l'allée que le châtelain se rendit compte que ni le chauffeur de taxi ni le mécanicien n'avaient été payés. Serrant les dents, le vieillard prit la liasse dans sa poche et en détacha un billet.

Dès qu'il eut tourné le coin de l'allée, Vasson partit d'un grand rire. « Une splendeur, cette voiture! Nécessitant quelques soins, bien sûr. Mais rien que ne puisse guérir un bon mécanicien, un peu d'argent et de l'huile de coude. » Il l'engagea précautionneusement sur la route, se concentra sur la conduite. La direction lui paraissait raide, les pédales un peu dures mais c'était sans doute une question d'habitude. Il passa doucement les vitesses, relâcha l'accélérateur et écouta le moteur : une horloge! Puis il appuya le pied de nouveau. Le tranquille ronron fit place à un puissant vrombissement. La voiture bondit en avant; il sentit le vent lui fouetter le visage. Les hauts peupliers bordant la route défilaient de plus en plus vite, le long ruban droit s'étirait devant lui, l'invitant à accélérer.

Le compteur du tableau de bord en noyer indiqua quatre-vingts... quatre-vingt-dix... cent kilomètres à l'heure. Vasson était ivre de joie et d'excitation...

Il finit par prendre peur, ralentit et s'aperçut qu'il tremblait. Il rit de lui-même en secouant la tête. Jamais il n'avait été aussi heureux. Cela valait la peine d'avoir attendu et de s'être donné autant de mal...

Il trouva bientôt son allure trop lente et voulut retrouver l'ivresse, la drogue de la vitesse. Il appuya doucement sur l'accélérateur, se sentit envahi par une vague de plaisir physique...

« Ah oui! c'était meilleur que n'importe quoi, que tout... »

Il était obligé de ralentir dans les agglomérations, mais en dehors d'elles il laissait la voiture s'envoler. Encore et encore, cette sensation renouvelée...

Il arriva trop tôt à son goût aux faubourgs de Paris et fut contrarié de devoir ralentir. Mais son exaltation revint quand il remarqua les regards admiratifs des passants. Il fit comme s'il n'y prêtait pas attention, comme s'il avait cette voiture depuis toujours. Oui, cela valait la peine d'avoir attendu.

D'autant plus que le prix... quelle bonne affaire il avait faite; il n'en croyait pas sa chance. Ce vieil imbécile de comte était comme tous ceux de son espèce, nul pour les questions d'argent; il ne méritait pas d'en avoir.

Il ralentit encore, engagea précautionneusement la Delage sous un porche, pénétra dans une cour pavée, s'arrêta, ouvrit les portes d'un garage et y rangea la voiture. Il coupa le contact, demeura un moment derrière le volant, n'arrivant pas à s'arracher au luxe moelleux de la banquette en cuir. Il finit quand même par descendre, promena une main sur le capot, admira les quatre tuyaux d'échappement sortant du côté droit du carter, caressa des yeux la courbe élégante de l'arrière, interminable.

Il sortit du garage, ferma la porte à clef.

Il regrettait de laisser seule sa belle machine; mais dès demain il reviendrait avec un mécanicien pour régler les problèmes de dynamo et de batterie. En un réflexe automatique, il tourna la tête pour voir si on l'observait mais il n'y avait personne aux fenêtres sales donnant sur la cour. Il songea qu'il avait été imprudent de traverser Paris la capote baissée. Dans quelque temps, il pourrait se montrer mais l'Occupation était encore trop proche pour l'opulence... ou plutôt, rectifia-t-il, pour faire étalage d'opulence.

« Après l'ouverture du club, ce serait différent. »

Il couvrit à pied la courte distance séparant le garage de son appartement — le quatrième depuis le début de l'année, aussi miteux et bon marché que les trois précédents. Bientôt, dans le courant de l'année, il aurait un bel appartement mais le moment n'était pas encore venu. Comme pour la voiture, plus il attendrait, meilleur ce serait.

Une fois chez lui, il troqua ses vêtements cossus pour une tenue plus modeste et ressortit.

Il prit le métro, changea deux fois, descendit à Pigalle et découvrit en remontant au jour les rues familières conduisant à la butte Montmartre. Aussitôt il se sentit dans son élément. Il marcha un moment jusqu'à un immeuble qui semblait à l'abandon. Le cas était fréquent à Paris de ces bâtisses dont les propriétaires avaient disparu, dont les occupants étaient insolvables. C'était le moment idéal pour faire une bonne affaire.

Vasson avait obtenu un bail de quarante ans pour presque rien... mais il avait payé en or. Et pour le vendeur, l'or valait plus que n'importe quelle quantité de papier-monnaie.

Il se rendit au sous-sol, trouva la porte ouverte, entra; des ouvriers étaient occupés à abattre les murs d'une suite de caves. Il fit le tour des lieux, échangeant quelques mots avec les travailleurs. Il cherchait à être en bons termes avec eux, afin qu'ils mettent du cœur à l'ouvrage et terminent à temps et, chose plus importante, sans que le devis soit dépassé. Il avait fait ses calculs très soigneusement; il comptait retrouver son argent en dix-huit mois.

Il se recula et jeta un coup d'œil d'ensemble; il pouvait déjà se faire une idée des dimensions qu'aurait la salle quand tous les murs de séparation auraient été abattus.

Ce serait parfait. Il y aurait un bar, dans le fond, une piste de danse entourée de petites tables. Et puis la note originale... une fille dansant seule, suspendue dans une cage dorée.

The Golden Cage : ce serait le nom du club — plus chic en anglais. Avec une enseigne en lettres d'or sur fond noir.

Vasson sourit à la pensée qu'il touchait enfin au but et qu'il ne devrait sa réussite qu'à son seul mérite.

CHAPITRE XXXVI

Il y avait foule au commissariat de police. Des gens allaient et venaient dans le hall, d'une porte à une autre, ou de l'entrée à un bureau où se tenait un policier stoïque. La salle d'attente était comble, tous les sièges en étaient occupés. Personne ne faisait attention à Julie qui, assise bien droite, fixait le mur en face d'elle.

Elle était là depuis plusieurs heures, ayant d'abord attendu puis, après avoir fait sa déposition, attendant de nouveau. Elle aurait sans doute à attendre encore assez longtemps. Peu lui importait; elle resterait tout le temps qu'il faudrait. Vers midi, l'estomac de la jeune femme commença de crier famine et elle s'accorda quelques bouchées de pain. Il faudrait qu'elle tienne jusqu'au soir : elle ne pouvait se permettre qu'un repas par jour. Presque tout ce qu'elle avait économisé sur la maigre pension que lui versait le War Office était passé dans le voyage, train et ferry.

Le policier de service à l'accueil la regardait avec une expression indiquant que la patience a des limites. Poussant un grand soupir, il lui fit signe d'approcher. Julie fourra le morceau de pain dans sa poche, se leva.

— Le commissaire est encore occupé, madame, dit l'agent. Et il le sera probablement toute la journée. Écoutez, nous avons pris votre déclaration avec chaque mot, chaque détail; les services compétents l'étudieront avec soin...

— Je veux quand même voir le commissaire.

— Il ne peut pas vous recevoir!

— Alors j'attendrai qu'il le puisse. Je vous remercie.

Le policier leva les yeux au plafond en secouant la tête. Julie retourna s'asseoir, sentant le regard excédé du policier lui vriller le dos. Elle se doutait de ce qu'il pensait d'elle; mais sa déposition ne lui suffisait pas. Il fallait qu'elle ait une certitude.

Elle ferma les yeux et essaya de dormir. Ce n'était pas facile, la chaise était peu confortable. Elle finit par somnoler un peu, faisant des rêves troublés par les bruits dans le hall, ne sachant plus très bien si elle dormait ou si elle était réveillée.

Elle se secoua, se demanda comme Peter se comportait loin d'elle. Les heures s'écoulaient, interminables. Elle consulta sa montre pour la centième fois : neuf heures du soir. La journée avait été longue : pour arriver à Rennes en début de matinée, elle était partie de chez Mme Boulet avant l'aube. A présent, elle avait manqué le dernier autocar pour Morlaix.

Une porte s'ouvrit, laissant passer des éclats de rire. « Ils n'ont rien d'autre à faire que de se raconter des blagues », pensa Julie avec colère. Elle se leva, s'approcha à nouveau du policier assis derrière le bureau.

— Essayez encore, s'il vous plaît, demanda-t-elle.

L'homme fit la grimace.

— Le commissaire ne vous recevra pas aussi tard : il a eu une longue journée, vous savez.

— Alors il est encore là?

Furieux d'avoir été pris, l'agent serra les lèvres et ne répondit pas.

— Bon, j'attends, dit Julie en retournant s'asseoir.

Trouvant la chaise décidément trop dure, elle s'allongea par terre, son sac sous la nuque. C'était beaucoup plus confortable. Elle ferma les yeux.

Un grand silence se fit. Les gens arrêtèrent leurs allées et venues dans le hall. Julie tint les yeux bien fermés, commençant à être un peu moins à l'aise.

Quelqu'un s'approchait :

— Madame, levez-vous, s'il vous plaît.

C'était la voix du policier. Elle ne répondit pas.

— Madame, vous voulez que j'emploie la force?

Julie ouvrit les yeux, vit qu'elle provoquait déjà un petit attroupement.

— Désolée, je ne bouge pas, dit-elle avant de refermer les paupières.

Les pas s'éloignèrent, revinrent.

— Madame, debout, je vous en prie.

— Non.

Elle pouvait à peine croire que c'était elle qui parlait ainsi.

— Vous allez voir le commissaire, reprit le policier en baissant la voix. C'est ce que vous vouliez, non?

Julie ouvrit les yeux. « Il avait bien dit ça? » Triomphante elle se leva et suivit l'agent qui se dirigeait déjà vers une des portes; elle fixait le plancher en marchant, pour éviter les regards curieux des assistants. Le policier la fit entrer dans une pièce dont un écriteau sur la porte indiquait « Commissaire de police » et où un homme bedonnant, en manches de chemise, était assis derrière un bureau. De ses yeux aux paupières lourdes, il considéra longuement la jeune femme, finit par l'inviter à s'asseoir.

— On me dit que vous troublez l'ordre dans le commissariat. Je peux savoir pourquoi?

— Il fallait que je vous voie.

— Ah?

— C'est au sujet de Michel Le Goff!

— Pourquoi? demanda le commissaire en haussant les sourcils.

— Il est innocent. Il était de notre côté, je peux le jurer!

— Vraiment? fit le policier, sardonique.

Un peu décontenancée, Julie marqua un temps d'arrêt avant de revenir à la charge :

— Il n'est pas coupable des crimes dont on l'accuse. Il faut le libérer!

— Et ce sont les preuves que vous avancez? dit-il en prenant une feuille posée sur son bureau.

— Est-ce que c'est...?

— Votre déclaration...?

Il l'avait donc lue. Et Julie qui était presque certaine qu'elle serait mise dans les oubliettes!

— Oui, ce sont mes preuves, murmura-t-elle.

— Voulez-vous me la relire? proposa le commissaire.

— Oui! répondit la jeune femme.

Elle n'en croyait pas ses oreilles. Après une profonde inspiration, elle lut :

— A Tregasnou, j'appartenais au réseau dirigé par un agent connu sous le nom de Maurice. J'interrogeais les « colis » — les pilotes, je veux dire —, je les conduisais à la plage. Je suis restée plus d'un an dans cette organisation...

— Vous avez été très courageuse, madame, déclara le commissaire avec solennité. Et d'un grand patriotisme.

Julie cilla sous le compliment inattendu, et poursuivit :

— Michel Le Goff nous a beaucoup aidés. Il a fait évader un savant très important d'une usine de Brest et nous l'a remis. Puis, quand les choses ont mal tourné, que les Allemands ont cerné la plage, il nous a aidés à fuir.

— Qui a-t-il aidé exactement?

— Moi, mon fils et le savant.

— Personne d'autre?

— Eh bien... non. Les autres étaient déjà pris.

— Poursuivez.

— Euh... c'est tout... Enfin, cela prouve qu'il était bien de notre bord. Il a risqué sa vie, il nous a donné son bateau... Je le connais, je ne crois pas qu'il ait trahi.

— Pourquoi pas? dit doucement le commissaire.

— Pardon?

— Pourquoi n'aurait-il pas trahi? Pas vous, mais les autres.

— Mais parce qu'il nous a sauvés!

— Il vous a sauvée, *vous*, madame. — Sa voix avait un ton légèrement moqueur — Quelles étaient vos relations avec Michel Le Goff?

— C'était... *c'est* mon cousin. Un cousin éloigné et par alliance d'ailleurs. Vous savez, dans le village, la moitié des gens sont parents.

— Il n'était rien de plus pour vous?

— Absolument pas! s'exclama Julie, qui se sentit rougir. Il n'était pas ce que vous paraissez suggérer.

— Si vous le dites..., fit le commissaire d'un ton neutre.

Mais il arborait un air entendu. Elle lui lança un regard furibond. Elle s'en voulait de rougir, elle lui en voulait de ne pas la croire. Faisant un effort pour se calmer, elle demanda :

— Ma déclaration sera transmise au juge d'instruction, n'est-ce pas?

— Oui, mais de lourdes présomptions pèsent sur Le Goff. Il passera en jugement, je peux vous l'assurer.

— Quelles présomptions?

— Des témoins dignes de foi l'ont entendu jurer qu'il se vengerait de votre réseau. Il tenait apparemment vos amis pour responsables de la capture de ses camarades, à Brest, la nuit où le savant s'est évadé de l'usine. De plus, on l'a vu à plusieurs reprises en compagnie de mouchards. Croyez-moi, madame, cet individu a toujours été dangereux.

Le commissaire était au courant de tout. Julie s'assombrit et rétorqua aussitôt :

— Vous avez cherché ailleurs? Il y a beaucoup d'autres personnes qui auraient pu nous livrer — à commencer par les propres membres de mon réseau. Vous les avez interrogés?

— Madame, les Allemands ne sont partis que depuis six semaines. Chaque jour des dizaines de personnes se présentent au commissariat —

vous avez pu le constater vous-même — avec de prétendues informations. La plupart du temps, ce sont des calomnies ou des élucubrations! Nous enquêtons sur des centaines d'affaires...

Le policier s'interrompit, leva le doigt et reprit :

— Nous avons enquêté sur celle-ci, nous avons suivi plusieurs pistes. Beaucoup de membres de votre réseau sont morts ici, à Rennes; d'autres, d'après les archives de la Gestapo, ont été envoyés en Allemagne et nous ignorons pour l'instant ce qu'ils sont devenus. Nous ne le saurons qu'une fois l'Allemagne totalement vaincue.

— Et Fougères?

— Ah! l'homme que vous accusez.

Le commissaire se pencha en avant et dit, en appuyant :

— Il est mort à Fresnes, il y a plus d'un an. Nous en avons reçu confirmation de Paris.

— C'était bien lui? demanda Julie, incrédule.

Le policier se leva, passa sans un mot dans un bureau voisin, revint quelques minutes plus tard avec un dossier, qu'il feuilleta rapidement.

— Deux autres prisonniers l'ont vu et identifié formellement avant sa mort.

— Quand? Quand l'ont-ils vu?

Le commissaire se reporta au dossier.

— En avril, l'année dernière.

Julie plissa le front. C'était en avril aussi que Jean et les autres avaient été tués : les dates semblaient correspondre...

— Mais pourquoi l'a-t-on emmené à Paris — lui et pas les autres?

— A ce stade de l'enquête, nous ne pouvons répondre à cette question, déclara le policier en commençant à mettre de l'ordre dans ses papiers. Navré, madame. Si vous voulez bien m'excuser, j'ai encore beaucoup de travail.

— Attendez! dit Julie en se levant. Je voulais aussi vous demander si vous avez des nouvelles des marins britanniques capturés en même temps que...

— Britanniques? Non. Les Allemands ont laissé quelques dossiers mais... Des marins étrangers... ils devraient avoir été traités en prisonniers de guerre et cela ne nous concerne pas. Essayez du côté des Américains, ils savent peut-être quelque chose.

— Mais ils ont été emmenés *ici*, à la prison de Rennes.

— Désolé, mais tout dossier concernant des prisonniers étrangers devrait être aux mains des Américains. C'est à eux qu'il faut vous adresser, croyez-moi.

— Je l'ai déjà fait.

Et les Américains ne savaient rien non plus de marins anglais. C'était à croire que Richard et ses hommes s'étaient évanouis en fumée.

— Ah! dit le policier en tambourinant des doigts sur son bureau. Avec votre permission, madame...

— Laissez-moi au moins voir mon cousin!

Le policier se leva.

— Tout à fait impossible — du moins sans autorisation du juge d'instruction. Il faut plusieurs jours pour l'obtenir et je doute, de toute façon, qu'elle vous soit accordée. Les individus accusés de trahison ne reçoivent pas de visite! Au revoir, madame.

Comme Julie tardait à quitter le bureau, le commissaire ajouta d'un ton impatient :

— Je vais vous faire reconduire dans le grand hall.

Il passa dans le bureau voisin, appela, revint s'asseoir et se plongea dans un dossier.

398

— Monsieur... Vous l'interrogerez à nouveau?

— Hein? — Il la regarda d'un œil vide. — Euh... oui, probablement.

— Une confrontation avec un des membres du réseau qu'il est censé avoir trahi serait peut-être utile? Avec moi, par exemple.

— Franchement, madame... grommela le policier en secouant la tête.

— Cela pourrait vous aider dans votre enquête!

— En quelle façon? dit-il avec un regard moqueur.

— Il parlerait librement!

— Madame, vous lisez trop de romans!

— Vous n'avez rien à perdre! *Je vous en prie...*

— Madame, je ne peux pas faire cela, c'est impossible.

Il secoua la tête et poussa un profond soupir. Mais Julie sentait qu'elle avait presque gain de cause. Se penchant vers le bureau, elle dit d'un ton convaincu :

— Il répondra aux questions que je lui poserai, j'en suis certaine!

Le commissaire baissa les yeux, puis jeta un bref regard à la jeune femme, soupira encore avec un air malheureux.

— Bon, c'est d'accord. Soyez ici à huit heures demain matin.

Julie serra ses mains contre sa poitrine.

— Mais attention! C'est uniquement parce que vous étiez dans la Résistance. Et ne dites à personne que vous allez le voir. D'accord?

— Je vous le promets.

Julie sortit, satisfaite d'avoir enfin obtenu quelque chose. Elle songea cependant qu'elle n'avait remporté qu'une toute petite victoire et qu'elle était encore fort loin du but.

Julie considéra la façade de la prison, édifice massif, sombre et sinistre aux hautes murailles percées de petites lucarnes à barreaux. A l'intérieur, c'était pire encore. Il flottait une odeur de mort et de souffrance, dans un silence tel qu'on aurait pu croire l'endroit désert.

Un gardien les conduisit le long de corridors lugubres dont les murs donnaient une sensation physique de froid. Julie frissonna involontairement.

— Pas très gai, hein? fit le commissaire. On n'a presque rien changé depuis le départ des Allemands. Mais comme la plupart des nouveaux pensionnaires sont des collabos, des trafiquants qui ont fait du marché noir...

Ils s'arrêtèrent devant une porte que le gardien ouvrit.

— Attendez que je vous appelle, dit le policier avant de pénétrer dans la cellule.

L'esprit envahi d'images terribles, Julie dut s'appuyer au mur. C'était *ici* que la Gestapo avait emmené Jean, Maurice et les autres...

Ici. Elle ferma les yeux. Elle ne voulait pas savoir, ne voulait connaître aucune des circonstances. Ni où étaient leurs cellules, ni l'endroit où ils avaient été torturés, ni dans quelle cour de cette prison on les avait amenés pour y mourir.

Une porte s'ouvrit.

— Venez, lui dit-on.

Elle rouvrit les yeux et, après un instant d'hésitation, pénétra dans une grande pièce presque nue, faiblement éclairée par une seule lucarne munie de barreaux. Au milieu, une table, derrière laquelle Michel était assis.

Il leva les yeux, eut l'air stupéfait et Julie comprit qu'on ne l'avait pas prévenu de sa visite.

— Bonjour, Michel, lui dit-elle avec un faible sourire.

— Madame, dit le commissaire, reconnaissez-vous cet homme?

— Oui, c'est Michel Le Goff.

— Vous affirmez qu'il a organisé l'évasion du savant Freymann de l'usine Goulvent, Pescard et Cie, à Brest?

Julie n'avait pas imaginé que les choses se passeraient de cette façon. Elle s'efforça de rassembler ses esprits, sollicita du regard une aide de Michel, mais il semblait toujours frappé de stupeur. A ce moment, elle remarqua dans un coin un jeune homme prenant des notes sur un bloc de sténographe. Elle devrait être prudente...

— Il assurait la liaison entre son groupe et le nôtre, répondit-elle lentement. J'ignore si c'est lui qui a organisé l'évasion.

— Assurant la liaison, il connaissait certains faits concernant votre réseau, non? Le mode d'opération, les personnes impliquées...

— Non, il ne savait rien. Maurice était très prudent.

— Votre chef?

— Oui.

— Mais peut-être lui aviez-vous confié certaines informations?

— De quelles informations voulez-vous parler?

— Des informations sur votre réseau.

— Non!

— Réfléchissez bien, madame. Je vais vous poser à nouveau la question. Peut-être Le Goff avait-il appris certaines choses sur votre groupe, peut-être en aviez-vous parlé sans vous en rendre compte...

— Non, répliqua Julie rageusement. Je ne lui ai jamais rien dit! Il ne savait rien!

— Alors comment vous a-t-il trouvés quand vous vous cachiez sur la plage? Comment savait-il sur *quelle plage* chercher?

Julie hésita. Cela devenait un cauchemar.

— Par... par mon oncle, probablement. Jean lui a demandé de l'aide et lui a révélé l'endroit. Oui, cela a dû se passer de cette façon.

Il y eut un temps d'arrêt. Elle se tourna vers Michel pour l'inviter à confirmer mais il continuait à la regarder fixement sans paraître entendre.

— Après vous avoir récupérés sur la plage, il vous a conduits à bord d'un bateau de pêche qu'il cachait à Kernibon? reprit le commissaire.

— Oui.

— Et vous vous êtes enfuis avec ce bateau.

— Oui.

— Savez-vous pourquoi Le Goff avait un bateau?

— Non. Pour échapper aux Boches s'il était repéré, je suppose.

— Et tout à coup, il décide qu'il n'en a plus besoin et il vous en fait cadeau. Je me demande pourquoi il a pu faire cela?

— Parce que... nous étions dans une situation désespérée, la Gestapo nous recherchait. Elle nous aurait tués. Il l'a fait par bonté; il a voulu nous aider.

— Vraiment? Ou peut-être se sentait-il en sécurité parce qu'il venait de rendre un grand service aux Boches... Tellement en sécurité qu'il n'avait plus besoin du bateau et pouvait se permettre d'être généreux avec... son amie?

Julie devint écarlate. Dominant son envie de gifler les grosses joues du policier, elle rétorqua calmement:

— C'est entièrement faux. Ce n'est pas lui, le traître. Je vous ai dit qui c'était; c'était le dénommé Fougères.

— Avez-vous d'autres éléments de preuve à avancer? demanda le commissaire sans relever les dernières paroles de Julie.

Elle aurait voulu en avoir, mais ne put que dire non.

— Ce sera tout, merci, dit le policier en se tournant vers le gardien.

Elle s'approcha du commissaire, lui saisit le bras et murmura :

— Laissez-moi lui parler seule quelques instants. Je vous en prie.

— Non, madame, répondit-il avec un air glacial.

— Alors en présence du gardien et du sténographe?

Le policier réfléchit et finit par grommeler :

— Bon! Mais pas plus de cinq minutes.

Il se fit ouvrir la porte, sortit. Aussitôt Julie s'assit en face de son cousin et lui demanda :

— Comment vas-tu?

— Tu n'aurais pas dû venir.

— Pourquoi?

— Parce que... — Il haussa les épaules. — Cela ne servira à rien.

— Ne dis pas cela! Nous allons...

— Comment va Tante Marie? coupa Michel.

— Mal. Elle m'a à peine reconnue.

— Et Peter?

— Très bien. Je l'ai laissé aux Sorlingues. Michel, nous n'avons pas beaucoup de temps! Dis-moi comment je peux t'aider!

— Alors le bateau t'a conduite en Angleterre sans problème?

— Pas exactement. Il a fait naufrage...

Michel hocha la tête, comme pour dire que c'était à prévoir.

— De ma faute, s'empressa d'ajouter Julie.

— C'est déjà beau d'être arrivée là-bas!

Le temps passait. Elle lui dit d'une voix implorante :

— Michel, que puis-je faire pour t'aider?

— Personne ne le peut. Ils veulent ma peau, ils l'auront. D'une façon ou d'une autre.

Il y avait dans sa voix un ton de bravade, mais qui sonnait faux.

— Mais il doit bien y avoir des preuves! Qui a trahi? Tu le sais?

— C'est à moi que tu le demandes? fit Le Goff avec un rire triste. Comment le saurais-je? En tout cas, ce n'est pas un des nôtres.

Julie tendit le bras par-dessus la table, prit la main de son cousin.

— Moi je crois que c'est un nommé Fougères, un étranger au réseau. Il venait de Paris, soi-disant rescapé du réseau Meteor. Il ne m'avait jamais inspiré confiance.

— Qu'est-ce qu'il est devenu? Quelqu'un le sait-il?

La jeune femme lâcha la main du prisonnier, se recula.

— Eh bien, il paraît qu'il est mort mais...

Michel haussa les épaules.

— Tu as renoncé à te battre! lui lança Julie avec colère.

— Je suis réaliste, c'est tout.

— Michel! soupira-t-elle. Que puis-je faire si tu ne m'aides pas?

— Ne t'en mêle pas. Mes amis s'en occupent, ils mènent leur enquête...

— Ils ont trouvé quelque chose?

— Je ne sais pas.

— Où peut-on les trouver, ces amis?

Elle crut un moment qu'il ne le lui dirait pas mais il finit par répondre :

— A Paris, au bar *Chez Alphonse*. Il faut demander Pierre.

— Je ferai tout ce que je peux. Tout!

— Tu as de l'argent? demanda-t-il après un silence.

— Pas beaucoup.

— Si tu réussis à entrer dans mon appartement, tu en trouveras caché dans le four de la cuisinière, sous la plaque du fond. Il suffit de la soulever.

— Je te rendrai tout ce que je n'aurai pas dépensé.

Michel eut un rire amer.

— C'est sans importance.

La lueur de peur et de désespoir de son regard serra le cœur de Julie.

— C'est l'heure! annonça le gardien, qui s'approcha de la porte.

Julie pressa la main de Michel et dit précipitamment :

— Je ne t'ai même pas remercié pour tout ce que tu as fait. Tu aurais dû garder le bateau pour toi et t'enfuir.

— Tu en avais plus besoin que moi.

Michel se leva, eut un sourire qui éclaira un peu son visage grave, plein de rides.

— Au revoir. Sois prudente.

— Je ferai tout ce que je peux...

— J'en suis sûr.

Il se retourna, se dirigea vers une porte au fond de la pièce et sortit sans tourner la tête.

CHAPITRE XXXVII

C'était presque comme s'il n'y avait jamais eu de guerre. La ville étirait sous le soleil de septembre ses longs boulevards; les beaux immeubles avaient apparemment été épargnés par les bombes et les balles. Julie était un peu surprise : quelle différence avec les ruines de Londres!

Toutefois, en y regardant de plus près, on décelait les signes d'une longue occupation : des années de rigueur et de négligence avaient laissé maintes maisons dans un piètre état; les rues étaient sales, jonchées de débris, les murs couverts de slogans et parfois de croix blanches grossièrement tracées à l'endroit où un homme avait succombé.

Il régnait cependant une atmosphère de liesse et même les bâtiments les plus décrépis étaient ornés de drapeaux, souvent taillés dans des matériaux de fortune. Plus d'un mois après la libération de Paris, des dizaines de balcons arboraient encore la bannière étoilée et l'Union Jack mais, plus fièrement que ceux-ci, le drapeau tricolore flottait haut sur les toits de centaines d'édifices, symbole de tellement de choses mais surtout, pour les Parisiens, symbole de la liberté.

Julie prit une chambre dans un petit hôtel du treizième, se mit en quête du café *Chez Alphonse*. Elle ne le trouva pas dans l'annuaire téléphonique mais un commerçant du quartier connaissait l'établissement et la renseigna.

C'était un petit bar étroit et obscur, au plafond jauni par la fumée de cigarette. Quand elle demanda Pierre, le serveur répondit qu'il ne passerait peut-être pas avant plusieurs jours mais qu'il était possible de lui faire parvenir un message. Elle écrivit quelques lignes au dos d'une enveloppe, la remit au barman, qui précisa qu'il était inutile de revenir avant neuf heures.

Comme il n'était que cinq heures, Julie alla dans une brasserie et se fit servir un repas. Il ne lui fut pas facile de faire durer quatre heures un ragoût de lapin, mais elle y arriva en commandant ensuite un café, puis de l'eau, puis un autre café. Les tickets d'alimentation qu'elle avait donnés au serveur lui auraient permis de faire un dîner plus abondant, mais elle voulait économiser. Maintenant elle ne manquait pas d'argent — elle avait pu trouver celui de Michel caché dans son fourneau, et il y en avait pas mal —, seulement il n'était pas question de le gaspiller; il fallait qu'il dure longtemps, et surtout c'était l'argent de Michel.

Pour tromper l'attente, elle observa les passants. Les Parisiennes étaient vêtues avec une élégance qui surprit la jeune femme (comment faisaient-elles, avec la pénurie de tissu?) et la mit mal à l'aise. Par comparaison, elle se sentit mal fagotée dans sa robe d'occasion. Elle essaya de ne pas y penser, mais n'y réussit pas tout à fait.

Lorsqu'il fut près de neuf heures, elle retourna au bar, à présent bondé, plein de bruit et de fumée. Il lui fallut un moment pour attirer l'attention du barman débordé, qui hocha la tête et se tourna vers un homme se tenant debout au bout du comptoir. L'inconnu s'approcha de Julie et déclara en souriant :

— Je suis Pierre.

Il avait une quarantaine d'années, des cheveux blonds, un air joyeux et presque puéril : il ne ressemblait pas du tout à un militant communiste pur et dur tel que Julie l'imaginait. Il la prit par le coude, dit par-dessus le brouhaha :

— Impossible de parler ici. Venez, nous allons faire quelques pas dehors.

Il sortit du bar, attendit Julie sur le trottoir et ils se mirent à marcher lentement, dans la rue.

— Alors, ils essaient encore de tout mettre sur le dos de Michel? attaqua-t-il.

— J'en ai peur.

— Ha! Il s'est toujours fait beaucoup d'ennemis, Michel. Même au bon vieux temps.

— Le bon vieux temps?

— J'étais son directeur d'études à l'université.

Julie lui lança un coup d'œil en coin et demanda :

— Avez-vous découvert quelque chose qui pourrait l'aider?

— Pas directement. J'ai interrogé les amis que j'ai dans la police et ailleurs. Rien, pas même une rumeur. Il faut dire que les flics ont fort à faire en ce moment pour trier les trafiquants des collabos, les collabos des indicateurs. Bien entendu, la plupart des vrais criminels s'en tireront.

— Comment cela?

— Ils se sont mis à couvert. Dans un petit bout de temps, on les verra réapparaître, ces magistrats, ces banquiers, et ils jureront qu'ils n'ont jamais été fascistes...

Ils débouchèrent sur un grand boulevard brillamment éclairé; il y avait foule sur les trottoirs et dans les cafés.

— Le traître, l'homme que je cherche, venait de Paris, déclara Julie. Cela, du moins, j'en suis sûre. Quelqu'un ici devait le connaître — au moins de vue. Il s'appelait Fougères.

— Ce nom ne me dit rien mais il utilisait probablement plusieurs fausses identités. Vous avez une photo de lui?

Elle fit non de la tête. Elle le regrettait à présent. Mais lorsqu'elle fabriquait de fausses cartes d'identité, elle veillait à ne conserver aucune photographie de l'intéressé. Si elle avait pu savoir...

— Ça ne fait rien. Voyons ce que nous pourrons dénicher.

Pierre montra une direction et accéléra l'allure.

— Où allons-nous? demanda-t-elle.

— Voir quelqu'un qui sait peut-être quelque chose. Mais je ne vous promets rien...

La jeune femme courait par moments pour se maintenir à sa hauteur.

— Qui est-ce?

— Ah, vous verrez! s'esclaffa Pierre. Nous donnons de temps en temps un coup de main à la police, avec nos faibles moyens.

Devant le regard interrogateur de Julie, il poursuivit :

— Nous avons capturé un homme qui, sans nous, aurait sans doute échappé à la justice. C'était un indicateur de la Gestapo.

— Et il serait au courant?

— Pas nécessairement. Mais il connaissait bien les agents de la Gestapo puisqu'il a travaillé pour eux pendant deux ans au moins. Il a peut-être entendu parler de votre homme. En tout cas, allons-y.

Julie suivait, essayant de bien saisir les implications de ce que disait Pierre. Cet indicateur... il aurait été au courant de l'existence d'autres indicateurs? Il en aurait rencontré? Cela semblait bien peu probable. Et ils auraient eu les mêmes contacts? Invraisemblable. Julie pensa plus sage de ne pas placer trop haut ses espérances.

Elle était troublée à la pensée de cet informateur détenu par eux, se demandant ce qu'ils en feraient par la suite. Elle avait envie de poser d'autres questions à Pierre; mais lorsque le visage de celui-ci était éclairé, Julie le voyait sévère et plus du tout puéril. Elle se tut.

Ils marchèrent en silence une dizaine de minutes, parvinrent dans un quartier où les cafés et les restaurants étaient moins nombreux. Lorsqu'ils furent devant un haut immeuble de briques rouges, Pierre entraîna Julie dans une ruelle longeant le bâtiment, lui fit descendre des marches conduisant au sous-sol. L'endroit était obscur et crasseux. Elle eut une sensation oppressante, marqua une hésitation.

Pierre se tourna vers elle.

— N'ayez pas peur, suivez-moi, lui dit-il.

Il frappa doucement à une porte qui s'entrouvrit, plaça son visage devant l'ouverture et murmura quelques mots. La porte s'ouvrit toute grande, Pierre entra, Julie suivit, mi-impatiente mi-effrayée.

Ils étaient dans une cave nue, humide et froide, au sol jonché de détritus. Une ampoule suspendue au plafond projetait une lumière aveuglante au centre de la pièce, laissant les murs dans l'ombre. Juste au-dessous, il y avait un homme, assis sur une chaise, attaché par une corde qui faisait plusieurs fois le tour de sa poitrine et maintenait ses bras collés contre ses flancs. Le devant de sa chemise était maculé de sang qui avait dû couler de son visage. Le menton contre la poitrine, il paraissait inconscient.

Pierre s'avança, le saisit par les cheveux, lui releva la tête et Julie eut un haut-le-corps en voyant la face tuméfiée, le nez sanguinolent, les yeux pochés. Elle dut faire un effort pour l'examiner puis détourna les yeux. Elle ne l'avait jamais vu auparavant, elle en était sûre.

— Vous le connaissez? demanda Pierre.

— Non.

— Il n'y a évidemment aucune raison pour ça.

Il laissa retomber la tête de l'indicateur. Un des deux autres hommes qui se trouvaient dans la cave s'approcha et dit à mi-voix :

— Je crois qu'il n'y a plus rien à en tirer. Va-t-on...?

Pierre l'entraîna vers le fond de la cave et murmura quelque chose que Julie ne put entendre. Quand il revint vers elle, elle demanda :

— Qu'est-ce que...?

Soudain, l'homme ligoté bougea la tête, gémit.

— Qu'est-ce qu'il faisait, exactement? reprit Julie.

— Oh, c'était un petit serpent, un mouchard. Il dénonçait des gens à la Gestapo pour de l'argent — pas beaucoup d'ailleurs. Il devait aussi faire ça pour le plaisir. Pas vrai, mon salaud?

Le prisonnier se remit à geindre, sa tête oscillant d'un côté à l'autre.

— Mais du plaisir, il en a un peu moins aujourd'hui, ricana Pierre avec mépris. Et ses principes nationaux-socialistes n'ont pas résisté bien longtemps. En réalité, il est prêt à jurer n'importe quoi sur le moment.

Soudain l'homme poussa une longue plainte, comme un chien hurlant à la mort. Pierre le regarda avec dégoût.

— Quatre de mes camarades sont morts à cause de lui, dit-il.

— Pardon, gémit l'homme.

— Ce sont toujours les minables, les larves qui font le plus de mal. Regardez-le! Il a peur, ce froussard! Peur de ce qu'on pourrait lui faire! Petit minable!

— L'homme qui nous a trahis ne lui ressemblait pas, dit Julie. Il était intelligent, dur, rusé...

— Voyons si le nôtre sait quelque chose.

Pierre s'approcha de l'indicateur, lui tira la tête en arrière.

— Non... non... je vous en supplie, sanglota l'homme.

— Tes maîtres ont envoyé quelqu'un en Bretagne. Tu sais qui?... *Tu sais qui?*

Les yeux hagards, le mouchard secoua la tête.

— En Bretagne? Non, non, je ne sais pas.

Julie ne pouvait, malgré sa répulsion, détourner les yeux du visage ensanglanté. Pierre s'impatienta; il fit signe à l'un des deux gardiens :

— Charles, stimule-le un peu, veux-tu?

— Non, je vous en prie! s'écria Julie.

Pierre leva vers elle un regard surpris puis haussa les épaules.

— Comme vous voudrez. Tu vois, madame est gentille avec toi, dit-il au traître. Elle ne veut pas que tu souffres. Dis-lui ce qu'elle veut savoir, hein... sinon on revient à la première méthode. Qui tes patrons ont-ils envoyé en Bretagne? Dis?

Les yeux égarés se tournèrent vers la jeune femme, la bouche tuméfiée s'ouvrit et se ferma, comme celle d'un poisson. Puis il recommença de geindre, en s'adressant à Julie.

— Ils vont... me tuer! Empêchez-les! S'il vous plaît!

Bouleversée, elle regarda Pierre, qui dit d'une voix dure :

— Dis à la dame ce qu'elle veut savoir.

— Je ne sais rien! — Ses yeux étaient rivés à Julie. — Rien! Je suis innocent. La Gestapo me faisait chanter! Elle m'obligeait à le faire. Sauvez-moi! Je vous prie! Je vous prie!

— Si vous me dites ce que vous savez... je vous en serai reconnaissante, fit-elle.

— Je n'étais au courant de rien, ils étaient très prudents. Ils m'obligeaient à parler puis me faisaient tout de suite partir. C'est la vérité.

L'homme se mit à sangloter doucement. Le spectacle était cruel et Julie dut faire un effort pour se rappeler que c'était un assassin, comme Fougères.

— Vous entendiez bien des rumeurs, des ragots, insista-t-elle.

— Je ne sais plus... Je n'arrive pas à me rappeler!

— Qui s'occupait des indicateurs? demanda Pierre.

— Kloffer.

— Il lui arrivait de parler de ses autres... agents?

— Kloffer était trop haut placé, je ne l'ai jamais rencontré. Jamais! Je n'étais pas assez important. Je n'étais pas indicateur, je m'occupais seulement de bas, de parfums. *Je n'étais pas indicateur!*

— Il ment, dit Pierre à Julie.

Il leva brusquement la main au-dessus du prisonnier, qui rejeta la tête en arrière, terrorisé.

— Qui s'occupait de toi, alors?

— Un sergent, et un officier subalterne. Des gens sans importance qui ne me disaient jamais rien.

Pierre commençait à perdre patience :

— *Tu vas parler!*

Le misérable se remit à balancer la tête d'un côté à l'autre, lentement.

— Je vous en prie... On ne m'a jamais rien dit.

— Essaie de te rappeler.

— Je vous en prie... oh! je vous en supplie!

Il geignait de nouveau. Soudain il s'arrêta. Il y eut un long silence; son front se plissait sous l'effort mental. Enfin il avala sa salive et bredouilla :

— Le sergent... Il s'occupait des faux papiers. Moi je n'en ai jamais eu! Je faisais seulement du marché noir!... Mais d'autres...

— D'autres?

— Ils ne mentionnaient jamais de noms, dit l'indicateur, en tournant à nouveau ses yeux injectés de sang vers Julie. Mais une ou deux fois, j'ai entendu des choses. Du... du sergent, surtout. Il parlait de leurs succès, des réseaux qu'ils avaient démantelés. Une fois, il a parlé d'un homme fo... formidable, un type qui tra... travaillait tout le temps pour eux...

Julie retint sa respiration.

— ... Il lui man... manquait un doigt, alors le sergent a dit...

L'homme chercha désespérément sur le visage de Julie le signe qu'il avait dit ce qu'elle attendait de lui mais la jeune femme se tourna vers Pierre et secoua la tête.

— C'est pas ça, crétin! dit Pierre froidement. On va s'y remettre.

— *Nooon!* s'écria le traître. Je vous en supplie! Il y en avait un autre, ajouta-t-il précipitamment, un homme important à qui il fallait tout le temps des faux papiers. Il avait commencé dans le marché noir, comme moi, avec l'essence, les bas, les parfums, les choses habituelles. Puis il était devenu indicateur. Le sergent en parlait quelquefois; il ne disait jamais son nom mais il l'appelait le Marseillais, ou l'homme de Marseille... Il était important. Mais c'est tout ce que je sais, je vous le jure!

« Un Marseillais », pensa Julie en essayant de se rappeler la voix de Fougères. « Il parlait comme un homme instruit, sans la moindre trace d'accent. Ce n'était probablement pas lui. »

A tout hasard, elle demanda :

— Ce Marseillais, le sergent a-t-il dit ce qu'il faisait exactement? Quel genre de travail?

La tête penchée sur le côté, le prisonnier avait l'air sur le point de perdre à nouveau conscience. Il parvint cependant à murmurer :

— L'infiltration... sa spécialité. Très fort... Des réseaux. Il s'est introduit dans une filière... pour aviateurs.

Julie se raidit, approcha son visage de celui du mouchard.

— Oui?

— C'est tout ce que je sais. Il était très important!

Elle lui saisit l'épaule, le secoua doucement.

— Dans quelle filière s'était-il infiltré?

— Je ne sais pas... Je ne sais pas!

— Meteor? Ou bien le réseau de Bretagne?

L'homme secoua la tête et se remit à pleurer :

— Je ne sais pas!

Julie se redressa, se tourna vers Pierre. Celui-ci l'entraîna de côté.

— Ce n'est pas grand-chose, dit-il.

— Non... Kloffer, on l'a capturé?

— Oh non! Les hommes de la Gestapo ont été les premiers à

déguerpir. Il doit se terrer quelque part en Allemagne et préparer sa défense.

Un cri monta du corps ligoté sur la chaise.

— Madame, je vous en supplie! Pitié! Ne les laissez pas me tuer!

— Qu'allez-vous faire de lui? demanda Julie à voix basse.

— Nous n'avons pas encore pris de décision, murmura Pierre.

— Vous êtes sûr qu'il a trahi?

— Absolument sûr... Venez, je vous raccompagne.

En sortant dans l'air frais de la nuit, Julie entendit un hurlement monter de la cave. Les poings serrés, elle gravit rapidement les dernières marches de l'escalier. Pierre la rattrapa et ils marchèrent un moment en silence.

— Qu'allez-vous faire? finit-il par demander.

— Je ne sais pas.

— Vous retournez en Bretagne?

— A quoi bon? Fougères ne s'y risquera pas.

— Alors vous resterez à Paris.

— Sans doute.

Elle poussa un profond soupir.

— Restez en contact avec nous, on ne sait jamais. La police pourrait tomber sur votre homme. Il a certainement donné des tas d'autres gens; c'est fatal qu'il soit pris tôt ou tard. Je laisserai régulièrement un message chez Alphonse. D'accord?

— D'accord.

— Désolé qu'il n'en ait pas dit davantage. De toute façon, il ne fallait pas espérer qu'il nous donnerait un nom... Je vais poser des questions sur ce Marseillais; c'est peut-être votre homme si vraiment il était important.

— Dites, fit Julie en s'arrêtant, votre mouchard... vous ne pourriez pas le livrer à la police?

— Que feriez-vous s'il avait tué vos amis à vous? demanda Pierre avec une expression triste et froide.

Elle le regarda, ne trouva rien à répondre et détourna les yeux. Ils poursuivirent leur chemin en silence. Arrivés à une rue qu'elle connaissait, Julie dit à Pierre : « Je vois où je suis, maintenant. » Ils se dirent un bref au revoir. De retour à l'hôtel, profondément déprimée, elle se coucha aussitôt mais demeura éveillée presque toute la nuit.

Le lendemain, elle passa chez Alphonse : il n'y avait pas de message. Elle y retourna chaque soir de la semaine après de longues journées à faire antichambre dans les commissariats, les bureaux de l'armée ou d'obscurs services du nouveau gouvernement français.

Rien. Aucune information sur le Marseillais ni sur quelqu'un qui aurait, à un moment ou à un autre, porté le nom de Fougères.

Auprès des autres mouvements de Résistance, les recherches furent aussi vaines. Fougères? Il avait été un des leurs. Il n'avait jamais trahi personne. Quelqu'un aurait-il pu usurper son identité? Ils n'en savaient rien. Fougères avait disparu quand la Gestapo était à ses trousses. Avant de quitter Paris, il avait téléphoné à un ami pour l'informer qu'il allait en Bretagne. Son signalement? Oui, grand, les cheveux bruns. Il était mort depuis longtemps, sorti de Fresnes pour être fusillé au Mont Valérien.

Les Résistants promirent cependant de poursuivre l'enquête : aucun traître ne devait rester impuni tant qu'ils vivaient. Si Julie avait des informations sur la véritable identité de celui qu'elle cherchait, elle n'avait qu'à prendre contact avec eux...

Le huitième jour, on lui remit, chez Alphonse, un message disant : « Pas de trace du Marseillais. Rien non plus sur d'autres indicateurs. Désolé. Pierre. »

Cette nuit-là, dans son lit, Julie s'interrogea longuement sur le nombre de spécialistes de l'infiltration que la Gestapo employait de façon régulière. Étaient-ils trois ou quatre, une dizaine ?

Quelles qualités l'un d'eux possédait-il pour remporter plus de succès que les autres ?

Quand vint l'aube, elle crut avoir trouvé la réponse et prit une décision.

La femme pencha vers lui un visage ricanant et cruel, partit d'un rire triomphant. Il essaya de se dégager mais elle le tenait comme un étau, avec une force incroyable.

Il voulut crier : « C'est injuste ! », mais ses lèvres refusèrent de bouger. Il tenta à nouveau de se libérer au prix d'un effort surhumain mais ses membres, lourds et inutiles, ne lui obéirent pas davantage. Il les suppliait sans succès : « Bougez ! Je vous en prie... bougez ! »

La femme le tuait, lentement. Elle lui recouvrait le visage, lui serrait le cou... Il haletait, cherchait à respirer, à faire entrer l'air dans ses poumons, mais elle serrait plus fort... Pris de panique, il entendit son sang rugir et danser dans sa tête. Il lui fallait de l'air, vite !

La mort s'approchait, il la sentait venir, et se répétait : « C'est injuste c'est injuste ! »

La femme éclata à nouveau de rire, son image s'estompa... Il s'aperçut avec terreur qu'il avait basculé du haut d'un précipice, qu'il tombait...

Mon Dieu, j'ai peur. Maman, au secours !

Maman !

Il se réveilla en sueur, regarda le plafond, referma les yeux et s'efforça de se calmer. Quelle idiotie ! Cela faisait longtemps qu'il n'avait pas fait de rêve aussi effrayant.

« Pourquoi, songea-t-il vaguement, ce genre de cauchemar revenait-il maintenant ? Il devait y avoir une raison. »

Il alluma une cigarette pensivement, en tira de longues bouffées.

« Non, il n'y avait aucune raison. » D'ordinaire il faisait de ces rêves quand les choses allaient mal et en ce moment, tout allait fort bien.

A moins que quelque chose ne lui ait échappé. Il passa rapidement tout en revue : le club, la licence, les prix, tous les détails. Non, il n'avait rien oublié.

Fermant les yeux, il essaya de ne penser qu'aux événements heureux, à la belle voiture, à son nouveau costume. Il y avait vraiment quantité de choses agréables.

Non, ce rêve n'avait aucune signification, personne ne le retrouverait jamais, il n'avait rien à craindre. Le rêve appartenait au passé — un passé définitivement enterré.

L'homme de Marseille.

« Mais ils sont tous de Marseille ! » pensa Julie en regardant les gens aller et venir dans la gare.

Elle prit sa valise, sortit dans la rue. Bien qu'il ne fût que neuf heures, le soleil flamboyait déjà dans un ciel sans nuages. Jamais elle n'aurait cru qu'il pouvait faire aussi chaud en octobre et elle se sentait mal à l'aise dans son tailleur en laine.

Dehors, elle fut aussitôt frappée par les bruits — klaxons des voitures, conversations tonitruantes — et les couleurs — aussi bien celles des vêtements, plus vives qu'ailleurs, que celles de la peau des passants : Arabes, Sénégalais, Asiatiques.

Elle jeta autour d'elle un regard indécis, se demandant par où commencer; elle traversa la rue et se dirigea vers ce qui semblait être un boulevard. Jugeant que se promener à l'aventure ne l'avancerait à rien, elle s'enquit chez un commerçant du commissariat de police le plus proche. Il n'était qu'à cinq minutes de marche, mais là on lui dit d'aller à la Police Judiciaire. Après une demi-heure de marche, sa valise à la main, elle parvint, couverte de sueur, dans un bureau où elle finit par être introduite auprès d'un fonctionnaire de rang suffisamment élevé, auquel elle expliqua ce qu'elle cherchait. Sa question provoqua l'hilarité des policiers présents.

— Le Marseillais? Mais madame, nous avons toute une collection de malfrats surnommés le Marseillais!

On lui montra cependant une énorme quantité de photos et au bout de trois heures, Julie commença à trouver que tous les visages se ressemblaient. C'était sans espoir. D'ailleurs, rien ne prouvait que l'homme qu'elle cherchait eût un casier judiciaire. Fatiguée, elle quitta la police en se promettant de faire cependant une nouvelle tentative le lendemain.

Elle déjeuna tardivement à la terrasse d'un café, d'où elle téléphona à un nommé Alain, dont elle avait eu le numéro par des Résistants parisiens, et qui était peut-être susceptible de l'aider. Une voix de femme répondit et Julie demanda :

— Je voudrais parler à Alain, s'il vous plaît.

— Vous voulez dire le docteur Hubert? Il est à l'hôpital en ce moment. Si vous pouvez rappeler plus tard...

Julie raccrocha, décida de chercher un hôtel entre-temps. Lorsque le garçon lui apporta un café, elle l'interrogea :

— Je ne connais pas la ville. Pourriez-vous me dire où je me trouve, par rapport au centre?

— La Canebière est à cinq minutes d'ici, par là.

Il indiqua de la main une direction.

— Et c'est le centre?

— C'est l'artère principale.

— Et où puis-je trouver un hôtel bon marché?

Elle ne voulait pas trop dépenser.

— N'importe où, répondit le serveur en haussant les épaules. Essayez donc près du port, c'est là que vous avez le plus de chances.

— Il est où, le port?

— En bas de la Canebière, tournez à droite et vous le verrez.

Julie trouva immédiatement la Canebière, long boulevard où se succédaient boutiques et restaurants. Elle prit un autobus qui la déposa cinq minutes plus tard à proximité du port, dont les eaux claires et tranquilles accueillaient une myriade de bateaux de pêche et de navires marchands. A gauche s'élevait la ville, fouillis ordonné d'immeubles de toutes les couleurs, s'étageant sur une colline jusqu'à la célèbre Notre-Dame-de-la-Garde dont Julie avait déjà vu des photographies.

A droite, il y avait un quai... et puis plus rien, sur une longue distance.

Fronçant les sourcils, elle prit sa valise et se dirigea vers cette espèce de chantier de démolition géant en se demandant ce qui avait bien pu se passer là. Elle remonta ce qui avait dû être une rue étroite bordée de maisons dont il ne restait que des tas de briques, des moellons, une porte ou une fenêtre gisant dans les gravats. L'endroit, déconcertant, faisait penser à un cimetière. En poursuivant sa route, elle aperçut çà et là, construites avec des matériaux de récupération, des boutiques de fortune où des commerçants — arabes pour la plupart — attendaient le client. Il y avait aussi des cabanes dont le toit laissait passer de la fumée et entre lesquelles séchait du linge.

Julie traversa cette sorte de terrain vague parsemé de baraques, retrouva une rue normale et se mit à la recherche d'un hôtel. Elle avait chaud, elle était lasse; elle n'avait guère dormi dans le train. Le premier hôtel qu'elle vit était crasseux, devant le second une fille faisait le pied de grue, le troisième était sombre et lugubre. Elle se décida néanmoins pour celui-ci parce qu'elle n'avait pas la force d'aller plus loin.

La chambre qu'on lui donna — propre, bien rangée — lui convint parfaitement. Julie s'étendit, se reposa jusqu'à six heures, puis descendit téléphoner.

Le docteur n'était toujours pas rentré... voulait-elle laisser un message?

Par réflexe, Julie pensa à refuser, mais elle se souvint que la guerre était finie en France, que le secret n'était plus nécessaire. Elle se présenta comme une amie de la Résistance et laissa son nom et le numéro de téléphone de l'hôtel.

Le lendemain matin, on lui remit à la réception un message selon lequel le docteur Hubert viendrait à midi.

Julie passa la matinée à examiner d'autres visages de criminels à la Police Judiciaire. Toujours rien. Elle commençait à se demander si elle le reconnaîtrait si, par hasard, elle finissait par tomber sur sa photo.

Elle arriva à l'hôtel en retard et hors d'haleine. Un homme âgé l'attendait à la réception; il se leva avec peine en la voyant.

— Docteur Hubert? fit-elle, surprise.

L'homme avait au moins soixante ans, était d'une maigreur extrême et se tenait voûté, en s'appuyant sur une canne.

— Désolée d'être en retard, ajouta-t-elle précipitamment.

— Ce n'est rien, dit le docteur d'une voix douce. C'est toujours un plaisir de voir... une amie. Etes-vous ici en touriste ou...?

Il examinait Julie par-dessus ses lunettes.

— J'ai besoin d'aide.

— Dans ce cas, nous pourrions peut-être déjeuner ensemble?

Ils trouvèrent une brasserie à quelques centaines de mètres de l'hôtel, commandèrent de la soupe de poisson, du veau — un festin pour Julie qui n'avait pas mangé de veau depuis des siècles. Pendant la conversation, Alain Hubert se révéla aimable et modeste, très différent de l'image qu'elle se faisait d'un héros de la Résistance. C'était peut-être pour cette raison qu'il n'avait pas été pris. Julie pensa qu'il devait être un étonnant personnage.

Elle mangea de bon appétit; elle avait presque oublié le goût qu'avaient les bonnes choses.

— Alors cette personne viendrait de Marseille? demanda le docteur.

— Peut-être. C'est mince, comme point de départ, n'est-ce pas?

— Qui sait? Quelqu'un pourrait reconnaître son signalement.

— A la police, cela n'a rien donné.

— Il n'est pas forcément connu de la police.

Julie but une petite gorgée de vin d'Algérie, fort et fruité.

— Je me demande de qui il est connu! soupira-t-elle.

— Désolé de ne pouvoir vous aider.

— Ne vous excusez pas, dit la jeune femme en souriant.

— Je ne peux que vous suggérer d'orienter vos recherches vers le milieu. Il y a, à Marseille, une organisation ayant la haute main sur la prostitution, le marché noir et, bien sûr, la drogue. Ces gens-là savent sans doute mieux que la police ce qui se passe dans cette ville.

Il parlait là d'un monde dont Julie ignorait tout.

— Et ils pourraient connaître l'homme que je cherche?

— Je ne puis l'affirmer mais cela vaut la peine d'essayer, si vous ne trouvez rien à la police.

— Où les rencontrer?

— Ah! je l'ignore. Je ne fréquente pas ce monde, vous savez, dit le docteur en lançant à Julie un regard en coin.

— Non, évidemment.

— Cela aurait été plus facile avant la destruction du quartier du Vieux-Port, qui était le centre de tous les trafics.

— On l'a démoli? Pourquoi?

— Les Allemands l'ont rasé parce qu'ils ne parvenaient pas à contrôler ce qui s'y passait.

A la fin du repas, le vieil homme insista pour régler l'addition :

— Je vous en prie, vous me vexeriez. A présent, je dois partir. Si vous voulez bien m'excuser...

— Naturellement.

Comme il se penchait afin de prendre sa canne, Julie se leva pour l'aider.

— Encore quelque chose, dit-il... J'ai un vieil ami qui a eu quelques ennuis autrefois. Il saurait peut-être comment entrer en contact avec les gens au courant.

— Je croyais que vous n'aviez pas ce genre de fréquentations, fit Julie en souriant.

— On ne fait pas le difficile, en prison.

— En prison?

Hubert se leva lentement et péniblement, en s'appuyant à la table. Elle lui tint le bras jusqu'à ce qu'il ait retrouvé son équilibre.

— Cette jambe met un temps fou à guérir, maugréa-t-il. Oui, en prison. Nous avons eu de la chance, lui et moi...

Ainsi les dehors courtois n'avaient pas abusé la Gestapo. Ce qui expliquait son aspect fragile et sa jambe cassée et mal réparée.

— J'ai eu un grand plaisir à vous rencontrer, madame. Au revoir. Je vais joindre mon ami et je vous téléphonerai.

Six heures plus tard, Julie reçut un message disant simplement: « Essayez *Chez Henri*, rue Caisserie. Bonne chance. »

Grâce aux indications du gérant de l'hôtel, Julie trouva immédiatement le bar. C'était un établissement sombre, avec une façade étroite; Julie hésita un moment avant d'entrer : une femme dans ce genre d'endroit... Elle prit son courage à deux mains et s'assit à la table la plus proche de la porte, puis changea d'avis et s'installa au bar, sur un tabouret. Autant se jeter à l'eau carrément.

Ainsi qu'elle s'y attendait, l'endroit était typique : du bois foncé bien ciré, des murs peints en ocre, et une forte odeur de cigarette. Mais il y avait aussi des senteurs exotiques, peu familières, d'herbes et d'épices et d'étranges parfums. Au bar, quelques habitués buvaient café et poussecafé ou d'autres consommations.

Derrière le comptoir, un jeune serveur s'activait et un homme plus âgé, plus corpulent rangeait avec soin les bouteilles alignées sur une étagère. Le patron, sans doute. Julie remarqua qu'il l'observait à la dérobée dans le miroir.

Elle commanda un café au serveur; quand celui-ci s'éloigna, elle aperçut des oranges et regretta aussitôt de n'avoir pas commandé une orange pressée. C'était un fruit pratiquement introuvable en Angleterre.

La tasse fut posée devant elle; un moment après, l'autre homme passa à sa hauteur, l'air détaché.

— Monsieur, s'il vous plaît... dit-elle vite.

Il fit comme s'il ne l'avait pas entendue, prit son temps pour poser une bouteille sur l'étagère, puis se retourna et dit, sans la regarder :

— Oui ?

— Je voudrais un renseignement.

— Ah ? Quel genre de renseignement ?

Il lui lança un regard peu aimable.

— Je cherche quelqu'un qui aurait vécu par ici, ou fréquenté le vieux quartier.

— Son nom ?

C'était le hic ! mais à quoi bon tourner autour du pot. Elle se lança :

— Justement je l'ignore. Tout ce que je sais, c'est qu'on l'appelait le Marseillais.

L'homme la regarda en hochant la tête, comme s'il avait affaire à une faible d'esprit.

— Le Marseillais ? Avez-vous une idée, madame, du nombre de gens au monde qu'on appelle comme ça ? Hein ? Tous les mecs de Marseille ! Partout où va un Marseillais, vous savez le surnom qu'on lui donne ? Eh oui, ma pauvre dame ! On l'appelle le Marseillais. Alors vous voyez !

— Je sais que cela paraît ridicule mais... On le connaissait peut-être, ici, avant son départ. S'il fréquentait... les bars, dans le secteur. C'est le genre de personne qui aurait pu faire partie du... du milieu.

— Et alors ? A Marseille, la moitié des gens sont dans une combine ou une autre ! répliqua le tenancier d'un ton hostile.

Avant que Julie ne puisse en dire plus, il s'éloigna pour servir un client. Cinq minutes plus tard, quand il repassa devant elle, elle se pencha au-dessus du comptoir et dit :

— S'il vous plaît, encore un mot...

L'homme, après un temps d'hésitation, s'arrêta.

— Vous connaissez peut-être quelqu'un qui pourrait m'aider.

— Ah oui ? Qui donc ?

Julie masqua son exaspération et revint à la charge.

— Ecoutez, l'homme dont je vous parle est recherché par... (elle faillit dire la police, mais pensa qu'il valait mieux pas)... par la Résistance. C'est un traître. Il est responsable de la mort de plusieurs personnes.

Cette fois une lueur de curiosité s'alluma dans le regard du patron. Il se rapprocha. Les autres consommateurs firent silence ; cinq paires d'yeux étaient braquées sur elle.

— Il travaillait pour la Gestapo. Il faut le retrouver pour sauver un innocent. Et aussi pour d'autres raisons.

— Ah bon... C'est différent, fit le tenancier du bar d'un ton pensif. Mais ce ne sera pas commode. Qu'est-ce que vous savez de lui, au juste ? Il avait l'accent, comme moi ?

— Non.

— Hum... Un type instruit, peut-être ?

— Certainement. Je vais vous donner son signalement, et peut-être en demandant autour de vous ? Peut-être connaissez-vous quelqu'un...?

— Je connais des tas de gens, dit le patron d'un air entendu.

D'une main lente et maladroite, il nota sur un vieux ticket de caisse la description que lui fit Julie : un homme brun, mince, taille moyenne, la trentaine, chevalière en or, pas d'accent. Intelligent, sans doute instruit, n'aimant pas les femmes. Tout cela n'était pas lourd.

— Je ferai ce que je peux mais je ne vous promets rien, soupira-t-il.

— Dans combien de temps aurez-vous quelque chose ?

— Deux heures, deux jours... répondit-il en haussant les épaules. Repassez de temps en temps.

Trois jours plus tard, Julie commença à penser qu'elle perdait son temps. Henri, le propriétaire du bar, se montrait plein de bonne volonté mais elle se demandait s'il connaissait autant de gens qu'il le laissait entendre. Il semblait à Julie que cela ne la menait nulle part. « Peut-être, songeait-elle tristement, parce que c'est une mauvaise piste. » Elle n'avait pas l'ombre d'une preuve que le Marseillais et Fougères soient le même homme.

Et pourtant Fougères avait été si expert en duperie et traîtrise qu'il était certainement un homme important pour les Allemands. Elle ne pouvait croire qu'il eût seulement été un informateur occasionnel. Non, il avait de l'expérience.

Cependant, la possibilité existait qu'il ne s'agisse pas du même personnage. Auquel cas, c'était l'impasse. Elle n'avait pas d'autre piste.

« C'est pourquoi, songeait-elle, je suis venue à Marseille : parce que c'est la seule piste. »

Après avoir déambulé sans but autour du port, elle retourna au bar — pour la troisième fois de la matinée. Nul doute qu'Henri lui ferait la même réponse : pas de nouvelles. Elle trouvait exaspérants ses « Ne vous en faites pas » ou « Soyez un peu patiente ».

Mais en entrant, elle remarqua aussitôt son sourire malicieux, son œil brillant. *Il y avait du nouveau.*

Le tenancier passa de l'autre côté du comptoir, entraîna la jeune femme à l'écart et murmura :

— Quelqu'un veut vous voir. Il était en voyage, c'est pour ça que ça a pris du temps. Vous le verrez cet après-midi.

— Qui est-ce ?

Henri prit une mine de conspirateur :

— Ah ! C'est le grand patron, avec un P majuscule, vous saisissez ?

Bien qu'elle ne fût pas sûre d'avoir compris, Julie acquiesça.

— Vous avez beaucoup de chance, reprit Henri. Votre histoire l'intéresse, et si quelqu'un peut vous aider, c'est bien lui !

— Où puis-je le trouver ?

— C'est déjà arrangé. Revenez ici à trois heures.

Julie revint à deux heures et demie parce qu'elle n'avait rien d'autre à faire. Elle but un café et, alors qu'elle ne fumait presque jamais, accepta même deux cigarettes d'Henri. Elle était extrêmement nerveuse. A trois heures, elle ne quittait plus la porte des yeux ; à trois heures dix, elle tourna vers le patron du bar un regard désespéré.

— Ne vous en faites pas. Ici, à Marseille, on n'est jamais pressé.

A trois heures et quart, une longue voiture noire s'arrêta devant le bar ; Henri accompagna Julie dehors et lui souhaita bonne chance.

Le chauffeur, qui avait le nez cassé, de larges épaules et une expression renfrognée, se tenait devant la portière ouverte. « Une vraie tête de malfrat », pensa Julie en montant dans la voiture. Henri claqua la portière et le véhicule démarra. La nuque du chauffeur n'invitant guère à la conversation, Julie garda le silence.

La voiture se faufila dans les ruelles, prit un boulevard, quitta le quartier du port, gravit la colline où se dressait la magnifique basilique et finit par s'engager dans une rue bordée de petites boutiques. Le chauffeur freina, se gara, se tourna vers Julie et lui indiqua des yeux le trottoir. Elle supposa que cela signifiait qu'elle devait descendre. Comme elle s'exécutait, il montra du doigt l'entrée d'un restaurant et marmonna :

— C'est ici, vous demanderez au loufiat.

Voyant que la jeune femme ne comprenait pas, il traduisit :

414

— Au serveur.

Julie pénétra dans l'établissement, s'arrêta pour s'orienter dans la pénombre. Une silhouette s'approcha.

— Venez par là, lui dit l'homme.

Il la conduisit vers le fond de la salle, où quatre hommes étaient assis autour d'une table. A son approche, l'un d'eux se leva et lui tendit la main. Tout le monde se tut.

Julie s'assit sur la chaise qu'on lui offrait.

Quand elle fut accoutumée à l'obscurité, elle examina attentivement celui qui l'accueillait. Vêtu d'un costume un peu voyant mais de bonne coupe, il portait en travers du gilet une chaîne en or, une autre autour du poignet, des bagues qui étincelaient à ses doigts. Quand il se rassit, elle sentit une bouffée d'eau de Cologne lui monter au nez : il devait s'en asperger généreusement.

Il avait un visage agréable, des yeux pétillants sous un front haut, un crâne légèrement dégarni.

— Vous voulez boire quelque chose? proposa-t-il avec un sourire. Un café?

— Non, merci.

— Mon ami Henri me dit que vous cherchez quelqu'un, reprit l'homme avec un fort accent provençal.

Mais la voix était douce et feutrée.

— Oui. Quelqu'un qui a probablement vécu ici, il y a longtemps.

Il avala une petite gorgée de boisson et lui sourit de nouveau.

— Parlez-moi de lui.

— Que voulez-vous savoir?

— Tout ce que vous connaissez.

Julie parla de la Bretagne, de la filière, de la trahison et de l'accusation portée contre Michel, de l'homme venu de Paris : les yeux presque noirs, le visage mince, les cheveux plats, la peau jaunâtre.

— ... Et une grande cruauté, conclut-elle.

Attentif, le « patron » plissait le front.

— Ses manières?

— Froid. Dissimulé. Toujours sur ses gardes.

— Comment parlait-il?

— Sans accent. Pas comme...

Elle hésita et il acheva pour elle :

— Pas comme moi?

Julie acquiesça.

— Vous avez dit qu'il n'aimait pas les femmes?

— Il haïssait et il avait peur des femmes — ou du moins il s'en méfiait.

Le patron but encore un petit coup.

— Pas de cicatrices sur le visage ou quelque chose de ce genre?

— Non.

La porte du restaurant s'ouvrit et se referma; au bruit, le truand leva les yeux et s'exclama :

— Ah! voilà.

Un homme apporta une enveloppe au caïd; qui en sortit le contenu.

— Voici quelques photos pour que vous jetiez un coup d'œil.

Il les mit en tas sur la table et, s'adressant à l'un des autres :

— Apporte un peu de lumière, tu veux?

L'homme posa sur la table une lampe qui éclairait violemment. Clignant des yeux, Julie prit la première photo. Elle représentait un groupe familial : un couple d'âge mûr entouré de trois jeunes gens, probablement les fils. Malgré le manque de netteté des visages, Julie vit immédiatement qu'aucun d'eux n'était Fougères. Elle passa à la seconde photographie, qui était double : un visage de face et de profil (comme ceux qu'elle avait vus à la police) et qu'elle ne reconnut pas.

En prenant la troisième, son œil se porta sur la photographie suivante qui se trouvait maintenant au-dessus du tas : c'était un groupe d'une dizaine de jeunes gens, debout dans un jardin, compassés et encadrés par quatre prêtres en soutane. La photo était trouble et les personnes qui y figuraient clignaient des yeux dans le soleil; mais un des visages avait quelque chose de familier. Pendant une seconde elle ne bougea pas; puis elle avança vers le cliché une main tremblante. Très lentement. Avant même de l'avoir saisi, elle eut la certitude que c'était lui.

C'était lui.

Il n'avait sans doute que treize ou quatorze ans mais déjà le même visage mince, les mêmes cheveux. C'était lui à coup sûr. Incapable de parler pendant un moment, Julie finit par murmurer :

— Celui-ci. C'est celui-ci.

Le grand patron prit doucement la photo et l'examina attentivement.

— Vous êtes sûre?

— Tout à fait.

Il hocha la tête et murmura :

— Je savais que ce salaud referait un jour surface. La vermine, ça revient toujours.

— Comment s'appelle-t-il? Qui est-ce?

— Il s'appelle Paul Vasson, répondit-il en continuant d'examiner la photo.

Comme se parlant à elle-même, Julie poursuivit :

— Mais qui était-il? D'où venait-il?

— C'était le bâtard d'une putain — une putain droguée, en plus. Quand il avait huit ans, les flics l'ont retrouvé à moitié mort de faim dans un placard et l'ont confié aux jésuites. Les curés ont fait ce qu'ils ont pu, ils lui ont donné une bonne instruction mais ça l'a pas empêché de devenir un petit maquereau. Un petit mac plein d'ambition, avec des goûts de luxe...

— Et ensuite?

— Il a disparu en 35 et personne l'a jamais revu. C'est pourtant pas faute d'avoir cherché! On aimerait lui mettre la main dessus, à ce fumier!

Il eut un rire amer.

— Mais nous l'avons, maintenant! s'exclama Julie avec animation.

— Vous croyez ça? Ecoutez, il y a des tas de gens qui le cherchent, et depuis longtemps. Les flics aimeraient bien le retrouver, et moi j'ai mis tout mon monde sur l'affaire. Mais rien. On avait entendu dire qu'il était parti pour Toulon mais on l'a jamais trouvé là-bas. A Paris aussi, quelqu'un l'avait vu, ça n'a rien donné non plus...

Le truand agita la photo en poursuivant :

— Et puis en 40, j'ai trouvé ça. Un de mes hommes l'a montrée un peu partout et j'ai bien cru que ce coup-là, j'allais avoir cette petite ordure de Vasson. On l'avait repéré à Paris, dans le XVIIIᵉ, il travaillait dans une boîte. J'ai fait passer la consigne...

— Et puis?

— Il a à nouveau disparu. Sans laisser de trace.

— Je vois, murmura Julie, profondément déçue.

— Nous avons essayé, croyez-moi. Mais il est malin, il a su se planquer. Probablement dans une grande ville... Paris sans doute. C'est pas le genre à s'enterrer à la campagne. Mais sorti de là...

— En tout cas, je sais maintenant que Fougères s'appelle en réalité Vasson. Cela devrait suffire pour faire libérer mon cousin, soupira Julie, avec une expression amère.

— Vous n'avez pas l'air très contente.

— Je ne supporte pas de savoir Vasson en liberté.

— Les flics réussiront peut-être à le coincer, dit le patron en haussant les épaules.

— Et dans le cas contraire?

Après un instant de silence, il lui demanda :

— Qu'est-ce que vous allez faire, maintenant?

— D'abord retourner à Rennes, pour faire libérer mon cousin. Ensuite, j'irai à Paris. — Elle paraissait déterminée. — Oui, à Paris.

Il l'observa attentivement pendant un moment.

— Et qu'est-ce que vous allez faire?

— Voir si je peux aider la police, l'identifier au besoin.

— Vous allez le chercher vous-même?

Julie ne sut que répondre : elle ignorait encore ce qu'elle ferait.

— Peut-être, finit-elle par murmurer.

— C'est un mec dangereux, fit le caïd en secouant la tête d'un air désapprobateur. Un vrai cinglé! Soyez très prudente. Ecoutez, si vous êtes vraiment décidée, il vous faudra de l'aide. Vous avez du fric?

— Pour le moment, ça va.

— S'il vous en faut plus, téléphonez à ce numéro, à Paris, dit-il en écrivant sur une carte du restaurant. Je les préviendrai, ils pourront vous aider d'une autre façon aussi.

— Quelle autre façon?

— En vous prêtant de la main-d'œuvre, par exemple...

Julie eut un hochement de tête hésitant.

— Si par hasard vous le trouvez, restez à l'écart et prévenez mes gars tout de suite, reprit le truand. Ils feront le boulot plus proprement que les flics. En tout cas, ne vous approchez pas de lui, il vous tuerait sans l'ombre d'une hésitation. Laissez mes gars s'en occuper, ils savent y faire.

Julie n'en doutait pas.

— Merci de votre aide, dit-elle. Je peux garder la photo?

— J'aimerais la récupérer quand vous n'en aurez plus besoin.

— D'accord.

Elle rangea la photo dans son sac avec le numéro de téléphone, se leva. Il en fit autant et l'accompagna jusqu'à la porte.

— Qu'est-ce qu'il a fait? demanda Julie. Quand il était à Marseille, je veux dire?

Le patron ouvrit la porte, répondit d'une voix calme :

— Il m'a fait écoper de trois ans de taule.

— Oh!

Elle ne sut que dire. Il regarda pensivement dans la rue.

— Et puis... — sa figure s'assombrit... — Il a tué une femme.

Après un temps d'arrêt :

— Ma femme, ajouta-t-il.

Stupéfaite, Julie ouvrit de grands yeux.

— Je... je suis désolée, finit-elle par bafouiller.

Il haussa les épaules et reprit avec vivacité :

— Rappelez-vous : si vous le retrouvez, ne vous risquez pas à l'approcher. Téléphonez simplement au numéro que je vous ai donné et dites que vous venez de ma part.

— Je ne connais même pas votre nom, fit observer Julie.

— Jojo. Dites que vous venez de la part de Jojo.

Julie régla la chambre, fit sa valise et, en attendant le train de minuit pour Paris, passa au bar saluer Henri. Il l'accueillit avec effusion, insista pour lui offrir un cognac, que la jeune femme but avec plaisir. L'alcool répandit en elle une douce chaleur et elle se sentit soudain pleine d'optimisme.

A présent, elle savait presque tout de « Fougères » et surtout elle avait sa photo. Quelle chance incroyable! Elle finirait bien par trouver quelqu'un qui l'aurait vu et le reconnaîtrait. Cette photographie serait sûrement sa perte. Le tout serait de chercher sans défaillance, aux bons endroits et le temps qu'il faudrait.

Le téléphone sonna, Henri décrocha, posa l'appareil sur le comptoir et dit à Julie :

— C'est pour vous.

— Pour moi? fit-elle en prenant le téléphone avec précaution. Oui, j'écoute?

— Je me suis rappelé un détail, fit la voix du grand patron. C'est pas grand-chose mais ça pourrait vous aider.

— Oui?

— Comme je vous l'ai dit, il avait des goûts de riche et il était dingue d'une bagnole de luxe. Il la trimbalait même en photo dans son portefeuille. Une Delage, c'était. Il rêvait d'en avoir une. Vous voyez de quelle voiture je parle?

— Oui, oui, répondit Julie, en cachant sa déception.

— Une Delage, il voulait rien d'autre.

— Merci encore.

— Bonne chance.

En raccrochant, elle se dit que bien du temps avait passé, que Vasson avait probablement oublié ses rêves de Delage. Les rêves ne durent pas. Elle-même, à seize ans, rêvait d'un manteau de fourrure et elle n'en avait plus du tout envie maintenant.

Non, ce n'était pas la voiture qui la mènerait à Vasson, mais la photo. La photo, c'était la clef.

CHAPITRE XXXVIII

— Y a-t-il d'autres charges retenues contre Le Goff? demanda le juge d'instruction au commissaire.

— Pas pour le moment.

— Alors j'ordonne sa mise en liberté immédiate.

Le magistrat se leva et sortit. Julie continuait à fixer d'un œil vide le siège à haut dossier que celui-ci venait de quitter. Elle n'éprouvait pas le sentiment de triomphe ou même de soulagement attendu mais se sentait au contraire déçue, presque frustrée. Le commissaire, qu'elle rejoignit dans le couloir, se dirigea avec elle vers la sortie. Il remarqua :

— Vous avez identifié Vasson de façon catégorique.

— Oh! oui.

— Si tous les témoins étaient aussi précis que vous!

Ils arrivèrent à la porte donnant sur le perron du tribunal.

— Vous êtes une femme pleine de détermination.

— Quel mal y a-t-il à cela?

— Aucun! Ne vous méprenez pas sur mes propos.

En descendant les marches, Julie demanda :

— Quand Michel sera-t-il libéré?

— Dans moins d'une heure. Un de mes hommes peut vous conduire là-bas, si vous voulez.

— Non, je vous remercie.

Le commissaire parut surpris :

— Vous ne voulez pas le voir?

Elle fit un bref signe de tête de dénégation.

— Je pensais...

— Vous vous trompiez, monsieur, je vous l'ai déjà dit.

— Ah, je fais amende honorable.

Ils s'arrêtèrent sur le trottoir et le policier reprit :

— Nous croyons Vasson coupable d'autres crimes. C'est peut-être lui qui a livré aux Allemands le réseau Meteor.

— Lebrun, ce serait lui?

— C'est possible. Malheureusement, tous ceux qui auraient pu l'identifier sont morts ou encore prisonniers en Allemagne... Comment pourrais-je vous joindre, au cas où nous aurions des nouvelles?

— J'ai laissé mon adresse en Angleterre à l'un de vos hommes. Je pars aujourd'hui pour Paris, d'où je m'en irai dans mon pays.

C'était presque la vérité.

— Mais y aura-t-il jamais des nouvelles?

— Nous finirons par en avoir, assura le commissaire. Avec son signalement et sa photo, nous le trouverons.

— Cela fait déjà deux semaines que...

Le policier leva les mains au ciel.

— Deux semaines, ce n'est rien, madame. Dieu sait où il se cache sous un nom d'emprunt. Cela prendra du temps.

— Oui, sans doute.

— Nous ne pouvons pas faire l'impossible...

Julie regarda le trottoir d'un air pensif puis releva brusquement la tête et prit congé du commissaire. Celui-ci regarda s'éloigner la mince silhouette, en songeant que les apparences sont parfois trompeuses. Cette femme avait un air doux et aimable, mais elle était faite d'acier.

Dans le train qui roulait vers Paris, Julie relut la lettre de Peter, écrite de sa plus belle ronde. « Je vais très bien, disait-il; j'ai pris tous les jours le thé avec John (c'était son meilleur ami), et samedi nous avons été à la pêche toute la journée. Je suis content pour Michel. Je t'aime. »

Elle remit la lettre dans son sac. Son fils semblait heureux. Un mois déjà depuis que Julie l'avait quitté; c'était un peu trop. Mais il avait huit ans et était assez grand pour se passer de sa maman.

Elle fit l'inventaire de son portefeuille. Cent francs à elle, quatre cents provenant du magot de Michel. Elle avait mis le reste de l'argent de son cousin dans une enveloppe qu'elle avait laissée à la concierge, avec une lettre. Elle y expliquait le détail de ses dépenses et s'excusait de ne pas être venue le chercher à sa sortie de prison.

Elle n'était pas venue le voir non plus pendant les deux semaines qu'il avait fallu à la police pour démêler l'affaire. Elle avait mis ce temps à profit pour retourner au village vendre la ferme et se procurer ainsi l'argent nécessaire aux soins de Tante Marie.

C'était la fin de sa vie à Tregasnou — la fin de sa vie en Bretagne aussi, peut-être. Elle avait payé sa dette envers Michel, elle ne voulait pas de sa gratitude.

Cinq cents francs...

Elle avait déjà son billet pour l'Angleterre, l'argent durerait trois semaines, peut-être moins, à Paris.

Deux semaines. Elle se donnait deux semaines.

Pendant huit jours, elle ne cessa de marcher, passant de cafés en restaurants, interrogeant des centaines de personnes.

Personne n'avait vu Vasson.

Après quoi, prenant son courage à deux mains, elle essaya les boîtes de nuit. Ce n'était pas une petite affaire pour une femme seule que d'entrer et de solliciter des renseignements. Parfois, le garçon lui demandait d'attendre pendant qu'il allait chercher le patron et Julie, debout au bar, se sentait le point de mire de tous les clients. Malgré la rigueur de sa tenue, elle dut apprendre comment rester distante et décliner toutes sortes de propositions, brutales ou pittoresques, parfois. Un homme essaya même un soir de fourrer mille francs dans son chemisier et de l'entraîner vers la sortie.

Elle haïssait ce genre d'endroit : la pénombre, l'odeur de tabac, les regards concupiscents des hommes. Pour garder le moral, elle se forçait à voir le côté amusant de la chose. Il y en avait, en regardant bien. Mais le sourire ne durait pas. Le temps passait à une vitesse folle. Douze jours déjà, et pas de Vasson. Personne ne le connaissait; on aurait dit qu'il n'était jamais venu à Paris. Elle s'obstinait et, après avoir visité des

420

restaurants et des cafés dans l'après-midi, elle se présentait dans les boîtes juste à l'ouverture, avant qu'il y ait trop de clients.

Après avoir exploré les rues de Montmartre, elle passa à Pigalle. Il n'était encore que onze heures quand elle pénétra un soir dans sa quatrième boîte. Elle ne perdit pas de temps à regarder l'enseigne au néon et descendit immédiatement l'escalier baigné de lumière rouge. Il était préférable de se jeter à l'eau sans hésiter.

Comme il n'y avait personne au vestiaire, elle se dirigea sans même ralentir vers le bar, où un serveur astiquait les verres. Elle sortit la photo (sur laquelle tous les autres visages que celui de Vasson étaient dissimulés par du papier noir), la posa sur le comptoir.

Le barman la regarda et dit :

— Qui c'est qui le cherche?

C'était toujours la même question, avec parfois la variante « Il a des ennuis? »

— C'est moi qui le cherche, répondit Julie. Pour une affaire personnelle.

D'ordinaire, cela lui valait un sourire entendu et un commentaire sarcastique sur la frivolité des hommes, certains ajoutant qu'il ne fallait pas trop le tarabuster quand il reviendrait; mais cette fois, le serveur déclara :

— Vous le cherchez, vous? Ça m'étonne.

— Pourquoi? demanda-t-elle, surprise.

— Parce que vous êtes pas le genre de fille qu'il fréquentait.

— Alors, vous le connaissez?

Elle était tendue; le barman examina de nouveau la photographie.

— Je l'ai connu dans le temps. Il travaillait ici, ce salaud.

— Quand? Il y a longtemps?

— Oh! avant la guerre, je crois. Oui, juste avant...

— Et depuis?

— J'ai entendu dire qu'il avait traîné un moment dans le coin. Il faisait dans les bas nylon, les cigarettes, ce genre de trucs...

— Et après?

— Après... je sais pas. On l'a plus revu.

— Vous n'avez plus entendu parler de lui?

— Non. Bon débarras! Il avait à moitié tué le patron; il vaut mieux qu'il revienne pas ici.

— Comment se faisait-il appeler?

— Ah! ça... Me rappelle pas... Attendez... Biolet, je crois. Oui, Biolet.

« Encore un autre nom », se dit Julie.

— Vous savez où il vivait?

— Non, je m'en foutais complètement. Il devait souvent changer de piaule, je crois.

— Il avait de l'argent, à cette époque?

— De l'argent! ricana le barman... Il était toujours fauché, oui! Il cherchait à décrocher le gros lot mais n'y arrivait jamais. Il se croyait trop malin, ça plaît pas bien, dans le coin.

Ce fut tout ce que Julie parvint à savoir.

Deux jours plus tard, elle trouva un cafetier qui reconnut Vasson sur la photo mais lui aussi ignorait ce qu'il était devenu. Il l'avait vu pour la dernière fois en 39 ou 40, avant l'Occupation. Il se souvenait également que Biolet était toujours à court d'argent, et n'en savait pas plus. Ensuite, plus rien.

Les deux semaines passées à Paris n'avaient rien donné.

Fatiguée, Julie retourna à son petit hôtel triste et bon marché du XIIIe et se laissa tomber sur le lit.

Boîtes de nuit, cafés... Montmartre, Pigalle... Vasson avait bien fréquenté ce milieu *avant* la guerre.

Mais après? Était-il parti pour une autre grande ville?

Peut-être...

Une autre région, un autre nom, un nouveau travail...

D'ailleurs, avait-il besoin de travailler? Les Allemands devaient bien le payer, il était leur principal informateur. Oui, il devait avoir de l'argent, pour la première fois de sa vie.

Julie ouvrit les yeux, se redressa.

C'était toute la différence. Il avait de l'argent; il pouvait s'offrir ce dont il avait toujours rêvé : costumes chic, bijoux, voitures... La grande vie.

Voitures! Elle se rappela ce que le truand de Marseille lui avait dit et décida d'essayer de suivre cette piste.

Encore un jour — elle se donnait un jour de plus.

Julie remontait à pied les Champs-Élysées en regardant les numéros des immeubles. Celui qu'elle cherchait était encore loin mais elle avait décidé d'économiser le prix du ticket d'autobus. Il ne lui restait plus que cinquante francs et son billet pour l'Angleterre : de quoi tenir deux jours, trois tout au plus en se privant sur la nourriture.

Elle poursuivit son chemin, de numéro en numéro. Ce ne devait plus être loin maintenant; peut-être au coin de la rue suivante.

Elle passa devant un petit magasin de sacs, puis un cinéma... La prochaine boutique, sans doute. Elle hâta le pas, arriva devant une devanture, s'arrêta, la regarda. Le magasin était vide, la plupart des vitres étaient remplacées par des planches et la seule encore intacte était blanchie à la chaux de l'intérieur. Elle s'en approcha, trouva un endroit où le verre n'était pas recouvert et y colla un œil. Elle découvrit une grande salle d'exposition jonchée de papiers sales, dont les murs portaient encore quelques affiches de voitures.

Julie recula de deux pas, leva les yeux vers l'enseigne : la plupart des lettres étaient décollées mais en déchiffrant les traces, on pouvait encore lire le nom du concessionnaire et de la marque : Delage.

Elle fit le tour du bâtiment, trouva une autre entrée, fermée elle aussi.

C'était l'impasse.

Manifestement, le garagiste qui lui avait donné l'adresse ne se tenait pas au courant.

Elle décida de tenter sa chance chez un autre concessionnaire de la marque — s'il y en avait un.

La jeune femme se traîna jusqu'à un bureau de poste, chercha un garage Delage dans l'annuaire, n'en trouva aucun.

Épuisé, elle résolut de rentrer à l'hôtel se reposer. Elle trouva un arrêt d'autobus à proximité, monta dans le premier véhicule allant en direction de Montmartre. En route, elle décida de faire une petite folie, d'acheter du fromage, des fruits *et* du pain, et de les manger dans sa chambre à l'hôtel.

Il lui fallait changer d'autobus; cependant, au moment de le faire, elle fut prise de remords de toutes ces dépenses et partit à pied pour le dernier kilomètre. En chemin elle passa devant un garage, y entra sans hésiter et s'approcha d'un mécanicien travaillant sur une voiture.

— Où pourrais-je acheter une Delage si l'envie m'en prenait?

— Une neuve? Impossible. Ils ont arrêté récemment d'en fabriquer. Vous l'aviez peut-être pas remarqué? dit-il ironiquement. Une d'occasion, vous en trouverez tant que vous voudrez, si vous avez l'argent.

— Et pour la faire réparer, entretenir?

— Au garage Juno. Il y a plus qu'eux, maintenant.

L'homme donna à Julie une adresse proche du bois de Boulogne, pas loin de l'endroit d'où elle venait. Elle hésita, pensa aux fruits, au fromage et au pain, au lit qui l'attendait, puis marcha d'un pas décidé vers l'arrêt d'autobus.

A voir les véhicules qui se trouvaient là en réparation, le garage Juno était spécialisé dans les voitures de luxe. Il y avait une voiture de sport, une berline et un cabriolet étincelant — toutes certainement très chères.

Une femme à l'air revêche surveillait d'une cabine vitrée les mécaniciens au travail. En voyant Julie, elle fit glisser une vitre et demanda d'un ton sec :

— Oui?

— Je cherche une Delage.

— Comment ça?

— Ou plutôt je cherche quelqu'un qui en aurait acheté une ces derniers temps.

— Nous ne faisons ni l'achat ni la vente.

— Je voudrais seulement savoir si vous connaissez des Delage à vendre, ou qui ont été vendues ces deux dernières années.

— Nous ne nous occupons pas de ça, je viens de vous le dire! Au revoir, madame, répliqua la femme avant de refermer la vitre bruyamment.

Comme Julie s'avançait à l'intérieur de l'atelier, l'employée rouvrit la vitre, se mit à crier mais Julie ne s'arrêta pas. Elle s'approcha d'une longue voiture argent sur laquelle était penché un mécanicien.

— Bonjour, dit-elle.

— Bonjour.

Il sourit en la détaillant.

— Quelle belle voiture, poursuivit Julie. Il y a encore des gens qui peuvent s'offrir des engins pareils?

— Pas beaucoup! Celle-ci n'a pas roulé de toute la guerre, on va la remettre en état... Il y a quelque chose pour votre service?

— Je cherche un propriétaire de Delage.

— Je serais capable d'en acheter une rien que pour vous plaire! déclama le jeune mécanicien avec un geste théâtral.

Julie sourit :

— Comment fait-on pour trouver une Delage? D'occasion, je veux dire?

— Vous avez les moyens de vous payer une Delage? — Il siffla d'admiration. — Eh bien...!

— Non, non. En fait, je cherche quelqu'un qui aurait pu en acheter une ces dernières années.

— Vous en demandez beaucoup! Comment savoir? La plupart de ces voitures ne roulent pas actuellement.

Il jeta un coup d'œil derrière Julie et fit la grimace. Elle suivit son regard; la femme revêche venait vers eux avec un air agressif.

— Avez-vous une idée? demanda Julie en toute hâte.

— Vous vous êtes adressée à la police? Il y a un registre avec les noms de tous les propriétaires.

— Non. Cette personne n'aurait sans doute pas utilisé son vrai nom.

— De plus en plus mystérieux! s'esclaffa le mécanicien.

L'employée arrivait en soufflant, prête à les sermonner. Le jeune homme prit le bras de Julie et l'entraîna rapidement vers la porte du garage.

— Il y a un Club Delage — ou du moins il y en avait un. Je dois avoir l'adresse quelque part. Ça pourrait vous aider?

— Tout peut m'aider.

Le jeune homme partit vers les bureaux, revint, un magazine à la main.

— Tenez, le Club envoyait cette revue tous les trois mois. Il doit y avoir l'adresse de son président quelque part...

La mégère, qui les avait suivis, se tenait derrière eux, les poings sur les hanches et le regard furieux. Le mécanicien murmura :

— Faut que je me remette au boulot. Bonne chance!

Il lui adressa un sourire plein d'aimables sous-entendus. Elle le lui rendit de bon cœur; ce garçon lui avait remonté le moral. Elle fit quelques pas sur le trottoir et s'arrêta pour feuilleter le magazine. Au dos de la couverture, elle trouva le nom du rédacteur en chef, avec une adresse parisienne. De l'autre côté de la ville, encore une fois.

Elle poussa un soupir et se mit en quête d'un arrêt d'autobus.

A la porte de l'immeuble, il y avait deux longues rangées de sonnettes et de noms parmi lesquels elle trouva celui du rédacteur. Il habitait encore là, c'était déjà quelque chose.

Elle sonna; la porte s'ouvrit; elle entra, monta au quatrième et découvrit, en gravissant tout essoufflée les dernières marches, un homme qui l'attendait sur le palier. Le rédacteur en chef de l'*Association des Propriétaires de Delage* avait une soixantaine d'années, portait des vêtements élimés et sentait l'ail.

— Entrez, entrez, dit-il avec chaleur. Ce n'est pas souvent que j'ai de la visite!

L'appartement était, comme son propriétaire, d'une propreté douteuse. L'homme fit asseoir Julie, lui offrit du café puis s'installa à son tour et l'écouta attentivement en hochant la tête par moments. Quand elle eut terminé, il s'engagea à l'aider mais l'avertit qu'il y avait un problème :

— Nous avons dû interrompre la publication de la revue au début des hostilités. Et même avant la guerre, nous n'avions comme membres que la moitié des propriétaires de Delage. Quant à savoir ce que sont devenues les voitures depuis... ventes, etc. Ce sera très difficile...

— Cette personne a peut-être acheté sa Delage avant la guerre. C'est une possibilité.

— N'en dites pas plus! s'exclama le rédacteur en bondissant de son siège comme un diable à ressort.

Il passa dans une autre pièce, revint quelques minutes plus tard, l'air triomphant, avec une boîte pleine de fiches jaunies.

— Quel nom?

— Vasson. Ou Fougères. Ou Biolet.

En répondant, Julie songea que c'était sans espoir; le faux résistant s'était sans doute servi d'une autre identité. Après avoir consulté ses fiches, le rédacteur déclara qu'aucun des trois noms n'y figurait.

— Désolé!

Julie poussa un soupir, réfléchit.

— Et pour acheter une Delage d'occasion? Comment fait-on?

— Voyons, voyons! — Il contempla le plafond comme si la réponse allait venir du ciel. — Hum... On consulte les journaux. On met soi-même une annonce. Il y a L'Auto qui est spécialisé dans ce genre d'annonces. Je crois que L'Auto continue à paraître tant bien que mal. Attendez, je vais vous donner l'adresse.

Quand le vieux monsieur revint de la pièce voisine, un papier à la main, Julie se leva et dit d'une voix lasse :

— Merci, vous m'avez beaucoup aidée.

A la porte, elle demanda :

— Vous aussi vous avez une Delage?

— Moi! Grand Dieu, non! Je n'ai jamais eu les moyens de m'en offrir le quart d'une. J'étais seulement un passionné de voitures et la Delage, c'est la plus belle qu'on ait jamais construite...

Il ne fallait qu'une vingtaine de minutes pour se rendre à pied aux bureaux de *L'Auto*, et bien qu'il fût presque cinq heures Julie décida de tenter sa chance. Quand elle arriva à l'adresse que lui avait donnée le rédacteur de la revue, elle eut peine à trouver en elle assez d'énergie pour monter au troisième étage. Elle n'avait rien mangé depuis le matin. Hors d'haleine et titubant légèrement, elle arriva devant une porte portant l'inscription *L'Auto* en lettres d'or. Elle frappa.

— Entrez, fit une voix.

Le siège du journal se réduisait à une pièce où un homme efflanqué, d'une trentaine d'années, parlait au téléphone derrière un bureau. Il fit signe à Julie de s'asseoir et poursuivit sa conversation téléphonique qui se composait essentiellement de soupirs et d'exclamations désapprobatrices.

La jeune femme se laissa tomber sur une chaise, ferma un instant les yeux puis les rouvrit et regarda autour d'elle. Elle vit sur une table basse un exemplaire de *L'Auto*, le prit, le feuilleta, trouva la partie réservée aux petites annonces.

Elle les parcourut rapidement, vit une, deux, trois Delage à vendre. C'était prometteur mais elle eut alors l'idée de regarder la date imprimée sur la couverture : mars 1938. Des années s'étaient écoulées depuis...

Le jeune homme maigre raccrocha et demanda, en fronçant les sourcils :

— Que puis-je faire pour vous?

Il était à la fois, expliqua-t-il, le rédacteur en chef, l'unique journaliste et le secrétaire de la revue.

— Nous avons dû réduire le personnel car, faute de papier et d'argent, *L'Auto* ne pouvait plus paraître régulièrement. Par surcroît, les sujets d'articles devenaient rares : plus de nouvelles voitures, presque plus de courses... Enfin, cette année, nous réussirons peut-être à sortir trois numéros. C'est toujours mieux que rien, conclut-il avec un grand soupir.

« Ce garçon n'est pas très gai », se dit Julie. Elle demanda à voir des numéros récents.

— Oh! ils sont moches, dit le journaliste. Quatre pages, un tirage de cinq cents seulement. Cela ne valait presque pas le coup de les sortir. Vous les voulez très récents?

— Depuis le début de la guerre, disons.

Il lui donna la collection des trois dernières années et Julie fut surprise par le nombre considérable d'annonces qu'elle y trouva.

— Les gens se débarrassaient de leur voiture, commenta tristement le rédacteur en chef. Ils n'avaient plus les moyens de rouler.

Il y avait de tout à vendre : des voitures de course et de sport, Bugatti, Maserati, Mercedes; de belles voitures de tourisme, Delahaye, Bentley, Delage. Elle fut soulagée en faisant le compte de ces dernières. A trois numéros par an pendant trois ans, le total des Delage à vendre ne se montait qu'à vingt-quatre annonces — seize en éliminant celles publiées plusieurs fois. Certaines annonces n'ayant pour références qu'un numéro, elle demanda :

— Je pourrais avoir le nom et l'adresse des vendeurs?

— Je ne devrais pas, en principe... Oh! après tout, je m'en fiche!

Le journaliste sortit d'un classeur une pile de dossiers qu'il laissa tomber sur le bureau.

— Tenez! Vous les trouverez tous là-dedans.

Julie se mit au travail et une demi-heure plus tard, sa liste était complète.

— Merci, dit-elle. Éventuellement, je pourrais revenir consulter des numéros plus anciens?

— Pourquoi pas? grommela le journaliste d'un air abattu. Vous me trouverez sans doute encore ici. Pas de nouveaux modèles, pas de courses, pas de reportages... Oui, venez, vous me remonterez le moral.

De retour dans sa chambre, Julie dévora à belles dents son pain et son fromage — pas de fruits, c'était trop cher — tout en examinant sa liste de plus près. De nouveau, elle perdit courage : les propriétaires de Delage étaient éparpillés dans toute la France. Leur écrire prendrait trop de temps, téléphoner reviendrait trop cher. Quant à envoyer seize télégrammes, elle n'en avait pas non plus les moyens.

Elle s'étendit sur le lit, ôta ses chaussures, massa ses pieds douloureux. C'était sans espoir. D'autant que Vasson ne s'était peut-être pas offert de voiture. Peut-être cachait-il son argent et faisait le mort. Peut-être l'avait-il dilapidé depuis longtemps. Et la grande vie, qu'est-ce que ça signifiait pour lui maintenant?

Il ne restait presque plus d'argent à Julie, elle était épuisée, et ses chaussures usées jusqu'à la corde. Un moment, elle songea à renoncer mais elle se rappela les yeux froids et durs du traître, son expression cruelle. Un jour encore, décida-t-elle.

Elle se redressa, chercha dans son sac la carte qu'elle y avait mise quelques semaines plus tôt. Jojo lui avait offert son aide, pourquoi hésiter? Maintenant elle n'avait plus honte de demander. Comme on dit, nécessité fait loi. Et la nécessité pour elle, c'était l'argent.

En entendant crisser le gravier de l'allée, le comte se cacha. A présent, créanciers et commerçants furieux venaient le harceler chez lui presque chaque jour.

Il entendit la sonnette, colla un œil à une fente des volets et vit le vélo du facteur.

Le facteur dans l'après-midi? Ce ne pouvait être qu'une mauvaise nouvelle : une sommation d'huissier ou quelque chose de ce genre. Il eut un petit rire : dans quelques jours, il liquiderait les derniers objets de valeur du château et irait se cacher à Paris. On pourrait bien lui envoyer alors toutes les sommations qu'on voulait!

Le facteur apparut dans son champ de vision, reprit son vélo et s'éloigna. Dès que tout fut redevenu silencieux, l'aristocrate descendit à pas de loup dans le grand vestibule de l'entrée, coula un regard nerveux vers la porte, vit une enveloppe sur les dalles de marbre.

Il s'approcha, l'ouvrit avec des gestes impatients et s'exclama :

— Seigneur Dieu!

C'était un télégramme : CHERCHE DELAGE. LA VÔTRE TOUJOURS À VENDRE?

Suivaient une signature, LESCAUX, et un numéro de boîte postale à Paris. En bas de la feuille, il était précisé : RÉPONSE PAYÉE.

— Bon sang de bon sang! s'écria le vieillard.

Maintenant qu'il avait vendu sa voiture pour une bouchée de pain, les acheteurs allaient se présenter en masse! « Quel malheur! » se dit-il, en se dirigeant vers la cave pour voir s'il restait encore une bouteille de bordeaux. Il songea un moment à répondre puis s'avisa que c'était inutile : il avait vendu sa foutue Delage, c'était trop tard.

Quatre jours plus tard, il reçut un autre télégramme : SI VOITURE VENDUE, CHERCHE RENSEIGNEMENTS. PRIÈRE UTILISER RÉPONSE PAYÉE. LESCAUX.

Cette fois, le comte pensa qu'il y avait peut-être quand même de l'argent à glaner. Il se rendit au village, répondit par télégramme qu'il avait vendu la Delage récemment et qu'il s'apprêtait à partir en voyage, dans deux jours.

Le lendemain, une voiture s'engagea dans l'allée du château et le vieillard, comme à son habitude, se réfugia au premier étage. A travers les volets, il vit une jeune femme — plutôt belle — descendre du taxi du village. Il ajusta sa cravate, se passa une main dans les cheveux, alla ouvrir.

— C'est moi qui vous ai télégraphié, déclara l'inconnue.

— Entrez donc !

Il l'invita de la main à pénétrer dans le grand salon — la seule pièce encore meublée —, lui offrit un fauteuil Louis XV en lui demandant d'excuser les pieds branlants de ce siège.

— A quoi dois-je le plaisir de cette charmante visite ? fit-il avec un sourire enjôleur.

— A la revue *l'Auto*. J'ai envoyé un télégramme à toutes les personnes qui y ont passé ces dernières années une annonce proposant une Delage. Vous l'avez fait, et me voici.

Le comte sourit à nouveau, quoiqu'il eût l'impression de gaspiller son charme avec cette jeune femme à l'air sérieux.

— Mais pourquoi être venue ? Ma voiture est déjà vendue.

— Précisément. Vous faites partie des rares propriétaires de Delage qui ont trouvé un acheteur.

— Ah ! Vous dites qu'il n'y en a pas beaucoup ?

— Très peu. Il semble qu'il n'y ait pas de marché pour ces voitures.

Le comte tenta de se sentir plus heureux d'avoir fait affaire avec le jeune homme au visage couturé, mais n'y parvint pas. Il continuait à penser qu'il avait été roulé.

— Veuillez m'expliquer, demanda-t-il, pourquoi vous vous intéressez à une voiture déjà vendue.

— Je cherche quelqu'un qui aurait pu acheter une Delage.

La curiosité du comte s'éveilla.

— Une personne en particulier ?

— Oui.

— Dont vous voulez retrouver la trace ?

— Exactement.

Son interlocutrice semblait être une femme d'affaires, se dit-il. En général, il n'aimait pas beaucoup cela chez la gent féminine, mais dans le cas présent ce pourrait être avantageux. Quand ils en viendraient au point essentiel — la question argent —, ce serait plus facile de causer.

— Donc... vous voudriez des renseignements sur l'acheteur de ma voiture.

— Voilà. Je vais vous montrer une photo, vous le reconnaîtrez peut-être...

Le vieillard examina le cliché, cacha sa déception. Ce n'était pas le même homme, l'argent lui filait sous le nez. Quel ennui ! A tout hasard, il feignit d'hésiter :

— Hum... C'est difficile à dire. La personne à qui j'ai vendu était plus âgée, nettement plus...

— Une trentaine d'années ?

— Peut-être, peut-être.

La visiteuse se pencha sur la photo et demanda d'une voix anxieuse :

— Et les yeux, ils vous disent quelque chose?

— Peut-être, peut-être, répéta le comte.

Il fit semblant d'étudier le visage de plus près et découvrit avec surprise que le regard de l'adolescent photographié lui semblait effectivement familier. C'était peut-être *vraiment* son acheteur.

— Oui, c'est possible, dit-il. Mais l'homme à qui j'ai vendu ma voiture avait le visage plein de cicatrices, comme s'il avait été gravement blessé. Un visage affreux, très déplaisant à regarder. Alors, évidemment, c'est difficile de se prononcer catégoriquement... C'est peut-être lui mais, en toute honnêteté, je ne peux pas le jurer.

Ce qui était vrai et présentait l'avantage de maintenir la jeune femme suffisamment intéressée pour en arriver à la question financière, la seule importante pour lui.

Il obtint d'ailleurs l'effet escompté puisque la visiteuse répéta d'une voix excitée :

— Un visage plein de cicatrices?... Mais il était brun, mince, de taille moyenne?

— Oui.

— Et son comportement?

— Froid, dépourvu de cordialité. Un type très désagréable.

— C'est peut-être lui! s'exclama-t-elle.

Elle semblait pleine d'espoir.

— Vous paraissez très désireuse de le retrouver.

— Oh! oui! Vous savez son nom et son adresse, n'est-ce pas?

« Ainsi, elle ne connaît même pas son nom, se dit le comte. De mieux en mieux. »

— Est-ce que..., commença-t-il, est-ce que ces renseignements ont de la valeur?

Pour la première fois, l'inconnue eut l'air hésitant.

— De la valeur?

— Oui. Une valeur matérielle pour quelqu'un, précisa le vieillard avec un sourire suave.

La jeune femme parut décontenancée.

— Si vous voulez parler de valeur financière, la réponse est non.

— Je me demandais simplement si ces renseignements ont assez d'importance pour que la personne intéressée me dédommage du dérangement.

Les traits de la visiteuse se durcirent.

— La personne intéressée a des moyens très limités. C'est une affaire d'honneur, de justice — pas d'argent!

Le comte ne se laissa pas impressionner. Honneur, justice... aucune importance. Le prix serait le même. Il avait retenu la leçon du jeune homme défiguré : quand le marché vous est favorable, c'est vous qui décidez du prix.

— Je vois, je vois, fit-il d'un ton apaisant. En ce cas, une toute petite somme suffira. Disons quatre mille?

— Quatre mille francs? s'insurgea la jeune femme. Pas question, je n'ai pas le dixième de cette somme.

— Quel dommage! dit le vieillard, l'air chagriné. Bon, tant pis, ajouta-t-il en se levant.

Elle pâlit, ouvrit la bouche, la referma, l'ouvrit à nouveau et murmura :

— Mille.

— Trois mille cinq cents.

Ils tombèrent d'accord sur trois mille et la jeune femme tourna le dos au châtelain pour sortir l'argent de son sac. Il devina qu'elle avait beaucoup plus d'argent sur elle et regretta aussitôt de l'avoir laissée marchander. Une fois de plus, il s'était fait rouler.

Il sortit du salon pour rechercher l'acte de vente, écrivit le nom et l'adresse de l'acheteur sur une feuille de papier qu'il retourna donner à la jeune femme. Elle se jeta dessus avec avidité. « Lelouche... »

— Voilà! dit-il. Voulez-vous me laisser votre adresse, au cas où je me souviendrais de quelque chose...

Elle hocha la tête, s'exécuta. Après avoir soigneusement rangé l'adresse de la jeune femme dans son portefeuille, le comte demanda :

— Avez-vous gardé votre taxi?

— Non. Il revient dans cinq minutes.

« Parfait », se dit-il. Puis, avec galanterie :

— Je vais voir s'il arrive; parfois ce brave homme oublie.

— Ne prenez pas cette peine.

— Si, si... j'insiste.

Il quitta le salon, enfila prestement une veste et sortit.

Il se trouvait déjà sur la route quand il aperçut le taxi. D'un signe il arrêta le chauffeur, lui dit que la visiteuse était déjà repartie et se fit conduire à la gare.

Dans le train qui l'emmenait vers Paris, le comte estima qu'il faudrait sans doute deux bonnes heures à la jeune femme pour comprendre ce qui s'était passé, se rendre à la gare à pied et attendre le train suivant.

Cela lui laissait largement le temps.

Quand la cage parvint au plafond, l'un des ouvriers, qui se tenait en haut d'un échafaudage, se pencha pour passer le crochet dans l'énorme anneau scellé dans le plâtre.

— Ce que j'aimerais savoir, marmonna un de ses camarades, c'est comment la fille grimpera là-dedans.

— Par une échelle de corde, répondit Vasson, qui venait de pénétrer dans la salle.

Il examina la cage d'un œil critique, jugea que, avec un éclairage adéquat, l'effet serait réussi. Il l'aurait cependant voulue plus haute, inaccessible, mais on ne pouvait rehausser encore le plafond.

Les ouvriers s'étaient tus, ils attendaient la sentence avec quelque inquiétude.

— Oui, ça va, laissa finalement tomber Vasson.

Il crut les entendre soupirer de soulagement : c'était une des rares fois où il ne leur avait pas demandé de tout recommencer.

Mais il avait eu raison d'être exigeant, le résultat en valait la peine. Les anciennes caves formaient maintenant une seule grande salle qui, malgré ses dimensions, gardait un caractère intime grâce à l'éclairage. Sur les côtés s'alignaient des loges pouvant accueillir de deux à six clients; au centre, on avait installé une douzaine de petites tables entre l'estrade de la scène où seraient les musiciens, et un bar à l'autre bout.

Dans un décor noir, beige et or, très agressif, des plantes exotiques disposées un peu partout — entre les loges, autour des appliques, accrochées au plafond — apportaient une nuance plus douce. Personne n'avait eu cette idée avant lui.

Vasson avait dépassé son budget initial mais comptait bien récupérer rapidement son investissement. Déjà, tout le monde parlait de la nouvelle boîte. Le jour de l'ouverture, un rideau couvrirait la cage et dévoilerait, en tombant, une fille quasiment nue à la peau peinte en or. Ce serait sensationnel.

Il fit demi-tour, traversa la salle d'un pas pressé pour se rendre dans son petit bureau : il avait encore mille détails à régler et vingt-quatre heures seulement avant l'ouverture.

Quelques instants plus tard, on frappa à la porte.

— Oui! aboya Vasson.

Le nouveau barman passa la tête dans le bureau.

— Il y a quelqu'un qui veut vous voir.

— Qui?

— Il veut pas le dire mais c'est important.

— Bon, amène-le, soupira Vasson.

En voyant entrer le vieil imbécile, il pesta contre lui-même. Il n'aurait jamais dû mettre son adresse sur l'acte de vente; dès qu'il l'avait signé, il s'était reproché cette erreur.

— Si vous êtes venu me demander quelque chose, vous pouvez repartir tout de suite, grommela-t-il.

— Je vous apporte de bonnes nouvelles, dit le comte en s'asseyant.

— Cela m'étonnerait.

Vasson se leva, appela le barman.

— A votre place, j'attendrais un peu, reprit l'aristocrate. Je vous apporte des nouvelles du passé.

Vasson se figea, se rassit lentement.

— Du passé?

— Oui. Des informations qui vous seront fort utiles.

Le comte avait pris l'air patelin d'un vieux matou. Son interlocuteur avait la bouche sèche.

— Ah? Je vous écoute, dit-il après avoir passé la langue sur ses lèvres.

— Quelqu'un vous cherche! s'exclama le comte d'un air triomphant.

— Vraiment?

— Quelqu'un que vous avez connu naguère.

Le cœur serré par la peur, Vasson parvint à rester impassible.

— Cette personne m'a retrouvé grâce à la voiture? demanda-t-il d'une voix calme.

— Oui. Elle sait que vous l'avez achetée. Peut-être vous a-t-elle vu au volant...

— Peut-être. Et qui est-ce?

— Ah! C'est toute la question.

« Ce vieux débris veut de l'argent », conclut Vasson, qui passa en revue les solutions s'offrant à lui. Il pouvait lui arracher le renseignement par la force ou bien...

— Je ne pense pas que vos informations vaillent quelque chose.

— Vous ne le pensez pas mais vous n'en êtes pas sûr, répondit le comte avec un sourire suave.

— Au cas où je serais intéressé, que pourriez-vous me fournir?

— Le nom et l'adresse de la personne.

— Qu'est-ce qui me garantit qu'ils sont authentiques?

— Rien. Mais, à mon avis, ils le sont.

— Il n'y a qu'une seule personne, dans cette affaire?

Le comte réfléchit avant de répondre :

— Je crois pouvoir affirmer qu'il n'y en a qu'une.

— Vous a-t-elle dit qu'elle m'avait vu dans la voiture?

— Ah! je ne peux vraiment pas répondre à cette question, fit le châtelain avec des mines de maître d'école.

« Vieux noceur! » pensa Vasson avec dégoût. Mais il n'avait pas le choix. Il fallait absolument qu'il sache.

— Je vous offre cinq cents francs.

L'autre secoua la tête en riant.

— Allons, allons! C'est un peu juste, vous ne croyez pas?

Finalement, les deux hommes tombèrent d'accord sur la somme de quatre mille francs, que Vasson compta sur le bureau. Le cœur battant, il demanda d'une voix sourde :

— Alors?

— C'est une jeune femme brune d'une trentaine d'années. Elle s'appelle Lescaux et m'a donné comme adresse l'*Hôtel Hortense*, un établissement bon marché du XIIIe arrondissement. Elle est venue me voir aujourd'hui, avec une vieille photo de vous. Je ne vous ai d'abord pas reconnu — forcément... votre visage... —, et puis en regardant bien les yeux...

Le comte laissa sa phrase en suspens, attendit la réaction de Vasson.

— Comment... comment vous a-t-elle trouvé?

— Par l'annonce.

— Alors elle ne m'a pas vu dans la voiture?

— Elle ne l'a pas dit.

Vasson se leva avec raideur et murmura :

— Fichez-moi le camp, et que je ne vous revoie plus!

Sans se le faire dire deux fois, le visiteur s'éclipsa.

Vasson réfléchit un moment puis enfila sa veste et sortit par la porte de derrière.

CHAPITRE XXXIX

Julie reconnut la rue et se souvint de l'avoir parcourue une semaine plus tôt quand elle explorait les environs de Pigalle. Elle était étroite et très sombre, éclairée seulement çà et là par la vitrine d'un petit bistrot. La jeune femme avançait lentement, s'arrêtait de temps à autre pour tenter de déchiffrer dans le noir les numéros inscrits au-dessus des portes.

Lorsqu'elle fut presque arrivée à l'adresse qu'elle cherchait, elle s'arrêta à nouveau, le cœur battant, se cacha sous un porche. Au numéro suivant, il y avait une boutique aux volets clos, puis une entrée d'immeuble d'où s'échappait une lumière dorée.

C'était là. Julie scruta l'obscurité, vit au-dessus de la porte une enseigne non éclairée, parvint cependant à en lire les lettres. *The Golden Cage*. Une boîte de nuit, alors? Curieux. Elle aurait juré qu'elle n'y était pas quand elle avait mené ses investigations dans le quartier.

Elle prit une profonde inspiration, traversa la rue, et, du trottoir d'en face, examina les lieux en tâchant de ne pas se faire remarquer. C'était bien une boîte de nuit mais apparemment fermée. La porte d'entrée, entrouverte, était barrée par des planches, et l'on voyait à l'intérieur une pancarte portant une inscription.

Julie poursuivit sa route, résistant à l'envie de se retourner, et se glissa sous un porche quelques mètres plus loin. Elle s'humecta les lèvres, attendit que son cœur se remît à battre normalement puis jeta un regard furtif dans la rue. Personne. Elle se détendit un peu.

Et maintenant? Pas question d'entrer dans la boîte de nuit, elle pourrait tomber sur Vasson. Il fallait attendre. Attendre et surveiller.

En espérant que le comte lui ait donné la bonne adresse.

Le vieillard avait eu un comportement si étrange que Julie ne savait que penser. D'abord, quand elle ne l'avait pas vu revenir, elle lui avait accordé le bénéfice du doute mais lorsqu'elle avait retrouvé le chauffeur de taxi devant la gare où elle était arrivée épuisée après une longue marche depuis le château, elle avait commencé à comprendre. Le comte l'avait délibérément fait attendre au château pendant qu'il s'enfuyait. Mais pourquoi? Peut-être parce qu'il travaillait avec Vasson, songea Julie, découragée. Dans ce cas, il l'avait envoyée sur une fausse piste et tout le chemin qu'elle avait parcouru menait à une impasse.

Elle se plaça de manière à pouvoir surveiller l'entrée de la boîte de nuit en restant dans la pénombre. La rue commençait à s'animer avec la venue des premiers noctambules. Un homme la repéra sous son porche, s'approcha. Elle s'en débarrassa assez facilement mais se dit qu'elle aurait peut-être plus de mal la fois suivante. Elle se rappela qu'elle avait beaucoup d'argent sur elle — plus de deux mille francs venant de la somme que les amis du truand marseillais lui avaient remise — et regretta de ne pas en avoir laissé une grande partie à l'hôtel.

Un homme coiffé d'une casquette et vêtu d'habits de travail sortit de la *Golden Cage*, s'arrêta sur le seuil, appela quelqu'un par-dessus son épaule. Un autre homme porteur d'une musette apparut, rejoignit le premier sur le trottoir et descendit avec lui en direction de Pigalle.

Des ouvriers, constata Julie. Cela expliquait pourquoi l'établissement était fermé.

Pendant plusieurs heures, il ne sortit plus personne et le temps s'écoula lentement. Julie avait terriblement faim; pour une fois elle avait oublié de mettre du pain dans sa poche. Vers dix heures et demie, elle était à moitié morte de froid. Puis un peu avant onze heures, un groupe de quatre ou cinq personnes sortit de l'immeuble. Tendue, elle se pencha pour distinguer leurs visages.

C'étaient, pour la plupart, des ouvriers vêtus de vieux habits et portant des outils. Un homme mieux habillé sortit à son tour, enleva la planche de l'entrée, éteignit la lumière et ferma la porte à clef. Il était très grand, avec une épaisse tignasse blonde.

Ce n'était pas Vasson.

Il était évident que l'établissement était fermé pour la nuit; il semblait désert à présent et Julie se dit qu'elle ferait mieux de retourner à l'hôtel dormir un peu. Il était inutile de rester là à attendre.

Elle hésita, décida tout de même de jeter un coup d'œil; cela ne lui prendrait qu'une minute. Elle traversa vite la rue en regardant précautionneusement à gauche et à droite et s'approcha de l'entrée. Sur la porte était collé un avis annonçant que la *Golden Cage* ouvrirait le 14 novembre, c'est-à-dire le lendemain.

Quel coup de chance! Si Vasson avait quelque chose à voir avec l'établissement, il assisterait à l'ouverture, elle pourrait, cachée dans l'ombre, guetter son arrivée... Mais le reconnaîtrait-elle de loin? D'après le comte, son visage était terriblement couturé.

Elle jeta un regard par-dessus son épaule, vit plusieurs ombres se découper dans la rue obscure. Mis à part le faible grondement de la circulation, on n'entendait que des bribes de musique lointaine. Julie eut soudain la chair de poule, un frisson la parcourut. Elle se mit à marcher d'un pas vif et sa peur irraisonnée ne la quitta que lorsqu'elle déboucha dans la lumière de la place Pigalle.

Dans le métro elle fit le point de la situation.

L'idée lui vint de demander aux amis de Jojo de venir avec elle le lendemain. Oui, elle imaginait déjà comment les choses se passeraient : elle arriverait avec un groupe de personnes, elle examinerait le visage couturé, le reconnaîtrait immédiatement, verrait la stupeur dans ses yeux.

Mais lui aussi la reconnaîtrait immédiatement! Non, il ne devait pas la voir, elle resterait à distance, l'identifierait de loin. Une fois sûre de l'avoir retrouvé, elle préviendrait... Qui? Les amis de Jojo ou d'anciens Résistants. Les uns comme les autres exécuteraient le traître sans attendre.

La police? La justice pouvait se montrer trop clémente mais d'un autre côté, il valait mieux le faire passer par les affres d'un long procès, lui laisser le temps de ruminer ses crimes en attendant le châtiment.

Le quart d'heure qu'elle mettait d'ordinaire pour aller de la station de métro à son hôtel lui parut plus long ce soir-là tant elle était épuisée. Finalement, elle aperçut de loin la façade lépreuse de l'*Hôtel Hortense*, établissement qu'elle avait délibérément choisi pour sa modicité. Il n'y avait pas de portier de nuit et on fermait la porte à onze heures. Après quoi, les clients devaient se servir d'un clef obtenue en versant un dépôt de garantie assez élevé.

Julie se traîna jusqu'à la porte, fouilla son sac, jura entre ses dents et finit par retrouver la clef qui s'était logée entre deux pages de son agenda. Elle ouvrit, entra, referma derrière elle avec soulagement.

Dans le couloir, une unique ampoule blanche éclairait le sol d'une lumière froide et laissait dans l'ombre le reste du hall. Elle se dirigea vers l'escalier, commença à monter : elle avait pris une chambre au quatrième et dernier étage, toujours pour des raisons d'économie. La cage d'escalier abritait bien un antique ascenseur mais, comme la plupart des ascenseurs parisiens à l'époque, il était généralement en panne et elle n'essayait même plus de le prendre.

Dans l'hôtel silencieux, les marches craquaient sous les pieds de Julie. Il y avait peu d'autres clients et ils étaient particulièrement discrets.

Parvenue au premier, Julie s'arrêta et entendit du bruit provenant du hall : un faible grattement. Quelqu'un essayait d'ouvrir la porte d'entrée.

Elle se remit à gravir l'escalier d'un pas plus rapide. Arrivée au deuxième étage, elle entendit un léger claquement métallique : quelqu'un avait fermé la porte de l'ascenseur. Julie accéléra l'allure. La machinerie de l'appareil se mit en marche avec un bourdonnement, les câbles cliquetèrent : l'ascenseur montait.

Au troisième, Julie se pencha par-dessus la rampe pour regarder la cabine monter dans la cage; mais l'ascenseur avait un toit et elle ne put voir qui était à l'intérieur. Elle se remit à gravir les marches, arriva au dernier étage un peu essoufflée, se hâta vers la porte de sa chambre et chercha la clef dans son sac.

Impossible de la trouver.

L'ascenseur s'arrêta au quatrième avec un bruit sec, la porte de la cabine s'ouvrit.

Julie plongea la main dans la poche extérieure de son sac, sentit enfin sous ses doigts la plaque métallique portant le numéro de la chambre. Elle saisit la clef, voulut l'introduire dans la serrure mais n'y parvint pas tant elle tremblait.

Des pas résonnèrent sourdement sur le plancher à travers le tapis élimé.

Elle se retourna, aperçut le plus grand Noir qu'elle eût jamais vu et partit d'un rire nerveux en portant une main à sa poitrine.

— Bonsoir, bredouilla-t-elle. Vous... vous m'avez fait peur.

L'homme, qui portait l'uniforme de l'armée française, sourit d'une oreille à l'autre, révélant une magnifique rangée de dents blanches que Julie contempla, émerveillée. Il s'inclina pour saluer la jeune femme, se redressa et dit, d'une voix de basse profonde, tout en titubant légèrement.

— Toutes mes excuses, mademoiselle!

Julie se rendit compte qu'il était à moitié ivre; elle salua poliment, réussit enfin à ouvrir la porte, entra vite dans sa chambre. En refermant, elle vit le Noir immobile sur le palier, le visage toujours fendu d'un large sourire. « Soûl mais tout à fait inoffensif », pensa-t-elle. Elle alluma la lumière, tira le verrou.

Le mobilier de la chambre se réduisait à un lit, une carpette, une commode et une armoire étroite. Mais l'endroit était propre et, surtout, personne parmi les clients ne faisait attention à elle.

Elle se jeta sur le lit, y demeura un moment, savourant le plaisir d'avoir les jambes étendues, puis se releva à contrecœur, ouvrit la fenêtre pour fermer les volets. En fait de fenêtre, c'était plutôt une lucarne d'où on ne voyait pas la rue mais seulement un coin de ciel. Julie leva les yeux, vit une myriade d'étoiles au-dessus de la clarté diffuse des lumières de la ville.

Cela faisait longtemps qu'elle n'avait pas contemplé un ciel de nuit.

Elle resta un long moment immobile à se rappeler la Bretagne.

Julie finit par avoir froid, tira les volets et referma la fenêtre. Elle mangea avec grand appétit du fromage sur du pain de l'avant-veille puis, serrant les dents à cause du froid, se déshabilla aussi vite qu'elle le put et passa sa chemise de nuit.

Sans prendre la peine de se débarbouiller, elle se mit immédiatement au lit en grelottant. Elle se releva pour étendre sa robe de chambre sur les couvertures trop minces puis se recoucha, se recroquevilla sur elle-même à la recherche d'un peu de chaleur.

Un coup de chance, cette arrivée du soldat noir, si ivre qu'il avait fallu l'aider à trouver sa clef.

Quand la cabine de l'ascenseur disparut, Vasson se glissa derrière le bureau de la réception, chercha le registre, ne le trouva pas. Immédiatement derrière le bureau, il y avait une porte menant probablement à une pièce où l'on rangeait le registre la nuit. Il essaya d'ouvrir : c'était fermé.

Il avisa alors, à droite de la porte, un tableau sur lequel étaient épinglées des feuilles jaunies donnant les consignes à observer en cas d'incendie, des numéros de compagnies de taxis et, sur un morceau de papier blanc, la liste des chambres avec, éventuellement, le nom de l'occupant. Comme l'hôtel ne comptait guère que cinq ou six clients, il trouva aussitôt le nom qu'il cherchait.

Lescaux. Chambre 25.

Vasson inspecta rapidement le vestibule, s'approcha de l'escalier à pas de loup, se mit à monter en regardant les numéros des chambres.

A l'approche du quatrième étage, il ralentit, tendit l'oreille. Tout était silencieux.

Il grimpa les dernières marches, s'arrêta à nouveau puis traversa le palier et chercha la porte ayant le numéro 25.

Elle se trouvait sur le devant, à gauche. Vasson s'approcha silencieusement, colla l'oreille à l'huis, entendit quelqu'un marcher à l'intérieur ; ensuite le bruit d'une fenêtre qu'on ferme.

Il se retourna pour inspecter le palier ; il y avait d'autres chambres, et de l'autre côté du corridor, une salle de bains, des W.C., et plus loin une porte métallique surmontée de l'inscription « Sortie de Secours ». Il essaya vainement de l'ouvrir, vit une clef pendant à un clou fiché dans le chambranle.

D'abord la clef refusa de tourner dans la serrure mais Vasson tira sur la poignée et parvint à ouvrir. Il entrebâilla la porte, jeta un coup d'œil par la fente et, satisfait, referma sans donner un tour de clef.

Il se rendit ensuite dans la salle de bains, alluma la lumière, tira le verrou, éteignit et s'assit sur le sol pour attendre plus confortablement.

Machinalement, sa main se porta au pistolet qu'il portait dans sa poche mais il décida aussitôt qu'il ne s'en servirait pas. Trop bruyant — il utiliserait une méthode discrète.

Fichue fille ! Elle ne lui avait valu que des ennuis.

Ce qui le sidérait, c'était la façon dont elle l'avait retrouvé. Grâce à la voiture ! Comment pouvait-elle connaître sa passion pour les Delage ? Cela faisait des années et des années qu'il n'en avait parlé à qui que ce soit...

Oui, fichue fille. Était-elle seule? Avait-elle averti quelqu'un d'autre? De toute façon, s'il ne s'occupait pas d'elle tout de suite, c'était fini pour lui.

La tête appuyée contre la baignoire, Vasson attendait, regardant sans le voir le ciel de nuit.

Incapable de dormir, Julie repensait aux événements de la journée et à ce qu'ils signifiaient. Chaque fois qu'elle commençait à sombrer dans le sommeil, elle se réveillait en sursaut et ressassait à nouveau les mêmes pensées.

Il y avait autre chose qui l'empêchait de s'endormir : l'envie d'aller aux toilettes. Avec un soupir exaspéré, elle finit par se lever, frissonna dans la chambre froide et passa prestement sa robe de chambre.

Elle tira le verrou, ouvrit la porte, traversa silencieusement le palier et pénétra dans les toilettes.

Quand elle en ressortit, elle se dirigea vers la salle de bains, tourna la poignée de la porte. Fermé. Elle leva les yeux vers l'imposte : pas de lumière. Elle essaya de nouveau d'ouvrir, sans résultat. Elle demeura un moment immobile puis haussa les épaules et retourna dans sa chambre.

Julie se fourra rapidement sous les couvertures et ferma les yeux, bien décidée à s'endormir. Elle s'efforça de détendre son corps, membre après membre, et commençait à somnoler quand elle songea à Richard, ce qui l'éveilla aussitôt. Elle pensait souvent à lui mais ce soir-là, ses souvenirs étaient particulièrement vifs, probablement à cause de ce magnifique ciel de nuit qui lui rappelait la petite chambre mansardée, en Bretagne. Richard lui manquait terriblement...

Elle s'efforça à nouveau de se détendre, commença à compter des moutons.

— *Bump!*

Julie s'éveilla, l'esprit aussitôt en alerte.

Un bruit, *proche*.

Parfaitement immobile, elle écouta les voix du silence.

Rien. Peut-être n'était-ce finalement qu'un bruit provenant de la rue...

Elle sursauta en entendant un faible grattement. *Proche*. Elle en était sûre, cette fois. Elle se redressa, le cœur battant, tenta de localiser la source du bruit.

D'abord elle n'entendit rien puis le grattement recommença, à peine audible. «Un animal?» Oui, probablement. Elle regarda autour d'elle mais il faisait très noir dans la chambre avec les volets tirés; la seule lueur venait de dessous la porte.

Avec une infinie lenteur, elle enfila sa robe de chambre, noua la ceinture, balança les jambes hors du lit et se leva en prenant soin de ne faire aucun bruit.

Elle écouta à nouveau : le grattement avait cessé.

Se guidant à tâtons, elle alla à la porte, y colla l'oreille, n'entendit rien. Machinalement, elle vérifia que la porte était bien fermée, le verrou poussé, tendit la main vers l'interrupteur électrique puis changea d'avis et retourna lentement au centre de la pièce. Elle s'immobilisa, tendant l'oreille.

Cette fois le grattement fut plus fort et elle parvint à le localiser : cela venait de la fenêtre...

Julie s'approcha, s'arrêta, écouta à nouveau. Une souris, sans doute...

Elle franchit le dernier pas la séparant de la fenêtre, se figea.

Tout était à nouveau silencieux et elle s'apprêtait à retourner se coucher quand...

Clic!

Julie bondit, leva les yeux. Il y eut un brusque mouvement, un rectangle de lumière apparut à la fenêtre lorsqu'un des volets s'ouvrit.

Elle poussa un cri.

La tête et les épaules d'un homme se découpaient sur le ciel.

— Mon Dieu! cria-t-elle en reculant vers le lit.

La silhouette disparut brusquement. Horrifiée, Julie gardait les yeux fixés sur la fenêtre. *C'était lui*, elle en était certaine. *C'était lui!*

Elle retrouva l'usage de ses jambes, recula jusqu'au lit, chercha à tâtons le montant.

La chambre était à nouveau silencieuse.

Julie s'efforça de rassembler ses esprits mais ne parvint qu'à se répéter : « C'est lui, c'est lui! »

Le silence se prolongea.

Soudain, il y eut un autre mouvement, elle étouffa un cri.

Un bras, à la fenêtre, une main tenant quelque chose.

— *Non!* gémit Julie.

Elle chercha désespérément autour d'elle de quoi se défendre, ne trouva rien, sortit de ses glissières un des tiroirs de la commode, le brandit au-dessus de sa tête, courut vers la fenêtre et le pressa contre l'encadrement.

— Nooon! cria-t-elle en poussant de toutes ses forces.

Elle resta un moment immobile, la tête contre le tiroir, répétant à voix basse :

— Mon Dieu! Mon Dieu!

Puis elle écarta son visage du tiroir, écouta.

Pas un bruit.

Elle leva la tête, regarda : le bras avait disparu.

Paralysée d'indécision, elle attendit. Était-il parti? Elle pensa d'abord qu'il se cachait sous l'appui de fenêtre, prêt à jaillir comme un diable d'une boîte, puis se persuada qu'il n'était plus là.

Mais alors, *où était-il?*

En tout cas, elle devait à tout prix s'enfuir. Dans un immense effort de volonté, Julie se glissa à droite de la fenêtre et, tremblant violemment, posa le tiroir sur la commode. Les yeux rivés à la lucarne, elle battit en retraite jusqu'au lit, ôta sa robe de chambre, enfila son manteau par-dessus sa chemise de nuit, parvint à le boutonner à moitié.

Ses chaussures... Où étaient ses chaussures? Elle chercha du pied à tâtons, en sentit une, se baissa pour la mettre. Elle s'accroupit, passa la main sous le lit, ne trouva rien et faillit éclater en sanglots. Finalement, elle mit la main sur l'autre chaussure, l'enfila à la hâte. Pendant tout ce temps, elle regardait la fenêtre.

Toujours rien.

Julie se remit lentement debout, avança en biais vers la porte sans quitter la fenêtre des yeux. En faisant le moins de bruit possible, elle tira le verrou, tourna la clef dans la serrure, écouta attentivement, n'entendit rien.

Elle tourna la poignée avec précaution, entrebâilla la porte. Un rai de lumière filtrait du palier; regardant par la fente, elle pouvait voir les W.C. et la salle de bains, puis l'ascenseur et, à droite, les dernières marches de l'escalier.

Le palier — ou du moins ce qu'elle en voyait — était désert.

« C'est maintenant ou jamais », se dit-elle.

Elle ouvrit brusquement la porte, se mit à courir et se figea, un cri bloqué au fond de sa gorge.

Il se tenait en haut de l'escalier, tapi contre le mur, le corps ramassé comme un chat à l'affût.

Horrifiée, Julie regarda le visage hideux, les cicatrices rouges sur la peau blême.

Mais c'était bien Vasson. Elle reconnut ses yeux froids et durs qui brillaient dans la pénombre, la regardaient.

Un moment ils demeurèrent tous deux immobiles, s'affrontant du regard, puis il se mit en mouvement.

Julie cria, recula précipitamment, passa devant la porte de sa chambre, continua. Elle jeta derrière elle un regard affolé en se demandant si le soldat noir l'avait entendue.

Prenant une profonde inspiration, elle voulut crier plus fort mais son appel au secours ne fut qu'un gargouillis.

Le dos au mur, elle vit Vasson approcher, se préparer à bondir.

Quand le cri jaillit enfin des lèvres de la jeune femme, le traître s'élança, la saisit par les cheveux, lui tira la tête en arrière, plaqua une main sur sa bouche. Les doigts de l'homme entraient dans sa joue. Julie décocha une ruade, repoussa son assaillant mais il lui empoigna fermement la nuque de son autre main.

Elle donna de nouveaux coups de pied, si violents qu'elle en perdit ses chaussures, lança ses ongles vers le visage de Vasson mais il la tenait à bout de bras, emprisonnant sa tête entre ses mains.

Lorsqu'il tenta de la faire tomber, elle fut prise de panique et se débattit frénétiquement, tentant de lui faire lâcher prise.

Mais que faisait le soldat noir? Il l'avait sûrement entendue!

Vasson tira plus fort, Julie tenta de résister en plantant ses talons dans le tapis, mais il parvint à la déséquilibrer et elle sentit ses jambes se dérober sous elle. Elle bascula sur le côté, heurta de l'épaule quelque chose de dur et se retrouva dans le noir. *Ils étaient dans sa chambre.*

Entendant la porte se refermer, elle redoubla d'efforts pour se libérer, rua dans toutes les directions et atteignit le tibia de Vasson, qui étouffa un gémissement. Au coup suivant, elle toucha le montant du lit et se fit mal au pied.

Elle cherchait à frapper de nouveau le tibia de Vasson quand sa tête fut brusquement tirée sur le côté. Elle eut un vertige, son crâne heurta le mur et elle cessa de se débattre.

A moitié étourdie, il lui fallut un moment pour se rendre compte qu'il l'avait fait tomber sur le lit, que sa main n'était plus plaquée sur sa bouche. Elle rassembla ses forces pour crier mais n'en eut pas le temps. *Les mains de Vasson s'étaient refermées sur son cou et serraient, de plus en plus fort.*

Une frayeur glacée l'envahit; il lui fallait se battre à mort.

Julie enfonça ses ongles dans les mains qui l'étouffaient, donna de grands coups de pied dans tous les sens. Pour l'empêcher de continuer, Vasson pressa son corps contre le sien mais elle releva aussitôt les genoux, réussit à l'atteindre à l'entrejambe. Bien que le coup ne fût pas très violent, Vasson se recula et Julie, arquant le dos, en profita pour se laisser glisser par terre. Il suivit le mouvement, relâcha un moment son étreinte mais la resserra ensuite de plus belle.

Incapable de respirer, elle lui laboura les mains de ses ongles. Les mains de l'assaillant... la seule chose qui comptait. *Ses mains.* Elle se rappela qu'elle devait aussi frapper à coups de pied. De nouveau elle se mit à ruer en tous sens. Soudain, elle sentit un poids lui écraser l'estomac. Un genou...

De l'air... il lui fallait de *l'air.* Prise de panique, elle se contorsionna, parvint à se libérer du genou qui la clouait au sol, lança de nouveau des ruades. « Vas-y! vas-y! » se disait-elle.

Elle était donc toujours dans l'hôtel.

Il retourna à l'intérieur, referma doucement la porte d'entrée derrière lui, parcourut le hall des yeux et décida d'essayer systématiquement toutes les portes, en commençant par la gauche.

« Où est-il? se demandait Julie dans le silence. Que faire quand il arrivera? Courir? Il me rattrapera tout de suite! »

Elle réfléchit un moment, revint sur la pointe des pieds vers la cuisine et y risqua un œil; la pièce était vide et silencieuse. Elle regarda la porte à battant, dont le hublot était éclairé d'une lumière diffuse provenant du vestibule. Elle se força à y entrer, s'approcha de la table, passa la main sous le plateau : pas de tiroir.

Il approchait, elle le sentait... Elle avait la chair de poule.

« Je n'en peux plus! »

A droite, contre un mur, il y avait un buffet avec plusieurs tiroirs. Elle ouvrit précipitamment le premier : rien que des papiers. Dans le second, des cuillères, des fourchettes... C'était mieux; mais *pas de couteaux*. Elle se rabattit à la hâte sur le dernier, qui résista.

« Tu vas t'ouvrir? »

« Enfin! » A l'intérieur, elle trouva des couteaux — ni grands ni pointus mais des couteaux. Elle en prit un et s'apprêta à repartir vers la porte de derrière quand elle aperçut, au-dessus des fourneaux, de grands couteaux de cuisine accrochés au mur. Il y en avait des quantités. Elle en prit un, éprouva le tranchant de la lame, jeta un coup d'œil derrière elle et courut vers la porte du fond. Elle s'y appuya, haletante, réfléchit un moment puis donna un tour de clef, au cas où il viendrait *de l'extérieur*.

La tête contre la porte, la main sur la clef, elle attendit. Elle était prête. Son cou lui faisait mal, la douleur taraudait son crâne mais surtout, elle avait les jambes en coton. Elle serait incapable de courir...

Julie se mordit la lèvre. « Tiens bon! » se dit-elle. Le silence continuait à régner. L'attente était insupportable. Elle avait envie d'ouvrir la porte, de se mettre à courir mais se disait qu'il la guettait peut-être dehors... Mieux valait attendre. La clef faillit échapper à ses mains tremblantes; elle la serra plus fort.

Le silence était de plus en plus angoissant, l'oppressait, emplissait l'espace.

Un bruit la fit sursauter, elle tendit l'oreille. Ce n'était qu'un camion passant dans la rue.

Les tempes battantes, elle appuya de nouveau la tête contre la porte. Comme elle se sentait faible!

Soudain elle se raidit. Avait-elle entendu quelque chose d'autre?

Grands dieux! L'espace d'un instant, son cœur cessa de battre. Ses doigts serrèrent la clef plus fort. Du fond du petit couloir, elle scruta la pièce obscure, écouta...

Il y eut un léger bruit.

« Dans la cuisine. »

Elle tourna la clef dans la serrure, abaissa la poignée, commença à ouvrir la porte.

Une forme noire traversa la cuisine.

Julie se rua dehors, se mit à courir, frappant le sol rugueux de ses pieds nus et douloureux, les jambes entravées par sa chemise de nuit. Elle courait dans une ruelle très sombre, qui semblait interminable...

Brusquement elle perçut un bruit de pas feutrés derrière elle; elle se mit à courir encore plus vite, haletante, le souffle de plus en plus court. Les pas se rapprochaient.

« Mon Dieu, donnez-moi de la force! »

Où menait la ruelle? C'était un tunnel noir et sans fin.

Elle trébucha, faillit tomber, retrouva l'équilibre et s'efforça d'accélérer de nouveau.

Elle pouvait entendre maintenant l'homme haleter. « O mon Dieu! »

De la lumière, une lueur. Julie courut jusqu'au coin, tourna dans la rue, poussa un cri de douleur : son pied nu s'était posé sur quelque chose de pointu, qui s'y était fiché. Elle se força à repartir en sautillant.

Vasson approchait.

La terreur envahit Julie; elle poussa un gémissement.

Il approchait; il était tout près.

Elle aurait voulu courir, encore et encore, jusqu'à ce que son cœur éclate, courir et courir toujours.

Elle poussa un cri d'animal et fit volte-face. Armée de tout son courage, le sang battant à ses tempes...

« Va-t'en! Éloigne-toi de moi! »

Emporté par son élan, Vasson ne put s'arrêter et continua à foncer vers elle.

— Non! cria-t-elle.

Tenant le couteau à deux mains, elle le brandit devant elle en poussant un grognement. Le corps du traître heurta le sien avec un bruit mat, la projeta en arrière; elle essaya de reprendre son équilibre, mais le choc avait été trop violent; elle tomba. Vasson s'abattit sur elle; à demi écrasée, elle sentit une main toucher son cou et crut mourir de terreur. Mais la main retomba et, à la lueur du réverbère éclairant la rue, Julie vit la bouche de son assaillant se tordre en une grimace de douleur. Avec une plainte rauque, il bascula sur le côté, roula sur le dos, porta les mains à son ventre et, baissant la tête, regarda avec étonnement le sang qui coulait entre ses doigts.

Il releva la tête, tourna vers Julie son visage couturé, reflétant à la fois la souffrance et l'incrédulité.

La jeune femme se releva, le couteau à la main, gémit faiblement, secoua la tête et recula. Elle posa sur le sol son pied douloureux, poussa un cri, laissa tomber son arme, prit appui sur l'autre pied et se pencha. Elle examina le pied blessé, vit un morceau de verre planté dans la chair, l'enleva.

Un mouvement attira son attention, elle releva la tête.

Une main sur le sol, l'autre plaquée sur son ventre, Vasson tentait de se redresser.

— Non! rugit Julie.

Le couteau! Où était le couteau?

Le traître parvint à se mettre debout et, titubant, fit un pas en avant. Il avait le regard dardé sur elle, comme une épée.

Elle vit par terre une lueur métallique : le couteau, à ses pieds. Elle s'en saisit, tendit le bras devant elle.

— N'approche pas!

Vasson s'arrêta; prudent, il se tint à distance, les bras en avant, prêt à bondir. Il se mit à tourner lentement autour de la jeune femme. Par moments il mettait une main sur la blessure de son ventre.

« Je ne t'ai pas fait assez mal », se dit-elle. Puis elle le vit fouiller dans une de ses poches, en ressortir un pistolet dont le canon miroita à la lueur du réverbère.

« C'est fini... contre un pistolet, je ne peux rien... »

Elle entendit, au loin dans l'avenue, un roulement qui se rapprocha jusqu'à emplir la ruelle. Une camionnette.

Vasson tourna la tête vers l'avenue, puis baissa les yeux vers l'arme et Julie se rendit compte qu'il essayait de relever le cran de sûreté.

« Maintenant ou jamais... Dieu, je me sens si faible. »

Tremblant de tous ses membres, elle rassembla ses forces et se jeta sur Vasson, qui leva les mains en un geste de défense.

Elle brandit le couteau au-dessus d'elle et l'abattit en poussant un cri.

La lame se planta dans la poitrine de Vasson, Julie continua à pousser de toutes ses forces en sanglotant :

— Laissez-moi! Laissez-moi! Allez-vous-en!

Elle finit par se rendre compte que l'arme était profondément enfoncée dans le corps du traître, la lâcha et s'effondra.

Vasson regardait avec stupeur le couteau fiché dans sa poitrine. Il ressentait une douleur atroce, d'une violence à peine imaginable. Il ne pouvait croire qu'elle l'avait à nouveau frappé, et si fort. Il respirait difficilement, avec des gargouillis. Un liquide remontait de ses poumons.

Lentement, il tomba à genoux, bascula sur le côté. Un sang noir s'épancha de sa poitrine. Il demeura immobile, espérant que la terrible douleur qu'il ressentait disparaîtrait, que son sang cesserait de couler.

Il se sentait terriblement lourd, ses membres semblaient de plomb. Le sang lui emplit la gorge, il suffoqua.

« Qu'ai-je donc fait, mon Dieu? Qu'ai-je fait? C'est injuste. Injuste! »

Ses poumons se dilatèrent mais n'aspirèrent que du sang. Saisi d'épouvante, il eut l'impression de se noyer.

Enfin il comprit qu'il avait trouvé sa dernière prison — la plus petite, la plus sombre... Que cet horrible instant était la fin.

Il voulut crier mais déjà l'obscurité se refermait sur lui.

Pourquoi m'as-tu abandonné?
Pourquoi m'abandonnes-tu maintenant?
Je ne comprends pas.

Le visage tordu de douleur et de rage prit une expression profondément triste, du sang coula de la bouche. Soudain Vasson hoqueta, roula les yeux puis son regard devint fixe, vitreux.

Julie se releva; immobile, elle le regardait en pleurant doucement.

« Non, non, non... » se mit-elle à psalmodier sans arrêt en secouant lentement la tête.

Entendant une voiture au loin dans la rue, elle sursauta, jeta un regard inquiet autour d'elle et retourna en boitant dans la ruelle. Son pied lui faisait très mal. Elle s'appuya contre un mur, tâta de la main la plaie. Un morceau de verre y était resté; elle le retira et la blessure se mit à saigner abondamment. Julie voulut déchirer le bas de sa chemise de nuit pour en faire un pansement mais n'y parvint pas, trouva dans la poche de son manteau un mouchoir qu'elle noua autour de son pied.

Elle regagna l'hôtel en sautillant, referma la porte de derrière, traversa la cuisine et le vestibule déserts, monta l'escalier aussi vite qu'elle le put. Sur le palier du quatrième étage, elle récupéra ses chaussures qu'elle avait perdues en donnant des coups de pied, entra dans sa chambre, alluma la lumière, referma la porte à clef.

Après être restée un moment complètement immobile, les yeux fermés, elle se mit méthodiquement au travail. Elle ôta son manteau et sa chemise de nuit tachés de sang, en fit un balluchon puis enfila sa robe de chambre, prit des vêtements propres et passa dans la salle de bains. Malgré les violents tremblements qui l'agitaient, elle se lava avec soin avant de s'habiller et retourna dans sa chambre.

Elle prit une feuille de papier, un stylo et commença à écrire d'une main tremblante, en capitales d'imprimerie. Mécontente du résultat, elle déchira la feuille, en prit une autre, se remit à écrire en se concentrant pour empêcher sa main de trembler. Satisfaite cette fois, elle se relut :

PAUL VASSON, ALIAS LEBRUN, ALIAS FOUGÈRES, ALIAS LE MARSEILLAIS. TRAÎTRE, COLLABO, MEURTRIER, A VENDU A L'ENNEMI LE RÉSEAU MÉTÉOR ET LA FILIÈRE DE TRÉGAS-NOU.

JUSTICE EST FAITE!

Ainsi rédigé, le texte ne permettrait pas de remonter jusqu'à elle. N'importe quel ancien Résistant aurait pu en être l'auteur.

Il était deux heures et demie du matin. Avant de ne plus en avoir la force et le courage, Julie ressortit par la porte de derrière, redescendit la ruelle en regardant prudemment devant et derrière; arrivée au coin de la rue, elle y jeta un coup d'œil. Elle était déserte. Le cadavre gisait au même endroit. Elle s'approcha et, évitant de croiser le regard vitreux du mort, déposa le papier près du corps et mit une pierre dessus pour qu'il ne s'envole pas. Puis, serrant les dents, elle se pencha, saisit le manche du couteau, ferma les yeux et tira de toutes ses forces.

L'arme se dégagea brusquement; Julie faillit tomber en arrière, se redressa, regarda autour d'elle et se réfugia en boitillant dans l'obscurité de la ruelle.

Arrivée à l'hôtel, elle entra, referma la porte à clef, et après avoir vérifié que son pied n'avait pas laissé de traces de sang dans l'entrée, alla dans la cuisine à pas de loup. Elle lava le couteau, l'essuya, le raccrocha au-dessus des fourneaux et remonta à sa chambre. En posant la main sur la poignée de la porte, elle entendit des ronflements dans la chambre voisine : le soldat noir. Elle fut alors saisie de désespoir; cet homme pourrait la dénoncer.

Elle pénétra dans sa chambre, ferma la porte à clef, éteignit la lumière et se laissa tomber sur le lit tout habillé. Les yeux fixés au plafond, elle se dit que le soldat noir ne se souviendrait sans doute pas des événements de la nuit.

C'était une lueur d'espoir. Restait cependant à se débarrasser des vêtements tachés de sang. La jeune femme décida de les jeter dans la Seine en leur attachant une pierre.

Il y avait aussi le registre de l'hôtel, sur lequel figurait son nom. Mais le cadavre de Vasson se trouvait assez loin pour que les policiers ne pensent pas à enquêter sur les clients de l'hôtel.

Et si par hasard ils le faisaient quand même, son nom ne leur dirait rien. Qui était Julie Lescaux?

Non, elle ne risquait rien.

Elle ferma les yeux et se répéta la question : « Qui est Julie Lescaux? » Elle ne le savait plus.

Quelqu'un qu'elle avait bien connu autrefois.

Son corps se remit à trembler, doucement d'abord, puis avec violence, au point que ses dents s'entrechoquèrent.

Elle tira les couvertures sur elle, se roula en boule et ferma les yeux, espérant trouver dans le sommeil un oubli qui, elle le craignait, ne viendrait sans doute jamais.

ÉPILOGUE

Été 1945.

On avait dansé et pavoisé les rues pour fêter la victoire en Europe, chanté et bu le jour de la victoire sur le Japon, mais la liesse fut à son comble quand les soldats rentrèrent au pays.

Dans toute la Grande-Bretagne, la joie éclata, d'abord dans l'intimité des foyers puis dehors, dans les rues de villes, sur les places des villages. Les gens riaient et pleuraient, s'embrassaient et se serraient la main, conscients que leur vie ne connaîtrait plus jamais la même intensité.

Pour ceux qui ne retrouvaient pas un fils, un mari ou un père, ce furent malgré tout des moments où les festivités firent oublier l'austérité et la tristesse qui semblaient devenues des composantes permanentes de la vie anglaise.

Dans la rue principale de Hugh Town, à St Mary, on avait tendu entre deux maisons une banderole souhaitant la « Bienvenue au pays ». La veille, pas moins de cinq hommes étaient rentrés : trois soldats, un marin et un matelot de la marine marchande. Il y avait eu de grandes réjouissances.

Peter regarda par la fenêtre et s'esclaffa :

— Maman, il y a un soldat qui embrasse la sœur de Tommy Blair! Maman?

Julie sortit de la pièce voisine, s'approcha du miroir accroché au mur, remonta une mèche rebelle, se mit un peu de rouge à lèvres et se regarda d'un œil critique. Elle avait vieilli, bien sûr. De fines rides étaient apparues autour de ses yeux et de sa bouche; d'autres détails la faisaient paraître moins jeune — le regard, surtout.

— Maman, il en embrasse une autre, maintenant! s'exclama Peter, qui se retourna pour voir si sa mère l'écoutait. Hé! Maman, tu es drôlement chic!

Il béait d'admiration.

— Juste mon vieux tailleur que j'ai recoupé. — Elle était contente. — Bon, tu es prêt? Tu t'es peigné?

L'enfant s'approcha pour examiner Julie de plus près.

— Tu as mis la broche de Tante Marie, dis donc...

— Ce serait dommage de ne pas la porter.

La vieille femme était décédée à Noël — sa mort, étant donné les circonstances, avait été une libération.

— Et tu sens bon! reprit Peter en sautant comme un cabri. Tu as mis du parfum?

— Chut. Nous partons bientôt. Tu es prêt?

— Pas tout à fait.

Il partit en traînant les pieds, chercher quelque chose. Un instant plus tard il revint.

— Maman, tu crois qu'il a changé?

— Que veux-tu dire?

— Est-ce qu'il aura l'air changé?

— Comment veux-tu que je le sache? répondit Julie nerveusement. Donne-toi un coup de peigne en vitesse, on dirait que tu viens de te lever.

A son retour de France en novembre, elle avait trouvé une lettre du ministère de la Guerre. En peu de mots et dans un style officiel, le major Smithe-Webb l'informait que le lieutenant de vaisseau Ashley était détenu dans un camp de prisonniers de guerre, près de Stuttgart.

D'abord, elle ne put y croire. Depuis si longtemps qu'elle s'était cuirassée dans l'attente d'une mauvaise nouvelle, elle fut stupéfaite.

Vivant! Quelle joie et quel soulagement! Pour lui. Parce qu'un homme débordant comme Richard d'optimisme et d'énergie ne pouvait que survivre. Pour lui... parce qu'en demeurant en vie, il avait frustré Vasson et que c'était une victoire.

Julie avait été heureuse aussi pour elle-même — d'abord. Et puis elle avait eu des inquiétudes. En Bretagne, pendant la guerre, tout était simple — blanc ou noir, bien ou mal. Elle l'avait aimé de tout son cœur. Elle l'aimait toujours. Et pourtant...

Rien ne serait plus aussi clair et net. Les événements de France l'avaient marquée. La nuit, elle faisait des cauchemars, revoyait non seulement Jean, Maurice et Tante Marie, mais aussi l'escalier de l'*Hôtel Hortense*, les jambes courant derrière elle, la ruelle obscure, le sang... Elle se réveillait souvent en criant, haletante, et se sentait alors terriblement seule.

Vivre avec un être comme Richard lui apporterait amour, sécurité — peut-être même paix intérieure. Si...

Si rien n'avait changé. S'il l'aimait encore, s'ils n'avaient pas trop changé l'un et l'autre.

« On n'empêche pas les gens de changer, se dit-elle. C'est la vie. » Deux ans s'étaient écoulés... Après une longue captivité, Richard allait retrouver ses parents, ses amis, sa vie d'autrefois.

— Maman, je suis prêt! Viens!

Julie sortit de la maison, prit la direction du port. Son expression grave contrastait avec la gaieté de son fils, qui sautillait à ses côtés.

— C'est formidable, hein, maman? Est-ce que, après, on prendra le thé à l'hôtel, comme le jour de mon anniversaire?

— Je ne sais pas. Je ne sais pas encore ce que nous ferons.

— Je croyais que...

— Tais-toi!... Excuse-moi, je suis fatiguée, je me suis couchée tard.

La veille, elle avait terminé une robe pour une cliente : c'était son métier, à présent, de mettre les vêtements d'avant-guerre au goût du jour, elle qui autrefois n'aimait pas la couture.

Quand ils eurent marché un moment en silence, Peter se risqua à demander :

— Tu es contente qu'il soit revenu, n'est-ce pas?

— Bien sûr, chéri. Je suis... très heureuse.

« Et terrifiée, ajouta-t-elle *in petto*. Parce qu'il serait tellement plus simple de vivre sur un souvenir. »

Ils s'engagèrent sur la jetée qui abritait le petit port, passèrent devant les bateaux assurant la liaison entre les îles, se dirigèrent vers le mouillage du vapeur. A mi-chemin, Julie s'arrêta et dit :

— Attendons ici.

— Mais le vapeur accoste tout au bout!

— Je le sais. Je... je préfère attendre ici.

Elle voulait éviter le groupe qui s'était déjà formé devant le débarcadère.

Le dos appuyé au mur courant le long de la jetée, elle regarda Peter faire des ricochets dans l'eau. Elle offrait son visage au soleil, essayant de calmer les battements de son cœur.

Le *Scillonian* avait du retard. Julie se redressa, marcha lentement dans un sens puis dans l'autre. Il faisait un temps d'une douceur exquise, la brise n'était qu'un souffle léger et la lumière avait cette étrange blancheur translucide particulière aux îles. Julie avait appris à aimer cette douceur paisible des Sorlingues.

— Maman, le voilà!

Julie se retourna, aperçut au-dessus du mur un panache de fumée et, quelques instants plus tard, vit la proue du *Scillonian* apparaître au bout de la jetée. Elle s'approcha de son fils, lui prit la main.

Quand le bateau fut amarré, la passerelle s'abaissa et les passagers commencèrent à descendre, seuls ou par petits groupes. Deux soldats descendirent en faisant de grands gestes à des gens se trouvant sur le quai.

— Regarde, c'est lui! s'écria Peter.

Julie repéra aussitôt Richard, qui lui parut plus grand que dans son souvenir. Vêtu d'un uniforme de la marine, il portait un sac sur l'épaule. Il s'arrêta un instant au milieu de la passerelle et Julie devina qu'il la cherchait parmi les gens attendant au débarcadère. Parvenu sur le quai, il regarda autour de lui, se fraya un chemin à travers le groupe.

Elle lui fit signe de la main, il la vit presque immédiatement et s'avança vers elle. Julie demeurait immobile, malgré Peter qui la tirait par la main en criant :

— Viens, maman! Viens.

— Vas-y, toi.

L'enfant se mit à courir à petits pas timides, s'arrêta.

— Bonjour! cria-t-il.

— Bonjour, jeune homme! répondit Ashley en souriant. Comment vas-tu? En pleine forme, on dirait. Un vrai plaisir pour les yeux!

Il ébouriffa les cheveux du gamin, leva les yeux vers Julie et dit en approchant :

— Toi aussi.

Elle sourit. Il la prit dans ses bras, la serra doucement, l'embrassa sur la joue puis, se reculant à longueur de bras, examina son visage. Julie le dévisagea elle aussi, avec avidité et étonnement. Elle avait oublié tant de choses de lui...

— C'est merveilleux que tu t'en sois tiré, murmura-t-elle.

— Et toi aussi.

Il ouvrit la bouche pour ajouter quelque chose, se ravisa, et elle comprit qu'il était nerveux également.

Bras dessus, bras dessous, ils redescendirent lentement la jetée, Peter trottinant autour d'eux.

— Tu pourras rester un moment? demanda Julie.

— Quelques jours au moins. Ensuite, j'irai voir mes parents. As-tu reçu mes lettres?

— Oui. Merci d'avoir écrit. J'étais tellement impatiente...

Après l'avoir longuement regardée, Richard déclara :

— Tu n'as pas changé.

— Vraiment? fit Julie, qui n'en croyait pas un mot. En tout cas, c'est gentil de me le dire.

Elle le détailla à son tour, remarqua sa maigreur, sa pâleur. Ses yeux avaient la même chaleur, la même tendresse mais elle y lisait une réserve qu'elle n'y avait jamais vue autrefois.

C'est bien ce qu'elle pensait... il avait changé.

Ils croisèrent une femme que Julie connaissait et qui les regarda avec un sourire entendu. Après deux autres rencontres du même genre, Julie proposa hâtivement de prendre le thé.

Ils choisirent l'hôtel du port — le meilleur au monde, selon Peter, parce qu'on y servait des petits pains et une mixture sucrée rappelant la confiture. Mais pas de crème; la crème était encore une chose inconnue.

A cause de l'enfant, ils parlèrent de l'école, de la difficulté de trouver des œufs, des fruits, du chocolat. La nourriture n'était plus comme avant, convinrent-ils.

— En tout cas, c'est sacrément meilleur que ce que nous mangions là-bas! assura Richard.

— C'était mauvais, au camp? demanda Peter.

— Pas maintenant, chéri, intervint Julie. Richard ne tient sûrement pas à en parler aujourd'hui.

— Une autre fois, Peter, acquiesça Richard, qui détourna les yeux en plissant le front.

Plus tard ils se séparèrent un moment, Richard pour prendre une chambre à l'hôtel, Julie pour passer sa plus belle robe, se recoiffer et mettre une petite goutte de parfum derrière ses oreilles.

— Je peux venir aussi? demanda Peter, plein d'espoir.

— Non. Nous t'emmènerons au restaurant une autre fois, c'est promis, mais pas ce soir.

Julie s'était arrangée pour confier l'enfant à une voisine, Mrs Trehearn. Peter trépigna un moment puis accepta sa défaite de bon cœur et partit voir ce que Mrs Trehearn préparait pour le dîner.

Prête en avance, Julie s'assit à la fenêtre pour attendre Richard. Elle se sentait nerveuse, agitée. Il avait toujours le même pouvoir sur elle. Pourtant, d'une certaine façon, ils étaient redevenus des étrangers l'un pour l'autre...

Quand Richard arriva enfin, elle le trouva beau et séduisant dans son uniforme sombre. Très séduisant. Elle s'aperçut qu'elle en éprouvait du plaisir. Ils marchèrent lentement jusqu'à l'hôtel en parlant des Sorlingues, de ce que la guerre avait été dans les îles. Richard s'arrêta, désigna du doigt St Mary's Sound et dit :

— Au début, on amenait les chalutiers là-bas, à New Grimsby, pour les repeindre.

— Je le sais. Tout le monde ici avait deviné ce qui se passait.

— J'aurais dû m'en douter, dit Richard en riant. On ne peut pas leur cacher grand-chose, aux îliens.

Ils se remirent à marcher en silence puis il murmura :

— Cela paraît tellement loin, n'est-ce pas?

— Très loin.

Le repas fut exécrable, ce à quoi l'on était habitué, mais rehaussé par une bouteille de vin que le patron de l'hôtel avait gardée pour une grande occasion. « Parce que c'est bien une grande occasion? » avait-il demandé. Julie avait dit que oui, c'en était une; Richard avait souri. En définitive, le vin n'était guère meilleur que la nourriture mais ils le burent quand même.

— Rien à voir avec celui de ton oncle, commenta Richard.

— Non.

Il sourit en la regardant par-dessus son verre et Julie devina qu'il repensait aux soirées passées dans la petite mansarde. Après un silence, il reprit :

— Smithe-Webb m'a raconté ce qu'étaient devenus les autres. Je ne les ai jamais revus, tu sais, après la plage. Je ne voyais que mes hommes, jusqu'à ce qu'on nous sépare. Je suis désolé pour eux tous... et pour ta tante.

— Il valait mieux qu'elle nous quitte. Elle souffrait beaucoup.

— Et le traître? Smithe-Webb m'a dit que tu l'as identifié, prouvant ainsi l'innocence de quelqu'un d'autre — ton cousin, je crois? C'est formidable... bravo!

— Merci, murmura Julie.

— Mais comment as-tu découvert son identité?

Elle hésita avant de répondre :

— C'est une longue histoire... En fait, ce sont d'anciens Résistants et d'autres personnes — des amis — qui ont vraiment trouvé qui il était. Pas moi.

— Le major ne t'en tient pas moins pour une héroïne, dit Richard avec un sourire chaleureux. Moi, je l'ai toujours su.

Elle baissa les yeux et il poursuivit :

— Ce type, Vasson, la Résistance l'a retrouvé et exécuté, si j'ai bien compris? C'est une bonne chose — même si cela ne ressuscite pas ceux qui sont morts et n'efface pas mes deux années de captivité. Je parie qu'ils lui en ont fait endurer avant de l'achever. J'espère que cet animal a souffert, ajouta-t-il avec un petit rire bref.

— Probablement, dit Julie avec un regard appuyé.

Elle voulut poursuivre, tout lui raconter pour se libérer de son terrible fardeau mais ne s'y résolut pas. Qu'en penserait-il? De quels yeux la verrait-il s'il la savait capable d'un tel acte?

Il valait mieux se taire, beaucoup mieux.

Un jour, peut-être... ou peut-être jamais.

Pour détourner la conversation, elle l'interrogea sur sa vie au camp de prisonniers et il répondit d'assez mauvaise grâce à ses questions. Avec soulagement, elle se rendit compte qu'il y avait aussi dans son histoire des zones d'ombre dont il ne voulait pas parler.

— La captivité me rendait fou, conclut-il. Bien sûr, nous étions des milliers sur la même galère mais, encore aujourd'hui, je ne peux en parler sans...

Il n'acheva pas sa phrase, secoua la tête.

— Alors, n'en parlons pas!

Elle lui prit la main. Surpris, il leva les yeux vers elle.

— Parlons d'autre chose, ajouta-t-elle; de choses... aimables!

— Quelle merveilleuse idée! dit-il en riant.

Et Julie constata que la réserve avait disparu de son regard. Ils abordèrent des sujets moins graves et elle se sentit plus à l'aise — elle éclata même de rire, ce qui ne lui était pas arrivé depuis longtemps. Elle avait oublié combien Richard était amusant, gai, plein de vie. Elle se rappela d'autres choses : des mots enfouis dans sa mémoire, de petits incidents.

Peut-être n'avait-il pas tellement changé, après tout.

Ils parlèrent de l'avenir, quoique brièvement et sans entrer dans les détails. Richard avait de nombreux projets; Julie comprit que, pour lui, l'avenir importait davantage que le passé. Elle en était heureuse et reconnaissante parce qu'il lui rendait l'optimisme.

— Tu te souviens de ces vacances que nous nous étions promises? demanda-t-il.

— Tu veux dire...

— Ici, aux Sorlingues. A bord de *Dancer*.

— Bien sûr. Je m'en souviens parfaitement.

— Cela te plairait?

Un sourire monta lentement aux lèvres de Julie, qui répondit :

— Beaucoup. J'en ai très envie.

Plus tard encore, quand la bouteille de vin fut vide, elle le regarda et songea : « Il y a une autre chose dont j'ai très envie... Toi. »

A cet égard, rien n'avait changé.

« Et pourquoi pas tout de suite... cette nuit ? »

La vie est si courte.

Oui, elle passerait la nuit avec Richard quoi qu'il arrive... Et peut-être que, avec le temps, tout irait bien, que les cauchemars finiraient par disparaître, laissant place à l'amour, à la sécurité, à une nouvelle vie.

Julie sourit à nouveau et dit :

— J'aimerais prendre l'air. Si nous nous promenions un peu sur la plage avant de rentrer à la maison ?

POSTFACE

Quand la guerre éclata, l'Allemagne disposait d'excellents systèmes radar antiaériens fonctionnant sur ondes moyennes et longues. Convaincu que ces systèmes, installés à terre du fait de leurs dimensions imposantes, assuraient la sécurité du Reich, Goering ordonna l'arrêt de toutes les recherches à long terme dans ce domaine. De nombreux techniciens et scientifiques juifs participant à ces travaux furent envoyés en camp de concentration.

Par la suite, lorsque les Allemands comprirent que les Britanniques étaient en possession du radar, ce fut l'affolement, et on chercha désespérément dans l'armée, l'industrie et même dans les camps les hommes compétents nécessaires.

Les S.S. installèrent à Dachau un laboratoire de recherches en électronique et plus de cent prisonniers qualifiés furent employés à démonter et à étudier des appareils pris à l'ennemi.

Jusqu'en août 1943, date à laquelle l'appareil de Rotterdam (le radar britannique à ondes courtes H2S) fut enfin remonté et mis en état de marche (il donna une « image » parfaite de Berlin), les experts allemands demeurèrent convaincus de l'impossibilité du radar à ondes courtes.

Minutes de la réunion du 14 mai 1943.
Rapport de l'amiral Dönitz au Führer :

« La guerre sous-marine connaît actuellement sa crise la plus grave : pour la première fois, l'ennemi nous empêche de combattre et nous cause de lourdes pertes grâce à de nouveaux appareils de repérage. »

Mémoires de l'amiral Dönitz. Juin à mars 1943, *l'Effondrement de l'arme sous-marine :*

« Le radar — en particulier les systèmes de détection par avion — priva pratiquement les *U-boote* de toute possibilité de combattre en surface. Les attaques en formation de meute contre les convois de l'Atlantique Nord, principal théâtre d'opérations... devinrent impossibles.

« ... En conséquence, j'ordonnai de retirer ces bâtiments de l'Atlantique Nord.

« Nous avions perdu la bataille de l'Atlantique... »

Beaucoup de femmes et d'hommes courageux risquèrent leur vie pour aider les soldats alliés à s'évader de l'Europe occupée. Parfois, un pilote, abattu au-dessus de la Belgique, se retrouvait en Angleterre dans son escadrille, deux ou trois jours plus tard. Le record fut de neuf *heures* mais généralement, cela prenait un peu plus de temps...

De nombreuses filières opéraient en France et en Belgique, la plupart à l'aide des armes et des fonds envoyés par le M 19 de Londres. Comet, l'une des plus efficaces, s'étendait de la Belgique à l'Espagne en passant par Paris et les Pyrénées.

En 1943, la filière Comet fut durement frappée par la Gestapo à Bruxelles. Plus de cent de ses membres furent arrêtés, beaucoup moururent devant un peloton d'exécution ou en camp de concentration.

La branche parisienne du réseau continua un moment à fonctionner puis fut terriblement frappée à son tour. Cette fois, on identifia le traître : un « courrier » nommé Jean Masson. Masson était un pseudonyme, comme tous les noms que le traître utilisa au cours de sa longue et sinistre carrière.

Il s'appelait, en réalité, Jacques Desoubrie.

Par la suite, Desoubrie parvint à s'infiltrer dans une autre filière, opérant dans l'Ouest, et fit arrêter soixante-dix Britanniques et soixante Américains évadés, qui furent envoyés au camp de Buchenwald.

Il est établi que, sur ordre de ses maîtres de la Gestapo, Desoubrie s'infiltra dans deux autres filières au moins...

C'est en Bretagne que la Résistance française fut la plus forte. Pourtant, les premières tentatives pour y créer une filière se heurtèrent à des difficultés, principalement sur le plan de l'organisation. Plus tard, avec la venue d'agents bien préparés, la filière Shelburne vit le jour. A bord de canonnières, des officiers et des marins de la Royal Navy pleins de courage et d'audace partaient de Dartmouth et traversaient régulièrement la Manche pour jeter l'ancre devant les plages hérissées de rochers de la côte bretonne, au nez des Allemands. Connaissant bien cette côte, je ne puis que m'émerveiller des incroyables exploits que cela représentait en matière de navigation.

La filière Shelburne fut très efficace puisqu'elle achemina 307 soldats et agents en Angleterre en une seule année.

Lorsque les Allemands surveillaient les plages de trop près, les canonnières devaient parfois repartir précipitamment et il arriva effectivement plus d'une fois que des membres de l'équipage restent à terre.

Le traître Desoubrie poursuivit sa carrière jusqu'à la fin de la guerre. Puis la chance tourna; il fut jugé et exécuté à Lille.

Mais les choses auraient pu se passer autrement...

TABLE DES MATIÈRES

PREMIÈRE PARTIE 1935-1939 11
DEUXIÈME PARTIE 1940-1941 93
TROISIÈME PARTIE 1942-février 1943 185
QUATRIÈME PARTIE mars 1943 287
CINQUIÈME PARTIE mai 1943-juin 1945 369

Épilogue 445
Postface 451

L'impression de ce livre
a été réalisée sur les presses
des Imprimeries Aubin
à Poitiers/Ligugé

pour France Loisirs